中國古典文學基本叢書

沈佺期宋之問集校注

上册

〔唐〕沈佺期　宋之問　撰
陶敏　易淑瓊　校注

中華書局

圖書在版編目(CIP)數據

沈佺期宋之問集校注:全二册/(唐)沈佺期,(唐)宋之問撰;陶敏,易淑瓊校注.—2版.—北京:中華書局,2001.10(2021.12重印)
(中國古典文學基本叢書)
ISBN 978-7-101-12761-4

Ⅰ.沈… Ⅱ.①沈…②宋…③陶…④易… Ⅲ.唐詩-注釋 Ⅳ.I222.742

中國版本圖書館CIP數據核字(2017)第202887號

責任編輯:徐 俊 張 耕

中國古典文學基本叢書
沈佺期宋之問集校注
(全二册)
〔唐〕沈佺期 宋之問 撰
陶 敏 易淑瓊 校注
*
中 華 書 局 出 版 發 行
(北京市豐臺區太平橋西里38號 100073)
http://www.zhbc.com.cn
E-mail:zhbc@zhbc.com.cn
北京瑞古冠中印刷廠印刷
*
850×1168毫米 1/32·26¼印張·4插頁·463千字
2001年10月北京第1版 2017年10月北京第2版
2021年12月北京第5次印刷
印數:8001-8600册 定價:96.00元
ISBN 978-7-101-12761-4

總目

前言

沈佺期、宋之問是初唐後期兩位優秀詩人，在唐代乃至整個中國詩歌發展史上有着重要的地位和深遠的影響。

一

沈佺期（約六五六——約七一六），字雲卿，相州内黄（今河南内黄）人。出生在一個下級官吏的家庭。高宗上元二年（六七五），與宋之問同登進士第。約武后垂拱元年（六八五），在朝中任協律郎等職，開始與達官貴人、文學之士往還唱和，顯露出詩歌創作的才華。聖曆二年（六九九），武則天命張昌宗領銜修撰包羅儒、釋、道三教的大型類書《三教珠英》，網羅了許多著名文人，宋之問與時任通事舍人的沈佺期均在其中。長安元年（七〇一），《三教珠英》修成，佺期遷爲考功員外郎，知長安二年貢舉，旋擢爲考功郎中。三年，再遷給事中。四年春，坐考功任上受賄事被彈劾，入獄。中宗神龍元年（七〇五），張昌宗、張易之兄弟被殺，武后遜位，時佺期考功受賄事尚未結案，加上交通二張的新罪名，於是被流放到驩州（今越南榮市）。景龍元年（七〇七），遇赦北歸，授台州録事參軍，遷起居郎。次年，中宗改弘文館爲修文館，以文詞之士充學士，沈佺期、宋之問皆預其選。每游幸飲宴，唯宰相及學士陪侍，中宗自作詩，令學士屬和，當時榮耀無比。後遷中書舍人，歷太府少卿、太子少詹事，封吴興縣開國男。約玄宗開元四年（七一六）卒，享年約六十一歲。有《沈佺期集》十卷。

宋之問（約六五六——七一二），字延清，一名少連，虢州弘農（今河南靈寶）人。出身於一個既富文學修養又充滿宗教氣氛的官僚家庭。父親宋令文有勇力，工詩文，擅書法，官至右驍衛郎將；晚年好道，師事名醫孫思邈，隱居嵩山、陸渾等地，有集十卷。之問弱冠以詩知名，其弟之懸工書法，之悌有勇力，人謂各得其父之一絶。之問青年時代居嵩山，師事著名道士潘師正，與其弟子司馬承禎、韓法昭及隱士田遊巖等交遊。高宗上元二年（六七五），登進士第，曾任縣尉等職。武后天授元年（六九〇），與楊炯同爲宫中習藝館學士，後卧病歸陸渾。萬歲登封元年（六九六），爲洛州參軍，陪宫中游宴應制。聖曆中，轉官司禮主簿，預修《三教珠英》。長安中，遷尚方監丞。中宗神龍元年（七〇五），因諂附張易之兄弟貶爲瀧州（今廣東羅定）參軍。次年，遇赦北歸，授鴻臚主簿。復依附武三思、太平公主，遷户部員外郎。景龍二年（七〇八），充修文館直學士。遷考功員外郎，知景龍三年貢舉。其年秋，因附安樂公主，爲太平公主所疾，發其知貢舉期間贓事，貶越州（今浙江紹興）長史。景雲元年（七一〇）六月，睿宗立，流放欽州（今屬廣西）。先天元年（七一二）八月，玄宗立，賜死桂州（今廣西桂林），享年約五十七歲。有《宋之問集》十卷，爲其友人武平一所編。

沈佺期、宋之問是同時代人，同年登進士第，同爲珠英學士，同貶嶺南，後同爲修文館學士，先後都曾以考功員外郎知貢舉，又都精于律體，故齊名並稱，「學者宗之，號爲『沈宋』」，當時人有「蘇、李居前，沈、宋比肩」之語(《新唐書·宋之問傳》)。

二

談到沈、宋,人們往往只是肯定他們在詩歌格律形式方面的貢獻,而對其全部詩歌創作持不同程度的保留態度,漠視、貶抑,甚至全盤否定,這是有欠公允的。

沈、宋長期遭受貶抑的原因之一,就是他們人品的卑污。據兩《唐書》本傳記載,沈、宋曾諂附武后嬖臣張昌宗兄弟,宋之問至爲張易之捧溺器;中宗朝,宋之問自嶺南逃回洛陽,告發友人王同皎欲刺殺武三思事,因獲遷擢,深爲義士所不齒;沈、宋都有在考功任上受賄的記録,等等。但是,這裏確實有一些不實之詞。

宋之問出賣王同皎一事,早在北宋司馬光寫作《資治通鑑》時就曾在《資治通鑑考異》中加以否定。他詳細比較了當時尚可見到的各種記載,指出:宋之問同時代人吴兢《中宗實録》、韋述《御史臺記》、張鷟《朝野僉載》記載此事,都認爲自嶺南逃歸上書告密的並不是宋之問,而是宋之遜,還有之遜子曇、甥李悛和冉祖雍;中唐時柳芳《唐曆》等才把這件事和宋之問聯繫起來,顯然並不可靠。據《舊唐書·王同皎傳》,宋之遜是從嶺南播州逃回洛陽的,而新發現的宋之問佚詩《初承恩旨言放歸舟》證明了他是遇赦北歸,有力地否定了他逃回洛陽、匿張仲之家等説法。兩《唐書·宋之問傳》硬把這個賣友求榮的罪名完全栽在他的頭上,實在有些冤枉。

沈佺期考功受賄事也當是一個冤案。他於長安四年春被劾下獄，在獄中，寫了好幾首詩反覆辨誣，認爲這完全是一樁「事問拾虚證，理外存枉筆」的冤假錯案，是由於自己「平生守直道，遂爲衆所嫉」(《被彈》)造成的。佺期在獄中一年仍「劾未究」，即未能定罪結案，次年二月才因附二張而流放，看來，控方的證據一定十分薄弱，佺期説是「千謗無片實」也並非誇大。至於宋之問考功受賄事，從他僅貶官越州長史來看(越州是兩浙唯一的都督府，長史是僅次於都督的行政首長)，案情並不十分嚴重。《舊唐書》本傳稱其「典舉，引拔後進，多知名者」，《新唐書》本傳才説他「知貢舉時，賕餉狼籍」，而這是太平公主「疾其不附己」加在他頭上的罪名，自不免有挾嫌洩憤、小題大作的成份，未可盡信的。

毋庸諱言，沈、宋作爲封建官吏有其非常庸俗的一面。姑不論宋之問爲張易之捧溺器是否真有其事(譚優學先生認爲事出傳聞，不近情理，見其《唐詩人行年考續編·宋之問行年考》)，他們諂附二張當是事實。二張是武則天的男寵。武后爲他們特設供奉皇帝而没有實際職司的奉宸府，又命張昌宗召集一批文人在内殿修書以掩人耳目。沈、宋既爲奉宸府供奉，自不能不聽命隨俗；爲二張捉刀代筆，亦在情理之中。這種逢迎攀附的事情，在封建官場中並不罕見，不足深責。不過，沈、宋逢迎的是一個女皇帝的男面首，在封建社會中，就未免有些驚世駭俗了。

比較起來，宋之問的名利心似乎更重一些。自嶺南貶所北歸後，沈佺期汲取了教訓，平穩度過了晚年，宋之問則捲入了一場更激烈的政治鬭争。武后退位後，出現了一個權力真空。武三思本因其子武崇訓尚安樂公主與韋后拉上了關係，這時又通過上官婉兒加深了相互的勾結，形成新的武韋集團。韋后優寵戚屬，廣樹黨羽，製造符瑞，干預朝政，儼然武則天第二。安樂公主公然要求中宗廢掉皇太子李重俊，立己爲皇太女，又是一個小武則天。武韋集團中的宗楚客也是野心勃勃的人物。他們和以李重俊、李隆基、太平公主爲代表的李唐宗室集團産生了尖鋭的矛盾。景龍元年七月，李重俊引兵殺武三思父子，斬關入宫，索上官婉兒等，中宗、韋后躲進了玄武門城樓。李重俊兵潰被殺後，中宗追贈武三思父子爲梁宣王和魯忠王，改玄武門爲神武門，韋后作《神武頌》以自我標榜。這次事件後，宋之問作了《梁宣王挽詞》、《魯忠王挽詞》各三首，代宗楚客作祭武三思父子文各一首，又代文武百寮作《請造神武頌碑表》，明顯地站在了武韋集團一邊。很可能就是這幾篇歌頌武韋的詩文，觸怒了李唐宗室集團，使他落了個首貶越州，再流欽州，終被賜死桂州的悲慘下場，付出了生命的代價。

總之，沈、宋的人品並非高尚，但也不如舊史所説的那樣齷齪卑污。退一步説，即使舊史所載都是事實，也不應該妨礙我們對沈、宋的作品作出正確的評價。因爲，文學作品一旦形成，就成爲一種相對獨立的客觀存在。儘管作品與作家之間存在着千絲萬縷的聯繫，但人品並不等同於詩品或文品，對作品的思想藝術分析畢竟不能用對作家的道德評價來替代。武則天寵幸二張，尚且没有妨礙人們讚譽她是一個對中國社會發展作出了卓越貢獻的女政治家；對於沈、宋，我們就更不應當抓住他們逢迎二張等污點而漠視、貶低他們詩歌的成就了。

沈、宋長期受到貶抑的另一原因，是他們長期充當宫廷詩人，多應制唱和之作。對於這個問題，我們也應當作具體的分析。在整個初唐時期的宫廷中，應制唱和的活動十分盛行，到武后末、中宗朝形成高潮，有組織者，有參賽者，有評委，有獎品。這種類似今天詩歌創作大獎賽的活動，固然不能産生李白和杜甫，但對於詩歌的普及和作詩技巧的提高無疑起過明顯的推動作用。《新唐書·上官婉兒傳》記載，中宗時，賜宴賦詩，君臣賡和，差婉兒「第羣臣所賦，賜金爵，故朝廷靡然成風」，「當時屬辭者，大抵雖浮靡，然所得皆有可觀」。是符合實際情況的。現存唐代應制之作幾乎全部是五律、七律、五排、七絶這幾類近體詩，它們有形式上的嚴格要求，便於比較評定優劣，當是一個重要原因。應制詩中的五律很少有不合粘對規律的情況，初唐成熟的七律大多數是應制詩，可見，這些詩體的成熟，它們格律形式的迅速普及，是和應制唱和的活動分不開的。

在一系列的應制唱和活動中，沈佺期表現十分突出；宋之問更是出盡風頭，龍門應制奪得錦袍，昆明池應制迥出流輩。他們的應制詩代表着初唐同類詩歌的最高成就，頗多可讀之作。即使是歌功頌德，也歌頌得很高明，很技巧，有着流動的氣勢和較大的魄力，在一定程度上反映了大唐王朝的恢宏氣象。清人翁方綱曾説：「沈、宋應制諸作，精麗不待言，而尤在運以流宕之氣，此元自六朝風度變來，所以非後來試帖所能幾及也。」（《石洲詩話》卷一）那些爲「潤色鴻業」而作的雖典雅富贍而不免堆砌板滯的漢代大賦，在文學史上尚有一定地位，對於以沈、宋爲代表的精麗圓潤的應制詩，似乎也不應該吝惜一席之地。

應制詩在沈、宋全部詩歌創作中所佔的比重並不大。宋之問今存應制詩二十七首，只佔全部詩作的七分之一弱；沈佺期稍多一點，有三十五首，但也只佔全部詩作的五分之一强。「稍有取捨，即非全人，再加抑揚，更離真實」（魯迅《且介亭雜文二集·題未定草六》）。只看五分之一或七分之一的應制詩，而不顧及其餘的五分之四或七分之六，這種做法也是不可取的。

三

沈、宋對詩歌發展的貢獻，突出表現在詩歌格律形式，即律體的定型方面。早在大曆中期，獨孤及就指出：「五言詩之源，生於《國風》，廣於《離騷》，著於蘇、李，盛於曹、劉。……歷千餘歲，至沈詹事、宋考功，始裁成六律，彰施五色，使言之而中倫，歌之而成聲，緣情綺靡之功，至是乃備。」（《唐故左補闕安定皇甫公集序》）稍後，元稹在《唐故工部員外郎杜君墓係銘》中也説：「唐興，……沈、宋之流，研練精切，穩順聲勢，謂之律詩。由是而後，文變之體極焉。」後來的人們大都不斷地重複過類似的意見。儘管今人對於五律在何人手中定型尚有不同看法，但是，沈、宋創作了大量格律精嚴、可爲典範的五律，從而結束了這一詩體由萌芽到發展成熟的歷史過程，却是不争的事實。此外，他們還創作了第一批完全合乎格律的七言律詩以及大量的五言排律（其中不乏排比鋪張的長篇作品），推動了這些詩體的發展。没有近體詩，就没有唐詩的全面繁榮和輝煌成就。沈、宋在詩歌格律方面建立的歷史功績是完全值得肯定的。

就沈、宋詩歌創作本身而言，我們認爲，至少還有以下三個方面值得注意。

首先，是在詩歌題材和内容的開拓方面。沈、宋所處的時代，是一個好尚文學的時代，也是一個政治風雲變幻莫測的時代。他們憑藉自身的才華，厠身朝列，成爲文學侍臣，着實風光了一陣。沈佺期是「三春給事省，五載尚書郎。……扈巡行太液，陪宴坐明光。渭北昇高苑，河南祓禊場。煙花恒獻賦，泉石每稱觴」（《答魑魅代書寄家人》）。宋之問則「三入文史林，兩拜神仙署」（《景龍四年春祠海》），「千春萬壽多行樂，柏梁和歌攀睿作」（《桂州三月三日》）。但是，在殘酷的政治鬬争中，沈佺期被繫獄，流放，宋之問也兩貶嶺南。由榮耀的頂峰跌入屈辱的深谷，生活、地位的變化形成强烈的反差，不能不激起情感上的大波狂瀾，從而表現在詩歌創作中。據統計，沈佺期入獄流放期間寫的詩有三十二首，佔其現存全部詩作五分之一强；而宋之問貶流越州、嶺南期間的詩作更多達七十二首，佔其現存全部詩作的五分之二。在這些作品中，旅途的艱危，異俗殊方的風物，内心的痛苦憂懼和不平憤懣，都寫得十分真切動人。沈佺期的《入鬼門關》、《初達驩州》、《答魑魅代書寄家人》，宋之問的《度大庾嶺》、《渡吴江别王長史》、《晚泊湘江》等，就是寫遷謫生涯的優秀作品。沈佺期《從驩州廨宅移住山間水亭贈蘇使君》云：「死生離骨肉，榮辱間朋遊。棄置一身在，平生萬事休。鷹鸇遭誤逐，豺武（虎）怯真投。……古來堯禪舜，何必罪驩兜。」抒發了自己成爲宫廷内部鬬争犧牲品的强烈憤慨。宋之問《渡漢江》：「嶺外音書斷，經冬復歷春。近鄉情更怯，不敢問來人。」更是把貶謫中承受的沉重精神負擔和遇赦還家途中矛盾複雜的心理抒寫得淋漓盡致，成爲千古傳誦的名作。柳長白稱沈佺期《答魑魅代書寄家人》「笑啼悲憤，一瀉無餘，盛唐巨手」，當與其《赦到不得歸題江上石》參看，「曲盡遷客逐臣景況」（《柳亭詩話》卷八），實非過譽。

詩歌以遷謫爲題材，並不自沈、宋始。但它們如此集中地大量出現，在詩歌史上却還是第一次。這類詩歌在唐代十分發達，且多優秀作品。嚴羽《滄浪詩話》云：「唐人好詩，多是征戍、遷謫、行旅、離别之作，往往能感動激發人意。」方回編選《瀛奎律髓》，就因爲「遷客流人之作，唐詩中多有之」而於卷四十三别立「遷謫」一類，且以宋之問《途中寒食題黄梅臨江驛》一詩冠於卷首。聞一多先生《唐詩雜論》談到四傑的歷史功績時説：「宫體詩在盧駱手裏由宫廷走到市井，五律到王楊的時代是從臺閣移至江山與塞漠。」（《四傑》）單就遷謫詩而言（沈、宋也寫了較多的邊塞閨情詩和山水田園詩），沈、宋的作品同樣反映了唐詩由宫廷走向社會現實生活和個人情志抒寫的歷史發展總趨勢。

其次，是在詩歌意境的創造方面。我國早期的詩歌，多爲直接的抒情或敘事。六朝詩人開始將敘事抒情與寫景狀物結合起來，也着意於意象的經營，重視興會的標舉，但在創作實踐中却未能做到物我的冥合無間，情景的渾然一體，缺乏統一的詩境。「有句無篇」，成了那個時代許多詩人的通病。這種情況到唐代才發生了根本的變化。唐詩最重要的成就或者説最具魅力的原因之一就是創造了興象玲瓏的詩境。儘管人們對興象等詞語的理解不盡相同，但是都承認盛唐的優秀詩人十分重視詩歌的立意取境，重視情思的提純，意象的選擇，氛圍的創造與語言的錘鍊，做到了客觀事物描寫與主觀情性抒發的高度和諧統一，形成深遠的意境，情景交融，渾然天成，含藴無窮。在這方面，初唐後期的沈、宋也可以説是導夫先路的人物。例如沈佺期的《夜宿七盤嶺》：

獨遊千里外，高卧七盤西。山月臨窗近，天河入户低。芳春平仲緑，清夜子規啼。浮客空留聽，褒城聞曙雞。

芳春，清夜，山月，天河，南方特有的平仲樹，蜀地有濃厚神話色彩的子規鳥，這些精心選擇的意象，細膩地表現了詩人獨宿七盤嶺上的種種感受，既有休憩時的安適和愉悦，也有羈旅中的清冷和孤寂。遠處報曉的雞聲又在催人遠行了，一份留戀，一絲悵惘，一縷若濃若淡的鄉愁悄然而生。全詩没有一個字直接揭示詩人的内心世界，但讀者却切切實實地感受到了這一切，也許還有更多。這是一種不可句摘的詩境。又如宋之問的《度大庾嶺》：

度嶺方辭國，停軺一望家。魂隨南翥鳥，淚盡北枝花。山雨初含霽，江雲欲變霞。但令歸有日，不敢怨長沙。

登上古稱「華夷分界」的庾嶺，天空南翔的鳥，嶺北遲開的花，都勾起貶謫途中詩人的萬千思緒，爲之魂驚，爲之淚下；而山中的霽色，天末的霞彩，自然景物的變化又燃起了詩人對未來的希望。景與情，景物描寫和心理活動的變化就這樣無工可見、無迹可求地交織融匯在一起。宋之問的其他作品，即使是應制之作，也大都在不同程度上做到了這一點。例如：

歸來物外情，負杖閲巖耕。源水看花入，幽林採藥行。野人相問姓，山鳥自呼名。去去獨吾樂，無能愧此生。（《陸渾山莊》）

高嶺逼星河，乘輿此日過。野含時雨潤，山雜夏雲多。睿藻光巖穴，宸襟洽薜蘿。悠然小天下，歸路滿笙歌。（《夏日仙萼亭應制》）

無論山野的謳吟，還是宫廷的頌歌，都創造了一種興象渾融的詩境。而這正是盛唐詩人所刻意追求而在沈、宋之前的詩歌中較少看到的。

再次，是在詩歌語言的提鍊方面。我們知道，初唐大多數詩人尚未能盡革齊梁詩追求語言典麗富贍，堆砌詞藻、拼凑對偶的餘習，即使在四傑那骨氣剛健、情思濃烈的詩歌中，也不免有較多的「金玉龍鳳」、「朱紫青黄」之類的字眼。宫廷應制詩就更是如此。但是，到了沈、宋的手中，這種情況已經基本上絶跡了。他們所使用的是一種生動流暢、精練含蓄而又接近生活的語言。下面這些爲人們所經常引用的詩句就是很好的例子：

人疑天上坐，魚似鏡中懸。（沈佺期《釣竿篇》）

小池殘暑退，高樹早凉歸。（同人《酬蘇員外味玄夏晚寓直省中見贈》）

江静潮初落，林昏瘴不開。（宋之問《題大庾嶺北驛》）

不愁明月盡，自有夜珠來。（同人《奉和晦日幸昆明池應制》）

它們來自生活中切實的體驗和感受，經過精心選擇提煉，藴意豐富，明白省净，本色自然。沈、宋的宫廷應制之作，也都擺脱了浮詞綺語、堆垛雕琢的習氣。如「曙陰迎日盡，春氣抱巖流」（宋之問《幸少林寺應制》）、「曉雲連幕捲，夜火雜星回」（同人《扈從登封途中作》）、「巖邊樹色含風冷，石上泉聲帶雨秋」（同人《三陽宫石淙侍宴應制》）、「漢家城闕疑天上，秦地山川似鏡中」（沈佺期《興慶池侍宴應制》）等等，都寫得清麗脱俗，自然超妙。沈、宋所追求的已不單純是語言本身的美，而是詩歌整體的意境的美。正是從這裏出發，在煉意的基礎上提煉語言，使他們的詩句看似不經意道出，却又含藴深厚，情韻悠長。它們不但和六朝詩迥然異趣，也有别於四傑和陳子昂，而更多地具備了盛唐詩歌那種「清水出芙蓉，天然去雕飾」的自然之美。

從上述幾個方面來看，沈、宋也應當屬於詩歌的革新陣營，是盛唐詩歌的開啓者。高棅在《唐詩品彙》中把他們列入唐詩的「正始」，是並没有什麽不妥當的。中唐詩僧皎然曾經指出：「陳子昂復多而變少，沈、宋復少而變多。」（《詩式》卷五）從實質上看，恢復漢魏風骨是爲了革新，繼承和變革齊梁本身也是一種革新，二者同樣爲唐詩的發展和繁榮作出了貢獻。金人元好問《論詩絶句》云：「沈宋横馳翰墨場，風流初不廢齊梁。論功若準平吴例，合著黄金鑄子昂。」高度評價陳子昂提倡風骨興寄、批判齊梁餘風的歷史功績是完全正確的，但是，把沈、宋和齊梁等同起來，放到了陳子昂和唐詩發展進程的對立面，恐怕就有些偏頗了。

當然，沈、宋的詩歌不論在思想上或藝術上都存在一定的缺陷。它們反映的生活面還不够廣闊，技巧亦未臻完全純熟，各體詩歌的數量和質量也頗不平衡。更重要的是，他們那「高情麗詞遠韻」（皎然《詩式》卷二）的詩作中還缺乏一種精神，也就是道德人格的力量，抱負理想的光輝，因而氣骨略嫌卑弱。這是和他們的人品、身份有關而我們無法爲之曲意迴護的。

四

《沈佺期集》十卷，《舊唐書·經籍志下》、《新唐書·藝文志四》、《直齋書録解題》卷一六均有著録，此外，《郡齋讀書志》卷一七、《文獻通考》卷二三二則著録《沈佺期集》五卷。十卷本約元、明之際亡佚，五卷本明萬曆末尚存（見《世善堂藏書目録》卷上）。今存沈集有兩個系統，一個是以收詩爲主的明刻本，計有正德王廷相刻《沈佺期詩集》七卷（簡稱王本），明銅活字本《沈佺期集》四卷（簡稱活字本），嘉靖朱警刊《唐百家詩·沈雲卿集》二卷（簡稱朱本），嘉靖黄埻刻張遜業校《唐十二家詩·沈佺期集》二卷（簡稱黄本），萬曆楊一統編孫仲逸校《唐十二名家詩·沈佺期集》（簡稱楊本），萬曆許自昌校刻《前唐十二家詩·沈佺期集》二卷（簡稱許本）。上述諸本唯王本僅收詩，楊本不分卷，朱本混編不分體，餘則兼收賦，且分卷分體編次；收詩數王本最少，計一百三十二首，許本最多，計一百三十六首。其共同特點是：一，各本均收入李崇嗣、徐彦伯、張循之、蘇頲、孫逖、釋廣宣等人詩多首；二，一些見於常見總集如《國秀集》、《文苑英華》、《樂府詩集》等的沈佺期詩，各本均漏收；三，各本中詩有三十五首未見於傳世的唐、宋、元典籍，當出自沈佺期原集。這説明上述諸本同出一源，其祖本應當是明人在一個沈集殘本的基礎上補輯而成但質量不高的本子。

另一個系統的沈集，則是五卷本《沈雲卿文集》，今存清大興朱筠抄本（上海圖書館藏）及清東武李氏研録山房抄本（北京圖書館藏）。抄本前三卷爲賦、詩，後二卷爲文。值得注意的是：一，抄本收詩僅八十二首，大大少於明刻本，但其中並無僞詩羼入，且有《度貞陽峽》、《登韶州靈鷲寺》二詩爲明刻本及唐宋以來典籍所未載；二，抄本收文二十三篇，大大超過《全唐文》所收六篇（其中《峽山賦》爲僞作）之數；三，明刻朱本所收詩三卷中，前兩卷即分割抄本前三卷中詩編成，除漏收《度貞陽峽》二詩外，詩篇及排列順序全同抄本；四，明刻本未見於唐、宋、元典籍載録的三十五首詩均見於抄本。這説明五卷抄本具有很高的文獻價值，它的祖本應當就是《郡齋讀書志》所著録的五卷本，而明刻諸本的祖本即在五卷本前三卷所收詩賦的基礎上補輯而成。

《宋之問集》十卷，《舊唐書·經籍志下》、《新唐書·藝文志四》、《郡齋讀書志》卷一七（作《宋之問考功集》）、《直齋書録解題》卷一六均有著録，約明末亡佚。今存宋集則有明崦西精舍刊《宋之問集》二卷（簡稱精舍本，《四部叢刊續編》據以影印，張元濟定爲嘉靖刊本），分體編次，共收賦二首、詩一百七十六首，其中《下山歌》七古與七絶中重收，故實收詩一百七十五首。此外，尚有嘉靖朱警刊《唐百家詩》本（簡稱朱本），嘉靖黄埻刊張遜業校《唐十二家詩》本（簡稱黄本），萬曆楊一統編孫仲逸校《唐十二名家詩》本（簡稱楊本）、萬曆許自昌校刻《前唐十二家詩》本等。上述諸本除楊本不分卷外，均分爲二卷，編次及收詩數大體同於精舍本，僅個别詩篇有所删汰調整。各本收詩均極混亂。精舍本誤收入唐太宗等十人詩二十四首，朱本删去了七絶中與七古相重的《下山歌》，黄本、許本删去了誤收的沈佺期《銅雀臺》、康庭芝《望月有懷》（一作沈佺期詩），楊本在黄本的基礎上删去了張九齡《旅宿淮陽亭口號》及本集重出的《下山歌》，都未能從根本上改變集中收詩混亂的情況。崇禎中有張燮輯曹荃定《宋學士集》九卷（簡稱張本），將宋詩分體編爲六卷，又自《文苑英華》等書中輯得宋之問文，編爲三卷。與精舍本相校，張本删除了集中僞詩八首，又自唐宋典籍中輯得佚詩十五首。總之，明刊宋集諸本均爲輯本。其中二卷本詩集同出一源，祖本是一個明人所輯質量很差的本子；晚出之張本兼收詩文，較爲完備，但其中詩的部份仍以二卷本爲基礎，且未將其中僞詩作徹底清理，所補輯詩文亦均有僞作。

近年來，唐詩輯佚工作取得了很大的成績。孫望《全唐詩補逸》、陳尚君《全唐詩續拾》即自明人《永樂大典》、《詩淵》二書殘帙中輯得宋之問佚詩二十五首。這説明《宋之問集》十卷本明初尚存。之後，萬曆丙辰（一六一六）陳第《世善堂藏書目録》卷上著録：「《宋考功集》十卷。之問，一稱《延清集》。」應當就是宋集原集。此後，十卷本未見著録。今上海圖書館藏有清抄本《宋考功集》十卷，但其前六卷所收詩均見於《全唐詩》（包括《全唐詩》補遺卷中二首），後四卷文篇目編次均同於《全唐文》。書中有「謝盦」、「數聲漁笛在滄浪」、「周子肅手定本」等印鈐，謝盦乃清嘉慶進士錢枚别號。故此本結集當在嘉慶十九年《全唐文》編成之後，斷非宋集之原集。

鑒於上述情況，此次整理沈、宋二集時確定了如下幾條原則：一，沈集中詩以王廷相刊《沈佺期詩集》爲底本，文以上海圖書館藏清抄《沈雲卿文集》（簡稱清抄本）爲底本；宋集中詩以崦西精舍本《宋之問集》爲底本，文以《全唐文》爲底本。二，詩文採用分體編年的方式編排，其無法編年者則附於各體之末。三，底本未收之集外詩文收入正集，於校記中説明依據；底本、其他集本和典籍所載僞作或疑僞之作收入集後「備考詩文」，於按語中説明其爲僞或疑僞的理由。四，沈佺期詩以清抄本爲主校本；沈、宋詩文均利用唐宋至明初總集、類書等進行校勘，擇善而從；底本文意可通者，或底本雖誤而無他本可據者，一般不改原文；異文有參考價值者均予存録，其出處則僅舉較早者或較重要者，不一一羅列。五，注釋詳於歷史背景、人物交游、名物典故等，略於語詞訓釋；作品繫年、真僞之考證均見於該篇首條注中。六，二集後附録兩《唐書》本傳及集序，全書後附有《沈佺期宋之問簡譜》及唐人對沈宋的評論，供讀者參考。

本書整理校注工作由陶敏承擔，易淑瓊同志曾負責《宋之問集》七、八兩卷的注釋，並爲全書做了不少資料收集與文字謄録工作。本書從選題到出版，自始至終得到中華書局的支持，特别是得到傅璇琮先生的關心指導和徐俊先生的具體幫助，此外，楊萬里君曾於上海圖書館代爲校勘清抄本中沈佺期文，在此一併致深切謝意。囿於我們的水平和聞見，書中漏誤一定很多，敬請同行專家和廣大讀者不吝指教。

一九九五年三月廿七日於湘潭師範學院

沈佺期集校注

沈佺期集校注目録

卷一

詩（垂拱元年——長安四年）

卷二

卷三

詩（景龍二年——開元二年）

卷四
詩（不編年）

卷五

賦

七

讚

册文

謚議

祭文

沈佺期集校注卷一

詩（垂拱元年——長安四年）

和元舍人萬頃臨池翫月戲為新體〔一〕

春風摇碧樹，秋霧捲丹臺。復有相宜夕，池清月正開。玉流含吹動，金魄度雲來〔二〕。熠爚光如沸，翩翻景若摧〔三〕。半環投積草，碎璧聚流杯〔四〕。夜久平無涣，天清皎未隤〔五〕。鏡將池作匣，珠以岸爲胎〔六〕。有美司言暇，高興獨悠哉〔七〕。揮翰初難擬，飛名豈易陪〔八〕。夜光珠在握，了了見沉灰〔九〕。

校記

〔含吹〕清抄本作寒水。

〔翩翻〕清抄本、《文苑英華》卷一六五作翩翻。

〔半環〕清抄本作破環。

〔無渙〕底本作無焕，據《英華》改。「夜久」句以下五韻，清抄本無。

〔天清〕《唐詩紀》卷三一作天青。

〔未隤〕《詩紀》作未遺。

〔光珠〕《詩紀》作光殊。

注釋

〔一〕舍人：中書舍人，正五品上，掌侍進奏，參議表章，光宅元年改爲鳳閣舍人，神龍元年復舊，見《新唐書·百官志二》。元萬頃：河南人，後魏景穆帝後裔。起家拜通事舍人，從李勣征高麗，以草檄失旨流嶺外。赦還，拜著作郎。天后諷高宗召文詞之士禁中修撰，萬頃預其選，朝廷疑議及百司表疏皆密令參決，時人謂之北門學士。則天臨朝，遷鳳閣舍人，旋擢鳳閣侍郎，永昌元年，配流嶺南而死。見《舊唐書》卷一九〇中、《新唐書》卷二〇一本傳。新體：新詩體，謂律體。據《舊唐書·禮儀志一》，垂拱元年（六八五）七月，元萬頃在鳳閣舍人任，詩約作於此年。

〔二〕玉流：水流。顔延之《贈王太常》：「玉水記方流，璇源載圓折。」吹：風。金魄：月。魄，月初出或將没時的微光。《漢書·禮樂志三》：「月穆穆以金波。」

〔三〕熠爚（yì yuè）：明亮貌。翾翾（xuān）：鳥小飛貌，狀月光隨波泛漾。摧：推擠。

〔四〕流杯：古人飲於水濱，置杯水上，杯流行停其前，當即取飲。二句謂水中之月影在積草、流杯處破碎不完，或如半環，或如碎璧。

〔五〕涣：涣散。隤(tuí)：敗壞，亡失。

〔六〕鏡、珠：均喻月。胎：孕育珍珠的蚌胎。《文選》卷五左思《吴都賦》：「蚌蛤珠胎，與月虧全。」劉逵注引《吕氏春秋》：「月望則蚌蛤實，月晦則蚌蛤虚。」

〔七〕有美：有美一人，指元萬頃。《詩·鄭風·野有蔓草》：「有美一人，清揚婉兮。」此割裂用之。司言：司王言。舍人掌中書制誥，代草王言，故云。

〔八〕飛名：大名，高名。

〔九〕夜光珠：即靈蛇珠。《搜神記》卷二〇：「隋侯出行，見大蛇被傷中斷，疑其靈異，使人以藥封之，蛇乃能走。……歲餘，蛇銜明珠以報之。珠盈徑寸，純白，而夜有光明，如月之照，可以燭室。」此以喻月，兼頌元之文才。曹植《與楊德祖書》歷數當時優秀文人，曰：「當此之時，人人自謂握靈蛇之珠，家家自謂抱荆山之玉。」了了：分明貌。沉灰：即劫灰，世界毁滅所餘灰燼。《三輔黄圖》卷四：「武帝初，穿(昆明)池得黑土，帝問東方朔。東方朔曰：『西域胡人知。』乃問胡人，胡人曰：『劫燒之餘灰也。』」

古意呈喬補闕知之〔一〕

盧家少婦鬱金堂，海燕雙棲玳瑁梁〔二〕。九月寒砧催木葉，十年征戍憶遼陽〔三〕。白狼河北音書斷，丹鳳城南秋夜長〔四〕。誰爲含愁獨不見，更教明月照流黄〔五〕。

校記

〔題〕敦煌遺書斯二七一七《珠英學士集》殘卷作古意，《樂府詩集》卷七五作獨不見。底本「喬」在「補闕」二字下，據清抄本、《才調集》卷三乙。

〔盧家〕《才調》作織錦。

〔少婦〕清抄本、《珠英》作小婦。

〔金堂〕底本作金香，據清抄本、《珠英》改。

〔木葉〕《珠英》作下葉。

〔音書〕《珠英》作軍書。

〔誰爲〕《珠英》作誰忍，清抄本、《才調》作誰知。

〔含愁〕《文苑英華》卷二〇五作含情。

〔不見〕《英華》作不語。

〔更教〕清抄本、《珠英》作使妾。

〔月照〕《珠英》作月對。

注釋

〔一〕補闕：諫官名，從七品上，掌供奉諷諫。《新唐書·百官志二》：「武后垂拱元年，置補闕、拾遺，左右各二人。」喬知之：同州馮翊人，則天時，累除右補闕，遷左司郎中，爲武承嗣諷酷吏羅織殺害，《舊唐書》卷一九〇中有傳。陳子昂《觀荆玉篇·序》：「丙戌歲，余從左補闕喬公北征。」喬公即知之。丙戌，垂拱二年（六八六），詩此年前後作。

〔二〕盧家少婦：即莫愁，借指征人之妻。鬱金堂：以鬱金香草和泥塗壁的房屋。梁武帝《河中之水歌》：「河中之水向東流，洛陽女兒名莫愁。莫愁十三能織綺，十四採桑南陌頭。十五嫁爲盧家婦，十六生兒字阿侯。盧家蘭室桂爲梁，中有鬱金蘇合香。」玳瑁：動物名，似龜，背甲呈褐色與淡黄色相間的花紋，可爲裝飾。

〔三〕遼陽：漢縣名，屬遼東郡，故治在今遼寧遼陽市西北。

〔四〕白狼河：即今遼寧大凌河。《水經注·大遼水》：「遼水右會白狼水，水出右北平白狼縣東南。」丹鳳城：指長安。長安大明宮正南門爲丹鳳門，見《唐兩京城坊考》卷一。

〔五〕流黄：黄褐色，此指黄褐色織物。樂府《相逢行》古辭：「大婦織羅綺，中婦織流黄。」張載《擬四愁詩》：「佳人贈我筩中布，何以報之流黃素。」

和崔正諫登秋日早朝〔一〕

雞鳴朝謁滿，露白禁門秋〔二〕。爽氣臨旌戟，朝光映冕旒〔三〕。河宗來獻寶〔四〕，天子命焚裘〔五〕。獨負津陽議，言從建禮遊〔六〕。

校記

〔題〕登字底本無，據清抄本、《文苑英華》卷一九〇補。

〔露白〕底本作白露，據清抄本、《詩式》卷三改。

〔津陽〕底本作池陽，據清抄本改。

注釋

〔一〕正諫：正諫大夫，即諫議大夫，龍朔二年改名，神龍元年復舊；正四品下，掌諫諭得失，侍從贊相。崔登：未詳。疑當作崔詧，形近而誤。《新唐書·宰相表上》：光宅元年十月丁酉，守右史沈君諒、著作郎崔詧並爲正諫大夫、同鳳閣鸞臺平章事；垂拱元年三月辛酉，詧使河北，罷。疑詩即作於垂拱中，姑繫二年。

〔二〕朝謁：朝會進謁。禁門：宮門。

〔三〕冕旒：皇帝禮冠。旒，禮冠頂版前後懸掛的玉串。

〔四〕河宗：河神。《穆天子傳》卷一：「河宗（闕）命于皇天子，河伯號之。帝曰：穆滿。『女當永致用旹事。』南向再拜。河宗又號之。帝曰：穆滿。『示女春山之珤。』……乙未，天子大朝于黃之山，乃披圖視典，用觀天子之珤器。」珤，同寶。

〔五〕天子：指晉武帝。《晉書·武帝紀》：「（咸寧四年）十一月辛巳，太醫司馬程據獻雉頭裘，帝以奇技異服典禮所禁，焚之於殿前。」

〔六〕津陽：西晉洛陽城西南門名。津陽議，謂有利國事的建議。《水經注·穀水》：「穀水又南，東屈逕津陽門南，故津門也。昔洛水泛泆，漂害者衆，津陽城門校尉將築以遏水，諫議大夫陳宣止之曰：『王尊臣也，水絶其足，朝廷中興，必不入矣。』水乃造門而退。」建禮：晉洛陽宮門名。《晉書·職官志》：「（尚書）郎主作文書起草，更直五日於建禮門內。」沈約《和謝宣城》：「晨趨朝建禮，晚沐卧郊園。」

則天門觀赦改年〔一〕

聖人有天下，幽鑰動圜狴〔二〕。六甲迎黃氣〔三〕，三元降紫泥〔四〕。籠僮上西鼓，振迅廣場雞〔五〕。歌舞將金帛，汪洋被遠黎〔六〕。

校記

〔題〕底本無觀字，《初學記》卷二〇題作則天門觀赦，據補。

〔三元〕底本作三光，據清抄本、《初學記》改。

〔廣場〕底本作廣陽，據《初學記》改。

注釋

〔一〕則天門：洛陽宮城南面中門，神龍元年，避武后尊號改爲應天門，見《唐兩京城坊考》卷五。改年：謂改年號垂拱爲永昌。《資治通鑑》卷二〇四：「永昌元年春正月乙卯朔，……太后御則天門，赦天下，改元。」詩永昌元年（六八九）正月作。

〔二〕圜（huán）狴：監獄。《釋名·釋宮室》：「獄……又謂之圜土，土築表墻，其形圜也。」《法言·吾子》：「狴犴使人多禮乎？」音義：「狴犴，監獄也。」

〔三〕六甲：紫微垣中六星。《晉書·天文志上》：大帝上九星曰華蓋，「華蓋杠旁六星曰六甲，可以分陰陽而配節候，故在帝臺，所以布政教而授農時也」。黄氣：黄色雲氣，古人以爲祥瑞。《史記·封禪書》，天子始郊拜太上，公卿言：「是夜有美光，及晝，黄氣上屬天。」《唐音癸籤》卷一六引《望氣經》：「黄雲四出，主赦。」

〔四〕三元：元旦。《初學記》卷四引《玉燭寶典》：「正月爲端月，其一日爲元日，……亦云三元。」注：

「歲之元，月之元，日之元。」紫泥：皇帝詔書，以紫泥封，上加蓋璽印。衛宏《漢舊儀》卷上：「皇帝六璽，……皆以紫泥加封。」

〔五〕籠僮：猶隆鼕，鼓聲。上西：未詳。或爲上東之誤，洛陽有上東門。廣場雞：報赦之金雞。《新唐書·百官志三》中尚署：「赦日，樹金雞於仗南，竿長七尺，有雞高四尺，黄金飾首，銜絳幡長七尺，承以綵盤，維以絳繩，將作監供焉。擊掆鼓千聲，集百官、父老、囚徒。坊小兒得雞首者，官以錢購，或取絳幡而已。」《太平御覽》卷九一八引《三國典略》：「齊長廣王湛即皇帝位於南宫，大赦改元。其日將赦，庫令於殿門外建金雞。宋孝王不識其義，問於……司馬膺之。……膺之曰：『天雞星動，當有赦，由是帝王以雞爲候。』」

〔六〕汪洋：水浩大貌，此指皇帝恩澤。遠黎：遠方百姓。

和中書侍郎楊再思春夜宿直〔一〕

西禁青春滿，南端皓月微〔二〕。直廬宵駕合，五夜曉鐘稀〔三〕。星斗横綸閣，天河度鎖闈〔四〕。煙花章奏裏，紛向夕郎飛〔五〕。

校記

〔中書侍郎〕《唐詩紀事》卷一一無此四字。

〔直廬〕清抄本、《紀事》作千廬。

〔鎖闈〕清抄本作瑣闈。

注釋

〔一〕中書侍郎：中書省副長官，正三品。光宅元年，改爲鳳閣侍郎，神龍元年復舊。楊再思：鄭州原武人，明經及第，累遷天官員外郎，歷左右肅政臺御史大夫。延載初，守鸞臺侍郎、同鳳閣鸞臺平章事。證聖初，轉鳳閣侍郎，遷内史，再爲中書令，景龍三年卒。見《舊唐書》卷九〇、《新唐書》卷一〇九本傳。按，時無「中書侍郎」之官稱，詩稱楊再思爲「夕郎」，當在鸞臺侍郎（即黃門侍郎或門下侍郎）任。題中「中書」當「鸞臺」之訛，或當從《紀事》删「中書侍郎」四字。《新唐書·宰相表上》，延載元年八月，楊再思爲鸞臺侍郎，詩證聖元年（六九五）春作。

〔二〕西禁：宮中。洛陽皇城、宮城在城西北隅，故云。南端：南天。《洞冥記》卷四：「帝昇望月臺，時暝，望南端，有三青鴨羣飛。」

〔三〕直廬：值宿官舍。宵駕：夜行的車馬。陸機《緩歌行》：「肅肅宵駕動，翩翩翠蓋羅。」五夜：即五更，一夜中分爲五段。《文選》卷五六陸倕《新刻漏銘》：「六日不辨，五夜不分。」李善注引衛宏《漢舊儀》：「中黃門持五夜，五夜者，甲夜、乙夜、丙夜、丁夜、戊夜也。」

〔四〕綸閣：中書省。時楊思道爲相，宰相政事堂在中書省，見《新唐書·百官志一》。《禮記·緇衣》：

「王言如絲，其出如綸；王言如綸，其出如綍。」中書省掌制誥，故稱綸閣。鎖闈：亦作瑣闈，刻有連鎖花紋的宮門，指門下省。參注〔五〕。

〔五〕夕郎：給事黄門侍郎，此指鸞臺侍郎。應邵《漢官儀》卷上：「黄門侍郎每日暮向青瑣門拜，謂之夕郎。」秦有黄門侍郎、給事黄門之官，東漢并二官爲給事黄門侍郎，隋煬帝去「給事」之名，唐因之，光宅元年改爲鸞臺侍郎，神龍元年復舊。詳見《唐六典》卷六門下省黄門侍郎條注。

李員外秦授宅觀妓〔一〕

盈盈粉署郎，五日宴春光〔二〕。選客虚前館，徵聲偏後堂〔三〕。玉釵翠羽飾，羅袖鬱金香。拂黛隨時廣，挑鬟出意長〔四〕。囀歌遥合態，度舞暗成行。巧落梅庭裏，斜光映曉妝。

校記

〔秦授〕底本作秦援，徑改。

〔徵聲〕底本作微聲，據清抄本改。

〔挑鬟〕底本作桃環，據清抄本改。

〔曉妝〕底本作曉汝，據清抄本改。

注釋

〔一〕員外：尚書省所屬各曹司的副長官。李秦授：武后朝酷吏，官考功員外郎，神龍元年三月，配流嶺南遠惡處，見《舊唐書·中宗紀》。《資治通鑑》卷二〇五長壽二年二月注引潘遠《記聞》：「補闕李秦授寓直中書，進封事曰：『陛下自登極，誅斥李氏及諸大臣，其家人親族流放在外，以臣所料，且數萬人。……陛下不殺此輩，臣恐爲禍深矣。』天后納之，夜中召入，謂曰：『卿名秦授，天以卿授朕也，何啓予心！』即拜考功員外郎，仍知制誥。」詩當作於證聖元年（六九五）或稍後。

〔二〕盈盈：儀態美好貌。粉署：尚書省别稱。應劭《漢官儀》卷上：尚書「省皆塗畫古賢人烈女」。故稱畫省或粉署。

〔三〕徵聲：徵選歌人。

〔四〕拂黛：畫眉。黛：用以畫眉的青黑色顏料。隨時：追逐時尚。《漢書·馬廖傳》：「城中好廣眉，四方且半額。」挑鬟：高挑的鬟髻。

送陸侍御餘慶北使〔一〕

古人貴將命，之子出輶軒〔二〕。受委當不辱，隨時敢贈言〔三〕。朔途際遼海，春思繞轘轅〔四〕。安得回白日，留歡盡綠樽〔五〕。

校記

〔餘慶〕底本無此二字，據清抄本補。

注釋

〔一〕侍御：唐人對監察御史、殿中侍御史的稱呼。陸餘慶：蘇州吴人，與陳子昂、杜審言、宋之問、司馬承禎等友善，號「方外十友」，官至大理卿、太子詹事。見《舊唐書》卷八八、《新唐書》卷一一六本傳。《新傳》云：「武后封嵩山，以辦具勞，擢監察御史。聖曆初，靈、勝二州黨項誘北胡寇邊，詔餘慶招慰，喻以恩信，蕃酋率衆内附。」詩聖曆元年（六九八）作。

〔二〕將命：奉命。《儀禮·聘禮》：「束帛將命于朝。」注：「將，奉也。」輶（yóu）軒：輕車，使者所乘。應劭《風俗通序》：「周、秦常以歲八月遣輶軒之使求異代方言。」

〔三〕不辱：不辱使命。

〔四〕朔途：北上道路。遼海：泛指遼東一帶，濱海。轘（xuán）轅：山名，在今河南偃師東。《元和郡縣圖志》卷五河南府緱氏縣：「轘轅山在縣東南四十六里。《左傳》『欒盈過周王使候出諸轘轅』注：『緱氏縣東南有轘轅關，道路險隘，凡十二曲，將去復還，故曰轘轅。』」

〔五〕緑樽：酒樽。沈約《和謝宣城》：「賓至下塵榻，憂來命緑樽。」

從幸香山寺應制〔一〕

南山奕奕通丹禁，北闕峨峨連翠雲〔二〕。嶺上樓臺十地起，城中鐘鼓四天聞〔三〕。旃檀曉閣金輿度〔四〕，鸚鵡晴林采毦分〔五〕。願以醍醐參聖酒〔六〕，還將祇苑當秋汾〔七〕。

校記

〔從幸〕敦煌遺書斯二七一七《珠英學士集》殘卷作駕幸。

〔十地〕底本作千地，據《珠英》改。

〔願以〕《珠英》作長願。

〔還將句〕《珠英》作身身歌賦幸金□。

注釋

〔一〕香山寺：在今河南洛陽南香山上，隔伊水與龍門相對。白居易《修香山寺記》：「洛都四郊山水之勝，龍門首焉。龍門十寺觀遊之勝，香山首焉。」此詩載《珠英學士集》，當爲學士時從武后幸香山作。宋之問《龍門應制》：「雲蹕纔臨御水橋，天衣已入香山會。」詩當同時作。《舊唐書·宋之問傳》：「則天幸洛陽龍門，令從官賦詩，左史東方虬詩先成，則天以錦袍賜之。」東方虬爲左史在聖曆元年，見彭慶生《陳子昂詩注》卷三《修竹篇》説明，沈詩當亦此年作。

〔二〕南山：指香山。奕奕：高大貌。丹禁：宫城，地面及墻壁塗爲紅色。北闕：指洛陽宫室，在城西北隅。

〔三〕十地：佛教稱菩薩修行漸近於佛的十種境界，即歡喜地、離垢地、發光地、焰慧地、難勝地、現前地、遠行地、不動地、善慧地、法雲地，見《十地大品金光明經》。此借指佛寺所在之地。四天：佛教所言三界中，色界諸天分爲四禪天，或稱四天，此借用其字面。

〔四〕旃檀：木名，即檀香木。旃檀閣，供奉佛像之閣。《增一阿含經》卷二八，相傳釋迦牟尼在世時，拘睒彌國優填王欲見無從，乃用旃檀木造像供奉。金輿：帝王之車，以金爲飾。江淹《恨賦》：「别艷姬與美女，喪金輿及玉乘。」

〔五〕采毦（mào）：彩色毛飾。鸚鵡林，講經説法之林。《釋氏六帖》卷二三：「《百緣經》云，有鸚鵡請佛林中説法宴坐，後得生天。」

〔六〕醍醐：酥酪上凝成的奶油，佛經用以比喻一乘教義。《涅槃經·聖行品》：「譬如從牛出乳，從乳出酪，從酪出生酥，從生酥出熟酥，熟酥出醍醐，醍醐最上。……佛以如是。」

〔七〕祇苑：祇樹給孤獨園，此指佛寺。給孤獨長者須達欲買祇陀太子園，爲如來建造精舍，太子戲言，若能以黄金布地，便當相與。須達使人象負金，八十頃中，須臾欲滿。太子念言，佛必大德，乃使斯人輕寶乃爾，遂與須達共立精舍，見《法苑珠林》卷三九。汾：水名，在今山西境。《文選》卷四五漢武帝《秋風辭·序》：「上行幸河東，祠后土，顧視帝京欣然。中流與羣臣飲宴，上歡甚，乃作《秋風辭》。」詩云：「泛樓舡兮濟汾河，横中流兮揚素波。」

嵩山石淙侍宴應制〔一〕

金輿旦下緑雲衢，彩殿晴臨碧澗隅〔二〕。溪水泠泠逐行漏，山煙片片引香爐〔三〕。仙人六膳調神鼎，玉女三漿捧玉壺〔四〕。自惜汾陽紆道駕，無如太室覽真圖〔五〕。

校記

〔石淙〕底本作石漴，據《唐詩紀》卷三〇改。

〔逐行〕《金石萃編》卷六四作雜行。

〔山煙〕《萃編》作巖煙。

〔引香〕《萃編》作遶香。

〔自惜〕《萃編》作自昔。

〔無如〕《萃編》作何如。

注釋

〔一〕嵩山：在今河南登封縣境。石淙：石上瀑流，此指嵩山平樂澗。《資治通鑑》卷二〇六：久視元年正月，「作三陽宫於告成之石淙。……夏四月戊申，太后幸三陽宫避暑。」《金石萃編》卷六四《夏日遊石淙詩序》：「爰有石淙者，即平樂澗也，爾其近接嵩嶺，俯届箕峰。」《詩碑》載武后、太子李顯、相王李旦、武三思、狄仁傑、張易之、張昌宗、李嶠、蘇味道、姚元崇、閻朝隱、崔融、薛曜、徐彦伯、楊敬述、于季子七律各一首及沈佺期此詩，題「大周久視元年歲次庚子律中蕤賓十九日丁卯」建。宋之問亦有《三陽宫石淙侍宴應制》詩，碑未載。蕤賓爲五月之律。詩久視元年（七〇〇）五月作。

〔二〕金輿：見前《從幸香山寺應制》注〔四〕。緑雲衢：緑樹如雲的大道。綵殿：謂三陽宫。《舊唐書·武三思傳》：「三思又以則天厭居深宫，又欲與張易之、昌宗等扈從馳騁以弄其權，乃請創造三陽宫於嵩高山，興泰宫於萬壽山，請則天每歲臨幸。」

〔三〕行漏：出行時車中所置刻漏計時器，此指漏刻滴水聲。

〔四〕六膳：即六牲，泛指肴饌。三漿：即三酒，此泛指酒。《周禮·天官·膳夫》：「凡王之饋，食用六穀，膳用六牲。」注：「六牲，馬、牛、羊、豕、犬、雞也。」又《酒正》：「辨三酒之物，一曰事酒，二曰昔酒，三曰清酒。」注引鄭司農云：「事酒，有事而飲也。昔酒，無事而飲也。清酒，祭祀之酒。」

〔五〕汾陽：隋宫名，故址在今山西静樂。紆：紆曲，繞道。《隋書·煬帝紀》：大業四年「夏四月丙午，以離石之汾源、臨泉，雁門之秀容爲樓煩郡，起汾陽宫。」十一年五月，帝避暑汾陽宫。《太平寰宇記》卷四一嵐州静樂縣：「汾陽宫，大業四年置，末年廢，在縣北三十里。」太室：即嵩山。《元和郡縣圖志》卷五河南府登封縣：「嵩高山在縣北八里，亦名外方山。又云東曰太室，西曰少室，嵩高總名，即中岳也。」真圖：《漢武帝内傳》：「王母因授以《五嶽真形圖》，帝拜受。」

附録

夏日遊石淙詩并序

武后

若夫圓嶠方壺，涉滄波而靡際；金臺玉闕，步玄圃而無階。唯聞山海之經，空覽神仙之記。爰有石淙者，即平樂澗也。爾其近接嵩嶺，俯届箕峰，瞻少室兮若蓮，睇潁川兮如帶。既而躡崎嶇之山徑，蔭蒙密之藤蘿。洶湧洪湍，落虚潭而送響；高低翠壁，列幽澗而開筵。密葉舒帷，屏梅氛而蕩燠；疎松引吹，清麥候以含涼。就林藪而王心神，對煙霞而滌塵累。森沉丘壑，即是桃源；淼漫平流，還浮竹箭。紉薜荔而成帳，聳蓮石而如樓。洞口全開，溜千年之芳髓；山腰半坼，吐十里之香粳。無煩崐閬之遊，自然形勝之所。當使人題綵翰，各寫瓊篇，庶無滯於幽栖，冀不孤於泉石。各題四韻，咸賦七言。

三山十洞光玄籙，玉嶠金巒鎮紫微。均露均霜標勝壤，交風交雨列皇畿。萬仞高巖藏日色，千尋幽澗浴雲衣。且駐歡筵賞仁智，琱鞍薄晚雜塵飛。（《金石萃編》卷六四）

夏日梁王席送張岐州〔一〕

秦雞常下雍〔二〕，周鳳昔鳴岐〔三〕。此地推雄輔，惟良寄在斯〔四〕。家傳七豹貴〔五〕，人擅八龍奇〔六〕。高傳生光彩，長林歎别離〔七〕。天人開祖席，朝寀候征麾〔八〕。翠帟當郊敞，彤幨向野披〔九〕。芃芃秋麥盛，苒苒夏條垂〔一〇〕。奉計何時入？台階望羽儀〔一一〕。

校記

〔雄輔〕底本作雄撫，據清抄本改。

〔惟良句〕底本作惟梁寄在期，據清抄本改。

〔奉計〕《唐詩紀》卷三一作奏計。

注釋

〔一〕梁王：武三思。《舊唐書》本傳：「則天臨朝，擢拜夏官尚書。及革命，封梁王，賜實封一千户。」岐州：州治在今陝西鳳翔。張岐州：張昌期，張易之兄弟，歷岐、汝二州刺史，神龍元年被誅，附見《舊唐書·張行成傳》。《資治通鑑》卷二〇七：長安三年九月，太后召易之弟岐州刺史昌期，欲以爲雍州長史；宰相魏元忠曰：「昌期少年，不閑吏事，曏在岐州，户口逃亡且盡。」時昌期守岐州已有時日。故其初出守及沈佺期以詩送，當約在大足元年（七〇一）夏。

〔二〕雍：春秋秦都，在今陝西鳳翔南。《元和郡縣圖志》卷二岐州：「春秋及戰國時爲秦都，德公初居雍，即今天興縣也。」《史記·封禪書》：「作鄜畤後九年，（秦）文公獲若石云，于陳倉北阪城祠之。其神……從來也常以夜，光輝若流星，東南來集于祠城，則若雄雞，其聲殷云，野雞夜雊。」正義引《括地志》：「陳倉山在今岐州陳倉縣南。」

〔三〕岐：岐山，在岐州岐山縣東北十里。《國語·周語上》：「周之興也，鸑鷟鳴于岐山。」注：「鸑鷟，鳳之別名。」

〔四〕雄輔：扶助京師的大郡雄藩。岐州漢武帝時曾改名右扶風，謂扶助京師行風化，與京兆尹、左馮翊謂之三輔，見《元和郡縣圖志》卷二。惟良：良臣。《書·君陳》載周成王命君陳分正東都成周之詞云：「嗚呼，臣人咸若時，惟良顯哉。」傳：「臣於人者皆順此道，是惟良臣，則君顯明於世。」寄：託付。斯：此，謂岐州。

〔五〕七豹：未詳。疑當作七貂，形近而誤。《文選》卷二一左思《詠史》：「金張藉舊業，七葉珥漢貂。」李善注引《漢書·張湯傳贊》：「張氏之子孫相繼，自宣、元以來，爲侍中、中常侍者凡十餘人。功臣之後，唯有金氏、張氏，親近貴寵，比於外戚。」漢代侍中、中常侍着武冠，加黄金璫，附蟬爲文，貂尾爲飾，見《後漢書·輿服志》。張昌期族祖張行成曾相太宗、高宗。七貂，謂其先人累世爲顯宦。

〔六〕八龍：《後漢書·荀淑傳》：「有子八人：儉、緄、靖、燾、汪、爽、肅、專，並有名稱，時人謂之『八龍』。」張昌期有兄弟昌儀、同休、易之、昌宗，見《新唐書·宰相世系二下》。

〔七〕高傳：高車。傳，驛車。

〔八〕天人：天上人，多指皇室宗親。武三思爲武后之姪，故云。祖席：餞别筵席。朝寀：朝中同僚。征麾：出行時爲前導的旌旗。

〔九〕帟：帳幕。彤幨：紅色車帷。被：通披，分開。披幨：猶褰帷。《後漢書·賈琮傳》：「以琮爲冀州刺史。舊典，傳車驂駕，垂赤帷裳，迎於州界。及琮之部，升車，言曰：『刺史當遠視廣聽，糾察美惡，何有反垂帷裳以自掩塞乎！』乃命御者褰之。百城聞風，自然震竦。」

〔一〇〕芃芃：茂密貌。《詩·鄘風·載馳》：「我行其野，芃芃其麥。」秋麥：成熟之麥。苒苒：柔弱貌。

〔一一〕奉計：奉奏計簿。漢制，郡國長吏歲末上計簿於京師，報告一年人事、户口、賦税等情况。《後漢書·明帝紀》：永平二年，「衆郡奉計，百蠻貢職」。台階：即三台星，指宰相之位。三台六星，兩兩而居，三公之位也，一曰天階，一曰泰階，見《晉書·天文志上》。羽儀：羽毛裝飾，引申爲表率。《易·漸》：「鴻漸于陸，其羽可用爲儀。」

辛丑歲十月上幸長安時扈從出西嶽作〔一〕

西鎮何穹崇，壯哉信靈造〔二〕。諸嶺皆峻秀，中峰特美好。傍見巨掌存，勢如拓東倒〔三〕。

頗聞首陽去，開拆此河道〔四〕。磅礴壓洪源，巍峨壯清昊〔五〕。雲泉紛亂瀑，天磴屹宏抱〔六〕。子先呼其巔，宫女世不老〔七〕。下有府君廟，歷載傳灑掃〔八〕。皇明應天游，十月戒豐鎬〔九〕。微末忝閒從，兼得事蘋藻〔一〇〕。宿心愛兹山，意欲拾靈草〔一一〕。陰壑已冰閉，雲竇絶探討〔一二〕。芬月期來過，回策思方浩〔一三〕。

校記

〔辛丑歲十月上幸長安時扈從出西嶽作〕此詩底本未載，沈集他本均收，此據清抄本録。《初學記》卷五題作西岳作，《文苑英華》卷一五九無題首十字，敦煌遺書斯二七一七《珠英學士集》殘卷扈從出作雲卿從在。

〔開拆〕《珠英》作闓拆，《初學記》作開拆。

〔此河〕《英華》作北河。

〔壯清〕《初學記》作載清。

〔宏抱〕《初學記》、《英華》作横抱。

〔皇明〕清抄本作星明，據《初學記》、《英華》改。

〔戒豐〕清抄本作成豐，據《初學記》、《英華》改。

〔兹山〕《珠英》作此山。

〔冰閉〕《初學記》作永閉，《全唐詩》卷九五作永閟。

〔芬月〕《初學記》、《英華》作芳月。

〔來過〕《珠英》作再來。

注釋

〔一〕辛丑：大足元年（七〇一）。西嶽：華山。《舊唐書·則天皇后紀》：大足元年「冬十月，幸京師，大赦天下，改元爲長安。」詩作於從駕西幸途經華山時。

〔二〕西鎮：西方山岳之重大者。穹崇：高貌。靈造：神造。

〔三〕巨掌：指華山仙掌峰。拓：推開。張衡《西京賦》：「綴以二華，巨靈贔屓，高掌遠蹠，以流河曲，厥跡猶存。」王涯《太華山僊掌辯》：「華之首峰，有五崖比罊破巖而列，自下而望，偶爲掌形。舊俗土記之傳者皆曰：昔河……將走東溟，連山塞之，壅不得去。有巨靈於此，力擘而剖其中，跖而北者爲首陽，絶而南者爲太華，河自此洩，茫洋下馳，故其掌跡猶存，巨靈之跡也。」

〔四〕首陽：山名，即雷首山，在今山西永濟南，臨黄河，見《水經注·河水》。

〔五〕洪源：大水，謂黄河。清昊：天。

〔六〕天磴：指登山石級。

〔七〕子先：呼子先，漢時人，壽百餘歲，與酒家老嫗騎龍上華陰山，常於山上大呼，言子先、酒家母在此矣。宮女：毛女，字玉姜，在華陰山中，形體生毛。自言秦始皇宮人，秦壞，入山避難，遇道士谷春，教食松葉，遂不飢寒，身輕如飛。均見《列仙傳》卷下。

〔八〕府君廟：即華嶽廟。《大明一統志》卷三二：「西嶽廟，在華陰縣東五里。」

〔九〕戒：通屆，至。豐鎬：西周都城，此指長安。《太平寰宇記》卷二五雍州長安縣：「周文王作豐，今縣西北靈臺鄉豐水上游是也。武王理鎬，今昆明池北鎬陂是也。」

〔一〇〕微末：自稱，謙詞。蘋藻：水草，可作祭品，代指祭祀。《詩·召南·采蘋》「于以采蘋，南澗之濱。于以采藻，于彼行潦。」箋：「祭，牲用魚，芼用蘋、藻。」

〔一一〕靈草：仙草。拾靈草：求仙。《文選》卷一班固《西都賦》：「靈草冬榮，神木叢生。」李善注：「神木、靈草，謂不死藥也。」

〔一二〕陰壑：背陽幽深的山谷。雲竇：雲霧遮掩的洞穴。

〔一三〕芬月：春月。回策：回馬。策，馬鞭。

覽鏡〔一〕

靡靡日摇蕙，騷騷風灑蓮〔二〕。時芳固相奪，俗態豈恒堅〔三〕。恍惚夜川裏，蹉跎朝鏡前〔四〕。紅顔與壯志，太息此流年。

校記

〔覽鏡〕敦煌遺書斯二七一七《珠英學士集》殘卷作朝鏡。

〔靡靡〕底本作霏霏，據清抄本、《珠英》改。

注釋

〔一〕此詩及後六詩均見《珠英學士集》殘卷。按《三教珠英》一書於大足元年（即長安元年）十一月修成（《唐會要》卷三六），《珠英學士集》之編成當與之約略同時或稍後，故此七詩均當作於大足元年及此前數年中，姑附于此。

〔二〕靡靡：草伏相依貌。陸機《擬青青河畔草》：「靡靡江蘺草，熠熠生河側。」騷騷：風勁貌。

〔三〕時芳：應時之花，指春蕙、夏蓮之類。相奪：相代。

〔四〕夜川：喻暗中流逝的時光。

長門怨〔一〕

月皎風泠泠，長門次掖庭〔二〕。玉階聞墜葉，羅幌見飛螢。清露凝珠綴，流塵下翠屏〔三〕。妾心君未察，愁歎劇繁星〔四〕。

校記

〔清露四句〕敦煌遺書斯二七一七《珠英學士集》殘卷作君恩若流水，妾怨似繁星。黄金盡詞賦，白髮空帷屏。

注釋

〔一〕長門怨：樂府相和歌曲名。《樂府詩集》卷四二：「《漢書》曰：『孝武陳皇后，長公主嫖女也。擅寵驕貴，十餘年而無子。聞衛子夫得幸，幾死者數焉。元光五年，廢居長門宮。』《樂府解題》曰：『《長門怨》者，爲陳皇后作也。后退居長門宮，愁悶悲思，聞司馬相如工文章，奉黄金百斤，令爲解愁之辭。相如爲作《長門賦》，帝見而傷之，復得親幸。後人因其賦而爲《長門怨》也。』」《三輔黄圖》卷三：「長門宮，離宮，在長安城。」詩長安元年或其前數年中作，參見前《朝鏡》注〔一〕。

〔二〕泠泠：清泠貌。掖庭：宮中傍舍，妃嬪所居。《後漢書·班彪傳》：「後宮則有掖庭椒房，后妃之室。」注引《漢官儀》：「婕妤以下皆居掖庭。」

〔三〕珠綴：珍珠連綴而成的飾物。王融《詠幔》：「幸得與珠綴，羃歷君之楹。」

〔四〕劇：甚，多於。

鳳笙曲〔一〕

憶昔王子晉，鳳笙遊雲空〔二〕。揮手弄白日，安能戀青宫〔三〕。豈無嬋娟子，結念羅帷中〔四〕。憐壽不貴色，身世兩無窮〔五〕。

校記

〔羅帷〕《樂府詩集》卷五〇作羅帳。

注釋

〔一〕鳳笙：管樂器名。《風俗通義》卷六：「謹按《世本》，隨作笙。長四寸，十二簧，像鳳之身。」鳳笙曲：樂府清商曲辭《江南弄》七曲之四。《樂府詩集》卷五〇引《古今樂録》：「《鳳笙曲》，和云：『弦吹席，長袖善留客。』」《舊唐書·張易之傳》：久視元年，以易之爲奉宸令，「時諛佞者奏云，昌宗是王子晉後身。乃令被羽衣，吹簫，乘木鶴，奏樂於庭，如子晉乘空。辭人皆賦詩以美之，崔融爲其絶唱。」王子晉好吹笙，參注〔二〕。詩或爲此而作，作於大足元年前數年，參見前《覽鏡》注〔一〕。

〔二〕《列仙傳》卷上：「王子喬者，即周靈王太子晉也。好吹笙，作鳳凰鳴。遊伊、洛之間，道士浮丘公接以上嵩高山。三十餘年後，求之於山上，見柏良曰：『告我家，七月七日待我於緱氏山巔。』至時，果乘白鶴駐山頭，望之不得到。舉手謝時人，數日而去。」

〔三〕青宮：即東宮，太子所居。

〔四〕嬋娟：儀態美好貌。嬋娟子，美女。結念：思緒鬱結。

〔五〕身世句：謂自身與天地同壽。

鳳簫曲〔一〕

八月涼風動高閣，千金麗人捲綃幕〔二〕。已憐池上歇芳菲，不念君恩坐摇落〔三〕。世上榮枯如轉蓬，朝隨阡陌暮雲中〔四〕。飛燕侍寢昭陽殿，班姬飲恨長信宫〔五〕。長信宫，昭陽殿，春來歌舞妾自知，秋至容華君不見。昔時嬴女厭世氛，學吹鳳簫乘綵雲〔六〕。含情轉睞向蕭史，千載紅顔持贈君。

校記

〔題〕敦煌遺書斯二七一七《珠英學士集》殘卷作古意；《文苑英華》卷一九三（甲）作鳳簫曲，卷二〇五（乙）作古意二首（其二）。

〔動高〕《英華》甲作下高。

〔千金〕《英華》乙作三千。

〔不念〕《珠英》作今願，《英華》乙作不願。

〔坐摇〕《英華》作復摇。

〔榮枯〕底本作榮華，據《珠英》、《英華》乙改。

〔朝隨〕《珠英》作旦時，《英華》乙作是時。

〔侍寵〕底本作侍寢，據《珠英》、《英華》乙改。

〔容華〕《英華》乙作簾櫳。

〔昔時〕《珠英》、《英華》乙作古時。

〔世氛〕《英華》乙作世紛。

〔吹鳳〕《珠英》、《英華》甲作鳳吹。

〔轉睞〕《英華》甲作轉盼。

〔蕭史〕《珠英》作仙史。

〔載紅〕《珠英》、《英華》乙作歲童。

注釋

〔一〕鳳簫：即簫，管樂器。《列仙傳》卷上：「蕭史者，秦穆公時人，善吹簫，能致孔雀、白鶴於庭。穆公有女字弄玉，好之，公遂以女妻焉。日教弄玉作鳳鳴。居數年，吹似鳳聲，鳳凰來止其屋。公爲作鳳臺，夫婦止其上不下數年，一旦皆隨鳳凰飛去。」詩當大足元年或其前數年中作，參見前《覽鏡》注〔一〕。

〔二〕綃幕：薄紗帷幕。

〔三〕摇落：草木落葉，此指恩寵衰弛。

〔四〕轉蓬：乾枯後隨風飛轉的蓬草。曹植《吁嗟篇》：「吁嗟此轉蓬，居世何獨然。長去本根逝，宿夜無休閒。東西經七陌，南北越九阡。卒遇回風起，吹我入雲間。」

〔五〕飛燕：漢成帝趙皇后號。昭陽殿：漢未央宫中殿名。班姬：漢成帝班婕妤。長信宫：漢長樂宫中宫名。《漢書·孝成趙皇后傳》：本長安宫人，及壯，屬陽阿主家，學歌舞，號曰飛燕。成帝召入宫，大幸。有女弟復召入，俱爲婕妤，貴傾後宫。後弟爲昭儀，居昭陽舍，姊弟顓寵十餘年。又《孝成班倢伃傳》：「趙氏姊弟驕妬，倢伃恐久見危，求共養太后長信宫，上許焉。倢伃退處東宫，作賦自傷悼。」

〔六〕嬴女：指秦王小女弄玉。秦爲嬴姓。

古别離〔一〕

白水東悠悠，中有西行舟。舟行有返櫂，水去無還流。奈何生别者，戚戚懷遠遊。遠遊誰當惜，所悲會難收。自君問芳躧，青陽四五遒〔二〕。皓月掩蘭室，光風虛蕙樓〔三〕。相思無明晦，長歎累春秋〔四〕。離居久遲暮，高駕何淹留〔五〕。

校記

〔題〕清抄本作擬古離別，《文苑英華》卷二〇二作擬古別離。

〔白水〕底本作白日，據清抄本、敦煌遺書斯二七一七《珠英學士集》殘卷改。

〔問芳〕底本作閺芳，清抄本作閴芳，《樂府詩集》卷七一作聞芳，據《珠英》改。

〔春秋〕清抄本、《珠英》作冬秋。

注釋

〔一〕古別離：樂府雜曲歌辭。《樂府詩集》卷七一：「《楚辭》曰：『悲莫悲兮生別離。』……故後人擬之爲《古別離》。」詩當大足元年或其前數年中作，參見前《覽鏡》注〔一〕。

〔二〕問芳躧：謂足跡不至。躧，同屣，無跟小履。青陽：春日。《爾雅·釋天》：「春爲青陽。」注：「氣清而温陽。」遒：盡。《楚辭·九辯》：「歲忽忽而遒盡兮，恐余壽之弗將。」

〔三〕光風：風和日麗。《楚辭·招魂》：「光風轉蕙，氾崇蘭些。」注：「光風，謂雨已日出而風，草木有光也。」

〔四〕明晦：猶晝夜。《詩·大雅·蕩》：「既愆爾止，靡明靡晦，式號式呼，俾晝作夜。」

〔五〕高駕：高車。淹留：滯留。

古鏡〔一〕

鑿井遘古墳，墳櫬□淪没。誰家青銅鏡，送此長彼月〔二〕。長夜何冥冥，千歲光不教〔三〕。玉匣歷窮泉，金龍蟄幽窟〔四〕。鞶組已銷散，錦衣亦虧闕〔五〕。莓苔翳清池，蝦蟆蝕明月〔六〕。埋落今如此，烟心未嘗歇。願垂拂拭恩，爲君鑒雲髮。

校記

〔古鏡〕此詩沈集諸本不載，敦煌遺書斯二七一七《珠英學士集》殘卷有詩無題，《詩式》卷三存詩末六句，今據《珠英》録詩，題從《詩式》。

〔烟心〕《詩式》作照心，作烟疑避武后諱。

〔雲髮〕《詩式》作玄髮。

注釋

〔一〕詩當大足元年或其前數年中作，參見前《覽鏡》注〔一〕。

〔二〕長彼：疑爲長夜之誤。長夜月：漫長夜臺之歲月。

〔三〕教：出韻，疑當作越。不越：猶不度。

〔四〕玉匣：飾玉的鏡匣。窮泉：地下深處。金龍：鏡上鑄盤龍形花紋。

〔五〕鞶組：字書無組字，疑當作鞶組，盤結的絲帶。姚崇《執鏡誡》：「飾以鞶組，匣以珠璣。」錦衣：指包鏡的織錦。

〔六〕池、月：喻鏡。莓苔：喻鏡上銹斑。蝦蟆：指月中的蟾蜍，傳説月蝕是蝦蟆食月造成的。《太平御覽》卷四引張衡《靈憲》：「羿請不死藥於西王母，羿妻姮娥竊以奔月，託身於月，是爲蟾蜍。」《史記·龜策列傳》：「日爲德而君於天下，辱於三足之烏；月爲刑而相佐，見食於蝦蟆。」

邙山〔一〕

北邙山上列墳塋，萬古千秋對洛城。城中日夕歌鍾起，山上唯聞松柏聲〔二〕。

校記

〔山上〕《文苑英華》卷三〇六作山下。

注釋

〔一〕邙山：即北邙山，在今河南洛陽北。《太平寰宇記》卷三河南府河南縣：「芒山，一名邙山，在縣地北十里。……修亘四百餘里，實古今東洛九原之地也。……伊尹、蘇秦、張儀、扁鵲、田横、劉寬、楊修、孔融、吴後主、蜀後主、張華、嵇康、石崇、何晏、陸倕、阮籍、羊祜皆有冢在此山。」詩見《珠英學士集》殘卷，當大足元年或其前數年中作，參見前《覽鏡》注〔一〕。

〔二〕歌鍾：即編鍾，古代打擊樂器名，此泛指音樂歌聲。松柏聲：古人墓前多種植松柏，故云。

和杜麟臺元志春情〔一〕

嘉樹滿中園，氛氳羅秀色〔二〕。不見仙山雲，倚瑟空太息〔三〕。沉思若在夢，緘怨似無憶。青春坐南移，白日忽西匿〔四〕。蛾眉返清鏡，閨中不相識。

校記

〔倚瑟〕清抄本作倚琴。

〔蛾眉〕底本作娥眉，據《唐詩紀》卷二九改。

注釋

〔一〕麟臺：即秘書省，垂拱元年改名麟臺，神龍元年復舊，見《舊唐書·職官志二》。杜元志：字道寧，歷金部員外郎、祠部郎中，開元中官考功郎中、杭州刺史，有集十卷，已佚，事見《新唐書·藝文志四》。崔湜亦有《酬杜麟臺春思》詩，見敦煌遺書斯二七一七《珠英學士集》殘卷，故此詩當大足元年或其前數年中作，參見前《覽鏡》注〔一〕。

〔二〕氛氳：盛貌。謝惠連《雪賦》：「散漫交錯，氛氳蕭索。」

〔三〕仙山雲：巫山雲，指所思女子。宋玉《高唐賦》：「昔者先王嘗遊高唐，怠而晝寢，夢見一婦人，曰：『妾巫山之女也，爲高唐之客，聞君遊高唐，願薦枕席。』王因幸之。去而辭曰：『妾在巫山之陽，高丘之阻，旦爲朝雲，暮爲行雨，朝朝暮暮，陽臺之下。』旦朝視之，如言，故爲立廟，號曰朝雲。」

倚瑟：依和瑟聲。《史記·張釋之列傳》：「（文帝）命慎夫人鼓瑟，上自倚瑟而歌。」索隱：「謂歌聲合於瑟聲，相依倚也。」

〔四〕青春：春日。古代陰陽家以東方及春配木，南方及夏配火，青春南移謂春去夏來。曹植《贈白馬王彪》：「原野何蕭條，白日忽西匿。」

送友人任括州〔一〕

青春浩無際，白日乃遲遲〔二〕。胡爲賞心客，歎邁此芳時〔三〕。甌粤迫茲守，京闕從此辭〔四〕。茫茫理雲帆，草草念行期〔五〕。紛吾結遠佩，帳飲出河湄〔六〕。太息東流水，盈觴難再持。

校記

〔歎邁〕底本作歎遇，據清抄本改。

注釋

〔一〕括州：後避唐德宗李适諱改名處州，州治在今浙江麗水。李适亦有六韻古詩《送友人向括州》，見敦煌遺書斯二七一七《珠英學士集》殘卷中，二詩當同時作，作於大足元年前數年中，參見前《覽鏡》注〔一〕。

〔二〕青春：春天。《詩·豳風·七月》：「春日遲遲。」

〔三〕賞心：心中歡樂。沈約《游沈道士館》：「寄言賞心客，歲暮爾來同。」邁：行邁，遠行。

〔四〕甌粤：即甌越，指括州。《元和郡縣圖志》卷二六處州：「秦滅楚，置會稽郡。後越王無彊七代孫閩君摇佐漢有功，立爲東越王，都東甌，今温州永嘉縣是也。……隋開皇九年平陳，改永嘉爲處州，十二年又改爲括州。」

〔五〕草草：匆促貌。

〔六〕紛：盛貌。《楚辭·離騷》：「紛吾既有此内美兮，又重之以脩能。」結遠佩：謂爲官遠方。佩，佩玉。《禮記·玉藻》：「居則設佩，朝則結佩。」帳飲：設帳餞别。湄：水邊。

春日昆明池侍宴應制〔一〕

武帝伐昆明，穿池習五兵〔二〕。水同河漢在，館有豫章名〔三〕。我后光天德，垂衣文教成〔四〕。黷兵非帝念，勞物豈常情。春仗過鯨沼，雲旗出鳳城〔五〕。靈魚含寶躍，仙女廢機迎〔六〕。柳拂旌門暗，蘭依帳殿生〔七〕。還如流水曲，日晚棹歌聲。

校記

〔春日〕二字底本無，據《詩式》卷四增。

〔池習〕《文苑英華》卷一七六作池集。

〔帝念〕《英華》作帝命。

〔春仗〕《英華》作春豫。

〔歌聲〕《英華》作歌清。

注釋

〔一〕昆明池：在唐長安縣西北十八里，見《元和郡縣圖志》卷一。《漢書·武帝紀》：元狩三年，「發謫吏穿昆明池。」注引臣瓚曰：「《西南夷傳》有越嶲、昆明國，有滇池，方三百里。漢使求身毒國，而爲昆明所閉，今欲伐之，故作昆明池象之，以習水戰，在長安城南，周回四十里。」按《唐詩紀事》卷九據《景龍文館記》載中宗遊幸與學士唱和事，除三年正月晦日幸昆明池外，別無幸昆明池事，詩當長安二或三年春隨侍武后在長安作。

〔二〕五兵：矛、戟、弓、劍、戈五種兵器，此指水戰。

〔三〕河漢：天河。豫章：昆明池中館名，以豫章木爲之。《三輔黄圖》卷四：「關輔古語曰：昆明池中有二石人，立牽牛、織女於池之東西，以象天河。」張衡《西京賦》：「迺有昆明靈沼，黑水玄阯，周以金堤，樹以柳杞。豫章珍館，揭焉中峙。牽牛立其左，織女處其右。」

〔四〕垂衣：謂端拱無爲。《易·繫辭下》：「黄帝、堯、舜垂衣裳而天下治。」

〔五〕鯨沼：指昆明池。《三輔黄圖》卷四引《三輔故事》：「（昆明）池中有豫章臺及石鯨，刻石爲鯨魚，長三丈，每至雷雨，常鳴吼，鬣尾皆動。」鳳城：長安城，見本卷《古意呈喬補闕知之》注〔四〕。

〔六〕靈魚：指報恩之魚，見本卷《移禁司刑》注〔三〕。仙女：指織女，參見注〔三〕。

〔七〕帳殿：施以帳幕搭成的臨時宫殿。

酬蘇員外味玄夏晚寓直省中見贈〔一〕

並命登仙閣，分宵直禮闈〔二〕。大官供宿膳，侍史護朝衣〔三〕。卷幔天河入，開窗月露微。小池殘暑退，高樹早涼歸。冠劍無時釋，軒車待漏飛〔四〕。明朝題漢柱，三署有光輝〔五〕。

校記

〔一〕蘇員外味玄　底本作蘇員外味道，《初學記》卷一一作蘇味道玄，《國秀集》卷上作蘇員外，此從《文苑英華》卷一九〇、《衆妙集》及活字本、清抄本。

〔分宵〕底本作通宵，《唐詩紀》卷三一作分曹，據《初學記》改。

〔大官〕清抄本、《國秀》作太官。

〔開窗〕底本作閑窗，《初學記》作披庭，《英華》作當階，據《國秀》改。

〔早涼〕《衆妙》作晚涼。

〔三署〕底本作二署，據《初學記》改。

注釋

〔一〕蘇味玄：趙州欒城人，蘇味道弟，官膳部員外郎、太子洗馬，見《元和姓纂》卷三、《舊唐書·蘇味道傳》。省：指尚書省。按，詩云「並命登仙閣，分宵直禮闈」，蘇味道延載初即遷鳳閣舍人，檢校鳳閣侍郎、同鳳閣鸞臺平章事，而沈佺期長安初方自通事舍人遷考功員外郎，故二人無同登郎署之可能。作味玄是。詩當長安二年（七〇二）六月作，時佺期在考功員外郎任，見《簡譜》。崔湜亦有《和蘇員外寓直》詩，見《文苑英華》卷一九一（同書卷一九〇收喬知之詩），當是同和之作。

〔二〕仙閣：猶仙署，指尚書省。唐人最重尚書郎官，稱爲仙郎，稱尚書省爲仙曹、仙署。禮闈：指尚書省。《文選》卷四六任昉《王文憲集序》：「出入禮闈，朝夕舊館。」李善注引《十州記》，尚書省有崇禮、建禮二門，故稱禮闈。蘇味玄官膳部員外郎，屬禮部。

〔三〕大官：即太官。《新唐書·百官志三》：光禄寺太官署，「掌供祠宴朝會膳食」。侍史：官府奴婢。

《後漢書·鍾離意傳》："「自此詔太官賜尚書以下朝夕餐，給帷被皂袍及侍史二人。」注："「女侍史絜被服，執香爐燒燻，從入臺中，給使護衣服也。」

〔四〕待漏：等待早朝。漏：刻漏，計時器。

〔五〕題漢柱：《太平御覽》卷二一五引《三輔決録》："「田鳳字季宗，爲尚書郎，容儀端正，入奏事，靈帝目送之，因題柱曰：『堂堂乎張，京兆田郎。』」三署：《文獻通考》卷五九："「五官、左、右中郎將皆秦官，漢因之，並領三署郎。」官員稱郎者始於此，故唐人以三署指尚書省。

夏日都門送司馬員外逸客孫員外佺北征〔一〕

二庭追虜騎，六月動周師〔二〕。廟略天人授，軍麾相國持〔三〕。復言徵二妙，才令重當時〔四〕。畫省連征稾，横門共別詞〔五〕。雲迎出塞馬，風捲渡河旗。計日方夷寇，旋聞杕杜詩〔六〕。

校記

〔題〕底本佺下有其字，據《文苑英華》卷二九九删。

〔才令〕底本作才命，據清抄本改。

〔杕杜〕底本作杖杜，據《英華》改。

注釋

〔一〕司馬逸客：河内人，晉瑯琊王司馬馗十三代孫，景龍四年，官赤水軍大使、涼州都督，歷吏部侍郎，卒贈鴻臚卿，謚烈，見《元和姓纂》卷二及岑仲勉《元和姓纂四校記》。孫佺：汝州郟城人，武后朝，官主客員外郎，先天元年爲羽林將軍、幽州都督，討奚李大酺，兵敗被殺，事跡附見《舊唐書》卷八一、《新唐書》卷一〇六孫處約傳。北征：北征突厥。《文苑英華》卷二九九李乂同題詩注云：「時相王爲元帥，魏元忠爲副。」按《資治通鑑》卷二〇七：「（長安二年）突厥寇鹽、夏二州。三月庚寅，突厥破石嶺，寇并州。……（五月）乙未，以相王爲并州牧，充安北道行軍元帥，以魏元忠爲之副。」詩長安二年六月作。

〔二〕二庭：唐太宗時，西突厥咄陸可汗建庭鏃曷山西，謂之北庭，畢賀咄葉護建庭雖合水之北，謂之南庭，合稱二庭。此指東突厥，時默啜號爲拓西可汗，自長壽元年至長安初連歲寇邊，剽掠人畜、金帛、子女，參見《新唐書·突厥傳》。六月：《詩·小雅》篇名，據小序，爲歌頌周宣王北伐玁狁（匈奴）而作。時武后改國號周，故「六月」、「周師」均爲雙關語。

〔三〕廟略：朝廷的謀略。天人：天上人，指相王李旦，武后之子，中宗弟，聖曆元年封相王。軍麾：軍中大旗，喻指揮權。相國：指魏元忠，聖曆二年，擢拜鳳閣侍郎、同鳳閣鸞臺平章事，《舊唐書》卷九二、《新唐書》卷一二二有傳。

〔四〕二妙：指司馬逸客與孫佺，時均爲尚書郎。《晋書·衛瓘傳》：「咸寧初，徵拜尚書令。……瓘學問深博，明習文藝，與尚書郎索靖俱善草書，時人號爲『一臺二妙』。」才令：才華聲譽。《晋書·謝琰傳》：「（琰）與從兄護軍淡雖比居，不往來。宗中子弟惟與才令者數人相接。」

〔五〕畫省：尚書省。參前《李員外秦授宅觀妓》注〔二〕。征櫜：行囊。横門：漢長安城門名，此代指唐長安城北門。《三輔黄圖》卷一：「長安城北出西頭第一門曰横門。」

〔六〕夷寇：蕩平敵人。杕杜：《詩·小雅》篇名，小序云：「勞還役也。」後用爲慰勞凱旋將士之典。沈約《正陽堂宴凱旋》：「昔往歌采薇，今來歡杕杜。」

天官崔侍郎夫人盧氏挽歌〔一〕

偕老言何謬，香魂事永違〔二〕。潘魚從此隔，陳鳳宛然飛〔三〕。埋鏡泉中暗，藏燈地下微〔四〕。猶憑少君術，彷彿想容輝〔五〕。

校記

〔永違〕《文苑英華》卷三一〇作果違。

注釋

〔一〕天官：即吏部，尚書省六部之一，光宅元年改爲天官，神龍元年復舊；侍郎爲其副長官，正四品上，掌文官選補、勳封、考課之政，見《唐六典》卷二。崔侍郎：崔玄暐。《資治通鑑》卷二〇七：「(長安元年十一月)天官侍郎崔玄暐性介直，未嘗請謁，執政惡之，改文昌左丞。月餘，……仍復拜天官侍郎。」拓本《大唐故特進中書令博陵郡王贈幽州刺史崔公(玄暐)墓誌銘并序》：「遷天官侍郎、尚書左丞。復爲天官侍郎。……夫人范陽盧氏，皇朝陸渾縣丞、贈易州長史元禮之第二女也。」據誌，崔玄暐卒於神龍中，盧氏則「獨先朝露」，當約卒於長安二年玄暐任天官侍郎時，時沈佺期爲考功員外郎、郎中，爲玄暐之直接下級。李嶠有同題詩，見《文苑英華》卷三一〇。

〔二〕偕老：白頭到老。《詩·邶風·擊鼓》：「執子之手，與子偕老。」

〔三〕潘岳《悼亡詩》：「如彼游川魚，比目中路析。」陳鳳：漢武帝陳皇后失寵，居長門宮，愁悶悲思，請司馬相如作《長門賦》以悟主，中云：「翡翠脅翼而來萃兮，鸞鳳翔而北南。」

〔四〕鏡：指隨葬銅鏡。燈：指置於墓中棺前的燈盞。《太平御覽》卷八七〇引《三秦記》：「(秦)始皇墓中燃鯨魚膏爲燈。」

〔五〕少君術：方士致人魂魄之術。西漢方士李少君，以祠竈、穀道、却老方見尊於武帝，自言嘗遊海上，遇仙人安期生；又有齊人少翁，以鬼神方見武帝，能致人魂魄，均見《史記·封禪書》。《漢書·孝武李夫人傳》：夫人卒，「上思念李夫人不已，方士齊人少翁言能致其神。乃夜張燈燭，設帷帳，陳酒肉，而令上居他帳，遥見好女如李夫人之貌，還幄坐而步。又不得就視，上愈益相思悲感，爲作詩曰：『是邪，非邪？立而望之，偏何姍姍其來遲！』」

酬楊給事廉見贈省中〔一〕

子雲推辯博，公理擅詞雄〔二〕。始自尚書省，旋聞給事中。言從温室祕，籍向瑣闈通〔三〕。顧我叨郎署，慚無草奏工〔四〕。分曹八舍斷，解袂五時空〔五〕。宿昔陪餘論，平生賴擊蒙〔六〕。神仙應東掖，雲霧限南宫〔七〕。忽枉瓊瑶贈，長歌蘭渚風〔八〕。

校記

〔省中〕清抄本、《全唐詩》卷九七作臺中。

〔公理〕底本作公禮，校云「一作理，仲長統字也」；清抄本、《初學記》卷一二作公理，據改。

〔我叨〕清抄本作我從。

〔草奏工〕《英華》作草奏功，清抄本作章奏工。

〔陪餘〕《初學記》、《英華》作叨餘。

〔瓊瑶〕底本作瓊田，據《唐詩紀》卷三一改。

注釋

〔一〕給事：給事中，屬門下省，正五品上，掌侍左右，分判省事，察弘文館繕寫讎校之課，見《新唐書·百官志二》。楊廉：歷官尚書郎、給事中，自岐州刺史授陝王傅，見蘇頲《授楊廉陝王傅制》。詩自云「叨郎署」，當作於長安二年（七〇二）在尚書省任職時，參見《簡譜》。

〔二〕子雲：西漢楊雄字。《漢書》本傳：「雄少而好學，不爲章句，訓詁通而已。博覽無所不見。」楊雄因獻《羽獵賦》，「除爲郎，給事黄門」，又與楊廉同姓，故以比之。公理：東漢仲長統字。仲長統曾官尚書郎，後參丞相曹操軍事。《後漢書》本傳：「少好學，博涉書記，贍於文辭。……友人繆襲常稱統才章足繼西京董、賈、劉、楊。」

〔三〕温室：指宫中近密之地。《漢書·孔光傳》：「光周密謹慎，……沐日歸休，兄弟妻子燕語，終不及朝省政事。或問光：『温室省中樹皆何木也？』光嘿不應，更答以它語，其不泄如是。」晋灼曰：「長樂宫中有温室殿。」籍：門籍，爲二尺竹牒，記官員年齡、姓名、物色，懸之宫門，案省相符，乃得入，見《漢書·元帝紀》注。瑣闈：指門下省，參見本卷《和中書侍郎楊再思春夜宿直》注〔四〕。給事中屬門下省，故云。

〔四〕叨郎署：在尚書省爲郎官。沈佺期長安二年至三年爲尚書考功員外郎、郎中，參《簡譜》。《漢官儀》卷上：「尚書郎，主作文書起草。」

〔五〕曹：官署。八舍：原指王宫宿衛者休沐之處，在王宫四角及四方，見《周禮·天官·宫伯》。秦、漢時諸郎充宿衛，故唐人多以八舍指尚書省官署。劉禹錫爲主客郎中加朝散，有《酬嚴給事賀加五品兼簡同制水部李郎中》詩云：「九天雨露傳青詔，八舍郎官换緑衣。」解袂：分别。五時：古代陰陽家爲以四季配五方、五行，割取季夏一月以配中央土，合四季爲五時。參見《禮記・月令》、《淮南子・時則》。

〔六〕擊蒙：啓發愚蒙。《易・蒙》：「上九，擊蒙。」注：「能擊去童蒙，以發其愚昧者也。」

〔七〕神仙：指楊廉。東掖：指門下省，在大明宫宣政殿前東廊日華門東，東都則在宫城含元殿前東側，故稱。南宫：南方列宿，此指己所在之尚書省。《世説新語・賞譽》：衛瓘命子弟造訪樂廣，曰：「此人，人之水鏡也，見之若披雲霧，睹青天。」

〔八〕瓊瑶：美玉，喻楊廉所贈詩。

扈從出長安應制〔一〕

漢宅規模壯，周都景命隆〔二〕。西賓讓東主，法駕幸天中〔三〕。太史占星應，春官奏日同〔四〕。旌門起長樂，帳殿出新豐〔五〕。翕習黄山下，紆餘清渭東〔六〕。金麾張畫月，珠幰戴相風〔七〕。是節嚴陰始，寒郊散野蓬。薄霜霑上路，殘雪繞離宫。賜帛矜耆老，褰旒問小童〔八〕。復除恩載洽，望秩禮新崇〔九〕。臣忝承明召，多慚獻賦雄〔一〇〕。

校記

〔旌門〕《全唐詩》卷九七校一作旌旗。

〔紆餘〕底本作紆徐，據清抄本、《永樂大典》卷一三四九七改。

〔相風〕底本作松風，據清抄本、《大典》改。

注釋

〔一〕扈從：侍從皇帝出行。《舊唐書·則天皇后紀》：長安三年「冬十月丙寅，駕還神都。乙酉，至自京師。」詩長安三年（七〇三）十月作。杜審言有同作詩，見《全唐詩》卷六二。

〔二〕漢宅：指西漢長安城。諸葛亮嘆吴都秣陵爲「帝王之宅」，見《太平御覽》卷一五六引張勃《吴録》。《史記·高祖本紀》：「蕭丞相營作未央宫，立東闕、北闕、前殿、武庫、太倉。高祖還，見宫闕壯甚，怒。……蕭何曰：『天下方未定，故可因遂就宫室。且夫天子以四海爲家，非壯麗無以重威，且無令後世有以加也。』」周都：指洛陽。景命：大命。《元和郡縣圖志》卷五河南府：「周成王定鼎於郟鄏，使召公先相宅，乃卜澗水東、瀍水西，是爲東都，今苑内故王城是也。又卜瀍水東，召公往營之，是爲成周，今河南府東故洛城是也。」武則天臨朝，嗣聖元年改東都爲神都，載初元年改國號爲周，常居神都。

〔三〕西賓、東主：西都賓與東都主人，《文選》卷一班固《兩都賦》中虛擬以分別代表長安與洛陽的兩個人物，通過辯論，東都主人説服了西都賓。李善注：「自光武至和帝，都洛陽，西京父老有怨，班固恐帝去洛陽，故上此詞以諫。」法駕：皇帝車駕。天中：指洛陽。《元和郡縣圖志》卷五河南府：「《禹貢》豫州之域，在天地之中，故三代皆爲都邑。」

〔四〕太史：官名。《唐六典》卷一〇秘書省太史局：太史令「掌觀察天文，稽定曆數，凡日月星辰之變，風雲氣色之異，率其屬而占候焉」。春官：指尚書省禮部。禮部尚書，光宅元年改爲春官尚書，其祠部一曹掌卜筮之事，見《唐六典》卷四。

〔五〕帳殿、旌門：帝王出行中途休息時，張帷帳爲宫，樹旌旗爲門。長樂：漢長安宫名。新豐：漢縣名，今陝西臨潼新豐鎮，自長安赴洛陽經此。《元和郡縣圖志》卷一京兆府昭應縣：「新豐故城，在縣東十八里，漢新豐縣城也。」

〔六〕翕習：盛貌。黄山：在今陝西武功北，此泛指秦地山原。《文選》卷二張衡《西京賦》：「繞黄山而款牛首。」李善注引《漢書》：「右扶風槐里縣有黄山宫。」紆餘：曲折延伸貌。司馬相如《上林賦》：「酆鎬潦潏，紆餘委蛇。」

〔七〕金麾：黄色旌旗。珠幰：以珍珠爲飾的車帷，此指車。相風：候風器。《三輔黄圖》卷五引郭延生《述征記》：靈臺上有「相風銅烏，遇風乃動」。《新唐書·儀衛志上》，天子出行有黄麾仗，又有相風輿。

〔八〕褰旒：撩起皇帝禮冠前懸掛的玉串。

〔九〕復除：免除徭役。《漢書·元帝紀》：永光三年，「以用度不足，民多復除，無以給中外繇役」。載：通再，屢。望秩：即望祭，祭祀山川，不能親至，按等級望而祭之。《書·舜典》：「東巡守，至于岱宗，柴，望秩于山川。」

〔一〇〕承明：漢未央宮中殿名。雄：揚雄。《漢書》本傳：「孝成帝時，客有薦雄文似相如者，上方郊祀甘泉泰畤、汾陰后土，以求繼嗣，召雄待詔承明之庭。正月，從上甘泉，還奏《甘泉賦》以風。……賦成奏之，天子異焉。」

和洛州司士康庭芝望月有懷〔一〕

天使下西樓，光含萬里秋〔二〕。臺前疑掛鏡，簷外似懸鉤〔三〕。張尹將眉學，班姬取扇儔〔四〕。佳期應借問，爲報在刀頭〔五〕。

校記

〔康庭芝〕底本作曹庭芝，《文苑英華》卷一五二作康士曹庭芝，此據清抄本改。

〔萬里〕《英華》作萬象。

〔簷外〕清抄本作簾外。

注釋

〔一〕洛州：開元元年改爲河南府，州治在今河南洛陽。司士：即士曹司士參軍事，州府屬官，掌津梁、舟車、舍宅、工藝之事。康庭芝：光宅元年進士，歷河陰令，約中宗朝官至祠部員外郎。見《唐郎官石柱題名考》卷二二。杜審言有《和康五望月有懷》，當同時作。諸人唱和約在武后聖曆、長安中。此詩《全唐詩》卷五二重收宋之問詩，誤。《國秀集》卷中又收作康定芝《詠月》，當即康庭芝。然《文苑英華》及清抄五卷本沈集收沈詩，歸屬難以判定。

〔二〕天使：指月。《淮南子·天文》：「四時者，天之吏也。日月者，天之使也。」

〔三〕鏡、鉤：均喻月。謝朓《奉和隨王殿下詩十六首》：「方池含積水，明月流皎鏡。」鮑照《翫月城西門廨中詩》：「始見西南樓，纖纖如玉鉤。」

〔四〕張尹：西漢張敞，曾官京兆尹。《漢書》本傳：敞無威儀，「又爲婦畫眉，長安中傳張京兆眉憮。」鮑照《翫月城西門廨中詩》：「末映東北墀，娟娟似蛾眉。」班姬：漢成帝班婕妤。儔：比類。班婕妤《怨歌行》：「新裂齊紈素，皎潔如霜雪。裁爲合歡扇，團團似明月。」

〔五〕刀頭：即刀柄，上有環，諧音還，故以刀頭爲還的隱語。《玉臺新詠》卷一〇《古絶句四首》：「藁砧今何在，山上復有山。何當大刀頭，破鏡飛上天。」詩中藁砧指夫，山上有山謂出，大刀頭謂還，破鏡上天指月半。參見《許彦周詩話》。

別侍御嚴凝〔一〕

七澤雲夢林，三湘洞庭水〔二〕。自古傳剽俗，有時逋惡子〔三〕。今君出使車，行邁方靡靡〔四〕。静言芟枳棘，慎勿傷蘭芷〔五〕。

校記

〔嚴凝〕底本作嚴凝，據清抄本改。

〔有時〕底本作有詩，據清抄本改。

注釋

〔一〕侍御：唐人對監察御史、殿中侍御史的稱呼。《新唐書·百官志三》御史臺：「監察御史十五人，正八品下，掌分察百寮，巡按州縣。」嚴凝：疑即嚴方嶷。《元和姓纂》卷五馮翊嚴氏：「方嶷，户部郎中。」岑仲勉《四校記》：「《説之集》六有《送嚴嶷侍御》詩，疑即方嶷。《全詩》一函五册沈佺期《别侍御嚴凝》，殆同一人。」《舊唐書·嚴挺之傳》：「叔父方嶷，景雲中户部郎中。」詩約作於武后末年，姑繫此。

〔二〕雲夢：古澤名，約在今湖北南部、湖南北部。司馬相如《子虚賦》：「臣聞楚有七澤，嘗見其一，未睹其餘也。臣之所見，蓋特其小小者耳，名曰雲夢。雲夢者，方九百里。」三湘：湘水水系，其説不一，《湖南通志》以瀟湘、烝湘、沅湘爲三湘，均注入洞庭湖。

〔三〕剽俗：民風强悍。《史記·留侯世家》：「楚人剽輕，願上無與楚人争鋒。」又《貨殖列傳》：「夫自淮北沛、陳、汝南、南郡，此西楚也，其俗剽輕，易發怒。」逋：逃亡。惡子：《漢書·尹賞傳》「長安中輕薄少年惡子」注：「惡子，不承父母教命者。」

〔四〕行邁：遠行。靡靡：緩行貌。《詩·王風·黍離》：「行邁靡靡，中心摇摇。」

〔五〕芟：斬除。枳棘：兩種有刺的樹木，喻惡人。蘭芷：香草，喻善人。《韓非子·外儲説左下》：「樹橘柚者，食之則甘，嗅之則香。樹枳棘者，成而刺人。故君子慎所樹。」

被彈〔一〕

知人昔不易，舉非貴易失。爾何按國章，無罪見呵叱。平生守直道，遂爲衆所嫉。少以文作吏，手不曾開律〔二〕。一旦法相持，荒忙意如漆〔三〕。幼子雙囹圄，老夫一念室〔四〕。昆弟兩三人，相次俱囚桎〔五〕。萬鑠當衆怒，千謗無片實〔六〕。庶以白黑讒，顯此涇渭質〔七〕。劾吏何咆哮，晨夜聞撲抶〔八〕。事間拾虚證，理外存枉筆〔九〕。懷痛不見申，抱冤竟難悉。窮囚多垢膩，愁坐饒蟣蝨。三日唯一飯，兩旬不再櫛。是時盛夏中，暵赫多瘵疾〔一〇〕。瞪目眠欲閉，喑嗚氣不出。有風字扶摇，鼓蕩無倫匹〔一一〕。安得吹浮雲，令我見白日〔一二〕。

校記

〔間拾〕清抄本作問捨。

〔見申〕清抄本作得申。

〔風字〕《唐詩紀》卷二九作風自。

注釋

〔一〕被彈：被彈劾。《新唐書·沈佺期傳》：「由協律郎累除給事中，考功受賕，劾未究，會張易之敗，遂長流驩州。」沈佺期《寄北使·序》：「長安三年，自考功郎中拜給事中，……明年獻春下獄。」詩云「盛夏」，長安四年（七〇四）夏作。

〔二〕開律：翻閱律令。

〔三〕持：制約。荒忙：同慌忙，遑遽貌。如漆：一片黑暗茫然。

〔四〕幼子：沈佺期有子之象、東美、唯清，見《元和姓纂》卷七，此未詳何人。囹圄、念室：均爲監獄。《太平御覽》卷六四三引《博物志》：獄，「夏曰念室，殷曰動止，周曰稽留，三代之異名也」。

〔五〕昆弟：《新唐書·沈佺期傳》：「弟全交、全宇，皆有才章而不逮佺期。」

〔六〕鑠：熔化。萬鑠，謂許多讒言。《漢書·劉勝傳》：「衆口鑠金，積毀銷骨。」

〔七〕白黑讒：顛倒黑白的讒言。涇渭質：清白的品質。涇、渭，二水名，在今陝西境，涇清而渭濁，此爲偏義，指清。

〔八〕撲抶(chì)：鞭打。

〔九〕虚證：僞證。枉筆：曲筆，謂誣枉不實之詞。

〔一〇〕暵(hàn)赫：炎熱。暵，烈日曝曬。赫，光盛貌。瘵(zhài)疾：疾病。

〔一一〕扶摇：旋轉而上的暴風。《莊子·逍遥游》：「鵬之徙於南冥也，水擊三千里，摶扶摇而上者九萬里。」

〔一二〕浮雲：喻讒佞小人。陸賈《新語·慎微》：「邪臣之蔽賢，猶浮雲之障日月也。」

移禁司刑〔一〕

疇昔參鄉賦，中年忝吏途〔二〕。丹唇曾學史，白首不成儒。天子開昌籙，羣生偶大爐〔三〕。散材仍葺厦，弱羽遽摶扶〔四〕。寵邁乘軒鶴，榮過食稻鳧〔五〕。何功遊畫省？何德理黄樞〔六〕？弔影慚非據，傾心事遠圖〔七〕。盗泉寧止渴，惡木匪投軀〔八〕。任直翻多悔，安身遂少徒〔九〕。一朝逢糺謬，三省竟無虞〔一〇〕。白簡初心屈，黄沙始望孤〔一一〕。患乎終不恕，持劾每相驅〔一二〕。埋劍誰當辯〔一三〕？偷金每自誣〔一四〕。誘言雖委答，流議亦真符〔一五〕。首夏方憂圄，高秋獨向隅〔一六〕。嚴城看熠燿，圓户對蜘蛛〔一七〕。累餉唯妻子，披冤是友于〔一八〕。物情牵倚伏，人事限榮枯〔一九〕。門客心誰在，鄰交迹黨無〔二〇〕。撫襟雙涕落，危坐百憂趨。聖旨垂明德，寃囚豈濫誅。會希恩免理，終望罪矜愚〔二一〕。司寇宜哀獄，臺庭幸恤辜〔二二〕。漢皇靈沼上，容有報恩珠〔二三〕。

校記

〔茸厦〕底本作普夏，《唐詩紀》卷三一作茸夏，據《全唐詩》卷九七改。

〔惡木〕底本作惡水，據清抄本改。

〔安身〕清抄本作安貞。

〔黄沙〕底本作黄紗，據清抄本改。

〔患乎〕底本作患平，據清抄本改。

〔不恕〕底本作不怒，據清抄本改。

〔持劾〕底本作持尅，據清抄本改。

〔每自〕清抄本作己自。

〔憂圄〕清抄本作幽圉。

〔熠燿〕底本作熠熠，據清抄本改。

〔黨無〕清抄本作儻無。

〔百憂〕底本作日憂，據清抄本改。
〔靈沼〕底本作虚詔，據《九家集注杜詩》卷三四引詩改。

注釋

〔一〕司刑：即大理寺，掌折獄、詳刑，光宅元年改司刑寺，見《新唐書·百官志三》。據詩，沈佺期被彈後初繫御史臺獄，至秋移司刑寺獄，詩長安四年秋作。參前詩注〔一〕。
〔二〕鄉賦：即鄉貢，地方科舉選拔考試。
〔三〕昌籙：即昌圖，假託天命表示瑞應的圖籙。《舊唐書·則天皇后紀》：垂拱四年四月，「魏王武承嗣僞造瑞石，文云『聖母臨人，永昌帝業』，令雍州人唐同泰表稱獲之洛水，皇太后大悦，號其石爲『寶圖』。」武后《永昌元年大享拜洛樂章》：「汜水初呈祕象，温洛薦表昌圖。」羣生：萬物。偶：遇。大爐：能熔鑄造就萬物的大火爐，喻德政的化育陶冶。揚雄《解難》：「陶冶大鑪，旁薄羣生。」
〔四〕散材：即散木，無用之材。《莊子·人間世》，匠石見櫟社樹，曰：「是散木也。以爲舟則沈，以爲棺槨則速腐，以爲器則速毁，以爲門户則液樠，以爲柱則蠹，是不材之木也，無所可用。」葺厦：修建大厦。與下「摶扶」均指己入仕登朝。弱羽：翅膀柔弱，指不能高飛的小鳥，與前「散材」均爲自謙之詞。摶扶：乘扶摇之風而高飛，參見前詩注〔一二〕。
〔五〕邁：超越。軒：大夫所乘車。《左傳·閔公二年》：「衛懿公好鶴，鶴有乘軒者。」鳧：野鴨。《説苑·至公》：「齊景公鳧雁，食以菽粟。」

〔六〕畫省：尚書省，見本卷《李員外秦授宅觀妓》注〔二〕。黄樞：黄門官，爲樞要之職。沈佺期下獄前官給事中，即漢之給事黄門。

〔七〕弔影：對影自傷，極言孤獨。江淹《恨賦》：「拔劍擊柱，弔影慚魂。」非據：竊據，無才德而居其位。《易·繫辭下》：「非所據而據焉，身必危。」遠圖：遠謀，謂盡忠國事。《左傳·襄公二十八年》：「遠圖者，忠也。」

〔八〕盜泉：《文選》卷二八陸機《猛虎行》：「渴不飲盜泉水，熱不息惡木陰。」李善注引《尸子》：「孔子至於勝母，暮矣而不宿；過於盜泉，渴矣而不飲，惡其名也。」又引《管子》：「夫士懷耿介之心，不蔭惡木之枝。惡木尚能恥之，况與惡人同處。」

〔九〕任直：奉行直道。悔：悔吝。安身：安定其身，謂注重品德修養。《易·繫辭下》：「子曰：君子安其身而後動，易其心而後語，定其交而後求。」徒：朋友。

〔一〇〕糺謬：糾察過失，指彈劾。糺，同糾。《書·冏命》：「繩愆糾謬，格其非心。」傳：「言侍左右之臣，彈正過誤，檢其非妄之心。」省(xǐng)：反省。虞：錯誤。《論語·學而》：「曾子曰：『吾日三省吾身：爲人謀而不忠乎？與朋友交而不信乎？傳不習乎？』」

〔一一〕白簡：白色簡牘或紙張，御史書寫彈劾奏章所用。《晉書·傅玄傳》：玄爲御史中丞，「天性峻急，不能有所容。每有奏劾，或值日暮，捧白簡，整簪帶，竦踴不寐，坐而待旦。」初心：本心。黄沙：監獄名。《晋書·職官志》：「泰始四年，又置黄沙獄治書侍御史一人，……掌詔獄及廷尉不當者皆治之。」孤：辜負。

〔一二〕不恕：不寬貸。持劾：謂持法劾奏者。相驅：相逐不捨。

〔一三〕埋劍：寶劍埋於地下，喻己冤屈。晋張華見斗牛之間常有紫氣，雷焕謂爲寶劍之精上徹于天，張華乃以焕爲豐城令，後焕於豐城獄中掘得雙劍，一名龍泉，一名太阿。事見《晋書·張華傳》。

〔一四〕自誣：指承認不實的罪名。《史記·萬石張叔列傳》：「直不疑者，南陽人也。爲郎，事文帝。其同舍有告歸，誤持同舍郎金去。已而金主覺，妄意不疑，不疑謝有之，買金償。而告歸者來而歸金，而前郎亡金者大慚，以此稱爲長者。」

〔一五〕誘言：誘供之言。委答：隨順而答。流議：傳言。

〔一六〕首夏：四月。圄：囹圄，監獄。向隅：向隅而泣，指遭受冤屈。《漢書·刑法志》：「古人有言：滿堂而飲酒，有一人鄉隅而泣，則一堂皆爲之不樂。」鄉，通向。

〔一七〕嚴城：戒嚴之城，此指監獄。熠燿：螢火。《詩·豳風·東山》：「町畽鹿場，熠燿宵行。」傳：「熠燿，燐也。燐，螢火也。」圓户：猶圓門，指監獄。江淹《詣建平王上書》：「而下官抱痛圓門，含憤獄户。」

〔一八〕餉：送飯。披冤：申辯冤屈。友于：兄弟。《論語·爲政》引《書》：「孝乎惟孝，友于兄弟，施于有政。」後人割裂用之。

〔一九〕倚伏：謂互爲因果。《老子》上篇：「福兮禍所倚，禍兮福所伏。」

〔二〇〕門客：門下賓客。《漢書·衛青霍去病傳》：「青日衰而去病日益貴，青故人門下多去事去病，輒得官爵，唯獨任安不肯去。」黨：通儻，或。

〔二一〕理：治，指治罪。矜愚：憐其愚直。

〔二二〕司寇：周代官名，主管刑獄，見《周禮·秋官》。臺庭：指宰相。古以三公取象三臺星，故云。恤辜：憐恤罪人。

〔二三〕靈沼：昆明池。《三輔黄圖》卷四引《三秦記》：「昆明池中有靈沼，名神池，云堯時治水，嘗停船於此。池通白鹿原，原人釣魚，綸絶而去，夢於武帝，求去其鉤。三日，戲於池上，見大魚銜索。帝曰：『豈不穀昨所夢耶？』乃取鉤放之。間三日，帝復遊池，池濱得明珠一雙，帝曰：『豈昔魚之報耶？』」

枉繫二首〔一〕

吾憐曾家子，昔有投杼疑〔二〕。吾憐姬公旦，非無鴟鴞詩〔三〕。臣子竭忠孝，君親惑讒欺。

萋斐離骨肉，含愁興此辭〔四〕。

校記

〔題〕《初學記》卷二〇作幽繫詩。

〔姬公旦〕《初學記》作姬文公，《唐詩紀》卷二九作周公旦。

〔君親〕《初學記》作君王。

〔含愁〕《初學記》作含惋。

注釋

〔一〕枉繫：無罪而下獄。詩長安四年（七〇四）作，參見《被彈》注〔一〕。

〔二〕曾家子：曾參，孔子弟子。投杼：扔掉織布梭。《史記·甘茂列傳》：「昔魯人有與曾參同姓名者殺人，人告其母曰：『曾參殺人。』其母織自若也。頃之，一人又告之，其母尚織自若也。又一人告之，其母投杼下機，踰墻而走。」

〔三〕姬公旦：周公姬旦，武王弟，成王叔。鴟鴞：《詩·豳風》篇名。小序：「《鴟鴞》，周公救亂也。成王未知周公之志，公乃爲詩以遺之，名之曰《鴟鴞》焉。」疏：「武王既崩，周公攝政，管、蔡流言以毁周公，又導武庚與淮夷叛而作亂，將危周室，周公東征而滅之，以救周室之亂也。於是之時，成王仍惑管、蔡之言，未知周公之志，疑其將篡，心益不悦，故公乃作詩，言不得不誅管、蔡之意，以貽遺成王。」

〔四〕萋斐：文彩交錯貌，此指入人於罪的讒言。《詩·小雅·巷伯》：「萋兮斐兮，成是貝錦。彼譖人兮，亦已太甚。」小序：「《巷伯》，刺幽王也。寺人傷於讒，故作是詩也。」

其二

昔日公冶長，非罪遇縲絏〔一〕。聖人降其子，古來歎獨絶〔二〕。我無毫髮瑕，苦心懷冰雪〔三〕。今世多秀士，誰能繼明轍〔四〕？

校記

〔罪遇〕《初學記》作罪遭。

〔其子〕底本作兄弟，清抄本、《初學記》作兄子，據《唐詩紀》卷二九改。

〔歎獨〕底本作難獨，據清抄本、《初學記》改。

〔秀士〕清抄本作秀才。

〔能繼〕底本作欲繫，據《初學記》改。

注釋

〔一〕公冶長：孔子弟子。《論語·公冶長》：「子謂公冶長可妻也，雖在縲絏之中，非其罪也。以其子妻之。」邢昺疏：「縲，黑索。絏，攣也。古獄以黑索拘攣罪人。於時冶長以枉濫被繫，故孔子論之。」

〔二〕聖人：謂孔子。降：下嫁。其子：此指女兒。

〔三〕冰雪：喻堅貞清白的操守。江總《再遊棲霞寺言志》：「静心抱冰雪，暮齒通桑榆。」

〔四〕轍：車跡。繼明轍，謂像孔子那樣行事。

同獄者歎獄中無燕〔一〕

何許乘春燕？多知辨夏臺〔二〕。三時欲併盡，雙影未曾來〔三〕。食蕊嫌叢棘〔四〕，銜泥怯死灰〔五〕。不如黄雀語，能雪冶長猜〔六〕。

校記

〔同獄者歎獄中無燕〕底本卷三收此詩，卷六重收末四句，題作獄中燕。同獄者，四字《詩式》卷四作禁省，清抄本作同禁者歎。

〔未曾〕清抄本作未嘗。

〔食蕊嫌〕《詩式》作拾蕊和，底本卷六嫌亦作和。

注釋

〔一〕據「三時欲併盡」語，詩長安四年（七〇四）秋末作，參前《被彈》注〔一〕。

〔二〕何許：何處。燕於二月春社來，八月秋社去，故云乘春燕。夏臺：監獄。《史記·夏本紀》：「（桀）迺召湯而囚之夏臺。」索隱：「獄名。夏曰均臺。皇甫謐云地在陽翟，是也。」

〔三〕三時：此謂春、夏、秋三季。

〔四〕叢棘：叢生荆棘，指監獄。《易·坎》：「上六，係用徽纆，寘于叢棘，三年不得，凶。」疏：「置于叢棘，謂囚執之處，以棘叢而禁之也。」

〔五〕死灰：燃盡的冷灰。《史記·韓長孺列傳》：「御史大夫韓安國者，……其後坐法抵罪，蒙獄吏田甲辱安國。安國曰：『死灰獨不復然乎！』田甲曰：『然即溺之。』」

〔六〕冶長：公冶長，相傳懂鳥語。猜：嫌疑。《論語集解義疏》卷三載《論釋》云，公冶長從衛反魯，聞鳥相呼往清溪食死人肉。須臾，見一老嫗當道哭，謂其子前日出行未歸。冶長曰：「向聞鳥相呼往清溪食肉，恐是嫗兒也。」嫗往看，即得其兒，已死，即告村司。村官因録冶長付獄，問其何以殺人。冶長曰：「解鳥語，不殺人。」主曰：「當試之，若必解鳥語，便相放也。若不解，當令償死。」冶長在獄六十日，有雀子緣獄栅相呼。主問雀何所道，冶長曰：「雀鳴嘖嘖唶唶，白蓮水邊有車翻，覆黍粟，牡牛折角，收斂不盡，相呼往啄。」驗之果然，于是得放。

獄中聞駕幸長安二首〔一〕

傳聞聖旨向秦京，誰念羈囚滯洛城。扈從由來是方朔，爲申冤氣在長平〔二〕。

校記

〔秦京〕《萬首唐人絶句》卷七一作神京。

注釋

〔一〕詩當長安四年冬初獄中作。參前《被彈》注〔一〕。此年無駕幸長安之事，故譚優學《沈佺期行年考》謂詩作于高宗永隆元年。按永隆元年佺期繫獄之事無考，未可因長安四年無西幸之事遂杜撰事實。西幸事乃獄中之「傳聞」。《唐會要》卷二七：「長安四年正月，幸西凉（京），洛陽縣尉楊齊哲上書諫曰：『……陛下以大足元年冬迺睠咸京，長安三年冬還洛邑，四年又將西幸，聖躬得無窮於車輿乎？』」知長安四年原有西幸長安之議，後當因臣下諫阻而作罷。

〔二〕方朔：東方朔，漢武帝時拜太中大夫、給事中，口諧辭給，甚得愛幸，常陪侍從，朔雖詼笑，然時觀察言色，直言切諫，上常用之，見《漢書》本傳。長平：戰國趙邑，在今山西高平西北。秦將白起曾坑殺趙降卒四十萬於此。《太平寰宇記》卷四四澤州高平縣：「省冤谷……在縣西北二十五里，……即趙括被殺，餘衆四十萬降白起之處。起懼趙變，盡坑之，露骸千步，積血三尺，地名煞谷。

唐開元十年正月，玄宗行幸，親祭，改名省冤谷。」

其二

無事今朝來下獄，誰期十月是横河〔一〕。君看鷹隼俱罷擊，爲報蜘蛛收網羅〔二〕。

校記

〔是横〕清抄本、《絶句》作見横，《全唐詩》卷九七校一作是黄。

〔罷擊〕底本作堪繫，據《絶句》改。

注釋

〔一〕横河：大河。

〔二〕鷹隼：均鷙鳥。《禮記·月令·孟秋之月》：「鷹乃祭鳥，用始行戮。」《漢書·孫寶傳》，寶爲京兆尹，以立秋日署故吏侯文爲東部督郵，敕曰：「今日鷹隼始擊，當順天氣取姦惡，以成嚴霜之誅。」今秋將盡，故云「罷擊」。

傷王學士并序〔一〕。

王君赦者，少小遊洛陽。吾與君、隴西李子至爲友〔二〕。家貧倦道，歲常宴如，屬文毫翰。吟諷所得，時會絶境。長安初，以器行制在藩邸，侍諸人遊〔三〕。四年，余遭浮議下獄。他日，子至來，知君物化〔四〕。嗚呼穎叔，享年不遐，昔同爲人，今先鬼録〔五〕。恨吾非所，闕爾喪葬，退而賦詩以哀命〔六〕。

閉囚斷外事，昧坐半餘朞〔七〕。有言穎叔子，亡來已一時〔八〕。初聞宛不信，中話涕漣洏〔九〕。痛哉玄夜重，何遽青春姿。憶汝曾旅食，屢空瀍澗湄〔一〇〕。吾徒禄未厚，筲斗愧相貽〔一一〕。原憲貧無怨，顔回樂自持〔一二〕。詔書擇才善，君爲王子師。寵儒名可尚，論秩官猶欺〔一三〕。化往不復見，情來安可思。目絶毫翰灑，耳無歌諷期。靈柩寄何處，精魄今何之。恨予在丹棘，不得看素旗〔一四〕。孀妻知己歎，幼子路人悲。感遊値商日，絶絃留此詞〔一五〕。

校記

〔君敕〕清抄本作君叔。

〔絶境〕底本作絶竟，據清抄本改。

〔子至來〕底本作余至來，據清抄本改。

〔穎叔〕《唐詩紀》卷二九作穎叔，下同。

〔餘朞〕底本作企朞，據清抄本改。

〔吾徒禄〕底本作五徒緣，據清抄本改。

〔無怨〕底本作無愁，據清抄本改。

〔歌諷〕底本作歌調，據清抄本改。

注釋

〔一〕王學士：名君赦，字穎叔，官王府學士，餘未詳。詩云「商日」，當作於長安四年（七〇四）秋。

〔二〕吾與君：文意不順，疑爲「與吾及」之倒訛。隴西：郡名，爲李氏著望，治所在今甘肅隴西縣南。李子至：李適，字子至，京兆萬年人，聖曆中，爲通事舍人，預修《三教珠英》，遷中書舍人，景雲二年卒工部侍郎任。《舊唐書》卷一九〇中、《新唐書》卷二〇二有傳。

〔三〕器行：才具品德。制：任官的命令，此指任命。蕃邸：王府。蕃，通藩。諸人：疑當作諸王。

〔四〕物化：死。《莊子·刻意》：「聖人其生也天行，其死也物化。」

〔五〕鬼録：死者的名册。曹丕《與吴質書》：「徐、陳、應、劉，一時俱逝。……觀其姓名，已爲鬼録。」

〔六〕非所：《後漢書·陳蕃傳》載陳蕃疏，謂李膺、杜密等「或禁錮閉隔，或死徙非所」，後遂以非所指監獄。李白有《在尋陽非所寄内》詩。

〔七〕昧坐：坐於暗中。半餘朞：半年多。《文選》張衡《西京賦》：「多歷年所，二百餘朞。」薛綜注：「朞，一帀也。從高祖至于王莽，二百餘年。」

〔八〕一時：一季三個月。

〔九〕漣洏（ér）：流淚貌。

〔一〇〕旅食：客居。屢空：經常窮乏。《論語·先進》載孔子稱贊顏回語：「回也其庶乎，屢空。」瀍澗：洛陽二水名。《書·禹貢》：「伊、洛、瀍、澗，既入于河。」疏：「伊、瀍、澗三水入洛合流而入河。」

〔一一〕筲斗：盛米竹器，一筲容斗二升。筲斗言饋贈之少。

〔一二〕原憲、顏回：均孔子弟子。《莊子·讓王》：「子貢乘大馬，中紺而表素，軒車不容巷，往見原憲。原憲華冠縰履，杖藜而應門。子貢曰：『嘻，先生何病？』原憲應之曰：『憲聞之，無財謂之貧，學而不能行謂之病。今憲貧也，非病也。』」《論語·雍也》：「子曰：『賢哉回也。一簞食，一瓢飲，在陋巷，人不堪其憂，回也不改其樂。』」

〔一三〕寵儒：尊寵儒者。秩：官吏品級。欺：欺侮，謂官卑，顯得輕慢不重視。

〔一四〕在丹棘：謂爲罪人。《周禮·秋官》：「朝士掌建邦外朝之灋，左九棘，……右九棘。」注：「樹棘以爲立(位)者，取其赤心而外刺。」疏：「九棘之朝，斷罪人之朝也。」素旗：即銘旌，靈柩前書死者名位的白色旗幡。曹植《王仲宣誄》：「何用誄德，表之素旗。」

〔一五〕商日：秋日。古人以五音中商配秋季。絶絃：《吕氏春秋·本味》：「伯牙鼓琴，鍾子期聽之。方鼓琴而志在太山，鍾子期曰：『善哉乎鼓琴，巍巍乎若太山。』少選之間而志在流水，鍾子期曰：『善哉乎鼓琴，湯湯乎若流水。』鍾子期死，伯牙破琴絶弦，終身不復鼓琴，以爲世無足復爲鼓琴者。」

沈佺期集校注卷二

詩（神龍元年——景龍元年）

神龍初廢逐南荒途出郴口北望蘇耽山〔一〕

少曾讀仙史，知有蘇耽君〔二〕。流放來南國，依然會昔聞。泊舟問耆老，遥指孤山雲。孤山郴郡北，不與衆山羣。重沓下縈映，嶕嶢上糺紛〔三〕。碧峰泉對落，紅壁樹旁分。選地今方爾，升天因可云。不才予竄迹，羽化子遺芬〔四〕。將覽成麟鳳，旋驚禦鬼文〔五〕。此中迷出處，含思獨氛氳〔六〕。

校記

〔流放〕底本作流望，據《分門纂類唐歌詩》卷二二改。

〔泊舟〕底本作泊州，據清抄本、《歌詩》改。

〔重沓〕底本作重省，清抄本、《唐詩紀》卷二九作重崖，據《歌詩》改。

〔對落〕底本作附落，據清抄本、《歌詩》改。

〔旁分〕底本作傍分，據清抄本改。

〔紅壁〕底本作紅璧，校一作碧，據清抄本、《歌詩》改。

〔遺芬〕底本作遺芳，據清抄本、《歌詩》改。

注釋

〔一〕神龍：唐中宗年號（七〇五—七〇六）。《舊唐書·中宗紀》：「神龍元年正月，鳳閣侍郎張柬之……等定策，率羽林兵誅易之、昌宗，迎皇太子監國。……乙巳，則天傳位於皇太子。丙午，即皇帝位於通天宫，大赦天下，唯易之黨與，不在原限。」《新唐書·沈佺期傳》：「考功受賕，劾未究，會張易之敗，遂長流驩州。」詩神龍元年作。郴口：郴水入耒水處。郴水源出黄岑山，一名黄水。《水經注·耒水》：「黄水又北流注于耒水，謂之郴口。」《方輿勝覽》卷二五郴州：「馬嶺山，在郴縣東北七里，舊名牛皮山，又名蘇仙山。《輿地志》：昔有仙人蘇耽，入山學道。」

〔二〕仙史：謂《桂陽列仙傳》之類。《水經注·耒水》引該書云：「蘇耽，郴縣人，少孤，養母至孝，……面辭母云：受性應仙，當違供養。涕泗又説：年將大疫，死者略半，穿一井飲水，可得無恙。如是有哭聲甚哀。後見耽乘白馬還此山中，百姓爲立壇祠。民安歲登，民因名爲馬嶺山。」

〔三〕重沓：重疊複沓。嶛嶢（liáo yáo）：高貌。

〔四〕竄迹：竄逐流放。羽化：成仙得道。遺芬：遺留德澤。

〔五〕成麟鳳：指蘇耽成仙事。禦鬼：猶禦魑魅，指流放邊遠之地。《左傳·文公十八年》：「流四凶族，渾敦、窮奇、檮杌、饕餮，投諸四裔，以禦螭魅。」注：「放之四遠，以當螭魅之災。螭魅，山林異氣所生，爲人害者。」

遥同杜員外審言過嶺〔一〕

天長地闊嶺頭分，去國離家見白雲。洛浦風光何所似？崇山瘴癘不堪聞〔二〕。南浮漲海人何處？北望衡陽雁幾羣〔三〕？兩地江山萬餘里，何時重謁聖明君〔四〕？

校記

〔題〕《國秀集》卷上作遥同杜五過庾嶺。

〔離家〕《國秀》作憂家。

〔風光何所似〕清抄本、《國秀》、《文苑英華》卷二八九作肝腸無處説。

〔崇山〕清抄本作青山。

〔瘴癘〕《國秀》作瘴疫。

〔人何〕《國秀》、《英華》作爲何。

〔兩地句〕《履齋示兒編》卷九、《杜工部草堂詩話》卷一引作雲白山青千萬里；江山，清抄本作風光，《國秀》作春風，《英華》作春光。

注釋

〔一〕杜審言：字必簡，武后時，拜著作佐郎，遷膳部員外郎。神龍初，坐與張易之交往，配流峰州。《舊唐書》卷一九〇上、《新唐書》卷二〇一有傳。嶺：五嶺，在今湘、贛二省與兩廣交界處。詩神龍元年流驩州途中作。杜審言原詩已佚。

〔二〕洛浦：洛水濱，指洛陽。崇山：山名。《書·舜典》：「放驩兜于崇山。」山在驩州，參本卷《從崇山向越常》注〔一〕。

〔三〕漲海：即南海。鮑照《蕪城賦》：「南馳蒼梧漲海。」衡陽：縣名，今屬湖南。《輿地紀勝》卷五五衡州：「回雁峰，在州城之南，或曰雁不過衡陽，或曰峰勢如雁之回。」

〔四〕兩地：謂洛陽與嶺南。《元和郡縣圖志》卷三八：驩州東北至東都六千六百一十五里。萬餘里，極言其遠。

入鬼門關〔一〕

昔傳瘴江路，今到鬼門關〔二〕。土地無人老，流移幾客還？自從别京洛，頽鬢與衰顔。夕宿含沙裏，晨行蔄露間〔三〕。馬危千仞谷，舟險萬重灣。問我投何處，西南盡百蠻〔四〕。

校記

〔今到〕楊本作今入。

〔流移〕《方輿勝覽》卷二九、《永樂大典》卷二三四四作流落。

〔蔄露〕底本作崗路，據清抄本改。

注釋

〔一〕鬼門關：在今廣西北流縣。《舊唐書·地理志四》容州北流縣：「縣南三十里，有兩石相對，其間闊二十步，俗號鬼門關。……昔時趨交趾，皆由此關。其南尤多瘴癘，去者罕得生還。諺曰：『鬼門關，十人九不還。』」詩神龍元年赴驩州途中作。

〔二〕瘴江：泛指嶺南河流。《太平寰宇記》卷一六九嶺南道太平軍廢廉州：「州界有瘴江，名爲合浦江。」《後漢書·馬援傳》：援率軍擊交阯，後憶及當時情事云：「當吾在浪泊、西里間，虜未滅之時，下潦上霧，毒氣熏蒸，仰視飛鳶，跕跕墮水中。」

〔三〕菵：南方一種毒草。《文選》卷二八鮑照《苦熱行》：「鄣氣晝薰體，菵露夜沾衣。」李善注：「宋《永初山川記》曰：『寧州鄣氣菵露，四時不絕。』菵，草名，有毒。其上露，觸之肉即潰爛。」含沙：即蜮，相傳水中可以傷人的小動物。《詩·小雅·何人斯》「爲鬼爲蜮」箋：「狀如鼈，三足，一名射工，俗呼之水弩，在水中含沙射人，一云射人影。」

〔四〕百蠻：泛指邊境地區衆多之少數民族。盡百蠻：謂行盡百蠻之地，極言其遠。班固《東都賦》：「内撫諸夏，外綏百蠻。」

寄北使〔一〕并序

長安三年，自考功郎中拜給事中，非才曠任，意多慚沮〔二〕。嘗覽文章，間有緣情之作〔三〕。明年獻春下獄，未及盡此詞，被放南荒，行至安海，五月二十四日遇北使，因寄鄉親〔四〕。

南省推丹地，東曹拜瑣闈〔五〕。惠移雙管筆，恩降五時衣〔六〕。出入宜真選，遭逢每濫飛〔七〕。器慚公理拙，才謝子雲微〔八〕。案牘遺常禮，朋僚隔等威〔九〕。上台行揖讓，中禁動光輝〔一〇〕。旭日千門啓，初春八舍歸〔一一〕。贈蘭聞宿昔，談樹隱芳菲〔一二〕。何幸鹽梅處，惟憂對問機〔一三〕。省躬知任重，寧止冒榮非〔一四〕。

校記

〔題〕底本作自考功員外授給事中，無序；《初學記》卷一二授作拜；《文苑英華》卷一九〇校一作自考功郎中拜給事中。題從清抄本，并據録序。

〔拜瑣〕清抄本、《初學記》作貴瑣。

〔朋僚〕《初學記》作朋儕。

〔門啓〕底本作門起，據《唐詩品彙》卷七二改。

〔何幸二句〕《初學記》無。

注釋

〔一〕據詩序，詩當長安三年作，佺期神龍元年流驩州，五月二十四日於安海遇北使，遂於詩前冠以小序以寄鄉親。題作《自考功郎中拜給事中》者乃取序首句爲題；作「員外」又爲郎中之訛。

〔二〕長安：武則天最後一個年號（七〇一—七〇四）。曠任：曠廢公務。

〔三〕緣情之作：謂詩。陸機《文賦》：「詩緣情而綺靡。」

〔四〕獻春：正月。《初學記》卷三引《纂要》：「正月孟春……亦曰獻春。」下獄事見卷一《被彈》諸詩。

安海：唐陸州屬縣名，在今廣西東興各族自治縣東南。

〔五〕南省：尚書省，在長安大明宫南。考功郎中屬尚書省吏部。丹地：猶丹墀。以丹泥塗地成紅色。

《宋書·百官志上》：「（尚書郎）奏事明光殿，殿……以丹朱色地，謂之丹墀。」東曹：猶東省，指門下省，在大明宮宣政殿前東廊日華門之東。瑣闈：指爲給事中，屬門下省，見卷一《和中書侍郎楊再思春夜宿直》注〔四〕。

〔六〕移筆：謂免去考功郎中。五時衣：指天子五時所着不同顔色的衣服，春青，夏朱，季夏黄，秋白，冬黑，見《後漢書·劉蒼傳》注。《宋書·百官志上》：「天子所服五時衣以賜尚書令、僕，而丞、郎月賜赤管大筆一雙、隃麋墨一丸。」

〔七〕出入：指官吏的任用。真選：真實之選，謂按才考績録用。遭逢：此指遇到好機遇。范雲《古意贈王中書》：「遭逢聖明后，來棲桐樹枝。」濫飛：喻無才德而被拔擢。

〔八〕器拙兩句：即「器拙慚公理，才微謝子雲」之倒裝。參見卷一《酬楊給事廉見贈省中》注〔二〕。

〔九〕案牘：官府文書。常禮：正常交往的禮節。等威：威儀等級的差别。《左傳·宣公十二年》：「貴有常尊，賤有等威。」注：「威儀有等差。」

〔一〇〕上台：三台六星中東二星，此指宰相。《晋書·天文志上》：「三台六星，兩兩而居，……三公之位也。在人曰三公，在天曰三台。」《宋書·百官志上》：「尚書郎……奏事則與黄門侍郎對揖。黄門侍郎稱已聞，乃出。」

〔一一〕千門：指宫門。漢武帝作建章宫，「度爲千門萬户」，見《史記·封禪書》。八舍：指尚書省，見卷一

《酬楊給事廉見贈省中》注〔五〕。

〔二〕贈蘭：未詳。《漢官儀》卷上：「尚書郎……握蘭含香，趨走丹墀奏事。」詩或以指己曾爲尚書郎事。隱：隱瞞。談樹句，當用孔光口不言温室樹事，參見卷一《酬楊給事廉見贈省中》注〔三〕。

〔三〕鹽梅：調味品。鹽梅處：指處理國家大事處。《書·説命上》載殷高宗命傅説爲相之辭：「若作和羹，爾惟鹽梅。」後人遂以鹽梅和羹喻宰相處理國家大事。對問：回答皇帝的詢問。

〔四〕省躬：反躬自省。冒榮：貪冒榮寵。

度安海入龍編〔一〕

我來交趾郡，南與貫胸連〔二〕。四氣分寒少，三光置日偏〔三〕。尉佗曾馭國，翁仲久游泉〔四〕。邑屋遺氓在，魚鹽舊産傳。越人遥捧翟，漢將下看鳶〔五〕。北斗崇山掛，南風漲海牽〔六〕。别離頻破月，容鬢驟催年〔七〕。昆弟推由命，妻孥割付緣。夢來魂尚擾，愁委疾空纏。虚道崩城淚，明心不應天〔八〕。

校記

〔我來〕清抄本作嘗聞。

〔遺氓〕《文苑英華》卷二八九作遺甿。

〔産傳〕《英華》作産全。

注釋

〔一〕安海：見前詩注〔四〕。龍編：縣名，在今越南河内東北。《元和郡縣圖志》卷三八交州龍編縣：「本漢縣，屬交趾郡。」又陸州寧海縣：「本梁安海，武德四年又置海平，至德二載更今名。」詩神龍元年赴驩州道中作。

〔二〕交趾：漢郡名，治所在今越南河内北。《元和郡縣圖志》卷三八安南：「元鼎六年平吕嘉，遂定越地，以爲南海、蒼梧、鬱林、合浦、交趾、九真、日南、珠崖、儋耳九郡，元封五年，置刺史以部之。名曰交趾者，交以南諸夷，其足大趾廣，兩足並以立則交焉。」貫胸：傳説中南方國名。《山海經·海外南經》：「貫匈國在其東，其爲人匈有竅。」《淮南子·墬形》：凡海外三十六國，自西南至東南方有穿胸民。高誘注：「穿胸，胸前穿孔達背。」

〔三〕四氣：四時陰陽變化、温熱冷寒之氣。交趾炎熱，故「分寒少」。三光：日、月、星。驩州日南郡，謂其地在日之南，故云「置日偏」。

〔四〕尉佗：即趙佗，秦末爲南海尉，故稱尉佗，秦亡，自立爲南粤武王。事見《漢書·西南夷兩粵朝鮮傳》。翁仲：傳説中巨人。《淮南子·氾論》：「秦之時……鑄金人。」高誘注：「秦皇帝二十六年，初兼天下。有長人見於臨洮，其高五丈，足迹六尺，放寫其形，鑄金人以象之，翁仲君何是也。」游泉：游于黃泉，死去。翁仲當與嶺南有關，故柳宗元赴任柳州有《衡陽與夢得分路贈別》詩云：「伏波故道風煙在，翁仲遺墟草樹平。」其事未詳。

〔五〕翟：長尾雉雞。《後漢書·南蠻傳》：「交阯之南有越裳國，周公居攝六年，制禮作樂，天下和平，越裳以三象重譯而獻白雉。」漢將：指東漢馬援，官伏波將軍，曾征交阯。鳶：鷹鷂一類猛禽。參見本卷《入鬼門關》注〔二〕。

〔六〕崇山、漲海：見《遥同杜員外審言過嶺》注〔三〕、〔四〕。

〔七〕頻破月：謂已數度月圓而缺。

〔八〕崩城淚：《列女傳》卷四《齊杞梁妻》：「齊杞梁殖之妻也。莊公襲莒，殖戰而死。……杞梁之妻無子，内外皆無五屬之親，既無所歸，乃枕其夫之屍于城下而哭，内誠動人，道路過者莫不爲之揮涕，十日而城爲之崩。」

九真山靜居寺謁無礙上人〔一〕

大士生天竺，分身化日南〔二〕。人中出煩惱，山上即伽藍〔三〕。小澗香爲刹，危峰石作龕〔四〕。候禪青鴿乳，窺講白猿參〔五〕。藤愛雲門壁，花憐石下潭。泉行幽供好，林掛浴衣堪。弟子哀無識，醫王惜未談〔六〕。機疑聞不二，蒙昧即朝三〔七〕。欲究因緣理，聊寬放棄慚〔八〕。超然虎溪夕，雙樹下虛嵐〔九〕。

校記

〔静居〕清抄本作浄居。

〔人中〕底本作人日，據清抄本改。

〔山上〕底本作上下，據清抄本改。

〔雲門〕清抄本作雲間。

〔疑聞〕底本作疑間，據清抄本改。

注釋

〔一〕九真山：即鑿山，在愛州日南縣，今越南清化北。《元和郡縣圖志》卷三八愛州日南縣：「鑿山，在縣北一百三十里。昔馬援征林邑，阻風波，乃鑿此山彎爲通道，因以爲名。」《太平寰宇記》卷一七一愛州日南縣：「鑿山一名九真山。」詩神龍元年流驩州途中作。

〔二〕大士：菩薩的通稱。此以敬稱無礙上人。天竺：古印度國名。日南：漢郡名，愛州爲漢日南郡地。

〔三〕人中出煩惱：離人間之煩惱。伽(qié)藍：梵語僧伽摩藍的省稱，意譯爲衆園或僧院，此指佛寺。

〔四〕刹：佛教寺塔。龕：供奉佛像的小閣。

〔五〕候禪兩句：謂動物如鴿、猿等都受到佛法的感化。

〔六〕弟子：作者自稱。醫王：對佛的頌詞。

〔七〕不二：不二法門，謂至高佛理。《維摩詰經·入不二法門品》：「文殊師利問維摩詰：『何等是菩薩入不二法門？』時維摩詰默然無言。文殊師利歎曰：『善哉！乃至無有文字語言，是真入不二法門。』」朝三：朝三暮四，謂昧于分辨事理。《莊子·齊物論》：「狙公賦芧，曰：『朝三而暮四。』衆狙皆怒。曰：『朝四而暮三。』衆狙皆喜。」

〔八〕因緣：梵語尼陀那的意譯，謂産生結果的直接原因及促成這種結果的條件。寬：寬解。放棄：流放棄逐。

〔九〕虎溪：在廬山，此借指佛寺所在地。《高僧傳》卷六《慧遠傳》：「居廬阜三十年，影不出山，迹不入俗，每送客遊履，以虎溪爲界焉。」雙樹：相傳佛於拘施那城阿利羅跋提河邊娑羅雙樹間涅槃，見《大般涅槃經》卷一。此以代指僧寺樹木。

初達驩州二首〔一〕

自昔聞銅柱，行來向一年〔二〕。不知林邑地，猶隔道明天〔三〕。雨露何時及，京華若個邊。思君無限淚，堪作日南泉〔四〕。

校記

〔初達驩州二首〕底本僅收其一；其二沈集各本均收，此據清抄本録。

〔向一〕《文苑英華》卷二八九作尚一。

〔雨露〕底本作雨霧，據清抄本、《英華》改。

注釋

〔一〕驩州：州治在今越南榮市。詩云「行來向一年」，當作於神龍元年歲末。

〔二〕銅柱：東漢馬援所立南方疆界的標識。《後漢書·馬援傳》：交阯女子徵側及女弟徵貳反，拜援爲伏波將軍，南擊之，斬徵側、徵貳，進擊其餘黨都羊等，嶠南悉平。注引《廣州記》：「援到交阯，立銅柱，爲漢之極界也。」《太平寰宇記》卷一七一愛州：「銅柱，《嶺表録》：舊有韋公幹爲愛州刺史，郡即漢伏波銅柱以表封疆，其柱在境。」愛州州治在今越南清化。

〔三〕林邑：古國名，即占城，公元二世紀建國，十七世紀末亡於廣南阮氏，其地在唐驩州之南，今越南中南部。道明：亦越南古國名，參見本卷《從崇山向越常·序》。

〔四〕日南：漢郡名，元鼎六年置，治朱吾，在今越南洞海南，此指驩州，隋大業中曾改名日南郡，參見《元和郡縣圖志》卷三八。

其二

流子一十八，命予偏不偶〔一〕。配遠天遂窮，到遲日最後。水行儋耳國〔二〕，陸行雕題藪〔三〕。魂魄遊鬼門，骸骨遺鯨口〔四〕。夜則忍飢卧，朝則抱病走。搔首向南荒，拭淚看北斗。何年赦書來，重飲洛陽酒。

注釋

〔一〕流子：流人，指與佺期同時被流貶者。《舊唐書·張行成傳》：神龍元年正月二十日，張易之、張昌宗被誅，「朝官房融、崔神慶、崔融、李嶠、宋之問、杜審言、沈佺期、閻朝隱等皆坐二張竄逐，凡數十人。」命不偶：命運不好。據兩《唐書》，時房融流高州，崔神慶流欽州，李嶠貶通州刺史，劉憲貶渝州刺史，蘇味道貶眉州刺史，崔融貶袁州刺史，劉允濟貶青州長史，韋元旦貶感義尉，宋之問貶瀧州參軍，杜審言流峰州，閻朝隱流崖州，王無競亦流嶺外，其地均較沈佺期爲近。

〔二〕儋：通瞻，耳下垂。《山海經·大荒北經》：「有儋耳之國，任姓，禺號子，食穀。」郭璞注：「其人耳大下儋，垂在肩上。朱崖儋耳，鏤畫其耳，亦以放之也。」漢元鼎六年置儋耳郡，治所在今海南儋縣。《太平寰宇記》卷一六九儋州：「《山海經》曰儋耳，即離耳也，皆鏤其頰，上連耳斥，狀似雞腸下垂。」

〔三〕雕題：古代南方有在額上刺花風俗的少數民族。《禮記·王制》：「南方曰蠻，雕題交趾，有不火食者矣。」注：「雕文謂刻畫其肌，以丹青涅之。」題，額頭。

〔四〕鬼門：鬼門關，見本卷《入鬼門關》注〔一〕。鯨口：鯨魚之口。

嶺表寒食〔一〕

嶺外逢寒食，春來不見餳〔二〕。洛中新甲子，何日是清明〔三〕？花柳争朝發，軒車滿路迎。帝鄉遥可念，腸斷報親情。

校記

〔題〕《初學記》卷四作嶺表逢寒食；《文苑英華》卷一五七同，注云驩州風景不作寒食；清抄本、《古今歲時雜詠》卷一一題作驩州風土不作寒食。

〔嶺外〕清抄本、《靖康緗素雜記》卷九引作海外。

〔逢寒〕《英華》作遲寒，清抄本、《緗素》作無寒。

〔洛中〕《初學記》作洛陽。

〔何日〕《藝文類聚》卷四作明日。

〔軒車〕清抄本作輴車。

〔報親〕《英華》作報花。

注釋

〔一〕寒食：節日名，在清明前一或二日。《荆楚歲時記》：「去冬節一百五日，即有疾風甚雨，謂之寒食，禁火三日。」詩神龍二年（七〇六）三月驩州作。

〔二〕餳：飴糖。《太平御覽》卷三〇：「《鄴中記》：『寒食三日作醴酪，又煮粳米及麥爲酪，擣杏仁，煮作粥。』案《玉燭寶典》，今日悉爲大麥粥，研杏仁爲酪，别餳沃之。」《劉賓客嘉話録》：「爲詩用僻字須有來處。宋考功詩云：『馬上逢寒食，春來不見餳。』嘗疑此字。因讀《毛詩》，鄭箋説簫處注云：『即今賣餳人家物。』六經唯此注中有餳字。」按宋之問《途中寒食題黄梅臨江驛寄崔融》：「馬上逢寒食，途中屬暮春。」劉禹錫記憶有誤，遂將沈、宋二詩混淆。

〔三〕新甲子：謂新頒日曆。清明：二十四節氣之一，爲三月節氣。

〔四〕帝鄉：指京師。

三日獨坐驩州思憶舊遊〔一〕

兩京多節物，三日最遨遊〔二〕。麗日風徐卷，香塵雨暫收。紅桃初下地，緑柳半垂溝。童子成春服，宫人罷射鞲〔三〕。禊堂通漢苑，解席繞秦樓〔四〕。束皙言談妙〔五〕，張華史漢遒〔六〕。

無亭不駐馬，何浦不橫舟。舞籥千門度，帷屏百道流〔七〕。金丸向鳥落，芳餌接魚投〔八〕。濯穢憐清淺，迎祥樂獻酬。靈蒭陳欲棄，神藥曝應休〔九〕。誰念招魂節，翻爲禦魅囚〔一〇〕。朋從天外盡，心賞日南求〔一一〕。銅柱威丹徼〔一二〕，朱崖鎮火陬〔一三〕。炎蒸連曉夕，瘴癘滿冬秋。西水何時貸，南方詎可留〔一四〕。無人對爐酒，寧緩去鄉憂〔一五〕。

校記

〔三日獨坐驩州思憶舊遊〕此詩底本不載，清抄本及朱本收，據清抄本録。

〔漢苑〕清抄本作漢宛，據朱本改。

〔穢憐〕《古今歲時雜詠》卷一六作錦鱗。

注釋

〔一〕三日：三月三日。古以三月上旬巳日爲上巳節，郊游，祓禊宴飲於水濱，唐代固定於三月三日。

詩神龍二年（七〇六）三月作。

〔二〕兩京：東都洛陽、西都長安。

〔三〕春服：《論語·先進》：「暮春者，春服既成，冠者五六人，童子六七人，浴乎沂，風乎舞雩，詠而歸。」疏：「春服既成，衣單袷之時。」罷射鞲：罷獵。射鞲：射箭用的皮製臂套。春季爲萬物生發之時，故罷田獵，免傷天地之和氣。《禮記·月令》：「季春之月，……田獵、罝罘、羅罔、畢翳、餧獸之藥，毋出九門。」

〔四〕禊堂：祓禊之堂。古人于三月上巳洗濯于水濱，以祓除不祥。漢苑：漢上林苑，在長安南。解：向鬼神祈禱消除災禍。《漢書·郊祀志上》：「古之天子常以春解祠。」

〔五〕束晳：晉人，博學多聞。《晉書》本傳：「武帝嘗問摯虞三日曲水之義，虞對曰：『漢章帝時，平原徐肇以三月初生三女，至三日俱亡，邨人以爲怪，乃招攜之水濱洗祓，遂因水以汎觴，其義起此。』帝曰：『必如所談，便非好事。』晳進曰：『虞小生，不足以知，臣請言之。昔周公成洛邑，因流水以泛酒，故逸詩云：羽觴隨波。又秦昭王以三日置酒河曲，見金人捧水心之劍，曰：令君制有西夏。乃霸諸侯，因此立爲曲水。二漢相緣，皆爲盛集。』帝大悦，賜晳金五十斤。」

〔六〕張華：晉人，字茂先，《晉書》有傳。史漢：《史記》、《漢書》。遒：美好。《世説新語·言語》載王衍語：「張茂先論《史》、《漢》，靡靡可聽。」注引《晉陽秋》：「華博覽洽聞，無不貫綜。世祖嘗問漢事及建章千門萬户，華畫地成圖，應對如流。」

〔七〕籥：古管樂器。《詩·邶風·簡兮》：「左手執籥，右手秉翟。」傳：「籥，六孔。」釋文：「以竹爲之，長三尺，執之以舞。」帷屏：車帷屏蔽，代指車。百道：衆多大道。

〔八〕金丸：彈丸。《西京雜記》卷四：「韓嫣好彈，常以金爲丸，所失者日有十餘。長安爲之語曰：苦饑寒，逐金丸。」

〔九〕靈蒻：祭祀用草。陳：陳獻。神藥：《晉書·夏統傳》：「後其母病篤，乃詣洛市藥。會三月上巳，洛中王公已下並至浮橋，士女駢闐，車服燭路。統時在船中曝所市藥，諸貴人車乘來者如雲，統並不之顧。」

〔一〇〕招魂節：謂上巳。《太平御覽》卷三〇引《韓詩》：「溱與洧方洹洹兮，惟士與女，方秉蕑兮。」注：「蕑，蘭也。……執蘭拂除邪惡。鄭國之俗，三月上巳之辰，此兩水之上，招魂續魄，拂除不祥。」禦魅：見本卷《神龍初廢逐南荒途出郴口北望蘇耽山》注〔五〕。

〔一一〕日南：隋郡名，即驩州，參見《元和郡縣圖志》卷三八。

〔一二〕丹徼：南方邊遠之地。《古今注》卷上：「南方徼色赤，故稱丹徼。」銅柱：見《初達驩州二首》其一注〔一〕。

〔一三〕朱崖：即珠崖，漢郡名，治所在今海南海口。《太平寰宇記》卷一六九：「廢舊崖州，在瓊州東北二百六十里，本珠崖郡理，……州居南海之中。漢武帝元鼎六年平呂嘉，開南海，置珠崖、儋耳二郡。崖岸之邊出真珠，故曰珠崖。」火陬：南方邊遠之地。陰陽家以五行配五方，南方爲火。陬：角落。

〔一四〕西水：西江之水。《莊子·外物》：「莊周家貧，故往貸粟於監河侯。侯曰：『諾。我將得邑金，將貸子三百金，可乎？』莊周忿然作色曰：『周昨來，有中道而呼者，周顧視，車轍中有鮒魚焉，……

曰：我東海之波臣也，君豈有斗升之水而活我哉？周曰：諾，且南游吴越之王，激西江之水而迎子，可乎？鮒魚忿然作色曰：……吾得斗升之水然活耳，君乃言此，曾不如早索我於枯魚之肆。』」

〔一五〕緩：寬解。

驩州南亭夜夢〔一〕

昨夜南亭裏，分明夢洛中。室家誰道別，兒女案常同〔二〕。忽覺猶言是，沉思始悟空。肝腸餘幾寸，拭淚坐春風。

校記

〔夜夢〕底本作夜望，據清抄本目録改。

〔昨夜句〕底本作昨望南亭夜，據清抄本改。

〔案常〕底本作夢常，據清抄本改。

注釋

〔一〕詩當神龍二年春作。

〔二〕案常同：常同案（而食），謂夢中情景。

赦到不得歸題江上石〔一〕

家住東京裏，身投南海西〔二〕。風煙萬里隔，朝夕幾行啼。聖主謳歌洽，賢臣法令齊〔三〕。忽聞銅柱使，走馬報金雞〔四〕。棄市沾皇渥，投荒漏紫泥〔五〕。魂疲山鶴路，心醉跕鳶溪〔六〕。天鑒誅元惡，宸慈恤遠黎〔七〕。五方思寄刃，萬姓喜燃臍〔八〕。自幼輸丹懇，何嘗玷白圭〔九〕。承言竄遐魅，雪枉間深狴〔一〇〕。墳壠無由謁，京華豈重躋。炎方誰謂廣，地盡覺天低。百卉雜殊怪，昆蟲理頓睽〔一一〕。閑藏元不蟄，搖落反生荑〔一二〕。瘧瘴因茲苦，窮愁益復迷。火雲蒸毒霧，湯雨濯陰霓〔一三〕。周乘安交趾，王恭輯畫題〔一四〕。少寬窮涸鮒，猶愍觸藩羝〔一五〕。配宅鄰州廨，斑苗接野畦〔一六〕。山空聞斸象，江靜見遊犀。翰墨思諸季，裁縫憶老妻〔一七〕。小兒應離褓，幼女未攀笄〔一八〕。夢蝶翻無定，蓍龜詎有倪〔一九〕。誰能竟此曲，曲盡氣酸嘶。

校記

〔跕鳶〕底本作站鳶，據清抄本改。

〔寄刃〕底本作寄忍，據清抄本改。

〔雪枉〕底本作雪往，據清抄本改。

〔雜殊〕清抄本作功殊。

〔頓睽〕底本作賴睽，據清抄本改。

〔不蟄〕底本作不墊，據清抄本改。

〔因兹〕底本作因慈，據清抄本改。

〔湯雨〕清抄本作陽雨。

〔陰霓〕底本作雲霓，據清抄本改。

〔空聞〕底本作空歡，據清抄本改。

注釋

〔一〕《舊唐書·中宗紀》：神龍元年「九月壬午，親祀明堂，大赦天下。……十一月壬寅，加皇帝尊號曰應天，皇后尊號曰順天。壬午，……大赦天下，賜酺三日。」詩所云「赦」當此兩次大赦中之一次，赦令到達驩州，當已是神龍二年春、夏間。

〔二〕東京：洛陽。南海：指今北部灣。《元和郡縣圖志》卷三八：驩州「東至海一百里」。

〔三〕齊：整齊劃一。《史記·曹相國世家》：「蕭何爲法，顜若畫一。」注引小顏曰：「畫一，言其法整齊也。」

〔四〕銅柱使：謂來驩州的使者，參見前《初達驩州二首》其一注〔三〕。金雞：指赦令，參見卷一《則天門觀赦改年》注〔四〕。

〔五〕棄市：死刑，此指當被處死者。皇渥：皇恩。沾皇渥即免於處死。投荒：流放，此指當被流放者。紫泥：皇帝詔令，參見卷一《則天門觀赦改年》注〔三〕。漏紫泥，漏書於詔敕，即免于流放。

〔六〕跕：墜落。跕鳶，見本卷《入鬼門關》注〔二〕。

〔七〕天鑒：猶天監，上天監察。《詩·大雅·大明》：「天監在下，有命既集。」元惡：首惡，此當指張易之兄弟。宸慈：帝王的仁慈胸懷。

〔八〕五方：東、西、南、北、中。寄刃：寄刃以殺之。萬姓：萬民，百姓。《後漢書·董卓傳》：卓死後，「乃尸卓於市，天時始熱，卓素充肥，脂流於地。守尸吏然火置卓臍中，光明達曙，如是積日」。

〔九〕輸丹懇：謂以一片赤誠待人。玷：玷污。圭：上尖下方的玉器。《詩·大雅·抑》：「白圭之玷，尚可磨也。斯言之玷，不可爲也。」

〔一〇〕退魅：謂荒遠魑魅之鄉。參見本卷《神龍初廢逐南荒途出郴口北望蘇耽山》注〔五〕。雪枉：洗雪冤屈。間：間隔。深狴：幽深監獄，參見卷一《則天門觀赦改年》注〔二〕。二句謂己首陷冤獄，後流荒徼，拘於用韻，遂顛倒叙述順序。

〔一一〕理：物理，指昆蟲生活習性。睽：乖違，謂不同於中原。

〔一二〕閉藏：指冬季。蟄：昆蟲冬眠。《禮記·月令·孟冬之月》：「天地不通，閉塞而成冬。命百官謹蓋藏。」搖落：草木凋落。荑：草木幼芽。宋玉《九辯》：「悲哉秋之爲氣也，蕭瑟兮草木搖落而變衰。」

〔一三〕湯雨：熱雨。陰霓：《説文》卷十一下：「霓：屈虹，青赤，或白色，陰氣也。」

〔一四〕周乘：字子居，東漢汝南安城人，爲太山太守，甚有惠政，見《世説新語·賞譽上》注引《汝南先賢傳》。《大明一統志》卷九〇：「周乘，交州刺史，上書云：『交州絶域，習俗貪濁，彊宗聚姦，長史肆狡，侵漁萬民。臣欲爲聖朝掃清一方。』時屬城解印者三十餘人。」王恭：東晋人，《晋書》有傳。輯畫題：安輯嶺南百姓，其事未詳。畫題：即雕題，參見《初達驩州二首》其二注〔三〕。

〔一五〕窮涸鮒：處于困窮涸轍之中的鮒魚，參見本卷《三日獨坐驩州思憶舊遊》注〔一四〕。觸藩羝：以角觸籬笆陷于進退兩難境地的公羊。《易·大壯》：「羝觸藩，羸其角。」郭璞《游仙詩》：「進則保龍見，退爲觸藩羝。」

〔一六〕配宅：分配住宅。州廨：指驩州州廨。斑：通班。班苗，授與土地。

〔一七〕翰墨：筆墨，指書信。諸季：諸弟。

〔一八〕褓：襁褓，包裹幼嬰。笄：髮簪。古代女子年十五挽髮加簪，以示成年。《禮記·内則》：「女子……十有五年而笄。」

〔一九〕翻無定：反覆無常。《莊子·齊物論》：「昔者莊周夢爲胡蝶，栩栩然胡蝶也，自喻適志與，不知周也。俄然覺，則蘧蘧然周也。不知周之夢爲胡蝶與，胡蝶之夢爲周與。」蓍龜：蓍草與龜甲，占卜用具。詎：豈。倪：端倪，邊際。詎有倪，謂不可預測。

答魑魅代書寄家人〔一〕

魑魅來相問，君何失帝鄉？龍鍾辭北闕，蹭蹬首南荒〔二〕。覽鏡憐雙鬢，沾衣惜萬行。抱愁那去國，將老更垂裳〔三〕。影答余他歲，恩私宦洛陽。三春給事省，五載尚書郎〔四〕。黄閣遊鸞署，青縑御史香〔五〕。扈巡行太液，陪宴坐明光〔六〕。渭北昇高苑，河南祓禊場〔七〕。煙花恒獻賦，泉石每稱觴。暇日從休澣，高車映道旁〔八〕。迎賓就丞相，選士謁昭王〔九〕。侍寵言猶得，承歡謂不忘。一朝貽厚譴，五宅竟同防〔一〇〕。兇豎曾驅策，權豪豈易當。欸顔因侍從，接武在文章〔一一〕。且懼威非贊，寧知心是狼〔一二〕。身猶納履誤，情爲覆盆傷〔一三〕。可歎緣成業，非關行昧藏〔一四〕。喜逢今改旦，正朔復歸唐〔一五〕。河讖隨龍馬，天書逐鳳凰〔一六〕。朝容欣舊則，宸化美初綱〔一七〕。告善雕旌建，收冤錦旆張〔一八〕。宰臣更獻納，郡守各明揚〔一九〕。禮樂移三統，舟車會八方〔二〇〕。雲沙降白遂，秦隴獻燒當〔二一〕。三赦重天造，千推極國詳〔二二〕。大招思復楚，于役限維桑〔二三〕。漲海緣真臘，崇山壓古棠〔二四〕。雕題飛棟宇，儋耳間衣裳〔二五〕。伏枕神餘劣，加餐力未强〔二六〕。空庭遊翡翠，窮巷倚桄榔〔二七〕。緣體分殊昔，回眸宛異常。吉凶恒委鄭，年壽會詢唐〔二八〕。家本傳清白，官移重掛牀〔二九〕。上京無薄產，故里絕窮莊。碧玉先時費，蒼頭此自將〔三〇〕。興言歎家口，何處待贏糧〔三一〕。計吏從都出，傳聞大小康〔三二〕。降除沾二弟，離析已三房〔三三〕。劍外懸銷骨，荊南預斷腸〔三四〕。音塵黃耳間，夢想白眉良〔三五〕。復此單棲鶴，銜雛願遠翔〔三六〕。何堪萬里外，雲海已溟茫。戚屬甘胡越，聲名任秕糠〔三七〕。由來休憤命，命也信蒼蒼。獨坐尋周易，清晨詠老莊〔三八〕。此中因悟道，無問入猖狂〔三九〕。

校記

〔北闕〕底本作比闕，據清抄本改。

〔首南〕底本作守南，據清抄本改。

〔更垂〕底本作便垂，據清抄本改。

〔恩私〕底本作恩思，據清抄本改。

〔青縑〕底本作青嫌，據清抄本改。

〔高車〕清抄本作軒車。

〔可歎〕底本作可難，據清抄本改。

〔于役〕底本作役俾，據《全唐詩》卷九七改。

〔連棟〕底本作飛棟，據清抄本改。

〔問衣〕底本問字闕，據清抄本補。

〔蒼頭〕底本作菴頭，清抄本作倉頭，此據《全詩》改。

〔傳聞〕底本作傳文，據清抄本改。

〔降除〕底本作除降，據清抄本改。

〔信蒼〕底本信字闕，據清抄本補。

〔悟道〕底本作悞道，據清抄本改。

注釋

〔一〕魑魅：傳説中山神、鬼怪。參見本卷《神龍初廢逐南荒途出郴口北望蘇耽山》注〔五〕。《莊子·齊物論》：「罔兩問景曰：『曩子行，今子止，曩子坐，今子起，何其無特操與？』景曰：『吾有待而然者邪？吾所待又有待而然者邪？吾待蛇蚹蜩翼邪？惡識所以然，惡識所以不然。』」景：通影。詩作魑魅與影問答，倣此。《詩藪·外編》卷四謂沈詩中魑魅乃罔兩之誤，無據。詩神龍二年驩州作。

〔二〕龍鍾：潦倒失意貌。北闕：參見卷一《扈從出長安應制》注〔三〕。《史記·高祖本紀》正義引顏師古曰：「未央殿雖南嚮，而當上書奏事謁見之徒皆詣北闕，……是則以北闕爲正門。」故以代指朝廷。蹭蹬：失意貌。首：首貶或首途之意。

〔三〕那：何。《正字通》：「那，借爲問辭，猶何也，如何、奈何之合音。」垂裳：疑當作垂堂，謂履危地。《漢書·爰盎傳》：「千金之子不垂堂。」注：「言富人之子則自愛也。垂堂，謂坐堂外邊，恐墜墮也。」

〔四〕給事省：謂門下省，沈佺期爲給事中，屬門下省。三春、五載，均非確數。

〔五〕黄閣：漢代丞相聽事官署，門塗黄色。此指門下省。游鸞：飛翔的鸞鳥。潘尼《贈長安令劉伯正》：「遊鸞憑太虚，騰鱗託浮霄。」此喻指朝官。門下省武后朝改名鸞臺，詩雙關。青縑：青色絲織品。御史：當爲侍史之誤。《後漢書·蘗崧傳》：「詔太官賜尚書以下朝夕餐，給帷被皂袍，及侍史二人。」注引蔡質《漢官儀》：「尚書郎入直臺中，官供新青縑白綾被，……女侍史絜被服，執香爐燒燻，從入臺中，給使護衣服。」

〔六〕扈巡：扈從皇帝出游。太液：唐長安大明宫中池名，在蓬萊殿西清暉閣北，見《唐兩京城坊考》卷一。明光：西漢長安宫名，此泛指宫殿。《三輔黄圖》卷三：「明光宫，武帝太初四年秋起，在長樂宫後，南與長樂宫相連屬。」

〔七〕渭北：渭水之北，指長安。河南：黄河之南，指洛陽。祓禊：參見本卷《三日獨坐驩州思舊遊》注〔四〕。

〔八〕休澣：休假洗沐。唐制，官員十日一休沐。

〔九〕昭王：燕昭王。《史記·燕召公世家》：「燕昭王於破燕之後即位，卑身厚幣以招賢者。……樂毅自魏往，鄒衍自齊往，劇辛自趙往，士爭趨燕。」

〔一〇〕厚譴：重罰。五宅：謂流放，此泛指刑罰。《書·舜典》：「五流有宅，五宅三居。」傳：「謂不忍加刑則流放之，若四凶者。五刑之流，各有所居。五居之差，有三等之居：大罪四裔，次九州之外，次千里之外。」防：疑指防風氏。《史記·孔子世家》：「禹致羣神於會稽，防風氏後至，禹殺而戮之。」句謂張易之、張昌宗等均遭誅戮。下兇豎、權豪均指二張而言。

〔一一〕欵顔：見面。接武：步武相接。二句言己因侍從皇帝、修撰書籍方與二張接觸。《舊唐書·張行成傳》：久視元年，以張易之爲奉宸令，引辭人閻朝隱、薛稷等並爲奉宸供奉，每因宴集，則令嘲戲公卿以爲笑樂，又詔張昌宗撰《三教珠英》於內，引文學之士李嶠、宋之問等二十六人，分門撰集。易之、昌宗皆粗能屬文，如應詔和詩，則宋之問等爲之代作。時佺期亦預修《三教珠英》，故云。

〔一二〕贙（xuàn）：獸名。《爾雅·釋獸》：「贙，有力。」注：「出西海，大秦國有養者，似狗，多力，獷惡。」

〔一三〕納履：穿鞋。樂府《君子行》古辭：「君子防未然，不處嫌疑間。瓜田不納履，李下不正冠。」覆盆：反扣的盆子，光線不能照射其中，喻冤獄。《抱朴子·辨問》：「日月有所不照，聖人有所不知，……是照三光不照覆盆之内也。」

〔一四〕緣，因緣；業，業果：均佛教語。緣成業，謂種種因素形成惡果。沈約《佛像銘》：「積智成朗，積因成業。」昧藏：幽昧隱蔽。行昧藏：行事不光明正大。

〔一五〕改旦：改元。正朔：正月朔日，即元旦。古代改朝换代，必重定正朔，以示咸與維新之意。《舊唐書·則天皇后紀》：「（載初元年正月）依周制建子月爲正月。改永昌元年十一月爲載初元年正月，十二月爲臘月，改舊正月爲一月。……九月九日壬午，革唐命，改國號爲周。」同書《中宗紀》：「（神龍元年）二月甲寅復國號，依舊爲唐。社稷、宗廟、陵寢、郊祀、行軍旗幟、服色、天地、日月、寺宇、臺閣、官名，並依永淳以前故事。」

〔一六〕河讖：即河圖，傳説中上天授命於帝王的圖讖。《禮記·禮運》：「河出馬圖。」疏引《中候》：「堯時受河圖。……伏羲氏有天下，龍馬負圖出於河，遂法之畫八卦。」《宋書·符瑞志上》：堯「觀于三河，常有龍隨之。一旦龍負圖而至，其文要曰：『亦受天祐。』」又：「後有鳳皇銜書，游（周）文王之都。書又曰：『殷帝無道，虐亂天下，皇命已移，不得復久，靈祇遠離，百神吹去，五星聚房，昭理四海。』」

〔一七〕朝容：朝廷風氣面貌。舊則：舊制。宸化：帝王的教化。初綱：原有紀綱。

〔一八〕雕旌：有圖案的旗幡。《漢書·文帝紀》載三年五月詔：「古之治天下，朝有進善之旌……」應劭曰：「旌，幡也，堯設之五達之道，令民進善也。」如淳曰：「欲有進者，立於旌下言之。」錦旆：指大赦時所立旗幡，參見卷一《則天門觀赦改年》注〔四〕。

〔一九〕獻納：提出意見以供皇帝采納。班固《兩都賦·序》：「朝夕論思，日月獻納。」明揚：謂薦舉賢才。《書·堯典》：「明明揚側陋。」正義：「堯知子不肖，……故令四岳明舉明人在側陋者，欲使廣求賢也。」

〔二〇〕三統：指夏、商、周三代，夏制建寅，以寅月（舊曆正月）爲歲首，色尚黑，稱黑統；商制建丑，以丑月（舊曆十二月）爲歲首，色尚白，稱白統；周制建子，以子月（舊曆十一月）爲歲首，色尚赤，稱赤統，合稱三統，見《春秋繁露·三代改制質文》。

〔二一〕雲沙：雲州與沙州，州治分别在今山西大同、甘肅敦煌。秦隴：秦州與隴州，州治分别在今甘肅秦安西北與陝西隴縣。燒當：白遂：未詳。當亦邊境少數民族名。西羌之一支。《後漢書·西羌傳》：「研……十三世至燒當，復豪健，其子孫更以燒當爲種號。」

〔二二〕重天造：造設多重之天。《後漢書·蘇章傳》：「順帝時，遷冀州刺史。故人爲清河太守，章行部按其姦臧。乃請太守，爲設酒肴，陳平生之好甚歡。太守喜曰：『人皆有一天，我獨有二天。』」推：推問，審理案件。詳：詳刑，依法量刑。《新唐書·百官志》三：大理寺卿「掌折獄、詳刑」。

〔二三〕大招：楚辭篇名。王逸《大招·序》：「《大招》者，屈原之所作也。或曰景差，疑不能明也。屈原放流九年，……恐命將終，所行不遂，故憤然大招其魂，盛稱楚國之樂，崇懷、襄之德，……因以風諫，達己之志也。」于役：外出服兵役或勞役，爲王事奔走。《詩·王風·君子于役》：「君子于役，不知其期。」維桑：謂故鄉。《詩·小雅·小弁》：「維桑與梓，必恭敬止。」

〔二四〕漲海：南海。真臘：古國名，即今柬埔寨。《舊唐書·南蠻傳》：「真臘國，在林邑西北，本扶南之屬國，崑崙之類。在京師南二萬七百里，北至愛州六十日行。」古棠：古越裳國。參見本卷《從崇山向越常》注〔一〕。

〔二五〕雕題、儋耳：見《初達驩州二首》其二注〔二〕、〔三〕。

〔二六〕餘劣：疲弱。

〔二七〕翡翠：鳥名。桄榔：木名。《異物志》卷二：「翠鳥似燕，翡赤而翠青，其羽可以爲飾。」《南方草木狀》卷中：「桄榔樹似栟櫚，中實。……出九真、交趾。」

〔二八〕鄭：鄭詹尹，楚太卜。《楚辭·卜居》：「屈原既放，三年不得復見，竭知盡忠，而蔽鄣於讒，心煩慮亂，不知所從。往見太卜鄭詹尹曰：『余有所疑，願因先生决之。』」篇中屈原所問有「孰吉孰凶，何去何從」之語。唐：唐舉，戰國魏人，善相。《史記·蔡澤列傳》：「蔡澤者，燕人也。游學于諸侯小大甚衆，不遇。而從唐舉相，……乃曰：『富貴吾所自有，吾所不知者壽也，願聞之。』唐舉曰：『先生之壽，從今以往者四十三歲。』」

〔二九〕清白：《後漢書·楊震傳》：「性公廉，不受私謁，子孫常蔬食步行。故舊長者或欲令爲開産業，震不肯，曰：『使後世稱爲清白吏，子孫以此遺之，不亦厚乎。』」掛牀：事未詳。或即用懸榻事。《後漢書·徐穉傳》：「時陳蕃爲太守，……在郡不接賓客，唯穉來特設一榻，去則懸之。」

〔三〇〕碧玉：劉宋汝南王妾名。此指婢女。樂府《碧玉歌》：「碧玉小家女，不敢攀貴德。」蒼頭：奴僕，以青巾包頭。

〔三一〕家口：家人。贏糧：背負糧食。

〔三二〕計吏：州郡每年年末上計簿於京師的官吏，計簿載該地一年中户口、賦税等情況。大小：指一家老小。

〔三三〕降除：授官。二弟：謂沈全交、全宇。見卷一《被彈》注〔五〕。離析：謂分家析産。

〔三四〕劍外：劍閣之南，指蜀地。大劍山、小劍山、劍閣道、劍門關均在今四川劍閣縣東北。荆南：荆州（治所在今湖北江陵）之南。劍外、荆南當爲佺期二弟爲官之處。

〔三五〕音塵：音信。黄耳：犬名。《晋書·陸機傳》：「初，機有駿犬，名曰黄耳，甚愛之。既而羈寓京師，久無家問，笑語犬曰：『我家絶無書信，汝能齎書取消息不？』犬摇尾作聲。機乃爲書以竹筩盛之而繫其頸，犬尋路南走，遂至其家，得報還洛，其後因以爲常。」白眉：指兄弟。《三國志·蜀書·馬良傳》：「兄弟五人，并有才名，鄉里爲之諺曰：『馬氏五常，白眉最良。』良眉中有白毛，故以稱之。」

〔三六〕單棲鶴：沈佺期自喻。樂府《艷歌何嘗行》：「飛來雙白鶴，乃從西北來。……妻卒被病，行不能相隨。五里一返顧，十里一徘徊。吾欲銜汝去，口噤不能開。」

〔三七〕胡越：胡地與越地，南北阻絶，喻疏遠。《淮南子·俶真》：「六合之内，一舉而千萬里。是故自其異者視之，肝膽胡越；自其同者視之，萬物一圈也。」粃糠：中空之穀與穀皮，爲人所賤。此謂視同粃糠。

〔三八〕周易：古代卜筮之書。尋《周易》，謂探求事物變化之理，吉凶禍福之道。老莊：《老子》與《莊子》，主張順應自然、委運隨化的人生哲學。

〔三九〕無問：疑當作無悶，指退隱。《易·乾》：「隱遁無悶。」猖狂：恣意而行。《莊子·在宥》：「浮游不知所求，猖狂不知所往。」

從驩州廨宅移住山間水亭贈蘇使君〔一〕

遇坎即乘流，西南到火洲〔二〕。鬼門因苦夜，瘴浦不宜秋〔三〕。歲貸胸穿老，朝飛鼻飲頭〔四〕。死生離骨肉，榮辱間朋遊。棄置一身在，平生萬事休。鷹鸇遭誤逐，豺武怯真投〔五〕。憶昨京華子，傷今邊地囚。願陪鸚鵡樂，希並鷓鴣留〔六〕。日月渝鄉思，煙花換客愁。幸逢蘇伯玉，回借水亭幽〔七〕。山柏張青蓋，紅蕉卷綠油。乘閑無火宅，因放有虚舟〔八〕。適越心當是，居夷迹可求〔九〕。古來堯禪舜，何必罪驩兜〔一〇〕。

校記

〔山間〕《文苑英華》卷三一五作山中。

〔門因〕清抄本作門應，《英華》作關應。

〔豺武〕底本作豹虎，清抄本作豺虎，此據《英華》改。

〔虚舟〕底本作漁舟，據《英華》改。

注釋

〔一〕廨宅：官署住宅。沈佺期流放驩州後「配宅鄰州廨」，見《赦到不得歸題江上石》詩。蘇使君：當是驩州刺史，名未詳。詩神龍二年驩州作。

〔二〕坎：低陷處。《易·坎》「習坎」注：「坎，險陷之名也。」《易·説卦》：「坎爲水，爲溝瀆。」乘流：泛浮水上，指順應外物變化。賈誼《鵩鳥賦》：「乘流即逝兮，得坻則止。」火洲：傳説南海中洲名，此借指驩州。

〔三〕鬼門、瘴浦：見本卷《入鬼門關》注〔一〕、〔二〕。

〔四〕胸穿：見本卷《度安海入龍編》注〔二〕。鼻飲：國名。《後漢書·杜篤傳》引篤《論都賦》：「於是同穴裘褐之域，共川鼻飲之國，莫不袒跣稽顙，失氣虜伏。」注引《漢書·賈捐之傳》：「駱越之俗，父子同川而浴，相習以鼻飲。」《新唐書·南蠻傳下》：「有飛頭獠者，頭欲飛，周項有痕如縷，妻子共守之，及夜如病，頭忽亡，比旦還。」

〔五〕鷹鸇：喻監察執法之官吏。鸇：猛禽。《左傳·文公十八年》：「見無禮於其君者誅之，如鷹鸇之逐鳥雀也。」豺武：即豺虎，避李淵祖李虎諱改。《詩·小雅·巷伯》：「取彼譖人，投畀豺虎。」

〔六〕鸚鵡樂：謂還鄉之樂。《太平御覽》卷九三四引傅咸《答李斌書》：「吾作左丞，未幾而以吾爲京兆。雖心知此爲不合，然是家親鄉里，自願便欲從耳。時足下問吾當去否，吾答：鸚鵡子言阿安樂，今到阿安樂，何爲不去？」鷓鴣留：鷓鴣南方之鳥，故留南方，不北飛。《太平御覽》卷九二四引《異物志》：「鷓鴣其形似雌雞，其志懷南不思北，其名〔自〕呼。飛但南不北。」

〔七〕蘇伯玉：晋人，此借指蘇使君。《玉臺新詠箋注》卷九蘇伯玉妻《盤中詩》云：「伯玉被使在蜀，久而不歸，其妻居長安，思念之，作此詩。」

〔八〕火宅：佛教語，謂世間煩惱糾纏，有如失火第宅。《法華經·譬喻品》：「三界無安，猶如火宅。」此兼指炎熱之廨宅。虚舟：空船。兼喻胸懷坦蕩。《晋書·謝安傳贊》：「太保沈浮，曠若虚舟。」

〔九〕適越：往越國，此指己流驩州。《莊子·逍遥游》：「宋人有資章甫而適諸越者，越人斷髮文身，無所用之。」是：此。心當是，指安於異族風俗。居夷：居蠻夷之地。班彪《北征賦》：「君子履信，無不居兮。雖之蠻貊，何憂懼兮。」迹可求：謂己之行爲經得起考察。

〔一〇〕堯禪舜：相傳堯讓位於舜，此借指武后讓位於中宗。驩兜：堯臣。此以自比。《書·舜典》：「放驩兜於崇山。」傳：「黨于共工，罪惡同。崇山，南裔。」《山海經·海外南經》「驩兜國」郭璞注：「讙兜，堯臣，有罪，自投南海而死。」崇山即在驩州，參見後詩。

從崇山向越常并序〔一〕

按《九真圖》，崇山至越常四十里〔二〕。杉谷起古崇山，竹谿從道明國來，於崇山北二十五里合〔三〕。水欹缺，藤竹明昧〔四〕。有三十峰，夾水直上千餘仞，諸仙窟宅在焉。

朝發崇山下，暮坐越常陰。西從杉谷度，北上竹溪深。竹溪道明水，杉谷古崇岑〔五〕。差池將不合，繚繞復相尋。桂葉藏金嶼，藤花閉石林。天窗虛的的，雲竇下沉沉〔六〕。造化功偏厚，真仙跡每臨〔七〕。豈徒探怪異，聊欲緩歸心。

校記

〔越常〕《升菴全集》卷五七引作越裳，下同。

〔竹谿〕底本作行谿，據《文苑英華》卷二八九改。下「竹溪深」同。

〔欹缺〕底本作歌缺，據《英華》改。

〔常陰〕底本作山陰，據《英華》改。

〔將不〕《英華》作疑不。

〔每臨〕朱本作累臨。

注釋

〔一〕崇山：見本卷《遥同杜員外審言過嶺》注〔二〕。《太平寰宇記》卷一七驩州：「放驩兜於崇山，即此也。」越常：即越裳，古國名。《元和郡縣圖志》卷三八驩州：「古越地，九夷之國，越裳氏重九譯者也。」又：「越裳縣，本吴所置，因越裳國以爲名也。」注：「西至州七十里。」

〔二〕九真圖：九真郡地圖。漢平南越，置九真郡，唐驩州即漢九真郡咸驩縣。

〔三〕道明國：未詳。

〔四〕水欹缺：疑「水」上奪「山」字。

〔五〕崇岑：即崇山。

〔六〕天窗：山峰間露出的天空如窗。的的：明貌。雲竇：雲霧遮掩的洞穴。

〔七〕造化：大自然的創造化育。真仙：神仙。

題椰子樹〔一〕

日南椰子樹，杳裊出風塵〔二〕。叢生雕木首，圓實檳榔身〔三〕。玉房九霄露，碧葉四時春〔四〕。不及塗林果，移根隨漢臣〔五〕。

校記

〔杳裊〕《唐詩紀》卷三〇作香裊。

〔雕木〕《詩紀》作調木，《澠水燕談録》卷九引作雕胡。檳榔身：謂椰樹幹與檳榔樹相似。《南方草木狀》卷下。

注釋

〔一〕《異物志》卷二「椰樹，高六、七丈，無枝葉，如束蒲在其上，實如瓠。」詩亦驩州作。

〔二〕日南：見《初達驩州二首》其二注〔四〕。杳裊：高聳摇曳貌。

〔三〕雕木首：謂椰子果實。《異物志》卷二：椰實「又有如兩眼處，俗人謂之越王頭。」《南方草木狀》卷下：「（椰樹）其實如寒瓜，外有粗皮，次有殼，圓而且堅。……俗謂之越王頭。云昔林邑王與越王有故怨，遣俠客刺得其首，懸之於樹，俄化爲椰子。」又：「檳榔樹高餘丈。皮似青桐，節如桂竹，下本不大，上枝不小，調直亭亭，千萬若一。森秀無柯，端頂有葉。」

〔四〕玉房：謂椰實。《南方草木狀》卷下：「（椰實）剖之有白膚，厚半寸，味似胡桃而極肥美。有漿，飲之得醉。」

〔五〕塗林果：指石榴。漢臣：謂張騫。《太平御覽》卷九七〇引陸機《與弟雲書》：「張騫爲漢使外國十八年，得塗林安石榴也。」

答甯愛州報赦〔一〕

書報天中赦，人從海上聞。九泉開白日，六翮起青雲〔二〕。質幸恩先貸，情孤枉未分〔三〕，自憐涇渭别，誰與奉明君〔四〕。

校記

〔題〕底本作答甯處州書，活字本作答甯虔州書，清抄本作答甯愛州，《文苑英華》卷二四一作答甯愛州書。此從《初學記》卷二〇。

〔六翮起〕底本作六翅起，《詩式》卷二作六翮奮，此據《初學記》改。

〔質幸〕《初學記》作命偶。

注釋

〔一〕愛州：州治在今越南清化。甯愛州：甯姓愛州刺史，名未詳。愛州在驩州北，先得赦書，故馳報佺期。《舊唐書·中宗紀》：神龍二年「十一月乙巳，大赦天下。」佺期神龍三年北歸，六月至潭州，其聞赦當在三年春末，參下詩注〔一〕。

〔二〕九泉：九重泉，地下深處。六翮：鳥翅大翎。《韓詩外傳》卷六：「夫鴻鵠一舉千里，所恃者六翮耳。」

〔三〕質：形體，自指。《廣雅·釋言》：「質，軀也。」曹植《愍志賦》：「豈良時之難俟，痛余質之日虧。」貸：寬恕。枉未分：謂冤屈未辨明。

〔四〕涇渭：二水名。參見卷一《被彈》注〔八〕。

喜赦〔一〕

去歲投荒客，今春肆眚歸〔二〕。律通幽谷暖，盆舉太陽輝〔三〕。喜氣迎冤氣，青衣報白衣〔四〕。還將合浦葉，俱向洛城飛〔五〕。

校記

〔律通〕底本作津通，據清抄本改。

〔合浦葉〕底本作盆浦月，據清抄本改。

注釋

〔一〕詩云「今春肆眚歸」，作于神龍三年（七〇七）春。參見前詩注〔一〕。

〔二〕去歲：猶往歲。肆眚：赦罪。《書·舜典》：「眚災肆赦。」傳：「眚，過；災，害；肆，緩。……過而有害，當緩赦之。」

〔三〕律：律管，樂器名。古人以十二律配十二月，有以律管候氣之法，詳見《後漢書·律曆志上》。《文選》卷二一顔延之《秋胡詩》：「寒谷待鳴律。」李善注引劉向《别録》：「鄒衍在燕，有谷寒，不生五穀。鄒子吹律而温，至生黍也。」盆舉：喻罪名被洗雪，參見本卷《答魑魅代書寄家人》注〔一三〕。

〔四〕青衣：低級官吏的服色，此代指小吏。白衣：沈佺期自指。

〔五〕合浦：漢郡名，治所在今廣西合浦東北。《太平御覽》卷九五七引劉欣期《交州記》：「合浦東二百里有一杉樹，葉落隨風入洛陽城内。」江總《遇長安使寄裴尚書》：「傳聞合浦葉，遠向洛陽飛。」

紹隆寺〔一〕并序

紹隆寺，江嶺最奇，去驩州城二十五里。將北客畢日遊憩，隨例施香回，於舟中作〔二〕。

吾從釋迦久，無上師涅槃〔三〕。探道三十載，得道天南端。非勝適殊方，起誼世歸難〔四〕。放棄乃良緣，世慮不曾干〔五〕。香界縈北渚，花龕隱南巒〔六〕。危昂階下石，演漾窗中瀾。雲蓋看木秀，天空見藤盤。處俗勤宴坐，居貧業行壇〔七〕。試將有漏軀，聊作無生觀〔八〕。了然究諸品，彌覺静者安〔九〕。

校記

〔起誼〕起字底本闕，據《唐詩紀》卷二九增，清抄本作超誼。

〔世歸〕清抄本作歸理。

注釋

〔一〕詩云「將北客」，蓋神龍三年春聞赦後北歸前作。

〔二〕施香：布施香火，進香。

〔三〕釋迦：佛祖釋迦牟尼的省稱，借指佛教。涅槃：梵語，義譯爲滅度，謂脱離一切煩惱，進入自由無礙的境界。此指大乘《涅槃經》所闡明的佛教至高無上的教義。

〔四〕非勝：不勝。殊方：他鄉異域，指驩州。

〔五〕放棄：流放棄置。

〔六〕香界：猶香刹，指佛寺。花龕：有雕飾的佛龕。

〔七〕宴坐：安坐，謂坐禪。

〔八〕有漏軀：謂己世俗煩惱之身。有漏，佛教語，含有煩惱之事物。無生：佛教語，謂萬物實體無生無滅。兩句謂試觀無生之理以破世俗之煩惱。

〔九〕諸品：指佛經。佛經章節稱品。

早發平昌島〔一〕

解纜春風後，鳴榔曉漲前〔二〕。陽烏出海樹，雲雁下江煙〔三〕。積氣衝長島，浮光溢大川。

不能懷魏闕，心賞獨泠然〔四〕。

注釋

〔一〕平昌島：疑即海南島。《太平寰宇記》卷一六九瓊州文昌縣：「漢紫貝縣地，隋改爲平昌縣，唐貞觀元年改爲文昌縣。」文昌在今海南文昌北。詩當神龍三年（七〇七）春北歸途中作。

〔二〕鳴榔：即鳴桹，敲擊船舷。《文選》卷一〇潘岳《西征賦》：「纖經連白，鳴桹厲響。」李善注：「以長木扣舷爲聲，言曳纖經於前，鳴長桹於後，所以驚魚，令入網也。」曉漲：指早潮。

〔三〕陽烏：日。《淮南子·精神》：「日中有踆烏。」高誘注：「踆，猶蹲也，謂三足烏。」

〔四〕魏闕：象魏，宮門外觀闕，代指朝廷。泠然：輕妙之貌。《莊子·讓王》：「身在江海之上，心居乎魏闕之下。」又《逍遥游》：「列子御風而行，泠然善也。」

夜泊越州逢北使〔一〕

天地降雷雨，放逐還國都〔二〕。重以風潮事，年月戒回艫〔三〕。容顔荒外老，心想域中愚。憩泊在茲夜，炎雲逐斗樞〔四〕。飅飀縈海若，霹靂耿天吴〔五〕。鼇抃羣島失，鯨吞衆流輸〔七〕。偶逢金華使，握手淚相濡〔七〕。飢共噬齊棗，眠共席秦蒲〔八〕。既北思攸濟，將南畣所圖〔九〕。往來固無咎，何忽憚前桴〔一〇〕？

校記

〔越州〕清抄本作戰州。

〔攸濟〕底本作收濟，據清抄本改。

〔南昚〕底本作南雲，《唐詩紀》卷二九作南睿，據清抄本改。

注釋

〔一〕越州：指廉州的越州城，在今廣東合浦境。《輿地紀勝》卷一二〇廉州：宋於合浦郡置越州，隋大業初廢爲合浦郡，唐武德中改越州，貞觀中改置廉州。又：「越州城，在合浦縣東十里，《元和郡縣志》云，即宋陳伯紹刺史所理城也。」北使：北方來的使者。詩作於神龍三年（七〇七）自驩州北歸途中。

〔二〕雷雨：喻赦宥的詔令。《易·解》：「天地解而雷雨作，雷雨作而百草果木皆甲坼。」《易·屯》正義：「雷雨二氣初相交動以生養萬物。」

〔三〕年月：此指利於出行的年月。《南史·梁孝元帝紀》：「（帝）特多禁忌，墻壁崩倒，屋宇傾頹，年月不便，終不修改。」戒：准備。《廣韻·怪韻》：「戒，具也。」回艫：歸舟。

〔四〕炎雲：猶火雲，南方炎夏的雲。斗樞：北斗星。《晉書·天文志上》：「北斗七星……魁第一星曰天樞。」

〔五〕䶄䶇(ǎn yǔ)：颶風。《通雅·天文》：「䶄䶇，颶風也。」海若：海神。《莊子·秋水》：河伯行至於北海，「望洋向若而嘆。」音義：「若，海神。」耿：微明貌。天吴：水神。《山海經·海外東經》：「朝陽之谷，神曰天吴，是爲水伯。」

〔六〕鼇：傳説中海中大龜。抃：鼓舞歡呼。《列子·湯問》：渤海之東，其中有岱輿、員嶠、方壺、瀛洲、蓬萊五山，所居之人皆仙聖之種，而五山之根無所連箸，「帝恐流於西極，失羣仙聖之居，乃命禺彊，使巨鼇十五舉首而戴之」，五山始峙而不動。《楚辭·天問》：「鼇戴山抃，何以安之？」注引《列仙傳》：「有巨靈之鼇，背負蓬萊之山而抃舞。」鯨：傳説海中大魚。輸：輸送，流向。《古今注》卷中：「鯨魚者，海魚也，大者長千里，小者數十丈，……鼓浪成雷，噴沫成雨，水族驚畏，皆逃匿，莫敢當者。」

〔七〕金華使：朝廷使者。金華：漢未央宫中殿名，後泛指宫殿。《漢書·叙傳》：「時上方鄉學，鄭寬中、張禹朝夕入説《尚書》、《論語》於金華殿中。」

〔八〕齊棗：齊地所産棗。《爾雅·釋果》有齊棗。秦蒲：秦地蒲草所編蓆。

〔九〕攸濟：所以渡水。《書·大誥》：「若涉淵水，予惟往求朕攸濟。」傳：「若涉淵水，往求我所以濟渡，言祇懼。」昚：同慎，謹慎從事。《莊子·逍遥游》：「而後乃今將圖南。」既北句自謂，將南句謂北使。

〔一〇〕無咎：無災。《易·萃》：「往無咎。」前桴：前路水程。桴，竹木編成的小舟。

度貞陽峽〔一〕

江路繞貞陽，雲峰來水長〔二〕。藤蘿失昏旦，崖谷轉炎涼。野戍紅蕉熟，山郵緑笋香〔三〕。秖言武陵去，何處辯存亡〔四〕？

校記

〔度貞陽峽〕此詩底本及沈集他本均未收，僅見於清抄本，據録。

注釋

〔一〕貞陽峽：即湞陽峽，在今廣東英德南溱水上。《元和郡縣圖志》卷三四廣州湞陽縣：「湞陽峽，一名皋石山，在縣南二十五里。崖壁千仞，猿狖所不能游。」詩神龍三年北歸途中作。

〔二〕貞陽：即湞陽，縣名，在湞水之陽。隋開皇十年改貞陽，屬循州，十九年改屬廣州。唐武德元年復改湞陽，見《元和郡縣圖志》卷三四。來水：疑當作夾水。

〔三〕野戍：荒野駐軍之地。山郵：山間郵遞驛站。

〔四〕武陵：郡名，漢置，治所在今湖南常德，晉武陵漁人緣溪行，得桃花源，其中人自云先世避秦時亂來此，遂與外人隔絶，見陶淵明《桃花源記》。後遂以武陵作爲隱居之所或仙境的代稱。辯：通辨。存亡：指王朝的興亡。

登韶州靈鷲寺〔一〕

頹日半西岑，餘光透客林〔二〕。暗山疑積黛，明澗似流金〔三〕。忽見垂燈閣，旁連雙樹陰〔四〕。浴池河漢近，講席薜蘿侵〔五〕。對水禪應定，論沙幼已深〔六〕。傍人下闕

校記

〔登韶州靈鷲寺〕此詩底本及沈集他本均未收，僅見於清抄本，據録。

注釋

〔一〕韶州：州治在今廣東韶關。《太平寰宇記》卷一五九韶州曲江縣：「靈鷲山在縣北六十里，有一寺，……《始興記》：『靈鷲山臺殿宏麗，面象巧妙，嶺南佛寺，此爲最也。』」詩神龍三年北歸途中作。

〔二〕頹日：落日。

〔三〕黛：青黑色顔料，古代婦女用以畫眉。明澗：指夕陽照耀的溪澗。

〔四〕雙樹：此指佛寺中樹木，參見本卷《九真山静居寺謁無礙上人》注〔九〕。

〔五〕河漢：天河。

〔六〕禪：梵語禪那的省稱，静思之意，静心息慮，稱爲禪定。《莊子·天道》：「水静則明燭鬚眉，中平準，大匠取法焉。水静猶明，而况精神。」故云「應定」。論沙：論佛理，佛經中常以沙爲喻。《金剛經》：「但諸恒河，尚多無數，何况其沙。」《釋氏六帖》卷一八引《大佛頂萬行經》：「猶如煮沙，經千百劫，終不能成其飲食。」劫：疑爲刼之誤。梵語刼波，省稱刼，指一段時間。

自樂昌溯流至白石嶺下行入郴州〔一〕

茲山界夷夏，天際橫寥廓〔二〕。太史漏登探，文命限開鑿〔三〕。北流自南瀉，羣峰回衆壑。馳波如電騰，激石似雷落。崖留盤古樹，澗蓄神農藥〔四〕。乳竇何淋漓，苔蘚更綵錯〔五〕。娟娟潭裏虹，渺渺灘邊鶴。歲物應流火，天高雲初薄〔六〕。金風吹綠梢，玉露洗紅蘀〔七〕。泝舟始興廨，登踐桂陽郭〔八〕。匍匐緣修坂，穹窿曳長笮〔九〕。礙林阻往來，過堰每前却。救難不遑食，飯畢昏無託。濯谿寧足懼，磴道誰云惡。我行湍險多，山水皆不若。安能獨見聞，書此遺京洛。

校記

〔樂昌〕底本作昌樂，據《文苑英華》卷二八九改。

〔天際〕底本作天險，據清抄本改。

〔苔蘚〕清抄本作莓癬。

〔歲物〕底本作歲杪，據清抄本改。

〔雲初〕底本作雲霧，《英華》作雲物，據清抄本改。

〔紅㩩〕底本作紅籜，逕改。

〔阻往〕底本作徒往，據清抄本改。

〔救難二句〕清抄本作救艱不遑飯，畢昏無暇泊。

〔濯谿二句〕清抄本無此二句。

〔湍險多〕清抄本作山水間。

〔山水〕清抄本作湍險。

注釋

〔一〕樂昌：韶州屬縣名，今屬廣東。郴州：今屬湖南。溯流：謂溯武水。《輿地紀勝》卷九〇韶州「武水，在曲江縣城西二十步。源出桂陽監平陽縣界臨武崗，流出郴州宜章縣下，南流入樂昌縣。」詩作於神龍三年（七〇七）七月北歸途中。

〔二〕茲山：謂大庾嶺。《元和郡縣圖志》卷三四韶州始興縣：「大庾嶺，一名東嶠山，即漢塞上也，在縣東北一百七十二里，從此至小道所極，越之北疆也。」

〔三〕太史：太史公司馬遷。《史記·太史公自序》：「遷……二十而南游江、淮，上會稽，探禹穴，闚九嶷，浮于沅、湘，北涉汶、泗，講業齊、魯之都，觀孔子之遺風，鄉射鄒、嶧，戹困鄱、薛、彭城，過梁、楚以歸。」行踪未及嶺南。文命：夏禹名。《史記·夏本紀》：「夏禹，名曰文命。」《書·禹貢》載禹治洪水，開山導川，亦未及嶺南。

〔四〕盤古：神話中天地開闢時首出創世者。《太平御覽》卷二引《三五曆紀》：「天地渾沌如雞子，盤古生其中。」神農氏：傳説中古代帝王，即炎帝。《太平御覽》卷七八：「神農……嘗百草之滋味，味水泉之甘苦，令民知所辟就。」

〔五〕乳竇：石鍾乳洞穴。

〔六〕歲物：適應季節變化的事物。流火：大火星西降。大火，即心宿二。《詩·豳風·七月》：「七月流火。」傳：「火，大火也。流，下也。」

〔七〕金風：秋風。五行中金于時爲秋。紅蘀：紅葉。《詩·鄭風·蘀兮》：「蘀兮蘀兮，風其吹女。」傳：「蘀，槁也。」箋：「槁，謂木葉也。」

〔八〕桂陽：郡名，即郴州。《元和郡縣圖志》卷二九：「郴州，本漢長沙國地，漢分長沙南境立桂陽郡，理郴縣，領十一縣。隋平陳，改爲郴州，大業中復爲桂陽郡。」

〔九〕修坂：長山坡。穹窿：水流屈曲貌。《漢書·司馬相如傳》「穹窿雲撓。」注：「言水急旋回，如雲之屈曲也。」筰：即笮，竹索。《廣韻·鐸韻》：「笮，竹索，西南夷尋之以渡水。」

哭蘇眉州崔司業二公并序〔一〕

同時郎裴懷古者，作牧潭府〔二〕。神龍三年秋八月，佺期承恩北歸，途中覯止，訪及故舊，知眉州蘇使君味道、國子崔司業融，馳旋間相次而逝。蘇往任鳳閣侍郎，佺期忝通事舍人〔三〕。崔重爲鳳閣舍人，佺期又遷給事〔四〕。並銜疇昔之眷，俱荷提獎之恩。前年負譴南荒，二公先移官守。迨此凶問，情理何堪。所歎逐竄有期，行邁在遠，哀不展舊，禮不申悲。流慟斯文，冀通幽路〔五〕。

涣汗天中發，伶俜海外旋〔六〕。長沙遇太守，問舊幾人全。國寶亡雙傑，天才喪兩賢〔七〕。大名齊弱歲，高德並中年。禮樂羊叔子〔八〕，文章王仲宣〔九〕。相看尚玄鬢，相次入黄泉。流放蠻陬闊，鄉關帝里偏〔一〇〕。親朋雲霧擁，生死歲時傳〔一一〕。崔昔揮宸翰，蘇嘗濟巨川〔一二〕。絳衣陪下列，黄閣謬差肩〔一三〕。及此俱冥昧，云誰敘播遷〔一四〕。隼輿懷舊轍，繐館想虚筵〔一五〕。家愛方休杵，皇慈更撤懸〔一六〕。銘旌西蜀路，騎吹北邙田〔一七〕。隴樹應秋矣，江帆故杳然。罷琴明月夜，留劍白雲天〔一八〕。涕泗湘潭水，凄凉衡嶠煙〔一九〕。古來修短分，神理竟難筌〔二〇〕。

校記

〔同時郎裴懷古〕《文苑英華》卷三〇二作侍郎裴公。
〔三年〕底本作二年，據《英華》改。
〔佺期〕《英華》作雲卿，下同。
〔途中覯止〕《英華》作略接寒温。
〔訪及故舊〕《英華》作問及親故。
〔知眉〕《英華》知上有適字，校云集作遽。
〔並銜〕《英華》作並承。
〔南荒〕清抄本作南流。
〔情理〕《英華》作情復。
〔歎逐〕《英華》作恨遷。
〔中悲〕底本作中卑，據《全唐詩》卷九七改。
〔禮樂兩句〕《英華》作風鑒王夷甫，文章謝惠連。
〔雲霧〕清抄本作雲水。
〔隼輿〕《英華》作隼旗。

〔舊轍〕《英華》作故轍。

〔撤懸〕底本作撒懸，據《英華》改。

注釋

〔一〕眉州：州治在今四川眉山。《舊唐書·蘇味道傳》：「除益州大都督府長史。神龍初，以親附張易之、張昌宗，貶授郿(眉)州刺史。俄而復爲益州大都督府長史，未行而卒，年五十八。」司業：國子司業，國子監副長官。《舊唐書·崔融傳》：「及(張)易之伏誅，融左授袁州刺史。尋召拜國子司業，兼修國史。神龍二年，以預修《則天實録》成，封清河縣子，……撰(則天)哀册文，用思精苦，遂發病卒，時年五十四。」詩神龍三年八月作。

〔二〕作牧潭府：爲潭州都督。潭州州治在今湖南長沙。《新唐書·地理志五》：潭州長沙郡，中都督府。」裴懷古：壽州壽春人。聖曆中，拜祠部員外郎，長安三年，自司封郎中爲桂州都督，後官至幽州都督，左威衛大將軍。《舊唐書》卷一三五下、《新唐書》卷一九七有傳。長安中，沈佺期亦在郎署，故云「同時郎」。

〔三〕鳳閣侍郎：即中書侍郎，中書省副長官。武后臨朝，光宅元年改中書省爲鳳閣。《新唐書·百官志二》中書省：「通事舍人十六人，從六品上，掌朝見引納，殿庭通奏。」《舊唐書·蘇味道傳》：「聖曆初，遷鳳閣侍郎，同鳳閣鸞臺三品。」時佺期在通事舍人任。

〔四〕鳳閣舍人：即中書舍人。給事：給事中。《舊唐書·崔融傳》：「（聖曆）四年，遷鳳閣舍人。久視元年，坐忤張昌宗意，左授婺州長史。……長安二年，再遷鳳閣舍人。」佺期長安三年爲給事中，參見《簡譜》。

〔五〕幽路：幽冥之路，指地下。

〔六〕涣汗：指皇帝赦令。《易·涣》：「九五，涣汗其大號。」正義：「人遇險阨，驚怖而勞，則汗出體外，故以汗喻險阨也。九五處尊履正，在號令之中，能行號令以散險阨者也。」伶俜：孤獨貌。

〔七〕國寶：指優秀人才。《國語·楚語下》：「王孫圉謂國之寶六而已：明王聖人能制議百物以輔相國家，則寶之。」

〔八〕羊叔子：晉羊祜，字叔子，官至征南大將軍，都督荆州諸軍事，南城侯。《晉書》有傳。《左傳·僖公二十七年》：「（晉）作三軍，謀元帥。趙衰曰：『郤縠可。臣亟聞其言矣。説禮樂而敦詩書。』」

〔九〕王仲宣：三國王粲，字仲宣，仕曹魏，官至侍中。《三國志·魏書》本傳：「善屬文，舉筆便成，無所改定，時人常以爲宿構。然正復精意覃思，亦不能加也。著詩、賦、論、議垂六十篇。」

〔一〇〕蠻陬：蠻荒遠地。陬：角落。帝里：京師。

〔一一〕擁：障蔽。《禮記·内則》：「女子出門，必擁蔽其面。」注：「擁，猶障也。」生死：指死。句謂經年累月方知死訊。

〔二〕宸翰：帝王的文稿墨迹。揮宸翰，即代皇帝起草制誥。崔融爲中書舍人掌制誥，故云。巨川：大河。《書·説命上》載殷高宗命傳説爲相之辭：「若濟巨川，用汝作舟楫。」蘇味道聖曆中爲相，故云。

〔三〕絳衣：紅色官服。下列：卑下的官班。唐制：文散官官階至五品朝散大夫服緋（紅色）。前此沈佺期已服緋，參卷三《迴波樂》注〔三〕。黄閣：指中央官署。差肩：相並，此指己與崔融官班相近。

〔四〕冥昧：幽暗，婉言死。云：語詞。

〔五〕隼輿：即隼旟，繪有鳥隼圖案的旗幡。輿，通旟。《周禮·春官·司常》：「鳥隼爲旟。」又：「州里建旟。」故用爲刺史儀仗代稱。舊轍：指舊日車馬往來的交遊。鱣館：講堂。《後漢書·楊震傳》：「後有冠雀銜三鱣魚，飛集講堂前。」故稱。虚筵：空虚的講筵，言人已死。國子司業「掌儒學訓導之政」，故云。

〔六〕家愛：指百姓遺愛。休杵：春米時不吆喝號子，以表示哀悼。《禮記·曲禮上》：「鄰有喪，舂不相。」注：「助哀也。相，謂送杵聲。」撤懸：撤除懸掛的編鐘、磬等樂器。《魏書·世宗紀》：「（景明四年四月）乙亥，帝以旱減膳徹懸。」徹：通撤。

〔七〕銘旌：即明旌，靈柩前書有死者姓名官職的旗幡。西蜀：蜀地的西部。騎吹：騎馬的樂隊。北邙：北邙山，在洛陽北郊，參卷一《邙山》注〔一〕。

〔一八〕罷琴：見卷一《傷王學士》注〔一五〕。留劍：《史記·吴太伯世家》：「季札之初使，北遇徐君。徐君好季札劍，口弗敢言。季札心知之，爲使上國，未獻。還至徐，徐君已死，于是乃解其寶劍，繫之徐君冢樹而去。」

〔一九〕湘潭：潭州屬縣名，今屬湖南。衡嶠：衡山。《元和郡縣圖志》卷二九潭州湘潭縣：「湘水，經縣理東。」又潭州長沙縣：「嶽麓山，在縣西南，隔湘水六里，蓋衡山之足也，故以麓爲名。」

〔二〇〕修短：指壽命的長短。王羲之《蘭亭集序》：「修短隨化，終期於盡。」筌：通詮，詮釋，闡明。

歲夜安樂公主滿月侍宴〔一〕

除夜子星迴，天孫滿月杯〔二〕。詠歌麟趾合，簫管鳳雛來〔三〕。歲炬常燃桂，春盤預折梅〔四〕。聖皇千萬壽，垂曉御樓開。

校記

〔題〕《文苑英華》卷一六九末有應制二字。

〔折梅〕底本作拆梅，據《英華》改。

〔樓開〕《英華》作明臺。

注釋

〔一〕歲夜：除夕。安樂公主：中宗幼女。滿月：産男滿月。《新唐書·安樂公主傳》：「下嫁武崇訓。……崇訓死，主素與武延秀亂，即嫁之。……崇訓子方數歲，拜太常卿，封鎬國公，實封户五百。公主滿孺月，帝、后復幸第，大赦天下。」《舊唐書·武延秀傳》：「延秀得幸，遂尚公主。……公主産男滿月，中宗、韋后幸其第，就第放赦，遣宰臣李嶠、文士宋之問、沈佺期、張説、閻朝隱等數百人賦詩美之。」安樂公主景龍二年十一月下降武延秀，故此詩似當作於景龍三年。但《全唐詩》卷六二杜審言有同題應制詩，云「睿作堯君寶，孫謀梁國珍。」則公主所誕當爲梁王武三思孫，武崇訓子，而非魏王武承嗣孫，武延秀子。安樂公主長安三年十一月出降武承嗣，四年，佺期繫獄，神龍元、二年貶在驩州，而杜審言卒於景龍二年十月（參見《簡譜》），故二人同時作詩唯於景龍元年歲夜爲可能，故繫此。

〔二〕子星：星名。子星迴謂得子。《晉書·天文志上》：「丈人東二星曰子，子東二星曰孫。」

〔三〕麟：傳説中仁獸麒麟。《詩·周南·麟之趾》：「麟之趾，振振公子，于嗟麟兮。」箋：「喻今公子亦信厚，與禮相應，有似於麟。」後以稱美宗室子弟。簫管句：用弄玉吹簫引鳳事，參見本卷《鳳簫曲》注〔一〕。樂府有《鳳將雛》曲，見《宋書·樂志一》。

〔四〕歲炬：除夜所燃火把。白居易《三年除夕夜》：「晰晰燎火光，氲氲臘酒香。」春盤：立春日以蔬菜、水果、餅餌置盤中以相贈遺，稱春盤。《四時寶鏡》：「立春日，食蘆菔，春餅，生菜，號春盤。」

沈佺期集校注卷三

詩（景龍二年——開元二年）

立春日侍宴内出剪綵花應制〔一〕

合殿春應早，開箱綵預知。花迎宸翰發，葉侍御筵披。梅訝香全少，桃驚色頓移。輕生承剪拂，長伴萬年枝〔二〕。

校記

〔立春日侍宴内出剪綵花應制〕此詩沈集諸本未收，見《文苑英華》卷一六九。

〔長伴〕《古今歲時雜詠》卷三作長奉。

注釋

〔一〕立春：農曆二十四節氣之一。《禮記·月令·孟春之月》：「是月也，以立春。」綵花：用絲綢剪製的花。《大業拾遺》：「煬帝築西苑，宫樹秋冬凋落，乃剪綵花葉綴於條。」《唐詩紀事》卷九：景龍二年十二月，「立春侍宴賦詩。」其年閏九月，十二月立春，故詩云「春應早」。同時作有李嶠、趙彦昭、宋之問、劉憲、蘇頲、上官婉兒，詩見《文苑英華》卷一六九。《紀事》卷九載，景龍四年正月八日立春亦有賜綵花事，但時宋之問已赴越州，故諸人應制詩作於景龍二年十二月。

〔三〕輕生：微賤的生命，雙闕已及綵花。萬年枝：指宫中樹木。《文選》卷三〇謝朓《直中書省》：「風動萬年枝。」李善注：「《晉宫闕名》：華林園有萬年樹十四株。」《演繁露》卷一一：「謝詩有『風動萬年枝』之句，莫知其爲何種木也。或云，冬青木長不凋謝，即萬年之謂，亦無明據。」

守歲應制〔一〕

南渡輕冰解渭橋，東方樹色起招摇〔二〕。天子迎春取今夜，王公獻壽用明朝〔三〕。殿上燈人争烈火，宫中侲子亂驅妖〔四〕。宜將歲酒調神藥，聖祚千春萬國朝〔五〕。

校記

〔守歲應制〕此詩沈集諸本未收，見《古今歲時雜詠》卷四一。

注釋

〔一〕守歲：舊俗除夕徹夜不眠，以送舊歲，迎新歲。《唐詩紀事》卷九：「景龍二年……十二月晦，諸學士入閤守歲，以皇后乳母戲適御史大夫竇從一。」詩作於此夜。

〔二〕渭橋：指中渭橋。《元和郡縣圖志》卷一京兆府咸陽縣：「中渭橋在縣東南二十二里，本名橫橋，駕渭水上。始皇都咸陽，渭水貫都，以象天漢；橫橋南渡，以法牽牛。」樹色：指青色，東方色青。招搖：北斗斗柄最頂端星名。《鶡冠子·環流》：「斗柄東指，天下皆春。」

〔三〕明朝：謂元旦。《太平御覽》卷二九引《漢官儀》：「元日朝賀，三公拜璧殿上，獻壽觴。」

〔四〕燈人：掌燈火之人。烈火：使火更旺。侲子：幼童。《呂氏春秋·季冬紀》注：「大儺，逐盡陰氣爲陽導也。今人臘歲前一日擊鼓驅疫，謂之逐除，是也。」《後漢書·禮儀志中》：「先臘一日，大儺，謂之逐役。其儀：選中黃門子弟十歲以上、十二以下百二十人爲侲子，皆赤幘皂製，執大鼗，……以逐惡鬼于禁中。」注：「侲之言善。善童，幼子也。」

〔五〕歲酒：元日所飲酒。《太平御覽》卷二九引《四民月令》：「元日進椒柏酒。椒是玉衡星精，服之令人身輕能老。柏是仙藥。」

迴波樂〔一〕

迴波爾似佺期，流向嶺外生歸。身名已蒙齒録，袍笏未復牙緋〔二〕。

校記

〔迴波樂〕《全唐詩》卷九七作回波詞。此詩沈集各本未收，據《本事詩·嘲戲》録。

〔爾似〕《唐詩紀事》卷一一作爾時。

〔身名〕《東軒筆録》卷一三作姓名。

注釋

〔一〕迴波樂：教坊健舞曲名。《教坊記》：「《回波樂》……之屬，謂之健舞。」《本事詩·嘲戲》：「沈佺期以罪謫，遇恩復官職，朱紱未復。嘗内宴，羣臣皆歌《迴波樂》，撰詞起舞，因是多求遷擢。佺期詞曰（詩略）中宗即以緋魚賜之。」《唐詩紀事》卷一一：「（景龍）三年人日，……是日甚懽，上令學士遞起屢舞，至沈佺期賦《迴波》，有『齒録牙緋』之語。」詩景龍三年（七〇九）正月七日作。

〔二〕齒録：收録，叙用。《魏書·沮渠蒙遜傳》載表云：「前後奉表，……爲天朝高遠，未蒙齒録。」牙緋：象牙笏與緋紅色官服。笏，手版。唐制：五品以上執象笏，六品以下竹木爲笏；三品以上服紫，五品以上服緋，六品、七品服緑，八品、九品服青。見《舊唐書·輿服志》。沈佺期流放前官給事中。正五品上，歸朝後授從六品上之起居郎，參見《簡譜》。

苑中遇雪應制〔一〕

北闕彤雲掩曙霞，東風吹雪舞山家。瓊章定少千人和，銀樹長芳六出花〔二〕。

注釋

〔一〕苑：禁苑。《唐詩紀事》卷九：「（景龍）三年人日，清暉閣登高遇雪，宗楚客詩云『蓬萊雪作山』是也，因賜金綵人勝，李嶠等七言詩。」注：「『千鍾鑾酒御筵披』是也。」詩或此日作。此詩《全唐詩》卷六七〇重收秦韜玉詩，誤。《文苑英華》卷一七三收作宋之問《奉和春日翫雪應制》，未詳孰是。

〔二〕瓊章：指中宗御製詩。少千人和：謂詩高妙。宋玉《對楚王問》：「客有歌於郢中者，其始曰《下里巴人》，國中屬而和者數千人。其爲《陽阿薤露》，國中屬而和者數百人。其爲《陽春白雪》，國中屬而和者不過數十人。引商刻羽，雜以流徵，國中屬而和者不過數人而已。是其曲彌高，其和彌寡。」六出花：雪花，結晶成六角形。《太平御覽》卷一二引《韓詩外傳》：「凡草木花皆五出，雪花獨六出。」

奉和晦日幸昆明池應制〔一〕

法駕乘春轉，神池象漢迴〔二〕。雙星遺舊石，孤月隱殘灰〔三〕。戰鷁逢時去，恩魚望幸來〔四〕。岸花緹騎遶，堤柳幔城開〔五〕。思逸横汾唱，歌流宴鎬杯〔六〕。微臣彫朽質，羞睹豫章材〔七〕。

校記

〔應制〕二字底本無，據《文苑英華》卷一七六增。

〔遺舊〕《唐詩紀事》卷一一作移舊。

〔岸花〕底本作山花，據《初學記》卷七改。

〔幔城〕《英華》作幔中。

〔歌流〕《英華》作歡流，《古今歲時雜詠》卷九作歡承。

注釋

〔一〕晦日：舊曆每月最後一日，中唐以前以正月晦日爲三令節之一。昆明池：見卷一《春日昆明池侍宴應制》注〔一〕。《唐詩紀事》卷九：景龍三年正月「晦日，幸昆明池。」詩作於此日。同作有宋之問、李乂、蘇頲，詩均見《文苑英華》卷一七六。

〔二〕法駕：天子車駕。《獨斷》卷上：「法駕上所乘，曰金根車，駕六馬。」神池：指昆明池，見卷一《移禁司刑》注〔三〕。漢：天河。

〔三〕雙星：謂牽牛、織女。見卷一《春日昆明池侍宴應制》注〔三〕。殘灰：指劫灰。見卷一《和元舍人萬頃臨池翫月戲爲新體》注〔一〇〕。

〔四〕戰鷁：戰船。鷁，水鳥，畫於船首，此代指船。《三輔黄圖》卷四引《三輔舊事》：「昆明池地三百二十頃，中有弋船各數十，樓船百艘，船上建戈矛，四角悉垂幡，旄葆麾蓋，照燭涯涘。」恩魚：報恩之魚，見卷一《移禁司刑》注〔三〕。

〔五〕緹騎：着橘紅色衣的騎馬衛隊。漢執金吾下有緹騎二百人，負責京師治安，皇帝出行，則爲前導。幔城：在郊野爲遮蔽而設的衆多帷幔或帳幕。

〔六〕横汾：即汾水。横，大。横汾唱，指漢武帝《秋風辭》，參見卷一《從幸香山寺應制》注〔六〕。鎬：鎬京，西周都城。《三輔黄圖》卷四：「鎬池，在昆明池之北，即周之故都也。」《詩·小雅·魚藻》：「王在在鎬，豈樂飲酒。」箋：「武王何所處乎？處於鎬京，樂八音之樂，與羣臣飲酒而已。」

〔七〕彫朽質：朽木。《論語·公冶長》：「宰予晝寢，子曰：『朽木不可雕也。』」豫章：大木，樟類。昆明池中有豫章館，見卷一《春日昆明池侍宴應制》注〔二〕。《唐詩紀事》卷三：「中宗正月晦日幸昆明池賦詩，羣臣應制百餘篇。帳殿前結綵樓，命(上官)昭容選一首爲新翻御製曲。從臣悉集其下。須臾，紙落如飛，各認其名而懷之。既進，唯沈、宋二詩不下。又移時，一紙飛墜，競取而觀，乃沈詩也。及聞其評曰：『二詩工力悉敵。沈詩落句云：微臣彫朽質，羞睹豫章材。蓋詞氣已竭。宋詩云：不愁明月盡，自有夜珠來。猶陟健舉。』沈乃伏，不敢復争。」

奉和春初幸太平公主南莊應制〔一〕

主第山門起灞川，宸遊風景入初年〔二〕。鳳凰樓下交天仗，烏鵲橋頭敞御筵〔三〕。往往花間逢綵石，時時竹裏見虹泉。今朝扈蹕平陽館，不羨乘槎雲漢邊〔四〕。

校記

〔奉和春初幸太平公主南莊應制〕此詩沈集諸本未收，見《文苑英華》卷一七六。

〔交天〕《英華》作歌天，據《唐詩紀事》卷一一改。

〔橋頭〕《英華》校一作橋邊。

注釋

〔一〕太平公主：高宗女，武后所生，愛之傾諸女。初尚薛紹，紹死，武后殺武攸暨妻，以主配之。神龍初，預誅二張功，增號鎮國太平公主。「主侍武后久，善策人主微指，先事逢合，無不中。田園遍近甸，皆上腴。」開元元年，謀反，賜死于第。《舊唐書》卷一八三、《新唐書》卷八三有傳。南莊：據詩，在長安東南郊。《唐詩紀事》卷九：景龍三年二月「十一日，幸太平公主南莊。」詩作於此日。同作有李嶠、蘇頲、宋之問、李乂、韋嗣立、宋邕、邵昇，詩均見《文苑英華》卷一七六。此詩《蘇廷碩集》卷下、《全唐詩》卷七三收蘇頲詩，誤。蘇頲別有一詩（主家山第早春歸）。

〔二〕山門：山莊之門。灞川：灞水，源出終南山，流經長安東。《元和郡縣圖志》卷一京兆府萬年縣：「霸水在縣東二十里。」宸遊：皇帝出遊。

〔三〕鳳凰樓：即鳳臺，指公主樓臺，見卷一《鳳簫曲》注〔一〕。天仗：皇帝儀仗。烏鵲橋：烏鵲爲牛郎、織女相會於銀河上所駕橋，借指公主莊中橋。《歲華紀麗》卷三：「鵲橋已成，織女將渡。」注引《風俗通》：「織女七夕當渡河，使鵲爲橋。」

〔四〕扈蹕：侍從皇帝出遊。帝王出行時清道警戒，稱蹕。平陽館：指公主第宅。漢武帝姊陽信長公主下嫁平陽侯曹壽，稱平陽公主，武帝嘗幸其家，見《漢書·衛青傳》。槎：水中浮木。雲漢：天河。《博物志》卷一〇：「舊説云天河與海通。近世有人居海渚者，年年八月有浮槎去來，不失期。人有奇志，立飛閣于查上，多齎糧，乘槎而去。……去十餘日，奄至一處，有城郭狀，屋舍甚嚴，遥望宮中多織婦，見一丈夫牽牛渚次飲之。……此人具説來意，並問此是何處，答曰：『君還至蜀郡訪嚴君平則知之。』竟不上岸，因還如期。後至蜀，問君平。曰：『某年月日有客星犯牽牛宿。』計年月日，正是此人到天河時也。」

侍宴安樂公主新莊應制〔一〕

皇家貴主好神仙，別業初開雲漢邊〔二〕。山出盡如鳴鳳嶺，池成不讓飲龍川〔三〕。粧樓翠幌教春住，舞閣金鋪借日懸〔四〕。敬從乘輿來此地，稱觴獻壽樂鈞天〔五〕。

校記

〔新莊〕底本作新宅，據《文苑英華》卷一七六改。

〔好神〕《唐詩紀事》卷一一作學神。

注釋

〔一〕安樂公主：中宗最幼女，韋后所生，下嫁武崇訓，恃寵横縱，權傾天下。所營第宅擬於宫掖，令楊務廉於城西造定昆池於其莊，延袤數里。崇訓死，主素與武延秀亂，即嫁之。韋后敗，亦被殺，追貶爲悖逆庶人。《舊唐書》卷一八三、《新唐書》卷八三有傳。新莊：謂西莊。《類編長安志》卷三：「定昆池，本安樂公主西莊也，在京城延平門外。景龍初，命司農卿趙履温爲公主疏園植果，中列臺榭，憑官(空)駕迴，棟宇相屬。又勅將作少監楊務廉引水鑿沼，延十數頃，時號定昆池。《通典》曰：『安樂公主恃寵請昆明池，中宗不與，公主怒，自以家財别穿池，號曰定昆。』景龍中宗幸焉，侍臣畢從，賦詩，御爲之序。」《唐詩紀事》卷九：景龍三年「八月三日，幸安樂公主西莊。」《舊唐書·中宗紀》作八月「乙巳，幸安樂公主山亭」。《資治通鑑》作八月「己巳，幸定昆池」。據《二十史朔閏表》，其年八月乙酉朔，無己巳，乙巳爲二十一日，《紀事》作三日亦誤。詩景龍三年八月二十一日作。同作有李嶠、趙彦昭、宗楚客、盧藏用、蘇頲、蕭至忠、岑羲、李乂、馬懷素、韋元旦、李迥秀、李適、薛稷、劉憲，詩均見《文苑英華》卷一七六。黃門侍郎李日知亦存七言詩殘句，見《資治通鑑》卷二〇九。

〔二〕雲漢：天河，此指渭水，見本卷《守歲應制》注〔三〕。

〔三〕鳴鳳嶺：指岐山。《國語·周語上》：「周之興也，鸑鷟鳴於岐山。」鸑鷟，鳳之別名。池：謂定昆池。飲龍川：指渭水。《元和郡縣圖志》卷一京兆府長安縣：「龍首山在縣北一十里，長六十里，頭入渭水，尾達樊川。秦時有黑龍從南山出飲水，其行道因成土山。」

〔四〕金鋪：門上用以銜門環的銅製獸面鋪首。

〔五〕鈞天：天上。《史記·趙世家》，趙簡子疾，數日不知人，醒後自云：「我之帝所甚樂，與百神遊於鈞天，廣樂九奏萬舞，不類三代之樂，其聲動人心。」

九日臨渭亭侍宴應制〔一〕得長字

御氣幸金方，憑高薦羽觴〔二〕。魏文頒菊蕊，漢武賜萸囊〔三〕。去鶴留笙吹，歸鴻識舞行〔四〕。臣驩重九慶，日月奉天長〔五〕。

校記

〔臨渭亭〕三字底本無，據《文苑英華》卷一六九補。

〔頒蕊〕《英華》作分蕊。

〔莢囊〕《英華》作莢房。

〔去鵠二句〕《英華》作秋變銅池色，晴添銀樹光。

〔臣驩〕《英華》作年年。

〔日月〕《英華》作日日。

注釋

〔一〕九日：九月九日重陽節。臨渭亭：在長安禁苑之北，臨渭水。《唐詩紀事》卷九：景龍三年「九月九日，幸臨渭亭，分韻賦詩。」同書卷一載中宗《九月九日幸臨渭亭登高作》，云：「時景龍三年也。御製序云：『陶潛盈把，既浮九醖之歡；畢卓持螯，須盡一生之興。人題四韻，同賦五言。其最後成，罰之引滿。』……是宴也，韋安石、蘇瓌詩先成，于經野、盧懷慎詩最後成，罰酒。」同作者除前述諸人外，尚有李嶠、蕭至忠、竇希玠、韋嗣立、李迥秀、趙彦伯、楊廉、岑羲、盧藏用、李咸、閻朝隱、薛稷、蘇頲、李乂、馬懷素、陸景初、韋元旦、李適、鄭南金、劉憲、崔湜、張説、武平一、趙彦昭等，詩分見《唐詩紀事》八、九、十、十一、十二等卷。

〔二〕御氣：謂掌握時節的變化，順時而動。《莊子·逍遥游》：「若夫乘天地之正，而御六氣之辯，以遊無窮者，彼且惡乎待哉。」注：「此乃至德之人玄同彼我者之逍遥也。」音義引司馬云：「六氣，陰陽風雨晦明也。」金方：西方。《漢書·五行志上》：「金，西方。」薦羽觴：獻酒。羽觴，雀鳥形酒器，左右有耳如翼，或云插羽酒杯上以速飲。

〔三〕魏文：魏文帝曹丕。《廣羣芳譜》卷四九曹丕《與鍾繇九日送菊書》：「輔體延年，莫斯之貴。謹奉一束，以助彭祖之術。」漢武：漢武帝劉徹。萸囊：盛茱萸之囊。《太平御覽》卷三二引《續齊諧記》：「汝南桓景隨費長房遊學累年，長房謂之曰：『九月九日，汝家當有災厄，宜急去，令家人各作絳囊，盛茱萸以繫臂，登高飲菊花酒，此禍消。』景如言，舉家登山。夕還，見雞牛羊一時暴死。……今世人每至九月九日登高飲酒，婦女帶茱萸囊，因此也。」同書同卷引《西京雜記》：「漢武帝宫人賈佩蘭九月九日佩茱萸，食餌，飲菊花酒，云令人長壽。」按今本《西京雜記》卷三謂賈佩蘭爲漢高祖戚夫人侍兒。

〔四〕去鶴：用仙人王子喬吹笙騎鶴事，見卷一《鳳笙曲》注〔二〕。識舞行：蓋舞者舞姿若驚鴻，故如舊識。曹植《洛神賦》：「翩若驚鴻，宛若游龍。」

〔五〕日月：指九月九日，九爲數之極。天長：天長地久，謂聖壽無疆。曹丕《與鍾繇九日送菊書》：「歲往月來，忽逢九月九日。九爲陽數，而日月並應，俗嘉其名，以爲宜於長久，故以享宴高會。」

附録

九月九日幸臨渭亭登高作　　唐中宗

九日正乘秋，三杯興已周。泛桂迎樽滿，吹花向酒浮。長房萸早熟，彭澤菊初收。何藉龍沙上，方得恣淹留。（《唐詩紀事》卷一一）

餞唐郎中洛陽令二首〔一〕

一臺推往妙，三史佇來修〔二〕。應宰凫還集，辭郎雉少留〔三〕。郊筵乘落景，亭傳理殘秋〔四〕。願以弦歌暇，芝蘭想舊遊〔五〕。

校記

〔題〕底本二詩分列五律及七絶中，唐作康，此從清抄本。其二《唐詩紀事》卷一一、《萬首唐人絶句》卷七一題作餞唐永昌。

注釋

〔一〕唐郎中：唐貞休。《金石續編》卷六《萊州刺史唐貞休碑》：「拜安國相王府諮議參軍，俄遷尚書比部郎中。朝辭蘭菀，夕趣芸閣，三（缺）州洛陽令。……久之，下制曰：『洛陽縣令唐貞休，理□精密幹能（缺）持節萊州諸軍事、萊州刺史。』」碑開元十年立。相王李旦神龍元年正月加號安國，見《舊唐書·中宗紀》。故唐貞休爲相王參軍在神龍中。《紀事》卷一一收其二作《餞唐永昌》。永昌即洛陽。《唐會要》卷七〇：「神龍二年十一月二日，改洛陽爲永昌縣，以王晙爲縣令。唐隆元年七月八日，又改爲洛陽縣。」唐隆元年即景龍四年。同作七絶送者有李適、劉憲、徐彦伯、崔日用、李乂、馬懷素、薛稷、閻朝隱、徐堅、武平一，均爲景龍文館學士，詩分見《唐詩紀事》卷九、十、十一。沈詩云「殘秋」，詩當景龍三年九月作。

〔二〕一臺：指尚書省，秦、漢時稱爲中臺。推：推許。往妙：用索靖等「一臺二妙」事，謂唐貞休爲郎中時有才名。參見卷一《夏日都門送司馬員外逸客孫員外佺北征》注〔四〕。三史：《史記》、《漢書》、《後漢書》的合稱。唐代科舉取士有三史科。此代指史書。

〔三〕宰：縣令。鳧：野鴨。《後漢書·王喬傳》：「顯宗世，爲葉令。喬有神術，每月朔望，常自縣詣臺朝。帝怪其來數而不見車騎，密令太史伺望之。言其臨至，輒有雙鳧從東南飛來。於是候鳧至，舉羅張之，但得一隻舄焉。乃詔尚方診視，則四年中所賜尚書官屬履也。」雉：野雞。《太平御覽》卷九一七引《孝子傳》：「蕭芝忠孝，除尚書郎。有雉數十頭飲啄宿止。當上直，送至歧路，下直及門，飛鳴車側。」

〔四〕落景：落日。亭傳：都門驛亭之驛車。

〔五〕弦歌暇：指爲政之暇。《論語·陽貨》：「子之武城，聞弦歌之聲，夫子莞爾而笑曰：『割雞焉用牛刀。』」疏：「武城，魯邑名。時子游爲武城宰，意欲以禮樂化導於民。」後用爲縣令故事。芝蘭：喻良友。《孔子家語·六本》：「與善人居，如入芝蘭之室，久而不聞其香，即與之化矣。」

其二

洛陽舊出神明宰，輦轂由來天地中〔一〕。餘邑政成何足貴，因君取則四方同〔二〕。

校記

〔舊出〕《紀事》作舊有。

注釋

〔一〕神明宰：謂秉公執法、善于斷案的縣令。《後漢書·度尚傳》：「除上虞長，爲政嚴峻，明於發擿姦非，吏人謂之神明。」又《循吏傳》：「又王渙、任峻之爲洛陽令，明發姦伏，吏端禁止，然導德齊禮，有所未充，亦一時之良能也。」輦轂：皇帝車駕，此指京師，謂在輦轂之下。《元和郡縣圖志》卷五：「河南府，《禹貢》豫州之域，在天地之中，故三代皆爲都邑。」

〔二〕餘邑：指京畿之外的縣。政成：政績顯著。取則：作爲榜樣。

安樂公主移入新宅〔一〕

初聞衡漢來，移住斗城隈〔二〕。錦帳迎風轉，瓊筵拂霧開。馬香遺舊埒，鳳吹繞新臺〔三〕。

爲問沉冥子，仙槎何處回〔四〕？

校記

〔衡漢〕底本原校，衡一作衝。

〔舊埒〕底本作舊將，據清抄本改。

注釋

〔一〕安樂公主：見本卷《侍宴安樂公主新莊應制》注〔一〕。新宅：謂長安金城坊宅。《唐兩京城坊考》卷四休祥坊「武三思宅」注：「神龍中，三思以子崇訓尚安樂公主，大加雕飾，三思誅後，主移于金城坊。」《唐詩紀事》卷九：景龍三年「十一月一日，安樂公主入新宅，賦詩。」詩作於此日。同作者有宗楚客、趙彦昭、武平一，詩分别見《唐詩紀事》九、十、十一卷。

〔二〕衡漢：北斗、天河，指天上，喻皇宫。《文選》卷三〇鮑照《玩月城西門廨中》：「夜移衡漢落，徘徊帷户中。」李周翰注：「衡，北斗也；漢，天河也。」斗城：長安城。《三輔黄圖》卷一：「漢長安故城……城南爲南斗形，北爲北斗形，至今人呼漢京城爲斗城是也。」金城坊在長安朱雀門東第三街從北第三坊，西市之北，故云斗城隈。

〔三〕埒：習射馳道兩側的矮墻。《晉書·王濟傳》：「尚常山公主。……性豪侈，麗服玉食。時洛京地甚貴，濟買地爲馬埒，編錢滿之，時人謂爲『金溝』。」鳳吹：用弄玉事，見卷一《鳳簫曲》注〔一〕。

〔四〕沈冥子：指嚴君平。本姓莊，避東漢明帝劉莊諱改嚴。《法言·問明》：「蜀莊沈冥。」注：「蜀人，姓莊，名遵，字君平。沈冥，猶玄寂，泯然無迹之貌。」海畔人乘槎至天河，後至蜀郡問嚴君平事，見本卷《奉和春初幸太平公主南莊應制》注〔四〕。

奉和幸韋嗣立山莊侍宴應制〔一〕

台階好赤松，别業對清風〔二〕。茅室承三顧，花源接九重〔三〕。龍旂縈秀木，鳳輦拂疏節〔四〕。逕狹千官擁，溪長萬騎容。水堂開禹膳，山閣獻堯鍾〔五〕。皇鑒清居遠，天文睿獎濃〔六〕。巖泉他日夢，漁釣往年逢〔七〕。共榮丞相府，偏降逸人封〔八〕。

校記

〔奉和幸韋嗣立山莊侍宴應制〕　此詩沈集諸本未收，見《文苑英華》卷一七五。

〔室承〕《英華》作室成，據《唐詩紀事》卷一一改。

〔龍旂縈〕《英華》作龍旂榮，《紀事》作虹旗榮，《全唐詩》卷九七作虹旂縈，據改縈字。

〔逕狹〕《紀事》作逕直。

〔水堂句〕《英華》作水塘開禹贍，此據《紀事》改。

〔他日〕《紀事》作他夕。

注釋

〔一〕韋嗣立：字延構，曾相武后，景龍三年自太府卿轉兵部尚書、同中書門下三品，原與韋后宗屬疏遠，中宗特令編入屬籍，由是顧賞尤重。韋氏敗，出爲許州刺史，卒陳州刺史任。《舊唐書》卷八八、《新唐書》卷一一六有傳。《唐詩紀事》卷一一：「嗣立莊在驪山鸚鵡谷，中宗幸之，嗣立獻食百轝，及木器藤盤等物。上封爲逍遥公，谷爲逍遥谷，原爲逍遥原。中宗留詩，從臣屬和，嗣立並鎸於石，請張説爲之序，薛稷書之。」同書卷九：景龍三年十二月「十四日，幸韋嗣立莊」。詩作於此日。同作有李嶠、武平一、趙彦昭、徐彦伯、劉憲、崔湜、張説、蘇頲，詩均見《文苑英華》卷一七五。張説所作序《東山記》見《張燕公集》卷十二。

〔二〕台階：三台星，指宰相。三台六星，兩兩而居，又曰三階，爲三公之位，見《晋書·天文志上》。赤松：古仙人赤松子。《史記·留侯世家》載張良語：「今以三寸舌爲帝者師，封萬户，位列侯，此布衣之極，於良足矣。願棄人間事，欲從赤松子遊耳。」乃學辟穀，道引輕身。

〔三〕《三國志·蜀書·諸葛亮傳》：「先生遂詣亮，凡三往，乃見。」諸葛亮《出師表》：「先帝不以臣卑鄙，三顧臣於草廬之中。」花源：桃花源，隱者所居，見陶潛《桃花源記》。九重：指宫殿。屈原《離騷》：「君之門以九重。」

〔四〕筇：竹名。此泛指竹。

〔五〕禹膳、堯鍾：指帝王的飲食酒宴。相傳禹飲食節儉，見《論語·泰伯》。世云堯飲酒一日千鍾，見《抱朴子·酒戒》。庾肩吾《奉使北徐州參丞御》：「千金登禹膳，萬壽獻堯鍾。」

〔六〕清居：清幽居處，指韋嗣立莊。天文：日月星辰，此指中宗所作詩。睿獎：明智的褒揚。

〔七〕《書·説命上》：「高宗夢得説，使百工營求諸野，得諸傅巖，……爰立爲相。」《史記·齊太公世家》：吕尚窮困年老，以漁釣奸西伯。西伯獵，果遇太公於渭之陽，與語大悦，載與俱歸，立爲師。詩暗用此二事喻指韋嗣立與中宗之君臣遇合。

〔八〕逸人：即逸民。《後漢書》爲「不事王侯，高尚其事」的隱士作《逸民傳》。此避唐太宗李世民諱改。據張説《東山記》，韋嗣立受封逍遥公，其所居封清虚原幽棲谷，故云。

奉和幸韋嗣立山莊應制〔一〕

東山朝日翠屏開，北闕晴空綵仗來〔二〕。喜遇天文七曜動，少微今夜入三台〔三〕。

校記

〔題〕《文苑英華》卷一七五作上又製七言絶句侍臣皆和。

〔夜近〕《英華》作夜入。

注釋

〔一〕此詩亦作於景龍三年十二月十四日，參見前詩注〔一〕。同作七絕者有李嶠、劉憲、趙彦昭、武平一，崔湜、李乂、張説、蘇頲，均見《文苑英華》卷一七五。

〔二〕東山：指韋嗣立莊所在之驪山，在長安東。此兼用東晉謝安事，安隱居東山，後雖貴顯，東山之志終始不渝，見《晉書·謝安傳》。張説爲中宗此次臨幸作有《東山記》，見《張燕公集》卷一三。翠屏：喻蒼翠陡峭的山峰。北闕：指宫殿，見卷二《答魑魅代書寄家人》注〔二〕。

〔三〕天文：天象。七曜：日、月及金、木、水、火、土五星。少微、三台：均星名。古人以爲人事上應天象，日爲人君之象，月爲女主之象，五星分别主大司農、大鴻臚、廷尉等，少微爲隱士星，三台爲三公之位，故有此二句。參見《晉書·天文志》。

幸白鹿觀應制〔一〕

紫鳳真人府，班龍太上家〔二〕。天流芝蓋下，山轉桂旗斜〔三〕。聖藻垂寒露，仙杯落晚霞〔四〕。唯應問王母，桃作幾時花〔五〕？

校記

〔人府〕底本作人劫，據《唐詩紀事》卷一一改。

〔桂旗〕《紀事》作桂旌。

注釋

〔一〕白鹿觀：在驪山。《類編長安志》卷五白鹿觀：「在臨潼西南一十里驪山中。本驪山觀，中有老子昇天臺，有蟾井，賀蘭食肉芝得仙。唐高祖武德七年，幸温泉宫，傍觀川原，見白鹿，遂改觀曰白鹿。」《唐詩紀事》卷九：景龍三年十二月「十五日，幸白鹿觀。」詩作於此日。同作有李嶠、崔湜、劉憲、李乂、武平一、張説、徐彦伯、蘇頲，詩均見《文苑英華》卷一七八。

〔二〕紫鳳：傳説中神鳥。真人：仙人。《太平御覽》卷九一五引《三輔決録》注：「（鳳凰）毛色多紫者爲鸑鷟。」班龍：色彩斑斕的龍。班，通斑。《漢武帝内傳》：「王母乘紫雲之輦，駕九色斑龍。」太上：指老子，道教尊爲太上老君。《抱朴子·祛惑》：蔡誕好道，「爲老君牧數頭龍，一斑龍五色最好，是老君常所乘者。」白鹿觀有老子昇天臺，故云。

〔三〕芝蓋：仙家芝形車蓋，亦代指帝王車駕。庾信《三月三日華林園馬射賦》：「落花與芝蓋齊飛，楊柳共春旗一色。」

〔四〕聖藻：指中宗所作詩。垂寒露：指時令，亦相關書法。《初學記》卷二一引王愔《文字志》：「垂露書，如懸針而勢不遒勁，阿那若濃露之垂，故謂之垂露。」晚霞：相關仙液。《論衡·道虚》：項曼都云，仙人「輒飲我以流霞，每飲一杯，數月不饑。」

〔五〕王母：西王母，傳説中仙人。《漢武帝内傳》：「（王母侍女）以玉盤盛僊桃七顆，大如鴨卵，形圓青色，以呈王母。母以四顆與帝，三顆自食，桃味甘美，口有盈味。帝食輒收其核。王母問帝，帝曰欲種之。母曰：『此桃三千年一生實，中夏地薄，種之不生。』帝乃止。」

同李舍人冬日集安樂公主山池〔一〕

常聞天女貴，家即帝宮連。亭插宜春果，山銜太液泉〔二〕。橋低烏鵲夜，臺起鳳凰年〔三〕。故事猶如此，新圖更可憐。紫巖粧閣透，青嶂妓臺懸。峰奪香爐巧，池偷明鏡圓〔四〕。梅花寒待雪，桂葉晚留煙。興盡方投轄，金聲還復傳〔五〕。

校記

〔衡太〕底本作衡大，據清抄本改。

〔晚留〕底本作曉留，據清抄本改。

注釋

〔一〕李舍人：中書舍人李適。《舊唐書》本傳：「景龍中，爲中書舍人。」參見卷一《傷王學士》注〔二〕。安樂公主：見本卷《侍宴安樂公主新莊應制》注〔一〕。詩作於景龍三年冬。

〔二〕宜春：漢苑名，故址在唐長安東南曲江。《西京雜記》卷一：漢「初修上林苑，羣臣遠方，各獻名果異樹」。太液：唐宮中池名。《類編長安志》卷三引《宮殿儀》：「（太液池）在唐大明宮含涼殿，周十數頃。池中有蓬萊山，嶄絶。」

〔三〕烏鵲、鳳凰：分別用牛郎織女及弄玉事，見本卷《奉和春初幸太平公主南莊應制》注〔三〕。

〔四〕《西京雜記》卷二：長安巧工丁緩「作九層博山香爐，鏤爲奇禽怪獸，窮諸靈異，皆自然運動」。

〔五〕轄：車軸兩端固定車輪的銷鍵，去轄則車不能行。《漢書·陳遵傳》：「遵耆（嗜）酒，每大飲，賓客滿堂，輒關門，取客車轄投井中，雖有急，終不得去。」金聲：樂聲。

人日重宴大明宮恩賜彩縷人勝應制〔一〕

拂旦雞鳴仙衛陳，憑高龍首帝城春〔二〕。千官黻帳杯前壽，百福香奩勝裏人〔三〕。山鳥初來猶怯囀，林花未發已偷新。天文正應韶光轉，設報懸知用此辰〔四〕。

校記

〔未發〕底本作木發，據《文苑英華》卷一七二改。

注釋

〔一〕人日：舊曆正月七日。彩縷人勝：以彩色絲綫編製的人形裝飾物。《荆楚歲時記》：「正月七日爲人日，以七種菜爲羹，翦綵爲人，或鏤金薄爲人，以貼屏風，亦戴之頭鬢，又造華勝相遺。」大明宫：唐長安宫名。《新唐書·地理志一》：「大明宫在禁苑東南，……貞觀八年置，九年曰大明宫，以備太上皇清暑，百官獻貲以助役。高宗以風痺，厭西内湫濕，龍朔二年始大興葺，曰蓬萊宫，咸亨元年曰含元宫，長安元年復曰大明宫。」《唐詩紀事》卷九：景龍四年正月「七日，重宴大明殿，賜綵縷人勝。」詩此日作。同作有李嶠、趙彦昭、劉憲、崔日用、韋元旦、馬懷素、蘇頲、李乂、鄭愔、李適、閻朝隱，均見《文苑英華》卷一七二。

〔二〕拂旦：拂曉。仙衛：指皇帝儀仗。龍首：山名。《雍録》卷三：「大明宫地本太極宫之後苑東北面射殿也，地在龍首山上。」

〔三〕黻帳：帝座所設繡有斧形花紋的帷帳。

〔四〕天文：天象。韶光：美好春光。設報：預報。是年次日立春，見本卷《奉和立春遊苑迎春應制》注〔一〕。

幸梨園亭觀打毬應制〔一〕

今春芳苑遊，接武上瓊樓〔二〕。宛轉迎香騎，飄颻拂畫毬。俯身迎未落，迴轡逐傍流〔三〕。

祇爲看花鳥，時時誤失籌〔四〕。

校記

〔幸梨園亭〕《古今歲時雜詠》卷五作人日雪臺。

〔身迎〕底本作身抑，《文苑英華》卷一七五作身仰，據《雜詠》改。

注釋

〔一〕梨園亭：當在長安禁苑光化門北梨園中，參見《唐兩京城坊考》卷一。毬：指馬毬，參賽者分爲兩隊，騎馬持杖以擊毬，以角勝負。《封氏聞見記》卷六：「開元、天寶中，玄宗數御樓觀打毬爲事，能者左縈右拂，盤旋宛轉，殊可觀。」《唐詩紀事》卷九：景龍四年正月七日，「又觀打毬」。同作有武平一、崔湜，詩見《文苑英華》卷一七五。

〔二〕接武：步履相接。武，足迹。瓊樓：玉樓，樓的美稱。

〔三〕迴轡：迴馬。轡，馬繮。兩句狀仰擊傍擊的動作。張建封《酬韓校書愈打毬歌》：「俯身仰擊復傍擊，難於古人左右射。齊觀百步透短門，誰羨養由遥破的。」

〔四〕失籌：失去破門得勝的機會。籌，用以計數的竹籤。

奉和立春遊苑迎春應制〔一〕

東郊暫轉行春仗，上苑初飛行慶杯〔二〕。風射狐冰千片斷，氣衝魚鑰九關開〔三〕。林中覓草纔生蕙，殿裏争花併是梅。歌吹銜恩歸路晚，棲烏半下鳳城來〔四〕。

校記

〔應制〕二字底本無，據《古今歲時雜詠》卷三增。

〔狐冰〕底本作蛟冰，楊本作鮫冰，據《初學記》卷二四改。

〔纔生蕙〕《初學記》作方知荔，《文苑英華》卷三一一作才知荔。

注釋

〔一〕《太平御覽》卷二〇引《唐書》：「景龍四年正月八日立春，上令侍臣自芳林門經苑東度入仗，至望春宮迎春。內出綵花樹，人賜一枝。」詩此日作。同作有崔日用、馬懷素、韋元旦、李適、盧藏用等，見《唐詩紀事》九、十、十一等卷。

〔二〕東郊：迎春之所。上苑：禁苑，望春宮在禁苑東。行慶：行賞。《禮記·月令》：「(孟春之月)立春之日，天子親帥三公九卿、諸侯大夫迎春于東郊。還反，賞公卿諸侯大夫於朝。命相布德和令，行慶施惠，下及兆民。」

〔三〕狐冰：厚冰層。《太平御覽》卷九〇九引伏滔《北征記》：「河冰厚數尺。冰始合，車馬未過，須狐先行。此物善聽，水無聲乃過。」魚鑰：魚形門鎖。九關：指宮門。《楚辭·招魂》：「虎豹九關，啄害下人些。」注：「言天門凡有九重。」

〔四〕鳳城：指長安，見卷一《古意呈喬補闕知之》注〔四〕。

附録

立春日遊苑迎春　唐中宗

神皋福地三秦邑，玉臺金闕九仙家。寒冰猶戀甘泉樹，淑景催臨建始花。綵蝶黄鶯未歌舞，梅香柳色已矜誇。迎春正啓流霞席，暫囑曦輪勿遽斜。（《唐詩紀事》卷一）

奉和送金城公主適西蕃應制〔一〕

金榜扶丹掖，銀河屬紫閽〔二〕。那堪將鳳女，還以嫁烏孫〔三〕。玉就歌中怨，珠辭掌上恩〔四〕。西戎非我匹，明主至公存〔五〕。

校記

〔題〕底本蕃作番，無應制二字，此從《文苑英華》卷一七六改增。

〔扶丹〕《英華》作族丹。

〔還以〕《英華》作還似。

注釋

〔一〕金城公主：雍王李守禮女。《新唐書·吐蕃傳上》：景龍三年，「吐蕃更遣使者納貢，祖母可敦又遣宗俄請昏，帝以雍王守禮女爲金城公主妻之。」《唐詩紀事》卷九：景龍四年「二月一日，送金城公主。」《舊唐書·中宗紀》：「（景龍四年正月）丁丑，命左驍衛大將軍、河源軍使楊矩爲送金城公主入吐蕃使。己卯，幸始平，送金城公主歸吐蕃。二月壬午，曲赦咸陽、始平，改始平爲金城縣。」詩當正月己卯（二十七日）作。同作有李嶠、崔湜、劉憲、張説、薛稷、閻朝隱、蘇頲、韋元旦、徐堅、崔日用、鄭愔、李適、馬懷素、武平一、徐彦伯、唐遠悊，詩均見《文苑英華》卷一七六。

〔二〕金榜：黄金爲飾的門匾，指公主宅。扶：靠近。《釋名·釋言語》：「扶，傅也，傅近之也。」丹掖：紅色宫門，指皇宫。銀河：天河。此暗用牛郎織女事以指婚嫁。紫闥：指宫廷。闥，宫門。

〔三〕鳳女：指公主，見本卷《奉和春初幸太平公主南莊應制》注〔三〕。烏孫：漢西域國名。武帝時，其昆莫遣使獻馬，願得尚公主，元封中，遣江都王建女細君爲公主以妻之。見《漢書·西域傳下》。

〔四〕玉、珠：喻公主。《漢書·西域傳下》：烏孫昆莫以公主爲右夫人，昆莫年老，語言不通，公主悲愁，自爲歌曰：「吾家嫁我兮天一方，遠託異國兮烏孫王。穹廬爲室兮旃爲墻，以肉爲食兮酪爲漿。居常土思兮心内傷，願爲黄鵠兮歸故鄉。」江淹《傷愛子賦》：「曾憫憐之慘悽，痛掌珠之愛子。」

〔五〕西戎：西方戎族，此指吐蕃。至公：極爲公正，無偏私歧視。

晦日滻水侍宴應制〔一〕

素滻接宸居，青門盛祓除〔二〕。摘蘭喧鳳野，浮藻溢龍渠〔三〕。苑蝶飛殊懶，宫鶯囀未疏。景移天上入，歌舞入儲胥〔四〕。

校記

〔晦日滻水侍宴應制〕此詩沈集諸本未收，見《古今歲時雜詠》卷九，《雜詠》卷一六題作三月三日侍宴。

〔未疏〕《唐詩紀事》卷一一作不疏。

〔景移〕《雜詠》卷一六作星移。

注釋

〔一〕晦日：舊曆每月最後一日，中唐以前以正月晦日爲三令節之一。滻水：源出藍田西南秦嶺，北流至今西安市東入灞水。《唐詩紀事》卷九：景龍四年正月「二十九日晦，幸滻水。」詩此日作。同作有宗楚客、張説，詩見《唐詩紀事》卷九、卷一四。

〔二〕素滻：即滻水，水色白，故云。潘岳《西征賦》：「南有玄灞素滻，湯井温谷。」宸居：皇居，皇宫。青門：漢長安東門。《三輔黄圖》卷一：「長安城東出南頭第一門曰霸城門，民見門色青，名曰青城門，或曰青門。」祓除：除去凶咎及污垢的儀式。《後漢書·禮儀志上》：「是月上巳，官民皆絜於東流水上，曰洗濯祓除去宿垢疢爲大絜。絜者，言陽氣布暢，萬物訖出，始絜之矣。」

〔三〕摘蘭：持蘭草以祓除。《後漢書·禮儀志上》注引《韓詩》：「鄭國之俗，三月上巳，之溱、洧兩水之上，招魂續魄，秉蘭草，祓除不祥。」鳳野：指鳳棲原。《類編長安志》卷七：「鳳棲原在少陵原北。……《長安志》：少陵西且三十里，皆鳳棲原也。」藻：水草，古人用以供祭祀。龍渠：龍首渠。《唐兩京城坊考》卷四：「龍首渠一名滻水渠，隋開皇三年開，自東南龍首堰下，支分滻水，北流至長樂坡西北，分爲二渠。」

〔四〕景：日光。儲胥：漢宮名，此泛指宮殿。《文選》卷二張衡《西京賦》：「既新作於迎風，增露寒與儲胥。」李善注引《漢書》：「武帝因秦林光宮，元封二年增通天、迎風、儲胥、露寒。」

上巳日祓禊渭濱〔一〕

寶馬香車清渭濱，紅桃碧柳禊堂春。皇情尚憶垂竿佐，天祚先呈捧劍人〔二〕。

校記

〔一〕上巳：《文苑英華》卷一七三作奉和三。

〔二〕天祚：《唐詩紀事》卷一一作天瑞。

注釋

〔一〕《唐詩紀事》卷九：景龍四年三月「三日上巳，祓禊於渭濱，賦七言詩，賜細柳圈。」詩此日作。同作有徐彦伯、張説、李乂、韋嗣立、劉憲，均見《文苑英華》卷一七二。參見卷二《三日獨坐驩州思憶舊遊》注〔一〕、〔四〕。

〔二〕垂竿佐：指吕望之類賢宰輔。《水經注·渭水》：「（磻溪）水出南山兹谷，乘高激流，注於溪中，……水次平石釣處，即太公垂釣之所也。」參見本卷《奉和幸韋嗣立山莊侍宴應制》注〔七〕。天祚：上天降福。捧劍人：見卷二《三日獨坐驩州思憶舊遊》注〔五〕。

奉和春日幸望春宫應制〔一〕

芳郊緑樹散春晴，複道離宫煙霧生〔二〕。楊柳千條花欲綻，蒲萄百丈蔓初縈。林香酒氣元相入，鳥囀歌聲各自成。定是風光牽宿醉，來晨復得幸昆明〔三〕。

校記

〔緑樹〕《文苑英華》卷一七四作緑野。

〔初縈〕《英華》作初榮。

注釋

〔一〕望春宫：在長安禁苑東南。《新唐書·地理志一》：京兆府萬年縣「有南望春宫，臨滻水，西岸有北望春宫。」同作有岑羲、崔湜、張説、武平一、劉憲、蘇頲、鄭愔、薛稷、韋元旦、崔日用、馬懷素、李適、李乂，詩均見《文苑英華》卷一七四。諸人均爲景龍文館學士，劉憲詩有「暮春春色最偏妍」語，張説於景龍元年十一月丁母憂（見其《府君墓誌銘》），故詩當景龍四年三月作。

〔二〕複道：樓閣間有上下兩層的通道。離宫：皇帝出行時所居宫殿。

〔三〕昆明：池名，見卷一《春日昆明池侍宴應制》注〔一〕。

餞高唐州詢〔一〕

弱冠相知早，中年不見多〔二〕。生涯在王事，容鬢各蹉跎〔三〕。良守初分岳，嘉聲即潤河〔四〕。還從漢闕下，傾耳聽中和〔五〕。

注釋

〔一〕唐州：州治在今河南泌陽。高詢：時出爲唐州刺史，餘未詳。《御史臺精舍題名》殿中侍御史及内供奉下有高恂，疑即其人。《文苑英華》卷二六七岑羲、崔湜、盧藏用、張説、徐彦伯、蘇頲、李乂、韋元旦、馬懷素各有五律《餞唐州高使君赴任》一首，當同送之作。同作者均爲景龍文館學士，岑義詩云「明媚上春時」，詩當作於景龍四年春。參前詩注〔一〕。

〔二〕弱冠《禮記·曲禮上》：「人生十年曰幼，學。二十曰弱，冠。」

〔三〕王事：謂爲官。蹉跎：光陰虚度。阮籍《詠懷》：「娱樂未終極，白日忽蹉跎。」

〔四〕良守：賢明太守。分岳：爲刺史。堯時有四岳十二牧，分管政務及四方諸侯，見《書·堯典》。嘉聲：好政聲。潤河：如黄河之潤澤廣遠。《莊子·列禦寇》：「河潤九里，澤及三族。」《後漢書·郭伋傳》：「拜潁川太守，召見辭謁，帝勞之曰：『賢能太守，去帝城不遠，河潤九里，冀京師並蒙福也。』」

〔五〕漢闕：指朝廷。中和：謂寬猛得中的政聲。《荀子·王制》：「中和者，聽之繩也。」注：「聽，聽政也。……君子用公平中和之道，故能百事無過。中和，謂寬猛得中也。」

同韋舍人早朝〔一〕

閶闔連雲起，巖廊拂霧開〔二〕。玉珂龍影度，珠履雁行來〔三〕。長樂宵鐘盡，明光曉奏催〔四〕。一經傳舊德，五字擢英材〔五〕。儼若神仙去，紛從霄漢迴〔六〕。千春奉休曆，分禁喜趨陪〔七〕。

校記

〔經傳〕《文苑英華》卷一九〇作經推。

〔擢英〕《英華》作選英。

〔千春句〕《英華》作客人朝與夕。

注釋

〔一〕韋舍人：中書舍人韋元旦。《新唐書》本傳：「擢進士第，補東阿尉，遷左臺監察御史。與張易之有姻屬。易之敗，貶感義尉。俄召爲主客員外郎，遷中書舍人。」同和有徐彦伯、鄭愔，詩見《文苑英華》卷一五〇。韋原詩云「震維芳月季」，詩當作於景龍三或四年三月。

〔二〕閶闔：指宫殿。《三輔黄圖》卷二：「宫之正門曰閶闔。」注：「閶闔，天門也。宫門名閶闔者，以象天門也。」巖廊：指朝會殿堂。《漢書·董仲舒傳》：「蓋聞虞舜時，游於巖郎之上，端拱無爲而天下太平。」注引晋灼曰：「堂邊廡。巖郎，謂嚴峻之郎也。」

〔三〕玉珂：馬籠頭上的裝飾品，以石或貝爲之，行則有聲。龍：駿馬。《周禮·夏官·廋人》：「馬八尺以上爲龍。」珠履：飾有珍珠的鞋，此代指官員。雁行：狀朝官班行排列有序。

〔四〕長樂、明光：漢宫殿名，見《三輔黄圖》卷三。

〔五〕舊德：指韋氏祖德。《漢書·韋賢傳》：賢及子玄成均以明經術位至丞相，故鄒、魯諺曰：「遺子黄金滿籝，不如一經。」五字：謂起草表章制敕。《三國志·魏志·鍾會傳》注引《世語》：「司馬景王命中書令虞松作表，再呈輒不可意，命松更定，以經時，松思竭不能改。……會取視，爲定五字，松悅服，以呈景王。王曰：『不當爾耶，誰所定也？』松曰：『鍾會。……』王曰：『如此，可大用，可令來。』」孫逖《授達奚珣中書舍人制》：「掌綸西掖，愈彰五字之能。」

〔六〕儼：莊敬貌。霄漢：天上。

〔七〕休曆：吉祥的歲月，太平盛世。王融《法樂詞》：「千祀鍾休曆，萬國會嘉祥。」

附録

早朝　韋元旦

震維芳月季，宸極衆星尊。佩玉朝三陛，鳴珂過九門。挈壺分早漏，伏檻耀初暾。北倚蒼龍闕，西臨紫鳳垣。詞庭草雖視，温室樹無言。鱗翰空爲忝，長懷聖主恩。（《唐詩紀事》卷一一）

夜宴安樂公主宅〔一〕

濯龍門外主家親，鳴鳳樓中天上人〔二〕。自有金杯迎甲夜，還將綺席發陽春〔三〕。

校記

〔濯龍〕底本作淮龍，據《唐詩紀事》卷一一改。

〔席發〕底本作席代，據《紀事》改。

注釋

〔一〕安樂公主：見本卷《侍宴安樂公主新莊應制》注〔一〕。同作有景龍文館學士李適、劉憲、徐彦伯、岑羲、李迥秀、閻朝隱、蘇頲、盧藏用、李乂、薛稷、馬懷素、閻朝隱、武平一，分别見《唐詩紀事》卷九、十、十一。詩當景龍三年冬至四年春間作。

〔二〕濯龍門：見本卷《奉和聖制過禮部尚書竇希玠宅》注〔三〕。鳴鳳樓：見本卷《奉和春初幸太平公主南莊應制》注〔三〕。

〔三〕甲夜：初夜。《劉賓客嘉話録》：「五夜者，甲、乙、丙、丁、戊，更相送之。」陽春：陽春白雪，高雅寡和的歌曲，見本卷《苑中遇雪應制》注〔二〕。此指詩歌。

興慶池侍宴應制〔一〕

碧水澄潭映遠空，紫雲香駕御微風。漢家城闕疑天上，秦地山川似鏡中〔二〕。向浦迴舟萍已緑，分林蔽殿槿初紅〔三〕。古來徒羨横汾賞，今日宸遊聖藻雄〔四〕。

校記

〔香駕〕《文苑英華》卷一七六作香輦。

〔城闕〕《英華》作宮闕。

注釋

〔一〕興慶池：即隆慶池，在長安隆慶坊，近玄宗藩邸，玄宗即位後避諱改隆爲興。《類編長安志》卷三：「《景龍文館記》：『（興慶池）在隆慶坊，本是平地，垂拱後因雨水流潦成小池，近五王宅，號爲五王子池。後因分龍首渠水灌之，日以滋廣。至景龍中，瀰亘數頃，澄泓皎潔，有雲氣，或見黃龍出其中。』其（置）興慶宮，後謂之龍池。」《唐詩紀事》卷九：景龍四年四月「六日，幸興慶池觀競渡之戲，其日過希玠宅，學士賦詩。」詩此日作。同作有劉憲、韋元旦、蘇頲、李乂、馬懷素、武平一、徐彥伯、張說，詩均見《文苑英華》卷一七六。

〔二〕鏡中：指越中。《水經注·漸江水》：越中川土明秀，「故王逸少云『從山陰道上，猶如鏡中行』也」。

〔三〕槿：木槿。《廣羣芳譜》卷三九：木槿「花小而豔，有深紅、粉紅、白色、單葉、雙葉之殊，五月始開，朝開暮落。」

〔四〕横汾：見卷一《從幸香山寺應制》注〔六〕。

奉和聖制幸禮部尚書竇希玠宅〔一〕

北闕垂旒暇，南宮聽禮迴〔二〕。天臨翔鳳轉，恩向濯龍開〔三〕。蘭氣熏仙帳，榴花引御杯。

水從金穴吐，雲是玉山來〔四〕。池影摇歌席，林香散舞臺。不知行漏晚，清蹕尚徘徊〔五〕。

校記

〔題〕《唐詩紀事》卷一一作陪幸五王宅。

〔聽禮〕《文苑英華》卷一七五作聽履。

〔翔鳳〕底本作祥鳳，據《全唐詩》卷九七改。

〔濯龍〕底本作躍龍，《英華》作耀龍，據《唐詩品彙》卷七二改。

〔熏仙〕《英華》作承仙。

〔水從〕《紀事》作日從。

〔玉山〕底本作玉衣，據《英華》改。

注釋

〔一〕禮部尚書：尚書省禮部長官。《新唐書·百官志一》：尚書省禮部，尚書一人，正三品，掌禮儀、祭享、貢舉之政。竇希玠：竇抗曾孫，竇誕孫，竇孝諶侄。《舊唐書·竇誕傳》：「希玠少襲爵，中宗時爲禮部尚書，以恩澤賜實封二百五十户。開元初，爲太子少傅、開府儀同三司。」詩景龍四年四月六日作，見前詩注〔一〕。同作有劉憲、李乂、蘇頲，詩均見《文苑英華》卷一七五。

〔二〕北闕：指宫殿，見卷二《答魑魅代書寄家人》注〔二〕。旒：禮帽前後下垂的玉串。垂旒謂聽朝。

顔師古《奉和正日臨朝》：「負扆延百辟，垂旒御九賓。」南宫：尚書省别稱。

〔三〕天：喻皇帝。翔鳳：指皇宫。唐長安宫城有翔鳳殿、翔鳳門，見《唐兩京城坊考》卷一。濯龍：東漢洛陽園名，光武馬皇后家居此，後以指帝戚之家。《後漢書·明德馬皇后傳》：「前過濯龍門上，見外家問起居者，車如流水，馬如游龍。」此指竇希玠宅。希玠曾祖竇抗爲高祖太穆皇后從兄；祖竇誕尚高祖女襄陽公主，從兄竇孝諶女爲睿宗昭成順聖皇后，生玄宗。《舊唐書·竇誕傳》：「竇氏自武德至今，再爲外戚，一品三人，三品已上三十餘人，尚主者八人，女爲王妃六人，唐世貴盛，莫與爲比。」

〔四〕金穴：喻指豪貴的外戚家。《後漢書·光武郭皇后傳》：「(弟)況遷大鴻臚，帝數幸其第，會公卿諸侯親家飲燕，賞賜金錢縑帛，豐盛莫比，京師號況家爲金穴。」玉山：仙山。《山海經·西山經》：「玉山，是西王母所居也。」

〔五〕行漏：天子出行隨從車中所置刻漏計時器。清蹕：天子出行時清道路，禁行人。此代指皇帝車駕。

章懷太子靖妃挽詞〔一〕

彤史佳聲載，青宫懿範留〔二〕。形將鸞鏡隱，魂伴鳳笙遊〔三〕。送馬嘶殘日，新塋落晚秋〔四〕。不知萬里曙，空見隴雲愁〔五〕。

校記

〔新塋〕底本作新螢，據《文苑英華》卷三一〇改。

注釋

〔一〕章懷太子：高宗子李賢，武后所生，初封雍王，上元年立爲皇太子，爲武后所忌，廢徙巴州，及武后得政，迫令自殺。睿宗立，追贈皇太子，謚章懷，《舊唐書》卷八六、《新唐書》卷八一有傳。靖妃：當是李賢妃房氏。拓本《大唐故章懷太子并妃清河房氏墓誌銘》：「妃清河房氏……以上元年中制命爲雍王妃，……以景雲二年龍集荒落六月十六日遘疾，薨於京興化里之私第，春秋五十有四。即以其年十月壬寅朔十九日庚申，窆於太子之舊塋。」房妃當謚靖，然碑未載，詩景雲二年（七一一）十月作。

〔二〕彤史：記載宫闈起居的史書。《詩·邶風·静女》：「静女其孌，貽我彤管。」傳：「古者后夫人必有女史彤管之法。」唐代内官尚儀局設彤史二人，正六品，見《唐六典》卷一二。青宫：太子東宫，東方色青。懿範：美德的儀範。

〔三〕鸞鏡：鑄有鸞鳥圖案的銅鏡。鳳笙：管樂器名。此用王子晋吹笙事，以伴仙遊婉言死，參見卷一《鳳笙曲》注〔一〕、〔二〕。

〔四〕落：成。

〔五〕蒿里：山名，在泰山南，此指墳墓。《古今注》卷中載《挽歌》：「蒿里誰家地，聚歛魂魄無賢愚。」

奉和聖制同皇太子遊慈恩寺應制〔一〕

肅肅蓮花界，熒熒貝葉宮〔二〕。金人來夢裏，白馬出城中〔三〕。湧塔初從地，焚香欲遍空〔四〕。天歌應春籥，非是爲春風〔五〕。

校記

〔奉和聖制同皇太子遊慈恩寺應制〕此詩沈集諸本未載，見《文苑英華》卷一七八。

〔春籥〕《全唐詩》卷九六校一作秋籥。

注釋

〔一〕《唐會要》卷四八：「慈恩寺，晉昌坊，隋無漏廢寺。貞觀二十二年十二月二十四日，高宗在春宮爲文德皇后立爲寺，故以慈恩爲名。」皇太子：指玄宗李隆基，景雲元年七月立爲皇太子，延和元年即帝位。詩當作於景雲二年。張説有同題詩二首，見《文苑英華》卷一七八。

〔二〕蓮花界、貝葉宮：均指佛寺。蓮花清淨無染，佛經以喻佛法。貝葉即貝多羅樹葉，古印度用以書寫佛經。

〔三〕金人：指佛。《魏書·釋老志》：「後（東漢）孝明帝夜夢金人，項有日光，飛行殿庭，乃訪羣臣，傅毅始以佛對。帝遣郎中蔡愔，博士弟子秦景等使於天竺，寫浮屠遺範。愔乃與沙門攝摩騰、竺法蘭東還洛陽。……愔之還也，以白馬負經而至，漢因立白馬寺於洛城雍門西。」

〔四〕塔：慈恩寺塔，即今西安大雁塔。《法華經·見寶塔品》：東方寶净國佛，生前發願，言己成佛後，遇十方國土有説《法華經》者，置己全身舍利之寶塔必湧現其前，爲作證明。後釋迦牟尼於靈鷲山説《法華經》，有多寶塔從地湧出，塔中發聲，贊嘆釋迦，謂其所説，皆是真實。

〔五〕天歌：指皇帝詩作。籥：古管樂器，似笛。吹籥短，三孔；舞籥長，六孔。春籥：疑當從《全詩》校作秋籥。《禮記·文王世子》：「凡學，世子及學士必時，春夏學干戈，秋冬學羽籥。」切皇太子事。

同工部李侍郎適訪司馬子微〔一〕

紫微降天仙，丹地投雲藻〔二〕。上言華頂事，中問長生道〔三〕。華頂居最高，大壑朝陽早〔四〕。長生術何妙，童顔後天老。清晨朝鳳京，静夜思鴻寶〔五〕。憑崖飲蕙氣，過澗摘靈草〔六〕。人非塚已荒，海變田應燥〔七〕。昔嘗游此郡，三霜弄溟島〔八〕。緒言霞上開，機事塵外掃〔九〕。頃來迫世務，清曠未云保〔一〇〕。崎嶇待漏恩，怵惕思言造〔一一〕。軒皇重齋拜，漢武愛祈禱〔一二〕。順風懷崆峒，承露在豐鎬〔一三〕。泠然委輕馭，復得散幽抱〔一四〕。柱下留伯陽，儲闈登四皓〔一五〕。聞有參同契，何時一探討〔一六〕。

校記

〔題〕司馬子微，《文苑英華》卷二二七作司馬白雲，《天台集》卷一、清抄本作司馬先生子微。底本題末有歸天台三字，據清抄本删。

〔地投〕《唐詩紀事》卷一三作地授。

〔静夜〕《英華》作夜静。

〔蕙氣〕清抄本作惠氣，《天台集》作慧氣。

〔溟島〕清抄本、《天台集》作雲島。

〔霞上〕《英華》作霞外。

〔得散〕《英華》作得快。

〔柱下〕《英華》作闕下。

〔同契〕《英華》作同訣。

注釋

〔一〕工部侍郎：尚書省工部副長官，正四品下，掌山澤、屯田、工匠、諸司公廨紙筆墨之事。見《新唐書·百官志一》。《舊唐書·李適傳》：「景龍中，爲中書舍人，俄轉工部侍郎。」餘見卷二《傷王學士》

注〔三〕。司馬子微：司馬承禎，字子微，自號白雲子。爲道士，師潘師正，後止於天台山。景雲二年，睿宗令其兄承禕就天台山追之至京，固辭還山，仍賜寶琴一張及霞紋帔而遣之，朝中詞人贈詩者百餘人。見《舊唐書》卷一九二、《新唐書》卷一九六本傳。天台：山名，在今浙江天台縣北。《資治通鑑》卷二一〇載其事於景雲二年（七一一）十二月。按李適卒於此年十一月，參卷五《故工部侍郎李公祭文》，詩當作於十一月前。

〔二〕紫微：星座名。《晋書·天文志上》：紫宫垣十五星，「一曰紫微，大帝之座也，天子之常居也。」丹地：指宫庭，地面漆爲紅色。雲藻：華美文辭，此指司馬承禎所上章奏等。《資治通鑑》卷二一〇：「（景雲二年十二月）上召天台山道士司馬承禎，問以陰陽數術。……對曰：『國猶身也，順物自然而心無所私，則天下理矣。』上歎曰：『廣成之言，無以過也。』」

〔三〕華頂：即天台山。《天台山志》：「今言天台者，蓋山之都號，如桐柏、赤城、瀑布、佛壠、香爐、華頂、東蒼，皆山之别名。」

〔四〕大壑：東海。《莊子·天地》：「夫大壑之爲物也，注焉而不滿，酌焉而不竭。」注：「大壑，東海也。」《方輿勝覽》卷八台州：「華頂峰，在天台縣東北六十里，蓋天台第八重最高處，高一萬丈，絶頂東望滄海，俗號望海。」

〔五〕鳳京：猶鳳城。指長安，參見卷一《古意贈喬補闕知之》注〔四〕。鴻寶：道書名，此泛指道書。

《漢書·劉向傳》：「上復興神僊方術之事，而淮南有《枕中鴻寶苑秘書》，書言神僊使鬼物爲金之術。」

〔六〕蕙氣：蕙草的香氣。靈草：仙草。《文選》卷一班固《兩都賦》：「於是靈草冬榮，神木叢生。」李善注：「神木靈草，謂不死藥也。」

〔七〕人非句：《搜神後記》卷一：「丁令威，本遼東人，學道于靈虚山。後化鶴歸遼，集城門華表柱。時有少年，舉弓欲射之。鶴乃飛，徘徊空中而言曰：『有鳥有鳥丁令威，去家千年今始歸，城郭如故人民非，何不學仙冢壘壘。』」《神仙傳·王遠》：「麻姑自説云：『接侍以來，已見東海三爲桑田。』」

〔八〕此郡：指天台山所在的台州，三國吴時置臨海郡。三霜：三年。溟島：海島。

〔九〕緒言：發端之言。《莊子·漁父》：孔子鼓琴杏壇之上，有漁父來，笑而還，謂子貢曰：「仁則仁矣，恐不免其身，苦心勞形以危其真。嗚呼，遠哉，其分於道也。」子貢還報，孔子推琴而起，下求之，再拜而進，曰：「曩者，先生有緒言而去，丘不肖，未知所謂，竊待於下風，幸聞咳唾之音，以卒相丘也。」機事：謂世俗機詐之事。《莊子·天地》：「有機械者必有機事，有機事者必有機心，機心存於胸中則純白不備，純白不備則神生不定，神生不定者，道之所不載也。」

〔一〇〕清曠：清静空曠的内心。

〔一一〕崎嶇：道路險阻不平，此指不安。司馬相如《難蜀父老》：「民人登降移徙，陭嶇而不安。」待漏：

官員清晨集宮門等候早朝，此指在朝爲官。司言：指爲中書舍人。參卷一《和元舍人萬頃臨池翫月戲爲新體》注〔七〕。《新唐書·沈佺期傳》：「尋歷中書舍人，太子少詹事。」造：再造之恩。劉禹錫《謝上連州刺史表》：「豈惟賤臣，獨受恩造。」

〔一二〕軒皇：黄帝軒轅氏。《列子·黄帝》：黄帝即位三十年，憂天下之不治，竭精盡智，五情爽惑，「於是放萬機，舍宮寢，去直侍，徹鍾懸，減厨膳，退而閒居大庭之館，齋心服形，三月不親政事，晝寢而夢，遊於華胥氏之國。」漢武：漢武帝劉徹。《史記·封禪書》詳紀其祭祀封禪求仙之事。

〔一三〕崆峒：山名，在今河南臨汝境。《莊子·在宥》：黄帝聞廣成子在空同之上，往見之，問至道之精，廣成子謂其不足以語至道，「黄帝退捐天下，築特室，席白茅，閒居三月，復往邀之。廣成子南首而卧，黄帝順下風膝行而進，再拜稽首而問曰……」承露：漢武帝造承露盤，接雲表之露和玉屑飲之，以爲可以長生。豐鎬：見《辛丑歲十月上幸長安時扈從出西嶽作》注〔九〕。《史記·封禪書》：「其後則又作柏梁、銅柱、承露仙人掌之屬矣。」《三輔黄圖》卷五：建章宮通天臺「上有承露盤，仙人掌擎玉杯，以承雲表之露。」

〔一四〕泠然：輕妙之貌。《莊子·逍遥游》：「列子禦風而行，泠然善也。」

〔一五〕伯陽：老子字。《史記·老子列傳》：「周守藏室之史也。」正義引《神仙傳》：「姓李，名耳，字伯陽。」索隱：「藏室史，周藏書室之史也。」又《張蒼傳》『老子爲柱下史』，蓋即藏室之柱下，因以爲官名。」儲闈：皇太子儲宫。四皓：秦末漢初隱居商山的四位老人東園公、夏黄公、綺里季、甪里先生。漢高祖時爲吕后羅致，以輔佐太子劉盈，詳見《史記·留侯世家》。

〔一六〕參同契：即《周易參同契》，道教重要典籍，東漢魏伯陽撰，言鍊丹之事，世稱丹經之祖。

和戶部岑尚書參迹樞揆〔一〕

大君制六合，良佐參萬機〔二〕。大業永開泰，臣道日光輝〔三〕。鹽梅和鼎食，家聲衆所歸〔四〕。漢章題楚劍，鄭武襲緇衣〔五〕。理識當朝遠，文華振古稀。風雲神契合，舟楫道心微〔六〕。廟堂喜容與，時物遞芳菲〔七〕。御柳垂仙掖，公槐覆禮闈〔八〕。昔陪鴛鷺後，今望鵾鵬飛〔九〕。徒禦清風頌，巴歌聊自揮〔一〇〕。

校記

〔大業〕清抄本作天業。

〔鹽梅〕底本此原空十二格，據清抄本補此二字。

〔禮闈〕底本作理闈，據清抄本改。

〔飛徒〕底本作徒飛，據清抄本改。

注釋

〔一〕户部尚書：尚書省户部長官。《新唐書·百官志一》：尚書省户部，尚書一人，正三品，掌天下土地、人民、錢穀之政，貢賦之差。岑尚書：岑羲，南陽棘陽人，叔祖文本相太宗，父長倩相武后，羲神龍中歷中書舍人、吏部侍郎，爲相。睿宗立，出爲陝州刺史，歷刑、户二部尚書，復爲相。先天元年，坐預太平公主謀逆伏誅。《舊唐書》卷七〇、《新唐書》卷一〇二有傳。樞揆：中樞籌度，指總理政務的宰相。據《舊唐書·睿宗紀》，太極元年（七一二）正月乙未，户部尚書岑羲同中書門下三品，詩作於此時。

〔二〕六合：天地及四方，猶指天下。萬機：指繁劇的政務。

〔三〕開泰：亨通安泰。

〔四〕鹽梅：調味品，喻綜理政務。《書·説命上》載殷高宗命傅説爲相之詞：「若作和羹，爾惟鹽梅。」家聲：指岑羲叔祖及父爲相事，參見注〔一〕。

〔五〕漢章：漢章帝劉炟，廟號肅宗。《後漢書·韓稜傳》：「五遷爲尚書令，與僕射郅壽、尚書陳寵同時，俱以能稱。肅宗嘗賜諸尚書劍，唯此三人特以寶劍，自手署其名曰：『韓稜楚龍淵，郅壽蜀漢文，陳寵濟南椎成。』」注：「《晉太康記》曰：『汝南西平縣有龍泉水，可淬刀劍，特堅利。』汝南即楚分野。」鄭武：春秋鄭武公。《詩·鄭風·緇衣》小序：「《緇衣》，美武公也，父子並爲周司徒，善於其職，國人宜之，故美其德。」傳：「緇，黑色，卿士聽朝之正服也。」

〔六〕風雲：喻君臣遇合。《易·乾·文言》：「風從虎，雲從龍。」舟楫：渡河之具，喻指爲相。《書·說命上》載殷高宗命傅說爲相之詞：「若濟巨川，用汝作舟楫。」道心微：謂精心一意。《書·大禹謨》：「人心惟危，道心惟微，惟精惟一，允執厥中。」疏：人心危則難安，道心微則難明，故以戒精心一意，信執其中，然後可以明道而安民。

〔七〕容與：徜徉徘徊。

〔八〕御柳：宮中之柳。仙掖：指中書、門下二省官署，在皇宮附近。公槐：即槐樹，古代外朝，面三槐，三公之位，見《周禮·秋官·朝士》。禮闈：指尚書省。《文選》卷四六任昉《王文憲集序》：「出入禮闈，朝夕舊館。」李善注：「《十州記》曰，崇禮闈即尚書上省門、崇禮東建禮門即尚書下舍門。然尚書省二門名『禮』，故曰禮闈也。」

〔九〕鵷鷺：喻朝官班行。鵾鵬：寓言中大鳥。《莊子·逍遥游》：「北溟有魚，其名爲鯤，化而爲鳥，其名爲鵬，怒而飛，其翼若垂天之雲。是鳥也，海運則將徙於南冥。」

〔一〇〕清風頌：指岑羲原作。《詩·大雅·烝民》：「吉甫作頌，穆如清風。」小序：「《烝民》，尹吉甫美周宣王也，任賢使能，周室中興焉。」巴歌：歌曲《下里巴人》，指己俚鄙之和作。參見本卷《苑中遇雪應制》注〔一〕。

送韋商州弼〔一〕

會府應文昌〔二〕，商山鎮國陽〔三〕。聞君監郡史，暫罷尚書郎〔四〕。王事嗟相失，情人貴不忘。累年同畫省，四海接文場〔五〕。點翰芳春色，傳杯明月光。故交從此去，遥憶紫芝香〔六〕。

校記

〔送韋商州弼〕此詩底本未收，沈集他本均收，此據清抄本録。

〔情人〕《全唐詩》卷九七作人情。

注釋

〔一〕商州：州治在今陝西商縣。韋弼：字國楨，官户部員外郎、主客郎中，歷萊、濟、商三州刺史，與其兄韋會合著《韋氏兄弟集》二十卷，見《新唐書·宰相世系四上》、吕温《故太子少保贈尚書左僕射京兆韋府君神道碑》。詩云「聞君監郡史，暫罷尚書郎」當自主客郎中出爲商州刺史。岑仲勉《郎官石柱題名新著録》主客郎中第四行，韋弼在李顒、郭奇後，顒景龍三年在主客郎中任，韋弼任主中及出守商州當在開元初，姑繫開元元年（七一三）。

〔二〕會府：指尚書省，爲會試之所。文昌：斗魁上六星總稱。《隋書·天文志上》：「文昌六星，在北斗魁前，天之六府也，主集計天道。」光宅元年，曾改尚書省爲文昌臺。

〔三〕商山：在商州上洛縣。鎮：壓，古代稱一方主山爲鎮。《書·舜典》「封十有二山」傳：「每州之名山殊大者，以爲其州之鎮。」國陽：國都之南。商州在長安南，故云。

〔四〕監郡史：指刺史。《漢書·百官公卿表上》：「監御史，秦官，掌監郡。漢省，……武帝元封五年初置部刺史。」

〔五〕晝省：尚書省，見卷一《李員外秦授宅觀妓》〔二〕。

〔六〕紫芝：紫色菌類。《太平御覽》卷一六八引《帝王世紀》：「四皓始皇時隱於商山，作歌曰：『英英高山，深谷逶迤。曄曄紫芝，可以療飢。唐虞時遠，吾將何歸。』」

龍池篇〔一〕

龍池躍龍龍已飛〔二〕，龍德先天天不違〔三〕。池開天漢分黃道，龍向天門入紫微〔四〕。邸第樓臺多氣色，君王鳧雁有光輝。爲報寰中百川水，來朝此地莫東歸〔五〕。

校記

〔題〕《舊唐書》卷三〇作享龍池樂章第三章。

〔先天〕《文苑英華》卷一六七作光天。

〔黄道〕《英華》作皇道。

〔此地〕《舊唐書》作上地。

注釋

〔一〕龍池：即興慶池。見本卷《興慶池侍宴應制》注〔一〕。《唐會要》卷二二：「開元二年閏二月詔，令祠龍池。六月四日，右拾遺蔡孚獻《龍池篇》，集王公卿士以下一百三十篇，太常寺考其詞合音律者，爲《龍池篇樂章》，共録十首。」注：「紫微令姚元之、右拾遺蔡孚、太府少卿沈佺期、黄門侍郎盧懷慎、殿中監姜皎、吏部尚書崔日用、紫微侍郎蘇頲、黄門侍郎李義府（當爲李乂之誤）、工部侍郎姜晞，兵部侍郎裴璀等，更爲樂章。」詩作於開元二年（七一三）夏。

〔二〕躍龍：見前《興慶池侍宴應制》注〔一〕。已飛：指玄宗即帝位。《易·乾》：「九五，飛龍在天，利見大人。」正義：「猶若聖人有龍德，飛騰而居天位。」《舊唐書·玄宗紀》：「屬中宗末年，王室多故，上常陰引材力之士以自助。上所居（隆慶坊）宅外有小池，浸溢頃餘，望氣者以爲龍氣。」

〔三〕先天：《易·乾》：「夫大人者……先天而天弗違。」正義：「若在天時之先行事，天乃在後不違，是天合大人也。」

〔四〕天漢：天河。黄道：假想中太陽繞地球運行的軌道，故亦指皇帝所經行的道路。紫微：指皇宫，參見本卷《同工部李侍郎適訪司馬子微》注〔二〕。

〔五〕《書·禹貢》：「江漢朝宗於海。」傳：「百川以海爲宗。宗，尊也。」正義：「《周禮·大宗伯》：『諸侯見天子之禮，春見曰朝，夏見曰宗。』」

沈佺期集校注卷四

詩（不編年）

有所思〔一〕

君子事行役，再空芳歲期〔二〕。美人曠延佇，萬里浮雲思〔三〕。園槿綻紅豔，郊桑柔緑滋。
坐看長夏晚，秋月照羅帷。

校記

〔照羅〕《樂府詩集》卷一七作生羅。

注釋

〔一〕有所思：漢鐃歌名，屬樂府鼓吹曲辭。《樂府詩集》卷一六云，「若齊王融『如何有所思』，梁劉繪『别離安可再』，但言離思而已。」此詩重作宋之問詩，見《宋之問集》卷上、《全唐詩》卷五一。按《文苑英華》卷二〇二、《樂府詩集》卷一七均收沈詩。《九家集注杜詩》卷二一引末二句，又卷二四引「坐看」句，亦作沈詩，宋以前典籍無引作宋詩者，當爲沈作。

〔二〕行役：因公事出行。《詩·魏風·陟岵》：「予子行役，夙夜無已。」

〔三〕曠：虚耗時日。延佇：久立等待。屈原《離騷》：「時曖曖其將罷兮，結幽蘭而延佇。」

臨高臺〔一〕

高臺臨廣陌，車馬紛相續。回首思舊鄉，雲山亂心曲。遠望河流緩，周看原野緑。向夕林鳥還，憂來飛景促〔二〕。

注釋

〔一〕臨高臺：漢鐃歌名，屬樂府鼓吹曲辭。《樂府詩集》卷一六：「若齊謝朓『千里常思歸』，但言臨望傷情而已。」

〔二〕飛景：飛馳之日。景，日光。

黃鶴〔一〕

黃鶴佐丹鳳，不能羣白鷳〔二〕。拂雲遊四海，弄影到三山〔三〕。遥憶君軒上，來下天池間〔四〕。明珠世不重，知有報恩環〔五〕。

注釋

〔一〕黄鶴：鶴之色黄者，或云即黄鵠，天鵝。詩以黄鶴自喻。

〔二〕丹鳳：紅色鳳凰。《孔子家語·執轡》：「羽蟲三百有六十，而鳳爲之長。」《太平御覽》卷九一六引《相鶴經》：「鶴與鸞鳳同爲羣，聖人在位，則與鳳皇翔於甸」。羣白鷳：與白鷳等凡鳥爲伍。白鷳，又名銀雉，似山雞而色白。

〔三〕三山：海中仙山。《史記·封禪書》：「自（齊）威、宣、燕昭使人入海求蓬萊、方丈、瀛洲。此三神山者，其傅在渤海中，去人不遠；患且至，則船風引而去。蓋嘗有至者，諸僊人及不死之藥皆在焉。」

〔四〕軒：一種曲輈有障蔽的車，卿大夫所乘。《左傳·閔公二年》：「衛懿公好鶴，鶴有乘軒者。」天池：指宫苑中池沼。《西京雜記》卷一：「始元元年，黄鵠下太液池，上爲歌曰：『黄鵠飛兮下建章，羽肅肅兮行蹌蹌。』」

〔五〕明珠二句：《搜神記》卷二〇：「噲參，養母至孝。曾有玄鶴爲弋人所射，窮而歸參。參收養，療治其疾，愈而放之。後鶴夜到門外，參執燭視之，見鶴雌雄雙至，各銜明珠以報參焉。」又：「漢時弘農楊寶，年九歲時，至華陰山北，見一黄雀，爲鴟梟所搏，墜於樹下，爲螻蟻所困。寶見愍之，取歸置巾箱中，食以黄花。百餘日，毛羽成，朝去暮還。一夕三更，寶讀書未卧，有黄衣童子向寶再拜曰：『我西王母使者，使蓬萊，不幸爲鴟梟所搏，君仁愛見拯，實感盛德。』乃以白環四枚與寶，曰：『令君子孫潔白，位登三事，當如此環。』」

過蜀龍門〔一〕

龍門非禹鑿，詭怪乃天功〔二〕。西南出巴峽，不與衆山同〔三〕。長竇亘五里，宛轉復嵌空〔四〕。伏湍煦潛石，瀑水生輪風〔五〕。流水無晝夜，噴薄龍門中。潭河勢不測，藻葩垂綵虹。我行當季月，煙景共春融〔六〕。江關勤亦甚，巘崿意難窮〔七〕。誓將息機事，鍊藥此山東〔八〕。

校記

〔題〕《蜀中名勝記》卷二四題下有闕字。

〔長竇〕底本作長短，據清抄本、《方輿勝覽》卷六八改。

〔流水〕清抄本作風水。

〔綵虹〕底本作綵紅，據清抄本、《唐詩紀》卷二九改。清抄本無藻字，機事下空十一字，注闕字。

〔當季〕清抄本作在季。

注釋

〔一〕龍門：山名，在今四川廣元北。《方輿勝覽》卷六八大安軍：「龍門山，去軍城五里，官道之傍，懸壁環合，上透碧虚，中敞大洞，下漱清泉，宛然天造。水簾懸夏，冰柱凝冬，真異境也。」《蜀中名勝記》卷二四保寧府廣元縣：「按龍門山，亦云葱嶺山。《梁州記》云：『葱嶺有石穴，高數十丈，其狀如門，號爲龍門。』」記又引沈佺期此詩，云本志云：「北十里千佛崖，即古龍門閣，先是懸崖架木，作棧而行，後鑿石爲千佛像，成通衢矣。」同書卷一七重慶府江津縣引志云：「治西有石門，號龍門灘，即龍門峽也。」且引此詩作陳子昂《龍門峽》詩。《大明一統志》卷六九重慶府：「塗山在府城東八里岷山南岸，山之址有石中分，名曰龍門，其下水與江通。」作陳子昂詩誤。然詩云「西南出巴峽」，則似又與重慶龍門有關，録以備參。詩當武后前期或中期作。

〔二〕禹鑿龍門，即禹門口，在今山西河津西北及陝西韓城東北。《書·禹貢》：「浮于積石，至于龍門西河。」正義引《地理志》：「龍門山在馮翊夏陽縣北。此山當河之道，禹鑿以通河。」

〔三〕巴峽：即巴郡三峽。《輿地紀勝》卷一七五：「《華陽國志》：『(巴子)先王墳墓多在枳，其郡東枳有明月峽、廣德峽。』故巴亦有三峽。

〔四〕竇：洞穴。

〔五〕呴：同呴，呼氣，此指衝擊。輪風：旋風。

〔六〕季月：每季末月，此指季春三月。春融：即沖融，和暖貌。杜甫《往在》：「端拱納諫諍，和氣日沖融。」

〔七〕江關：即瞿塘關，在今四川奉節東。此指三峽水程。《漢書·地理志上》：巴郡魚復縣有「江關，都尉治」。《水經注·江水》：「又東出江關，入南郡界，江水自關東逕弱關、捍關。」巉崿：高峻貌，此指高峻之山。

〔八〕機事：見卷三《同工部李侍郎適訪司馬子微歸天台》注〔九〕。

入衛作〔一〕

淇上風日好，紛紛沿岸多〔二〕。綠芳幸未歇，汎濫此明波。采蘩憶幽吹，理棹想荆歌〔三〕。鬱然懷君子，皓曠將如何〔四〕。

校記

〔皓曠〕《唐詩紀》卷二九作浩曠。

注釋

〔一〕衛：衛州。州治在今河南汲縣，春秋時爲衛國。詩似早年作。

〔二〕淇：水名。《元和郡縣圖志》卷一六衛州共城縣：「淇水源出縣西北沮洳山，至衛縣入河，謂之淇水口。」沈佺期當自黃河經淇水，入衛州境。

〔三〕蘩：白蒿，可食，古代作爲祭品。豳吹：豳地詩歌。豳本周之舊國，在今陝西旬邑及彬縣一帶，自公劉至太王均居此。《詩·豳風·七月》：「春日遲遲，采蘩祁祁。」小序：「《七月》，陳王業也。周公遭變故，陳后稷先公風化之所由，致王業之艱難也。」荆歌：楚地歌曲。此疑指《楚辭·九歌》。《湘君》云：「桂櫂兮蘭枻，斲冰兮積雪。」補注引五臣注：「言志不通，猶乘舟，值天盛寒，斲斫冰凍，徒爲勤苦而不得前也。」

〔四〕皓曠：浩大曠遠。指鬱結的思緒。皓，通昊，大也。

餞遠〔一〕

任子徇遐禄，結友開舊襟〔二〕。撰酌輟行歎，指途勤遠心〔三〕。秋畠澄回壑，霽色肅明林〔四〕。暧然清軒暮，浩思非所任〔五〕。

校記

〔秋畠〕清抄本作秋晶。

〔清軒〕《全唐詩》卷九五作青軒。

注釋

〔一〕餞遠：餞送遠行者。

〔二〕任子：名未詳。徇：曲從。遐禄：遠方的官職俸禄。謝靈運《登池上樓》：「徇禄反窮海，卧痾對空林。」

〔三〕撰酌：備酒。行歎：爲遠行而歎息。勤遠心：爲遠行而心憂。

〔四〕皛(xiǎo)：皎潔光明，此指天空。

〔五〕曖然：昏暗貌。軒：小室。

送喬隨州侶〔一〕

結友三十載，同遊一萬里。情爲契闊生，心由别離死〔二〕。拜恩前後人，從宦差池起〔三〕。今爾歸漢東，明珠報知己〔四〕。

注釋

〔一〕隨州：州治在今湖北隨縣。喬侶：同州馮翊人，喬知之弟，武后時預修《三教珠英》、開元初官至兗州都督。生平附見《舊唐書》卷一九〇中《喬知之傳》。其爲隨州刺史約在中宗、睿宗朝。

〔二〕契闊：聚會與别離，多偏指别離。《詩·邶風·擊鼓》：「死生契闊，與子成説。」

〔三〕拜恩：謝恩。唐代進士及第後需赴主考官宅拜謝恩地，見《唐摭言》卷一。從宦：入仕。差池：不齊貌，意謂約略同時。

〔四〕漢東：漢水之東。《元和郡縣圖志》卷二一：「隨州，本春秋時隨國，與周同姓。《左傳》曰：『漢東之國隨爲大。』」《搜神記》卷二〇：「隋縣溠水側有斷蛇丘。隋侯出行，見大蛇被傷中斷，疑其靈異，使人以藥封之，蛇乃能走。……歲餘，蛇銜明珠以報之。」

芳樹〔一〕

何地早芳菲，宛在長門殿〔二〕。夭桃色若綬，穠李光如練〔三〕。啼鳥弄花疏，遊蜂飲香遍。歎息春風起，飄零君不見。

校記

〔芳樹〕此詩沈集諸本未收，見《樂府詩集》卷一七。

注釋

〔一〕芳樹：漢鐃歌名，屬樂府鼓吹曲辭。此詩又作宋之問詩，見《宋之問集》卷上、《全唐詩》卷五一。按《樂府詩集》收沈佺期詩，宋元典籍無收宋詩者，詩當沈作。

〔二〕長門殿：即長門宮，見卷一《長門怨》注〔一〕。

〔三〕夭、穠：均盛貌。《詩·周南·桃夭》：「桃之夭夭，灼灼其華。」《詩·召南·何彼襛矣》：「何彼襛矣，華如桃李。」綬：彩色絲帶。練：白色素絹。

長安道〔一〕

秦地平如掌，層城入雲漢〔二〕。樓閣九衢春，車馬千門旦〔三〕。緑槐開復合，紅塵聚還散。日晚鬭雞還，經過狹斜看〔四〕。

校記

〔長安道〕此詩沈集諸本未收，據《文苑英華》卷一九二録。

〔入雲〕《樂府詩集》卷二三作出雲。

〔雞還〕《樂府》作雞迴。

注釋

〔一〕長安道：樂府横吹曲辭。此詩又作宋之問詩，見《宋之問集》卷上、《全唐詩》卷五一。按《文苑英華》、《樂府詩集》、《詩淵》及《九家集注杜詩》卷二、《能改齋漫録》卷六引句均作沈佺期詩，宋元典籍無引作宋詩者，詩當沈作。

〔二〕秦地：此指長安附近的關中平原。王僧孺《登高臺》：「九路平如掌，千門洞已開。」

〔三〕九衢：指京師街道。千門：指宫殿。漢長安城中有八街九陌，漢武帝作建章宫，度爲千門萬户，均見《三輔黄圖》卷二。

〔四〕狹斜：小巷，後多指妓女居處。樂府《長安有狹斜行》：「長安有狹斜，斜狹不容車。」陳後主《楊叛兒》：「日昏歡宴罷，相將歸狹斜。」

入少密溪〔一〕

雲峰苔壁遶溪斜，江路香風夾岸花。樹密不言通鳥道，雞鳴始覺有人家。人家更在深巖口，澗水周流宅前後。遊魚瞥瞥雙釣童，伐木丁丁一樵叟〔二〕。自言避喧非避秦，薜衣耕鑿帝堯人〔三〕。相留且待雞黍熟，夕卧深山蘿月春〔四〕。

校記

〔少密〕《文苑英華》卷一六六作小密。

〔樹密〕底本作木密，據《英華》改。

〔一樵〕《英華》作赤樵。

注釋

〔一〕少密溪：其地未詳。

〔二〕瞥瞥：暫現貌。丁丁：伐木聲。《詩·小雅·伐木》：「伐木丁丁。」

〔三〕避秦：避世亂。陶潛《桃花源記》，桃花源中人「自云先世避秦時亂，率妻子邑人，來此絶境，不復出焉，遂與外人間隔」。薜衣：以薜荔爲衣，隱士所服。《楚辭·九歌·山鬼》：「披薜荔兮帶女蘿。」耕鑿：《太平御覽》卷八〇引《帝王世紀》：堯時天下大和，百姓無事，有八十老人擊壤於道，觀者歎曰：「大哉，帝之德也。」老人曰：「吾日出而作，日入而息，鑿井而飲，耕田而食，帝何力于我哉！」

〔四〕鷄黍：《論語·微子》：荷蓧丈人「止子路宿，殺雞爲黍而食之。」

古歌〔一〕

落葉流風向玉臺，夜寒秋思洞房開〔二〕。水精簾外金波下，雲母窗前銀漢回〔三〕。玉階陰陰苔蘚色，君王履綦難再得〔四〕。璇閨窈窕秋夜長，繡户徘徊明月光〔五〕。燕姬綵帳芙蓉色，秦女金鑪蘭麝香〔六〕。北斗七星横夜半，清歌一曲斷人腸。

校記

〔夜寒秋〕《文苑英華》卷二〇七作寒釭愁。

〔明月〕《樂府詩集》卷八六作秋月。

〔秦女〕《英華》作秦子。

注釋

〔一〕《樂府詩集》卷八六收此詩入雜歌謡辭。詩詠宫女幽怨。

〔二〕玉臺：漢長安宫中臺名。《文選》卷二張衡《西京賦》：「西有玉臺，聯以昆德。」薛綜注：「皆殿與臺名也。」洞房：深邃内室。

〔三〕金波：月光。《漢書·禮樂志》：「月穆穆以金波。」雲母：礦物名，大的薄片半透明，可爲屏風等。銀漢回：天河回轉。《詩·大雅·雲漢》：「倬彼雲漢，昭回于天。」

〔四〕履綦：鞋帶，指足跡。左思《嬌女》：「務躡霜雪戲，履綦重累積。」

〔五〕璇閨：玉石砌成的閨門，狀建築華美。窈窕：幽深貌。

〔六〕燕姬、秦女：燕、秦等地的美女，此泛指新承恩寵的宫女。

曝衣篇〔一〕

按王子陽《園苑疏》，太液池邊有武帝曝衣閣，帝至七月七日夜，宫女出后衣登樓曝之，因賦《曝衣篇》〔二〕。

君不見昔日宜春太液邊，披香畫閣與天連〔三〕。燈火灼爍九微映，香氣氤氲百和然〔四〕。此夜星繁河正白，人傳織女牽牛客〔五〕。宫中擾擾曝衣樓，天上娥娥紅粉席〔六〕。曝衣何許曛半黄，宫中綵女提玉箱。珠履奔騰上蘭砌，金梯宛轉出梅梁〔七〕。絳河裏，碧煙上，雙花伏兔斂屏風，七子盤龍擎斗帳〔八〕。舒羅散縠雲霧開，綴玉垂珠星漢迴。朝霞散綵著衣架，晚月分光劣鏡臺。上有仙人長命綹，中有玉女迎歡繡〔九〕。瑇瑁簾中别作春，珊瑚窗裏翻成畫〔一〇〕。椒房金屋寵新流，意氣驕奢不自由〔一一〕。漢文宜惜露臺費，晉武須焚前殿裘〔一二〕。

校記

〔曝衣篇〕此詩底本朱本及活字本未收，見黄本、楊本、許本，此據《古今歲時雜詠》卷二六録。《唐詩紀》卷二九題首有七夕二字。

〔王子陽〕《太平御覽》卷三一引作宋卜子陽。

〔燈火〕《唐詩紀事》卷一一作燈華。

〔許曛〕《紀事》作時夜。

〔綵女〕《雜詠》作綵衣，據《紀事》改。

〔金梯〕《詩紀》作金閨。

〔兔斂〕《紀事》作兔畫。

〔七子〕《紀事》作四子。

〔著衣〕《紀事》作羞衣。

〔晚月〕《紀事》作曉月。

〔命緒〕《紀事》作命錦。

〔中有〕《詩紀》作中看。

〔簾中〕《紀事》作筵中。

〔臺蕡〕《紀事》作臺産。

〔須焚〕《紀事》作須燒。

注釋

〔一〕曝衣：晾曬衣物。《太平御覽》卷三一引《韋氏月録》：「七月七日曬曝革裘，無蟲。」又引《四民月令》：「七月七日……暴經書及衣裳，習俗然也。」

〔二〕王子陽《園苑疏》：未詳。太液池：在漢長安建章宫北，見《三輔黄圖》卷四。

〔三〕宜春：宜春下苑，在漢長安東南隅。見《三輔黄圖》卷四。披香：漢長安未央宫中殿名，見《三輔黄圖》卷三。

〔四〕九微：燈名。百和：香名，由多種香料混合而成。《漢武帝内傳》：「至七月七日，……乃爇百和之香。」何遜《七夕》：「月映九微火，風吹百和香。」

〔五〕河正白：銀河正明亮。織女牽牛：見卷三《奉和春初幸太平公主南莊應制》注〔三〕。

〔六〕娥娥：美好貌。《古詩十九首》：「娥娥紅粉妝，纖纖出素手。」

〔七〕蘭砌：種有蘭草的台階。梅梁：繪有梅花的殿梁。梁簡文帝《望月》：「流輝入畫堂，初照上梅梁。」

〔八〕絳河：即銀河。伏兔：即飛廉草，一名漏盧，花紫色，可入藥辟邪。斗帳：方形小帳。

〔九〕長命縷：五色絲縷。《天中記》卷五引《風俗通》：「五月五日以五色絲縧繫臂，辟兵及鬼，令人不病。一名長命縷。」

〔一〇〕椒房、金屋：均指後宮。《三輔黃圖》卷三：「椒房殿在未央宮，以椒和泥塗，取其溫而芬芳也。」《漢武故事》：武帝數歲時，姑長公主指其女，問武帝欲得之爲婦否，帝笑對曰：「好，若得阿嬌作婦，當作金屋貯之。」

〔一一〕漢文：漢文帝劉恒。《漢書·文帝紀》：「嘗欲作露臺，召匠計之，直百金。上曰：『百金，中人十家之産也。吾奉先帝宮室，常恐羞之，何以臺爲！』」晉武：晉武帝司馬炎，焚裘事見卷一《和崔正諫登秋日早朝》注〔五〕。

銅雀臺〔一〕

昔年分鼎地，今日望陵臺〔二〕。一旦雄圖盡，千秋遺令開〔三〕。綺羅君不見，歌舞妾空來。恩共漳河水，東流無重回〔四〕。

注釋

〔一〕銅雀臺：樂府相和歌辭平調曲。臺之故址在今河北臨漳。《樂府詩集》卷三一：「《銅雀臺》，一曰《銅雀妓》。《鄴都故事》曰：『魏武帝遺命諸子曰：吾死之後，葬於鄴之西崗上，與西門豹祠相近，無藏金玉珠寶。餘香可分諸夫人，不命祭吾。妾與伎人，皆著銅雀臺，臺上施六尺牀，下繐帳，朝晡上酒脯粻糒之屬。每月朝十五，輒向帳前作伎。汝等時登臺，望吾西陵墓田。……按銅雀臺在鄴城，建安十五年築。其臺最高，上有屋一百二十間，連接榱棟，侵徹雲漢。鑄大銅雀置于樓顛，舒翼奮尾，勢若飛動，因名爲銅雀臺。』《樂府解題》曰：後人悲其意而爲之詠也。」此詩又作宋之問詩，見《宋之問集》卷下、《全唐詩》卷五二。按《樂府詩集》卷三一、《唐詩正音》卷一五及《韻語陽秋》卷一九、《詩話總龜》後集卷四七引句均作沈佺期詩，宋元典籍無引作宋詩者，詩當沈作。

〔二〕分鼎地：三國時魏蜀吴鼎足三分曹魏建都之地，指鄴都。《元和郡縣圖志》卷一六相州鄴縣：「故鄴城，縣東五十步，……魏武帝受封於此，至文帝受禪，呼此爲鄴都。」又：「魏武帝西陵，在縣西三十里。」望陵臺：指銅雀臺，參見注〔一〕。

〔三〕遺令：曹操臨終前作遺囑，見注〔一〕。

〔四〕《元和郡縣圖志》卷一六相州鄴縣：「濁漳水，在縣北五里。」《水經注·濁漳水》：「魏武又以郡國之舊，引漳流自城西東入，逕銅雀臺下。」

出塞被試〔一〕

十年通大漠，萬里出長平〔二〕。寒日生戈劍，陰雲拂旆旌。饑烏啼舊壘，疲馬戀空城。辛苦皋蘭北，胡塵掩漢兵〔三〕。

校記

〔題〕清抄本、《唐詩正音》卷六作被試出塞。

〔雲拂〕清抄本、《樂府詩集》卷二一作雲摇。

〔馬戀〕《詩式》卷四作馬思。

〔塵掩〕《詩式》作霜犯，清抄本、《樂府》作霜損，《唐音》作塵損。

注釋

〔一〕出塞：樂府横吹曲辭。《樂府詩集》卷二一：「《晉書·樂志》曰：『《出塞》、《入塞》曲，李延年造。』

曹嘉之《晉書》曰：『劉疇嘗避亂塢壁，賈胡百數欲害之，疇無懼色，援笳而吹之，爲《出塞》、《入塞》之聲，以動其游客之思，於是羣胡皆垂泣而去。』按《西京雜記》曰『戚夫人善歌《出塞》、《入塞》、《望歸》之曲』，則高帝時已有之，疑不起於延年也。唐又有《塞上》、《塞下》曲，蓋出於此。」

〔二〕長平：古城名，在今山西高平西北。《元和郡縣圖志》卷一五澤州高平縣：「長平故城，在縣西二十一里。白起破趙四十萬衆於此，盡殺之。長平關在縣北五十一里。」

〔三〕臯蘭：唐置羈縻州名，在今蒙古境；又山名，在今甘肅蘭州。此泛指邊塞。《新唐書·地理志七下》隴右道涼州：「突厥州三，……臯蘭州，貞觀二十二年以阿史德特健部置，初隸燕然都護，後來屬。」《元和郡縣圖志》卷三九蘭州：「隋開皇元年立爲蘭州，……取臯蘭山以爲名。」

樂城白鶴寺〔一〕

碧海開龍藏，青雲起雁堂〔二〕。潮聲迎法鼓，雨氣濕天香〔三〕。樹接前山暗，溪承瀑水涼。
無言誦居遠，清静得空王〔四〕。

校記

〔潮聲迎〕《文苑英華》卷二三三作湖聲迎，《詩淵》三七三二頁作潮聲應。

〔誦居〕《全唐詩》卷九六作謫居。

注釋

〔一〕欒城：即欒成，温州屬縣名，今浙江樂清。白鶴寺：在欒城白鶴山。《大明一統志》卷四八温州府：「丹霞山，在樂清縣治西，一名白鶴山，常有白鶴棲鳴山上，晉張文君煉丹於此。」又：「白鶴寺在樂清縣治西，唐沈佺期詩……」詩疑高宗後期或武后前期作。

〔二〕龍藏：龍宮寶藏，此指佛寺。《法苑珠林》卷六六：「有一大士，名曰龍樹，……大龍菩薩即以神力接入大海，至其宮殿，開七寶函，以示諸方等深奥經典，無量妙法，授與龍樹。」雁堂：佛堂。《釋氏六帖》卷二一引《善見律》十云：「從迦維羅衛國至其雪山，有大樹林，本無人種，自生，中有高閣堂殿，形如雁子，一切具足，爲佛作，故如卵。」

〔三〕法鼓：佛寺大鼓。《法華經·序品》：「今佛世尊，欲説大法，雨大法雨，吹大法螺，擊大法鼓。」

〔四〕空王：佛説世界一切皆空，故尊稱佛爲空王。

遊少林寺〔一〕

長歌遊寶地，徙倚對珠林〔二〕。雁塔風霜古，龍池歲月深〔三〕。紺園澄夕霽，碧殿下秋陰〔四〕。歸路煙霞晚，山蟬處處吟。

校記

〔風霜〕《文苑英華》卷二三三作丹青。

〔碧殿〕《英華》作碧砌。

〔霞晚〕《英華》作霞遠。

〔山蟬〕清抄本作山風。

注釋

〔一〕少林寺：在今河南登封。《大明一統志》卷二九河南府：「少林寺在登封縣西少室山北麓，後魏時建，梁時達磨居此，面壁九年。」

〔二〕寶地：指佛寺。王勃《彭州九隴縣龍懷寺碑》：「香城寶地，左右林泉。」珠林：佛寺樹林的美稱。

〔三〕雁塔：指僧人墳塔。《釋氏六帖》卷二一引《慈恩傳》：「佛初許食三種淨肉，有日闕肉，知事見雁過，戲告，頭雁自墜，僧不敢食，爲塔葬。」龍池：指寺中池。《釋氏六帖》卷二三引《弘道經》：「阿耨達龍王諸佛及僧在無熱池半月供養，化諸宫殿，設大法會。」

〔四〕紺園：猶紺宇，指佛寺。紺，青中帶紅色。庾信《法筵應詔》：「千柱蓮花塔，由旬紫紺園。」

嶽館〔一〕

洞壑仙人館，孤峰玉女臺〔二〕。空濛朝雨合，窈窕夕陽開。荒澗含輕雨，虚巖應薄雷。正逢鸞與鶴，歌舞出天來〔三〕。

校記

〔朝雨〕清抄本作朝氣。

〔窈窕夕陽〕《詩淵》一五九六頁作沆瀣夕霏。

〔荒澗〕《詩淵》作小澗，《唐詩紀》卷三〇作流澗。

〔巖應〕《詩淵》作巖隱。

〔鸞與〕《詩淵》作猿與。

注釋

〔一〕嶽館：據詩，在中嶽嵩山。此詩《詩淵》一五九六頁收作杜審言詩，誤。詩見於清抄本沈集，杜審言集未收。

〔二〕玉女臺：在嵩山。《大明一統志》卷二九：「玉女臺在登封縣東四十五里，與嵩高連亘，漢武帝東遊過此，見仙女，因名。」

〔三〕鸞、鶴：傳説中仙人以爲坐騎。江淹《恨賦》：「駕鶴上漢，驂鸞騰天。」

夜宿七盤嶺〔一〕

獨遊千里外，高卧七盤西。山月臨窗近，天河入户低。芳春平仲緑，清夜子規啼〔二〕。浮客空留聽，褒城聞曙雞〔三〕。

校記

〔題〕《國秀集》卷上無夜字。

〔山月句〕《國秀》作曉月臨牀近。

注釋

〔一〕七盤嶺：此指褒城七盤山，在今陝西勉縣。《輿地紀勝》卷一八三興元府：「七盤坡在褒城縣北二十里，唐元稹詩云：『迤邐七盤路，坡陁數丈城。』」詩當作於入蜀途中。

〔二〕平仲：木名。《文選》卷五左思《吴都賦》：「平仲桾櫏，松梓古度。」劉逵注引劉成曰：「平仲之木，實白如銀。」子規：杜鵑鳥。《太平御覽》卷一六六引《十三州志》：「(蜀王)望帝以鼈冷鑿巫山，治水有功，望帝自以德薄，乃委國禪鼈冷，號曰開明，遂自亡去，化爲子規。」

〔三〕浮客：游子，佺期自謂。鮑照《吴興黄浦亭庾中郎別詩》：「旅雁方南過，浮子未西歸。」褒城：梁州屬縣，故城在今陝西勉縣東。

三日禁園侍宴〔一〕

九重馳道出，上巳禊堂開〔二〕。畫鷁中川動，青龍上苑來〔三〕。野花飄御座，河柳拂天杯。日晚迎祥處，笙鏞下帝臺〔四〕。

校記

〔題〕《初學記》卷四作三月三日梨園亭侍宴，《國秀集》卷上作三日侍宴梨園。

〔九重〕《國秀》作九門。

〔上巳〕《初學記》作三巳。

〔中川〕《國秀》作中流。

注釋

〔一〕禁園：即禁苑。

〔二〕九重：指皇宫。馳道：皇帝車馬馳走的御道。上巳：上旬巳日，此特指三月三日上巳節。禊堂：祓禊之堂。參見卷二《三日獨坐驩州思憶舊游》注。

〔三〕畫鷁：指船。鷁，水鳥，畫於船首。青龍：指皇帝儀仗，有青龍旗，見《新唐書·儀衛志上》。

〔四〕迎祥：迎接嘉祥，祈福。笙鏞：吹笙擊鏞，奏樂。鏞，大鐘。

仙萼亭初成侍宴應制〔一〕

山中氣色和，宸賞第中過〔二〕。輦路披仙掌，帷宫拂帝蘿〔三〕。泉臨香澗落，峰入翠雲多。無異登玄圃，東南望白河〔四〕。

注釋

〔一〕仙萼亭：其地不詳。據此詩「山中」及《仙萼亭侍宴應制》中「行宫在翠微」等語，疑亭在華山。

〔二〕宸賞：皇帝出游。

〔三〕仙掌：華山峰名。王涯《太華山僊掌辯》：「西岳太華，華之首峰，有五崖比釁破巖而列，自下而望，偶爲掌形。」帷宫：即帷殿，帝王郊游以帷幕圍成的臨時宫殿。

〔四〕玄圃：即懸圃，傳説在昆侖山上，爲仙人所居。周穆王西遊，曾升于舂山，以望四野，舂山即「先王所謂懸圃」。見《穆天子傳》卷二。白河：指黄河，河出昆侖山。鮑照《贈故人馬子喬》：「東南望河尾，西北隱昆崖。」

隴頭水〔一〕

隴山飛落葉，隴雁度寒天。愁見三秋水，分爲兩地泉。西流入羌郡，東下向秦川〔二〕。征客空回首，肝腸空自憐。

校記

〔愁見〕《文苑英華》卷一九八作君見。

〔空回〕《英華》作方回，《唐詩紀》卷三〇作重回。

注釋

〔一〕隴頭水：樂府横吹曲名。《樂府詩集》卷二一：「《樂府解題》曰：『漢横吹曲，二十八解，李延年造。魏晋以來，惟傳十曲：一曰《黄鵠》，二曰《隴頭》……』《隴頭》一曰《隴頭水》。《通典》曰：『天水郡有大坂，名曰隴坻，亦曰隴山，即漢隴關也。』《三秦記》曰：『其坂九回，上者七日乃越，上有清水四注下，所謂隴頭水也。』」隴頭在今陝西隴縣西北。《古今圖書集成·職方典》卷五五五平涼府部及卷五六五鞏昌府部收此詩爲盧照鄰詩。按此詩《幽憂子集》未收。當從《文苑英華》作沈佺期詩。盧照鄰别有一同題詩。

〔二〕羌郡：羌族聚居的秦州等地，在今甘肅西部。秦川：指今陝西渭水流域的關中平原。《元和郡縣圖志》卷三九，秦州有伏羌縣。又秦州清水縣：「小隴山，一名隴坻，又名分水嶺。……隴坂九迴，不知高幾里，每山東人西役，升此瞻望，莫不悲思。隴上有水，東西分流，因號驛爲分水驛。行人歌曰：『隴頭流水，嗚聲幽咽。遥望秦川，肝腸斷絶。』」

關山月〔一〕

漢月生遼海，曈曨出半暉〔二〕。合昏玄菟郡，中夜白登圍〔三〕。暈落關山迥，光含霜霰微。將軍聽曉角，戰馬欲南歸。

注釋

〔一〕關山月：樂府横吹曲名。《樂府詩集》卷二三：「《樂府解題》曰：『《關山月》，傷離别也。古《木蘭詩》：萬里赴戎機，關山度若飛。朔氣傳金柝，寒光照鐵衣。』按相和曲有《度關山》，亦類此也。」

〔二〕遼海：指今遼寧省地，戰國燕置遼東、遼西二郡，臨渤海。曈曨：不明貌。

〔三〕玄菟郡：漢郡，治所在今朝鮮咸鏡南道咸興。白登：山名，在今山西定襄東北。《史記·高祖本紀》「匈奴圍我平城」索隱引《括地志》：「朔州定襄縣，本漢平城縣。縣東北三十里有白登山，山上有臺，名曰白登臺。《漢書·匈奴傳》云『冒頓圍高帝於白登七日』，即此也。」

折楊柳〔一〕

玉窗朝日映，羅帳春風吹。拭淚攀楊柳，長條踠地垂〔二〕。白花飛歷亂，黄鳥思參差〔三〕。妾自肝腸斷，傍人那得知。

校記

〔鳥思〕《唐詩紀》卷三〇作鳥度。

注釋

〔一〕折楊柳：樂府横吹曲名，爲漢横吹曲所傳十曲之一。《樂府詩集》卷二二：「《唐書·樂志》曰：『梁樂府有胡吹歌云：上馬不捉鞭，反拗楊柳枝。下馬吹横笛，愁殺行客兒。此歌辭元出北國，即鼓角横吹曲《折楊柳枝》是也。』《宋書·五行志》曰：『晋太康末，京師爲折楊柳之歌，其曲有兵革苦辛之辭。』」此詩但寫閨怨。詩又作宋之問詩，見《宋之問集》卷上、《全唐詩》卷五一。按《文苑英華》卷二〇八、《樂府詩集》卷二二、《詩淵》二四七三頁等均收此詩爲沈詩，宋元典籍無引作宋詩者，詩當沈作。

〔二〕踠：同宛，彎曲。

〔三〕白花：指楊花。歷亂：凌亂。黄鳥：黄鶯。

紫騮馬〔一〕

青玉紫騮鞍，驕多影屢盤〔二〕。荷君能剪拂，躞蹀噴桑乾〔三〕。跼足追奔易，長鳴遇賞難〔四〕。摐金一萬里，霜露不辭寒〔五〕。

注釋

〔一〕紫騮馬：樂府横吹曲名。《樂府詩集》卷二四引《古今樂録》：「《紫騮馬》古辭云：『十五從軍征，八十始得歸。道逢鄉里人，家中有阿誰。』又梁曲曰：『獨柯不成樹，獨樹不成林。念郎錦裲襠，恒長不忘心。』蓋從軍久戍，懷歸而作也。」紫騮：良馬名，紅色黑鬃黑尾。

〔二〕驕：驕逸難以控馭。影：身形。盤：盤旋。

〔三〕荷：感荷。剪拂：洗滌拂拭。劉峻《廣絶交論》：「剪拂使其長鳴。」躞蹀：小步貌。噴：馬噴鼻。桑乾：水名，在今山西、河北境。《元和郡縣圖志》卷一四朔州馬邑縣：「桑乾河，在縣東三十里。」

〔四〕跼足：屈足，謂奔馳。追奔：追逐奔逃之敵。李陵《答蘇武書》：「斬將搴旗，追奔逐北。」長鳴：長嘶。《文選》卷二五劉琨《答盧諶詩一首并書》：「昔騄驥倚輈於吴坂，長鳴於良、樂，知與不知也。」李善注引《戰國策》：「楚客謂春申君曰：『昔騏驥駕鹽車，上吴坂，遷延負轅而不能進。遭伯樂，仰而鳴之，知伯樂知己也。今僕屈厄日久，君獨無意使僕爲君長鳴乎？』」

〔五〕摐(chuāng)金：撞擊錞、鐲之類樂器，此指從軍。軍中以金鼓指揮進退。

上之回〔一〕

制書下關右，天子問回中。壇墠經過遠，威儀侍從雄〔二〕。黄麾摇晝日，青幰曳松風〔三〕。迴望甘泉道，龍山隱漢宫〔四〕。

校記

〔松風〕《文苑英華》卷二一〇作相風。

注釋

〔一〕上之回：皇帝行幸回中。此爲樂府鼓吹曲名。《樂府詩集》卷一六：「《漢書》曰：『孝文十四年，匈奴入朝那蕭關，遂至彭陽。使騎兵入燒回中宫，候騎至雍甘泉。』回中地在安定，其中有宫也。《武帝紀》曰：『元封四年冬十月，行幸雍，祠五畤，通回中道，遂北出蕭關。』吴兢《樂府解題》曰：『漢武通回中道，後數出遊幸焉。』沈建《廣題》曰：『漢曲皆美當時之事。』」回中，指今甘肅涇川。

〔二〕壇墠(shàn)：祭祀之所。漢武帝在位時屢郊雍，至隴西，西登崆峒，通回中道，見《史記·封禪書》。

〔三〕黄麾：黄旗，皇帝儀仗。幰：車帷。

〔四〕甘泉：漢宫名，故址在今陝西淳化甘泉山。《三輔黄圖》卷二：「甘泉宫，秦所造，今在池陽縣西故甘泉山，宫以山爲名。宫周匝十餘里。漢武帝建元中增廣之，周十九里，去長安三百里，望見長安城，黄帝以來圓丘祭天處。」

奉和洛陽翫雪應制〔一〕

周王甲子旦，漢后德陽宫〔二〕。灑瑞天庭裏，驚春御苑中。氛氲生浩氣，颯沓舞回風〔三〕。宸藻光盈尺，賡歌樂歲豐〔四〕。

注釋

〔一〕詩當作於武后朝。

〔二〕周王：周武王。《太平御覽》卷一二引《金匱》：「武王伐紂，都洛邑，陰寒雨雪十餘日，深丈餘。甲子平旦，不知何五大夫，乘馬車，從兩騎，止門外。……尚父問武王曰：『客可見矣。五車兩騎，四海之神與河伯雨師耳。』」德陽宫：即德陽殿，在東漢洛陽北宫掖庭中，見《後漢書·桓帝紀》。《太平御覽》卷二九引《漢官儀》：「正月旦，天子御德陽殿，臨軒，公卿大夫百官各陪位朝賀。」

〔三〕氛氲：盛貌。謝惠連《雪賦》：「其爲狀也，散漫交錯，氛氲蕭索。」浩氣：即顥氣，潔白清新之氣。颯沓：羣飛貌。曹植《洛神賦》：「飄飖兮若流風之迴雪。」

〔四〕宸藻：指御製詩。盈尺：謂積雪。謝惠連《雪賦》：「盈尺則呈瑞於豐年。」賡歌：相續而歌。舜作歌，臯陶「乃賡載歌」，見《書·益稷》。

洛陽道〔一〕

九門開洛邑，雙闕對河橋〔二〕。白日青春道，軒裳半下朝。乘羊稚子看，拾翠美人嬌〔三〕。行樂歸恒晚，香塵撲地遥。

校記

〔半下〕《文苑英華》卷一九二作半夏。

注釋

〔一〕洛陽道：樂府横吹曲名。《樂府詩集》卷二三載梁簡文帝、梁元帝、沈約等所作，均描寫洛陽道上風光。

〔二〕九門：指宫門。天子所居有九門，見《禮記·月令》。洛邑：周之東都，周公所營建，故址在今河南洛陽。雙闕：宫門兩側的觀闕。河橋：指洛水上天津橋。《元和郡縣圖志》卷五河南府河南縣：「天津橋，在縣北四里。」橋正對皇城南面中門端門。

〔三〕羊：供兒童乘坐之羊車。《晋書·衛玠傳》：「總角乘羊車入市，見者皆以爲玉人，觀之者傾都。」翠：翠鳥羽毛，可爲裝飾品。曹植《洛神賦》：「或採明珠，或拾翠羽。」

驄馬[一]

西北五花驄，來時道向東[二]。四蹄碧玉片，雙眼黄金瞳。鞍上留明月，嘶間動朔風。借君馳沛艾，一戰取雲中[三]。

注釋

〔一〕驄馬：樂府横吹曲名。《樂府詩集》卷二四：「《驄馬》，一曰《驄馬驅》，皆言關塞征役之事。」驄馬，青白色馬。

〔二〕五花驄：毛色斑駁的馬。

〔三〕沛艾：奔馬昂首摇頭貌。張衡《東京賦》：「六玄虬之奕奕，齊騰驤而沛艾。」雲中：郡名，戰國趙置，治所在今内蒙托克托東北。唐置雲中都護府，轄今内蒙陰山河套地區。

十三四時常從巫峽過他日偶然有思[一]

小度巫山峽，荆南春欲分[二]。使君灘上草，神女廟前雲[三]。樹悉江中見，猿多天外聞。別來如夢裏，一想一氛氲。

校記

〔十三四時〕清抄本作十三十四，《文苑英華》卷二八九無三字。

〔廟前〕《英華》作館前。

注釋

〔一〕巫峽：長江流經今四川巫山至湖北巴東的一段。常：通嘗。《水經注·江水》：「江水又東逕巫峽。……其下十餘里有大巫山，非惟三峽所無，乃當抗峰岷峨，偕嶺衡疑。……其間首尾百六十里，謂之巫峽，蓋因山爲名也。」

〔二〕荆南：指荆州（今湖北江陵）及其附近地區。江水出峽後至此。欲分：欲半。

〔三〕使君灘：在宜昌、秭歸間長江中。《輿地紀勝》卷七三峽州：「使君灘，接歸州界。《蜀志》云，益州牧劉璋遣法正迎劉使君入蜀，即先主也。」神女廟：巫山神女廟。《太平寰宇記》卷一四八夔州巫山縣：「神女廟在峽之岸。」陸游《入蜀記》：「過巫山凝真觀，謁妙用真人祠，真人即世所謂巫山神女也。祠正對巫山。」參見卷一《和杜麟臺元志春情》注〔三〕。

雜詩四首〔一〕

鐵馬三軍去，金閨二月還〔二〕。邊愁離上國，春夢失陽關〔三〕。池水瑠璃浄，園花玳瑁班〔四〕。歲華空自擲，愁怨不勝顏。

校記

〔雜詩四首〕《搜玉小集》僅收其一，題爲《春閨》。

〔鐵馬〕《搜玉》作汗馬。

〔金閨〕《搜玉》作流鶯。

〔愁離〕《搜玉》作愁行，《才調集》卷三作愁歸。

〔夢失〕《搜玉》作夢度，《才調》作夢入。

〔璃淨〕《才調》作璃色。

〔愁怨〕《搜玉》作憂思，《才調》作愁黛。

注釋

〔一〕四詩均抒思婦閨怨。《文選》卷二九王粲《雜詩》李善注：「雜者，不拘流例，遇物即言，故云雜也。」

〔二〕鐵馬：披鐵甲的戰馬。

〔三〕上國：指京師。陽關：關名，故址在今甘肅敦煌西南。《元和郡縣圖志》卷四〇沙州壽昌縣：「陽關在縣西六里。以居玉門關之南，故曰陽關。本漢置也，謂之南道，西趣鄯善、莎車。」

〔四〕瑠璃：或作流離，寶石。《漢書·西域傳上》注引孟康曰：「流離青色如玉。」玳瑁：見卷一《古意呈喬補闕知之》注〔二〕。班：通斑。

其二

落葉驚秋婦，高砧促暝機。蜘蛛尋月度，螢火傍人飛。清鏡紅埃入，孤燈緑焰微。怨啼能至曉，獨自懶縫衣。

其三

妾家臨渭北，春夢著遼西〔一〕。何苦朝鮮郡，年年事鼓鼙〔二〕。燕來紅壁語，鶯向緑窗啼。爲許長相憶，闌干玉筯齊〔三〕。

校記

〔朝鮮〕底本作朝仙，據清抄本改。

〔玉筯〕底本作玉骨，據原校改。

注釋

〔一〕渭北：渭水之北，指長安附近地區。《元和郡縣圖志》卷一京兆府萬年縣：「渭水在縣北五十里。」著：到。遼西：郡名，秦漢時治所在今遼寧義縣西。《新唐書·地理志三》：「營州柳城郡，上都督府，本遼西郡。」
〔二〕朝鮮郡：泛指高麗等國。《史記·朝鮮列傳》：漢武帝元封三年，「以故遂定朝鮮，爲四郡。」集解：「真番、臨屯、樂浪、玄菟也。」鼓鼙：指戰争。鼙，軍中小鼓。
〔三〕闌干：縱橫貌。玉筯：玉筷，喻眼淚。劉孝威《獨不見》：「誰憐雙玉筯，流面復流襟。」

其四

聞道黄龍戍，頻年不解兵〔一〕。可憐閨裏月，長照漢家營。少婦今春意，良人昨夜情。誰能將旗鼓，一爲取龍城〔二〕。

校記

〔龍戍〕原校一作花塞。

注釋

〔一〕黄龍：古城名，在今遼寧朝陽。《水經注·大遼水》：「白狼水又北逕黄龍城東。《十三州志》曰，遼東屬國都尉治昌遼道有黄龍亭者也。」
〔二〕龍城：古城名，在今遼寧朝陽，前燕及北燕建都於此。《水經注·大遼水》：「白狼水又東北逕龍山西。燕慕容皝以柳城之北、龍山之南福地也，使陽裕築龍城，改柳城爲龍城縣。」

咸陽覽古〔一〕

咸陽秦帝居，千載坐盈虚〔二〕。版築林光盡，壇場霤聽虚〔三〕。野橋疑望日，山火類焚書〔四〕。惟有驪峰在，空聞厚葬餘〔五〕。

注釋

〔一〕咸陽：秦都，今屬陝西。

〔二〕坐：自。盈虚：猶盛衰。《易·豐》：「天地盈虚，與時消息。」

〔三〕版築：築墻用的墻板與杵。築墻時以板夾土，以杵夯之。林光：秦離宫名。《三輔黄圖》卷一：「林光宫，胡亥所造，從廣各五里，在雲陽縣界。」霤聽：屋檐滴水聲。

〔四〕望日：《太平御覽》卷七三引《齊地記》：「秦始皇作石橋，欲渡海觀日出處。舊説始皇以術召石，石自行至，令皆東首，隱軫似鞭撻瘢，言似馳逐。」焚書：《史記·秦始皇本紀》：三十四年，博士淳于越以「事不師古而能長久者，非所聞也」，建議封子弟功臣，自爲枝輔。丞相李斯以爲諸生「不師今而學古，以非當世，惑亂黔首」，奏請「史官非秦記皆燒之，非博士官所職，天下敢有藏《詩》、《書》、百家語者，悉詣守、尉雜燒之。」所不去者，醫藥卜筮種樹之書。始皇從其奏。

〔五〕驪峰：驪山。《元和郡縣圖志》卷一京兆府昭應縣：「秦始皇陵在縣東八里。始皇即位，治驪山陵，役徒七十萬人。」《史記·秦始皇本紀》：「葬始皇酈山。始皇初即位，穿治酈山，及并天下，天下徒送詣七十餘萬人，穿三泉，下銅而致槨，宮觀百官奇器珍怪徙臧滿之。令匠作機弩矢，有所穿近者輒射之。以水銀爲百川江河大海，機相貫輸，上具天文，下具地理。以人魚膏爲燭，度不滅者久之。」

少遊荆湘因有是題〔一〕

峴北焚蛟浦，巴東射雉田〔二〕。歲時宜楚俗，耆舊在襄川〔三〕。憶昨經過處，離今二十年。因君訪生死，相識幾人全。

校記

〔憶昨〕底本作憶作，據清抄本改。

注釋

〔一〕荆湘：當指今湖北、湖南之地。唯詩多詠襄陽事而不及湘水，疑「湘」爲「襄」之誤。佺期有《十三四時常從巫峽過他日偶然有思》詩，其少游荆襄疑即在十三四出峽後。

〔二〕峴北：襄陽峴山之北。《元和郡縣圖志》卷二一襄州襄陽縣：「峴山在縣東南九里。山東臨漢水，古今大路。」《水經注·沔水》：「（襄陽）城北枕沔水，水中常苦蛟害。襄陽太守鄧遐負其氣果，拔劍入水，蛟繞其足，遐揮劍斬蛟，流血丹水，自後患除，無復蛟難矣。」焚蛟事未詳。巴東：泛指大巴山以東荆、襄、歸、峽諸州。巴東射雉事未詳。楚郢都在荆州江陵，莊王好獵，詩或指此。

〔三〕耆舊：故老。襄川：漢水流經襄陽的一段。《郡齋讀書志》卷一二：「《荆楚歲時記》四卷。右梁宗懍撰。其序云：『……某率爲小記，以録荆楚歲時，自元日至除夕，凡二十餘事。』」同書卷九：「《襄陽耆舊傳》五卷。右晋習鑿齒撰，前載襄陽人物，中載其山川城邑，後載其牧守。」

送洛州蕭司兵謁兄還赴洛成禮〔一〕

棠棣日光輝，高襟應序歸〔二〕。來成鴻雁聚，去作鳳凰飛〔三〕。細草承輕傳，驚花慘別衣。灞亭春有酒，岐路惜芳菲〔四〕。

校記

〔題〕底本無送字，據《永樂大典》卷一〇四五九增。

注釋

〔一〕洛州：州治在今河南洛陽，開元元年改爲河南府，見《新唐書·地理志二》。司兵：州府屬官，即兵曹司兵參軍事，掌武官選、兵甲、器仗、門禁、管鑰、軍防、烽候、傳驛、畋獵，見《新唐書·百官志四下》。蕭司兵：名未詳。據詩，當是至長安謁兄後歸洛成婚。詩當作於武后長安至先天初。

〔二〕常棣：一作常棣，木名，喻兄弟。《詩·小雅·常棣》：「常棣之華，鄂不韡韡。凡今之人，莫如兄弟。」傳：「韡韡，光明也。」高襟：猶高情，高潔情懷。序：時序。

〔三〕鴻雁：喻兄弟，因雁飛行有序。《禮記·王制》：「兄之齒雁行。」鳳凰：喻夫婦。《詩·大雅·卷阿》：「鳳凰于飛，翽翽其羽。」傳：「雄曰鳳，雌曰凰。」

〔四〕灞亭：當在長安灞水灞橋附近。《三輔黄圖》卷六：「霸橋在長安東，跨水作橋。漢人送客至此橋，折柳贈别。」

李舍人山園送龐邵〔一〕

符傳有光輝，諠諠出帝畿〔二〕。東鄰借山水，南陌駐驂騑〔三〕。握手涼風至，當歌秋日微〔四〕。高幨去匆緩，人吏待霜威〔五〕。

校記

〔高幨〕底本作高蟾，據清抄本改。

〔匆緩〕底本作幼緩，據清抄本改。

注釋

〔一〕李舍人：李姓中書舍人，名未詳。龐邵：據「霜威」語，時當以御史出使，餘未詳。

〔二〕符傳：朝廷頒發給出征將領的憑證，此指使者的信符。《後漢書·竇同傳》注：「專將兵者並有符傳，擬合之以取信。」諠諠：喧鬧聲。帝畿：指京師。

〔三〕山水：指李舍人山園。驂騑：駕車時位於兩旁的馬，此泛指車馬。

〔四〕握手：執手話別。舊題蘇武作《古詩》：「握手一長歎，淚爲生別滋。」

〔五〕高幨：高車。幨，車帷。霜威：嚴霜肅殺之威。御史職司彈劾，爲風霜之任，故稱御史臺爲霜署或霜臺。《舊唐書·韋思謙傳》：「嘗謂人曰：『御史出都，若不動摇山岳，震慴州縣，誠曠職耳。』」李白《至鴨欄驛上白馬磯贈裴侍御》：「情親不避馬，爲我解霜威。」

剪綵〔一〕

宮女憐芳樹，裁花競早榮。寒依刀尺盡，春向綺羅生。弱蒂盤絲發，香蕤結素成。纖枝幸不棄，長向玉階傾。

校記

〔剪綵〕此詩沈集諸本未收，見《搜玉小集》。

注釋

〔一〕剪綵：用絲綢剪製綵花。參見卷三《立春日侍宴内出剪綵花應制》注〔一〕。

巫山高〔一〕

巫山峰十二，合沓隱昭回〔二〕。俯眺琵琶峽，平看雲雨臺〔三〕。古槎天外倚，瀑水日邊來。何忍啼猿夜，荆王枕席開〔四〕。

校記

〔巫山高〕此詩沈集諸本未收，見《文苑英華》卷二〇一。

〔合沓〕《樂府詩集》卷一七作環合。

〔何忍〕《唐詩紀》卷三〇作何忍。

注釋

〔一〕巫山高：樂府鼓吹曲名，漢鐃歌十八曲之一。《樂府詩集》卷一七引《樂府解題》：「古詞言江淮水深，無梁可度，臨水遠望思歸而已。若齊王融『想像巫山高』，梁范雲『巫山高不極』，雜以陽臺神女之事，無復遠望思歸之意也。」此詩一作宋之問詩，見《宋之問集》卷下、《全唐詩》卷五二。按《文苑英華》、《樂府詩集》收沈佺期詩，宋元典籍無引作宋詩者，詩當沈作。

〔二〕《蜀中名勝記》卷二二夔州府巫山縣：「(巫)峽中有十二峰，曰望霞、翠屏、朝雲、松巒、集仙、聚鶴、淨日、上昇、起雲、棲鳳、登龍、聖泉，其下即神女廟。」合沓：重疊錯雜貌。昭回：光明回轉，原指銀河，此指天光。《詩·大雅·雲漢》：「倬彼雲漢，昭回于天。」

〔三〕琵琶峽：即巫峽之一段。《蜀中名勝記》卷二二夔州府巫山縣：「《經》云：『江水又經琵琶峽。』本志云：琵琶峰下女子皆善吹笛，嫁時，羣女子治具吹笛，唱竹枝詞送之。」雲雨臺：即陽臺。《太平寰宇記》卷一四八巫山縣：「陽雲臺高一百二十丈，南枕長江。楚宋玉賦云『遊陽雲之臺，望高唐之觀』，即此也。」參見卷一《和杜麟臺元志春情》注〔三〕。

〔四〕《水經注·江水》引漁者歌曰：「巴東三峽巫峽長，猿鳴三聲淚沾裳。」荆王：楚王。枕席開事，見卷一《和杜麟臺元志春情》注〔三〕。

梅花落〔一〕

鐵騎幾時回？金閨怨早梅。雪中花已落，風暖葉應開。夕逐新春管，香迎小歲杯〔二〕。盛時何足貴，書裏報輪臺〔三〕。

校記

〔梅花落〕此詩沈集諸本未收，見《樂府詩集》卷二四。

〔雪中〕《唐詩紀》卷三〇作雪寒。

〔盛時〕《樂府》作感時，據《詩紀》改。

注釋

〔一〕梅花落：樂府横吹曲名。《樂府詩集》卷二四：「《梅花落》，本笛中曲也。按唐大角曲亦有《大單于》、《小單于》、《大梅花》、《小梅花》等曲，今其聲猶有存者。」此詩又作宋之問詩，見《宋之問集》卷下、《全唐詩》卷五二。按《樂府詩集》收沈佺期詩，宋元典籍無引録作宋詩者，詩當沈作。

〔二〕小歲：臘日的第二天或元日。《五雜俎》卷二：「臘之次日爲小歲，今俗以冬至夜爲小歲。然盧照鄰《元日》詩云：『人歌小歲酒，花舞大唐春。』則元日亦可謂之小歲矣。」

〔三〕輪臺：唐縣名，屬北庭大都護府，治所在今新疆米泉。

王昭君〔一〕

非君惜鸞殿，非妾妬蛾眉〔二〕。薄命由驕虜，無情是畫師〔三〕。嫁來胡地惡，不並漢宫時。心苦無聊賴，何堪上馬辭。

校記

〔王昭君〕此詩沈集諸本未收，見《樂府詩集》卷二九。

〔鸞殿〕《樂府》作鶯殿，據《唐詩紀》卷三〇改。

〔地惡〕《詩紀》作地日。

〔心苦〕《詩紀》作辛苦。

〔上馬〕《詩紀》作馬上。

注釋

〔一〕王昭君：樂府相和歌辭吟歎曲名。《樂府詩集》卷二九引《古今樂録》：「張永《元嘉技録》有吟歎四曲，……《大雅吟》、《王明君》、《楚妃歎》並石崇詞；《王子喬》，古詞。《王明君》一曲今有歌。」又：「《王明君》，一曰《王昭君》。《唐書·樂志》曰：『《明君》，漢曲也。元帝時，匈奴單于入朝，詔以王嬙配之，即昭君也。及將去，入辭，光彩射人，悚動左右，天子悔焉。漢人憐其遠嫁，爲作此歌。晉石崇妓緑珠善舞，以此曲教之，而自製新歌。』」此詩又作宋之問詩，見《宋之問集》卷下、《全唐詩》卷五二一。按《樂府詩集》收沈佺期詩，宋元典籍無引録作宋詩者，詩當沈作。

〔二〕鸞殿：宫殿。李懷遠《凝碧池侍宴看競渡應制》：「舞曲依鸞殿，簫聲下鳳樓。」蛾眉：女子細長彎曲如蠶蛾觸鬚的眉毛。屈原《離騷》：「衆女嫉余之蛾眉兮，謡諑謂予以善淫。」

〔三〕驕虜：謂匈奴。畫師：謂毛延壽等。《西京雜記》卷二：「元帝後宫既多，不得常見，乃使畫工圖形，案圖召幸之。諸宫人皆賂畫工，多者十萬，少者亦不減五萬。獨王嬙不肯，遂不得見。匈奴入朝，求美人爲閼氏，於是上案圖，以昭君行。及去，召見，貌爲後宫第一，善應對，舉止閒雅。帝悔之，……乃窮案其事，畫工皆棄市。」被殺畫工有杜陵毛延壽，安陵陳敞，新豐劉白、龔寬，下杜陽望及樊育等。

七夕〔一〕

秋近雁行稀，天高鵲夜飛。妝成應懶織，今夕渡河歸。月皎宜穿綫，風輕得曝衣〔二〕。來時不可覺，神驗有光輝〔三〕。

校記

〔七夕〕此詩沈集諸本未收，見《古今歲時雜詠》卷二六。

注釋

〔一〕七夕：舊曆七月初七夜，相傳爲牛郎織女渡鵲橋相會之時。參見卷三《奉和春初幸太平公主南莊應制》注〔三〕。

〔二〕穿綫：民間七夕一種乞巧的活動。《荆楚歲時記》：「七月七日，是夕人家婦人結綵縷，穿七孔鍼，或以金銀鍮石爲鍼，陳瓜果於庭中以乞巧，有喜子網於瓜上，以爲符應。」曝衣：見本卷《曝衣篇》注〔一〕。

〔三〕神驗：《太平御覽》卷三一引周處《風土記》：「七月初七日，其夜灑掃於庭，露施几筵，設酒脯時果，散香粉於筵上，以祈河鼓、織女，言此二星辰當會。守夜者咸懷私願，咸云見天漢中有奕奕白氣，有光耀五色，以此爲徵應。見者便拜而願，乞富乞壽，無子乞子，唯得乞一，不得兼求，三年乃得言之，頗有受其祚者。」

牛女〔一〕

粉席秋期緩，針樓別怨多〔二〕。奔龍争渡日，飛鵲亂填河〔三〕。失喜先臨鏡，含羞未解羅〔四〕。誰能留夜色？來夕倍還梭〔五〕。

校記

〔牛女〕此詩沈集諸本未收，見《古今歲時雜詠》卷二六。

注釋

〔一〕牛女：牛郎織女，參見前詩注。此詩一作宋之問詩，見《宋之問集》卷下、《全唐詩》卷五二。按《古今歲時雜詠》收沈佺期詩，宋元典籍無引録作宋詩者，詩當沈作。

〔二〕粉席：七夕所陳設施有香粉的筵席，參見前詩注〔三〕。針樓：穿針乞巧之樓，此兼指織女所居樓。《西京雜記》卷一：「漢綵女常以七月七日穿七孔鍼於開襟樓，俱以習之。」

〔三〕奔龍：神話中爲日駕車之龍。争度日：謂加速奔馳，使夜晚儘早到來。飛鵲：見卷三《奉和春初幸太平公主南莊應制》注〔三〕。

〔四〕失喜：因喜悦而失態。羅：羅衣。

〔五〕倍還梭：加倍努力織布以回報。

壽陽王花燭〔一〕

仙媛乘龍夕，天孫捧雁來〔二〕。可憐桃李樹，更遶鳳凰臺〔三〕。燭送香車入，花臨寶扇開〔四〕。莫令銀漏曉，爲盡合歡杯〔五〕。

校記

〔壽陽王花燭〕此詩沈集諸本未收，見《國秀集》卷上。

注釋

〔一〕壽陽王：薛崇胤，薛紹子，太平公主所生，官至太常卿，封壽陽王，見《新唐書·宰相世系三下》。花燭：指婚禮。《舊唐書·太平公主傳》：永隆年降駙馬薛紹，後嫁武攸暨，薛氏二男二女，武氏二男一女，「景龍二年，公主男崇簡、崇敏、崇行同授三品，與漁陽王兄弟四人同制」。漁陽王當即壽陽王之誤。此詩又作宋之問詩。見《宋之問集》卷下、《全唐詩》卷五二。按《國秀集》收沈佺期詩，宋元典籍無引録作宋詩者，詩當沈作。

〔二〕仙媛：仙女。乘龍：謂擇婿出嫁。《藝文類聚》卷四〇引《楚國先賢傳》：「孫儁字文英，與李元禮俱娶太尉桓焉女，時人謂桓叔元兩女俱乘龍，言得婿如龍也。」天孫：謂薛崇胤，乃高宗、武后外孫。捧雁：謂行親迎之禮。古代婚禮，納采問名，納吉請期均以雁爲贄，見《儀禮·士昏禮》。

〔三〕桃李樹：喻新郎新婦之青春美貌。《詩·召南·何彼襛矣》：「何彼襛矣，華如桃李，平王之孫，齊侯之子。」傳：「武王女、文王孫，適齊侯之子。」箋：「桃李者，興王姬與齊侯之子顏色俱盛。」鳳凰臺：見卷三《奉和春初幸太平公主南莊應制》注〔三〕。

〔四〕寶扇開：唐俗，婚禮以扇障蔽新婦，須待賀者作詩後方移去。《資治通鑑》卷二〇九：中宗爲寶從一成婚，「內侍引燭籠、步障、金縷羅扇自西廊而上，扇後有人衣禮衣，花釵，令與從一對坐。上命從一誦却扇詩數首，扇却，去花易服而出，徐視之，乃皇后老乳母王氏，本蠻婢也。」

〔五〕銀漏：銀製漏壺，計時工具。合歡杯：新婚夫婦成婚時合飲的酒杯。

秦州薛都督挽詞〔一〕

十里絳山幽，千年汾水流〔二〕。碑傳門客建，劍是故人留〔三〕。隴樹烟含夕，山門月對秋。
古來鍾鼎盛，共盡一蒿丘〔四〕。

校記

〔秦州薛都督挽詞〕此詩沈集諸本未收，見《文苑英華》卷三一〇。

注釋

〔一〕秦州：州治在今甘肅秦安西北，唐時爲中都督府。都督：都督府長官，正三品。薛都督：疑爲薛純。《新唐書·宰相世系三下》薛氏西祖房：「純，秦州都督。」此詩《唐詩紀事》卷九作崔湜詩，未詳孰是。

〔二〕《元和郡縣圖志》卷一二絳州曲沃縣：「絳山在縣南十三里。」又：「汾水，西南去縣二十二里。」薛都督當爲絳州人。

〔三〕留劍：見卷二《哭蘇眉州崔司業二公》注〔一八〕。

〔四〕鍾鼎：指榮華富貴之家，食時擊鐘奏樂，列鼎而食。張衡《西京賦》：「若夫翁伯、濁、質，張里之家，擊鐘鼎食，連騎相過，東京公侯，壯何能加。」

白蓮花亭侍宴應制〔一〕

九日陪天仗，三秋幸禁林〔二〕。霜威變綠樹，雲氣落青岑。水殿黄花合，山亭絳葉深。朱旗夾小徑，寶馬駐青潯〔三〕。苑吏收寒果，饔人膳野禽〔四〕。承懽不覺暝，遥響素秋砧〔五〕。

校記

〔九日〕《文苑英華》卷一六九校，一作九月。

〔緑樹〕《英華》作緑嶼。

〔青潯〕《唐詩紀》卷三一作清潯。

注釋

〔一〕白蓮花亭：其地未詳。疑亭在洛陽禁苑中，詩爲武后朝作。

〔二〕天仗：皇帝儀仗。禁林：即禁苑。

〔三〕潯：水濱。

〔四〕饔人：掌膳食的官員。《周禮·天官》有内饔、外饔，注：「饔，割烹煎和之稱。内饔所主在内，外饔所主在外。」

〔五〕素秋：秋天，古人以白色配秋。張華《勵志詩》：「星火既夕，忽焉素秋。」

仙萼池亭侍宴應制〔一〕

步輦尋丹嶂，行宫在翠微〔二〕。川長看鳥滅，谷轉聽猿稀。天磴扶階迥，雲泉透户飛〔三〕。閑花開石竹，幽葉吐薔薇〔四〕。徑狹難留騎，亭寒欲進衣。白龜來獻壽，仙吹返彤闈〔五〕。

注釋

〔一〕仙蕚池亭：疑在華山，參見本卷《仙蕚亭初成侍宴應制》注〔一〕。

〔二〕步輦：皇帝乘坐的人力推挽的車。丹嶂：紅色山崖。翠微：青翠山色，此指山。

〔三〕天磴：高入天中的石級。扶：依傍。

〔四〕石竹：草本花卉。《廣羣芳譜》卷四六：「石竹草品，纖細而青翠，花有五色單葉千葉，又有翦絨，嬌艷奪目，㛹娟動人。」

〔五〕白龜：古人以爲祥瑞。《宋書·符瑞志中》：「宋文帝元嘉十九年四月戊申，白龜見吴興餘杭，太守文道恩以獻。」仙吹：指皇帝出行的鼓樂鹵簿。彤闈：紅色宮門。

登瀛州城南樓寄遠〔一〕

層城起麗譙，憑覽出重霄〔二〕。兹地多形勝，中天宛寂寥〔三〕。四榮摩鸛鶴，百拱厲風飈〔四〕。北際燕王館，東連秦帝橋〔五〕。晴光七郡滿，春色兩河遥〔六〕。傲睨非吾土，躊躇適遠囂〔七〕。離居欲有贈，春草寄長謡〔八〕。

校記

〔登瀛〕底本作望瀛，據清抄本、《文苑英華》卷三一二改。

〔北際〕《英華》作北盡。

〔東連〕清抄本、《英華》作東餘。

注釋

〔一〕瀛州：屬河北道，州治在今河北河間。詩當作於高宗後期或武后前期。

〔二〕層城：多重之城。麗譙：《莊子·徐無鬼》：「君亦必無盛鶴列于麗譙之間，無徒驥於錙壇之宮。」注：「麗譙，高樓也。」

〔三〕形勝：形勢險要之地。《南史·劉喜明傳》：「淮南近畿，國之形勝，非親賢不居。」中天：天中。寂寥：静寂空虛。

〔四〕四榮：四面屋檐。摩：迫近。拱：斗栱，柱上承樑的木製構件。厲：猛烈。

〔五〕際：近。燕王館：即碣石宮。《史記·孟子荀卿列傳》：「騶衍如燕，昭王擁彗先驅，請列弟子之座而受業，築碣石宮，身親往師之。」正義：「碣石宮在幽州薊縣西三十里寧臺之東。」陳子昂《薊丘覽古·燕昭王》：「南登碣石館，遥望黄金臺。」秦帝橋：秦始皇所建渡海望日之橋，相傳在今山東文登。《太平寰宇記》卷二〇登州文登縣：「縣東北海中有秦始皇石橋。」參見本卷《咸陽覽古》注〔四〕。

〔六〕七郡：泛指河北邊境諸州郡。《漢書·昭帝紀》：元鳳三年「冬，遼東烏桓反，以中郎將范明友爲度遼將軍，將北邊七郡郡二千騎擊之。」兩河：指古冀州。瀛州，古冀州之地。《爾雅·釋地》：「兩河間曰冀州。」

〔七〕傲睨：倨傲傍視。吾土：指故鄉。王粲《登樓賦》：「雖信美而非吾土兮，曾何足以少留。」躊躇：志得意滿貌。遠囂：遠離塵囂。

〔八〕離居：離羣索居。劉琨《答盧諶詩》：「何以贈之，竭心公朝。何以敍懷，引領長謠。」

塞北二首

虜障天驕起，秦城地脈分〔一〕。柏壇飛五將，梅吹動三軍〔二〕。鋒刃奔濤色，旌旗焰火文〔三〕。朔風吹汗漫，飄礫灑轒輼〔四〕。海氣如秋雨，邊烽似夏雲〔五〕。二庭無歲月，百戰有功勳〔六〕。形影隨魚貫，音書在雁羣〔七〕。歸來拜天子，凱樂助南薰〔八〕。

校記

〔塞北二首〕底本僅録其二，沈集他本二詩均收，此詩其一據清抄本録。

注釋

〔一〕虜障：邊塞亭障。天驕：泛指外敵。《漢書·匈奴傳上》：「單于遣使遺漢書云：『南有大漢，北有強胡。胡者，天之驕子也。』」秦城：指長城。地脈：大地脈絡。《史記·蒙恬列傳》：恬築長城，後爲趙高所譖，受詔當死，曰：「恬罪固當死矣。起臨洮屬之遼東，城塹萬餘里，此其中不能無絶地脈哉！」

〔二〕壇：封土祭祀處。《史記·淮陰侯列傳》，劉邦欲以韓信爲大將，蕭何曰：「王必欲拜之，擇良日，齋戒，設壇場，具禮，乃可耳。」五將：此泛指衆將。《漢書·宣帝紀》：本始二年秋，命田廣明、趙充國、田順、范明友、韓增五將軍，兵十五萬騎，擊匈奴。梅吹：指軍樂。漢横吹曲有《梅花落》。

〔三〕奔濤色：謂白色。枚乘《七發》狀廣陵之濤曰：「其始起也，洪淋淋焉若白鷺之下翔。其少進也，浩浩溰溰，若素車白馬帷蓋之張。」

〔四〕汗漫：廣大無邊際貌。轒輼（fén wēn）：攻城車具。《孫子·謀攻》：「攻城之法，爲不得已，修櫓轒輼。」杜牧注：「轒輼，四輪車，排大木爲之，上蒙以生牛皮，下可以容十人，往來運土填塹，木石所不能傷。」

〔五〕夏雲：顧愷之《神情詩》：「春水滿四澤，夏雲多奇峰。」

〔六〕二庭：指邊塞。參見卷一《夏日都門送司馬員外逸客孫員外佺北征》注〔二〕。

〔七〕魚貫：如羣魚相隨而進。《三國志·魏書·鄧艾傳》：艾率兵伐蜀，「戰士皆攀木緣崖，魚貫而進」。

〔八〕凱樂：同愷樂，祝捷的軍樂。《周禮·夏官·大司馬》：「若師有功，則左執律右秉鉞以先，愷樂獻於社。」南薰：和暖的南風，喻指天子德政的煦育。《孔子家語·辨樂》：「昔者舜彈五絃之琴，造南風之詩，其詩曰：『南風之薰兮，可以解吾民之愠兮。南風之時兮，可以阜吾民之財兮。』」

其二

胡騎犯邊埃，風從丑上來〔一〕。五原烽火急，六郡羽書催〔二〕。冰壯飛狐冷，霜濃候雁哀〔三〕。將軍朝授鉞，戰士夜啣枚〔四〕。紫塞金河裏，葱山鐵勒隈〔五〕。蓮花秋劍發，桂葉曉旗開〔六〕。秘略三軍動，妖氛百戰摧。何言投筆去，終作勒銘回〔七〕。

校記

〔妖氛〕底本作妖氣，據《衆妙集》改。

注釋

〔一〕丑：十二地支之一，代表十二月及東北方向。《淮南子·天文》：「帝張四維，運之以斗，月徙一辰，復反其所。正月指寅，十二月指丑。」

〔二〕五原：漢郡名，即唐鹽州，州治在今陝西定邊。《元和郡縣圖志》卷四鹽州：「漢武帝元朔二年置五原郡，地有原五所，故號五原。」六郡：指西北近塞之地。《漢書·地理志下》：「漢興，六郡良家子選給羽林、期門，以材力爲官，名將多出焉。」注：「六郡謂天水、隴西、安定、北地、上郡、西河。」

〔三〕飛狐：即狐。又雙關北方要塞飛狐口。《漢書·酈食其傳》：食其説劉邦「杜太行之道，距飛狐之口」。注引臣瓚曰：「飛狐在代郡西南。」《大明一統志》卷二一大同府：「飛狐廢縣，即廣昌縣，後周置，隋改今名。相傳有狐於紫荆嶺食五粒松子成飛仙，故名。唐屬蔚州。」

〔四〕授鉞：授與可專征伐的權力。鉞，大斧。《禮記·王制》：「諸侯賜弓矢然後征，賜鈇鉞然後殺。」啣枚：指行軍。《周禮·夏官·大司馬》：「遂鼓，行徒銜枚而進。」注：「枚如箸，銜之，有繣結項中。軍法止語，爲相疑惑也。」

〔五〕紫塞：邊塞。《古今注》卷上：「秦築長城，土色皆紫，漢塞亦然，故稱紫塞焉。」金河：即大黑河，流至今内蒙托克托注入黄河。隋於此置金河縣，屬榆林郡，參見《隋書·地理志上》。葱山：即葱嶺，古代對帕米爾高原和昆侖山、天山西段的統稱。鐵勒：即回紇。《新唐書·回紇傳上》：「回紇，其先匈奴也，俗多乘高輪車，元魏時亦號高車部，或曰敕勒，訛爲鐵勒。其部落……凡十有五種，皆散處磧北。」

〔六〕蓮花：即芙蓉，指劍上光華，薛燭贊純鈞劍「沈沈如芙蓉始生於湘」，見《越絶書》卷一一。桂葉：指旗。《楚辭·九歌·山鬼》：「乘赤豹兮從文狸，辛夷車兮結桂旗。」

〔七〕投筆：《後漢書·班超傳》：超「家貧，常爲官傭書以供養，嘗輟業投筆歎曰：『大丈夫無它志略，猶當效傅介子、張騫立功異域，以取封侯，安能久事筆研間乎！』」同書《竇憲傳》：憲擊匈奴，大破之，「遂登燕然山，去塞三千餘里，刻石勒功，紀漢威德，令班固作銘。」

初冬從幸漢故青門應制〔一〕

漢皇建都邑，渭水對青門〔二〕。朝市俱東逝，墳陵共北原〔三〕。荒涼蕭相闕，蕪没邵平園〔四〕。全盛今何在，英雄難重論。故基仍岳立，遺堞尚雲屯。當極土功壯，安知人力煩〔五〕。天遊戒東首，懷昔駐龍軒〔六〕。何必金湯固，無如道德藩〔七〕。微臣諒多幸，參乘偶殊恩〔八〕。預此陳古事，敢奏興亡言〔九〕。

校記

〔相闕〕《詩式》卷二作相宅。

〔難重〕底本作復重，據《文苑英華》卷一七八改。

〔興亡〕底本作興己，《英華》作興王，據《唐詩紀》卷三一改。

注釋

〔一〕青門：漢長安東門，見卷三《晦日滻水應制》注〔二〕。

〔二〕漢皇：指漢高祖。《三輔黄圖》卷一：「高祖七年，方修長安宫城，自櫟陽徙居。此城本秦離宫也。初置長安，城本狹小，至惠帝更築之。」

〔三〕朝市：朝廷與市肆。指京師熱鬧的名利之場。《史記·張儀列傳》：「臣聞争名者於朝，争利者於市。」北原：指畢原。《元和郡縣圖志》卷一京兆府咸陽縣：「畢原，即縣所理也。……原南北數十里，東西二三百里，無山川陂湖，井深五十丈，亦謂之畢陌。漢氏諸陵並在其上。」

〔四〕蕭相：蕭何，建東闕、北闕，見卷一《扈從出長安應制》注〔一〕。邵平園：邵平瓜園。《三輔黄圖》卷一：「廣陵人邵平爲秦東陵侯，秦破，爲布衣，種瓜青門外。瓜美，故時人謂之東陵瓜。」

〔五〕土功：建築工程。《禮記·玉藻》：「年不順成，土功不興。」

〔六〕天遊：皇帝出遊。戒：通屆，至。東首：東方。龍軒：皇帝車駕。

〔七〕金湯：金城湯池。《漢書·蒯通傳》：「邊地之城……必將嬰城固守，皆爲金城湯池，不可攻也。」注：「金以喻堅，湯喻沸熱不可近。」藩：籬笆，屏障。《文選》卷六左思《魏都賦》：「長世字甿者，以道德爲藩，不以襲險爲屏也。」李善注引《東方朔集》：「文帝以道德爲籬，仁義爲藩。」

〔八〕諒：誠。參乘：陪乘。古代乘車之制，尊者居左，御者居中，右爲參乘。

〔九〕興亡言：王僧達《和琅玡王依古詩》：「既踐終古跡，聊訊興亡言。」

哭道士劉無得〔一〕

聞有玄都客，成仙不易祈〔二〕。蓬萊向清淺，桃杏欲芳菲〔三〕。縮地黄泉出，昇天白日飛〔四〕。少微星夜落，高掌露初晞〔五〕。吐甲龍應出，啣符鳥自飛〔六〕。國人思負局，天子惜披衣〔七〕。花月留丹洞，琴笙下翠微。嗟來子桑扈，爾獨返於幾〔八〕。

校記

〔笙下〕《文苑英華》卷三〇五作笙閣。

〔披衣〕《唐詩紀》卷三一作被衣。

注釋

〔一〕劉無得：未詳。

〔二〕玄都：道教謂神仙所居。《枕中書》：「玄都玉京七寶山在大羅天上，城上七寶宫，宫内七寶臺，有上中下三宫，是盤古真人、元始天尊、太元聖母所治。」

〔三〕蓬萊：傳説海中仙山。《神仙傳·王遠》：「麻姑自説：『接侍以來，見東海三爲桑田，向到蓬萊，水乃淺於往者會將略半也，豈時復爲陵陸乎？』方平笑曰：『聖人皆言，海中行復揚塵也。』」桃杏：均仙家所種植。王母桃三千年一結實事，見卷三《幸白鹿觀應制》注〔五〕。董奉居山中，治病不取錢物，使人重病愈者栽杏五株，輕者一株，如此數年，積得七萬餘株，見《歷世真仙體道通鑑》卷一六。

〔四〕縮地：道教謂能使兩地距離縮短的仙術。《後漢書·費長房傳》：「又嘗坐客，而使至宛市鮓，須臾還，乃飯。或一日之間，人見其在千里之外者數處焉。」

〔五〕高掌：謂仙人承露掌。《三輔黄圖》卷五：甘泉通天臺「上有承露盤，仙人掌擎玉杯，以承雲表之露」。晞：乾。星落、露晞，均喻劉道士之死。《晋書·謝敷傳》：「初，月犯少微，少微一名處士星，占者以隱士當之。……俄而敷死。」古挽歌《薤露》：「薤上露，何易晞。露晞明朝更復落，人死一去何時歸。」

〔六〕吐甲：未詳。《宋書·符瑞志上》：堯將禪舜，潔齋修壇場於河雒，禮備，「乃有龍馬銜甲，赤文緑色，臨壇而止，吐甲圖而去。甲似龜，背廣九尺，其圖以白玉爲檢，赤玉爲字，泥以黄金，約以青繩。檢文曰：『闓色授帝舜。』」詩或用此事。啣符：《歷世真仙體道通鑑》卷二七：吴猛「嘗見暴風大作，書符擲屋上，有青鳥啣去，風即止」。

〔七〕負局：古仙人。《列仙傳》卷下：「負局先生，不知何許人也。語似燕代間人。常負磨鏡局徇吴市中。……輒問主人得無有疾苦者，輒出紫丸藥以與之，得者莫不愈。」披衣：即被衣，古賢人。《莊子·知北遊》：「齧缺問道乎被衣。」《太平御覽》卷四〇四引《莊子》：「堯之師曰許由，許由之師曰齧缺，齧缺之師曰王倪，王倪之師曰被衣。」

〔八〕子桑扈：即子桑户，寓言中人物。此指劉道士。《莊子·大宗師》：「子桑户、孟子反、子琴張三人相與友，……莫然有間，而子桑户死，未葬，孔子聞之，使子貢往侍事焉。或編曲，或鼓琴，相和而歌曰：『嗟來桑户乎！嗟來桑户乎！而已反其真，而我猶爲人猗。』」返於幾：猶返於真，謂死亡。

《莊子·達生》：「不厭其天，不忽於人，民幾乎以其真。」疏：「幾，盡也。」

釣竿篇〔一〕

朝日斂紅煙，垂竿向緑川。人疑天上坐，魚似鏡中懸〔二〕。避檝時驚透，猜鉤每誤牽〔三〕。湍危不理轄，潭静欲留船〔四〕。釣玉君徒尚，徵金我未賢〔五〕。爲看芳餌下，貪得會無全〔六〕。

校記

〔無全〕底本作無筌，據《樂府詩集》卷一八改。

注釋

〔一〕釣竿篇：樂府鼓吹曲有釣竿。《古今注》卷中：「《釣竿》，伯常子妻所作也。伯常子避仇河濱爲漁父，其妻思之，每至河側，作釣竿之歌。後司馬相如作釣竿之詩，今傳爲古曲也。」

〔二〕人疑句：釋惠標《詠水》：「舟如空裏泛，人似鏡中行。」

〔三〕《説文新附·辵部》：「透，跳也。」

〔四〕理轄：投釣。轄，車轄，此指釣輪。

〔五〕釣玉：指求取功名富貴。《竹書紀年》卷七沈約注：「(文)王至於磻溪之水，吕尚釣于涯，王下趨拜曰：『望公七年，乃今見光景於斯。』尚立變姓名答曰：『望釣得玉璜，其文要曰：姬受命，昌來提，撰爾雒鈐報在齊。』」徵金：謂以黄金白璧徵聘。《南史·隱逸傳上》：孫緬爲潯陽太守，見一漁父，神韻瀟灑，垂綸長嘯，緬以爲有道者，乃褰裳涉水而謂曰：「吾聞黄金白璧，重利也；駟馬高蓋，榮勢也。今方王道文明，守在海外，隱鱗之士，靡然向風。子胡不贊緝熙之美，何晦用其若是也？」漁父曰：「僕山海狂人，不達世務，未辨賤貧，無論榮貴。」乃作歌，悠然鼓棹而去。

〔六〕無全：不得保全，喪生。《太平御覽》卷八三四引《孔叢子》：衛人以豚之半體爲餌，釣得鰥魚，其大盈車，子思歎曰：「鰥雖得，貪以死餌；士雖懷道，貪以死禄。」

送盧管記先客北伐〔一〕

羽檄西北飛，交城日夜圍〔二〕。廟堂盛徵選，戎幕生光輝。雁行度函谷，馬首向金微〔三〕。湛湛山川暮，蕭蕭涼葉稀。餞途予憫默，赴敵子英威〔四〕。今日楊朱淚，無將灑鐵衣〔五〕。

校記

〔先客〕《唐詩紀》卷三二作仙客。

〔夜圍〕底本作夜闈，據清抄本改。

〔函谷〕底本作幽谷，據清抄本改。

〔涼葉〕底本作涼氣，據清抄本改。

注釋

〔一〕管記：管理文牘的官員，相當於中唐節度使幕中掌書記。盧先客：未詳。據詩「度函谷」語，詩當武后朝洛陽作。北伐，或是北征突厥。

〔二〕羽檄：插有羽毛的緊急軍事文書。交城：在今甘肅永昌西。《新唐書·地理志四》涼州武威郡：「西二百里有交城守捉。」

〔三〕雁行：喻軍隊行列整飭有序。函谷：關名。故關在今河南靈寶東北，漢武帝時徙今河南新安東。參見《元和郡縣圖志》卷五。金微：山名，在今蒙古肯特省一帶，唐時置金微都督府，隸安北都護府，見《新唐書·地理志》七下。

〔四〕憫默：抑鬱無言。《高僧傳》卷六：慧持辭慧遠入蜀，「兄弟收淚憫默而別」。

〔五〕楊朱淚：臨歧之淚。鐵衣：鐵甲。《太平御覽》卷一九五引《淮南子》：「楊朱見歧路而哭，曰：『可以南，可以北。』」

夜遊〔一〕

今夕重門啓，遊春得夜芳。月華連晝色，燈影雜星光。南陌青絲騎，東鄰紅粉粧〔二〕。管絃遥辨曲，羅綺暗聞香。人擁行歌路，車攢鬬舞場。經過猶未已，鐘鼓出長楊〔三〕。

校記

〔夜遊〕此詩沈集諸本未收，見《搜玉小集》。

〔絲騎〕《古今歲時雜詠》卷七作川浦，《永樂大典》卷八八四四作山浦。

注釋

〔一〕詩云「長楊」，疑作於長安。

〔二〕青絲騎：以青絲爲絡頭的馬，此指騎馬男子。紅粉粧：指女子。劉孝綽《蕩子婦》：「未見青絲騎，徒勞紅粉粧。」

〔三〕長楊：秦、漢宫名，此泛指長安宫殿。《三輔黄圖》卷一：「長楊宫，在今盩厔縣東南三十里，本秦舊宫，至漢修飾之，以備行幸。」

春雨應制〔一〕

周原五稼起，雲海百川歸〔二〕。願比零陵燕，長隨征旆飛〔三〕。

校記

〔春雨應制〕此詩沈集諸本未收，見《詩式》卷四。

注釋

〔一〕詩云「周原」，當作於長安。詩出《詩式》，當非全篇。

〔二〕周原：原指岐山之南，周的發祥地，此泛指關中原野。《詩·大雅·緜》：「周原膴膴，堇荼如飴。」箋：「周之原，在岐山之南。」五稼：謂各種農作物。

〔三〕零陵：漢郡名，治所在今湖南永州。《水經注·湘水》：「東南流逕石燕山東。其山有石紺而狀燕，因以名山。其石或大或小，若母子焉。及其雷風相薄，則石燕羣飛，頡頏如真燕矣。」

沈佺期集校注卷五

賦

峽山寺賦并序〔一〕

峽山寺者，名隸端州，連山夾江，頗有奇石，飛泉迴落，悉從杉竹下過。渡口至山頂，石道數層，齋房浴室，眇在雲漢。神龍二年夏六月，予投棄南裔，承恩北歸，結纜山隅，周謁精舍，因爲之賦焉〔二〕。

峽山精舍，端溪妙境，中有紅泉，分飛碧嶺〔三〕。若乃忍殿臨岸，禪堂枕江，桂葉薰户，蓮花照窗〔四〕。銀函師子之座，金刹鳳皇之柱，野鹿嬌而屢馴，山雞愛而頻舞〔五〕。千層古龕，百仞明潭，幡燈夕透，杖鉢朝涵。炎光失於攢樹，涼風生於高竹。仙人共天樂俱行，花雨與香雲相逐。法侶徘徊，齋房宴開，心猿久去，怖鴿時來〔六〕。走何爲者，竄身炎野，旋旆京師，維舟山下〔七〕。稽首醫王，誓心無常，向何業而辭國？今何緣而赴鄉〔八〕？豈往過而追受，將來僁而預殃，即撫躬以內究，幸無慝以自傷〔九〕。心悟辱而知忍，迹繫窮而辨方，嘉爾來之放逐，爲吾生之津梁〔一〇〕。

校記

〔杉竹〕《全唐文》卷二三五作梅竹。

〔渡口〕清抄本作度口，據《全文》改。

〔浴室〕《全文》作浴堂。

〔鹿嬌〕《全文》作鹿嶠。

〔爾來〕《全文》作邇來。

注釋

〔一〕峽山寺：在今廣東肇慶市西西江畔峽山上。《輿地紀勝》卷九六肇慶府：「峽山，在縣西二百里，羣峰列岫，連延環繞，水流其下，多良材美竹。」端州峽山有峽山寺，見《太平廣記》卷四四五孫恪條。賦神龍三年六月作，詳後。

〔二〕神龍二年：公元七〇六年。按沈佺期于神龍元年春流驩州，途中「行來向一年」（《始達驩州》），至流所當已歲末或二年早春，二年自春及秋在驩州，均有詩作，又於春日獲赦，故其遇赦北歸當在神龍三年。此二年爲三年之訛。

〔三〕端溪：端州水名。《新定九域志》卷九端州：「端溪，州以此溪名。」《太平寰宇記》卷一五九端州高要縣引《吴録》：「端州有端溪石山，有五色香水。」

〔四〕忍殿：佛殿。佛經謂三千大千世界，號爲娑婆世界，即是忍土。《翻譯名義集》卷七：「劫初梵王名忍，梵王是世界主，故名忍土。」

〔五〕師子：即獅子。師子座，謂佛座。《大智度論》卷七：「佛爲人中獅子。佛所坐處若牀若地，皆名獅子座。」山雞：鳥名，似雉。《藝文類聚》卷九一引《異苑》：「山雞愛其毛，映水則舞。」

〔六〕心猿：佛教語，喻心之浮躁如猿猴。《維摩詰經·香積佛品》：「以難化之人，心如猿猴，故以若干種法，制禦其心，乃可調伏。」怖鴿：《菩薩本生鬘論》卷一載：帝釋爲考驗尸毘王，令近臣毘首天子化爲一鴿，帝釋作鷹，急逐於後，將爲搏取，鴿甚惶怖，飛王腋下，求藏避處。鷹亦至前，乃作大語：今此鴿者，是我之食，我甚餓急，願王見還，尸毘王乃舍身飼鷹以救鴿。

〔七〕走：下走，己之謙稱。炎野：南方炎熱僻遠之地，指驩州。

〔八〕稽首：禮拜。醫王：對佛的敬稱。何業：猶言何罪。業，梵語羯磨。佛教認爲六道中輪迴生死由業決定。業有行業、口業、意業三方面，分善惡，此指惡業。辭國：離開京師，指流放。緣：因緣，梵語尼陀那，指産生結果的直接原因及促成此種結果的條件。

〔九〕僁：同愆，罪過。殃：罰。慝：過失。

〔一〇〕辨方：知道（謂佛法）。津梁：渡口橋梁，喻指佛法。佛以教法引渡世人，如爲津梁，使達彼岸。

蝴蝶賦

羌蝴蝶之可熹兮，紛化育乎陽和〔一〕。二角六足，蠕腹狀蛾。脈紺縷以玄翅，點赬珠以緗窠〔二〕。凌獵蘭蕊，噓吸蕙葩〔三〕。飛將進而又退兮，含百態以委蛇〔四〕。豈綿舞而不懈兮，奈衆芬其鑠何〔五〕。圖君子之翠屏，儷綵族而星羅。蒙左右之深賞，況夢寐之所嘉〔六〕。

校記

〔赬珠〕《全唐文》卷二三五作赭珠。

〔蘭蕊〕清抄本作蘭滋，據《全文》改。

〔衆芬〕《全文》作衆芳。

注釋

〔一〕羌：發語詞。熹：同喜。陽和：春日。

〔二〕脈：紋理，花紋。紺縷：青中透紅的絲線。玄：黑色。赬（chēng）：赤色。緗窠：淺黃色成團成簇的花斑。

〔三〕凌獵：飛越。

〔四〕委蛇(tuó)：雍容自得貌。《詩·召南·羔羊》：「退食自公，委蛇委蛇。」

〔五〕鑠：美盛。《爾雅·釋詁下》：「鑠，美也。」

〔六〕夢寐：《莊子·齊物論》：「昔者莊周夢爲蝴蝶，栩栩然蝴蝶也，自喻適志與。」

七

七引八首〔一〕

觀七之作也，始自枚叔，詞人争鋒，世有遺唱〔二〕。嘗因紙墨，輒疏《七引》，雖寡沉鬱之能，冀存諷諭之事〔三〕。爰命二弟，亦同斐然〔四〕。

履默子去樂辭顯，遯世無爲，山林膝坐，鳥獸肩隨〔五〕。王公不能偶其迹，玉帛不能降其儀〔六〕。於是，宣驕子聞而説焉，乘倜儻之駟，越江介之鄉〔七〕。其往也一睹三賀，其來也十室五漿〔八〕。夫子鑿坏香澗，隱几窮石〔九〕。觀肘而化方及此，刳心而物無不適〔一〇〕。

校記

〔夫子〕清抄本作天子，徑改。

〔鑿坏〕清抄本作鑿坯，徑改。

注釋

〔一〕七引：述七事以引導。七，文體的一種。《楚辭·七諫》洪興祖補注：「昔枚乘作《七發》，傅毅作《七激》，張衡作《七辯》，崔駰作《七依》，曹植作《七啓》，張協作《七命》，皆《七諫》之類。」據「皇帝……日觀遐踐」等語，本文當早年所作，約作於上元、儀鳳中。

〔二〕枚叔：西漢辭賦家枚乘，字叔，淮陰人，《漢書》有傳。枚乘撰《七發》，假託客以七事說太子，爲七體之祖。

〔三〕疏：分條陳述。沈鬱：《文選》卷四六任昉《王文憲集序》李善注：「揚雄爲《方言》，劉歆與雄書曰：『非子雲澹雅之才，沈鬱之志，不能成此書。』」

〔四〕二弟：沈全交、沈全宇，見卷一《被彈》注〔五〕。斐然：有文彩貌，此代指寫作。《論語·公冶長》：「吾黨之小子狂簡，斐然成章，不知所以裁之。」

〔五〕履默子：與下宣驕子均爲虚構的人物。履默：謙退沈默，指隱者。《易·履》：「九二，履道坦坦，幽人貞吉。」注：「履道尚謙，不喜處盈。」

〔六〕偶：遇。偶其迹，謂同游處。玉帛：徵聘的禮品。降其儀：改變其儀容風度。

〔七〕宣驕子：指在朝爲官者。《詩·小雅·鴻雁》：「維此哲人，謂我劬勞。維彼愚人，謂我宣驕。」傳：

「宣，示也。」箋：「謂我役作衆民爲驕奢。」小序云：「《鴻雁》，美宣王也。萬民離散，不安其居，而能勞來還定，安集之，至於矜寡，無不得其所焉。」説(shuì)：説服。倜儻：豪邁俊逸。駟：四馬駕車。江介：江邊。

〔八〕一睹三賀：《莊子·徐無鬼》：南伯子綦曰：「吾嘗居山穴之中矣，當是時也，田禾一睹我而齊國之衆三賀之。」郭象注：「以得見子綦爲榮。」十室五漿：許多人家獻酒致敬。《莊子·列禦寇》：列禦寇之齊，中道而反，曰：「吾嘗食於十𩟗，而五𩟗先饋。」郭象注：「言其敬己。」陸德明音義：「饋，遺也。謂十家之中五家先見遺。」

〔九〕夫子：指履默子。坏：同坯(péi)，屋後墻。《漢書·揚雄傳》：「故士或自盛以橐，或鑿坏以遁。」注引應劭曰：「魯君聞顔闔賢，欲以爲相。使者往聘，因鑿後垣而亡。坏，壁也。」隱(yìn)几：靠着几案。《莊子·徐無鬼》：「南伯子綦隱几而坐，仰天而嘘。」

〔一〇〕觀肘：《莊子·至樂》：「支離叔與滑介叔觀於冥伯之丘，崑崙之虚，黄帝之所休。俄而柳(瘤)生其左肘。其意蹷蹷然惡之。支離叔曰：『子惡之乎？』滑介叔曰：『……死生爲晝夜。且吾與子觀化而化及我，我又何惡焉。』」刳心：《莊子·天地》：「夫道覆載萬物者也，洋洋乎大哉，君子不可以不刳心焉。」成玄英疏：「刳，去也，洗也，洗去有心之累。」

宣驕子濯乎顥賴，頹然而進〔一〕，曰：「蓋聞含五精之秀，參九德之倫，臣固肆力匡主，子乃揚名顯親〔二〕。今吾子棄家國之肥，竄茁藿之蓺，豈洪鈞特犯，寔命不猶〔三〕。將弱喪迷歸，翫其所入也〔四〕。」履默子敦杖蹙頤，瞿然曰〔五〕：「嘻，吾聞『昭昭生於冥冥，有倫起於無形』〔六〕。道誠莫測，物固有極。全道得昌，徇物見光〔七〕。聾俗昧咸韶之節，瞽夫遺綵就之章〔八〕。子徒識人間之衒耀，不究心外之迷陽〔九〕。」宣驕子曰：「高談麗辯，褫魄驚骨〔一〇〕。侔英則毅節春披，揣麗則重雲景發〔一一〕。今將爲子議繁艷之廣，裨觀聽之闕。」履默子曰：「今吾蒞止，匪我蒙求，理或通變，願孔休□□〔一二〕。」

校記

〔揚名〕清抄本作楊名，逕改。

〔裨觀〕清抄本作裸觀，逕改。

注釋

〔一〕濯乎顥賴：義未詳，疑字誤。濯，或當作漼（què），洗濯。賴，或當作瀨，急流。

〔二〕五精：即金、木、水、火、土五行，古人認爲構成物質的五種元素。《禮記·禮運》：「故人者，其天地之德，陰陽之交，鬼神之會，五行之秀氣也。」九德：九種道德品質。《逸周書·常訓》以忠、信、敬、剛、柔、和、固、貞、順爲九德。肆力：盡力。

〔三〕肥：富裕。《禮記·禮運》：「父子篤，兄弟睦，夫婦和，家之肥也。大臣法，小臣廉，官職相序，君臣相正，國之肥也。」竄逃。苗藿之縶：喻朝廷對賢者的禮遇。《詩·小雅·白駒》：「皎皎白駒，食我場苗，縶之維之，以永今朝。」又：「皎皎白駒，食我場藿。」傳：「宣王之末，不能用賢，賢者有乘白駒而去者。」箋：「願此賢者乘其白駒而來，使食我場中之苗，我則絆之繫之，以永今朝。」洪鈞：大鈞。鈞：製陶器用的轉輪，用以比喻天地運行化育萬物。寔命不猶：語出《詩·召南·小星》，傳：「猶，若也。」

〔四〕弱喪迷歸：幼逢喪亂，迷失故居。《莊子·齊物論》：「子惡乎知説生之非惑耶？子惡乎知惡死之非弱喪而不知歸者耶？」翫：玩忽，輕慢。所入，指所選擇的人生道路。

〔五〕敦(dūn)：竪。頤：面頰。《莊子·列禦寇》：「伯昏瞀人北面而立，敦杖蹙之乎頤。」

〔六〕「昭昭」二句：《莊子·知北游》載，老聃爲孔子言至道云：「夫昭昭生於冥冥，有倫生於無形，精神生於道。」

〔七〕徇物：營求身外之物。見光：得到榮名。

〔八〕咸：咸池，相傳爲黄帝時樂曲。韶：韶濩，相傳爲舜的樂曲。《晋書·趙至傳》：「今將殖橘柚於玄朔，……奏韶武於聾俗，固難以取貴矣。」綵當作采。采，顔色。就：量詞，圈，匝。采就之章：謂官員章服的彩色花紋。古代王侯等所執圭璧等玉器，有墊，名曰繅。王之繅五采五就，公、侯、伯三采三就，子、男二采再就，詳見《周禮·春官·典瑞》。《莊子·逍遥游》：「瞽者無以與乎文章之觀，聾者無以與乎鍾鼓之聲。」

〔九〕迷陽：謂遺忘己之明智。《莊子·人間世》載接輿謂孔子語：「迷陽迷陽，無傷吾行。」郭象注：「迷陽，猶亡陽也。亡陽任獨，不蕩於外，則吾行全矣。」成玄英疏：「迷，亡也。陽，明也，動也。陸通勸尼父，令其晦跡韜光，宜放獨任之無爲，忘遺應物之明智，既而止於分内，無傷吾全生之行也。」

〔一〇〕褫：喪失。褫魄驚骨，猶驚心動魄。

〔一一〕侔、揣：均謂探求，此指以語言描寫敘述。殺節：嚴酷的節候，指冬天。

〔一二〕蒙求：《易·蒙》：「匪我求童蒙，童蒙求我。」王弼注：「闇者求明者，明者不求於闇。」

宣驕子曰：「雕墻峻雉，閑宫秘館，建雙闕之迢亭，張千門之皓旰〔一〕。左金屋，右旋臺，紅墀博敞，青鎖洞開〔二〕。連廊電爽，飛陛雲湊，廓清暑之榮基，隥長春之曾構〔三〕。重簷度月，複霤奔星，虬龍矯翼於黄道，珠玉争光於紫庭〔四〕。至如瑶席夏冷，蛩氈冬燠，文屏焕以長舒，綵帳襜而生馥〔五〕。若乃金笳發，珠旆移，覩芳苑，席洪池，素纜蜺矯，輕舟鳧游，神採冠乎莊篇，利涉詳乎周繫〔六〕。詹公理轄，蒲子張羅，掩雙鶩於雲路，掣比目於圓波〔七〕。泝迴嶼，歷中阿，招姹女兮搴紅荷，歡既往兮哀情多〔八〕。此誠宫苑之壯麗，子能從我而處之乎？」履默子曰：「余本山栖，未暇此居也。」

注釋

〔一〕雉：計算城墻面積的單位，代指城墻。《左傳·隱公元年》注：「一雉之墻長三丈，高一丈。」迢亭：猶迢嶢，高貌。千門：指宫殿。《史記·封禪書》：漢武帝「作建章宫，度爲千門萬户」。皓旰：廣大貌。《史記·河渠書》：「皓皓旰旰兮，閭殫爲河。」

〔二〕金屋：指華麗宫殿。漢武帝爲太子時，曾説：「若得阿嬌作婦，當以金屋貯之。」見《漢武故事》。旋臺：即璇臺，玉飾之臺，相傳爲殷紂王所築。青鎖：即青瑣門，刻有青色連瑣花紋的宫門。

〔三〕奭：消散，此指延伸至極遠處。《莊子·秋水》：「無南無北，奭然四解，淪於不測。」廓：開拓。清暑：宫殿名。潘岳《西征賦》：「開襟乎清暑之館，遊目乎五柞之宫。」長春：亦宫殿名。同州朝邑縣有長春宫，北周保定元年宇文護築，見《類編長安志》卷二。

〔四〕複霤：猶重簷。霤，承接簷水之器。奔星：流星。司馬相如《上林賦》：「奔星更於閨闥。」黄道：見卷三《龍池篇》注〔三〕。紫庭：即紫宫，帝王宫庭。

〔五〕蛩氈：蛩蛩皮毛製的氈。蛩蛩，傳説中獸名。嵇含《伉儷詩》：「夏摇比翼扇，冬卧蛩蛩氈。」燠(yù)：温暖。文屏：彩繪的屏風。襜(chān)：動摇貌。

〔六〕莊篇：指《莊子》，其首篇即爲《逍遥游》。周繫：指《周易》，有《繫辭》上下篇。《易·需》等卦有「利涉大川」之語。

〔七〕詹公：詹何。理轄：見卷四《釣竿篇》注〔三〕。蒲子：蒲且子。《淮南子·説山》：「詹公之釣，千歲之鯉。」高誘注：「詹公，詹何也。古得道善釣者。」《淮南子·覽冥》：「故蒲且子之連鳥於百仞之上，而詹何之鶩魚於大淵之中，此皆得清淨之道，太浩之和也。」高誘注：「蒲且子，楚人，善弋射者。詹何，楚人，知道術者也，言其善釣，令魚馳鶩來趨鈎餌。」鶩：同鶩，野鴨。蒲且子之弋，「連雙鶬於青雲之際」，見《列子·湯問》。比目：比目魚，即鰈，舊説謂此魚只一目，需兩魚相並始能遊行。《爾雅·釋地》：「東方有比目魚焉，不比不行，其名謂之鰈。」

〔八〕中阿：阿中，山陵之中。姹女：少女。哀情多：漢武帝《秋風辭》：「歡樂極兮哀情多。」

宣驕子曰：「溽收按晷，殺氣騰旻〔一〕。火馳萬騎，瀱沸三旬。俾焚田與薪棘，遂講獵乎斯辰〔二〕。虹綏羨漫，蜺旌習霍，南紆廣川長山，北繞平原巨壑〔三〕。罠蹄之所希獲，峭格之所羅絡〔四〕。將爲吾子，金組鬣脥，鈎膺綺軨，從身輕鶩，掣若奔星〔五〕。籠天合旅，刮野騈卒，鳥驚忘林，獸駭思窟，上不追翥，下不及伏〔六〕。飛鏃沓痏，流刃更骨，影未僵則翮散，氣將咈則刑鼊〔七〕。亦有哮闞異類，狂獷殊族，竄崖啖堅，伏林噬毒〔八〕。迹人之所罕究，猛氏之所不觸〔九〕。及使烏、黄、秦、許，襢裼投兵，袛蜩砉紺，拉猙勢頵〔一〇〕。或因笑而遇格，或乘舞而就劾〔一〕。於是解圍頓綱，日晏天清，割鮮霞亂，投翰風生〔二〕。匪頒於殺候之旅，非佪於金石之聲〔三〕。此鬈偲之壯逐，子能從我而游焉〔四〕？」履默子曰：「余好生之徒，不爲也。」

注釋

〔一〕溽收：當即蓐收，西方秋天之神。《禮記·月令》：「孟秋之月，其帝少皞，其神蓐收。」按晷：猶司時。旻：秋空。

〔二〕縻沸：即糜沸，言如糜粥之沸騰。《淮南子·兵略》：「天下爲之糜沸螘動。」三句：謂季秋九月。蔪(shān)：通芟，除去。《禮記·月令·季秋之月》：「是月也，天子乃教於田獵，以習五戎，班馬政。」

〔三〕緌(ruí)：古代有虞氏的旗幟，見《釋名·釋兵》。曹植《七啓》：「垂宛虹之長緌，抗招摇之華旍。」羡漫：散漫貌。揚雄《羽獵賦》：「羡漫半散，蕭條數千里外。」曶(hū)霍：疾貌。揚雄《甘泉賦》：「翕赫曶霍。」

〔四〕罸蹄：疑當作罠(mín)蹄，捕獸網。峭格：捕獸木籠。《文選》卷五左思《吴都賦》：「峭格周施，罿罻普張，罼罕瑣結，罠蹏連綱。」劉逵注：「《莊子》曰，峭格羅絡，謂張網周遍。罠，麋網。蹏，兔網。」蹄，同蹏。

〔五〕金組：金甲，以組（絲綫）連綴鐵片而成。顔延之《赭白馬賦》：「具服金組，兼飾丹臒。」膝：疑當作膝，同膝。《文選》卷四七王褒《聖主得賢臣頌》：「及至駕齧膝，驂乘旦。」李善注：「馬怒有餘氣，常齧膝而行也。」張晏曰：「齧膝、乘旦，皆良馬名也。」鈎膺：一名樊纓，馬腹帶飾，套於馬胸前頸下，上有鈎，下飾垂纓。軨：車闌，此指車。

〔六〕旅：師旅，軍隊。籠天、刮地：猶鋪天、蓋地。翥：飛騰。宋玉《高唐賦》：「飛鳥未及起，走獸未及發。」

〔七〕鏃：箭頭。痏：創傷。沓痏、更骨，均重複多次受傷之意。翮散：毛羽飛灑。咈（fú）：違逆。氣咈，謂閉過氣去。刑：通形。形蹷，倒下。

〔八〕哮闞：猛獸發怒。曹植《七啓》：「哮闞之獸，張牙奮鬣。」

〔九〕迹人：追尋野獸踪迹以備狩獵的人。《左傳·哀公十四年》：「迹人來告，逢澤有介麇。」注：「主迹禽獸者。」猛氏：《文選》卷八司馬相如《上林賦》：「鋋猛氏。」郭璞注：「今蜀中有獸，狀如熊而小，毛淺，有光澤，名猛氏。」按，猛氏，疑當作猛士。

〔一〇〕烏：烏獲，秦力士，見《史記·秦本紀》。黄：中黄伯。《文選》卷三五張協《七命》李善注引《尸子》：「中黄伯曰：今左執太行之獶而右搏彫虎。」秦：秦舞陽，燕國勇士，年十三，殺人，人不敢忤視，見《史記·刺客列傳》。許：許褚，曹操部將，勇力絶人，見《三國志·魏書》本傳。襢裼（tǎn xī）：脱衣露體。《詩·鄭風·大叔于田》：「襢裼暴虎，獻于公所。」投兵：以兵刃相加。衪蜩砉紺拉狰勢頳：八字義未詳。

〔一一〕格：擊殺。勍：强大。

〔一二〕頓：廢棄。網：網上總繩，指網。鮮：鮮肉。翰：鳥羽。

〔一三〕匪頒：分賞。《周禮·天官·大宰》：「以九式均節財用，……八曰匪頒之式。」非佪：當作徘徊，謂流連賞玩。

〔一四〕鬈偲：即鬈髷，鬍鬚多而卷曲貌，指男子漢。

宣驕子曰：「鮮厨麗敞，甘井華汲，鼎鑊星分，俎豆雲集〔一〕。伊公烏行而御火，顔子蝬屈以拾塵〔二〕。咸頤沐以瑞飾，不噦噫以交申〔三〕。羞以多品，牲以時珍〔四〕。鮮豣春登，肥犢秋薦，縷割綃解，素别頳見〔五〕。具以芍藥之和，節以休膏之膳〔六〕。至于陸産多緒，海物惟錯，礫鮐爲臇，剖蠵成臛〔七〕。刲叢庭之鶍，刳大厦之雀〔八〕。羹以春韭冬菁，和以巴鹽楚酪〔九〕。蒸未載乎雕俎，芬已凝乎高閣。霜池嘉鮒，雲海仙鯔，削鱗動翼，刳腸奮鬐〔一〇〕。膚染湘紺，肌糅紅紫。始游刃以散草，卒飄俎而成綺〔一一〕。雕胡精粲，蒸氣浮浮，菰羹視夏，芥齏含秋〔一二〕。玉盤所獻，靈果殊實，犯露玄光之梨，冒霜朱英之橘〔一三〕。四醇九醞，舉濁飛清，元正黛柏之葉，上巳紅蘭之英〔一四〕。斯則飲膳之至妙，子能從我而御之乎？」履默子曰：「余甘薇蕨，未或是從也〔一五〕。」

校記

〔惟錯〕清抄本作帷錯，徑改。

〔之梨〕清抄本作之藜，徑改。

注釋

〔一〕鼎鑊：烹飪器。鼎三足，鑊似大鼎而無足。星分：衆多分布如星。俎豆：宴會、祭祀用禮器。俎，置肉的几。豆，盛乾肉一類食物的器皿。

〔二〕伊公：伊尹，商湯時爲相。御火：掌握烹調的火候。《吕氏春秋·本味》：伊尹説湯以至味，曰：「凡味之本，水最爲始。五味三才，九沸九變，火爲之紀。」張協《七命》：「伊公爨鼎，庖子揮刀。」顔子：顔回，孔子弟子。螻屈：像尺蠖屈曲，指彎腰。《文選》卷二八陸機《君子行》：「掇蜂滅天道，拾塵惑孔顔。」李善注引《吕氏春秋》：「孔子窮於陳蔡之間，藜羹不糝，七日不嘗粒，晝寢。顔回索米，得而來，爨之幾熟，孔子望見顔回攫其甑中而飯之。少選間食熟，謁孔子而進食。孔子起曰：『今者夢見先君，食絜故饋。』顔回對曰：『不可，嚮者炱煤入甑中，棄食不祥，回攫而飯之。』」炱煤，即煙塵。

〔三〕頮(huì)沐：洗濯。頮，洗面。沐，洗頭。瑞飾：疑當作端飾，穿着打扮莊重。謝惠連《擣衣詩》：「美人戒裳服，端飾相招攜。」噦噫(yuē ǎi)：氣逆打呃。《禮記·内則》：「在父母舅姑之所，……不敢噦噫，嚏咳，欠伸，跛倚，睇視。」

〔四〕羞：美味食物。

〔五〕羜(zhù)：幼羊。縷割綃解：切成細絲。素：白色，指肥肉。赬：同頳，指瘦肉。見：通現。

〔六〕芍藥：即勺藥，五味調料的總稱。《文選》卷三四枚乘《七發》：「勺藥之醬。」李善注引韋昭《上林賦注》：「勺藥，和齊鹹酸美味也。」休膏：休廢之脂膏，即死去動物的油脂。《周禮·天官·庖人》載，不同季節烹調不同禽獸的肉，要用不同的油脂。注云：「此八物者，得四時之氣尤盛，爲之食之弗勝，是以用休廢之脂膏煎和膳之。」

〔七〕錯：雜出。《書·禹貢》：「厥貢鹽絺，海物惟錯。」陸機《齊謳行》：「海物錯萬類，陸産尚千名。」磔(zhé)：切割。鮐：海魚名。㰊：當作臇(juǎn)，少汁的羹。蠵：當作蠵(xī)，一種大龜。《楚辭·招魂》：「露雞臛蠵，厲而不爽些。」王逸注：「蠵，大龜之屬也。」臛(huò)：肉羹。曹植《七啓》：「臛江東之潛鼉，臇漢南之鳴鶉。」

〔八〕刲(kuī)：割取。刳(kū)：剔浄。鷃：鳥名。《拾遺記》卷三：「其食……則有叢庭之鷃，燕以蜜沫。」大厦之雀：《淮南子·説林》：「大厦成而燕雀相賀。」

〔九〕菁(jīng)：韭菜花。張衡《南都賦》：「春卵夏筍，秋韭冬菁。」酪：醋。《楚辭·大招》：「鮮蠵甘雞，和楚酪只。」

〔一〇〕鮒：魚名，或謂即鯽魚。鰅：魚名。《文選》卷五左思《吴都賦》：「鮫鰅琵琶。」劉逵注：「鰅魚，形如鯢，長七尺，吴、會稽臨海皆有之。」

〔一一〕湘：疑當作緗，淺黄色。紺：天青色。游刃：指切割。庖丁解牛，「恢恢乎其於遊刃必有餘地」，見《莊子·養生主》。散草：如草之分披。

〔一二〕雕胡：菰米。菰生水邊陂澤中，葉如蒲，俗稱茭白，其實菰米可爲飯。芥齏：芥末，調味品。《禮記·内則》：「膾，春用韭，秋用芥。」

〔一三〕《漢武内傳》：「太上之藥有玄光梨。」

〔一四〕四醇：即四酎。《楚辭·大招》：「四酎並孰，不歰嗌只。」王逸注：「醇酒爲酎，言乃醖釀醇酒，四器俱熟，其味甘美。」九醖：酒名。《文選》卷四張衡《南都賦》：「酒則九醖甘醴，十旬兼清。」李善注引《魏武集·上九醖酒奏》：「三日一釀，滿九斛米止。」濁、清：濁酒與清酒。元正：正月初一元旦。黛柏：翠柏。《太平御覽》卷二九元日引《風俗通》：「於是長幼悉正衣冠，以次拜賀，進椒酒，飲桃湯及柏，故以桃湯、柏葉爲酒。」上巳：三月三日，參見卷二《三日獨坐驩州思憶舊遊》注〔一〇〕。

〔一五〕薇蕨：均菜名，隱士所食。薇，巢菜，又名野豌豆。蕨，又名拳菜。《史記·伯夷列傳》：伯夷、叔齊

「義不食周粟，隱於首陽山，采薇而食之」。索隱：「薇，蕨也。」故後多以薇蕨連文。

宣驕子曰：「大宛雄駿，天機逸速，紅暈銜口，紫光騰目〔一〕。翠纓青絡，如韋如脂，將起中折，若往而歸〔二〕。凌迅飈以先遊，頓清塵而後飛。但經所起，而不知所宿。良、稷睹之以神清，堙、管聞之以心伏〔三〕。雄飛之劍，出自昆吾〔四〕。皇公宰物，下清都而裝炭；神蛟驤首，出河宮而捧爐〔五〕。威若雷霆下震，光若芙蓉散湖〔六〕。當晋鄭以揮鋒，掩齊代以爲鍔〔七〕。豈徒陸剸犀象，水擊鴻鶴者哉〔八〕！狐裘錦裼，龍衮綉裳，金蜩列彩，珠履齊光〔九〕。房子錦纊，荆河絺紵，整温袷則冬失祁寒，接涼袂則夏銷徂暑〔一〇〕。有嚴有翼，翔翔楚楚，闔霤爲之逡巡，佳冶爲之延佇〔一一〕。此乃服御之至妙，子能從我而有之乎？」履默子曰：「余荷裳蕙帶，未嘗此好也。」〔一二〕

校記

〔堙管〕清抄本作煙管，徑改。

注釋

〔一〕大宛：漢西域國名。《史記·大宛列傳》：大宛「多善馬，馬汗血，其先天馬子也」。《太平御覽》卷八九六引《相馬經》：「口中欲紅色，如日月光者行千里。」又：「眼睛欲如懸鈴，紫艷光明。」

〔二〕纏：繩索，指馬繮。絡：馬籠頭。韋：熟皮。脂：油膏。《楚辭·卜居》：「如脂如韋。」此當指馬鞍轡之柔軟光滑。

〔三〕良：王良。稷：東野稷。二人善御。堙：九方堙，即九方皐。管：管青。二人善相馬。《呂氏春秋·審分》：「王良之所以使馬者，約審之以控其轡，而四馬莫敢不盡力。」《莊子·達生》：「東野稷以御見莊公，進退中繩，左右旋中規。」《呂氏春秋·觀表》：「古之善相馬者，……管青相膹肳。……若趙之王良，秦之伯樂、九方堙，尤盡其妙矣。」

〔四〕雄飛之劍：通靈的寶劍。相傳張華、雷煥得雌雄二劍，一名龍泉，一名太阿，後皆化龍而去，見《晉書·張華傳》。昆吾：神話中山名。《十洲記》：「流洲在西海中，……上多山川積石，名爲昆吾。冶其石成鐵，作劍，光明洞照，如水精狀，割玉物如割泥。」又見《山海經·中山經》。

〔五〕清都：天帝所居的宫闕。河宫：水神所居的宫殿。《越絶書》卷一一：薛燭言歐冶子鑄造純鈞等劍時，「雨師掃灑，雷公擊橐，蛟龍捧鑪，天帝裝炭」。

〔六〕雷霆：《莊子·説劍》：「此劍一用，如雷霆之震也，四封之内，無不賓服而聽從君命者矣。」芙蓉：《越絶書》卷一一：越王示薛燭以純鈞之劍，「其華捽如芙蓉始出」。

〔七〕晉鄭：《越絶書》卷一一：楚王有龍淵、泰阿、工布三劍，晉鄭王聞而求之，不得，興師圍楚之城，三年不解。於是楚王引泰阿之劍，登城而麾之，三軍破敗，士卒迷惑，晉鄭之頭畢白。」鍔：劍刃。

《莊子·説劍》：「天子之劍以燕谿石城爲鋒，齊岱爲鍔。」

〔八〕剸（tuán）：截斷。《文選》卷三四曹植《七啓》：「陸斷犀象，未足稱雋；隨波截鴻，水不漸刃。」李善注引《戰國策》：「韓卒之劍，陸斷牛馬，水擊鴻雁。」

〔九〕裼（xī）：裘上所加的外衣。衮：衮衣，帝王及上公的禮服。蜩：即蟬，一名蜩螗。金蟬爲古代達官的冠飾。唐代侍中、中書令、散騎常侍冠飾有黄金璫，附蟬、貂尾，見《新唐書·車服志》。珠履：飾以珍珠的履。《史記·春申君列傳》：春申君客三千人，「其上客皆躡珠履」。

〔一〇〕房子：今河北臨城。纊：絲綿。《元和郡縣圖志》卷一七趙州臨河縣：「本戰國時趙房子邑也，漢以爲縣。……泜水在縣南二里，出白土，細滑如膏，以之濯綿，色如霜雪，如蜀錦之得江津也，故俗稱房子之纊。《魏都賦》曰：『緜纊房子。』」荆河：黄河以南至荆山之地，指古之豫州。絺（chī）：細葛布。紵：苧麻。《書·禹貢》：「荆河惟豫州，……厥貢漆枲絺紵。」袷（jié），朝服的交領；袂，衣袖：均代指衣服。祁寒：嚴寒。徂暑：盛暑。

〔一一〕嚴：威嚴。翼：莊敬。《詩·小雅·六月》：「有嚴有翼，共武之服。」翔翔：安緩貌。《禮記·玉藻》：「朝廷濟濟翔翔。」楚楚：鮮明貌。《詩·曹風·蜉蝣》：「蜉蝣之羽，衣裳楚楚。」閽霤：未詳，疑指守門的閽者等。佳冶：美女。《楚辭·九章·惜往日》：「妬佳冶之芬芳兮，嫫母姣而自好。」

〔一二〕荷裳蕙帶：隱者之服。《楚辭·九歌·少司命》：「荷衣兮蕙帶，儵而來兮忽而逝。」

宣驕子曰：「清秋遥夜，朗月層軒。白露灑落，歸鴻翩翩。高堂華燭，羅幌金樽，麗人八九，星艷錦繁。若乃蕙心持静，殊態横逸，宛若迴雪之流風，霍若初霞之映日〔一〕。柔荑纖手，削成胯肩，靡顔灼其裏燦，明眸炳其外燃〔二〕。琴笙左右，竽磬齊列。進荆妃，練白雪，邀鄭女，扣繁節〔三〕。惠音六引，循袖七盤〔四〕。婉如輕雲送鶴，瞥若驚風迴鸞。於是窮變極樂，輟懸韜籥〔五〕。飾進鉛粉，芳荷蘭若，清歌入雲，往往間作。歌曰：願學鳳兮翔寥廓，乘綵雲兮去金閣，過織室之雙游，與常娥而對謔〔六〕。此乃音色之兩妙，子能從我而賞宴乎？」

履默子曰：「余惡鄭聲而亂雅，貴詩人之無邪，固不爲也。」〔七〕

注釋

〔一〕霍：疑當作矐。《玉篇·日部》：「矐，明也。」曹植《洛神賦》描述洛神的形態：「其形也，髣髴兮若輕雲之蔽月，飄飖兮若流風之迴雪。遠而望之，皎若太陽升朝霞；迫而察之，灼若芙蕖出渌波。」

〔二〕荑（tí）：白茅初生的嫩芽。《詩·衛風·碩人》：「手如柔荑。」削成：曹植《洛神賦》：「肩若削成，腰如束素。」靡顔：美麗容顔。

〔三〕荆妃、鄭女：泛指楚地和鄭地的美女。梁簡文帝《箏賦》：「逐東趍於鄭女，和西舞於荆妃。」練：演練。白雪：陽春白雪，楚地高雅的樂曲，見卷三《苑中遇雪應制》注〔二〕。繁節：急促的節奏。

〔四〕惠音：和美之音。陸機《擬東城一何高》：「閑夜撫鳴琴，惠音清且悲。」六引：各種樂曲。傅休奕《琵琶賦》：「然後衆弄雜會，六引遞奏。」循袖：疑當作脩袖，即長袖。曹植《洛神賦》：「翳脩袖以延佇。」《韓非子·五蠹》引鄙諺：「長袖善舞，多錢善賈。」

〔五〕輟懸韜籥：停止奏樂。懸：鍾磬之類懸掛的樂器。韜：收藏。籥：管樂器名。

〔六〕學鳳：用弄玉吹簫引鳳仙去事，參見卷一《鳳簫曲》注〔一〕。金閣：華美的建築，多指宮殿。織室：指織女星座。雙游：與牛郎、織女游。常娥：即嫦娥，月中仙女。《文選》卷一三謝莊《月賦》李善注引《淮南子》：「羿請不死之藥於西王母，常娥竊而奔月。」

〔七〕鄭聲：春秋鄭國的俗樂，被認爲是淫蕩的音樂。雅：雅樂，用於朝廷朝會、祭祀等的正樂。《論語·衛靈公》：「鄭聲淫。」又《陽貨》：「子曰：惡紫之奪朱也，惡鄭聲之亂雅樂也。」又《爲政》：「子曰：詩三百，一言以蔽之，曰思無邪。」

宣驕子曰：「黄庭上士，碧落中天，龍銜道記，鳳吐真筌〔一〕。海田三變，城郭千年，臥雲衢之眇眇，視塵滓之懸懸〔二〕。亦有方士左慈，異人介象，呼吸雲雷，鞭笞魍魎，神以知來，智以藏往〔三〕。又如洛陽劇孟，關西萬章，魂逐無忌，精憐孟嘗〔四〕。銜恩緑酒，伏怨清霜，生名不朽，死骨猶香〔五〕。至如臏、起精略，蘇、張辯口，談楚魏之吞併，論卿相之先後，棄文德而不收，徵武功而盡取〔六〕。此數君者，咸冠古而稱時，何英提其如此〔七〕。有盛名之不欺，斯乃人靈之卓異，子能從我而友之乎？」履默子曰：「然，友則友矣，方於至道有累，何如〔八〕？」

校記

〔萬章〕清抄本作萬章，徑改。

注釋

〔一〕黄庭上士：道教服食修煉之人。道家以人之腦中、心中、脾中及自然之天中、地中、人中爲黄庭，有《黄庭經》。碧落：天空。道記：道經之類。王勃《遊山廟序》：「常學仙經，博涉道記。」真筌：對所奉經典作正確解釋的文字。

〔二〕海田，滄海桑田；城郭，用丁令威化鶴事：見卷三《同工部李侍郎適訪司馬子微》注〔七〕。雲衢：猶言雲路，指天上。塵滓：指塵世。懸懸：遥遠。

〔三〕方士：求仙煉丹的方術之士。左慈：東漢末年廬江人，有道術，事見《後漢書·方術列傳》。介象：三國吴會稽人，有異術，《歷世真仙體道通鑒》卷一五有傳。神以知來，智以藏往：《易·繫辭上》中語，本就蓍與卦的關係言，此言左慈等神智足以知過去未來之事。

〔四〕劇孟：西漢洛陽人，以俠顯。吴楚反，周亞夫爲太尉，將至河南，得劇孟，喜曰：「吴楚舉大事而不求孟，吾知其無能爲已矣。」見《史記·游俠列傳》。關西：函谷關以西，指長安。萬章：字子夏，西漢長安人。長安街閭各有豪俠，章在城西柳市，號曰「城西萬子夏」。見《漢書·游俠傳》。無忌：戰國魏公子無忌，封信陵君，仁而下士，士爭歸之，致食客三千人，見《史記·魏公子列傳》。孟嘗：戰國齊公子田文，封孟嘗君，招致天下任俠，好客自喜，與信陵君、平原君、春申君並稱戰國四公子，事見《史記·孟嘗君列傳》。

〔五〕銜恩：感恩。伏怨：懷恨。清霜：即青霜，指寶劍。王勃《滕王閣詩序》：「紫電清霜，王將軍之武庫。」

〔六〕臏、起：孫臏，吴起，戰國軍事家。孫臏爲齊威王師，擊魏，勝之，著有《孫臏兵法》。吴起仕魏文侯，率兵攻秦，拔五城，被讒奔楚，爲令尹，著有《吴子》四十八篇。事均見《史記·孫子吴起列傳》。蘇、張：蘇秦，張儀，戰國末年辯士。蘇秦説六國合從以拒秦，張儀主張連衡，説山東六國事秦，事均見《史記》本傳。

〔七〕稱時：見稱於當時。英提：未詳，或即英特、英拔之義。

〔八〕有累：有妨礙。曹植《七啓》：「予亮願焉，然方於大道，有累如何？」

宣驕子曰：「大人之龍興也，欻然自造，取諸乾坤以文，應氣合緯爲元〔一〕。我太武提劍四海，太宗嘗藥九門，極蒼黔之命，運亭毒之恩〔二〕。皇帝威懷有截，德被無外，區域乂安，人靈交泰〔三〕。日觀遐踐，金繩飛藹〔四〕。九天平而尚補，八卦出而猶重〔五〕。徵天老以問鳳，出地輔以乘龍〔六〕。猶曰我聰未達，我德未濃，常默默而思道，兢兢而惕容。於是投珠於泉，藏金於谷〔七〕。食無參味，居無崇屋〔八〕。恤孤寡，振惸獨。黜聰以塞其耳，惡明以垂其目〔九〕。由是天垂貺，地凝禎，休氣塞，甘泉生。國富農桑，人絶商賈，强不凌弱，衆不暴寡。有恥格乎輿臺，有讓在乎耕稼〔一〇〕。山無蹊隧，人得繁滋〔一一〕。世久同乎文軌，俗不革於華夷〔一二〕。有干戈兮不用，雖禮樂兮焉施。掊斗折衡之日，焚符破璽之時〔一三〕。丘園無遁世之跡，山野有戔戔之詩〔一四〕。」言未畢，履默子蹶然而興〔一五〕，曰：「偉哉，言乎！向子誘我以浮華之事，非道德之精，適煩爾口，秖攪吾情。且聞惟天爲大，以則皇明；惟人爲貴，以致昇平〔一六〕。庸雖不敏，隨子而行〔一七〕。」

校記

〔折衡〕清抄本作折衝，徑改。

注釋

〔一〕龍興：喻指新王朝的興起。孔安國《尚書序》：「漢室龍興，開設學校。」疏：「言龍興者，以《易》龍能變化，故比之聖人。『九五，飛龍在天』，猶聖人在天子之位，故謂之龍興也。」取諸乾坤：謂取法易象。《易·繫辭下》：「黄帝、堯、舜垂衣裳而天下治，蓋取諸乾坤。」氣：氣數。緯：讖緯之書，預言吉凶得失的文字、圖讖。元：始。

〔二〕太武：當作大武，指唐高祖李淵，謚大武皇帝，見《舊唐書》本紀。提劍四海：謂以武力削平天下。《晉書·樂志上》：「漢祖提劍寰中，削平天下。」太宗：李世民。嘗藥：相傳神農氏嘗百草，此指救助百姓。崔融《嵩山啓母廟碑》：「嘗藥以救兆人，聚貨而交天下，斯乃農皇氏之所以興人利也。」極：窮盡。極命，謂使得盡天年。蒼黔：蒼生黔首，百姓。亭毒：化育。《老子》下：「道生之，德蓄之，長之育之，亭之毒之。」

〔三〕皇帝：指高宗李治。有截：指海外。《詩·商頌·長發》：「相土烈烈，海外有截。」箋：「四海之外率服，截爾整齊。」無外：言範圍廣大，無所不包。《管子·版法解》：「天覆而無外也，其德無所不在。」

〔四〕日觀：泰山峰名。金繩：編纏封禪玉策所用黄金繩。封禪所用玉策三枚，皆以金繩連編玉簡爲之，又爲玉匱一、金匱二以藏玉策，亦以金繩纏之，見《舊唐書·禮儀志三》載高宗封禪儀注。乾封元年(六六六)正月，高宗封禪泰山，見《舊唐書·高宗紀下》。

〔五〕九天：九重之天。《淮南子·覽冥》：「往古之時，四極廢，九州裂，天不兼覆，地不周載，……於是女媧鍊五色石以補蒼天。」八卦：《周易》中八種基本卦象，即乾、坤、震、巽、坎、離、艮、兑，相傳伏羲氏所作，後又兩兩重之，演爲六十四卦，以窮萬物變通之理。

〔六〕天老：傳説黄帝臣。黄帝即位後，修明道德，宇内和平，未見鳳凰，惟思其象，乃召天老而問之，事見《韓詩外傳》卷八。地輔：謂賢臣。乘龍：乘龍御天，君臨天下。《易·乾·彖》：「時乘六龍以御天。」《太平御覽》卷九二九引《新言》：「漢祖驂三龍而乘雲路，振長策而驅天下。」三龍，三傑。按三傑謂張良、蕭何、韓信。

〔七〕《莊子·天地》：「藏金於山，藏珠於淵。」郭象注：「不貴難得之物。」此避唐高祖李淵諱改淵爲泉。《淮南子·泰族》：「舜深藏黄金於嶄巖之山，所以塞貪鄙之心也。」

〔八〕參味：多味。《禮記·哀公問》：「卑其宫室，……食不貳味，昔之君子之行禮者如此。」

〔九〕塞耳：《漢書·東方朔傳》：「水至清則無魚，人至察則無徒。冕而前旒，所以蔽明。黈纊充耳，所以塞聰。明有所不見，聽有所不聞。舉大德，赦小過，無求備於一人之義也。」

〔一〇〕格：至。輿臺：卑賤者。古代分人爲十等，第六爲輿，第十爲臺，見《左傳·昭公七年》。耕稼：指農夫。《史記·周本紀》：「西伯陰行善。……虞、芮之人有獄不能决，乃如周。入界，耕者皆讓畔，民俗皆讓長，虞、芮之人慚而還。」

〔一一〕蹊隧：小路。《莊子·馬蹄》：「至德之世，……山無蹊隧，澤無舟梁，萬物羣生，連屬其鄉。」郭象注：「不求非望之利，故一家而足。」

〔一二〕同平文軌：謂天下一統。《禮記·中庸》：「今天下車同軌，書同文。」
〔一三〕斗、衡，量器。符、璽，信物。《莊子·胠篋》：「焚符破璽，而民朴鄙。掊斗折衡，而民不争。」
〔一四〕戔戔：衆多貌。《易·賁》：「賁於丘園，束帛戔戔。」古代以束帛爲徵聘禮品。
〔一五〕蹶然：急起貌。
〔一六〕皇明：指天。《論語·泰伯》：「大哉，堯之爲君也！巍巍乎！唯天爲大，唯堯則之。」人：即民，避唐太宗李世民諱改。《孟子·盡心下》：「民爲貴，社稷次之，君爲輕。」
〔一七〕庸：凡庸之人，此自謙之詞。

讚

黄口讚并序〔一〕

聖曆中，余時任通事舍人，有勑於東觀修書〔二〕。夏日南軒，諸公共見黄口飛落鉛槧間〔三〕。奉宸主簿李崇嗣，命余小豎蒼子采花哺之〔四〕。河東薛曜邀余爲讚〔五〕。

爵爵黄口，戾我牀隅〔六〕。受兹懿名，解㲉呈軀。纖脛戟爪，短毛節翼。規眼擘椒，直觜剡棘〔七〕。妥貌諄諄，性淑以馴〔八〕。豈不逼畏，虚誠附仁〔九〕。仁其謂何，雛乎奚知。跳跳往復，啾啾苦飢。謂余小豎，采華中圃。奪蝶紅鬚，摘蜂緗縷〔一〇〕。易父之慈，代母之哺。載呑載嚼，羣彦是睹。

校記

〔黄口讚〕《唐詩紀事》卷六曾節引本文序。

注釋

〔一〕黄口：雛鳥，此指雀雛。《説苑·敬慎》：「孔子見羅者，其所得皆黄口也。孔子曰：『黄口盡得，大雀獨不得，何也？』」文稱奉宸主簿，當作於久視元年夏，參後。

〔二〕聖曆：武后年號（六九八——六九九）。聖曆三年五月改元久視。通事舍人：見卷二《哭蘇眉州崔司業二公》注〔三〕。東觀：東漢洛陽皇家藏書之所，明帝時，班固曾入東觀修史，見《後漢書·安帝紀》。此泛指宫中藏書著書之所。修書：謂修撰《三教珠英》，參見附録《簡譜》。

〔三〕鉛槧：鉛粉筆與木板，此代指書寫工具。

〔四〕奉宸：奉宸府，武后所置官署。《舊唐書·張行成傳》：行成族孫易之、昌宗，爲武后所寵，「聖曆二年，置控鶴府官員，以易之爲控鶴監内供奉，餘官如故。久視元年，改控鶴府爲奉宸府，又以易之爲奉宸令，引辭人閻朝隱、薛稷、員半千並爲奉宸供奉，每因宴集，則令嘲戲公卿以爲笑樂。」主簿當爲府中掌管文書印信的官員。李崇嗣：曾官許州參軍，後入蜀，與陳子昂唱和，見陳子昂《夏日暉上人房別李參軍崇嗣·序》。

〔五〕河東：郡名，即蒲州，州治在今山西永濟。薛曜：字昇華，蒲州汾陰人。薛元超子，尚城陽公主。聖曆中爲正諫大夫，預修《三教珠英》，官至給事中。附見《舊唐書》卷七三、《新唐書》卷九八薛收傳。

〔六〕爵：通雀。戾：止。

〔七〕規眼：圓眼。椒：花椒内的黑子。曹植《鷂雀賦》：「眼如擘椒。」剡棘：尖刺。《楚辭·橘頌》：「層枝剡棘，圓果摶兮。」王逸注：「剡，利也。」

〔八〕妥：安穩貌。諄諄：忠謹貌。

〔九〕逼畏：猶畏懼。張華《鷦鷯賦》：「提挈萬里，飄颻逼畏。」

〔一〇〕緗縷：淺黃色絲綫，與上紅鬚均指花蕊。

班竹讚〔一〕

何二妃嬋娟，毒蒼梧之不還〔二〕。涕淪漪乎碧鮮，寄遐憤乎貞堅〔三〕。

注釋

〔一〕班：通斑。斑竹，又名淚竹、湘竹。《博物志》卷八：「堯之二女，舜之二妃，曰湘夫人。舜崩，二妃啼，以涕揮竹，竹盡斑。」二女名曰娥皇、女英，見《列女傳》。

〔二〕嬋娟：美好貌。毒：傷痛。蒼梧：山名，即九疑山，在今湖南寧遠境。《史記·五帝本紀》：舜「踐帝位三十九年，南巡狩，崩於蒼梧之野，葬於江南九疑，是爲零陵」。集解：「《禮記》曰：『舜葬蒼梧，二妃不從。』《山海經》曰：『蒼梧山，帝舜葬于陽，丹朱葬于陰。』」

〔三〕淪漪：微波，此指淚水滴落。碧鮮：指竹。左思《吴都賦》：「其竹則……檀欒蟬蜎，玉潤碧鮮。」

雲液讚并引〔一〕

河東薛季卿好談仙事，年至五十而青鬢童顔〔二〕。家有山間藥堂，真訣道記，玉瓶練水，風爐化丹〔三〕。自謂一二千年，藥術可致。常服雲液，拯頹救衰，因贈《雲液篇》，以讚其美。

十精之妙，其最雲英〔四〕。練以桂水，五光俱成〔五〕。氣淑中爐，香噴上清。服者橡斗，子乃長生〔六〕。

注釋

〔一〕雲液：雲母的一種，道家以爲久服雲母輕身延年。《雲笈七籤》卷七五有服雲母方一卷。《抱朴子·仙藥》：「又雲母有五種，……五色並具而多白者名雲液。」

〔二〕河東：見本卷《黄口讚》注〔五〕。河東爲薛氏著望。薛季卿：未詳。

〔三〕練：簡選。《雲笈七籤》卷七五載《鍊雲母法》云，可於八月中以新布拂取山野浄草上朝露，以漬雲母。風爐：鼓風爐。

〔四〕十精：未詳。雲英：雲母的一種。《雲笈七籤》卷七五：雲母「有八種，各有名，向日視乃别之。色黄白而多青者名雲英，宜春服之，令人身輕，入水不寒，增壽四千年」。

〔五〕練：鍊製。桂水：當是以肉桂等物鍊製成的液體。《雲笈七籤》卷七五《越女元明服雲母方》：「先以桂屑一斤蒸成水，乃内蜜、雲母於中，又蒸之成膏，服，美酒下之，一月覺效。」五光：即五色。曹丕《折楊柳行》：「上有兩仙童，不飲亦不食。與我一丸藥，光耀有五色。服藥四五日，身體生羽翼。」

〔六〕橡斗：櫟樹果實，又名橡果、橡實。荒年可以充饑。《雲笈七籤》卷七五載《越女元明服雲母方》，謂「服之一橡斗，日三服」，乃言服食劑量之多少。此蓋雙關，謂他人服之，但可果腹；季卿服之，乃可長生。

蒼鶴讚并引〔一〕

薛季卿云，京師鍊雲液，百日殆成，有蒼鶴飛下爐上〔二〕。幼女曰：卿鶴已失矣。雲卿曾讀紫陽仙經，有老鶴，以紀其事〔三〕。

蒼鶴宵遊，遠無世情。丹頂明茂，六翮堅輕〔四〕。區區薛公，飛雲欲成。吸我靈液，奪我長生。

注釋

〔一〕蒼鶴：《古今注》卷中：「鶴千歲則變蒼，又二千歲變黑，所謂玄鶴也。」

〔二〕雲液：見前《雲液讚》注〔一〕。

〔三〕紫陽：或指周義山。《歷世真仙體道通鑒》卷一四：「紫陽真人姓周，名義山，字季通，汝陰人也，漢丞相勃七世之孫。」事蹟詳見《道藏·紫陽真人内傳》。又《道藏》有《紫陽金碧經》三卷（缺）、《紫陽寶籙》及《紫陽真人悟真篇》，此真經未知所指。

〔四〕丹頂：鶴首呈赤色，今所謂丹頂鶴。六翮：鳥翅大翎。《韓詩外傳》卷六：「夫鴻鵠一舉千里，所恃者六翮耳。」

册文

節愍皇太子謚册文〔一〕

維景雲元年歲次庚戌十月戊寅朔二十九日景午〔二〕，皇帝若曰：咨爾故皇太子重俊，業隆繼體，才膺守器〔三〕。神機辨日，高視晋儲；精議防年，遐吞漢兩〔四〕。撫軍監國，皇基攸固；齒胄問安，聖圖惟永〔五〕。頃以讒邪浸潤，恩禮疎薄，外迫伊戾之謀，中啓驪姬之譖〔六〕。彼則凶計斯甚，動摇元良；爾乃誠心密運，掃除悖德〔七〕。興晋陽之甲，以罪荀寅；擁漢闕之兵，而誅趙虜〔八〕。嗚呼，逆首雖殄，釁黨未清，屬投杼生疑，亂兵旋及〔九〕。朕代天理物，推亡固存，近勦四凶，緬懷三善〔一〇〕。言徵備禮，以慰冥魂。銀榜山門，畫堂泉室。三年遂遠，上賓之馭不留；千載猶生，全節之名長在〔一一〕。夫存著徽烈，殁有餘裕，志業若此，痛悼良深。宜加寵號，用旌不朽。今册爾曰節愍皇太子。魂而有靈，嘉兹茂典。嗚呼哀哉。

校記

〔節愍皇太子謚册文〕《全唐文》卷一九據《唐大詔令集》卷三二誤收睿宗皇帝文。愍，清抄本作敏，據《全文》改，下同。

〔庚戌〕清抄本作庚戍，據《全文》改。

〔戊寅〕清抄本作戍寅，據《全文》改。

〔景午〕清抄本作景申，據《全文》改。

〔皇帝〕清抄本作黄帝，據《全文》改。

〔神機〕《全文》無此二字。

〔精議〕《全文》無此二字。

〔伊戾〕清抄本作伊淚，據《全文》改。

〔彼則〕清抄本作攸則，據《全文》改。

〔掃除〕清抄本作揮除，據《全文》改。

〔擁漢〕清抄本作權漢，據《全文》改。

〔釁黨〕《全文》作凶黨。

注釋

〔一〕節愍皇太子：李重俊，中宗第三子，神龍二年秋立爲皇太子。爲武三思所忌。三思子崇訓尚安樂公主，以重俊非韋后所生，常呼之爲奴。公主請廢重俊爲王，立己爲皇太女。重俊不勝其忿，神龍三年七月，率羽林軍及千騎三百餘人，殺武三思父子於其第，斬關入宮，求韋后及安樂公主所在。軍叛散，被殺。睿宗即位，追贈皇太子，謚節愍。《舊唐書》卷八六、《新唐書》卷八一有傳。册文：詔書的一種，用於册立皇后、太子，封王等。

〔二〕景雲：睿宗李旦年號（七一〇——七一一）。景午：即丙午，避李淵父李昞諱改。《舊唐書·睿宗紀》：「（景雲元年七月）追謚雍王賢爲章懷太子，庶人重俊爲節愍太子。」十月蓋爲舉行册禮之時。

〔三〕繼體：繼位。《公羊傳·文公九年》：「是子也，繼文王之體，守文王之法度。」守器：主守宗廟之器，指爲太子。《易·序卦》：「主器者，莫若長子。」

〔四〕儲：儲君，皇太子。晋儲：指晋明帝司馬紹，元帝長子。《晋書·明帝紀》：「幼而聰哲，爲元帝所寵異。年數歲，嘗坐置膝前，屬長安使來，因問帝曰：『汝謂日與長安孰遠？』對曰：『長安近。不聞人從日邊來，居然可知也。』元帝異之。明日，宴羣僚，又問之。對曰：『日近。』元帝失色，曰：『何乃異間者之言乎？』對曰：『舉目見日，不見長安。』由是益奇之。」兩：儲兩，皇太子。《資治通鑑》卷一五二胡三省注：「太子謂之儲君。《易》曰，『明兩作離』，『大人以繼明照四方』，故稱儲兩。」防年：事未詳。

〔五〕撫軍監國：王褒《皇太子箴》：「從曰撫軍，守曰監國。」齒胄《文選》卷四六王融《三月三日曲水詩序》：「入虎闈而齒胄。」李周翰注：「公卿之子爲胄子。言太子入學以年大小爲次，不以天子之子爲上，故云齒胄。齒，年也。」問安：文王爲世子，每日三至其父寢門之外，問内豎：「今日安否何如？」見《禮記·文王世子》。

〔六〕伊戾：惠嬙伊戾，春秋宋寺人，爲太子内師。會楚客聘於晉，過宋，太子痤野享之。伊戾誣告太子與楚客盟，將爲亂，宋平公囚太子，太子自殺。事見《左傳·襄公二十六年》。驪姬：春秋晉獻公寵姬，生奚齊，欲立之，遂譖諸公子，太子申生自縊死，夷吾、重耳出奔。事見《左傳·僖公四年》。

〔七〕元良：大善，指太子。《禮記·文王世子》：「一有元良，萬國以貞，世子之謂也。」

〔八〕晉陽：春秋晉邑，故址在今山西太原南晉源鎮。荀寅：即中行寅，晉卿。晉定公十五年，荀寅等攻趙鞅，鞅走保晉陽，定公圍晉陽。韓不信、魏侈等移兵伐荀寅。寅反，晉君擊敗之。寅奔齊，事見《史記·晉世家》。趙虜：當指西漢吕禄，吕后兄釋之子，封趙王。《漢書·吕后傳》：「太后持天下八年，……病困，以趙王禄爲上將軍居北軍，梁王産爲相國居南軍，戒産、禄曰：『高祖與大臣約，非劉氏王者，天下共擊之。今王吕氏，大臣不平。我即崩，恐其爲變，必據兵衛宫，慎毋送喪，爲人所制。』太后崩，太尉周勃、丞相陳平、朱虚侯劉章等共誅産、禄，悉捕諸吕男女，無少長皆斬之。」此以荀寅、呂禄比武三思父子。

〔九〕逆首：謂武三思、崇訓父子。釁(xìn)黨：罪黨，指韋武集團韋后、安樂公主、宗楚客等，景龍四年六月中宗崩，韋后臨朝稱制，韋后及韋、武黨人方爲臨淄王李隆基及太平公主所誅殺。杼：織布梭。《史記·甘茂傳》：「昔曾參之處費，魯人有與曾參同姓名者殺人，人告其母曰：『曾參殺人。』其母織自若也。頃之，一人又告之曰：『曾參殺人。』其母尚織自若也。頃又有一人告之曰：『曾參殺人。』其母投杼下機，踰墻而走。」此謂謡傳李重俊起兵造反，故中宗生疑。

〔一〇〕剿：滅。四凶：傳説中堯時四個惡人。《左傳·文公十八年》：「流四凶族，渾敦、窮奇、檮杌、饕餮，投諸四裔，以禦魑魅。」此指韋、武集團中人。三善：三種美德，謂父子之道，君臣之義，長幼之節。《禮記·文王世子》：「行一物而三善皆得者，唯世子而已。」

〔一一〕山門：指陵園之門。泉室：泉下之室，墳墓。上賓：上爲天帝之賓，婉言死。《逸周書·太子晉》：「吾後三年上賓於帝所。」

金城公主册文〔一〕

維景雲二年歲次辛亥二十日癸亥，皇帝若曰〔二〕：咨爾金城公主，幼而敏惠，性實柔明，徽藝日新，令容天假。先帝承皇祖之寶訓，繼文成之舊姻，割天性之慈，徇安人之業〔三〕。何蒼生不幸，紫宸厭代〔四〕。朕勉及丕基，兢守大烈，永懷同氣，注心遺體〔五〕。靖言河湟，無忘鑒寐〔六〕。湯沐之數，言命之勤，追平昔而載深，於骨肉而加等〔七〕。於戲，禮之隆殺，大繫於情；情之厚薄，抑亦在我〔八〕。今猶子屬愛，何異所生；然叔父繼恩，更思敦睦〔九〕。是用命朝散大夫、試司賓少卿、護軍、曹國公甘昭充使，試詹事丞、攝太子贊善大夫沈皓仙爲副，持節往册爾爲朕長女，依舊封金城公主〔一〇〕。率由嬪則，無替爾儀，載光本朝，俾乂藩服，可不慎歟〔一一〕！

校記

〔性實〕《全唐文》卷二三五作性質。

〔皇祖〕清抄本作黄祖，據《全文》改。

〔丕基〕《全文》作丕業。

〔言命〕《全文》作信命。

〔隆殺〕清抄本作降殺，據《全文》改。

〔藩服〕《全文》作蕃服。

〔可不〕清抄本作豈不，據《全文》改。

注釋

〔一〕金城公主：邠王李守禮女，中宗景龍三年受詔和蕃，見卷三《奉和送金城公主適西蕃應制》注〔一〕。文景雲二年閏六月作，參後。

〔二〕二十日癸亥：睿宗景雲二年唯閏六月甲辰朔，二十日癸亥，文即作於該月。依行文慣例，「二十」上當有「閏六月甲辰朔」六字。

〔三〕先帝：指中宗。皇祖：指太宗。文成：文成公主。《新唐書·吐蕃傳上》：太宗貞觀八年，吐蕃贊普棄宗論贊始遣使者來朝，又遣使齎帛求昏，「十五年，妻以宗女文成公主，詔江夏王道宗持節護送。」

〔四〕紫宸：長安大明宫中殿名，此代指中宗。厭代：棄世，死的婉詞。

〔五〕丕：大。大烈：大業。《書·立政》：「以覲文王之耿光，以揚武王之大烈。」傳：「所以見祖之光明，揚父之大業。」同氣：謂有血統關係的宗親。《易·乾》：「同聲相應，同氣相求。」遺體：指後代。金城公主祖父李賢是睿宗胞兄。

〔六〕靖：安。言：助詞。河湟：黄河、湟水流域，今甘肅東南部、青海東部，唐時爲與吐蕃接壤地區。《新唐書·吐蕃傳下》：「湟水出蒙谷，抵龍泉，與河合，……故世舉謂西戎地曰河湟。」鑒寐：同監寐。《後漢書·劉陶傳》：「屏營傍徨，不能監寐。」注：「監寐，猶寤寐也。」

〔七〕湯沐：沐浴，指封邑。《禮記·王制》：「方伯爲朝天子，皆有湯沐之邑於天子縣內。」注：「給齋戒潔清之用，浴用湯，沐用潘。」漢以後，公主等有湯沐邑，收賦稅以供個人享用。唐高宗永隆以前，公主食實封不過三百户，神龍中有所增加。參見《新唐書·太平公主傳》。

〔八〕隆殺：進等與降等，猶厚薄。《荀子·禮論》：「禮者……以隆殺爲要。」

〔九〕猶子：兄弟之子。叔父：睿宗自指。金城公主父李守禮乃睿宗親侄。

〔一〇〕朝散大夫：文散官名，從五品下。司賓少卿：即鴻臚少卿，鴻臚寺副長官。鴻臚寺光宅元年改爲司賓寺，設卿一人，少卿二人，掌賓客及凶儀之事。護軍：勳官名。《唐六典》卷二：「九轉爲護軍，比從三品。」國公：封爵第三等，從一品。甘昭：未詳。詹事丞、太子贊善大夫：均東宫官。《唐六典》卷二六：太子詹事府，丞二人，正六品上，掌判府事；太子贊善大夫，分左右，分屬左春坊及右春坊，正五品上，掌翊贊太子以規諷。沈皓仙：即沈浩僊，國子祭酒沈伯儀孫，官至殿中丞，見《元和姓纂》卷七及岑仲勉《元和姓纂四校記》。

〔一一〕乂：安定。藩服：指邊地。《周禮·夏官·職方氏》：「乃辨九服之邦國，……又其外方五百里曰藩服。」

故章懷太子良娣張氏册文〔一〕

維景雲二年歲次辛亥十月壬寅朔十日辛亥，皇帝若曰：於戲，於戲，咨爾故章懷太子良娣張氏，家承峻閥，代襲徽猷，法度有章，言容克備〔二〕。始應良選，入奉元儲，柔規緝於上下，淑問揚於中外〔三〕。恩絶賓帝，七日無歸；義申從子，百齡先謝〔四〕。言念窀穸，憫悼良深；追崇徽號，典故斯在〔五〕。是用命某官某乙册爾爲章懷太子良娣〔六〕。魂而有靈，應兹寵數。

校記

〔故章懷太子良娣張氏册文〕《全唐文》卷二三五作追册章懷太子張良娣文。

〔緝於〕清抄本作縃於，據《全文》改。

〔揚於〕清抄本作楊於，據《全文》改。

〔中外〕《全文》作中國。

〔應兹〕《全文》作膺兹。

注釋

〔一〕章懷太子：李賢。見卷三《章懷太子靖妃挽詞》注〔一〕。良娣：《新唐書·百官志二》：「太子内官，良娣二人，正三品。」張氏：南陽人，年十四，入選雍王府，王立爲太子，册爲良娣，景龍二年五月卒，年六十四。景雲中，以子邠王李守禮故贈良娣，祔葬陵邑。見蘇頲《章懷太子良娣張氏神道碑》。

〔二〕峻閥：高貴門第。據蘇頲撰《神道碑》，張氏爲「隋上儀同、甘泉府别將嚴之曾孫，侍御史、睦州刺史詳之孫，朝議郎、行桂州都督府始安縣令明之女」。徽猷：美好的品質與聲望。《詩·小雅·角弓》：「君子有徽猷，小人與屬。」

〔三〕元儲：皇太子。李賢上元二年六月立爲太子，調露二年八月廢爲庶人，見《舊唐書·高宗紀》。柔規：謂婦女持家的法度，坤道尚柔，故云。緝：和合。淑問：美聲。

〔四〕賓帝：指李賢之死，參本卷《節愍皇太子謚册文》注〔二〕。七日：相傳周靈王太子晉成仙後曾于七月七日來歸，見卷一《鳳笙曲》注〔三〕。從子：謂夫死從子。開耀元年，李賢廢貶巴州，武后迫令自殺。張氏撫子守禮等成人。

〔五〕宅：同窀。窀穸：墳墓。徽號：美好稱號。

〔六〕某乙：據蘇頲《神道碑》，時以金紫光禄大夫、行鴻臚卿趙承恩及銀青光禄大夫、尚書左丞元暕爲使，持節册贈。

故桂陽郡王妃楊氏册文〔一〕

景雲二年歲次辛亥十月壬寅朔二十五日景寅火，皇帝若曰：於戲，咨爾故桂陽郡王妻楊氏，誕承華緒，光襲懿風，性識柔明，言容婉嫕〔二〕。觀詩著範，蹈禮成規，往應高禖，作嬪英邸〔三〕。謹環佩之節，珊其有章；勵蘩藻之誠，恭而式序〔四〕。遣使某持節册命爾爲桂陽郡王妃。爾其克保彝訓，率由茂則，以正於家，無替厥命。往，欽哉。

校記

〔故桂陽郡王妃楊氏册文〕《全唐文》卷一九據《唐大詔令》卷四〇誤收睿宗文，題作桂陽郡王楊妃册文。

〔壬寅〕《全文》作庚寅。

〔朔二十五日景寅火〕《全文》無此八字。

〔婉嫕〕清抄本作婉嬺，據《全文》改。

〔觀詩〕清抄本作觀詩書，據《全文》删書字。

注釋

〔一〕桂陽郡王：李守義，高宗孫，章懷太子李賢子，初封犍爲郡王，徙封桂陽郡王，病卒。先天中，追封畢王。事蹟附見《舊唐書》卷八六、《新唐書》卷八一李賢傳。

〔二〕婉嫕(yì)：柔婉，和善。《晋書·武悼楊皇后傳》：「婉嫕有婦德。」

〔三〕高禖：媒神，帝王祀之以求子。《禮記·月令·仲春之月》：「以大牢祠于高禖，天子親往。」注：「高辛氏之出，玄鳥遺卵，娀簡吞之而生契，後王以爲媒官嘉祥而立其祠焉。變媒言禖，神之也。」嬪：帝王姬妾。英邸：指王府。

〔四〕環佩：飾物。珊：玉佩撞擊聲。舉止有禮合度則環佩聲有節奏。《禮記·經解》：「行步則有環佩之聲。」有章：有禮文法度。《詩·小雅·裳裳者華》：「我覯之子，維其有章矣。」蘩藻：白蒿和水藻，可作祭品，見《詩·召南》中《采蘩》、《采蘋》。此代指祭祀。式序：有秩序。《詩·周頌·時邁》：「明昭有周，式序在位。」

石國王吐屯阿祿稍册文〔一〕

維某年月日皇帝若曰：咨爾石國王吐屯阿禄稍，夫開國承家，義光列聖；興亡繼絶，允屬象賢〔二〕。爾粤自祖宗，率先款附，保守誠節，終始不渝〔三〕。爾之忠勇幹略，聞諸闕下，禦捍邊寇，久樹戰勳。緬懷舊業，宜繼先緒。是用命爾襲父爲石國吐屯，今勅持節四鎮經略大使、安西大都護張玄表便差使備申册禮往，欽哉〔四〕。祗膺嘉命，俾貽於後，可不慎歟。

注釋

〔一〕石國：西域國名，在今烏兹别克斯坦境。《新唐書·西域傳下》：「石或曰柘支，曰柘折，曰赭時，漢大宛北鄙也，去京師九千里。東北距西突厥，西北波臘，南二百里所抵俱戰提，西南五百里康也。圓千餘里，右涯素葉河。王姓石，治柘析城。」吐屯：突厥官名，可世襲，見《新唐書·突厥傳上》。本文及後二文均當作於景雲中中書舍人任上。

〔二〕象賢：指能繼承先人事業。《儀禮·士冠禮》：「繼世以立諸侯，象賢也。」注：「賢者子孫，恒能法其父德行。」

〔三〕款附：歸順。《唐會要》卷九九石國：「貞觀八年十二月，朝貢使至。顯慶三年，以其地瞰羯城爲大宛都督府，仍以其王職土屯攝舍提于屈昭穆爲都督。」

〔四〕四鎮：安西四鎮，唐於龜兹置安西都護府，統龜兹、碎葉、于闐、疏勒四鎮。睿宗景雲元年，以安西都護領四鎮經略大使，見《新唐書·方鎮表四》。張玄表：景雲中爲安西都護，與吐蕃互相攻掠，見《舊唐書·吐蕃傳上》。

拔汗郍國王倒册文〔一〕

維某年月日，皇帝咨曰：於戲，胙土疏封，不隔夷夏，擇賢繼代，以鎮蕃服〔二〕。咨爾檢校拔汗郍國王倒，代雄邊徼，克勵忠誠，輯寧殊俗，歸我皇化。頃聞統率軍旅，致捷寇戎，牧功念勞，式光寵數。是用命爾爲拔汗郍國王。今勑持節四鎮經略大使、安西大都護張玄表使差使備申册禮往，欽哉〔三〕。祗服典章，爲我藩翰，可不慎歟。

注釋

〔一〕拔汗郍：即拔汗那，西域國名，即漢之大宛，在今烏茲别克斯坦境。《新唐書·西域傳下》：「寧遠者，本拔汗那，或曰鏺汗，元魏時謂破落那。去京師八千里，居西鞬城，在真珠河之北。……顯慶初，遏波之遣使朝貢，高宗厚慰諭。三年，以渴塞城爲休循州都督，其王阿了參刺史，自是歲朝貢。」

〔二〕胙土疏封：賜與土地、爵位以封賞功臣。疏：分賜。

〔三〕張玄表：見本卷《石國王吐屯阿禄稍册文》注〔四〕。

俱戰提國王阿度册文〔一〕

維某年月，皇帝咨曰：於戲，封建垂則，中外通規。咨爾俱戰提國王阿度，竭向化，累代申款〔二〕。皇命載宣，蕃禮罔墜。近聞邊寇侵軼，固心捍禦，緬懷勤勞，宜膺寵授。是用命爾襲父爲戰提國王。今勑持節經略大使、安西大都護張玄表使差使備申册禮往〔三〕，欽哉。

克纘先業，可不慎歟。

校記

〔竭向化〕竭下當奪一字，疑奪誠字。

〔父爲〕爲下當奪俱字。

〔持節〕節下當奪四鎮二字。

注釋

〔一〕俱戰提：西域國名，在石國南二百里，見《新唐書·西域傳下》。

〔二〕竭向化：「竭」下疑奪一「誠」字。

〔三〕張玄表：見本卷《石國王吐屯阿禄稍册文》注〔四〕。

謚議

故安興公主謚議文〔一〕

議曰：臣聞表終受名，按存考行。王姬内範，胎教潛流，徽問積中，知之在下〔二〕。公主降靈宸極，昇慶高禖，貞惠日嚴，柔明天縱〔三〕。英姿灼乎髫齔，夙智形於繈褓。孝爲德本，資色以養親；禮即敬輿，履謙而軌物〔四〕。生我天族，長自華宮。珠玉滿堂，不忘於澣濯；歌鐘成列，載翫於圖史〔五〕。恭聞懿風，庶睹嬪則；未延百兩，奄遘重泉〔六〕。皇帝正位瑤圖，追榮金牓〔七〕。穠華失秀，軫餘悼於生前；彤管凝芳，追令名於歿後〔八〕。謹按《周書·謚法》，容儀恭美曰昭，慈仁短折曰懷，請謚曰昭懷公主〔九〕。謹議。

校記

〔故安興公主謚議文〕《全唐文》卷二三五無故字。

〔臣聞〕清抄本臣下有紅字，據《全文》删。

〔王姬〕清抄本王下有範字，據《全文》删。

〔胎教〕清抄本作貽教，據《全文》改。

〔髫齔〕《全文》作齠齔。

〔生我〕《全文》作生成。

〔失秀〕清抄本作天秀，據《全文》改。

〔周書〕《全文》作周禮。

注釋

〔一〕安興公主：睿宗女。《新唐書·諸帝公主傳》：「睿宗十一女，……安興昭懷公主，蚤薨。」睿宗即位後方追封公主並謚，文當作於景雲中。

〔二〕王姬：指天子之女。《詩·召南·何彼襛矣》小序：「美王姬女也。」注：「王姬，武王女。姬，周姓也。」内範：女子的模範。《新唐書·藝文志二》：「武后《古今内範》一百卷，《内範要略》十卷。」徽問：美善的名聲。問，通聞。

〔三〕宸極：北極星。《文選》卷三七劉琨《勸進表》：「宸極失御，登遐醜裔。」李善注：「宸極，喻帝位。」高禖：見本卷《故桂陽郡王妃楊氏册文》注〔三〕。天縱：天所賦予。

〔四〕德本：《孝經·開宗明義章》：「夫孝，德之本也，教之所由生也。」色以養親：《論語·爲政》：「子夏問孝，子曰：『色難。』」注：「色難者，謂承順父母顔色乃爲難。」敬輿：《左傳·僖公十一年》：「禮，國之幹也。敬，禮之輿也。」履謙：謂處事誠信謙退。《易·履》「履道坦坦」注：「履道尚謙，不喜處盈，務在致誠，惡乎外飾者也。」軌物：成爲事物的規範。

〔五〕澣濯：洗滌。《詩·周南·葛覃》小序：「后妃在父母家，則志於女工之事，恭儉節用，服澣濯之衣。」圖史：圖書史籍。

〔六〕百兩：指婚禮送迎之車。《詩·召南·鵲巢》：「之子于歸，百兩御之。」傳：「百兩，百乘也。諸侯之子嫁於諸侯，送御者皆百乘。」

〔七〕皇帝：指睿宗。瑶圖：寶圖，上天授命於帝王的圖籙。參見卷四《哭道士劉無得》注〔六〕。

〔八〕穠華：盛開之花。見卷四《壽陽王花燭》注〔三〕。軫：軫念。彤管：赤管筆，宫中女史記事所用。《後漢書·皇后紀序》：「女史彤管，記功書過。」

〔九〕儀容二句：見《逸周書·謚法解》。

祭文

章懷太子靖妃房氏祭文〔一〕

維景雲二年歲次辛亥十月壬寅金朔十九日庚申木，皇帝遣具位某以少牢之奠，敬祭故章懷太子靖妃之靈。神寢既就，備物肅陳；絳旐不旋，玄扉遽掩〔二〕。緬懷永往，益增悲欷。式陳嘉薦，魂其尚饗。

校記

〔章懷太子靖妃房氏祭文〕清抄本目録作房氏發引祭文。

注釋

〔一〕房氏：見卷三《章懷太子靖妃挽詞》注〔一〕。

〔二〕絳旐：即丹旐，書寫死者名位的旗幡。玄扉：黑色墓門。

故工部侍郎李公祭文〔一〕

維景雲二年歲次辛亥十一月壬申朔二十六日丁酉，中書舍人沈佺期謹以清酌之奠，祭故工部侍郎、昭文館學士李公之靈〔二〕。公含華毓粹，履仁佩德，少踐義方，長游禮則〔三〕。思含飛動，才冠卿、雲，矯矯孤翥，昂昂絶羣〔四〕。余與夫子，相知二紀，情同歲寒，契共終始〔五〕。上天胡爲，亡我深知，氣運俱盡，音英載離。嗚呼哀哉！感念平生，應懷多緒，自茲冥漠，非復游處〔六〕。嗚呼哀哉。公車待制，禮閣爲郎，金閨罷籍，錦帳餘香〔七〕。嗚呼哀哉。呱呱稚子，愴愴悍室，庭廡就荒，房櫳永畢〔八〕。嗚呼哀哉！有羞在俎，有酒盈樽，幽明載隔，式薦貞魂。嗚呼哀哉！

注釋

〔一〕工部侍郎：尚書省工部副長官，正四品下，掌山澤、屯田、工匠、諸司公廨紙筆墨之事。李公：李適，見卷二《傷王學士》注〔二〕。

〔二〕昭文館：即弘文館，神龍元年改昭文館，二年，改脩文館，景雲中復爲昭文館，學士掌詳正圖籍，教授生徒，參議朝廷制度禮儀，五品以上曰學士，六品以下曰直學士，詳見《新唐書·百官志二》。

〔三〕義方：做人的正道。《左傳·隱公三年》：「愛子教之以義方，弗納于邪。」禮則：禮法。《北史·權會傳》：會「志尚沈雅，動遵禮則。」

〔四〕卿、云：西漢文學家司馬相如字長卿，揚雄字子雲。《後漢書·班彪傳贊》：「比良遷、董，兼麗卿、云。」矯矯、昂昂：均挺拔出羣貌。《南史·劉訏傳》載訏族祖劉孝標與訏書，稱贊訏及其族兄歊云：「訏超超越俗，如半天朱霞。歊矯矯出塵，如雲中白鶴。」《楚辭·卜居》：「寧昂昂若千里之駒乎？將泛泛若水中之鳧乎？」

〔五〕二紀：二十四年。據此，沈、李交往當始於武后垂拱（六八五——六八八）中。

〔六〕多緒：多而深切的情思。冥漠：幽暗寂靜，指地下。

〔七〕公車：漢代負責宮廷警衛，接待被徵召者及上書臣民的官署。《後漢書·丁鴻傳》：永平十年，詔徵丁鴻，「詔徵鴻至，賜御衣及綬，稟食公車」。注：「稟，給也。公車，署名。公車所在，因以名。諸待詔者皆居以待命，故令給食焉。」禮閣：即禮闈，指尚書省。參見卷一《酬蘇員外味玄夏晚寓直省中見贈》注〔二〕。金閨：金馬門，漢宦者署門，後以代指官署。籍：門籍，爲三尺竹牒，書官員姓名、年紀、物色，懸之宮門，查驗相合，方得入内。謝朓《始出尚書省》：「既通金閨籍，復酌瓊醴筵。」錦帳：尚書郎官直宿處的卧具。《宋書·百官志上》：郎官入直，給帷帳，氈褥，通中枕，又給女侍二人，執香爐，護衣服。

〔八〕稚子：李適有子名季卿，李適卒時年僅三歲，見獨孤及《唐故正議大夫右散騎常侍贈禮部尚書李公墓誌銘》。惸室：指李適寡妻。

昊天上帝祭文〔一〕

維景雲三年歲次壬子正月某日朔某日，嗣天子臣某敢昭告于昊天上帝〔二〕。惟開闢廣大，覆燾聰明，平分四時，曲成萬物，陰騭於上，昭應於下，德絶言象，功無比議〔三〕。故典禮莫大乎祀，虔謁莫崇乎郊〔四〕。臣以寡薄，纘膺休命，祥物薦臻，福履增惕〔五〕。時因獻歲，和氣發生，躬親泰壇，肅事嚴配〔六〕。謹率彝典，慎修禮物，敬以玉帛犧牲，粢盛庶品，備兹禋燎，祗薦潔誠〔七〕。

注釋

〔一〕昊天上帝：天帝。昊，元氣博大貌。《舊唐書·禮儀志一》：「睿宗太極元年正月，初將有事南郊，有司立議，惟祭昊天上帝而不設皇地祇位。」

〔二〕景雲三年：即太極元年。據《舊唐書·睿宗紀》，景雲三年正月辛未朔，辛巳（十一日）南郊，己丑

（十九日）大赦天下，改元爲太極。

〔三〕覆燾（táo）：覆蓋。陰騭：默默安定。《書·洪範》：「惟天陰騭萬民。」傳：「騭，定也。天不言而默定下民。」言象：即語言。絶言象，謂非語言所可表達。

〔四〕郊：祭天。《禮·祭義》：「郊之祭，大報天而主日。」

〔五〕寡薄：謂無德。祥物：祥瑞。薦臻：屢至。福履：福禄。《詩·周南·樛木》：「樂只君子，福履綏之。」傳：「履，禄也。」

〔六〕獻歲：一年之始。《楚辭·招魂》：「獻歲發春兮，汩吾南征。」泰壇：祭天之處。《禮記·祭法》：「燔柴於泰壇，祭天也。」疏：「謂積薪於壇上而取玉及牲置柴上燔之，使氣達於天也。」嚴配：莊嚴祭祀。古代帝王祭天以祖先配享，唐代自垂拱元年始，以高祖、太宗、高宗配享，見《舊唐書·禮儀志一》。

〔七〕犧牲：牛羊等動物祭品。粢盛：黍稷等穀物祭品。禋燎：即燔柴祭天。升煙以祭天曰禋。參見注〔六〕。

先農祭文〔一〕

維景雲三年歲次壬子木正月辛未土朔十八日戊子火，嗣皇帝臣某敢昭告于帝神農氏〔二〕。

耒耜之利，聖功惟厚。時在上春，肇興東作，率由典則，祇事千畝〔三〕。謹以制幣犧牲，粢盛庶品，肅備恒祀，陳其明薦，以稷配神作主，尚饗〔四〕。

校記

〔皇帝〕清抄本作黄帝，徑改。

注釋

〔一〕先農：傳説中古代教民種植的農神。《舊唐書·禮儀志四》：「則天時，改籍田壇爲先農。……睿宗太極元年，親祀先農，躬耕帝籍。」又《睿宗紀》：景雲三年正月「戊子，躬耕籍田。」

〔二〕神農氏：傳説中上古帝王。《史記·五帝本紀》：「軒轅之時，神農氏世衰。」集解：「皇甫謐曰：『《易》稱庖犧氏没，神農氏作，是爲炎帝。』班固曰：『教民耕農，故號神農。』」耒耜：古代翻土的工具。耜形似犁碗，耒爲其木柄。《齊民要術》卷一：「神農之時，天雨粟，神農遂耕而種之，作陶冶斤斧，爲耒耜鉏耨，以墾草莽。」

〔三〕上春：孟春正月。東作：春耕。《書·堯典》：「平秩東作。」傳：「歲起于東而始就耕，謂之東作。」千畝：謂藉田，春耕前帝王親耕農田，以奉祀宗廟，且以勸農。《詩·周頌·載芟》傳：「藉田，甸師氏所掌，王載耒耜所耕之田，天子千畝，諸侯百畝。藉之言借也，借民力治之，故謂之藉田。」天子藉田，實際上僅將耒耜推三次而已。

〔四〕稷：后稷，名契，周的祖先，教民種植，爲舜農官。見《史記·周本紀》。

漢大將軍霍光祭文〔一〕

將軍秉節炎漢，俾寧社稷〔二〕。替昌邑，擁昭、宣，勢扶將傾，權實在己；功冠不朽，義存復辟〔三〕。奉誠所以息猜，思主有毀；育德所以起貴，禮當先白〔四〕。雖伊、周二勳，無足加也〔五〕。皇帝則天統物，覆暴旌善，遐酌忠貞，緬覃雨露〔六〕。降明制，飾窮泉，枌柏生光，臣子企節〔七〕。某虚昧，忝役茲邦，祇宣大猷，或暢如在〔八〕。茂陵園邑，瞻白雲而不見；博陸封疆，薦緑樽而徒滿〔九〕。大君有命，貞魂饗諸。

注釋

〔一〕大將軍：武官名，東漢以前不常置，韓信、衛青均曾官此職，位甚尊崇。霍光：字子孟，河東平陽人。霍去病弟。漢武帝崩，光爲大司馬、大將軍，受遺詔輔幼主昭帝，政事一決於光。昭帝崩，昌邑王賀即位，淫亂，光廢之，立宣帝，前後秉政二十年，事見《漢書》本傳。按《唐會要》卷二二，天寶七載五月詔，忠臣十六人，所在置祠宇，量事祭祀，中有「漢大將軍霍光，平陽郡」。此詔祭前代功臣事，未詳在何年。

〔二〕秉節：猶受命。節：符節，任命將帥、使臣等的信物。炎漢：即漢，漢以火德王，故云。

〔三〕昌邑：漢縣名，故治在今山東金鄉西北。漢武帝子劉髆封昌邑王，卒，子劉賀嗣。昭帝薨，無嗣。賀以武帝孫，受皇帝璽綬，襲尊號。即位二十七日，淫亂，廢歸故國，國除爲郡，事見《漢書·霍光傳》及《武五子傳》。昭：漢昭帝劉弗陵，武帝少子，八歲即位，前八七——前七四在位。宣：漢宣帝劉詢，武帝曾孫，昌邑王廢，霍光奏立詢爲帝，前七四——前四九年在位。

〔四〕奉誠二句：指霍光弭燕王讒毁事。昭帝時，燕王旦自以爲昭帝兄，常懷怨望，上官桀、桑弘羊等怨恨光，詐令人爲燕王書，密告光「專權自恣，疑有非常」，昭帝察知其書有詐。後桀黨與有譖光者，上輒怒曰：「大將軍忠臣，先帝所屬以輔朕身，敢有毁者坐之」。事見《漢書·霍光傳》。育德二句：指霍光廢昌邑王立宣帝事。昌邑王淫亂，光召大臣會議未央宫後，「即與羣臣俱見白太后，具陳昌邑王不可以承宗廟狀」。事見《漢書·霍光傳》。

〔五〕伊、周：伊尹、周公。伊尹名阿衡，佐殷湯，伐夏桀，見《史記·殷本紀》。周公輔幼主成王，誅武庚、管叔，放蔡叔，攝政七年，成王長大，返政成王，見《史記·周本紀》。《漢書·霍光傳贊》：「遂匡國家，安社稷，擁昭立宣，光爲師保，雖周公、阿衡，何以加此。」

〔六〕緬覃（tán）雨露：恩澤施及遥遠的前代。

〔七〕飾：尊榮。窮泉：地下，指死者。枌柏：猶枌榆、枌梓，指鄉里。枌，白榆。企節：仰慕其節操。

〔八〕兹邦：指晋州平陽郡，參注〔一〕。如在：指祭祀。《論語·八佾》：「祭如在，祭神如神在。」

〔九〕茂陵：漢武帝陵，在今陝西興平東南。霍光漢武帝時出入禁闥二十餘年，卒後陪葬茂陵，見《漢書》本傳。白雲：漢武帝《秋風辭》：「秋風起兮白雲飛。」博陸：霍光封博陸侯。《漢書·霍光傳》文穎注：「博，大；陸，平。取其嘉名，無此縣也。食邑北海、河間、東郡。」

雜著

霹靂引〔一〕

歲七月，火伏而金生，客有鼓琴於門者，奏霹靂之商聲〔二〕。始戛羽以騞砉，終扣宮而砰駖〔三〕。電耀耀兮龍躍，雷闐闐兮雨冥〔四〕。氣嗚唅以會雅，態欻翕以橫生〔五〕。有如駈千騎，制五兵，截荒虺，斮長鯨，孰與廣陵比意、别鶴儔精而已〔六〕。俾我雄子魄動，毅夫髮立，懷恩不淺，武義雙輯，視胡若芥，剪羯如拾〔七〕。豈徒慨慷中筵，備羣娱之翕習哉〔八〕。

校記

〔鼓琴〕清抄本作鼓瑟，據王本改。

〔千騎〕清抄本作千旗，據《樂府詩集》卷五七及王本改。

〔翕習哉〕《唐詩紀》卷二九哉下有故此知也四字。

注釋

〔一〕霹靂引：琴曲名。《樂府詩集》卷五七：「謝希逸《琴論》曰：『夏禹作《霹靂引》。』《樂府解題》曰：『楚商梁遊於雷澤，霹靂下，乃援琴而作之，名《霹靂引》。』未知孰是。」王本、朱本、黄本、楊本、許本均收此文入詩中，活字本收賦中，清抄本收卷四雜著中。按，此實爲散文，疑爲詩序而佚其詩，今從清抄本收文中。

〔二〕火伏金生：猶言夏去秋來。商聲：肅殺之聲。商爲五音之一，五行之説以商、秋屬金。

〔三〕戞：扣，彈奏。宫、羽：均爲五音之一。騞砉(huō xū)：象聲詞。《莊子·養生主》：「庖丁爲文惠君解牛，……砉然嚮然，奏刀騞然，莫不中音。」砰駖(pēng líng)：聲盛貌。《漢書·揚雄傳》：「猋泣雷厲，驞駍駖磕。」注：「皆聲響衆盛也。」

〔四〕闐闐：雷聲。冥：雨貌。《楚辭·九歌·山鬼》：「靁填填兮雨冥冥，猨啾啾兮又夜鳴。」

〔五〕嗚唅(hān)：象聲詞。會雅：合於雅。《史記·樂書》「訊疾以雅」集解引鄭玄曰：「雅亦樂器名，狀如漆筩，中有椎。」欻(xū)翕：迅疾貌。

〔六〕駈：同驅。制五兵：節制軍隊。《通典》卷二三：「魏置五兵尚書，五兵謂中兵、外兵、騎兵、別兵、都兵也。」虺：毒蛇。斮(zhuó)：斬。荒虺、長鯨，均以喻巨奸大惡。廣陵、別鶴：《廣陵散》與《別鶴操》，均琴曲名。《晉書·嵇康傳》：「康將刑東市，……顧視日影，索琴彈之，曰：『昔袁孝尼嘗從吾學《廣陵散》，吾每靳固之，《廣陵散》於今絶矣。』」《樂府詩集》卷五八：「崔豹《古今注》曰：『《別鶴操》，商陵牧子所作也。娶妻五年而無子，父兄將爲之改娶。妻聞之，中夜起，倚户而悲嘯。牧子聞之，愴然而悲，乃援琴而歌，後人因爲樂章焉。』」《琴譜》曰：『琴曲有四大曲，《別鶴操》其一也。』」儔精：比其精妙。

〔七〕雄子、毅夫：壯士。武義：勇武正義。輯：聚集。王粲《酒賦》：「章文德於廟堂，協武義於三軍。」羯：匈奴的別支，與胡均泛指異族敵人。去芥、如拾：極言其易。《漢書·夏侯勝傳》：「經術苟明，其取青紫如俯拾地芥耳。」注：「地芥謂草芥之横在地上者。俛而拾之，言其易而必得也。」

〔八〕中筵：宴席間。羣娱：各種娱樂。翕習：盛貌。左思《吴都賦》：「荆豔楚舞，吴歈越吟，翕習容裔，靡靡愔愔。」

珠菩提像文奉勑撰〔一〕

自昔開物成務，制禮作樂，罕論十地之明因，無證四天之勝果〔二〕。大仙既現，香雨載零，睹羲、農之化偏，知舜、禹之功薄〔三〕。皇帝德符上聖，仁下生，飛惠炬於六幽，扇慈雲於萬像〔四〕。冕旒多暇，每尋歡喜之園；輿輦經行，即對醍醐之沼〔五〕。以爲鎔金未極，雕香非妙，爰命良工，敬成珠像。師子王國，奉如意之珍；神龍海藏，獻摩尼之寶〔六〕。九十六毒，駭神光以自銷；百千兩金，阻威德而無價〔七〕。是用分絲點露，結縷攢星，相好光明，威儀具足。天人洗手，張以旃檀之架；宮女焚香，襻以波斯之錦〔八〕。無上功德，如是莊嚴，睿感必通，聖躬多祐。

注釋

〔一〕珠菩提像：用珍珠編串而成的佛像。菩提：梵語，意譯爲正覺，即明辨善惡，覺悟真理之意。相傳釋迦牟尼在樹下得證菩提果而成佛，樹因名爲菩提樹，故亦稱佛爲菩提。

〔二〕開物成務：《易·繫辭上》中語，意謂通萬物之志，成天下之務，即揭示一切事物真象，使人事各得其宜。《禮記·樂記》：「王者功成作樂，治定制禮。」相傳文王作《易》，周公制禮作樂。十地、四天：見卷一《從幸香山寺應制》注〔三〕。勝果：勝妙之證果，謂佛果。

〔三〕大仙：指佛。佛家謂如來之身，金色微妙，因稱金仙。羲、農：傳説中古代帝王伏羲氏、神農氏。

〔四〕仁下當奪一字，疑是澤字。惠：通慧。慧炬：智慧的火炬。六幽：六合中幽隱之處。六合謂天地四方。慈雲：謂佛心慈悲，廣大如雲，蔭注世界。萬像：即萬象，萬物。

〔五〕冕：禮冠。旒：冕頂板上前後懸掛的玉串。此以冕旒代指皇帝上朝聽政。歡喜之園：佛家所説樂園，又名歡樂園，爲忉利天帝釋四園之一。《大智度論》卷八：「譬如三十三天王歡樂園中，諸天入者，心皆柔軟，歡樂和悦，粗心不起。」醍醐：酥酪上凝聚的油，味最甘美，佛經中用以比喻一乘教義。

〔六〕師子國：執師子國之省稱，梵語僧伽羅國之意譯，即今斯里蘭卡。摩尼：梵語，即寶珠，又稱如意珠。《翻譯名義集》卷八引《大論》：「有人言此寶珠從龍王腦中出，人得此珠，毒不能害，入火不燒。」

〔七〕九十六毒：指九十六種外道。佛教謂於教外立道者爲外道，天竺有六師外道，六師又各有十五弟子，合爲九十六種外道。

〔八〕天人：出類拔萃的人，此當指皇室成員，后妃、王子、公主之類。旃檀：木名，即檀香木，梵語爲旃檀那。襻（pàn）：以帶繫結。波斯：伊朗之古稱。

賜突厥可汗鐵券文〔一〕

某年月日，皇帝敬問突厥可汗。朕居寶位，四海一家，天命相承，於今六代〔二〕。唯可汗一國，比未和通，使彼邊人，尚勞防禦。今可汗將心向内，求朕爲親，朕深領此誠，不惜愛女。自今以後，永無兵甲，蕃漢之間，長絶猜阻。可汗既爲女婿，公主又復降蕃，天下大同，豈不安樂。比日使命來往，言不盡心，又可汗在遠，猶未相見。今附鐵券，以爲的信，知朕不負蒼生，盡義於可汗矣。有違盟要，天不祐之。

注釋

〔一〕突厥：生活在阿爾泰山一帶的游牧民族，隋、唐之際，據漠北之地，東西萬里，分爲東、西二部，勢力强大，常爲患中國。可汗：突厥君長，此當指默啜可汗。《新唐書·突厥傳上》：天授初，骨咄禄可汗死，其子幼，弟默啜自立爲可汗，數侵略中國，「睿宗初立，又請和親，詔取宋王成器女爲金山公主下嫁。會左羽林大將軍孫佺等與奚戰冷陘，爲奚所執，獻諸默啜，默啜殺之，……玄宗立，絶和親。」《舊唐書·突厥傳》云：「俄而睿宗傳位，親竟不成。」鐵券：鐵契，帝王賜與臣下享受某種特權的信物。文當作於睿宗朝初許和親之時。

〔三〕六代：此當指高祖、太宗、高宗、武后、中宗、睿宗六代。

餞台州袁刺史入計序〔一〕

公四代衣冠，一門忠鯁。天才沉毅，雅度温良。……憑熊下歙，建隼之台〔二〕。甘雨隨傳於往還，仁風交扇於期月〔三〕。

注釋

〔一〕本文沈集及《全唐文》未載。《嘉定赤城志》卷八郡守：「袁光孚，天寶十四年。」注云：「按《沈佺期集》有《餞袁刺史入計序》略云（文略），又云（文略）。觀此，或知爲良吏矣。」今據録入。台州，州治在今浙江省台州市。但《赤城志》謂光孚天寶十四載爲台州刺史，而佺期作序送之，則大誤。佺期開元四年前卒，斷無於天寶末仍作序送人之理。據《唐刺史考·台州》引《延祐四明志》及孫諫卿《唐明州象山縣碑銘并序》，天寶十三年台州刺史爲袁仲宣，疑《赤城志》將此二袁姓台州刺史混淆。入計：地方官吏歲末上州府户口、賦税等計簿於京師。《新唐書·沈佺期傳》：「長流驩州，稍遷台州録事參軍事。」時在景龍元年，文當景龍元年作，參見《簡譜》。

〔二〕熊：熊軾，作伏熊形的車前横軾。《後漢書·輿服志上》：「公、列侯安車，朱班輪，倚鹿較，伏熊軾。」後代指公卿及地方長官所乘車。杜甫《奉贈蕭十二使君》：「鵬圖仍矯翼，熊軾且移輪。」下斂：未詳，「斂」字疑誤。隼：猛禽，此指繪有鳥隼圖案的旗幡。《周禮·春官·大宗伯》：「鳥隼爲旟。」又《司常》：「州里建旟。」後遂以指刺史儀仗。劉禹錫《泰娘歌》：「風流太守韋尚書，路傍一見停隼旟。」

〔三〕甘雨：及時好雨。傳：驛車。《後漢書·鄭弘傳》李賢注引謝承《書》：「弘消息繇賦，政不煩苛，行春，大旱，隨車致雨。」仁風：比喻德政。期月：一年。

備考詩文

巫山高

巫山高不極，合沓狀奇新。暗谷疑風雨，陰崖若鬼神。月明三峽曉，潮滿九江春。爲問陽臺客，應知入夢人。

按：此詩見《雲溪友議》卷上、《唐詩紀事》卷五一、《沈佺期詩集》卷三、《全唐詩》卷九六〇、《全唐詩》卷九九重收張循之詩。《唐詩紀事》卷十一注云：「此詩范攄以爲佺期作，而顧陶以爲張循，今記於此。」顧陶，當指顧陶編於大中中之《唐詩類選》，其説較《雲溪友議》之小説家言早出，可靠。《文苑英華》卷二〇一、《樂府詩集》卷一七均收張循之詩。沈佺期別有同題詩（巫山峰十二），故此詩當張循之作。

巫山高

神女向高唐，巫山下夕陽。裴回作行雨，婉孌逐荆王。電影江前落，雷聲峽外長。霽雲無處所，臺館曉蒼蒼。

按：此詩見《樂府詩集》卷一七、《唐詩紀》卷三〇、《全唐詩》卷九六。《宋之問集》卷下、《全唐詩》卷五二又收宋之問詩。《唐詩紀事》卷八、又卷五一、《全唐詩》卷六七收王無競詩。《雲溪友議》卷上云：劉禹錫爲夔州刺史，罷郡過巫山神女祠，悉去題詩，僅留四章，其一爲王無競作，即此詩。沈佺期别有同題詩（巫山峰十二），此詩當王無競作。

和常州崔使君寒食夜

聞道清明近，春闈向夕闌。行遊晝不厭，風物夜宜看。斗柄更初轉，梅香暗裏殘。無勞秉華燭，晴月在南端。

按：此詩見《沈佺期詩集》卷三、《全唐詩》卷九六〇、《全唐詩》卷二八重收孫逖詩。此詩當爲孫逖作，見《文苑英華》卷一五七、《古今歲時雜詠》卷一一及《孫逖集》。蓋《文苑英華》卷一五首録沈佺期《嶺表逢寒食》詩，後録李崇嗣《寒食》，復次録孫逖此詩及《和上巳連寒食有懷京洛》，李、孫三詩遂俱承前誤輯爲沈佺期詩。

和上巳連寒食有懷京洛

天津御柳碧遥遥，軒騎相從半下朝。行樂光輝寒食倍，太平歌舞晚春饒。紅粧樓下東迴輦，青草洲邊南渡橋。坐見司空掃西第，看君侍從落花朝。

按：此詩見《沈佺期詩集》卷五、《全唐詩》卷九六〇、《全唐詩》卷一一八重收孫逖詩。《文苑英華》卷一五七、《古今歲時雜詠》卷一一及《孫逖集》均收孫逖詩。詩當孫逖作，其誤爲沈佺期詩的原因，見前詩按。

寒食

普天皆滅焰，匝地盡藏煙。不知何處火，來就客心然。

按：此詩見《沈佺期詩集》卷六、《全唐詩》卷九七〇、《全唐詩》卷一百重收李崇嗣詩。詩當李崇嗣作，見《藝文類聚》卷四、《初學記》卷四、《太平御覽》卷三〇、《文苑英華》卷一五七、《唐詩紀事》卷六、《古今歲時雜詠》卷一一等。其誤爲沈佺期詩原因與前二詩同。

白鹿觀應制

四郊秦漢國，八水帝王都。閶闔雄里閈，宮闕壯規模。貫渭稱天色，含岐實奧區。金門披玉館，因此識皇圖。

按：此詩見《唐詩紀事》卷一一，季振宜《全唐詩稿本》六册一八三頁據收沈佺期詩。詩當中宗作，題爲《登驪山高頂寓目》，見《文苑英華》卷一七〇、《唐詩紀事》卷一，同時羣臣和作甚多。沈佺期別有《幸白鹿觀應制》詩。

奉和春初幸太平公主南莊應制

主家山第早春歸，御輦春遊繞翠微。買地鋪金曾作埒，尋河取石舊支機。雲間樹色千花滿，竹裏泉聲百道飛。自有神仙鳴鳳曲，併將歌舞報恩輝。

按：此詩見《沈佺期詩集》卷五、《全唐詩》卷九六。詩當蘇頲作，見《文苑英華》卷一七六。沈佺期有同作應制詩（主第山門起灞川），與蘇詩均載《英華》，輯沈集者誤輯蘇詩。

紅樓苑應制

紅樓疑見白毫光，寺逼宸居福盛唐。支遁愛山情謾切，曇摩泛海路空長。經聲夜息聞天語，爐氣晨飄接御香。誰謂此中難可到，自憐深院得徊翔。

按：此詩見《沈佺期詩集》卷五。《全唐詩》卷九六亦收，題注云「一作僧廣宣詩」。詩當釋廣宣作，見《文苑英華》卷一七八。廣宣曾居安國寺紅樓院，爲供奉僧。楊巨源有《送定法師歸蜀法師即紅樓院供奉廣宣上人兄弟》詩，白居易有《廣宣上人以應制詩見示因以贈之詔許上人居安國寺紅樓院以詩供奉》詩。《唐音癸籤》卷三二：「唐人詩既多出後人補輯，以故篇什淆錯，……其顯而易見習誤不察者，無如釋廣宣紅樓、道場二律之作沈佺期詩。」又云：「廣宣，元和、長慶兩朝並以詩爲內供奉，詔居安國寺紅樓，有詩名《紅樓集》，見白樂天諸家詩題可考，故紅樓應制之詩，以支遁、曇摩爲比，云『自憐深院得翱翔』。其《再入道場紀事》，則在憲宗宴駕、穆宗御極、内殿作功德之時，故有『南方歸去再生天』及『見闢乾坤新定位』等句，而以『兩朝長在聖人前』結之。……且紅樓本睿宗在藩舞榭，玄宗開元八年捨建安國寺立院，詳段成式遊長安諸寺記及程大昌《雍録》，計此時，詹事已前卒矣，安得有紅樓題詩乎！」其説甚辯，當從。

再入道場紀事應制

南方歸去再生天，内殿今年異昔年。見闢乾坤新定位，看題日月更高懸。行隨香輦登仙路，坐近爐煙講法筵。自喜恩深陪侍從，兩朝長在聖人前。

按：此詩見《沈佺期詩集》卷五。詩當釋廣宣作，見《文苑英華》卷一七八。參見前詩按。

月

忌滿光恒缺，乘昏影暫流。既能明似鏡，何用曲如鉤。

按：此詩見《文苑英華》卷一五一，校云「見《駱賓王集》」。蓋南宋人所見沈佺期集無是詩而見於駱氏集中。今《駱臨海集箋注》卷三收《同張二詠雁》、《詠雪》等詠物詩八首，此詩在其中。詩當駱賓王作。

奉和幸韋嗣立山門莊侍宴應制

鼎臣休翰隙，方外結遐心。別業青霞境，孤潭碧樹林。每遷東墅策，遥弄北溪琴。帝幸行時豫，台園賞歲陰。移鑾明月沼，張樂白雲岑。御柏瑶觥落，仙壇竹逕深。三章懸聖藻，五等冠朝簪。自愧承恩盛，咸言獨在今。

按：此詩見《沈佺期詩集》卷四。《全唐詩》卷七六收徐彦伯詩，詩當徐彦伯作，見《文苑英華》卷一七五、《唐詩紀事》卷九。沈佺期别有一同題應制詩（台階好赤松），輯沈集者誤輯。

寄題書堂巖

南山有巖洞，崆峒敞奇境。直頂多懸巒，陡壁開軒景。一水石底穿，澄潭鑑人影。几席排天然，讀書堪晝永。巖外雲霞聯，溪間嵐氣冷。幽寂透心空，清曠徹理静。雖未常遨遊，友我神相領。寤寐時及之，塵眸豁然醒。寄語與山靈，祇今愧萍梗。無能伴主人，響答長嵓冏。

按：此詩見《四部備要》本《曲江集》卷三，附張九齡《讀書巖中寄沈郎中》後。張詩云：「素有巖泉僻，全無車馬音。溪流通海曲，洞豁敞軒陰。石几漁舟傍，沙灣鷗鷺臨。仙禽胡不至，野鶴恒自吟。慮定時觀易，泉深間撫琴。真有清涼處，不令炎熱侵。寄語吾知己，同來賞此心。」按，沈佺期長安二年爲考功員外郎，擢張九齡進士及第，旋遷考功郎中，長安三年轉給事中，後方貶驩州，其於郎中任無「萍梗」之事。張詩云「寄語吾知己，同來賞此心」，亦不類門生呈座主口吻。詩當僞托。

贈苗藴題擬

十三學繡傍金牕，十六梳頭壓大邦。色比昭陽人第一，才同江夏士無雙。

按：此詩見《説郛》弓八一引《玄散詩話》，云：沈雲卿夢噉羹甚寒，仰見天上有「無二」兩字，明日，以告金迥秀。迥秀曰：「羹寒，無火也，非美乎？天無『二』字，非人乎？以鄙人觀之，君當有美人桑中之喜也。」沈是日果遇美人苗藴，顔色絶代，才調無雙。沈有詩云（略）。沈謂金曰：「子之占夢，即索紞、周宣不過也。」此詩晚出，疑出小説家手。

瓊州

異哉寸波中，見此横海脊。舉首玉簪插，忽去銀釘擲。身大何時見，夭矯翔霹靂。銅柱威丹徼，朱崖鎮火陬。

按：此詩見《輿地紀勝》卷一二四瓊州，《全唐詩補編·續拾》卷九據録出並擬題。詩前六句詠海中巨鯨之類，末二句乃沈佺期《三日獨坐驩州思憶舊遊》中句。前後用韻不同，意義不相連屬。依《紀勝》體例，前六句當是别一人詩，因脱去作者名，遂誤與沈詩連寫。

詩

萬里赴戎機，關山度若飛。朔氣傳金柝，寒光照鐵衣。

按，此詩見《錦繡萬花谷後集》卷一四，《全唐詩補編·續拾》卷九録出，按云：「此四句即《木蘭詩》中後人以爲極似唐人所作之句。《萬花谷》收佺期《塞北二首》摘句後，又收此四句，署『前人』，未詳編者另有所據抑疏忽致誤。今人或主《木蘭詩》爲唐初人所作，今姑録出附存佺期名下，以供研究者參考。」

句

五湖三畝宅，萬里一歸人。

按，此聯見《全唐詩外編·續補遺》卷一，據《詩人玉屑》三唐人句法録。此乃王維《送丘爲落第歸江東》中句，《玉屑》誤植。

身經火山熱，顔入瘴鄉消。

按，此聯見《全唐詩外編·續補遺》卷一，據《輿地紀勝》一〇八、《永樂大典》二三四〇又二三四三録。此乃宋之問《早發韶州》中句，《紀勝》等誤植。

句

先朝六駕日，遠虜附已深。

按：此詩見《海録碎事》卷一〇，《全唐詩補編·續拾》卷九據以録出。

峽山詩

覽遍名山境，無如此峽山。兩峰支碧漢，一水抱清灣。松老龍猶在，江澄勢自還。煙波籠佛座，風月伴僧閒。騷客吟無盡，良工畫想難。奇哉真福地，千古鎮人寰。

按：此詩見清人錢以愷《嶺海見聞》卷二，《文獻》一九九一年第一期程明《沈佺期佚作〈峽山詩〉》録。文云，此詩尚見康熙五十九年《禺峽山志》、光緒《廣州府志》、光緒《清遠縣志》。光緒《廣州府志》載沈佺期《峽山賦》，賦後云「復系之以詩」。按，《峽山賦》實爲僞作（參後該賦按語），詩當亦後人僞托。

峽山賦

縹渺之間，有禪關焉，俯尋碧灣。勅特賜之廣厦兮，名標峽山。嶄然七十二峰兮，高侵雲漢；亘爾百千萬紀兮，永鎮人寰。切惟羊城王（五）嶺之要衝，清遠諸峰之高壓，中有絶境，山名曰峽。澗穿一水之流，旁列兩峰之夾。層崖邃谷，疊屏帳以重圍；怪石奇峰，聳樓臺之高插。山尖兮嶺危，天環兮地旋。前山踴兮龍奮躍，後山猛兮虎蹁躚。冠出巫山之十二，高超法界之三千。霧鎖煙籠，真物外虛無之境；月明風裊，實壺中未有之天。春木茂兮翦琉璃，春花開兮靄蘭蕙，夏風涼兮來殿閣，秋霧冷兮滴松檜。冬爐煖兮新炭醅，歲醪酌兮杯盤美。壯蓬萊三島之居，類天闕五雲之際。閑憑晚閣，指天外之霞飛；夢斷曉鐘，聽雲間之鶴唳。記事者曰：昔在梁武帝，統臨幅員，極降二庶子之青襟，來五羊之穗鞭。其後化遊士以去此，託舒州之夢焉。于是雲奔電激，神殿一霎而至止；雕梁峻柱，全身丈六以巍然。爰立靈祠，居二禺而作鎮；中有梵刹，羣列釋以安禪。輒有怪異紛紜，神靈出没。達磨石兮，聖蹟俱存；觀音泉兮，源流不絶。老人松畔竹交加，白泡潭中魚跳躍。猿環不見，時聆古木號風；犀鎖已沉，夜有寒潭浸月。更復臺高獅子，巖産金芝。蘚斑斑兮定心石，水淼淼兮放生池。龍磨角而江澄素練，嶺蟠繚而雲走輕旗。舍利塔兮觀神人之現，波羅樹兮聞異香之奇。烟鎖釣魚臺，往事空追于趙子；雲迷和光洞，今人莫見乎昌期。雲衲來遊，琴書投静。恬然淡泊，于吾是酩。役役芬華，而非所競。何妨拚峽山之遊，恍乎步蓬萊之境。

按，此文見《全唐文》卷二二三五，當自《禺峽山志》等地方文獻輯出。但賦中所述「怪異紛紜」均爲開元、天寶以後事。「猿環」用孫恪妻袁氏獻碧玉環化猿事，見《太平廣記》卷四四五及《方輿勝覽》卷三四廣州，乃廣德後十餘年事。「蟠縹」（當幡標之誤）用大曆中平廣州哥舒晃叛亂，神掛二幡於禺山頂之傳説，見《輿地紀勝》卷八九廣州。「昌期」乃安昌期，相傳宋治平二年得道，隱峽山之和光洞，見《古今圖書集成·職方典》卷一三〇二廣州府部。他如「金芝」、「放生池」亦開元、天寶間傳説，見《古今圖書集成》。餘亦莫不見諸《紀勝》、《勝覽》等地志。故賦定爲當地好事者采摭方志傳説所作而託名沈佺期。詳見陶敏、易淑瓊《沈佺期峽山詩峽山賦均爲僞作》，文載《鐵道師院學報》社科版一九九五年第四期。

遊始興道館

紫臺高不極，青嶂千仞餘。壇邊逢藥銚，洞裏閱仙書。庭舞參經鶴，池游被擢魚。稍昏蓮葉斂，欲暝槿花疏。徒教斧柯爛，含日不凌虛。

按：此詩見《乾隆南雄府志》卷一八，作沈佺期詩，誤。詩爲陳陰鏗作，見《藝文類聚》卷七八、《初學記》卷二三、《文苑英華》卷二二六、《錦繡萬花谷》卷二七。

附録

舊唐書沈佺期傳

劉昫

沈佺期，相州内黄人也。進士舉。長安中，累遷通事舍人，預修《三教珠英》。佺期善屬文，尤長七言之作，與宋之問齊名，時人稱爲沈宋。再轉考功員外郎，坐贓配流嶺表。神龍中，授起居郎，加修文館直學士。後歷中書舍人、太子詹事。開元初卒。有文集十卷。弟全交及子，亦以文詞知名。（卷一九〇中）

新唐書沈佺期傳

宋祁

沈佺期，字雲卿，相州内黄人。及進士第，由協律郎累除給事中，考功受賕，劾未究，會張易之敗，遂長流驩州。稍遷台州録事參軍事。入計，得召見，拜起居郎，兼脩文館直學士。既侍宴，帝詔學士等舞《回波》，佺期爲弄辭悦帝，還賜牙、緋。尋歷中書舍人，太子少詹事。開元初卒。弟全交、全宇，皆有才章而不逮佺期。（卷二〇二）

授沈佺期太子少詹事等制

蘇　頲

黄門：正議大夫、太府少卿、昭文館學士、上柱國、吴興縣開國男沈佺期，才標穎拔，思詣精微，早升多士之行，獨擅詞人之律。正議大夫、行衛尉少卿、上柱國楊崇禮，神情凝正，器識沉敏，久聞忠義之風，克樹循良之績，儲闈總務，卿寺推能，佇執紀綱，爰司帑藏。佺期可太子少詹事，餘如故。崇禮可行太府少卿，散官勳如故。主者施行。（《全唐文》卷二五二）

校唐沈詹事詩集序

王廷相

余讀唐史云，唐初詩人，承陳隋風流，浮靡相矜，至宋之問、沈佺期等，研揣聲音，浮切不差，號爲律詩。及讀六朝人詩，見所謂《愛妾换馬》、《秦王卷衣》、《昔昔鹽》等作，已皆研練精切，穩順聲勢，全篇協律矣。謂二子始爲之，非深索遠考也。唐人知非雅典，不能裁而離之，反相尚焉。何哉？蓋古之文章，上有所好，下必甚焉。以故務相沿襲，勉從時好，溺而不可回者衆矣，此亦勢云爾。二子爲律精切，亦時所趨然也。嗚呼，豈特律然哉！開元以來號稱古作者，自子昂、太白真想妙解之外，幾於寥寂無聞。餘雖才有變化，教切風雅，而體格詞氣，已爲齊梁後塵矣。蘇、李、曹、劉之興韻，夫其荒矣乎。善乎，朱子曰："古之詩，虞、夏以來至漢、魏爲一等；晉、宋之間，顔、謝以下至唐初爲一等；沈、宋以下至今日爲一等。」真知言哉！然則詹事、員外實唐一代之宗匠也哉！同寅劉子潤之以二集示余校閲，歲月云遠，謄傳失真，訛謬所裁正者得什之六七耳。缺所疑者，俟善本更定焉。正德戊寅三月朔日浚川王廷相序。

（明正德王廷相刻《沈佺期詩集》）

中國古典文學基本叢書

沈佺期宋之問集校注

下册

〔唐〕沈佺期 宋之問 撰
陶敏 易淑瓊 校注

中華書局

宋之問集校注

宋之問集校注目録

卷一

詩（上元元年——長安四年）

卷三

詩（景龍三年秋——先天元年）

卷四

詩（不編年）

卷五

卷六

卷七

表

宋之問集校注卷一

詩（上元元年——長安四年）

茅齋讀書〔一〕

清軒臨夕池，微徑入寒樹。暝還探舊史，頗知古人趣。明一誘道心，吹萬成世務〔二〕。獵精自補闕，安能守章句〔三〕。

校記

〔茅齋讀書〕此詩宋集諸本未收，見《詩淵》四一四九頁。

注釋

〔一〕宋之問上元二年進士，此詩當約作於上元元年（六七四）。

〔二〕明一：明道。《管子·兵法》：「明一者皇，察道者帝，通德者王。」注：「一者，氣質未分至一者。德者，道由以成者也。夫皇、帝、王、道，隨世立名者也，其實則一也。」吹萬：如風之吹及萬物。李嶠《爲朝集使等上尊號表》：「神功暢於明一，至德覃於吹萬。」

〔三〕章句：古籍的分章與句讀。《漢書·夏侯勝傳》，勝非其從父子夏侯健曰：「建所謂章句小儒，破碎大道。」

潛珠篇〔一〕

夜光四寸今所無，聞有入海求大珠〔二〕。大珠自愛潛不發，希世一見比明月。靈物變化詎可尋，幾人皓首死閩越。泥蟠沙卧海底沈，何知結愛美人心。可憐曜乘十二乘，誰惜黄金七百金〔三〕。越鄉析寶誠非易，涉險捐軀名與義。天生至寶自無倫，如何真僞人莫分。古來貴耳而賤目，恐君既見不及聞〔四〕。世有南山采薇子，從來道氣凌白雲〔五〕。今乃千里作一尉，無媒爲獻明聖君〔六〕。

校記

〔潛珠篇〕此詩宋集諸本未收，見《詩淵》七一頁。

注釋

〔一〕潛珠：深藏水中的珍珠，喻未被發現的優秀人材。詩自云「千里作一尉」，當上元二年及第後初入仕作，約作於儀鳳元年（六七六）。

〔二〕夜光四寸：《太平御覽》卷八〇三引《古今注》：漢章帝元和「三年，明月珠出豫章海昏，大如雞子，圍四寸八分」。

〔三〕曜乘：光照車乘。魏王與齊威王會田於郊，自誇曰：「若寡人國小也，尚有徑寸之珠照車前後各十二乘者十枚。」見《史記·田敬仲完世家》。七百金：《列仙傳》卷上：「朱仲者，會稽市販珠人也。高后時募三寸珠，乃詣闕上之。珠好過度，賜五百金。魯元公主私以七百金從仲求，仲獻四寸珠，送闕下。」

〔四〕貴耳賤目：張衡《東京賦》：「若客，所謂末學膚受，貴耳而賤目者也。」

〔五〕采薇子：隱士，宋之問自謂。《史記·伯夷列傳》：「武王已平殷亂，天下宗周，而伯夷、叔齊恥之，義不食周粟，隱於首陽山，采薇而食之。」

〔六〕尉：縣尉。唐代中、下縣縣尉均爲從九品下，爲官吏中品級最卑者。疑宋之問及第後即授某縣縣尉之職。駱賓王有《江南逢宋五之問》詩，王增斌《駱賓王繫年考》（《唐代文學研究》第二輯）繫於上元二年夏至儀鳳元年初，宋之問或係赴江南作尉。

冬宵引贈司馬承禎〔一〕

河有冰兮山有雪，北户墐兮行人絶〔二〕。獨坐山中兮對松月，懷美人兮屢盈缺。明月的的寒潭中，青松幽幽吟徑風〔三〕。此情不向俗人説，愛而不見恨無窮〔四〕。

校記

〔冬宵〕底本作冬霄，據《文苑英華》卷三三一改。

〔贈司馬承禎〕五字底本無，據《全唐詩》卷五一增。

〔松月〕《唐詩紀事》卷一三作明月。

〔徑風〕《英華》作勁風。

注釋

〔一〕引：樂曲體裁之一。《樂府詩集》卷五七引《琴論》：「古琴曲有五曲、九引、十二操。」司馬承禎：潘師正弟子，見本卷後《送司馬道士遊天台》注〔一〕。宋之問早年居嵩山，師潘師正，二人唱和當在高宗末、武后前期。參見《簡譜》。

〔二〕墐：以泥塗塞。《詩·豳風·七月》：「塞向墐户。」傳：「向，北出牖也。」

〔三〕的的：光明貌。

〔四〕司馬遷《報任少卿書》，謂其忍辱偷生寫作《史記》的苦衷，「可爲智者道，難爲俗人言也」。《詩·邶風·静女》：「愛而不見，搔首踟蹰。」

附録

答宋之問冬宵引　　司馬承禎

時既暮兮節欲春，山林寂兮懷幽人。登奇峰兮望白雲，悵緬邈兮象郁紛。白雲悠悠去不返。寒風飂飂吹日晚。不見其人誰與言，歸坐彈琴思逾遠。（《唐詩紀事》卷一三）

敬答田徵君〔一〕

家臨清溪水，溪水繞盤石〔二〕。緑蘿四面垂，裊裊百餘尺。風泉度絲管，苔蘚鋪茵席。傳聞潁陽人，霞外漱靈液〔三〕。忽枉巖中翰，吟卧朝復夕。何當遂遠遊，物色候逋客〔四〕。

校記

〔題〕《全唐詩》卷五一校一作敬答田徵君游巖。

〔潁陽〕底本作穎陽，據《唐文粹》卷一六上、《唐詩紀事》卷七改。

〔吟卧〕《紀事》作吟望。

〔朝復夕〕《紀事》作復朝夕。

〔何當〕《文苑英華》卷二三〇作何處。

〔物色〕《紀事》作物外。

注釋

〔一〕徵君：對曾受朝廷徵辟者的稱謂。田徵君：田游巖，京兆三原人。初補太學生，罷歸，遊於太白山二十餘年。後隱箕山許由廟東，自稱許由東鄰。調露中，高宗幸其宅，攜還京，授崇文館學士。文明中，拜太子洗馬。垂拱初，坐與裴炎交結，放還山。《舊唐書》卷一九二、《新唐書》卷一九六有傳。詩稱其爲「徵君」、「潁陽人」，當作於垂拱（六八五——六八八）中游巖還山後。

〔二〕盤石：猶磐石，大石。

〔三〕潁陽：潁水之北。《水經注·潁水》：潁水逕陽城縣故城南，「縣南對箕山，山上有許由冢，堯所封也。……又有許由廟，碑闕尚存，是漢潁川太守朱寵所立」。田游巖居許由廟東，故稱爲「潁陽人」。靈液：仙藥。《文選》卷二一郭璞《遊仙詩》：「圓丘有奇草，鍾山出靈液。」李善注：「謂玉膏之屬也。」

〔四〕物色：景物。逋客：逋逃之人，隱士，指田游巖。

附録

弘農清巖曲有磐石可坐宋十一每拂拭待余寄詩贈之　田游巖

信彼稱靈石，居然狎遁棲。徘徊承翠巘，斌駁帶深溪。夕陰起層岫，清景半虹蜺。風來應嘯阮，波渡可琴嵇。僕也潁陽客，望彼空思齊。儻見山人至，簪蒿且杖藜。（《唐詩紀事》卷七）

答田徵君〔一〕

出遊杳何處，遲回伊洛間〔二〕。歸寢忽成夢，宛在嵩丘山〔三〕。

注釋

〔一〕田徵君：田游巖。詩約垂拱中作，參見前詩注。

〔二〕伊洛：二水名，均在今河南洛陽附近。

〔三〕嵩丘山：即嵩山。

軍中人日登高贈房明府〔一〕

幽郊昨夜陰風斷，頓覺朝來陽吹暖〔二〕。涇水橋南柳欲黃，杜陵城北花應滿〔三〕。長安昨夜寄春衣，短翮登茲一望歸〔四〕。聞道凱旋乘騎入，看君走馬見芳菲。

校記

〔陽吹〕《古今歲時雜詠》卷五作陽候。

〔騎入〕《雜詠》作驛騎。

注釋

〔一〕人日：舊曆正月七日。《太平御覽》卷三〇引《談藪》：「北齊高祖七日升高宴羣臣，問曰：『何故名人日？』魏收對以董勛正月一日爲雞，七日爲人。」房明府：房姓縣令，餘未詳。詩從軍豳州時作，當在武后前期。參見《簡譜》。

〔二〕幽郊：當作豳郊，蓋下云涇水而該水在豳州故。豳州州治在今陝西彬縣，開元十三年，以「豳」字與「幽」相混，詔改爲邠州，見《元和郡縣圖志》卷三。陰風：寒風。陽吹：和風。

〔三〕涇水：渭水支流，在今陝西境。《元和郡縣圖志》卷三邠州新平縣：「涇水，西北自宜禄縣界流入。」杜陵：西漢廢縣，因漢宣帝陵爲名，在今陝西西安東南。《元和郡縣圖志》卷一京兆府萬年縣：「杜陵，在縣東南二十里，漢宣帝陵也。」

〔四〕短翮：短羽，不能高飛的小鳥，喻指缺乏才能的人，此自謙之詞。翮，鳥翅大翎。

題九州院雙鶴〔一〕

君門九重閉，中有天泉池〔二〕。可憐雙白鶴，飛下碧松枝。吹樓多清管，鳴舞共差池〔三〕。常欲萬里去，懷恩終在斯。

校記

〔題九州院雙鶴〕此詩宋集諸本未收，見《詩淵》二八〇一頁。

注釋

〔一〕九州院：據詩，當是宮中院名。天授元年，宋之問與楊炯同爲習藝館學士，供職宮中，見卷五《秋蓮賦》。詩當此年作，以鶴自喻。

〔二〕九重：宋玉《九辯》：「豈不鬱陶而思君兮，君之門以九重。」

〔三〕吹樓：奏樂的樓臺。《晉書·石崇傳論》：「金谷含悲，吹樓將墜。」差池：不齊貌。《韓非子·十過》：師曠鼓琴，有玄鶴二八，從南方來，「延頸而鳴，舒翼而舞」。

送趙六貞固〔一〕

目斷南浦雲，心醉東郊柳。怨別此何時，青芳來已久。與君共時物，盡此盈樽酒。始願今不從，春風戀攜手。

校記

〔南浦〕《文苑英華》卷二六七作南渚。

〔青芳〕《全唐詩》卷五一作春芳。

注釋

〔一〕趙貞固：名元（一作元亮），自號昭夷子，汲人，年二十七遊洛陽，授幽州宜禄縣尉，與道士司馬子微及盧藏用、魏元忠、陸餘慶、王適、宋之問、陳子昂等友善，萬歲登封元年（六九六），卒于汴州，年三十九。見陳子昂《昭夷子趙氏碣頌》。《新唐書·趙元傳》：「來游雒陽，士争嚮慕，……武后方稱制，懼不容其高，調宜禄尉。」趙元於中宗嗣聖元年（六八四）年二十七，來遊洛陽，正值武后初臨朝稱制時，詩當此年後、萬歲登封元年前作。姑附於此。

憶嵩山陸渾舊宅〔一〕

世德辭貴仕，天爵光道門〔二〕。好仙宅二室，愛藥居陸渾〔三〕。清白立家訓，偃息爲國藩〔四〕。喬樹南勿翦，弊廬北尚存〔五〕。自惟實蒙陋，何顔稱子孫。少秉陽許意，遭逢明聖恩〔六〕。揮翰雲龍署，參光天馬轅〔七〕。一身事扃闥，十載隔凉暄〔八〕。陳力試叨進，袛寵固幽源〔九〕。况以沈疾久，睽辭金馬垣〔一〇〕。天子猶未識，詎敢棲丘樊〔一一〕。晝懷秘書谷，夕夢子平村〔一二〕。擷芳歲云晏，投紱意彌敦〔一三〕。皇私儻以報，無負青春言〔一四〕。

校記

〔憶嵩山陸渾舊宅〕此詩宋集諸本未收，見《詩淵》三五二九頁。

注釋

〔一〕嵩山：在今河南登封境。陸渾：山名，俗名方山，在今河南嵩縣北。《元和郡縣圖志》卷五河南府登封縣：「嵩高山，在縣北八里，亦名外方山。又云東曰太室，西曰少室，嵩高總名，即中岳也。山高二十里，周迴一百三十里。」同書同卷河南府伊闕縣：「陸渾山，俗名方山，在縣西五十五里。」詩約天授二年（六九一）作，時以疾罷習藝館學士職，故有「一身事扃闥，十載隔凉暄」等語，且于次年歸陸渾，參見《簡譜》及後《温泉莊卧病答楊七炯》詩注。

〔二〕世德：先人德行。陸機有《祖德賦》。庾信《哀江南賦·序》：「陸機之詞賦，先陳世德。」貴仕：高官。天爵：自然的爵位。《孟子·告子上》：「仁義忠信，樂善不倦，此天爵也；公卿大夫，此人爵也。」道門：道教。宋之問父宋令文曾師事孫思邈，見《舊唐書·孫思邈傳》。其辭官入道事未詳。

〔三〕二室：太室山與少室山，均屬嵩山。

〔四〕清白：居官清正廉潔。《後漢書·楊震傳》：「性公廉，不受私謁，子孫常蔬食步行。故舊長者或欲令爲開産業，震不肯，曰：『使後世稱爲清白吏，子孫以此遺之，不亦厚乎！』」偃息：安卧。國藩：國家屏障。《史記·魏世家》：「文侯受子夏經藝，客段干木，過其閭，未嘗不軾也。秦嘗欲伐魏，或曰：『魏君賢人是禮，國人稱仁，上下和合，未可圖也。』」班固《幽通賦》：「木偃息以蕃魏兮，申重繭以存荆。」

〔五〕喬樹：喬木，此指宅旁樹木。勿翦：勿砍伐。《詩·召南·甘棠》：「蔽芾甘棠，勿翦勿伐，召伯所茇。」

〔六〕陽許：疑當作楊許，謂楊羲及許遜、許邁，均晋人，相傳得道仙去，《雲笈七籤》卷一〇六有傳。《東觀餘論》卷上引陶弘景《陶隱居集》有《楊許三仙君真蹟論》。

〔七〕雲龍署：指朝庭。《文選》卷一班固《東都賦》：「爾乃盛禮興樂，供帳置乎雲龍之庭。」李善注：「《洛陽官舍記》有雲龍門。」參光：同光，此指厠身其間。天馬轅：謂天子車駕。宋之問天授元年爲習藝館學士，值於宮中，見卷五《秋蓮賦》。

〔八〕扃闥：門户，此指宮庭。涼暄：涼温，指寒暑。宋之問上元二年（六七五）進士，至此已十六年。「十載」或係舉成數，或其間曾歸嵩山、陸渾舊居。

〔九〕陳力：施展才力。叨進：受遷擢的謙詞。祇寵：敬承恩寵。固：閉塞、廢棄。幽源：此指山林中舊宅。

〔一〇〕睽辭：辭别。金馬垣：即金馬門。《史記·東方朔傳》：「金馬門者，宦者署門也，門傍有金馬，故謂之金馬門。」東方朔、主父偃、嚴安等均曾待詔於此，故後世用作朝廷官署代稱。

〔一一〕丘樊：家園。樊，籬笆。

〔一二〕秘書谷：疑用鄭子真事。《漢書·王吉等傳》：「其後谷口有鄭子真，蜀有嚴君平，皆修身自保，非其服弗服，非其食弗食。成帝時，元舅大將軍王鳳以禮聘子真，子真遂不詘而終。」子平：向長字，河内朝歌人，隱居不仕，建武中，男女娶嫁既畢，遂游五嶽名山，不知所終。見《後漢書·逸民傳》。

〔一三〕投紼：棄官。紼，通紱，繫官印的絲帶。敦：深厚。

〔一四〕皇私：皇恩。以：通已。青春言：謂少年時慕道的志向。

溫泉莊卧病答楊七炯〔一〕

多病卧兹嶺，寥寥倦幽獨。賴有嵩丘山，高枕長在目〔二〕。兹山棲靈異，朝夜翳雲族〔三〕。是日濛雨晴，返景入巖谷。冪冪澗畔草，青青山下木〔四〕。此意方無窮，環顧悵林麓。伊洛何悠漫，川原信重複〔五〕。夏餘鳥獸蕃，秋末禾黍熟。秉願守樊圃，歸閑欣藝牧〔六〕。惜無載酒人，徒把涼泉掬〔七〕。

校記

〔卧病〕《搜玉小集》作卧疾。

〔多病〕《搜玉》、《唐文粹》卷一五下作移疾。

〔嵩丘〕《搜玉》作嵩高。

〔川原〕底本作洲原，據《搜玉》、《文粹》改

〔凉泉〕《搜玉》、《文粹》作凉潭。

注釋

〔一〕温泉莊：即陸渾山莊。宋之問有《陸渾南桃花湯》詩，知陸渾有温泉。楊炯（六五〇——約六九三）：華陰人，官至盈川令，著文集三十卷，與王勃、盧照鄰、駱賓王合稱「四杰」，《舊唐書》卷一九〇上、《新唐書》卷二〇一有傳。天授元年，宋之問與楊炯同爲習藝館學士，後楊出爲盈川令，卒于任，宋之問則歸卧陸渾，詩當長壽元年（六九二）作。參見卷五《秋蓮賦》、卷八《祭楊盈川文》注及傅璇琮《盧照鄰楊炯簡譜》。

〔二〕嵩丘山：嵩山。《文選》卷一六潘岳《懷舊賦》：「前瞻太室，傍眺嵩丘。」李善注引傅亮語：「有嵩岳，去太室七十里。」

〔三〕翳雲族：爲衆多雲霧遮蔽。

〔四〕冪冪：聚集覆蓋貌。

〔五〕伊洛：二水名。伊水東北流，至洛陽南會洛水，注入黄河。《水經注·伊水》：「伊水又東北逕伏睹嶺，左納焦澗水，水西出鹿觶山，東流逕孤山南，其山介立豐上，單秀孤峙，故世謂之方山。……伊水又東北，涓水注之，水出陸渾西山，即陸渾都也。」方山，即陸渾山，見前詩注〔一〕。

〔六〕樊圃：籬笆菜園，指家園。藝牧：種植、畜牧之事。

〔七〕掬：以手捧取。《晉書·陶潛傳》：性嗜酒，「其親朋好事，或載酒肴而往，潛亦無所辭焉。每一醉，則大適融然」。

陸渾水亭〔一〕

昔予登兹樓，感愛川岳奇。别來雖云遠，夜夢常在斯。更以沈痼日，歸卧南山陲〔二〕。弊廬不可見，雲林相蔽虧。

校記

〔陸渾水亭〕此詩宋集諸本未收，見《詩淵》三一二八頁。

注釋

〔一〕此詩長壽元年春卧病陸渾作。參見前詩注〔一〕。

〔二〕沉痼：病積久難治。南山：謂陸渾山，在洛陽之南。劉楨《贈五官中郎將》：「余嬰沈痼疾，竄身清漳濱。」

藍田山莊〔一〕

宦遊非吏隱，心事好幽偏。考室先依地，爲農且用天〔二〕。輞川朝伐木，藍水暮澆田〔三〕。

獨與秦山老，相歡春酒前〔四〕。

校記

〔藍田〕二字底本無，據《文苑英華》卷三一九增。

〔與秦〕底本作予泰，據《英華》改。

〔酒前〕底本作酒泉，據《英華》改。

注釋

〔一〕藍田：京兆府屬縣，今屬陝西。宋之問山莊在藍田輞川。《舊唐書·王維傳》：「得宋之問藍田别墅，在輞口，輞水周於舍下。」詩初置山莊時作，時宋之問在京兆府爲官。其景龍三年作《上巳泛舟昆明池宴宗主簿席序》云：「僕不遊於兹十有五載矣。」知延載元年（六九四）之問在長安。其置莊賦詩或在此年，姑系於此。

〔二〕考室：成室。《詩·小雅·斯干》小序：「《斯干》，宣王考室也。」

〔三〕輞川：《長安志》卷一六藍田縣：「輞谷在縣西南二十里。」《類編長安志》卷六：「輞谷水，出南山輞谷，北流入霸水。」又：「藍谷水，南自秦嶺，西流經藍關、藍橋，過王順山下，出藍谷，西北流入霸水。」

〔四〕秦山：即秦嶺。

别之望後獨宿藍田山莊〔一〕

鶺鴒有舊曲，調苦不成歌〔二〕。自歎兄弟少，常嗟離別多。爾尋北京路，予卧南山阿〔三〕。泉晚更幽咽，雲秋尚嵯峨〔四〕。藥欄聽蟬噪，書幌見禽過。愁至願甘寢，其如鄉夢何。

校記

〔舊曲〕《文苑英華》卷二一九作舊原。

〔離別〕《英華》作别離。

注釋

〔一〕之望：宋之問弟。《元和姓纂》卷八弘農宋氏：「唐太常丞宋仁回，生果毅〔令文〕，生之問、之望、之悌。……之望改名之遜，荆州刺史。」遜，或作㴸，古通。詩約延載元年秋作，參見前詩。

〔二〕鶺鴒：即脊令，水鳥。《詩·小雅·常棣》：「脊令在原，兄弟急難。」故後以喻指兄弟。

〔三〕北京：太原府，今屬山西，天授元年置爲北都，神龍元年罷，見《新唐書·地理志三》。南山：終南山，宋之問藍田别墅在終南山輞谷，參見前詩。

〔四〕嵯峨：山高峻貌。顧愷之《神情詩》：「夏雲多奇峰。」詩秋日作，故云「尚嵯峨」。

寒食江州蒲塘驛〔一〕

去年上巳洛橋邊，今年寒食廬山曲〔二〕。遥憐鞏樹花應滿，復見吴洲草新緑〔三〕。吴洲春草蘭杜芳，感物思歸懷故鄉。驛騎明朝發何處，猿聲今夜斷君腸。

校記

〔蒲塘〕底本作滿塘，據《古今歲時雜詠》卷一一改。

〔蘭杜〕《雜詠》作蘭桂。

〔朝發〕《全唐詩》卷五一作朝宿。

注釋

〔一〕寒食：見卷二《途中寒食題黄梅臨江驛寄崔融》注〔一〕。江州：州治在今江西九江。《輿地紀勝》卷三〇江州：「蒲塘驛在德安縣，宋之問、韋應物皆有蒲塘驛詩。」證聖元年，宋之問曾使江南，詩此年春作，參見《簡譜》。

〔二〕上巳：每月上旬巳日。唐時以三月上巳（三日）爲三令節之一。洛橋：指洛陽洛水上天津橋，見本卷一《花燭行》注〔三〕。

〔三〕鞏樹：鞏縣的樹木，此指家園，參見卷二《早發大庾嶺》注〔七〕。吴洲：蘇州吴郡有長洲苑，爲春秋吳王闔閭遊獵處，見《吳郡志》卷八。此泛指江南。

奉使嵩山途經緱嶺〔一〕

侵星發洛城，城中歌吹聲〔二〕。畢景至緱嶺，嶺上煙霞生〔三〕。草樹饒野意，山川多古情。大隱德所薄，歸來可退耕〔四〕。

校記

〔洛城〕《初學記》卷五作洛陽。

〔所薄〕底本作所滿，據《初學記》改。

注釋

〔一〕緱嶺：即緱氏山，在今河南偃師。《元和郡縣圖志》卷五河南府緱氏縣：「緱氏山，在縣東南二十九里，王子晋得仙處。」嵩山、緱嶺均在洛州河南府境，詩當宋之問在洛州參軍任作，約作於證聖元年（六九五）。

〔二〕侵星：猶戴星，拂曉。

〔三〕畢景：日落。景，日光。鮑照《上潯陽還都道中》：「侵星赴早路，畢景逐前儔。」

〔四〕大隱：王康琚《反招隱詩》：「小隱隱陵藪，大隱隱朝市。」二句言己無德隱居朝市，只可退耕田園。

初至崖口〔一〕

崖口衆山斷，嵚崟聳天壁〔二〕。氣衝落日紅，影入春潭碧。錦繢織苔蘚，丹青畫松石〔三〕。水禽泛容與，岩花飛的皪〔四〕。微路從此深，我來限于役〔五〕。惆悵情未已，羣峰黯將夕。

校記

〔來限〕底本作來恨，據《唐文粹》卷一六上改。

注釋

〔一〕崖口：在今河南登封東南，參見下《入崖口五渡寄李適》詩注〔一〕。詩約證聖元年使嵩山作，參見前詩注。

〔二〕嵚崟(qīn yín)：高貌。

〔三〕錦繢：織錦。丹青：圖畫。

〔四〕容與：安閑自得貌。《楚辭·九歌·湘夫人》：「時不可分驟得，聊逍遥而容與。」的皪：光彩閃皪貌。

〔五〕于役：因公務出行。《詩·王風》有《君子于役》篇。

入崖口五渡寄李適[一]

抱琴登絶壑，伐木泝清川[二]。路極意謂盡，勢迴趣轉綿。人遠草木秀，山深雲景鮮。余負海嶠情，自昔微尚然[三]。彌曠十餘載，今來宛仍前[四]。未窺仙源極，獨進野人船。時攀乳竇憩，屢薄天窗眠[五]。夜絃響松月，朝檝弄苔泉。因冥象外理，永謝區中緣[六]。碧潭可遺老，丹砂堪學仙[七]。莫使馳光暮，空令歸鶴憐[八]。

校記

〔登絶〕《文苑英華》卷二一四九作問絶，校集作經絶。

〔伐木〕《英華》作栰木。

〔路極〕《英華》作路奇。

〔雲景〕底本作雲影，據《英華》改。

〔海嶠〕《英華》作海岳。

〔自昔句〕《英華》作自惜微尚年。

〔仍前〕《英華》作仍全。

〔因冥象〕《英華》作固冥物。

〔歸鶴〕《英華》作龜鶴。

注釋

〔一〕五渡：水名，在今河南登封東南。《水經注·潁水》：「潁水又東，五渡水注之，其水導源嵩高縣東北太室東溪。……東南逕陽城西，石溜縈遶，溯者五涉，故亦謂之五渡水，東南流入潁水。」李適：字子至，自號東山子，京兆萬年人。舉進士，再調猗氏尉，聖曆中，預修《三教珠英》，官通事舍人，遷户部員外郎、中書舍人，景雲二年卒工部侍郎任，年四十九，有文集二十卷。《舊唐書》卷一九〇中、《新唐書》卷二〇三有傳。詩云「彌曠十餘載」，而萬歲登封元年臘月宋之問即扈從武后登封嵩山，故詩當證聖元年奉使嵩山作，參見前二詩。

〔二〕伐木：《宋書·謝靈運傳》：「靈運……尋山陟水，必造幽峻。巖嶂千重，莫不備盡。……嘗自始寧南山伐木開逕，直至臨海，從者數百人。」

〔三〕海嶠：海畔山嶺。微尚：微志。謝靈運有《登臨海嶠與從弟惠連》詩，其《初去郡》云：「伊予秉微尚，拙訥謝浮名。」

〔四〕彌曠：久別。曠，虚耗時日。劉楨《贈五官中郎將》：「自夏涉玄冬，彌曠十餘旬。」

〔五〕乳竇：石鐘乳洞穴。

〔六〕冥：深思。象外理：指蘊藏的深層次的道理。《文選》卷一一孫綽《天台山賦》：「散以象外之說。」李善注引荀粲語：「立象以盡意，此非通乎象外之意者也。象外之意，故蘊而不出。」謝：辭。區中緣：世間各種因緣關係。謝靈運《登江中孤嶼》：「想像崑山姿，緬邈區中緣。」

〔七〕遺老：脱離老境。丹砂：硃砂，方士煉丹的原料。

〔八〕歸鶴：化鶴來歸的仙人。《搜神後記》卷一：「丁令威本遼東人，學道於靈虚山，後化鶴歸遼，集城門華表柱。時有少年，舉弓欲射之。鶴乃飛，徘徊空中而言曰：『有鳥有鳥丁令威，去家千年今始歸。城郭如故人民非，何不學仙冢壘壘。』」

附録

答宋十一崖口五渡見贈　李適

聞君訪遠山，躋險造幽絶。眇然青雲境，觀奇彌年月。登嶺亦泝溪，孤舟事沿越。亭嶂傳彩翠，崖磴互欹缺。石林上攢叢，金澗下明滅。捫壁窺丹井，梯苔瞰乳穴。忽枉巖中贈，對玩未嘗輟。殷勤獨往事，委曲錬藥説。邀余名山期，從爾泛海澨。歲晏秉宿心，斯言匪徒設。（《唐詩紀事》卷九）

和宋之問崖口五渡　徐彦伯

聞有獨往客，拂衣捐世心。結忻薄往渚，撰念縈舊林。經亘去崖合，冥綿歸壑深。琪樹環碧彩，金潭生翠陰。洄沿弄沙榜，危仄眺明岑。夕聞桂裏猿，曉玩松上禽。雜佩蘊孤袖，瓊敷綴雙衿。我懷滄洲想，懿爾白雪吟。秉願理方叶，存期跡易尋。茲言庶不負，爲報巖中琴。（同前）

奉和梁王宴龍泓應教得微字〔一〕

水府淪幽壑，星軺下紫微〔二〕。烏驚司僕馭，花落侍臣衣〔三〕。芳樹摇春晚，晴雲繞座飛。淮王正留客，不醉莫言歸〔四〕。

校記

〔紫微〕《文苑英華》卷一七九作太微。

注釋

〔一〕梁王：武三思，武后同父異母兄元慶子。《舊唐書》本傳：「少以后族累轉右衛將軍。則天臨朝，擢拜夏官尚書。及革命，封梁王，賜實封一千户。」龍泓：龍潭，此當指嵩山九龍潭。《古今圖書集成·方輿彙編·山川典》卷五六嵩山部：「在盧巖之北爲龍潭下寺。……自寺右轉折而上至九龍潭，山圍中忽開平地，形勢尤佳，相傳武后曾建離宫於此。」應教：應太子諸王之命。詩云「星軺下紫微」，疑即證聖元年使來嵩山作，姑附於此。

〔二〕水府：水神所居。幽壑：深壑。《金石萃編》卷一〇八尉遲汾《狀嵩高靈勝詩刻》：「龍潭應下瞰，九曲當駭容。」自注：「又有九龍潭在寺側，崇崖對□，壁□千仞，九曲分蓄，緘黑不側（測）。」星軺：使者之車。東漢和帝時，遣使者微服單行，觀採風謡，李郃謂有二使星向益州分野，當有使者至，見《後漢書·李郃傳》。後遂稱天子使者爲星使，使車爲星軺。紫微：星名，代指皇宫。《晋書·天文志上》：「紫宫垣十五星，……一曰紫微，大帝之座也，天子之常居也。」

〔三〕司僕：即太僕，官署名，此指太僕寺官員。武后光宅元年改太僕寺曰司僕寺，掌厩牧、輿輦之政，見《新唐書·百官志三》。

〔四〕淮王：淮南王劉安，辯博善爲文辭，招致賓客方術之士數千人，見《漢書》本傳。此借指武三思。不醉句：《詩·小雅·湛露》：「厭厭夜飲，不醉無歸。」

附録

宴龍泓　　武三思

登臨開勝託，眺矚盡良游。巖崿縈紆上，澄潭曲屈流。泛蘭清興洽，折桂野文遒。别後相思處，崎嶇碧澗幽。（《文苑英華》卷一七九）

扈從登封途中作〔一〕

帳殿鬱崔嵬，仙遊實壯哉〔二〕。曉雲連暮捲，夜火雜星回。谷暗千旗出，山鳴萬乘來〔三〕。

扈從良可賦，終乏掞天材〔四〕。

校記

〔連暮〕《文苑英華》卷一六七作連幕。

〔扈從〕《英華》作扈遊。

注釋

〔一〕登封：登山封禪；又縣名，今屬河南。《元和郡縣圖志》卷五河南府登封縣：「高宗將有事於中岳，分陽城、緱氏置嵩城縣，萬歲登封元年，則天因封岳，改爲登封。嵩高山，在縣北八里。」《舊唐書·則天皇后紀》：「萬歲登封元年臘月甲申，上登封于嵩嶽，大赦天下，改元，大酺九日。丁亥禪于少室山。」武后改制，依周制建子月爲正月，以十一月爲歲首，故萬歲登封元年（六九六）臘月實即天册萬歲元年（六九五）之十二月。此詩及後數詩均此次扈從嵩山時作。

〔二〕帳殿：帝王出行，以帳幕爲行宫，稱帳殿。

〔三〕萬乘：萬輛兵車。古代天子兵車萬乘，故以指代天子。山鳴：《漢書·武帝紀》元封元年詔：「朕……親登嵩高，御史乘屬、在廟旁吏卒咸聞呼萬歲者三。登禮罔不答。」

〔四〕掞（yàn）天：光芒照天。庾肩吾《侍宴宣猷堂應令》：「副君德將聖，陳王才掞天。」

松山頌〔一〕

翼翼高旌轉，鏘鏘鳳輦飛〔二〕。塵銷清蹕路，雲濕從臣衣〔三〕。白羽摇丹壑，天營逼翠微〔四〕。芳聲耀今古，四海警宸威〔五〕。

校記

〔山頌〕底本作山嶺，據《文苑英華》卷一六七改，《全唐詩》卷五二題下有應制二字。

〔營逼〕《英華》作宫通。

注釋

〔一〕松：疑當作崧。崧山：即嵩山。《文苑英華》卷一六七載此及《扈從登封途中作》等三詩，該卷目録作「扈從登封途中作四首」，知此詩亦萬歲登封元年臘月作。

〔二〕翼翼：旌旗整飭飄揚貌。《楚辭·離騷》：「鳳皇翼其承旂兮，高翱翔之翼翼。」鏘鏘：鸞鈴和鳴聲。《詩·大雅·烝民》：「四牡彭彭，八鸞鏘鏘。」鳳輦：帝王之車。

〔三〕蹕路：帝王出行經之路。帝王出行時加强警戒，清道路，禁行人，謂之蹕。

〔四〕白羽：指箭。司馬相如《上林賦》：「彎蕃弱，滿白羽。」天營：星名，指皇帝警衛。紫宫垣十五星，其中紫微星象徵「天子之常居」，長垣、天營、旗星三星，則「爲蕃衛，備蕃臣」。見《晉書·天文志上》。翠微：青翠微茫的山色。

〔五〕宸威：皇威。

扈從登封告成頌〔一〕

複道開行殿，鈎陳列禁兵〔二〕。和風吹鼓角，佳氣動旗旌。後騎迴天苑，前山入御營〔三〕。萬方俱下拜，相與樂昇平。

校記

〔題〕《文苑英華》卷一六七無首六字。

注釋

〔一〕告成：告成功於神明，亦縣名，今河南登封告成鎮。《元和郡縣圖志》卷五河南府告成縣：「本漢陽城縣。……萬歲登封元年，則天因封中岳，改名告成。」參見《扈從登封途中作》注〔一〕。

〔二〕複道：樓閣間有上下兩層的通道。行殿：行宮。鈎陳：星名。《晉書·天文志上》：「北極五星，鈎陳六星，皆在紫宮中。……鈎陳，後宮也，大帝之正妃也，大帝之常居也。」

〔三〕天苑：星名，指天子苑囿。《隋書·天文志中》：「天苑十六星，在昴、畢南，天子之苑囿，養禽獸之所也。」

扈從登封告成頌應制〔一〕

御路迴中嶽，天營接下都〔二〕。百靈無後至，萬國競前驅〔三〕。文衛嚴清蹕，幽仙讀寶符〔四〕。貝花明漢果，芝草入堯厨〔五〕。濟濟衣冠會，喧喧夷夏俱〔六〕。宗禋仰神理，刊木望川途〔七〕。撫己貧非病，時來本不愚〔八〕。願陪丹鳳輦，率舞白雲衢〔九〕。

校記

〔天營〕《文苑英華》卷一六七作天宫。

〔刊木句〕《英華》作凱樂望仙途。

注釋

〔一〕應制：應皇帝命令而作。詩萬歲登封元年臘月作，參見前三詩注。

〔二〕中嶽：嵩山。天營：見《松山頌》注〔四〕。

〔三〕百靈：衆神。前驅：爲前導，執事盡力。《史記·孔子世家》：「禹致羣神於會稽，防風氏後至，禹殺而戮之。」《左傳·哀公七年》：「禹合諸侯於塗山，執玉帛者萬國。」

〔四〕文衛：警衛。寶符：代表天命的符節。

〔五〕貝花：貝多樹花。芝草：仙草。《太平御覽》卷九六〇引《魏王花木志》：「思惟樹，漢時有道人自西域持貝多子植於嵩之西峰下，後極高大，有四樹，樹一年三花。」同書卷九八六引《本草經》：「黄芝一名金芝，食之神仙，生嵩高山山谷中。」堯厨：相傳堯時，有僬僥氏來貢没羽（箭），厨中自生肉脯，使食物寒而不臭，見《太平御覽》卷八〇引《帝王世紀》。

〔六〕濟濟：衆多貌。衣冠：指百官。

〔七〕宗禋：祭祀。禋（yīn），升煙以祭天。刊木：伐木。《書·禹貢》：「禹敷土，隨山刊木。」

〔八〕貧非病：子貢大馬軒車往見原憲，曰：「嘻，先生何病？」原憲曰：「憲聞之，無財謂之貧，學而不能行謂之病。今憲貧也，非病也。」見《莊子·讓王》。不愚：《論語·爲政》：「子曰：『吾與（顔）回言終日，不違如愚。退而省其私，亦足以發，回也不愚。』」集解：「察其退還，與二三子説釋道義，發明大體，知其不愚。」

〔九〕率舞：相率而舞。雲衢：天上。《書·舜典》：「百獸率舞。」白雲衢：漢武帝封禪泰山，有白雲出封中，見《漢書·郊祀志五》。

使往天兵軍約與陳子昂新鄉爲期及還而不相遇〔一〕

入衛期之子，吁嗟不少留〔二〕。情人去何處，淇水日悠悠〔三〕。恒碣青雲斷，衡漳白露秋〔四〕。知君心許國，不是愛封侯。

校記

〔天兵〕《全唐詩》卷五二作天平。

〔約與〕底本約上有馬字，據《文苑英華》卷二四一删。

注釋

〔一〕天兵軍：駐太原軍隊名號。唐時戍邊之兵，大者曰軍。《新唐書·地理志三》：太原府「城中有天兵軍」。按天兵一作天平，但據《唐會要》卷七八，天兵軍聖曆二年四月置，天平軍元和十四年三月置，似皆誤。陳子昂：字伯玉，梓州射洪人，武后初，授麟臺正字，轉右拾遺，後還鄉里，久視元年卒，年四十二，有文集十卷。《舊唐書》卷一九〇中、《新唐書》卷一〇七有傳。新鄉：今屬河南。盧藏用《陳氏別傳》：「屬契丹以營州叛，建安郡王攸宜親總戎律，時勑子昂參謀帷幕。」《新唐書·則天皇后紀》：萬歲通天元年九月「庚子，同州刺史武攸宜爲清邊道行軍大總管，以擊契丹」。陳子昂有《東征至淇門答宋參軍之問》詩，蓋之問使還至新鄉，而子昂已北上至汲縣之淇門，故未相值。詩即作於萬歲通天元年（六九六）秋。

〔二〕衛：衛州，治所在今河南汲縣，春秋衛國之地。新鄉爲衛州屬縣。

〔三〕情人：親愛之人，指友人。《元和郡縣圖志》卷一六衛州共城縣：「淇水，源出縣西北沮洳山，至衛縣入河，謂之淇水口。」

〔四〕恒碣：恒山與碣石，分别在今河北曲陽西北與昌黎北。指陳子昂所赴之地。左思《魏都賦》：「恒碣碪硌於青霄。」衡漳：漳河，流經今河北南部臨漳、魏縣等地。指己所在之地。《書·禹貢》：「覃懷底績，至于衡漳。」傳：「漳水横流入河。」

附録

東征至淇門答宋參軍之問　陳子昂

南星中大火，將子涉清淇。西林改微月，征斾空自持。碧潭去已遠，瑶花折遺誰。若問遼陽戍，悠悠天際旗。（《陳伯玉文集》卷二）

龍門應制〔一〕

宿雨霽氛埃，流雲度城闕。河堤柳新翠，苑樹花先發。洛陽花柳此時濃，山水樓臺映幾重。羣公拂霧朝翔鳳，天子乘春幸鑿龍〔二〕。鑿龍近出王城外，羽從淋漓擁軒蓋〔三〕。雲罕䡾臨御水橋，天衣已入香山會〔四〕。山壁嶄巖斷復連，清流澄澈俯伊川。塔影遥遥緑波上，星龕奕奕翠微邊〔五〕。層巒舊長千尋木，遠壑初飛萬丈泉。綵仗紅旌遶香閣，下輦登高望河洛〔六〕。東城宫闕擬昭回，南陌溝塍殊綺錯〔七〕。林下天香七寶臺，山中有酒萬年杯〔八〕。微風一起祥花落，仙樂初鳴瑞鳥來〔九〕。鳥來花落紛無已，稱觴獻壽香霞裏。歌舞淹留景欲斜，石間猶駐五雲車〔一〇〕。鳥旗翼翼留芳草，龍騎騣騣映晚花〔一一〕。千乘萬騎鑾輿出，水靜山空嚴警蹕〔一二〕。郊外喧喧引看人，傾都南望屬車塵〔一三〕。囂聲引颺聞黄道，王氣周回入紫宸〔一四〕。先王定鼎山河固，寶命乘周萬物新〔一五〕。吾君不事瑶池樂，時雨來觀農扈春〔一六〕。

校記

〔題〕《文苑英華》卷一七八首有駕幸二字。

〔先發〕《英華》作初發。

〔洛陽〕《英華》作洛城。

〔淋漓〕《英華》作琳琅。

〔雲蹕〕《英華》作雲罕。

〔塔影〕《全唐詩》卷五一作雁塔。

〔初飛〕《英華》校集作初分。

〔萬丈〕《英華》作百道，《唐詩紀事》卷一一作百丈。

〔紅旌〕《紀事》作蜺旌。

〔有酒〕《英華》作春酒。

〔瑞鳥〕《英華》作鳳鳥。

〔香霞〕《英華》作霞煙，《紀事》作煙霞。
〔石間〕《英華》作石闕。
〔王氣〕《英華》作佳氣。
〔周回〕《英華》作周旋。
〔吾君〕《紀事》作吾皇。

注釋

〔一〕龍門：山名，一名闕塞，在今河南洛陽南伊水之西，與香山隔水對峙如門，故名。《舊唐書·宋之問傳》：「預修《三教珠英》，常扈從游宴。則天幸洛陽龍門，令從官賦詩，左史東方虯詩先成，則天以錦袍賜之。及之問詩作，則天稱其詞愈高，奪虯錦袍以賞之。」之問預修《三教珠英》在聖曆中。陳子昂有《修竹篇》詩，《唐文粹》卷一七上題作《與東方左史修竹篇》，而子昂於神功元年（六九七）秋方自幽州歸朝，聖曆元年（六九八）秋歸蜀侍親，卒於蜀中（參見彭慶生《陳子昂年譜》），故東方虯官左史及龍門賦詩爭勝事均當在聖曆元年春。

〔二〕翔鳳：指宫中。洛陽神都苑東北門嘉豫門上有翔鳳觀，見《唐兩京城坊考》卷五。鑿龍：山名，即龍門，相傳大禹曾疏鑿之以通水流，見《水經注·伊水》。

〔三〕王城：指洛陽。《元和郡縣圖志》卷五河南府：「周成王定鼎於郟鄏，使召公先相宅，乃卜澗水東，瀍水西，是爲東都，今苑内故王城是也。」羽從：儀仗隊，所執旗幡等多以鳥羽爲飾。淋漓：盛貌。
〔四〕雲蹕：帝王如雲的車駕。御水橋：指皇城前洛水上天津橋。天衣：佛教謂諸天人所着衣。香山：在洛陽南，與龍門隔伊水相對。香山會謂香山寺宣講佛法之會。佛在靈鷲山（耆闍山）中説大乘經，四衆圍繞，稱靈山盛會，見《法華經·序品》。
〔五〕星龕：指龍門石窟，自北魏迄唐末，傍山鑿窟造石佛像，密如繁星。奕奕：盛貌。
〔六〕河洛：黄河、洛水，代指洛陽。
〔七〕昭回：光明回轉，指銀河。《詩·大雅·雲漢》：「倬彼雲漢，昭回于天。」《元和郡縣圖志》卷五河南府：「仁壽四年，煬帝詔楊素營東京，……今洛陽宫是也。其宫北據邙山，南直伊闕之口，洛水貫都，有河漢之象。」綺錯：織錦花紋交錯。
〔八〕七寶：七種寶物，諸説不同，《無量壽經》以金、銀、瑠璃、頗梨、珊瑚、瑪瑙、硨磲爲七寶，見《翻譯名義集》卷八。
〔九〕瑞鳥：鳳凰一類吉祥的鳥。
〔一〇〕五雲車：道家謂仙人所乘車。
〔一一〕鳥旗：有鳥形圖案的旗幡。翼翼：整飭飄揚貌。龍騎：駿馬。騤騤：馬行迅疾貌。
〔一二〕鑾輿：天子車駕。警蹕：見《松山頌》注〔三〕。

〔一三〕屬車：天子出行時侍從之車。

〔一四〕黄道：古人想像中日繞地運行的軌道，此指天子行經的道路。紫宸：洛陽宫中殿名。《資治通鑑》卷二〇三：「太后（武后）常御紫宸殿，施慘紫帳以視朝。」胡三省注：「《唐六典》，洛陽宫不載紫宸殿，以西京大明宫準之，紫宸殿，内朝也，其位置當在乾元殿後。」

〔一五〕定鼎：定都。相傳禹鑄九鼎以象九州，故後代以爲傳國重器。《左傳·宣公三年》：「成王定鼎於郟鄏。」參見注〔三〕。寶命：對天命的美稱。《書·金縢》：「無墜天之降寶命。」周：武則天所改國號。

〔一六〕瑶池：神話中神仙所居。瑶池樂，指遊賞宴飲之樂。傳説周穆王西遊，「觴西王母于瑶池之上，西王母爲天子謡」，見《穆天子傳》卷三。農扈：指農事。扈爲古代掌農業之官。《左傳·昭公十七年》：「以九扈爲九農正。」

送杜審言〔一〕

卧病人事絶，聞君萬里行〔二〕。河橋不相送，江樹遠含情〔三〕。别路追孫楚，維舟吊屈平〔四〕。可惜龍泉劍，流落在豐城〔五〕。

校記

〔閳君句〕《文苑英華》卷二六七校一作君行萬里程，《詩式》卷四閳作嗟。

注釋

〔一〕杜審言：字必簡，襄州襄陽人，舉進士，授隰城尉，善五言詩，與李嶠、崔融、蘇味道合稱「文章四友」，景龍中官國子監主簿、修文館直學士，卒年六十餘，有文集十卷。《舊唐書》卷一九〇上、《新唐書》卷二〇一有傳。《新唐書》本傳：「累遷洛陽丞，坐事貶吉州司户參軍。」陳子昂《送吉州杜司户審言序》：「蒼龍閹茂，扁舟入吴。」太歲在戌曰閹茂，知杜審言赴吉州在聖曆元年（六九八）戊戌，詩此年洛陽作。

〔二〕萬里行：吉州爲今江西吉安，據《元和郡縣圖志》卷二八，距東都洛陽二千七百九十里，此言萬里，極言其遠。

〔三〕河橋：黄河上浮橋，泛指送別之所。據陳子昂《序》，送別杜審言時賦詩以贈者四十五人。

〔四〕追：追送。孫楚：字子荆，能詩，才藻卓絶，《晋書》卷五六有傳。此以指杜審言。孫楚《征西官屬送於陟陽候作詩》：「傾城遠追送，餞我千里道。」維舟：繫舟，停船。屈平：屈原名平，戰國楚懷王左徒，爲頃襄王所逐，自沈汨羅，漢賈誼爲長沙王太傅，過湘水，投書以弔之。事見《史記·屈原賈生列傳》。

〔五〕龍泉，寶劍名，借喻杜審言。豐城：縣名，今屬江西。《晋書·張華傳》載，張華夜見斗牛間常有紫氣，雷煥謂爲寶劍之精上徹於天，華即補煥爲豐城令。煥到縣，掘獄屋基，得一石函，中有雙劍，一曰龍泉，一曰太阿，其夕，斗牛間氣不復見焉。

送司馬道士遊天台〔一〕

羽客笙歌此地違，離筵數處白雲飛〔二〕。蓬萊闕下長相憶，桐柏山頭去不歸〔三〕。

校記

〔道士〕底本奪士字，據《文苑英華》卷二二七補。

〔相憶〕底本作相億，據《英華》改。

注釋

〔一〕司馬道士：司馬承禎，字子微，少好學，薄於爲吏，遂爲道士，師嵩山潘師正，後止於天台山。曾受武后、睿宗徵召入京，玄宗朝再徵，居王屋山，卒，賜謚貞一先生，道教上清派尊爲第十二代宗師。事迹見《舊唐書》卷一九二、《新唐書》卷一九六本傳及衛憑《唐王屋山中巖臺貞一先生廟碣》。天台：山名，在今浙江天台北。《舊唐書·司馬承禎傳》：「乃止於天台山。則天聞其名，召至都，降手敕以讚美之。及將還，敕麟臺監李嶠餞之於洛橋之東。」按李嶠神功元年（六九七）十月自鳳閣舍人知天官選事，見《資治通鑑》卷二〇六；聖曆元年（六九八）十月自麟臺少監拜相，見《舊唐書·則天皇后紀》，詩當聖曆元年十月前作。

〔二〕羽客：道士。

〔三〕蓬萊闕：相傳東海中有蓬萊山，爲仙人所居，長安大明宮一名蓬萊宮，此以指洛陽宮殿。《大明一統志》卷四七台州府：「桐柏山，在天台縣西北二十五里。」《輿地紀勝》卷一二台州：「桐柏觀，今名崇道觀，在天台縣西北二十五里，唐景雲中白雲先生司馬承禎置。」

岳寺應制〔一〕

暫幸珠筵地，俱憐石瀨清〔二〕。泛流張翠幕，拂迴掛紅旌。雅曲龍調管，芳罇蟻泛觥〔三〕。陪歡玉座晚，復得聽金聲。

校記

〔金聲〕《文苑英華》卷一七八作鐘聲。

注釋

〔一〕岳寺：當在嵩山，未詳何寺。《新唐書·則天皇后紀》：聖曆二年「二月己丑，如緱氏。辛卯，如嵩陽。丁酉，復于神都。」詩未及封禪事，疑即此次從幸嵩山作。

〔二〕珠筵：對筵席的美稱，此指僧人講席。

〔三〕龍調管：謂樂管聲似龍吟。馬融《長笛賦》：「龍鳴水中不見已，截竹吹之正相似。」蟻：酒上浮沫。觥：酒器。《文選》卷四張衡《南都賦》：「浮蟻若萍。」李善注引《釋名》：「酒有泛齊，浮蟻在上，汎汎然如萍之多也。」

幸少林寺應制〔一〕

紺宇橫天室，迴鑾指帝州〔二〕。曙陰迎日盡，春氣抱巖流。空樂繁行漏，香煙薄綵遊〔三〕。玉膏從此泛，仙馭接浮丘〔四〕。

校記

〔帝州〕底本作帝休，據《永樂大典》卷一三八二四改。

〔此泛〕《大典》作此挹。

注釋

〔一〕《大明一統志》卷二九河南府：「少林寺，在登封縣西少室山北麓，後魏時建。梁時，達摩居此，面壁九年。」詩云「春氣」，當聖曆二年（六九九）二月作，參見前詩注。

〔二〕紺宇：佛寺。紺，深青透紅之色。王勃《益州德陽縣善寂寺碑》：「紺宇晨融，若對流霞之闕。」天室：天之居室。《史記·周本紀》：「粵詹雒、伊，毋遠天室。」帝州：指洛陽。

〔三〕行漏：出行時車中所置刻漏計時器。綵遊：旌旗末端的彩色絲縧或飄帶。遊，通斿。

〔四〕玉膏：呈粘液狀的玉，相傳服之可長生。《山海經·西山經》：「丹水……多白玉，是有玉膏。」仙馭：仙駕。浮丘：浮丘公，傳説中黄帝時仙人。《文選》卷二一郭璞《游仙詩》：「左挹浮丘袖，右拍洪崖肩。」李善注引《列仙傳》：「浮丘公接王子喬以上嵩高山。」

嵩南九里舊鵲村作〔一〕

弊廬接箕潁，北望嵩山隅〔二〕。兹嶺雄且秀，綵翠横天衢。家世事靈嶽，嵒棲安敢渝。從俗因迹化，歸静知心愚〔三〕。上違先人訓，下憐菲薄軀。自問何功業，謬與賢俊俱。執羈翊龍羽，秉筆遊鴻都〔四〕。尸禄負諸己，日使田園蕪。常恐白雲意，溘盡黄埃塗〔五〕。妙年負恩德，欲去何踟躕。明主本尚道，黄屋均蓬壺〔六〕。飲惠可冥分，歸事燒金爐〔七〕。

校記

〔嵩南九里舊鵲村作〕此詩宋集諸本未收，見《永樂大典》卷三五八〇。

注釋

〔一〕鵲村：當即宋之問嵩山舊宅所在之地。詩云「秉筆遊鴻都，……日使田園蕪」，當聖曆二年左右出使嵩山作。

〔二〕箕潁：箕山、潁水，見卷一《敬答田徵君》注〔三〕。《元和郡縣圖志》卷五河南府登封縣：「少室山，在縣西十里。高十六里，周迴三十里，潁水源出焉。」

〔三〕從俗：指出仕。《禮記·曲禮上》：「禮從宜，使從俗。」疏：「使從俗者，謂臣爲君出聘之法，皆出土俗牲幣以爲享。」

〔四〕執羈：猶執鞭。羈，馬籠頭。龍羽：指天子車駕，樹羽，左建旂，畫升龍，見《新唐書·車服志》。鴻都：東漢洛陽宫門名。《後漢書·儒林傳序》：「及董卓移都之際，吏民擾亂，自辟雍、東觀、蘭臺、石室、宣明、鴻都諸藏典策文章，競共剖散。」聖曆中，宋之問爲學士，預修《三教珠英》，故云。

〔五〕白雲意：歸隱之意，參見本卷《冬夜寓直麟臺》注〔三〕。溘（kè）盡：忽然而盡。黄埃塗：指名利之途。

〔六〕黄屋：帝王車蓋，以黄繒爲裏。此指宫殿。蓬壺：蓬萊别名，參見後《三陽宫石淙侍宴應制》注〔二〕。

〔七〕飲惠：受恩。金爐：指方士煉丹爐鼎。

上陽宮侍宴應制得林字〔一〕

廣樂張前殿，重裘感聖心〔二〕。砌蓂霜月盡，庭樹雪雲深〔三〕。舊渥驂宸御，慈恩忝翰林〔四〕。微臣一何幸，再得聽瑶琴〔五〕。

校記

〔題〕《全唐詩》卷五二校一本題上有九月晦日四字。

注釋

〔一〕上陽宫：故址在今河南洛陽西。《新唐書·地理志二》：東都「上陽宫在禁苑之東，東接皇城之西南隅，上元中置，高宗之季常居以聽政」。詩云「舊渥驂宸御，慈恩忝翰林」，當聖曆二年前後秋日作，時宋之問預修《三教珠英》。

〔二〕廣樂：天上的樂曲。趙簡子病，不知人，寤後自云曾「與百神游于鈞天，廣樂九奏萬舞」。見《史記·扁鵲列傳》。重裘：厚皮衣。賈誼《新書·諭誠》：「楚昭王當扆而立，愀然有寒色，曰：『寡人重裘而立，猶憯然有寒氣，將奈我元元之百姓何！』是日也，出府之裘以衣寒者，出倉之粟以賑飢者。」

〔三〕蓂：蓂莢，古代瑞草名。《竹書紀年》卷二：「(堯)在位七十年，……有草夾階而生，月朔始生一莢，月半而生十五莢。十六日已後，日落一莢，及晦而盡。」霜月：九月。《詩·豳風·七月》：「九月肅霜。」

〔四〕渥：霑潤，指恩惠。驂宸御：謂陪侍從。驂，駕車時位於兩側的馬。翰林：文翰之林，指預修《三教珠英》事，參《簡譜》。

〔五〕《太平御覽》卷五七七引揚雄《琴清英》：「舜彈五絃之琴而天下治，堯加二絃，以合君臣之恩也。」

麟趾殿侍宴應制〔一〕

北闕層城峻，西宮複道懸〔二〕。乘輿歷萬户，置酒望三川〔三〕。花柳含丹日，山河入綺筵。欲知陪賞處，空外有飛煙。

注釋

〔一〕麟趾殿：在東都上陽宮中，見《唐兩京城坊考》卷五。詩武后聖曆中作，參見前詩。

〔二〕北闕：指東都宮城，在皇城北。西宮：指上陽宮，在皇城西。層城：《水經注·河水》：「崑崙之山三級，……上曰層城，一名天庭，是爲太帝之居。」

〔三〕乘輿：賈誼《新書·等齊》：「天子車曰乘輿。」萬户：指宮殿。漢武帝作建章宮，「度爲千門萬户」，見《漢書·郊祀志下》。三川：指洛陽，秦置三川郡，以有伊、洛、河三水立名，見《元和郡縣圖志》卷五。

冬夜寓直麟臺〔一〕

直事披三閣，重關秘七門〔二〕。廣庭憐雪净，深屋喜爐温。月幌花虚馥，風窗竹暗喧。東山白雲意，兹夕寄琴樽〔三〕。

校記

〔麟臺〕底本作麟閣，《詩淵》三五七九頁作麟臺，《文苑英華》卷一九一校集作麟臺，據改。

〔三閣〕底本作三省，據《詩淵》改。

〔秘七〕《全唐詩》卷五二作閉七。

〔深屋〕《詩淵》作狹室。

注釋

〔一〕麟臺：秘書省，垂拱初改麟臺，神龍初復舊，爲掌管經籍圖書之官署，見《舊唐書·職官志》。宋之問歷官未入麟臺，但於聖曆中預修《三教珠英》，由麟臺監張昌宗主其事，其寓直麟臺當在此二、三年中，故系於此，參見《簡譜》。《宋學士集》此詩題下注：「一作王維詩。」宋蜀刻本《王摩詰文集》未收。趙殿成《王右丞集箋註》卷一五云：「題中麟閣之名乃是天授時所改，神龍無復此稱，則此詩自應歸宋耳。」其説是。

〔二〕披：開。三閣：魏、晋時國家藏書處。《隋書·牛弘傳》：「魏文代漢，更集經典，皆藏在秘書、内、外三閣，遣秘書郎鄭默删定舊文。」七門：宫門。東漢時宫掖凡七門，每門置司馬一人，見《後漢書·百官志二》。

〔三〕東山：晋謝安隱居之所，借指己舊居山林。《輿地紀勝》卷一〇紹興府：「東山在上虞縣西南四十五里，晋謝安所居。」《晋書·謝安傳》：「安雖受朝寄，然東山之志始末不渝，每形於言色。」白雲：齊、梁間陶弘景隱茅山，自稱「華陽隱居」，齊高祖問山中何所有，弘景賦詩答之曰：「山中何所有，嶺上多白雲，只可自怡悦，不堪持贈君。」見《太平廣記》卷二〇二引《談藪》。琴樽：琴酒。

放白鷴篇〔一〕

故人贈我緑綺琴，兼致白鷴鳥〔二〕。琴是嶧山桐，鳥出吴溪中〔三〕。我心松石清霞裏，弄此幽絃不能已。我心河海白雲垂，憐此珍禽空自知。著書晚下麒麟閣，幼稚驕痴候門樂〔四〕。乃言物性不可違，白鷴愁慕刷毛衣〔五〕。玉徽閉匣留爲念，六翮開籠任爾飛〔六〕。

注釋

〔一〕白鷴：鳥名，産於我國南方，似山雞而色白，有黑紋如漣漪，尾長三四尺，紅頰赤嘴丹爪。詩云「著書晚下麒麟閣」，當亦聖曆中作，參見前詩。

〔二〕綠綺：琴名。傅玄《琴賦·序》：「司馬相如有琴曰綠綺。」張載《擬四愁詩》：「佳人遺我綠綺琴，何以贈之雙南金。」

〔三〕嶧山：在今山東鄒縣東南。《書·禹貢》：「嶧陽孤桐。」傳：「嶧山之陽特生桐，中琴瑟。」

〔四〕麒麟閣：西漢未央宫中閣名，此指麟臺（秘書省）。《三輔黄圖》卷六：「天禄閣，藏典籍之所。《漢宫殿疏》云：『天禄麒麟閣，蕭何造，以藏秘書，處賢才也。』」候門：陶潛《歸去來兮辭》：「乃瞻衡宇，載欣載奔，童僕歡迎，稚子候門。」

〔五〕愁慕：愁怨思慕。毛衣：羽毛。

〔六〕玉徽：玉製琴徽，代指琴。徽，琴面上指示音節的標誌。六翮：鳥翅上大翎，代指鳥。《韓詩外傳》卷六：「夫鴻鵠一舉千里，所恃者六翮爾。」

明河篇〔一〕

八月凉風天氣清，萬里無雲河漢明。昏見南樓清且淺，曉落西山縱復横〔二〕。洛陽城闕天中起，長河夜夜千門裏〔三〕。複道連甍共蔽虧，畫堂瓊户特相宜〔四〕。雲母屏前初泛灎，水晶簾外轉逶迤〔五〕。倬彼昭回如練白，復出東城接南陌〔六〕。南陌征人去不歸，誰家今夜擣寒衣。鴛鴦機上疏螢度，烏鵲橋邊一雁飛〔七〕。雁飛螢度愁難歇，坐見明河漸微没。已能舒卷任浮雲，不惜光輝讓流月。明河可望不可親，願得乘槎一問津〔八〕。更將織女支機石，還訪成都賣卜人〔九〕。

校記

〔氣清〕《初學記》卷一作氣晶。

〔屏前〕底本作帳前，據《初學記》改。

〔泛灩〕底本作瀲，《文苑英華》卷三三一校一作泛灩，據改。

〔征人〕《英華》作征夫。

〔誰家〕《初學記》作誰知。

〔機上〕《初學記》作綺上。

〔明河〕《初學記》作河傾，《搜玉小集》作天河，《英華》作星河。

〔漸微没〕《搜玉》作傾漸没。

〔讓流月〕《英華》作流月明。

〔成都〕底本作都城，據《初學記》改。

注釋

〔一〕明河：銀河。《本事詩·怨憤》：「宋考功天后朝求爲北門學士，不許，作《明河篇》以見其意。……

則天見其詩，謂崔融曰：『吾非不知之問有才調，但以其有口過。』蓋以之問患齒疾，口常臭故也。之問終身慚憤。」詩當作於宋之問爲修書學士屢陪侍從游宴時，故繫聖曆中。

〔二〕清且淺：《古詩·迢迢牽牛星》：「河漢清且淺，相去復幾許。」

〔三〕千門：指宮殿。漢武帝造建章宫，「度爲千門萬户」，見《三輔黄圖》卷二。

〔四〕複道：樓閣間相連接的上下兩層的通道。連甍：屋脊相連。瓊户：以玉爲飾的門户。

〔五〕雲母：一種半透明礦物質。漢趙合德姊妹居昭陽殿，殿中有雲母扇、雲母屏風等，見《西京雜記》卷一。泛灧：光彩閃皪浮動貌。透迤：從容自得貌。

〔六〕倬：顯著。昭回：照耀迴轉。《詩·大雅·雲漢》：「倬彼雲漢，昭回于天。」練：白色絲織品。

〔七〕鴛鴦機：織造有鴛鴦圖案的錦緞的織機。烏鵲橋：傳説喜鵲在銀河上爲牛郎織女相會所架橋。《歲華紀麗》卷三引《風俗通》：「織女七夕當渡河，使鵲爲橋。」

〔八〕槎：水中浮木。津：渡口。舊説天河與海通，海邊人年年八月見浮槎去來不失期，遂乘槎而去。十餘日，至一處，有城郭狀，遥望宮中多織婦，見一丈夫牽牛渚次飲之。此人問此是何處，答曰：「君還至蜀郡訪嚴君平則知之。」後還至蜀，問君平，曰：「某年某月有客星犯牽牛宿。」計年月，正是此人到天河時。事見《博物志》卷一〇。

〔九〕織女：星名，在銀河西，與牽牛星隔河相對，民間因有牛郎織女爲夫婦，七夕相會的傳説。支機石：支撐織機之石。成都：今屬四川。賣卜人：即嚴君平，西漢人，賣卜筮於成都市，裁日閲數人，得百錢足自養，則閉肆下簾而授《老子》。見《漢書·王吉等傳叙》。《太平御覽》卷八引《集林》：「昔有一人尋河源，見婦人浣紗，以問之，曰：『此天河也。』乃與一石而歸。問嚴君平，曰：『此織女支機石也。』」

三陽宫石淙侍宴應制得幽字〔一〕

離宫秘苑勝瀛洲，别有仙人洞壑幽〔二〕。巖邊樹色含風冷，石上泉聲帶雨秋。鳥向歌筵來度曲，雲依帳殿結爲樓。微臣昔忝方明御，今日還陪八駿遊〔三〕。

校記

〔石淙〕底本作石漴，據《全唐詩》卷五二改。

注釋

〔一〕三陽宫：在今河南登封東南，武后所建。石淙：石上瀑流。《資治通鑑》卷二〇六：久視元年正月，「作三陽宫於告成之石淙。……夏四月戊申，太后幸三陽宫避暑。」同書卷二〇七：長安四年正月「丁未，毁三陽宫，以其材作興泰宫於萬安山。二宫皆武三思建議爲之，請太后每歲臨幸，功費甚廣，百姓苦之。」《金石萃編》卷六四薛曜《夏日遊石淙詩序》：「爰有石淙者，即平樂澗也，爾其近接嵩嶺，俯屆箕峰。」同書同卷《夏日遊石淙詩碑》載武后、太子李顯、相王李旦、武三思、狄仁傑、張易之、張昌宗、李嶠、蘇味道、姚元崇、閻朝隱、崔融、薛曜、徐彦伯、楊敬述、于季子、沈佺期七律各一首，「大周久視元年歲次庚子律中蕤賓十九日丁卯」建。宋之問此詩亦同時作。

〔二〕瀛洲：海中仙山。《史記·封禪書》：「自威、宣、燕昭使人入海求蓬萊、方丈、瀛洲。此三神山者，其傳在渤海中，去人不遠；患且至，則船風引而去。蓋嘗有至者，諸僊人及不死之藥皆在焉。」洞壑：猶言洞府。

〔三〕方明：傳説中黄帝御者。《莊子·徐無鬼》：「黄帝將見大隗乎具茨之山，方明爲御，昌寓驂乘。」八駿：周穆王八匹駿馬。《穆天子傳》卷一：「天子之駿，赤驥、盜驪、白義、踰輪、山子、渠黄、華騮、緑耳。」《史記·趙世家》：「造父幸於周繆王。造父取驥之乘匹，與桃林盜驪、驊騮、緑耳，獻之繆王。繆王使造父御，西巡狩，見西王母，樂之忘歸。」

使至嵩山尋杜四不遇慨然復傷田洗馬韓觀主因以題壁贈杜侯〔一〕

洛橋瞻太室，期子在雲煙〔二〕。歸來不相見，孤賞弄寒泉。與君闊松石，于兹二十年。田公謝昭世，韓子秘幽埏〔三〕。憶昔同攜手，山棲接二賢。笙歌入玄地，詩酒生寥天。舊友悉零落，罷琴私自憐。逝者非藥誤，餐霞意可全〔四〕。爲余理還策，相與事靈仙〔五〕。

校記

〔杜侯〕底本下有杜四二字，當是後人爲「杜侯」二字作注，闌入題中，據《文苑英華》卷三〇二删。

〔太室〕底本作大室，據《英華》改。

〔生寥〕《英華》作坐寥。

〔逝者〕底本作遊者，據《英華》改。

〔爲余〕底本作爲餘，據《英華》改。

注釋

〔一〕杜四：即杜侯，名未詳。田洗馬：田遊巖，見《敬答田徵君》注〔一〕。洗馬：太子洗馬，東宫司經局官員，從五品下，掌東宫經籍圖書，出入侍從。韓觀主：韓法昭，潁川人，道士潘師正弟子，當繼潘師正爲嵩陽觀主，見陳子昂《續唐故中岳體玄先生潘師正碑頌》。《新唐書·田游巖傳》：「放還山，蠶衣耕食，不交當世，惟與韓法昭、宋之問爲方外友云。」據《金石萃編》卷六二王適撰《潘尊師碣》，聖曆二年八月韓法昭尚在，詩當久視元年或稍後作。

〔二〕洛橋：洛陽洛水上有天津橋、中橋等，參見《花燭行》注〔二〕。太室：嵩山之一山，見《憶嵩山陸渾舊宅》注〔一〕。

〔三〕謝昭世：辭明代，死的婉詞。幽埏：幽深墓穴。埏，墓道。

〔四〕藥誤：爲服藥所誤。藥，指金丹之類。餐霞：服食日霞，道家修鍊的一種方式。顏延之《五君詠·嵇中散》：「中散不偶世，本是餐霞人。」

〔五〕還策：猶歸駕。策，馬鞭，代指車馬。

奉和幸神皋亭應制〔一〕

清蹕喧黄道，乘輿降紫宸〔二〕。霜戈凝曉日，雲管發陽春。臺古今疑漢，林餘半識秦。宴酣詩布澤，節改令行春。昔恃山河險，今依道德淳。多慚獻嘉頌，空累屬車塵〔三〕。

校記

〔黄道〕《文苑英華》卷一七五作皇道。

〔凝曉〕《英華》作駐晚。

〔今疑〕《英華》作全疑，校集作全知。

注釋

〔一〕神皋亭：在唐長安禁苑中。《文選》卷二張衡《西京賦》：「爾乃廣衍沃野，厥田上上，寔惟地之奥區神皋。」李善注：「《漢書》曰：自古以雍州積高，神明之隩，故立畤，郊上帝，諸神祠皆聚之。《廣雅》曰：皋，局也，謂神明之界局也。」據《新唐書·則天皇后紀》，武后于長安元年十月幸長安，三年十月復歸東都，詩當長安二或三年早春作。

〔二〕黄道、紫宸：見《龍門應制》注〔一四〕。

〔三〕嘉頌：班固《西都賦》：「采游童之驩謡，第從臣之嘉頌。」屬車：皇帝出行侍從之車。司馬相如《諫獵疏》：「犯屬車之清塵。」

花燭行〔一〕

帝城九門乘夜開，仙車百兩自天來〔二〕。列火東歸暗行月，浮橋西渡響奔雷〔三〕。龍樓錦帳連連出，遥望梁臺如晝日〔四〕。梁臺花燭見天人，平陽賓從綺羅春〔五〕。共迎織女歸雲幄，俱送常娥下月輪〔六〕。常娥月中君未見，紅粉盈盈隔團扇〔七〕。玉樽交引合歡杯，珠履共蹋鴛鴦薦〔八〕。漏盡更深斗欲斜，可憐金翠滿庭花。庭花灼灼歌穠李，此夕天孫嫁王子〔九〕。結褵初出望園中，和鳴已入秦簫裏〔一〇〕。同心合帶兩相依，明日雙朝入紫微〔一一〕。共待洛城分曙色，更看天下鳳凰飛。

校記

〔花燭行〕此詩宋集諸本未收，見《詩淵》一三九二頁。

〔紫微〕底本作此微，徑改。

注釋

〔一〕花燭：彩飾的蠟燭，婚禮多用之，故代指婚禮。何遜《看伏郎新婚》：「何如花燭夜，輕扇掩紅粧。」《舊唐書·武崇訓傳》：「崇訓，三思第二子也。則天時，封爲高陽郡王。長安中，尚安樂郡主。時三思用事於朝，欲寵其禮，中宗爲太子在東宫，三思宅在天津橋南，自重光門行親迎禮，歸於其宅。三思又令宰臣李嶠、蘇味道，詞人沈佺期、宋之問、徐彦伯、張説、閻朝隱、崔融、崔湜、鄭愔等賦《花燭行》以美之。其時張易之、昌宗、宗楚客兄弟貴盛，時假詞於人，皆有新句。」據《新唐書·宰相表上》：長安三年閏四月，李嶠爲相；四年三月，蘇味道罷相貶坊州刺史。詩作於此期間。又張説《安樂郡主花燭行》：「星昴殷冬獻吉日，夭桃穠李遥相匹。」《書·堯典》：「日短星昴，以正仲冬。」知安樂郡主下降在長安三年十一月，詩即作於此年。

〔二〕百兩：狀送親車輛之多。《詩·召南·鵲巢》：「之子于歸，百兩御之。」

〔三〕列火：列炬，路旁排列火炬。浮橋：指天津橋。《元和郡縣圖志》卷五河南縣：「天津橋，在縣北四里。隋煬帝大業元年初造此橋，以架洛水，用大纜維舟，皆以鐵鎖鉤連之。……然洛水溢，浮橋輒壞，貞觀十四年更令石工累方石爲脚。」武三思宅在天津橋南，太子東宫在橋北宫城内，參見《唐兩京城坊考》卷五。

〔四〕龍樓：指太子所居宫。《漢書·成帝紀》：「帝爲太子，……初居桂宫，上嘗急召，太子出龍樓門，不敢絶馳道。」注引張晏曰：「門樓上有銅龍，若白鶴、飛廉之爲名也。」梁臺：指武三思宅。《史記·梁孝王世家》：「大治宫室，爲複道，自宫連屬於平臺三十餘里。」安樂郡主爲中宗幼女，時中宗爲皇太子，武三思封梁王，故有「龍樓」、「梁臺」之語。

〔五〕天人：天上人，多以指帝王胄裔。平陽：古邑名，在今山西臨汾。漢武帝姊陽信長公主爲平陽侯曹壽妻，稱平陽公主。此借指安樂郡主。

〔六〕織女：星名，神話傳説爲天上神女。常娥：即嫦娥，月中女神。

〔七〕紅粉：指盛裝女子。盈盈：美好貌。《古詩十九首》：「盈盈樓上女，皎皎當牕牖。娥娥紅粉粧，纖纖出素手。」

〔八〕合歡杯：新婚夫婦共飲之酒杯。鴛鴦薦：有鴛鴦圖案的茵褥或地毯。

〔九〕穠李：《詩·召南·何彼襛矣》：「何彼襛矣，華如桃李。」《小序》謂詩爲美王姬下嫁諸侯，能「執婦道以成肅雝之禮」之作。襛，通穠，花木隆盛貌。天孫：星名，即織女星。安樂郡主爲武后孫女。

〔一〇〕結褵：古代女子出嫁前，其母爲繫結胸前佩巾的儀式。《詩·豳風·東山》：「親結其褵，九十其儀。」望園：即望苑，指太子東宫。《漢書·武三子傳》：「戾太子據，元狩元年立爲皇太子，年七歲矣。……及冠就宫，上爲立博望苑，使通賓客。」注：「取其廣博觀望也。」秦簫：用弄玉事。《列仙傳》卷上：「蕭史者，秦穆公時人也。善吹簫，能致孔雀、白鶴於庭。穆公有女字弄玉，好之，公遂以女妻焉。日教弄玉作鳳鳴，居數年，吹似鳳聲，鳳凰來止其屋。公爲作鳳臺，夫婦止其上不下數年，一旦皆隨鳳凰飛去。」

〔二〕同心：用錦帶製成的菱形連環回文結，以示恩愛。紫微：星名，指皇宫，見《奉和梁王宴龍泓應教》注〔二〕。

宋之問集校注卷二

詩（神龍元年——景龍三年秋）

留别之望舍弟〔一〕

同氣有三人，分飛在此晨〔二〕。西馳巴嶺徼，東去汶陽濱〔三〕。强飲離前酒，終傷别後神。誰憐散花萼，獨赴日南春〔四〕。

校記

〔汶陽〕底本作洛陽，據《文苑英華》卷二八六改。

注釋

〔一〕之望：即宋之遜，見卷一《别之望後獨宿藍田山莊》注〔一〕。詩云「獨赴日南春」，乃神龍元年春貶瀧州參軍時作，參見《簡譜》。

〔二〕同氣：謂兄弟。《易·乾》：「同聲相應，同氣相求。」《朝野僉載》卷六：「（宋）令文有三子：長之問，有文譽；次之遜，善書；次之悌，有勇力。」

〔三〕巴嶺：在今陝西南鄭。徼（jiào）：邊境。汶陽：在今山東寧陽東北，汶水經此。《元和郡縣圖志》卷二二興元府南鄭縣：「巴嶺在縣南一百九里，東傍臨漢江，與三峽相接，山南即古巴國。」同書卷一〇兗州龔丘縣：「故汶陽城在縣東北五十四里。」《太平廣記》卷二六三引《朝野僉載》：「唐洛陽丞宋之遜，太常主簿之問弟。……初，之遜諂附張易之兄弟，出爲兗州司倉。」故赴巴嶺者乃宋之悌。

〔四〕花萼：喻兄弟，如花萼之相依相親。《詩·小雅·常棣》：「常棣之華，鄂不韡韡。凡今之人，莫如兄弟。」鄂，通萼。日南：漢郡名，治所在今越南廣治河與甘露河交會處，此泛指嶺南極遠之處。

途中寒食題黄梅臨江驛寄崔融〔一〕

馬上逢寒食，途中屬暮春。可憐江浦望，不見洛陽人〔二〕。北極懷明主，南溟作逐臣〔三〕。故園腸斷處，日夜柳條新。

校記

〔題〕底本無題末九字，據《全唐詩》卷五二補。

〔途中〕《唐詩紀事》卷八作愁中。

〔洛陽〕《藝文類聚》卷四作洛橋。

〔故園〕《文苑英華》卷二九七作故鄉。

注釋

〔一〕寒食：節日名，在清明前一或二日，禁斷煙火。《荆楚歲時記》：「去冬節一百五日，即有疾風甚雨，謂之寒食。」黄梅：縣名，今屬湖北。《元和郡縣圖志》卷二七蘄州黄梅縣：「大江水，在縣南一百里。」臨江驛當在其地。崔融：字安成，齊州全節人，上元中，辭殫文律科及第，累補宫門丞，兼直崇文館學士，歷魏州司功參軍、著作郎、鳳閣舍人、國子司業等職，爲文典麗，與李嶠、蘇味道、杜審言合稱「文章四友」，神龍二年卒，年五十四，謚曰文，有集六十卷。《舊唐書》卷九四、《新唐書》卷一一四有傳。此詩及後數詩均神龍元年春貶瀧州參軍途中作。參見《簡譜》。

〔二〕洛陽人：謂崔融等。《舊唐書·崔融傳》：「(長安)四年，除司禮少卿，仍知制誥。時張易之兄弟頗招集文學之士，融……等俱以文才降節事之。及易之伏誅，融左授袁州刺史。」前此，宋之問與崔融同在洛陽爲官。

〔三〕北極：星名，一名北辰，在紫宫垣中。《論語·爲政》：「子曰：『爲政以德，譬如北辰，居其所，而衆星共(拱)之。』」故以喻朝廷。南溟：南海。瀧州在今廣東羅定南，接近南海。

附録

和宋之問寒食題黄梅臨江驛　崔融

春分自淮北，寒食渡江南。忽見潯陽水，疑是宋家潭。明主閽難叫，孤臣逐未堪。遥思故園陌，桃李正酣酣。（《唐詩紀事》卷八）

和宋之問寒食題臨江驛　胡皓

聞道山陰會，仍爲火忌辰。途中甘棄日，江上苦傷春。流水翻催淚，寒灰更伴人。丹心終不改，白髮爲誰新。（同前卷二〇）

自洪府舟行直書其事〔一〕

仲春辭國門，畏途横萬里〔二〕。越淮乘楚嶂，造江泛吴汜〔三〕。嚴程無休隙，日夜涉風水。昔聞垂堂言，將誡千金子〔四〕。問余何奇剥，遷竄極炎鄙〔五〕。揆己道德餘，幼聞虚白旨〔六〕。貴身賤外物，抗跡遠塵軌〔七〕。朝遊伊水湄，夕卧箕山趾〔八〕。妙年拙自晦，皎潔弄文史〔九〕。謬辱紫泥書，揮翰青雲裏〔一〇〕。事往每增傷，寵來常誓止。銘骨懷林丘，逆鱗讓金紫〔一一〕。安謂釁濳構，退耕禍猶起〔一二〕。栖巖實吾策，觸蕃誠内恥〔一三〕。濟濟同時人，台庭鳴劍履〔一四〕。愚以卑自衛，兀坐去沈滓〔一五〕。迨兹理已極，竊位申知己〔一六〕。羣議負宿心，獲戾光華始〔一七〕。黄金忽銷鑠，素業坐淪毀〔一八〕。浩歎誣平生，何獨戀枌梓〔一九〕。浦樹浮鬱鬱，臯蘭覆靡靡〔二〇〕。百越去魂斷，九疑望心死〔二一〕。未盡匡臯遊，遠欣羅浮美〔二二〕。周旋本師訓，佩服無生理〔二三〕。異國多靈僊，幽探忘年紀。敝廬嵩山下，空谷茂蘭芷。悠悠南溟遠，採掇長已矣。

校記

〔林丘〕底本二字作墨釘，據《文苑英華》卷二九〇補，《全唐詩》卷五一作報稱。

〔安謂〕《英華》作安位。

〔愚以〕《英華》作思以。

〔坐淪〕《英華》作悉淪。

〔枌梓〕底本作松梓，據《英華》改。

注釋

〔一〕洪府：洪州都督府，治所在今江西南昌。《元和郡縣圖志》卷二八洪州：「武德元年，改爲總管府，七年改爲都督府。」詩神龍元年赴瀧州途中作。

〔二〕仲春：二月。國門：都門，此指洛陽。畏途：艱險可畏的道路。

〔三〕淮：淮水。乘：登。楚嶂：楚地山巒。江：長江。吴汜：吴地河流。據此及後數詩，宋之問貶瀧州乃二月自洛陽首途，取道淮水，經長江，至洪州後溯贛水南上，度大庾嶺，經韶州赴瀧州。

〔四〕垂堂：堂屋簷下，因簷瓦可能墜落傷人，故爲險地。《漢書·爰盎傳》：「千金之子不垂堂，百金之子不騎衡。」注：「言富人之子則自愛也。」

〔五〕奇（jī）剥：命運不好。《易·剥》：「不利有攸往。」王弼注：「觀其形象也，强亢激拂，觸忤以隕身，身既傾焉，功又不就，非君子之所尚也。」炎鄙：炎熱邊地。

〔六〕揆：揣度。餘：有餘。《老子》下篇：「修之於身，其德乃真。修之於家，其德乃餘。」虛白旨：心境清静空虛之理。《莊子·人間世》：「虛室生白，吉祥止止。」司馬彪云：「室比喻心，心能空虛，則純白獨生也。」

〔七〕外物：功名富貴等身外之物。嵇康《幽憤詩》：「託好老莊，賤物貴身。」抗跡：獨立特行，高尚其跡。塵軌：猶塵世。何劭《游仙詩》：「抗跡遺萬里，豈戀生民樂。」

〔八〕伊水：屢見。湄：水濱。箕山：在今河南登封東南。趾：指山脚。宋之問早年居嵩山、陸渾，參見卷一《憶嵩山陸渾舊宅》注。

〔九〕自晦：韜光養晦，指不顯露才華。

〔一〇〕紫泥書：皇帝詔書，以紫泥封，加蓋印璽於上。翰：筆。青雲：喻指宫庭。

〔一一〕銘骨：刻骨。逆鱗：倒生的鱗片。相傳龍喉下有逆鱗，觸之則怒，必殺人。此指拂逆皇帝之意。

《韓非子·説難》：「人主亦有逆鱗，説者能無嬰人主之逆鱗，則幾矣。」金紫：金印紫綬，代指顯赫官職。

〔一二〕釁：裂縫，指積嫌而成之仇怨。據以上數句，宋之問被貶前似曾辭官退耕嵩山或陸渾。

〔一三〕栖巖：退隱山林。觸蕃：四面碰壁。蕃，通藩，籬笆。《易·大壯》：「羝羊觸藩，羸其角。」郭璞《游仙詩》：「進則保龍見，退爲觸藩羝。」

〔一四〕濟濟：衆貌。台庭：猶相庭。古人以爲三公上應三台星，對宰相有台庭、台席、台府之稱。《史記·蕭相國世家》：漢高祖定天下，論功行封，以蕭何爲第一，「賜帶劍履上殿，入朝不趨」。

〔一五〕卑：下於人，謙卑。自衛：自我保全。兀坐：獨自端坐。沈滓：沈澱物，喻内心雜念。

〔一六〕申知己：爲知己信任引用。申，通信。

〔一七〕宿心：平素志向。戾：罪。光華：指明時盛世。《後漢書·崔駰傳》：「當堯舜之盛世，處光華之顯時。」神龍元年，武后退位，中宗復位，復唐國號，故云「光華始」。

〔一八〕銷鑠：熔化。《漢書·劉勝傳》：「衆口鑠金，積毁銷骨。」素業：清素之業，此指清白聲名。

〔一九〕誣：欺罔。枌梓：枌榆、桑梓。漢高祖爲豐邑枌榆鄉人，初起兵時禱于枌榆社，見《史記·封禪書》。桑、梓爲住宅傍常栽的樹木。《詩·小雅·小弁》：「惟桑與梓，必恭敬止。」後遂以枌榆、桑梓代指故鄉。

〔二〇〕鬱鬱：茂盛貌。靡靡：草倒伏相依貌。

〔二一〕百越：指嶺南之地。春秋越人後裔散居於江、浙、閩、粵等地，稱爲百越，其所居之地亦稱百越。九疑：山名，在今湖南零陵。《元和郡縣圖志》卷二九道州延唐縣：「九疑山在縣東南一百里，舜所葬也。九山相似，行者疑惑，故爲名。」

〔二二〕匡阜：匡山，廬山别名，在今江西九江。《太平寰宇記》卷一一一江州德化縣：「廬山在縣南。……周武王時，匡俗字子孝，兄弟七人皆好道術，結廬於此山，仙去，空廬尚在，故曰廬山。」羅浮：山名，在今廣東增城、博羅境，相傳蓬萊之一島，堯時爲洪水所漂，浮海而來，與羅山合而爲一，遂名羅浮，見陳璉《羅浮志》卷一。

〔二三〕本師：祖師，指釋迦如來，爲根本的教師。無生理：佛理，佛教以爲萬物實體無生無滅，皆悉空寂。

題大庾嶺北驛〔一〕

陽月南飛雁，傳聞至此迴〔二〕。我行殊未已，何日復歸來？江静潮初落，林昏瘴不開。明朝望鄉處，應見隴頭梅。

校記

〔題大〕《文苑英華》卷二九七作登大。

〔至此〕《國秀集》卷上作到此。

〔隴頭〕《國秀》作嶺頭。

注釋

〔一〕大庾嶺：五嶺之一，在今江西、廣東交界處。《元和郡縣圖志》卷三四韶州始興縣：「大庾嶺，一名東嶠山，即漢塞上也，在縣東北一百七十二里，……高一百三十丈。」此及後二詩均神龍元年春貶瀧州途中作。

〔二〕陽月：農曆十月。十月晝短夜長，古人認爲陰氣最盛，嫌於無陽，故名之爲陽月，見《詩·小雅·采薇》鄭玄箋。相傳雁飛不過五嶺。大曆二年嶺南節度使徐浩因發現大雁至懷集縣，奏請編入國史，見《唐會要》卷二八。

度大庾嶺〔一〕

度嶺方辭國，停軺一望家〔二〕。魂隨南翥鳥，淚盡北枝花〔三〕。山雨初含霽，江雲欲變霞。

但令歸有日，不敢恨長沙〔四〕。

校記

〔歸有〕敦煌遺書伯三六一九作有歸。

注釋

〔一〕大庾嶺：見前詩注〔一〕。

〔二〕國：都城，指洛陽。軺：輕便馬車。

〔三〕北枝花：《白孔六帖》卷九九：「大庾嶺上梅，南枝落，北枝開。」

〔四〕長沙：漢郡名，今屬湖南。賈誼爲周勃、灌嬰等讒毁，謫爲長沙王太傅三年，意不自得，有鵩鳥飛止坐隅，鵩似鴞，不祥鳥也，誼既以謫居長沙，長沙卑濕，自傷悼，以爲壽不得長，乃爲賦以自廣。見《漢書·賈誼傳》。

早發大庾嶺〔一〕

晨躋大庾險，驛鞍馳復息。霧露晨未開，浩途不可測。嵥起華夷界，信爲造化力〔二〕。歇鞍問徒旅，鄉關在西北。出門怨别家，登嶺恨辭國。自惟勗忠孝，斯罪懵所得〔三〕。皇明頗昭洗，廷議日昏惑。兄弟遠淪居，妻子成異域。羽翮傷已毁，童幼憐未識〔四〕。踟躕戀北顧，亭午晞霽色。春暖陰梅花，瘴回陽鳥翼〔五〕。含沙緣澗聚，吻草依林植〔六〕。適蠻悲疾首，懷鞏淚沾臆〔七〕。感謝鵷鷺朝，勤修魑魅職〔八〕。生還倘非遠，誓擬酬恩德。

校記

〔勗忠〕底本作最忠，據《文苑英華》卷二九〇改。

〔羽翮〕底本作羽翼，據《英華》改。

注釋

〔一〕大庾嶺：見前《題大庾嶺北驛》注。

〔二〕嵥(jié)起：陡然聳起。華夷界：嶺南古爲百越之地，漢初爲南越國，故云。造化：大自然的主宰。

〔三〕惟：思。勗：勉力。懵：不明。

〔四〕羽翮：禰衡《鸚鵡賦》：「翩六翮之殘毁，雖奮迅其焉如。」

〔五〕陰梅花：嶺北梅花。陽鳥：雁，秋南飛，春北飛。《書·禹貢》：「陽鳥攸居。」傳：「隨陽之鳥，鴻雁之屬。」參見《題大庾嶺北驛》注〔二〕。

〔六〕含沙：即蜮，相傳水中可以傷人的小動物。《詩·小雅·何人斯》：「爲鬼爲蜮，則不可得。」箋：「狀如鼈，三足，一名射工，俗呼之水弩，在水中含沙射人，一云射人影。」吻草：即鉤吻。《博物志》卷四：「《神農經》曰：藥物有大毒不可入口耳鼻目者，入即殺人，一曰鉤吻。」《圖經衍義本草》卷一七引陶隱居云：「《五符》中亦云，鉤吻是野葛，言其入口則鉤人喉吻。」《太平御覽》卷一五三引《博物志》：「深山窮谷多毒虐之物，氣則有瘴癘，……蟲則有射工沙虱，草則有鉤吻野葛。」

〔七〕蠻：南方少數民族，此指瀧州。鞏：鞏縣，今屬河南，此指故園。宋之問在嵩山、陸渾有宅，與鞏縣相近。王粲《七哀詩》：「復棄中國去，委身適荆蠻。……悟彼下泉人，喟然傷心肝。」潘岳《西征賦》：「眷鞏洛而掩涕，思纏緜於墳塋。」

〔八〕鵷鷺：鳥名，因其飛行有序，故以指朝官班列。魑魅：傳説中山神鬼怪。《左傳·文公十八年》：「投諸四裔，以禦魑魅。」注：「魑魅，山林異氣所生，爲人害者。」此指邊遠蠻荒之地，謂在魑魅之鄉亦當勤於職事。

早發始興江口至虛氏村作〔一〕

候曉踰閩嶠，乘春望越臺〔二〕。宿雲鵬際落，殘月蚌中開〔三〕。薜荔摇青氣，桄榔翳碧苔〔四〕。桂香多露裛，石響細泉回。抱葉玄猿嘯，啣花翡翠來。南中雖可悦，北思日悠哉。鬒髮俄成素，丹心已作灰〔五〕。何當首歸路，行剪故園萊〔六〕。

校記

〔虛氏〕《文苑英華》卷二九〇作靈長。

〔閩嶠〕《英華》作閩障。

〔石響〕底本作石嚮，據《英華》改。

注釋

〔一〕始興：縣名，今屬廣東。江口：當謂北江。《元和郡縣圖志》卷三四韶州始興縣：「邪階水，今名階水，出縣南一百三十里。」階水經始興縣，西南流至曲江匯入溱水，爲北江之一源。詩云「候曉踰閩嶠」，乃神龍元年春南貶時，度過大庾嶺，初見嶺南風物所作。

〔二〕閩嶠：指東嶠山，即大庾嶺。《元和郡縣圖志》卷三四韶州始興縣大庾嶺：「本名塞上，漢伐南越，有監軍姓庾城於此地，衆軍皆受庾節度，故名大庾。五嶺之戍中，此最在東，故曰東嶠。」越臺：越王臺，在廣州，見卷三《登粤王臺》注〔一〕。

〔三〕鵬：傳説中大鳥，爲北溟大魚鯤所化。《莊子·逍遥游》：「鵬之背，不知其幾千里也。怒而飛，其翼若垂天之雲。是鳥也，海運則將徙於南冥。」蚌：指珍珠貝，南海多産珠。《文選》卷五左思《吴都賦》：「蚌蛤珠胎，與月虧全。」劉逵注引《吕氏春秋》：「月望則蚌蛤實，月晦則蚌蛤虚。」

〔四〕薜荔：木本蔓生植物，又名木蓮、木饅頭。桄(guāng)榔：棕櫚科常緑高大喬木，産於嶺南一帶，又名砂糖椰子。

〔五〕鬒髮：多而美的黑髮。《詩·鄘風·君子偕老》：「鬒髮如雲。」作灰：《莊子·齊物論》：「形固可使如槁木而心固可使如死灰乎。」

〔六〕萊：雜草。謝朓《觀朝雨》：「方同戰勝者，去剪北山萊。」

至端州驛見杜五審言沈三佺期閻五朝隱王二無競題壁慨然成咏〔一〕

逐臣北地承嚴譴，謂到南中每相見。豈意南中岐路多，千山萬水分鄉縣。雲摇雨散各翻飛，海闊天長音信稀〔二〕。處處山川同瘴癘，自憐能得幾人歸。

校記

〔無競〕底本作無兢，據《國秀集》卷上改。

〔謂到〕底本作調到，據《國秀》改。

〔千山萬水〕《國秀》作千里萬里。

〔雲摇〕《文苑英華》卷二九七作雲隨。

〔翻飛〕《國秀》作分飛。

〔天長〕《國秀》作江長。

注釋

〔一〕端州：州治在今廣東肇慶。《新唐書·杜審言傳》：「神龍初，坐交通張易之，流峰州。」峰州在今越南河西省山西西北。餘參見卷一《送杜審言》注。王無競：字仲烈，東萊人，武后朝官至太子舍人，張易之敗，坐貶嶺外，卒于廣州，見孫逖《太子舍人王公墓誌銘》、《舊唐書》卷一九〇中、《新唐書》卷一〇七本傳。沈佺期：字雲卿，相州内黄人，武后末，官至給事中，張易之敗，長流驩州（今越南榮市）。閻朝隱：趙州欒城人，武后末官至秘書少監，張易之伏誅，坐徙崖州（今海南海口）。沈、閻二人傳在《舊唐書》卷一九〇中、《新唐書》卷二〇二。詩神龍元年春赴瀧州途中作。

〔二〕雲摇雨散：庾信《歲晚出橫門》：「明朝雲雨散，何處更相尋。」

入瀧州江〔一〕

孤舟泛盈盈，江流日縱橫〔二〕。夜雜蛟螭寢，晨披瘴癘行〔三〕。潭蒸水沫起，山熱火雲生。猿躩時能嘯，鳶飛莫敢鳴〔四〕。海窮南徼盡，鄉遠北魂驚。泣向文身國，悲看鑿齒氓〔五〕。地多偏育蠱，風惡好相鯨〔六〕。余本巖栖客，悠哉慕玉京〔七〕。厚恩常願答，薄宦不祈成。違隱乖求志，披荒爲近名〔八〕。鏡愁玄髮改，心負紫芝榮〔九〕。運啓中興曆，時逢外域清〔一〇〕。祇應保忠信，延促付神明〔一一〕。

校記

〔一〕夜雜二句：《詩式》卷四作夜雜驪龍睡，晨披鬼魅行。

〔願答〕底本作顧答，據《文苑英華》卷二九〇改。

注釋

〔一〕瀧州：州治在今廣東羅定南。瀧州江：謂羅定江，西江支流。《元和郡縣圖志》卷三四康州：「西南水路至瀧州一百八十里。」詩當神龍元年作，時宋之問泝西江至康州端溪縣，轉入羅定江赴瀧州。

〔二〕盈盈：水充積貌。

〔三〕蛟螭：兩種傳説中的動物。蛟，似龍。螭，龍而無角者。

〔四〕躩(jué)：跳躍。鳶：老鷹，善飛。《後漢書·馬援傳》載，援與官屬言及征交趾時事云：「吾在浪泊西里間，虜未滅之時，下潦上霧，毒氣熏蒸，仰視飛鳶跕跕墮水中。」

〔五〕文身：在皮膚上刺上花紋圖案。《禮記·王制》：「東方曰夷，披髮文身。」疏：「越俗斷髮文身，以避蛟龍之害，故刻其肌，以丹青涅之。」鑿齒氓：傳説中長齒人。《山海經·海外南經》：「羿與鑿齒戰於壽華之野。」郭璞注：「鑿齒亦人也，齒如鑿，長五六尺，因以名云。」

〔六〕蠱：傳説中人工培養的毒蟲。《文選》卷二八鮑照《苦熱行》李善注引顧野王《輿地志》：「江南數郡有畜蠱者，主人行之以殺人，行食飲中，人不覺也。其家絶滅者，則飛遊妄走，中之則斃。」鯨：海中大魚。相鯨，當是觀察魚類活動以預測氣候變化，出處未詳。

〔七〕玉京：道教以爲神仙所居。《雲笈七籤》卷二一《玉京山經》：「玉京山冠於八方諸大羅天，山有七寶城，城有七寶宮，宮有七寶玄臺，即太上無極虚皇大道君之所治也。」

〔八〕求志：《論語·季氏》：「隱居以求其志，行義以達其道。」披：疑當作投，形近而誤。投荒：棄逐於蠻荒。近名：追求名聲。《莊子·養生主》：「爲善無近名，爲惡無近刑。」

〔九〕玄髮：黑髮。紫芝：菌類。榮：草開花。秦末四皓隱居作《採芝操》云：「曄曄紫芝，可以療飢。唐虞往矣，吾當安歸。」嵇康《幽憤詩》：「煌煌靈芝，一年三秀。予獨何爲，有志不就。」此師其意。

〔一〇〕中興曆：國運再盛時，此指神龍初中宗復位。《舊唐書·中宗紀》：神龍三年二月「庚寅，改中興寺、觀爲龍興，内外不得言『中興』。」知神龍初確有「中興」之説。

〔一一〕忠信：《論語·衛靈公》：「子張問行，子曰：『言忠信，行篤敬，雖蠻貊之邦，行矣。』」延促：指壽命長短。

則天皇后挽歌〔一〕

象物行周禮，衣冠集漢都〔二〕。誰憐事虞舜，萬里泣蒼梧〔三〕。

校記

〔則天皇后挽歌〕此詩底本未收，見《宋學士集》卷六。《詩式》卷三無皇后二字。

注釋

〔一〕則天皇后：唐高宗武皇后，名曌，高宗卒，臨朝稱制，光宅元年，廢中宗爲廬陵王，自爲帝，神龍元年正月，傳位於中宗。《舊唐書》本紀：神龍元年十一月壬寅，「崩于上陽宫之仙居殿，年八十三，謚曰則天大聖皇后。二年五月庚申，祔葬乾陵。」挽歌：《古今注》卷中：「《薤露》、《蒿里》，並喪歌也，出田横門人。……至孝武時，李延年乃分爲二曲，《薤露》送王公貴人，《蒿里》送士大夫庶人，使挽柩者歌之，世呼爲挽歌。」詩當神龍二年五月作。此詩出《詩式》卷三，乃摘句而非全篇。

〔二〕漢都：謂長安。武后祔葬高宗乾陵，在京兆府奉天縣梁山，今陝西乾縣。《舊唐書·中宗紀》：「神龍二年正月丙申，「護則天靈駕還京。」

〔三〕虞舜：傳説中古代帝王。蒼梧：漢郡名，治所在今廣西梧州。《史記·五帝本紀》：「(舜)南巡狩，崩於蒼梧之野。」《述異記》卷上：「昔舜南巡而葬於蒼梧之野，堯之二女娥皇、女英追之不及，相與慟哭，淚下沾竹，竹上文爲之斑斑然。」娥皇、女英乃舜之二妃，此蓋借以自喻，謂己曾事武后，今武后死，己猶斥竄瀧州，僅能效二女之「萬里泣蒼梧」而已。

則天挽歌〔一〕

還應鼎湖劍，千載忽同歸〔二〕。

校記

〔則天挽歌〕此聯宋集諸本未收，見《詩式》卷四。

注釋

〔一〕此與前詩用韻不同，當同時所作別一挽詩之殘句。餘見前詩。

〔二〕《史記·封禪書》：「黃帝采首山銅，鑄鼎於荆山下。鼎既成，有龍垂胡顊下迎黃帝，……故後世因名其處曰鼎湖。」又《五帝本紀》：「黃帝崩，葬橋山。」《正義》引《列仙傳》：「軒轅自擇亡日與羣臣辭。還葬橋山，山崩，棺空，唯有劍舄在棺焉。」

初承恩旨言放歸舟〔一〕

一朝承凱澤，萬里別荒陬〔二〕。去國雲南滯，還鄉水北流。淚迎今日喜，夢換昨宵愁。自向歸魂說，炎荒不可留。

校記

〔初承恩旨言放歸舟〕此詩宋集諸本未收，見《詩淵》一四九八頁。

注釋

〔一〕恩旨：恩命。按宋之問景龍末流欽州，賜死貶所，故此詩必神龍中貶瀧州時作。又神龍二年十月，宋之問在洛陽有《爲東都僧請留駕表》，故其自瀧州北歸當在神龍二年秋季或稍前。詩即其時作。《舊唐書·宋之問傳》：「及易之等敗，左遷瀧州參軍。未幾逃還，匿於洛陽人張仲之家。」《新傳》略同。據此詩，知之問乃奉恩旨北歸，舊史所云不實。

〔二〕凱澤(yì)：和樂，後指和樂的恩澤。《舊唐書·高宗紀上》：「宜布凱澤，被乎億兆。」陬(zōu)：角落。

自湘源至潭州衡山縣〔一〕

浮湘沿迅湍，逗浦凝遠盼〔二〕。漸見江勢闊，行嗟水流漫。赤岸雜雲霞，緑竹緣溪澗〔三〕。向背羣山轉，應接良景晏〔四〕。沓障連夜猿，平沙覆陽雁〔五〕。紛吾望闕客，歸橈速已慣〔六〕。中道方泝洄，遲念自兹撰〔七〕。賴欣衡陽美，持以蠲憂患。

校記

〔連夜〕《詩式》卷三作啼夜。

注釋

〔一〕湘源：縣名，今廣西全州。潭州：州治在湖南長沙。衡山縣：今湖南湘潭。《元和郡縣圖志》卷二九潭州：「湘潭縣，本漢湘南縣地，吴分立衡陽縣，晉惠帝更名衡山，歷代並屬衡陽郡，隋改屬潭州，天寶八年改名湘潭。」詩當神龍二年北歸途中作。據詩，知宋之問此次乃溯西江，桂江，經湘水北歸。

〔二〕湘：湘江。《元和郡縣圖志》卷二九永州湘源縣：「湘水經縣東。」同書同卷潭州湘潭縣：「湘水經縣理東。」逗：停留。

〔三〕赤岸：《水經注·湘水》引《湘中記》：「湘川清照五六丈，……白沙如霜雪，赤崖若朝霞。」

〔四〕羣山：指衡山諸峰。《水經注·湘水》：「衡山東南二面臨映湘川。自長沙至此，江湘七百里中，有九向九背。故漁者歌曰：『帆隨湘轉，望衡九面。』」

〔五〕陽雁：即雁，見《早發大庾嶺》注〔五〕。

〔六〕紛吾：即吾。《楚辭·離騷》：「紛吾既有此内美兮，又重之以脩能。」王逸注：「紛，盛貌。」此借爲發語詞，無意義。歸橈：歸舟。橈，船槳。

〔七〕遲(zhì)念：希望企盼之念。撰：撰結，形成。

渡漢江〔一〕

嶺外音書斷，經冬復歷春。近鄉情更怯，不敢問來人。

校記

〔渡漢江〕《文苑英華》卷一六三無渡字，卷二九〇作望鄉絶句。

〔書斷〕《梨嶽詩集》作書絶。

注釋

〔一〕漢江：即漢水。詩神龍二年北歸途中作。宋之問出湘後當溯漢水上北上，歸洛陽。此詩李頻《梨嶽詩集》收入，《全唐詩》卷五八九亦重收李頻詩。按李頻無貶嶺外之經歷。且皎然《詩式》卷四已收此詩爲宋之問詩，李頻晚唐人，時代在皎然後甚遠，詩爲宋之問作無疑。

遊陸渾南山自歇馬嶺到楓香林以詩代書答李舍人適〔一〕

晨登歇馬嶺，遥望伏牛山〔二〕。孤出羣峰首，熊熊元氣間〔三〕。太和亦崔嵬，石扇横閃倏〔四〕。細岑互攢倚，浮巘競奔蹙〔五〕。白雲遥入懷，青靄近可掬。徒尋靈異迹，周顧愜心目。晨拂鳥路行，暮投人煙宿。粳稻遠彌秀，栗芋秋新熟。石髓非一巖，藥苗乃萬族〔六〕。間關踏雲雨，繚繞緣水木〔七〕。西見商山芝，南到楚鄉竹〔八〕。楚竹幽且深，半雜楓香林。浩歌清潭曲，寄爾桃源心〔九〕。

校記

〔晨登〕《文苑英華》卷一六〇作晨發。

〔熊熊〕底本作羆熊，據《英華》改。

〔石扇〕《英華》校集作石扉。

〔青靄〕底本作青雲，據《詩淵》九七〇頁改。

〔徒尋句〕《英華》校集作我從尋靈異。

〔粳稻以下四句〕底本無，據《詩淵》及《英華》校語增。

〔繚繞〕《英華》作繞繚。

〔清潭〕底本作青潭，《詩淵》作楓香，據《英華》改。

注釋

〔一〕陸渾：見卷一《憶嵩山陸渾舊宅》注。歇馬嶺、楓香林：當在陸渾附近，餘不詳。舍人：中書舍人，正五品上，掌侍進奏，參議表章。《舊唐書·李適傳》：「景龍中，爲中書舍人，俄轉工部侍郎。」按李適景龍二年四月自給事中充修文館學士（見《唐會要》卷六四），景雲二年卒工部侍郎任（據岑仲勉《貞石證史·栖先塋記》所考）。則其爲中書舍人當在神龍末、景龍初。宋之問此詩無吏役拘牽、王程迫促之語，末云「寄爾桃源心」，顯爲閑居口吻。故詩當自瀧州歸陸渾後作。詩云「栗芋秋新熟」，當作於神龍二年九月。此後，之問十月在洛陽，十一月入長安，連任户部、考功二劇曹，貶越州，流欽州，不復有再至陸渾閑居之可能。

〔二〕伏牛山：在今河南西南部，爲淮河、漢水之分水嶺。《元和郡縣圖志》卷六汝州魯山縣：「天息山，一名伏牛山。」

〔三〕熊熊：盛貌。《山海經·西山經》：「南望昆侖，其光熊熊，其氣魂魂。」元氣：古人認爲宇宙間物質存在的一種原始狀態，天地由元氣所生。

〔四〕太和：古代指陰陽會合、冲和而利於萬物的元氣。

〔五〕岑：小而高的山。浮巘：浮現雲端的山峰。

〔六〕石髓：石鍾乳，可入藥。《晋書·嵇康傳》：「康嘗採藥游山澤，……遇王烈，共入山，烈嘗得石髓如飴，即自服半，餘半與康，皆凝而爲石。」萬族：萬種。

〔七〕間關：道路崎嶇難行。

〔八〕商山：在今陝西商縣東。《漢書·王吉等傳》：「漢興有園公、綺里季、夏黄公、角里先生，此四人者，當秦之世，避而入商雒深山，以待天下之定也。」四皓作《採芝操》，見《入瀧州江》注〔九〕。楚鄉竹：當用嵇康事，康居山陽二十年，與阮籍、山濤等爲竹林之游，世稱「竹林七賢」，見《晋書》本傳。山陽，戰國楚地，唐置楚州，故云「楚鄉」。

〔九〕桃源心：隱居遁世之心。陶潛《桃花源記》稱桃源中人「先世避秦時亂，率妻子邑人，來此絶境，不復出焉，遂與外人間隔」。

送合宫蘇明府頲〔一〕

鉉府誕英規，公才天下知〔二〕。謂乘羔雁族，繼入鳳凰池〔三〕。赤縣求人隱，青門起路岐〔四〕。翟迴車少别，鳧化舄遥馳〔五〕。神哭周南境，童歌豫北垂〔六〕。賢哉荀奉倩，衮職佇來儀〔七〕。

校記

〔題〕底本無頲字，據《全唐詩》卷五三增。

〔豫北〕底本作渭北，據《文苑英華》卷二六七、《永樂大典》卷一一〇〇〇改。

〔衮職〕《英華》作職衮。

注釋

〔一〕合宫：縣名，今河南洛陽。《元和郡縣圖志》卷五河南府河南縣：「永昌元年，以明堂初成，改爲合宫縣，神龍初復舊。二年復爲合宫，景雲初復舊。」明府：唐人對縣令的稱謂。蘇頲：字廷碩，京兆武功人，蘇瓌子，進士及第，神龍中累官至中書舍人，開元初遷紫微侍郎、知政事，襲封許國公，文思敏捷，與張説並稱「燕許大手筆」，卒年五十八，《舊唐書》卷八八、《新唐書》卷一二五有傳。《唐會要》卷七〇河南縣：「（神龍）二年十一月五日，又改爲合宫縣，以蘇頲爲縣令。」詩即于此年長安作。

〔二〕鉉府：指閥閲之家。鉉，鼎耳，舉鼎之具，故以鼎鉉、鉉府等指三公、宰相之位。蘇頲父瓌時官户部尚書。頲高祖威、曾祖夔，歷僕射、納言、參政事等高位，《隋書》卷四一有傳。英規：傑出典範。

〔三〕羔鴈：徵聘的禮品。《後漢書·陳紀傳》：「父子並著高名，時（與父寔、弟諶）號三君，每宰府辟召，常同時旌命，羔鴈成羣，當世者靡不榮之。」鳳凰池：指中書省。晉荀勖由中書監改官尚書令，人或賀之，勖曰：「奪我鳳凰池，諸君賀我耶！」見《晉書》本傳。

〔四〕赤縣：治所在京師的縣。合宫縣治在東都洛陽。人隱：民生疾苦。青門：漢長安城門名。《三輔黄圖》卷一：「長安城東出南頭第一門曰霸城門，民見門色青，名曰青城門，或曰青門。」

〔五〕翟：長尾雉。《藝文類聚》卷九四：「蕭望之爲郎，有雉數十常隨車翔集。」據張説《龍門西龕蘇合宫等身觀世音菩薩像頌》，蘇頲乃自尚書郎官出爲合宫令，故詩云「少别」。鳧：野鴨。《後漢書·王喬傳》：「爲葉令。喬有神術，每月朔望，常自縣詣臺朝。帝怪其來數，而不見車騎，密令太史伺望之。言其臨至，輒有雙鳧從東南飛來，於是候鳧至，舉羅張之，但得一隻舄焉。乃詔尚方診視，則四年中所賜尚書官屬履也。」

〔六〕周南：成周之南，指洛陽。《韓非子·説林下》：「周南之戰，公孫喜死焉。」神哭：《博物志》卷七：「太公爲灌壇令，武王夢婦人當道夜哭，問之，曰：『吾是東海神女，嫁於西海神童，今灌壇令當道，廢我行。我行必有大風雨，而太公有德，吾不敢以暴風雨過。』」豫北：豫州北部，合宫爲古豫州地。《太平御覽》卷四六五引《陳留耆舊傳》：「吴祐爲恒農令，勸善懲姦，貪濁出境，甘露降，年穀豐，童謡曰：『君不我憂，人何以休。不行界署，焉知人處。』」二句頌蘇頲爲令，德威可比太公，政績將侔吴祐。

〔七〕荀奉倩：荀粲，字奉倩，荀彧之子，好言道，性簡貴，所交皆一時俊傑，見《三國志·魏書·荀彧傳》注引何劭《荀粲傳》。荀彧官至尚書令，故以粲比蘇頲。衮職：指三公宰相。衮服爲古代上公之服色。來儀：即來。《書·益稷》：「簫韶九成，鳳凰來儀。」

送姚侍御出使江東〔一〕

帝憂河朔郡，南發海陵倉〔二〕。坐歎青春别，逶迤碧水長。飲冰朝受命，衣錦晝還鄉〔三〕。爲問東山桂，無人何自芳〔四〕。

注釋

〔一〕侍御：指監察御史，御史臺官員，正八品下，掌分察百僚，巡按州縣。姚侍御：姚紹之。《舊唐書》

本傳：「解褐典儀，累拜監察御史。」同書《武三思傳》：「侍御史周利用，冉祖雍，太僕丞李悛、光禄丞宋之遜、監察御史姚紹之等五人，常爲其耳目，時人呼爲『三思五狗』。」姚紹之神龍二年爲監察御史，見《資治通鑑》卷二〇八。江東：江南，謂潤、蘇、常、湖、杭諸州，今江蘇南部、浙江北部。詩云「帝憂河朔郡」，當神龍二或三年作。

〔二〕河朔：河北。海陵倉：吴太倉，在今江蘇泰州。《漢書·枚乘傳》：「轉粟西鄉（向），陸行不絶，水行滿河，不如海陵之倉。」注：「海陵，縣名也，有吴大倉。」《新唐書·五行志一》：「神龍元年……六月，河北州十七，大水。」同書《五行志二》：「神龍二年冬，不雨，至於明年五月，京師、山東、河北、河南旱，饑。」《舊唐書·中宗紀》：神龍二年，「是夏，山東、河北二十餘州旱，飢饉疫死者數千計，遣使賑卹之。」

〔三〕飲冰：《莊子·人間世》：「今吾朝受命而夕飲冰，我其内熱與。」郭象注：「飲冰者，誠憂事之難。」《史記·項羽本紀》：「（羽）心懷思欲東歸，曰：『富貴不歸故鄉，如衣繡夜行，誰知之者！』」《舊唐書·姚紹之傳》：「湖州武康人也。」武康爲今浙江德清，故云「還鄉」。

〔四〕東山：見《冬夜寓直麟臺》注〔三〕。此指姚紹之未仕時家居處。蕭統《陶淵明集序》：「玉之在山，以見珍而終破；蘭之生谷，雖無人而猶芳。」

宴安樂公主宅得空字〔一〕

英藩築外館，愛主出王宫〔二〕。賓至星槎落，仙來月宇空〔三〕。玳梁翻賀燕，金埒倚晴虹〔四〕。簫奏秦臺裏，書開魯壁中〔五〕。短歌能駐日，豔舞欲嬌風。聞有淹留處，山阿滿桂叢〔六〕。

校記

〔簫奏〕底本作簫去，據《文苑英華》卷一七六改。

注釋

〔一〕安樂公主：中宗幼女，初封郡主，下嫁武崇訓，神龍元年，中宗復位，進封公主。《新唐書》本傳：「主營第及安樂佛廬，皆憲寫宫省，而工緻過之。」參見卷一《花燭行》注〔一〕。《舊唐書·中宗紀》：神龍三年二月「辛卯，幸安樂公主宅。」詩作於其時。

〔二〕英藩：諸侯王國的美稱。武崇訓於武后朝封高陽郡王，中宗復位，降封酆國公。外館：參卷七《爲定王武攸暨請降王位表》注〔四〕。

〔三〕星槎：通往天河的航行工具，見卷一《明河篇》注〔八〕。月宇：月宫。

〔四〕玳梁：以玳瑁背甲爲飾的屋梁。玳瑁似龜而大，背甲有褐色與淡黄色相間的花紋。賀燕：《淮南子·說林》：「大厦成而燕雀相賀。」金埒：以錢鋪成的界溝。埒：馬埒：騎射箭馳道。《世說新語·汰侈》：「(王)濟好馬射，買地作埒，編錢匝地竟埒，時人號曰金溝(原注溝一作埒)。」濟尚常山公主，故後人用爲駙馬故事。

〔五〕秦臺：用弄玉事，見卷一《花燭行》注〔一〇〕。魯壁：孔子舊宅墻壁。孔安國《尚書序》：「魯共王好治宫室，壞孔子舊宅，以廣其居，於壁中得先人所藏古文虞夏商周之書及傳、《論語》、《孝經》，皆科斗文字。」

〔六〕山阿：山曲。《楚辭·招隱士》：「桂樹叢生兮山之幽，……攀桂枝兮聊淹留。」王逸謂文爲淮南王劉安門客淮南小山所作。

過中書元舍人山齋〔一〕

元侯松子賓，寓此掖垣職〔二〕。移疾多暇豫，孤齋恣閑息。修逕接大野，重巒跨南北。具物芬榮時，登攀各可極。林間百鳥變，郊外千花織。秦嶺似雲横，周原如黛飾〔三〕。洛中昔遊衍，常聞故園憶〔四〕。清言盡場圃，嘉話數耘植。夢想恒載馳，松篁若舊識。酒情忽無限，琴意忻有得。更閲青谿詩，逾勵丹霞食〔五〕。貴者日已遠，幸君惠容色。揭來休潁陽，任予孤且直〔六〕。

校記

〔過中書元舍人山齋〕此詩宋集諸本未收，見《永樂大典》卷二五三九、《詩淵》三四六二頁。

注釋

〔一〕中書：中書省，唐代中央政權三大主要機構之一，負責政令的起草制定。舍人：見《遊陸渾南山自歇馬嶺到楓香林以詩代書答李舍人適》注〔一〕。元舍人：元希聲，河南洛陽人，舉進士，授内黄主簿，累遷主客、考功員外郎，中宗復位，擢中書舍人，轉太常少卿，景龍元年卒吏部侍郎任，年四十六，有文集三十卷。事見崔湜《故吏部侍郎元公碑》。詩神龍三年春長安作。

〔二〕松子：赤松子。《史記·留侯世家》載張良語：「願棄人間事，欲從赤松子游耳。」索隱引《列仙傳》：「神農時雨師也，能入火自燒，崑崙山上隨風雨上下也。」掖垣：宫殿圍墻，此指中書省，與門下省分列宫中西、東兩掖，故又分别稱爲右掖、左掖。

〔三〕秦嶺：在今陝西南部，包括終南山、華山等。周原：原指周王朝發祥地岐山附近原野，此泛指關中平原。

〔四〕洛中：洛陽。遊衍：猶遊冶，遊賞娱樂。元希聲聖曆中與宋之問均在洛陽爲官，預修《三教珠英》。

〔五〕青谿詩：指遊仙詩。郭璞《遊仙詩》：「青谿千餘仞，中有一道士。雲生梁棟間，風出窗户裏。借問此何誰，云是鬼谷子。」丹霞食：仙藥之類。《洞冥記》卷一：東方朔三歲忽失，累月方歸，其母問之，云曾過虞淵湔浣，暫息都崇堂，王公飲之以丹霞漿。

〔六〕 揭(hè)來：何不來。潁陽：潁水之北，指嵩山一帶。《水經注·潁水》：「潁水出潁川陽城縣西北少室山。」少室即嵩山之一山。鮑照《行路難》：「自古聖賢盡貧賤，何况我輩孤且直。」

梁宣王挽詞三首〔一〕

貴藩堯母族，外戚漢家親〔二〕。業重興王際，功高復辟辰〔三〕。愛賢唯報國，樂善不防身。今日衣冠送，空傷置醴人〔四〕。

校記

〔愛賢〕《文苑英華》卷三一〇作愛君。

注釋

〔一〕 梁宣王：武三思，武后異母兄元慶之子，封梁王，子崇訓尚安樂公主，神龍初，降封爲德静郡王，然威權日盛，軍國政事，多所參綜，又與韋后及上官昭容私通，密謀廢黜太子李重俊。神龍三年七月，太子發羽林兵，殺三思及其子崇訓于其第，俄而事變，太子被殺，中宗爲三思舉哀，贈太尉，追封梁王，謚曰宣。《舊唐書》卷一八三、《新唐書》卷二〇六有傳。《太平寰宇記》卷五河南府緱氏縣：「武三思冢在縣西南十五里。」按詩云「壠日寒無影，郊雲凍不飛」，當景龍元年（即神龍三年）冬作。

〔二〕堯母：帝母，指中宗母武后。《太平御覽》卷八〇引《帝王世紀》：堯母曰慶都，孕十四月而生堯於丹陵。外戚：帝后親戚。《漢書》首闢《外戚傳》，又有《外戚恩澤侯表》。

〔三〕興王、復辟：分别指中宗自藩邸復立爲太子及復位二事。中宗於嗣聖元年二月被武后廢爲廬陵王，聖曆元年，復立爲皇太子，神龍元年復位，復國號爲唐，見《舊唐書》本紀。

〔四〕置醴人：能禮賢下士之人。此指武三思。醴，甜酒。《漢書·楚元王傳》：「元王敬禮申公等，穆生不耆（嗜）酒，元王每置酒，常爲穆生設醴。」

其二

金精何日閉？玉匣此時開〔一〕。東望連吾子，南瞻近帝臺〔二〕。地形龜食報，墳土燕銜來〔三〕。可歎虞歌夕，紛紛騎吹迴〔四〕。

注釋

〔一〕金精：猶金膏、金液。郭璞《江賦》：「爰有包山洞庭，巴陵地道，……金精玉英瑱其裏，瑶珠怪石琗其表。」此以借指墓道。玉匣：葬具，即金縷玉衣。《西京雜記》卷一：「漢帝送死皆珠襦玉匣，匣形如鎧甲，連以金縷。」

〔二〕吾子、帝臺：未詳。二句當言武三思墳墓之形勢。

〔三〕龜食：龜卜兆食墨，吉順。《書·洛誥》「惟洛食」傳：「卜必先墨畫龜，然後灼之，兆順食墨。」燕銜：《史記·五宗世家》：「臨江閔王榮坐侵廟壖垣地爲宮，上徵之，王恐，自殺，葬藍田，燕數萬銜土置塚上，百姓憐之。」

〔四〕虞歌：挽歌。《左傳·哀公十一年》：「公孫夏命其徒歌虞殯。」注：「虞殯，送葬歌曲。」

其三

像設千年在，平生萬事違〔一〕。綵旌翻葆吹，圭翣奠靈衣〔二〕。壠日寒無影，郊雲凍不飛。君王留此地，駟馬欲何歸？

校記

〔綵旌〕《文苑英華》卷三一〇作綵游。

〔葆吹〕《英華》作寶吹。

注釋

〔一〕像設：陵墓前寢宮之類。《楚辭·招魂》：「像設君室，靜閒安些。」王逸注：「像，法也。言乃爲君造設第室，法像舊廬所在之處。」

〔二〕葆吹：羽葆鼓吹，以鳥羽爲飾的儀仗與樂隊。圭翣：圭形似扇的棺飾。《禮記·喪服大記》「畫翣二」注：「翣，以木爲框，廣三尺，高二尺四寸，方兩角，高衣以白布。畫者，畫雲氣，其餘各如其象。柄長五尺，車行使人持之而從，既窆，樹於壙中。」

魯忠王挽詞三首〔一〕

同盟會五月，歸葬出三條〔二〕。日慘咸陽樹，天寒渭水橋〔三〕。稍看朱鷺轉，尚識紫騮驕〔四〕。寂寂泉臺恨，從茲罷玉簫〔五〕。

校記

〔寂寂〕《文苑英華》卷三一〇作寂寞。

注釋

〔一〕魯忠王：武崇訓，見卷一《花燭行》注〔一〕。《舊唐書》本傳：「(神龍)二年，兼太子賓客，攝左衞將軍。及爲節愍太子所殺，優制贈開府儀同三司，追贈魯王，謚曰忠。」詩景龍元年冬作。參見前詩注。

〔二〕同盟：同志者。《春秋·隱公六年》：「五月辛酉，公會齊侯盟于艾。」本年春，宋之問曾與武崇訓等游宴（見卷六《春遊宴兵部韋員外韋曲莊序》），五月或亦有集會，武崇訓追封魯王，故借用魯史《春秋》之文。三條：長安城中道路。班固《西都賦》：「披三條之廣路，立十二之通門。」

〔三〕咸陽：縣名，今屬陝西，在西安西。渭水橋：此疑指咸陽縣之中渭橋或便橋。《元和郡縣圖志》卷一京兆府咸陽縣：「中渭橋，在縣東南二十二里。」又：「便橋，在縣西南十里，駕渭水上。」

〔四〕朱鷺、紫騮：均樂曲名。漢《鐃歌》十八曲之第一曲爲《朱鷺》。漢橫吹曲辭有《紫騮馬》曲。

〔五〕泉臺：地下。玉簫：用弄玉、蕭史事，見卷一《花燭行》注〔一〇〕。

其二

邦家錫寵光，存没貴忠良。遂裂山河地，追封父子王〔一〕。人悲槐里月，馬踏槿原霜〔二〕。別向天京北，悠悠此路長〔三〕。

校記

〔京北〕《文苑英華》卷三一〇作京兆。

注釋

〔一〕武崇訓父三思追封梁王，見前詩。

〔二〕槐里：漢縣名，故城在今陝西興平東南。《元和郡縣圖志》卷二京兆府興平縣：「槐里城，周曰犬丘，秦改名廢丘，周懿王所都。」槿原：疑當作堇原，即周原，岐山附近原野，此泛指關中原野。堇(jìn)：菜名，即旱芹。《詩·大雅·緜》：「周原膴膴，堇荼如飴。」

〔三〕天京：謂長安。

其三

樹羽迎朝日，撞鍾望早霞〔一〕。故人悲宿草，中使慘晨笳〔二〕。氣有衝天劍，星無犯斗槎〔三〕。唯餘孔公宅，長接魯王家〔四〕。

注釋

〔一〕樹羽：插羽毛於樂器架上以爲飾。此指奏樂。《詩·周頌·有瞽》：「設業設虡，崇牙樹羽。」

〔二〕《禮記·檀弓上》：「朋友之墓，有宿草而不哭焉。」注：「宿草，謂陳根之草。」此以代指墳墓。中使：皇帝的使者。

〔三〕宿草：衝天劍：見卷一《送杜審言》注〔五〕。犯斗槎：見卷一《明河篇》注〔八〕。二句謂武崇訓已長埋地下而未能乘槎仙去。

〔四〕孔公宅：孔子宅。魯王家：魯共王家，此指武崇訓府第。詳見《宴安樂公主宅》注〔五〕。

故趙王屬贈黄門侍郎上官公挽詞二首〔一〕

韋門旌舊德，班氏業前書〔二〕。謫去因丞相，歸來爲婕妤〔三〕。周原烏相塚，越嶺雁隨車〔四〕。溟漠辭昭代，空憐賦子虚〔五〕。

注釋

〔一〕趙王屬：趙王府屬官。太宗第十三子李福，貞觀十三年封趙王，咸亨元年卒，見《舊唐書·太宗諸子傳》。黄門侍郎：即門下侍郎，門下省副長官，正四品上。上官公：上官庭芝。《舊唐書·上官儀傳》：「龍朔二年，加銀青光禄大夫、西臺侍郎、同東西臺三品。……儀頗恃才任勢，故爲當代所嫉。麟德元年，宦者王伏勝與梁王忠抵罪，許敬宗乃構儀與忠通謀，遂下獄而死，家口籍没。子庭芝，歷位周王府屬，與儀俱被殺。庭芝有女，中宗時爲昭容，每侍帝草制誥，以故追贈儀爲中書令、秦州都督、楚國公，庭芝黄門侍郎、岐州刺史、天水郡公，仍令以禮改葬。」據《新唐書·中宗紀》，中宗顯慶二年封周王，此云「趙王屬」，未知孰是。詩當追贈改葬時作，約作於景龍元年。李乂亦有挽詩，見《全唐詩》卷九二。

〔二〕韋門：猶相門。西漢韋賢，爲相五歲，其少子韋玄成復以明經歷位至丞相；賢作《諷諫詩》，玄成作《自劾詩》，均首述韋氏祖德，見《漢書·韋賢傳》。庭芝父上官儀曾相高宗，故云。班氏：班昭。

前書：《漢書》，因紀西漢事，又稱《前漢書》。《後漢書·班昭傳》：「兄固著《漢書》，其八表及《天文志》未及竟而卒，和帝詔昭就東觀藏書閣踵而成之。」此以班昭指上官婉兒。

〔三〕丞相：謂上官儀。婕妤：宮中女官，謂上官婉兒。《舊唐書》本傳：「中宗上官昭容名婉兒，西臺侍郎儀之孫也。父庭芝，與儀同被誅。婉兒時在襁褓，隨母配入掖庭。及長，有文詞，明習吏事。……自聖曆已後，百司表奏，多令參決。中宗即位，又令專掌制命，深被信任，尋拜爲昭容。」《唐詩紀事》卷九：「(景龍二年十一月)是月，以婕妤上官氏爲昭容。」

〔四〕周原：周發祥地岐山附近原野。烏：青烏子，古代相地方士。《抱朴子·極言》：「相地理則青烏之説。」越嶺：五嶺，其一爲越城嶺。《太平御覽》卷九一七引《會稽典録》：「虞因字季鴻，少有孝行，爲日南太守，常有雙雁止宿廳事上，每出行縣，輒飛逐車。卒官，雁遂哀鳴，還至餘姚，住墓前，歷二年乃去。」據此，上官庭芝乃流嶺南，賜死，及此方歸葬。

〔五〕子虛：司馬相如所作賦名。《史記·司馬相如傳》：「上讀《子虛賦》而善之，曰：『朕獨不得與此人同時哉！』」

其二

緑車隨帝子，青瑣翊宸機〔一〕。昔枉朝歌騎，今虛夕拜闈〔二〕。柳河悽挽曲，薤露濕靈衣〔三〕。一厝重泉閉，雙鸞遂不飛〔四〕。

校記

〔泉閉〕《文苑英華》卷三一〇作泉壞。

注釋

〔一〕緑車：皇孫所乘。《獨斷》卷下：「緑車名曰皇孫車，天子孫乘之以從。」帝子：皇帝之子。上官庭芝爲王府官屬，故云。青瑣：宫門雕鏤的青色連鎖花紋，指宫殿。

〔二〕夕拜闈：謂門下省。應劭《漢官儀》：「黄門郎日暮入，對青瑣門拜，名曰夕郎。」此言己曾蒙庭芝車騎枉顧，今庭芝雖贈官黄門侍郎，而人已死。

〔三〕柳河：即濁漳水。《元和郡縣圖志》卷一五邢州平鄉縣：「濁漳水，今俗名柳河，在縣南十里。」此疑指挽歌。祖孝徵《挽歌》：「今來向漳浦，素蓋轉悲風。」古挽歌《薤露》：「薤上露，何易晞。露晞明朝更復落，人死一去何時歸。」參見《則天皇后挽歌》注〔一〕。

〔四〕鸞：傳説鳳凰一類的鳥。傅咸《贈何劭王濟》：「雙鸞遊蘭渚，二離揚清暉。」

奉和春初幸太平公主南莊應制〔一〕

青門路接鳳凰臺，素滻宸遊龍騎來〔二〕。澗草自迎香輦合，岩花應待御筵開。文移北斗成天象，酒遞南山作壽杯。此日侍臣將石去〔三〕，共歡明主賜金迴。

注釋

〔一〕太平公主：高宗女，則天皇后所生，初嫁薛紹，紹死，更嫁武攸暨。預誅張易之兄弟功，增號鎮國太平公主，與玄宗秘計誅韋后，立睿宗，權震天下，玄宗時爲太子監國，主密謀廢之，先天二年，爲玄宗所殺。《舊唐書》卷一八三、《新唐書》卷八三有傳。南莊：據詩「青門」、「素滻」、「南山」諸語，似在長安東南樊川、杜曲一帶。《唐詩紀事》卷九：「（景龍二年二月）十一日，幸太平公主南莊。」詩即此次陪幸作。同作者有李嶠、蘇頲、沈佺期、李乂、韋嗣立、宋邕、邵昇，詩均見《文苑英華》卷一七六。

〔二〕青門：漢長安東門。鳳凰臺：指公主府第，見卷一《花燭行》注〔一〇〕。素滻：滻水，源出終南山，西北流至長安東，合於灞水。

〔三〕將石去：持織女支機石去，謂遊南莊如至天上，參見前《明河篇》注〔九〕。

送許州宋司馬之任〔一〕

潁郡水東流，荀陳兄弟遊〔二〕。偏傷茲日遠，獨向聚星州〔三〕。河潤在明德，人康非外求〔四〕。當聞力爲政，遥慰我心愁。

校記

〔潁郡〕底本作穎郡，據《唐詩紀事》卷一一改。

注釋

〔一〕許州：州治在今河南許昌。司馬：州郡屬官，上州司馬從五品下，爲州上佐。宋司馬：當是宋之問弟之遜或之悌，參見《留别之望舍弟》注〔二〕。同送者李適、李乂、盧藏用、馬懷素、徐堅、薛稷有詩，見《文苑英華》卷二六七。盧藏用詩云：「山川襄野隔，朋酒灞亭暌。零雨征軒騖，秋風别驥嘶。」知詩爲長安秋日作。同送者均爲景龍文館學士，詩當作於景龍二年秋。

〔二〕潁郡：潁川郡，即許州。《元和郡縣圖志》卷八許州長社縣：「本漢舊縣，屬潁川郡。……潁水，西南自襄城縣界流入。」荀陳：指東漢荀爽及陳紀。《後漢書·荀淑傳》：「字季和，潁川潁陰人。……有子八人：儉、緄、靖、燾、汪、爽、肅、專，並有名稱，時人謂之八龍。」同書《陳寔傳》：「字仲弓，潁川許人也。……有六子，紀、諶最賢。」

〔三〕聚星州：指許州。《異苑》卷四：「陳仲弓從諸子姪造荀季和父子，於時德星聚，太史奏：五百里内有賢人聚。」按此羨荀陳兄弟同遊，歎宋司馬之獨往，而薛稷送詩則云：「令弟與名兄，高才動兩京。别序聞鴻雁，離章動鶺鴒。」知宋司馬爲之問弟。

〔四〕河潤：指恩澤廣被。《莊子·列禦寇》：「河潤九里，澤及三族。」明德：《禮記·大學》：「大學之道，在明明德。」人康：即民康。《書·周官》：「以佑乃辟，永康兆民。」傳：「言當敬治官政，以助汝君長，安天下兆民。」

九月九日登慈恩寺浮圖應制〔一〕

鳳刹侵雲半，虹旌倚日邊〔二〕。散花多寶塔，張樂布金田〔三〕。時菊芳仙醖，秋蘭動睿篇〔四〕。香街稍欲晚，清蹕扈歸天。

注釋

〔一〕浮圖：佛塔。慈恩寺塔即今西安大雁塔。《唐會要》卷四八慈恩寺：「晋昌坊，隋無漏廢寺。貞觀二十二年十二月二十四日，高宗在春宮爲文德皇后立爲寺，故以慈恩爲名。寺内浮圖，永徽三年沙門玄奘所立。」《唐詩紀事》卷九：「景龍二年……九月，幸慈恩寺塔，上官氏獻詩，羣臣並賦。」詩作於此時。同賦者有上官婉兒（或作崔湜）、李嶠、趙彦昭、鄭愔、劉憲、李乂，詩見《文苑英華》卷一七八；又有李適、張錫、蕭至忠、李迥秀、岑羲、崔日用、盧藏用、馬懷素、薛稷、畢乾泰、辛替否、王景、解琬、麴瞻、樊忱、孫佺、李從遠、周利用、楊廉、張景源、李恒，分見《唐詩紀事》卷九、卷一〇、卷一二。

〔二〕刹：梵語刹多羅之省，此指塔。王勃《梓州通泉縣惠普寺碑》：「鳳刹蜺裳，斧藻閻浮之域。」

〔三〕散花：天女散花。《維摩詰經·觀衆生品》：「時摩詰室有一天女，見諸大人聞所説法，便現其身，即以天華散諸菩薩大弟子上。」多寶：東方寶净國佛，生前發願，言自己成佛後，遇十方國土有説《法華經》者，置已全身舍利之寶塔必湧現其前，爲作證明。後釋迦牟尼於靈鷲山説《法華經》，有多寶塔從地踴出，塔中有聲，贊嘆釋迦，謂其所説，皆是真實。見《法華經·見寶塔品》。布金田：指佛寺。《法苑珠林》卷五二：「須達請太子，欲買園（爲佛）造精舍。祇陀太子言：若能以黄金布地，令間無空者，便當相與。須達……便使人象負金出，八十頃中，須臾欲滿。」

〔四〕仙醖：美酒。《西京雜記》卷三：「菊華舒時，並採莖葉，雜黍米釀之，至來年九月九日始熟就飲焉，故謂之菊華酒。」睿篇：帝王所作詩文，指中宗原詩，已佚。

奉和聖制閏九月九日登莊嚴總持二寺閣〔一〕

閏月再重陽，仙輿歷寶坊。帝歌雲稍白，御酒菊猶黄〔二〕。風鐸喧行漏，天花拂舞行〔三〕。豫遊多景福，梵宇日生光〔四〕。

校記

〔題〕《文苑英華》卷一七八作閏九月九日幸揔持寺登浮圖應制。

〔日生〕《英華》作自生。

注釋

〔一〕莊嚴、總持二寺：均在長安永陽坊。《唐兩京城坊考》卷四西京永陽坊：「半以東，大莊嚴寺。隋初置宇文㢸别館于此坊，仁壽三年，文帝爲獻后立爲禪定寺。宇文愷以京城之西有昆明池，池勢微下，乃奏于此寺建木浮圖，崇三百三十尺，周回一百二十步，大業七年成。武德元年，改爲莊嚴寺，天下伽藍之盛，莫與于此。……西，大總持寺。隋大業三年，煬帝爲文帝所立，初名大禪定，寺内制度與莊嚴寺正同，亦有木浮圖，高下與西浮圖不異。武德元年改爲總持寺。……《景龍文館記》曰：『隋主自立法號，稱總持，呼蕭后爲莊嚴，因以名寺。』」《唐詩紀事》卷九：「景龍二年……閏九月，幸總持，李嶠等獻詩。」詩此年作。同作者有李嶠、劉憲、李乂，詩見《文苑英華》卷一七八。

〔二〕帝歌：《文選》卷四五漢武帝《秋風辭》：「上行幸河東，祠后土，顧視帝京欣然，中流與羣臣飲燕，上歡甚，乃自作《秋風辭》曰：『秋風起兮白雲飛，草木黄落兮雁南歸。』」

〔三〕風鐸：殿塔簷角風鈴。行漏：出行時車中所置計時器。天花：見前詩注〔三〕。

〔四〕景福：大福。梵宇：佛寺。

和庫部李員外秋夜寓直之作〔一〕

相庭貽慶遠，才子拜郎初。起草儀仙閣，焚香臥直廬〔二〕。更深河欲斷，節勁柳偏疎。氣耿凌雲筆，心摇待漏車〔三〕。叨榮厠儔侣，省己恧空虚。徒斐陽春和，難參麗曲餘〔四〕。

校記

〔儀仙〕《全唐詩》卷五三作傒仙。

〔恧空〕底本作惡空，據《文苑英華》卷一九一改。

注釋

〔一〕庫部：尚書省兵部所屬曹司之一，掌戎器、鹵簿儀仗等，庫部員外郎爲庫部副長官。李員外，名未詳。寓直：於官署值班。《唐會要》卷八二：「故事：尚書省官，每一日一人宿直，都司執直簿轉以爲次。」詩云：「叨榮愧儔侣」，時宋之問當亦在員外郎任，詩景龍元或二年秋作。

〔二〕仙閣：對尚書省官署的美稱。唐代尚書省郎中、員外郎爲清要之職，人稱仙郎，各曹司亦稱仙曹。直廬：值宿的官舍。

〔三〕待漏車：官吏上朝的車。

〔四〕斐：文彩貌。陽春：歌曲名。宋玉《對楚王問》：「客有歌於郢中者，其始曰《下里巴人》，國中屬而和者數千人。其爲《陽阿薤露》，國中屬而和者數百人。其爲《陽春白雪》，國中屬而和者不過數十人。……是其曲彌高，其和彌寡。」

奉和幸三會寺應制〔一〕

六飛迴玉輦，雙樹謁金仙〔二〕。瑞鳥呈書字，神龍吐玉泉〔三〕。净心遥證果，睿想獨超禪〔四〕。塔湧香花地，山圍日月天〔五〕。梵音迎漏徹，空樂倚雲懸。今日登仁壽，長看法鏡圓〔六〕。

校記

〔書字〕《詩式》卷三作真字。

〔玉泉〕《唐詩紀事》卷一一作浴泉。

〔睿想〕底本作睿相，據《文苑英華》卷一七八改。

〔香花〕《英華》作花香。

〔迎漏〕《英華》作迎雨。

注釋

〔一〕三會寺：《長安志》卷一二長安縣：「三會寺，在縣西南二十里宫張村，……其地本倉頡造書臺。」《唐詩紀事》卷九：「景龍二年……十月三日，幸三會寺。」詩即此年作。同作者有李嶠、鄭愔、劉憲、李乂、上官婉兒，詩見《文苑英華》卷一七八。

〔二〕六飛：六馬，皇帝車以六馬駕。《漢書·爰盎傳》：「今陛下騁六飛，馳不測山。」雙樹：娑羅雙樹，佛涅槃處，代指佛寺。《魏書·釋老志》：「釋迦年三十成佛，……四十九載，乃於拘尸那城娑羅雙樹間，以二月十五日而入般涅槃。」金仙：佛。相傳如來之身，金色微妙。

〔三〕書字：許慎《説文解字序》：「黄帝之史蒼頡，見鳥獸蹏迒之跡，知分理之可相别異也，初作書契。」三會寺所在地即蒼頡造書臺，故云。

〔四〕證果：佛教謂精心修行，悟道有得。睿想：帝王智慧的思維。禪：梵語禪那的省稱，義爲思惟修習。

〔五〕塔湧：見《九月九日登慈恩寺浮圖應制》注〔三〕。日月天：佛經謂海外有大鐵圍山，四周圍輪，并一日月，晝夜迴轉，照四天下，名爲一國土，見《法苑珠林》卷二。

〔六〕仁壽：仁壽之域。《論語·雍也》：「智者樂，仁者壽。」《漢書·王吉傳》：「臣願陛下……驅一世之民，濟仁壽之域。」注：「以仁撫下，則羣生安逸而壽考。」法鏡：佛教謂如來四智有大圓鏡智，因其智體清淨，離有漏雜染之法，因衆生善惡之業報以顯現萬德之境界，如大圓鏡。見《心地觀經》卷二。

十一月誕辰内殿宴羣臣效柏梁體聯句〔一〕

潤色鴻業寄賢才帝〔二〕。叨居右弼愧鹽梅李嶠〔三〕。運籌帷幄荷時來宗楚客〔四〕。職掌圖籍濫蓬萊劉憲〔五〕。兩司謬忝謝鍾裴崔湜〔六〕。禮樂銓管效涓埃鄭愔〔七〕。陳師振旅清九垓趙彦昭〔八〕。欣承顧問侍天杯李適〔九〕。銜恩獻壽柏梁臺蘇頲〔一〇〕。黄縑青簡奉康哉盧藏用〔一一〕。鯫生侍從忝王枚李乂〔一二〕。右掖司言實不才馬懷素〔一三〕。宗伯秩禮天地開薛稷〔一四〕。帝歌難續仰昭回宋之問〔一五〕。微臣捧日變寒灰陸景初〔一六〕。遠慚班左愧遊陪上官婕妤〔一七〕。

校記

〔十一月誕辰内殿宴羣臣效柏梁體聯句〕此詩宋集諸本未收，見《唐詩紀事》卷一。題從《全唐詩》卷二。「一」字原無，逕補，參見注〔一〕。

〔帝歌句〕《全詩》校引《景龍文館記》作謬司考能宸綱該。

注釋

〔一〕誕辰：指中宗誕辰。《舊唐書·中宗紀》：「顯慶元年十一月乙丑，生於長安。」《唐會要》作十一月五日。《唐詩紀事》卷一：「十月帝誕辰，内殿宴羣臣，聯句云……帝謂侍臣曰：『今天下無事，朝野多歡，欲與卿等詞人，時賦詩宴樂，可識朕意，不須惜醉。』」按《二十史朔閏表》，顯慶元年十一月辛酉朔，乙丑正五日，《紀事》奪「一」字。又《紀事》卷九：「（景龍二年）十一月十五日，中宗誕辰，内殿聯句爲柏梁體。」則「五」上衍一「十」字。柏梁：漢長安城中臺名。《三輔黄圖》卷五：「柏梁臺，武帝元鼎二年春起此臺，在長安城中北闕内。《三輔舊事》云：以香柏爲梁也。帝嘗置酒其上，詔羣臣和詩，能七言詩者乃得上。」漢武帝《柏梁臺聯句》詩爲七言詩，人各一句，每句用韻，後人稱爲「柏梁體」，詩見《藝文類聚》卷五六，後人或以爲僞作。

〔二〕潤色鴻業：《文選》卷一班固《兩都賦·序》：「以興廢繼絶，潤色鴻業。」李善注：「言能發起遺文，以光讚大業也。」

〔三〕右弼：右相。鹽梅：調味佐料，喻綜理國家政務。《書·説命下》載高宗命傅説爲相之詞：「若作和羹，爾惟鹽梅。」李嶠時爲中書令，《舊唐書》卷九四、《新唐書》卷一二三有傳。

〔四〕運籌帷幄：《漢書·高帝紀下》：「夫運籌帷幄之中，決勝千里之外，吾不如子房。」宗楚客時爲兵部尚書、同中書門下三品，故云。楚客，《舊唐書》卷九二、《新唐書》卷一〇九有傳。

〔五〕蓬萊：指秘書省。《後漢書·竇章傳》：「是時學者稱東觀爲老氏藏室，道家蓬萊山。」東觀爲東漢皇家藏書處。劉憲時爲秘書監、修文館學士、兼修國史，見《金石萃編》卷七五《乙孤速行儼碑》，《舊唐書》卷一九〇中、《新唐書》卷二〇二劉憲傳。

〔六〕兩司：指兵部、吏部侍郎，爲兵吏二部尚書副貳。掌官吏銓選。鍾裴：指鍾會、裴楷，魏、晉時人，均有知人之鑒，見《晋書·裴楷傳》。崔湜，《舊唐書》卷七四、《新唐書》卷九九有傳。《舊傳》云：「湜景龍二年遷兵部侍郎，……俄拜吏部侍郎。」

〔七〕涓埃：水滴塵埃，喻力量微薄。鄭愔時官太常卿，掌祭祀禮樂之事，見《唐會要》卷六四。

〔八〕九陔：猶言九州。趙彦昭時爲兵部侍郎，見《唐會要》卷六四，《舊唐書》卷九二、《新唐書》卷一二三有傳。

〔九〕顧問：李適景龍二年四月自給事中充修文館學士，見《唐會要》卷六四，但給事中非備顧問，疑其稍後有散騎常侍之一轉，常侍掌規諷過失，侍從顧問。

〔一〇〕蘇頲：時官給事中，見《唐會要》卷六四。餘見前《送合宫蘇明府頲》注〔一〕。

〔一一〕黄縑：黄色細絹。青簡：竹簡。二者均書寫工具。《書·益稷》載皐陶歌：「元首明哉，股肱良哉，庶事康哉。」盧藏用時官中書舍人，《舊唐書》卷九四、《新唐書》卷一二三有傳。

〔一二〕鯫(zhōu)生：淺薄無知的人，此自謙之詞。王枚：王褒、枚乘，西漢著名辭賦家。李乂時官中書舍人，《舊唐書》卷一〇一、《新唐書》卷一一九有傳。

〔一三〕右掖：中書省，在宫掖之右。司言：司制誥，代草王言。馬懷素時爲中書舍人，《舊唐書》卷一〇二、《新唐書》卷一九九有傳。

〔一四〕宗伯：指禮部。《周禮》有春官宗伯，掌司禮典。薛稷，《舊唐書》卷七三、《新唐書》卷九八有傳，均云其景龍中以諫議大夫爲昭文館學士，《唐會要》卷六四則云稷自吏部侍郎充學士，據此，疑其曾官禮侍。

〔一五〕昭回：光明回轉，指天河。《詩·大雅·雲漢》：「倬彼雲漢，昭回于天。」宋之問時爲考功員外郎，故詩作「謬司考能」更切合其身份。

〔一六〕陸景初，後改名象先，《舊唐書》卷八八、《新唐書》卷一一六有傳。

〔一七〕班：指班昭，見《故趙王屬贈黄門侍郎上官公挽詞二首》注〔二〕。左：指左芬，晋文學家左思妹，晋武帝貴嬪。《晋書》本傳：「芬少好學，善綴文，名亞於思，武帝聞而納之。……答兄思詩、書及雜賦頌數十篇，並行于世。」上官婕妤：上官婉兒，見《故趙王屬贈黄門侍郎上官公挽詞二首》注〔三〕。

奉和幸大薦福寺應制寺即中宗舊宅〔一〕

香刹中天起，宸遊滿路輝。爲龍太子去，駕象法王歸〔二〕。殿飾金人影，窗摇玉女扉〔三〕。稍迷新草木，遍識舊庭闈。水入禪心定，雲從寶思飛〔四〕。欲知皇劫遠，初拂六銖衣〔五〕。

校記

〔題〕底本無大應制三字，據《文苑英華》卷一七八增。

〔爲龍〕底本作乘龍，據《詩式》卷二改。

〔初拂〕《詩式》作初降。

注釋

〔一〕大薦福寺：在長安開化坊，中宗李顯爲英王時所居宅，文明元年三月，敕爲高宗立爲獻福寺，天授元年，改爲薦福寺。中宗即位，大加營飾。見《類編長安志》卷五。《唐詩紀事》卷九：「景龍二年……十二月六日，上幸薦福寺，鄭愔詩先成（注：舊邸三乘闢是也），宋之問後進（注：駕象法王歸是也）。」即謂此詩。同作鄭愔、李嶠、劉憲、李乂、趙彦昭諸詩見《文苑英華》卷一七八。

〔二〕爲龍：指登帝位。《易·説卦》：「萬物出乎震。震，東方也，……爲龍，……爲長子。」太子：謂李顯，高宗第七子，儀鳳二年封英王，永隆元年立爲皇太子；弘道元年即位，次年廢爲廬陵王；聖曆元年，復立爲太子，神龍元年復位，是爲中宗。法王：佛教對釋迦牟尼的尊稱。《無量壽經》卷下：「佛爲法王，尊超衆聖，普爲一切天人之師。」

〔三〕金人：佛像。《魏書·釋老志》：「漢武元狩中，遣霍去病討匈奴，……獲其金人，帝以爲大神，列於甘泉宮。金人率長丈餘，不祭祀，但燒香禮拜而已。此則佛道流通之漸也。」玉女：此指中宗妃嬪。《禮記·祭統》載國君取夫人之辭：「請君之玉女，與寡人共有敝邑。」寺爲中宗舊宅，故云。

〔四〕禪心：寂定之心。薦福寺東院有放生池，周二百餘步，見《類編長安志》卷五。寶思：對思維的美稱，此指文思。雲飛，當用漢武帝事，參《奉和聖制閏九月九日登莊嚴總持二寺閣》注〔二〕。

〔五〕皇劫：皇帝享國的時間。佛教謂世界由形成到毀滅爲一劫，此代指時間。六銖衣：輕而薄之衣。銖，古代重量單位，爲兩的二十四分之一。《長阿含經》卷二〇稱忉利天衣重六銖。

奉和聖製立春剪綵花應制〔一〕

金閣粧仙杏，瓊筵弄綺梅。人間都未識，天上已先開。蝶繞香絲住，蜂憐彩艷迴。今年春色早，應爲剪刀催。

校記

〔題〕《文苑英華》卷一六九作立春日侍宴内出剪綵花應制。

〔粧仙〕《英華》作妝新。

〔彩艷〕《英華》作艷粉。

注釋

〔一〕立春：農曆二十四節氣之一。《禮記·月令·孟春之月》：「是月也，以立春。」景龍二年閏九月，故其年十二月立春。綵花：用絲綢製作的花。《大業拾遺》：「煬帝築西苑，宮樹秋冬凋落，乃剪綵花葉綴於條。」《唐詩紀事》卷九：「（景龍二年十二月）立春侍宴賦詩。」詩即此年作。同作者李嶠、趙彥昭、沈佺期、劉憲、蘇頲、上官婉兒，詩見《文苑英華》卷一六九。

奉和幸長安故城未央宫應制〔一〕

漢王未息戰，蕭相乃營宫〔二〕。壯麗一朝盡，威靈千載空。皇明悵前跡，置酒宴羣公。寒輕綵仗外，春發幔城東〔三〕。登高省時物，懷古發宸聰。鐘連長樂處，臺識未央中〔四〕。樂思迴斜日，歌詞繼大風〔五〕。今朝天子貴，不假叔孫通〔六〕。

校記

〔城東〕底本作城中，據《文苑英華辯證》卷六校語改。

〔登高以下四句〕底本無，據《英華辯證》補。

〔斜日〕《文苑英華》卷一七四作白日。

〔詞繼〕《英華》作成起。

注釋

〔一〕長安故城：指漢長安城，故址在今陝西西安西北。未央宫：漢長安宫名。《元和郡縣圖志》卷一京兆府長安縣：「長安故城，在縣西北十三里。漢舊都，惠帝修築，本秦離宫也。……漢未央宫，在縣西北十五里，並在長安故城中。」《唐詩紀事》卷九：「（景龍二年十二月）三十日，幸長安故城。」詩此年作。同作有李嶠、趙彦昭、劉憲、李乂，詩見《文苑英華》卷一七四。

〔二〕漢王：劉邦。蕭相：蕭何。《史記·高祖本紀》：「蕭丞相營作未央宫，立東闕、北闕、前殿、武庫、太倉。高祖還，見宫闕壯甚，怒，謂蕭何曰：『天下匈匈苦戰數歲，成敗未可知，是何治宫室過度也？』蕭何曰：『天下方未定，故可因遂就宫室。且夫天子以四海爲家，非壯麗無以重威，且無令後世有以加也。』高祖乃説。」

〔三〕幔城：出遊時以帳幕圍繞如城。

〔四〕長樂：漢宫名。《元和郡縣圖志》卷一京兆府長安縣：「漢長樂宫，在縣西北十四里，……在長安故城中。」臺：未央宫中有果臺、望鵠臺等，見《三輔黄圖》卷五。

〔五〕大風：《史記·高祖本紀》：「十二年十月，高祖已擊(英)布軍會甀，……還歸，過沛，留，置酒沛宫，悉召故人父老子弟縱酒，發沛中兒得百二十人，教之歌。酒酣，高祖擊筑，自爲歌詩曰：『大風起兮雲飛揚，威加海内兮歸故鄉，安得猛士兮守四方。』令兒皆和習之。」

〔六〕叔孫通：秦博士。漢高祖稱帝之初，羣臣不習朝儀，飲酒争功，醉或妄呼，拔劍擊柱，高祖患之。後叔孫通爲制定禮儀，羣臣朝，無敢讙譁失禮者，高祖曰：「吾迺今日知爲皇帝之貴也。」事見《史記·叔孫通傳》。

苑中遇雪應制〔一〕

紫禁仙輿詰旦來，青旂遥倚望春臺〔二〕。不知庭霰今朝落，疑是林花昨夜開。

校記

〔遥倚〕《萬首唐人絶句》卷四作遥傍。

〔庭霰〕《絶句》作庭雪。

注釋

〔一〕苑：禁苑，唐禁苑即隋之大興苑，東距滻水，北枕渭水，西包漢長安城，南接都城，東西二十七里，南北二十三里。見《唐兩京城坊考》卷一。同作詩者有李嶠、劉憲（《文苑英華》卷一七三）、徐彦伯（《全唐詩》卷七六）、沈佺期（同前卷九七），均爲景龍文館學士，故詩當景龍二年冬或三年春作。

〔二〕詰旦：明朝，此指清晨。望春臺：當是望春宫中臺。劉憲《苑中遇雪應制》：「龍驂曉入望春宫。」《類編長安志》卷二：「《長安志》：『望春宫，去京城東北一十二里，在唐禁苑内高原之上，東臨滻水西岸。』《道里記》曰：『隋文帝初置望春亭，改爲望春宫。』」

奉和春日翫雪應制〔一〕

北闕彤雲掩曙霞，東風吹雪舞山家，瓊章定少千人和，銀樹長芳六出花〔二〕。

注釋

〔一〕苑：禁苑。《唐詩紀事》卷九：「（景龍）三年人日，清輝閣登高遇雪，宗楚客詩云『蓬萊雪作山』是也，因賜金綵人勝，李嶠等七言詩。」注：「『千鍾鑾酒御筵披』是也。」詩或此日作。此詩《全唐詩》卷六七〇重收秦韜玉詩，誤。詩又見王廷相刊《沈佺期詩集》卷六，題作《苑中遇雪應制》，《文苑英華》卷一七三收宋之問詩。未詳孰是。

〔二〕瓊章：指中宗御製詩。少千人和：高妙寡和。宋玉《對楚王問》：「客有歌於郢中者，其始曰《下里巴人》，國中屬而和者數千人。其爲《陽阿薤露》，國中屬而和者數百人。其爲《陽春白雪》，國中屬而和者不過數十人。引商刻羽，雜以流徵，國中屬而和者不過數人而已。是其曲彌高，其和彌寡。」六出花，雪花。結晶成六角形。《太平御覽》卷一二引《韓詩外傳》：「凡草木花皆五出，雪花獨六出。」

贈嚴侍御〔一〕

受脈清邊服，乘驄歷塞塵〔二〕。當聞漢雪恥，羞共虜和親。

校記

〔贈嚴侍御〕此詩底本未收，見《宋學士集》卷六。

注釋

〔一〕嚴侍御：嚴嶷。張説《送王尚一嚴嶷二侍御赴司馬都督軍》：「漢掖通沙塞，邊兵護草腓。明年春酒熟，留酌二星歸。」知嶷以御史使邊。司馬逸客景龍中在凉州都督任（見《唐刺史考·凉州》），詩當景龍元或二年冬作，姑附此。此詩原出《詩式》卷四，當爲殘篇。

〔二〕受脈：受命出征。脈（shèn）：古代祭社神用的生肉。《左傳·閔公二年》：「帥師者，受命於廟，受脈於社。」邊服：邊地。古代按距京師遠近將國土劃分爲侯、甸、綏、要、荒五服，服，謂服侍天子，見《書·益稷》。驄：青白色馬。桓典拜侍御史，執法無所顧忌，常乘驄馬，京師畏憚，爲之語曰：「行行且止，避驄馬御史。」見《後漢書·桓榮傳》。

奉和薦福寺應制〔一〕

梵筵光聖邸，仙豫覽宏規〔二〕。不改靈光殿，因開功德池〔三〕。蓮生新步葉，桂長昔攀枝〔四〕。湧塔庭中見，飛樓海上移〔五〕。聞韶三月幸，觀象七星危〔六〕。欲識龍歸處，朝來雲氣隨〔七〕。

校記

〔仙豫〕《文苑英華》卷一七八作仙象，《唐詩紀事》卷一一作遊豫。

〔朝來〕《全唐詩》卷五三作朝朝。

注釋

〔一〕薦福寺：見前《奉和幸大薦福寺應制》注〔一〕。《舊唐書·中宗紀》：景龍三年正月「癸酉，幸薦福寺。」詩當此次陪幸作。

〔二〕梵筵：僧徒講筵。聖邸：帝宅，薦福寺原爲中宗在藩時府邸。仙豫：仙遊。

〔三〕靈光殿：西漢魯恭王劉餘所建宫殿。此指中宗藩邸原有建築物。王延壽《魯靈光殿賦》：「魯靈光殿者，蓋景帝程姬之子恭王餘之所立也。……遭漢中微，盜賊奔突，自西京未央、建章之殿，皆見隳壞，而靈光巋然獨存。」功德池：指佛寺，佛教以念佛、誦經、布施等事爲功德。

〔四〕新步葉：佛經有鹿女，爲一雌鹿舐仙人提婆延小便處有娠而生，長大後，「既能行來，脚蹈地處，皆蓮花出」。見《雜寶藏經》卷一。桂枝：見《宴安樂公主宅》注〔六〕。

〔五〕湧塔：見《九月九日登慈恩寺浮圖應制》注〔三〕。飛樓：指海市蜃樓。《國史補》卷下：「海上居人，時見飛樓如締構之狀甚壯麗者，……皆《天官書》所説〔蜃〕氣也。」

〔六〕韶：相傳舜所作樂曲名。《論語·述而》：「子在齊聞《韶》，三月不知肉味。」象：天象。七星：北斗星，有天樞、旋、璣、權、衡、開陽、摇光七星，見《史記·天官書》索隱引《春秋運斗樞》。危：高。

〔七〕龍：喻指中宗。《易·乾卦·文言》：「雲從龍。」

奉和晦日幸昆明池應制〔一〕

春豫靈池會，滄波帳殿開〔二〕。舟凌石鯨度，槎拂斗牛迴〔三〕。節晦蓂全落，春遲柳暗催〔四〕。象溟看浴景，燒劫辨沉灰〔五〕。鎬飲周文樂，汾歌漢武才〔六〕。不愁明月盡，自有夜珠來〔七〕。

校記

〔靈池會〕《文苑英華》卷一七六作臨池近，《唐詩紀事》卷三作靈池近。

〔鯨度〕《紀事》作鯨動。

〔浴景〕《詩式》卷二作落景，《英華》作浩景。

〔鎬飲〕《英華》校一作在鎬。

〔汾歌〕《英華》校一作横汾。

注釋

〔一〕晦日：農曆每月最后一日，唐代以正月晦日爲節日，至唐德宗貞元五年，始以二月一日爲中和節，取代三令節中的晦日。昆明池：故址在今陝西西安西北。《漢書·武帝紀》：「（元狩三年）發謫吏穿昆明池。」注引臣瓚曰：「《西南夷傳》有越巂、昆明國，有滇池，方三百里，……今欲伐之，故作昆明池象之，以習水戰，在長安西南，周回四一里。」《唐詩紀事》卷九：「（景龍三年）晦日，幸昆明池。」同書卷三：「中宗正月晦日幸昆明池賦詩，羣臣應制百餘篇。帳殿前結綵樓，命（上官）昭容選一首爲新翻御製曲。從臣悉集其下，須臾紙落如飛，各認其名而懷之。既進，唯沈、宋二詩不下。又移時，一紙飛墜，競取而觀，乃沈詩也。及聞其評曰：『二詩工力悉敵。沈詩落句云：微臣彫朽質，羞睹豫章材。蓋詞氣已竭。宋詩云：不愁明月盡，自有夜珠來。猶陟健舉。』沈乃伏，不敢復争。」同作有沈佺期、李乂、蘇頲，詩均見《文苑英華》卷一七六。

〔二〕靈池：在昆明池中，參見注〔七〕。

〔三〕石鯨：《三輔黄圖》卷四：「《三輔故事》又曰：『（昆明）池中有豫章臺及石鯨，刻石爲鯨魚，長三丈，每至雷雨，常鳴吼，鬣尾皆動。』……關輔古語曰：昆明池中有二石人，立牽牛、織女於池之東西，以象天河。張衡《西京賦》曰：『昆明靈沼，黑水玄址。牽牛立其右，織女居其左。』今有石父石婆神祠，在廢池，疑是此也。」槎迴事見卷一《明河篇》注〔八〕。

〔四〕蓂：蓂莢，見卷一《上陽宫侍宴應制得林字》注〔三〕。

〔五〕象溟：取象溟海。浴景：落日。《三輔黄圖》卷四：「武帝初，穿（昆明）池得黑土，帝問東方朔。東方朔曰：『西域胡人知。』乃問胡人，胡人曰：『劫燒之餘灰也。』」

〔六〕鎬：鎬京，西周都城。《詩·大雅·靈臺》：「王在靈沼，於牣魚躍。」小序：「文王受命，而民樂其有靈德，以及鳥獸昆蟲焉。」《孟子·梁惠王上》引《靈臺》，謂文王「與民偕樂，故樂」。《三輔黄圖》卷四：「鎬池，在昆明池之北，即周之故都也。」汾：汾水，在今山西。汾歌：指漢武帝《秋風辭》，見《奉和聖制閏九月九日登莊嚴總持二寺閣》注〔二〕。

〔七〕夜珠：夜明珠。《三輔黄圖》卷四引《三秦記》：「昆明池中有靈沼，……通白鹿原。原人釣魚，綸絶而去，夢於武帝，求去其鈎。三日，戲於池上，見大魚銜索，帝曰：『豈不穀昨所夢耶？』乃取鈎放之。間三日，帝復遊池，池濱得明珠一雙，帝曰：『豈昔魚之報耶？』」

春日芙蓉園侍宴應制〔一〕

芙蓉秦地沼，盧橘漢家園〔二〕。谷轉斜盤徑，川迴曲抱源。風來花自舞，春入鳥能言。侍宴瑶池夕，歸途騎吹繁〔三〕。

校記

〔川迴〕《文苑英華》卷一六九作江迴。

〔抱源〕《英華》作遶源，《全唐詩》卷五一作抱原。

〔騎吹〕《英華》作笳吹。

注釋

〔一〕芙蓉園：在唐長安曲江西南。《資治通鑑》卷一九四：貞觀七年「十二月甲寅，上幸芙蓉園。」胡三省注引《景龍文館記》：「芙蓉園在京師羅城東南隅，本隋世之離宫也。青林重複，緑水瀰漫，帝城勝景也。」此詩同作者有李嶠、蘇頲、李乂（詩均見《文苑英華》卷一六九），均爲景龍文館學士，詩當景龍三年春作。

〔二〕秦地：芙蓉園所在爲秦宜春苑、漢上林苑地。《類編長安志》卷四芙蓉園：「《長安志》云，在曲江之西南，舊名曲江園，隋文帝改爲芙蓉園，即秦之宜春苑之地，乃唐之南苑。」盧橘：金橘。司馬相如《上林賦》：「盧橘夏熟。」
〔三〕瑶池：見卷一《龍門應制》注〔一六〕。騎吹：樂曲，即鐃歌，多於馬上鼓吹之，故名。

送永昌蕭贊府〔一〕

柳變曲江頭，送君函谷遊〔二〕。弄琴寬別意，酌酒醉春愁。戀本亦何極，贈言微所求〔三〕。莫令金谷水，不入故園流〔四〕。

校記

〔酌酒〕《文苑英華》卷二六七作酌醴。

注釋

〔一〕永昌：縣名，垂拱二年析洛陽縣置，長安二年廢；神龍二年又改洛陽爲永昌，唐隆元年復舊，見《唐會要》卷七〇。贊府：唐人對縣丞的稱謂。蕭贊府：名未詳。詩云「曲江」，當景龍元年至三年春日長安作。
〔二〕曲江：在長安東南。《劇談録》卷下：「曲江池，本秦世隑州，開元中疏鑿，遂爲勝境。其南有紫雲樓、芙蓉苑，其西有杏園、慈恩寺，花卉環周，煙水明媚。」函谷：關名，故關在今河南靈寶東北，後移至今河南新安東。《元和郡縣圖志》卷五河南府新安縣：「函谷故關，在縣東一里。漢武帝元鼎三年，爲楊僕徙關於新安。按，秦函谷關在今陜州靈寶縣西南十二里，以其道險隘，其形如函，故曰函谷。」

〔三〕戀本：留戀鄉土。《晉書·荀勗傳》：「人心戀本。」贈言：《荀子·非相》：「贈人以言，重於金石珠玉。」

〔四〕金谷水：在今河南洛陽西北。《水經注·穀水》：「水出太白原，東南流歷金谷，謂之金谷水，東南流逕晉衛尉卿石崇之故居。」

送李侍御〔一〕

行李戀庭闈，乘軺振綵衣〔二〕。南登指吴服，北走出秦畿〔三〕。去國夏雲斷，還鄉秋雁飛。旋聞郡計入，更有使臣歸〔四〕。

校記

〔侍御〕《文苑英華》卷二六七作奉御。

注釋

〔一〕李侍御：名未詳。詩云「北走出秦畿」，當景龍元年至三年中夏日長安作。

〔二〕行李：使者。唐代監察御史掌分察百僚，出使州縣。庭闈：親人所居，借指父母。束皙《補亡詩·

南陔》：「眷戀庭闈，心不遑安。」軺：輕便馬車。綵衣：指繡衣。《漢書·百官公卿表上》：「侍御史有繡衣直指，出討姦猾，治大獄。」注：「衣以繡者，尊寵之也。」

〔三〕吴服：吴地。參見《贈嚴侍御》注〔二〕。秦畿：指長安。畿，指京師所轄之地。

〔四〕郡計：州郡記載人事、户口、賦税的計簿，每年十月，派官吏上於京師。

敬和吏部韋郎中庭前朱槿之作〔一〕

日給當軒滿，星郎伏奏旋〔二〕。猶紆起草思，更有落花篇〔三〕。氣與香衣雜，光侵畫壁然〔四〕。徒聞賦君子，無以和神仙〔五〕。

校記

〔敬和吏部韋郎中庭前朱槿之作〕此詩宋集諸本未收，見《分門纂類唐歌詩·草木蟲魚類五》。

〔當軒〕《歌詩》作當輪，據《詩淵》二三八三頁改。

注釋

〔一〕吏部：屬尚書省，有郎中二人，正五品上，掌文官階品、朝集及流外官選補等。韋郎中：韋抗。《舊唐書》本傳：「累轉吏部郎中，以清謹著稱。景雲初，爲永昌令。」其官吏部郎中在景龍中。朱槿：紫紅色木槿，落葉灌木，花朝開暮斂。《禮記·月令·仲夏之月》：「半夏生，木堇榮。」詩當景龍三年夏作，時宋之問爲考功員外郎，與韋抗同在吏部。

〔二〕日給：又作日及，即木槿。《禮記·月令》「木堇榮」疏：「或呼爲日及，亦云王蒸，其花朝生暮落。」星郎：尚書省郎官，指韋抗。《後漢書·明帝紀》：「郎官上應列宿，出宰百里。」

〔三〕起草：草擬制誥等文件。落花篇：指韋抗朱槿詩。《南史·丘遲傳》：「遲辭采麗逸，時有鍾嶸著《詩評》云：『……遲點綴映媚，似落花依草。』」又《謝貞傳》：「八歲，嘗爲《春日閑居》詩，從舅王筠奇之，謂所親曰：『至如風定花猶落，乃追步惠連矣。』」

〔四〕香衣、畫壁：均尚書省故事。《宋書·百官志上》引《漢官》：「尚書寺居建禮門内。尚書郎入直，……給尚書伯使一人，女侍二人，皆選端正妖麗，執香爐，護衣服。奏事明光殿。殿以胡粉塗壁，畫古賢烈士。」然：同燃。

〔五〕君子：木名，此代指朱槿。《太平御覽》卷九五九引《廣志》：「君子樹似檉松，曹爽樹之于庭。」同書引《晉宮閣名》：「華林園君子樹三株。」神仙：指韋抗。尚書郎爲清要之官職，唐人呼爲仙郎，呼尚書省爲仙署。

詠省壁畫鶴〔一〕

粉壁圖仙鶴，昂藏真氣多〔二〕。鶱飛竟不去，當是戀恩波。

校記

〔詠省壁畫鶴〕此詩底本未收，見《宋學士集》卷六。省壁，敦煌遺書斯五五五作壁上。

〔粉壁圖仙〕《初學記》卷二四作粉壁畫仙，遺書作畫作三山。

〔真氣〕遺書作仙氣。

〔鶱飛竟〕遺書作似飛還。

〔當是〕遺書作應是。

注釋

〔一〕省：指尚書省。《封氏聞見記》卷五：「則天朝，薛稷亦善畫，今尚書省側考功員外郎廳有稷畫鶴，宋之問爲之贊。」所謂贊當即謂此詩。宋之問景龍二年冬至三年秋爲考功員外郎，詩當在此期間作，參見《簡譜》。

〔二〕粉壁：見前詩注〔四〕。昂藏：氣概軒昂。

浣紗篇贈陸上人〔一〕

越女顔如花，越王聞浣紗。國微不自寵，獻作吴宫娃〔二〕。山藪半潛匿，苧羅更蒙遮〔三〕。一行霸勾踐，再顧傾夫差〔四〕。艷色奪常人，斆嚬亦相誇〔五〕。一朝還舊都，靚粧尋若耶〔六〕。鳥驚入松網，魚畏沉荷花。始覺冶容妄，方悟羣心邪。欽子秉幽意，世人共稱嗟〔七〕。願言托君懷，倘類蓬生麻〔八〕。家住雷門曲，高閣凌飛霞〔九〕。淋漓翠羽帳，旖旎采雲車〔一〇〕。春風艷楚舞，秋月纏胡笳〔一一〕。自昔專嬌愛，襲玩唯矜奢〔一二〕。達本知空寂，棄彼如泥沙〔一三〕。永割偏執性，自長薰修牙〔一四〕。攜妾不障道，來止妾西家〔一五〕。

校記

〔吴宫〕底本作吴王，據《文苑英華》卷二一九改。

〔山藪〕底本作女藪，據《唐詩紀事》卷一一改。

〔行霸〕底本作行覆，據《英華》改。

〔再顧〕《紀事》作再笑。

〔常人〕《紀事》作人目。

〔鳥驚二句〕《紀事》作林鳥驚入松，網魚畏沉花。

〔容妄〕底本作容妾，據《英華》改。

〔羣心〕《紀事》作君心。

〔采雲〕《紀事》作绿雲。

〔纏胡〕《英華》作綿胡。

〔棄彼〕底本作棄波，據《英華》改。

〔薰修〕底本闕修字，據《英華》補。

〔不障〕底本作下障，據《英華》改。

〔來止〕底本作來上，據《英華》改。

注釋

〔一〕浣：洗滌。相傳春秋時，越王勾踐欲報會稽之恥，大夫種獻伐吴九術，其一爲「遺之好美，以勞其志」，於是句踐求得浣紗美女西施、鄭旦，獻於吴王夫差，吴王大悦，且殺諫阻之大臣伍員等，後越興師伐吴，滅之，擒夫差。見《越絶書》卷十二等。上人：對僧人的敬稱。陸上人：未詳。《西溪叢語》卷上録此詩首十六句，云：「因觀《唐景龍文館記》宋之問《分題得浣紗篇》云。」知此詩爲與之問同任修文館學士之武平一載入其所著《景龍文館記》，乃與同時學士分題所詠，當作於景龍二年五月至三年秋間。參見《簡譜》。

〔二〕吴宫娃：《吴郡圖經續記》卷中：「硯石山，在吴縣西二十一里。《越絶書》云：『吴人於硯石置館娃宫。揚雄《方言》謂吴人呼美女爲娃，蓋以西子得名耳。』」

〔三〕山藪：山林藪澤。《左傳·宣公十五年》：「山藪藏疾。」此疑指山澤中禽魚。《太平御覽》卷三八一引《莊子》：「西施、毛嬙，人之所美也。魚見之深入，鳥見之高飛。」苧蘿：山名。《吴越春秋·勾踐陰謀外傳》：「乃使相者國中，得苧蘿山鬻薪之女曰西施、鄭旦，飾以羅縠，教以容步，習于土城，臨于都巷，三年學成而獻于吴。」注引《會稽志》：「苧蘿山在諸暨縣南五里。」此疑以苧蘿諧音紵羅，謂以絲麻織物裝扮西施。

〔四〕勾踐：春秋越王，初爲吴王夫差所敗，困于會稽，屈膝求和，後臥薪嘗胆，十年生聚，十年教訓，遂滅吴稱霸，見《史記·越王勾踐世家》。夫差：春秋吴王，其父闔閭爲勾踐所傷而死，夫差誓報父仇，大敗越人，勾踐臣服，又北敗齊師，争霸中原，後爲勾踐所敗，國亡自殺，見《史記·吴世家》。《漢書·孝武李夫人傳》載李延年歌：「北方有佳人，絶世而獨立。一顧傾人城，再顧傾人國。」

〔五〕斅(xiào)：效法。嚬：同顰，古作矉，皺眉。《莊子·天運》：「西施病心而矉其里，其里之醜人見而美之，歸亦捧心而矉。」

〔六〕靚(jìng)粧：盛粧。若耶：水名。《輿地紀勝》卷一〇：「若耶溪，在會稽東二十五里。」又：「浣紗石在會稽若耶溪，一名西施石。」

〔七〕幽意：深意。

〔八〕願言：願。言爲助詞。蓬中麻：《荀子·勸學》：「蓬生麻中，不扶自直。」

〔九〕雷門：會稽城門。《漢書·王尊傳》：「毋持布鼓過雷門。」注：「雷門，會稽城門也，有大鼓，越擊此鼓，聲聞洛陽。」

〔一〇〕淋漓：盛美貌。翠羽帳：以翠鳥羽毛爲飾的帷帳。旖旎：繁盛貌。采雲車：繪有彩色雲氣的車。

〔一一〕胡笳：管樂器名，相傳漢代自西域傳入，聲音悲涼。

〔一二〕襲玩：穿著玩賞的物品。

〔一三〕達本：通曉事物的本源。本，此指佛教空寂的真義。

〔一四〕割：捨棄。偏執性：偏於一隅而又執着的秉性。薰修：焚香禮佛，修養心性。江總《香讚》：「還符戒品，薰修福田。」牙：通芽，幼芽。

〔一五〕障：佛教語，即煩惱，因其能障礙聖道。《大乘義章》：「能礙聖道，說以爲障。」

秋晚遊普耀寺〔一〕

薄暮曲江頭，仁祠暫可留〔二〕。山形無隱霽，野色遍呈秋。花覆香泉密，藤緣寶樹幽。平生厭塵事，過此忽悠悠。

校記

〔花覆〕《文苑英華》卷二三三作荷覆。

〔藤緣〕《英華》作藤纏。

〔過此〕《英華》作遇此。

注釋

〔一〕普耀寺：《長安志》卷八青龍坊：「東南隅廢普耀寺。」注：「隋開皇三年，獨孤皇后爲外祖崔彦珍所立，開元二年廢。」宋之問景龍中爲修文館直學士，「凡天子饗會游豫，唯宰相及學士得從」，榮耀無比，此忽有「暫可留」、「厭塵世」之語，當景龍三年秋貶越州長史前作。

〔二〕曲江：見卷二《送永昌蕭贊府》注〔三〕。《長安志》卷八，青龍坊之南即曲池坊，注云：「坊南抵京城之南面，以近芙蓉園，因以名。」曲池，即曲江池。　仁祠：佛寺。《後漢書·楚王英傳》：「楚王誦黄老之微言，尚浮屠之仁祠。」

宋之問集校注卷三

詩（景龍三年秋——先天元年）

初宿淮口〔一〕

孤舟汴河水，去國情無已〔二〕。晚泊投楚鄉，明月清淮裏。汴河東瀉路窮兹，洛陽西顧日增悲。夜聞楚歌思欲斷，況值淮南木落時〔三〕。

校記

〔欲斷〕《文苑英華》卷二九〇校集作欲絶。

〔況值〕《英華》校集作況復。

注釋

〔一〕淮口：據詩，當指汴水（通濟渠）入淮河處，在今江蘇盱眙。宋之問景龍三年秋自考功員外郎貶越州長史，此及後數詩均自洛陽赴越州途中作。

〔二〕汴河：水名，此指隋煬帝所開通濟渠，因其中自今滎陽至開封一段爲原汴水，故唐人稱全渠爲汴水或汴河。

〔三〕淮南：淮水之南，唐于此置淮南道，轄今蘇、皖、鄂等省淮水以南、長江以北地區。楚歌：楚地歌聲。淮南爲東楚之地，見《史記·貨殖列傳》。《史記·項羽本紀》：「項王軍壁垓下，兵少食盡，漢軍及諸侯兵圍之數重。夜聞漢軍四面皆楚歌。」木落：葉落。《淮南子·説山》：「桑葉落而長年悲。」李嶠《與雍州崔録事司馬録事書》：「木落淮南，乍動潘生之思。」

傷王七秘書監寄呈揚州陸長史通簡府僚廣陵好事〔一〕

王氏貴先宗，衡門棲道風〔二〕。得心晤有物，秉化遊無窮〔三〕。學奥九流異，機玄三語同〔四〕。書乃墨場絶，文稱詞伯雄〔五〕。白屋藩魏主，蒼生期謝公〔六〕。一祇賢良詔，遂謁承明宫〔七〕。補衮望奚塞，尊儒位未充〔八〕。罷官七門裏，歸老一丘中〔九〕。嘗忝長者轍，微言私謂通〔一〇〕。我行會稽郡，路出廣陵東〔一一〕。物在人已矣，都疑淮海空〔一二〕。

校記

〔揚州〕底本作陽州，據《文苑英華》卷三〇二改。

〔長史〕底本作表史，據《英華》改。
〔廣陵〕《英華》作以廣。
〔得心〕底本校一作傳心。
〔秉化〕《英華》作乘化。
〔學奥〕底本校一作學瞻。
〔期謝〕《英華》作望謝。

注釋

〔一〕秘書監：秘書省長官，掌圖書經籍之事，此指秘書省副長官秘書少監。王七：王紹宗，揚州江都人，武后時官至秘書少監，張易之伏誅，坐以交往見廢，卒於鄉里。《舊唐書》卷一八九下、《新唐書》卷一九九有傳。揚州：今屬江蘇，唐時爲大都督府，設長史一人，從三品。陸長史：名未詳。廣陵：郡名，即揚州。詩云：「我行會稽郡，路出廣陵東。」當景龍三年秋作。

〔二〕先宗：先祖。王紹宗之先爲瑯琊臨沂人，晋王導十世孫，見其《兄玄宗口授銘序》。衡門：横木爲門，指簡陋居室。《詩·陳風·衡門》：「衡門之下，可以棲遲。」道風：高尚的道德風範。

〔三〕有物：謂道。《老子》上篇：「道之爲物，惟恍惟惚，……恍兮惚兮，其中有物。」秉化：掌握事物變化的規律。《淮南子·覽冥》：「執道要之柄而遊於無窮之地。」

〔四〕九流：戰國時儒家、道家、陰陽家、法家、名家、墨家、縱横家、雜家、農家九個學術流派，見《漢書·叙傳》。機玄：談論玄理的機智。晋阮修有美名，太尉王衍問曰：「老、莊與聖道同異？」對曰：「將無同（大約差不多同）。」衍善其對，辟爲掾，人稱「三語掾」，見《世説新語·文學》。

〔五〕墨場：猶今言書法界。《舊唐書·王紹宗傳》：「尤工草隸。」竇臮《述書賦》卷下：「王秘監則首末全真，遵道重德，或終紙而結字，或重模而足墨。濩落風規，雄壯氣力。播清譽而祖述，屢見賞於有識。」詞伯：長于文詞者。

〔六〕白屋：不塗彩色的房屋，平民所居。魏主：魏文侯，其禮重段干木事，見卷一《憶嵩山陸渾舊宅》注〔四〕。蒼生：百姓。謝公：謂謝安，字安石，性恬退，放情丘壑，年四十餘，始有仕進意。征西大將軍桓温辟爲司馬，朝士送於新亭，高崧戲之曰：「卿累違朝旨，高卧東山，諸人每相與言：安石不肯出，將如蒼生何。」見《晋書》本傳。

〔七〕祇：敬奉。賢良詔：徵召賢良的詔書。承明宫：承明殿，漢未央宫中殿名，著述之所，見《三輔黄圖》卷三。《舊唐書·王紹宗傳》，文明中，徐敬業起兵揚州，聞其高行，遣使徵之，紹宗稱疾固辭，幾被殺，敬業平，則天驛召赴東都，引入禁中，親加慰撫，擢拜太子文學。

〔八〕補衮：指爲諫議大夫、補闕、拾遺等諫官。《唐六典》卷八：「左補闕二人，從七品上，皇朝所置，言國家有過闕而補正之，故以名官焉。《詩》云：『衮職有闕，仲山甫補之。』蓋取此義。」王紹宗爲諫官事舊史未載。望奚塞：謂未能滿足朝野的期望。位未充，官位不高。王承宗後官至「正議大夫、行秘書少監、東宮侍讀、兼侍書」，見《金石萃編》卷六〇。

〔九〕七門：東漢洛陽宮掖門有平城門等七門，見《後漢書·百官志二》。此代指朝庭。投老：臨老。一丘：指家園。《舊唐書·王紹宗傳》：「紹宗性澹雅，以儒素見稱，當時朝廷之士咸敬慕之。張易之兄弟，亦加厚禮。易之伏誅，紹宗坐以交往見廢，卒于鄉里。」張易之神龍元年正月被殺，王紹宗罷歸亦在此年。

〔一〇〕長者轍：《史記·陳丞相世家》：「家乃負郭窮巷，以弊席爲門，然門外多有長者車轍。」微言：精微之言。劉歆《移書讓太常博士》：「及夫子没而微言絶。」

〔一一〕會稽郡：郡治在今浙江紹興，唐爲越州。

〔一二〕淮海：指揚州。《書·禹貢》：「淮海惟揚州。」《資治通鑑》卷二〇七：久視元年七月辛丑，狄仁傑薨，太后泣曰：「朝堂空矣！」

酬李丹徒見贈之作〔一〕

鎮吴稱奥里，試劇仰通才〔二〕。近挹人披霧，遥聞境震雷〔三〕。一朝逢解榻，累日共啣杯〔四〕。連轡登山盡，浮舟望海迴。以予慚拙宦，期子遇良媒。贈曲南梟斷，征途北雁催〔五〕。更憐江上月，還入鏡中開〔六〕。

校記

〔奥里〕底本作粤里，據《文苑英華》卷二四一改。

〔近挹〕《詩淵》八七七頁作近揖，《英華》作近邑。

〔連轡〕《英華》作連騎。

注釋

〔一〕丹徒：唐潤州屬縣名，今屬江蘇。李丹徒：李姓丹徒縣令，名未詳。《嘉定鎮江志》卷一七引此詩題作「季丹徒」，未詳孰是。詩云：「更憐江上月，還入鏡中開。」亦景龍三年秋赴越州途中作。

〔二〕奥里：猶奥區，心腹重地。丹徒爲春秋吴朱方之地，唐時爲潤州州治所在，隔江與揚州相對，爲交通軍事要衝。劇縣：政務繁重的縣。漢代有劇縣、平縣之分，見《後漢書·安帝紀》。通才：學識才能全面的人。

〔三〕挹：通揖，拜揖，指見面。披霧：衛瓘命子弟見樂廣，曰：「此人，人之水鏡也，見之若披雲霧，睹青天。」見《世説新語·言語》。震雷：比喻政令嚴明。《晋書·荀勖傳》：「令之所施，必使人易視聽，願之如陽春，畏之如雷震。」

〔四〕解榻：解懸榻以留客，參見本卷《見南山夕陽召鑒師不至》注〔三〕。卿杯：飲酒。

〔五〕南鳧：南飛野鴨。《太平御覽》卷九一九引李陵贈蘇武詩：「三鳧俱北飛，一鳧獨南翔。我當留斯館，子當歸故鄉。」《西京雜記》卷五：「齊人劉道强善彈琴，能作《單鵠寡鳧》之弄，聽者皆悲，不能自攝。」

〔六〕鏡中：謂越州。《輿地紀勝》卷一〇紹興府下引王羲之語：「行山陰道上，如在鏡中游。」山陰，越州屬縣名。

陪潤州薛司功丹徒桂明府遊招隱寺〔一〕

共尋招隱寺，初識戴顒家〔二〕。還依舊泉壑，應改昔雲霞。緑竹寒天筍，紅蕉臘月花。金繩倘留客，爲繫日光斜〔三〕。

校記

〔陪潤州薛司功丹徒桂明府遊招隱寺〕此詩宋集諸本未收，見《瀛奎律髓》卷四七。司功，《律髓》作司空，據《嘉定鎮江志》卷一六改。桂明府，《詩淵》三八二二頁作季明府。

注釋

〔一〕潤州：州治在今江蘇鎮江。司功：司功參軍，州府屬官，掌考課、假使、祭祀、禮樂等。明府：唐人對縣令的稱謂。薛司功、桂明府：名均未詳。按，桂明府，《詩淵》作季明府。《嘉定鎮江志》卷一六：「薛司功，忘（亡）其名，《潤州類集》，與季丹徒、宋之問同遊招隱寺，之問有詩。」同書卷一七云「宋之問有《酬季丹徒見贈》詩」。然宋之問詩實作李丹徒。作桂當誤，季、李未知孰是。招隱寺：《輿地紀勝》卷七鎮江府：「招隱山，在丹徒縣西南七里，梁昭明太子曾遊此山讀書，因名招隱山，今石案古迹猶存。《元和郡縣志》謂之獸窟山，隱士戴顒所居。」又：「招隱寺，宋戴顒居此，後以爲寺。」詩景龍三年秋赴越州途中作。《全唐詩》卷七八收此詩爲駱賓王詩。按陳熙晋《駱臨海集箋注·凡例》云此詩據《全唐詩》補，非駱氏集原有，據《嘉定鎮江志》、《詩淵》諸書，詩當爲宋之問作。

〔二〕金繩戴顒：字仲若，譙郡銍人，父逵、兄勃，並隱遁有高名。顒初隱於會稽剡縣、桐廬等地，朝廷累徵不就，後居京口黄鵠山，卒，事見《宋書·隱逸傳》。

〔三〕《法華經·譬喻品》：離垢國「瑠璃爲地，有八交道，黄金爲繩，以界其側。」傅玄《九曲歌》：「歲暮景邁羣光絶，安得長繩繫白日。」此以金繩雙關佛寺。

登北固山〔一〕

京鎮周天險，東南作北關〔二〕。埭横江曲路，戍入海中山〔三〕。望越心初切，思秦鬢已斑。空憐上林雁，朝夕待春還〔四〕。

校記

〔登北固山〕此詩宋集諸本未收，見《分門纂類唐歌詩·天地山川二二》。

注釋

〔一〕北固山：在今江蘇鎮江。《元和郡縣圖志》卷二五潤州丹徒縣：「北固山在縣北一里，下臨長江，其勢險固，因以爲名。」詩云「望越」，亦景龍三年赴越州途中作。

〔二〕京鎮：京口鎮，即潤州。《元和郡縣圖志》卷二五潤州：「建安十四年，孫權自吴理丹徒，號曰京城，今州是也。十六年遷都建業，以此爲京口鎮。」

〔三〕埭(dài)：埭堰，江中堵水土壩，爲便利船隻航行而設。

〔四〕上林：漢長安苑名。上林雁：見《登逍遥樓》注〔二〕。

過史正議宅〔一〕

舊交此零落，雨泣訪遺塵〔二〕。劍几傳好事，池臺傷故人〔三〕。國香蘭已歇，里樹橘猶新〔四〕。不見吴中隱，空餘江海濱〔五〕。

校記

〔題〕《詩淵》三五二五頁宅上有舊字。

〔雨泣〕《文苑英華》卷三〇七作雪泣。

〔故人〕《英華》作路人。

注釋

〔一〕史正議：史德義，蘇州崑山人，隱居虎丘山，天授初，爲周興所薦，詔徵赴都，授諫議大夫，後周興伏誅，坐免官，以朝散大夫放歸，卒於家，《舊唐書》卷一九二、《新唐書》卷一九六有傳。按史德義官職，兩《唐書》本傳並云授朝散大夫，《太平御覽》卷五〇六作諫議大夫，《册府元龜》卷六五八作「徵拜朝散大夫，守正諫大夫」。唐制：左、右諫議大夫，正四品下，掌諫諭得失，侍從贊相；龍朔二年改爲正諫大夫，神龍元年復舊，見《新唐書·百官志二》、《唐會要》卷五五。朝散大夫及正議大夫乃文散官名，而《舊傳》所載授官詔有「委以諫曹」之語，知諸書所載，以《元龜》爲是。題中「正議」亦「正諫」之誤。詩景龍三年秋赴越經蘇州作。

〔二〕雨泣：落淚。遺塵：遺跡。

〔三〕劍几：代指史德義遺物。好(hào)事：好事者，好多事者。池臺：指史德義故居。桓譚《新論》載雍門周説孟嘗君語：「千秋萬歲後，高臺既已傾，曲池又已平。」

〔四〕蘭：香草，喻史德義。《左傳·宣公二年》：「蘭有國香。」里樹：故里之樹。《水經注·沅水》：「沅水又東歷龍陽縣之氾洲，……吴丹陽太守李衡植柑于其上，臨死，敕其子曰：『吾州里有木奴千頭，不責衣食，歲絹千匹。』」

〔五〕吴中：指蘇州，春秋吴國都此。戴逵避徵辟，逃隱於蘇州虎丘，時月犯少微，少微一名處士星，占者以隱士當之，人皆爲戴逵憂，俄而會稽隱士謝敷死，故會稽人嘲吴人云：「吴中高士，便是求死不得。」事見《晉書·隱逸傳》。

錢江曉寄十三弟〔一〕

曉泊錢塘渚，開簾遠望通。海雲張野暗，山火徹江紅。客淚常思北，邊愁欲盡東。從來夢兄弟，未似昨宵中。

校記

〔錢江曉寄十三弟〕此詩宋集諸本未收，見《詩淵》七八五頁。

注釋

〔一〕錢江：錢塘江，即浙江之下游。《元和郡縣圖志》卷二五杭州錢塘縣：「浙江，在縣南一十二里。」十三弟：宋之問行十一，有弟之遜、之悌，見卷一《别之望後獨宿藍田山莊》注〔一〕，此未詳何人。詩景龍三年赴越道中泊舟錢塘作。

題杭州天竺寺〔一〕

鷲嶺鬱岧嶢，龍宫鎖寂寥〔二〕。樓觀滄海日，門聽浙江潮〔三〕。桂子月中落，天香雲外飄〔四〕。捫蘿登塔遠，刳木取泉遥。霜薄花更發，冰輕葉未凋。夙齡尚遐異，搜對滌煩囂。待入天台路，看予度石橋〔五〕。

校記

〔題杭州天竺寺〕 此詩底本未收，見《宋學士集》卷六，題作靈隱寺；此從《文苑英華》卷二三三、《天台集》卷上、《詩淵》三七一一頁等。

〔鎖寂〕《英華》作隱寂。

〔樓觀〕《英華》作樓看。

〔門聽〕《唐詩紀事》卷七作門對。

〔霜薄〕《英華》作霜序，《天台集》作霜岸。句，《詩話總龜》卷一三作雲薄霜初下。

〔冰輕〕《英華》作冰溪。

〔夙齡二句〕《本事詩》無。

〔遐異〕《天台集》作遐逸。

〔待入〕《英華》作會入。

〔台路〕《天台集》作台裏。

注釋

〔一〕杭州：今屬浙江。天竺寺：在杭州北山，有上天竺、中天竺、下天竺三寺，見《輿地紀勝》卷二。詩當赴越途經杭州作。此詩又見《駱賓王集》。按《本事詩·徵異》云：宋之問以事貶黜，放還，至江南，遊靈隱寺，夜月極明，長廊吟行，爲詩曰：「鷲嶺鬱岧嶢，龍宫隱寂寥。」第二聯搜奇思，終不如意。有老僧曰：「何不云『樓觀滄海日，門聽浙江潮』？」之問訝其遒麗，乃續終篇，遲明訪之，不復見，寺僧曰：此駱賓王也。故後人據收此詩爲駱賓王詩。賓王死於光宅元年（六八四），距之問南來杭越，已二十餘年，且駱與宋爲舊識，駱集中有《在兖州餞宋五之問》、《在江南贈宋五之問》等詩，無對面不識之理。《封氏聞見記》卷七即引此詩中句，云宋作。後人謂詩爲駱作，題爲《靈隱寺》，均據《本事詩》之小説家言，不足信。詳參王達津《唐詩雜考·宋之問與靈隱寺詩》。

〔二〕鷲嶺：即耆闍崛山，見《遊法華寺》注〔二〕。龍宫：龍王宫殿。《法華經·提婆達多品》稱文殊師利及諸菩薩坐蓮花上，於大海娑竭羅龍宫自然湧出，故以代指佛寺。

〔三〕浙江：即錢塘江。《水經注·漸江水》：「（錢塘）縣東有定、包諸山，皆西臨浙江，水流于兩山之間，江川急濬，兼濤水晝夜再來，來應時刻，常以月晦及望尤大，至二月、八月最高，峨峨二丈有餘。」

〔四〕桂子：《太平御覽》卷四引虞喜《安天論》：「俗傳月中仙人桂樹，今視其初生，見仙人之足，漸已成形，桂樹後生焉。」《封氏聞見記》卷七：「垂拱四年三月，月桂子降於台州臨海縣界十餘日。」

〔五〕天台：山名，在今浙江天台北。《太平寰宇記》卷九八台州天台縣：「天台山在州西一百一十里。」《文選》卷一一孫綽《遊天台山賦》：「跨穹隆之懸磴，臨萬丈之絶冥。」李善注：「懸磴，石橋也。顧愷之《啓蒙記》曰：『天台山石橋，路逕不盈尺，長數十步，步至滑，下臨絶冥之澗。』」

謁禹廟〔一〕

夏王乘四載，兹地發金符〔二〕。峻命終不易，報功疇敢踰〔三〕。先驅總昌會，後至伏靈誅〔四〕。玉帛空天下，衣冠照海隅〔五〕。旋聞厭黄屋，便道出蒼梧〔六〕。林表祠轉茂，山阿井詎枯〔七〕。舟遷龍負壑，田變鳥耘蕪〔八〕。舊物森如在，天威肅未殊〔九〕。玄夷屆瑶席，玉女侍清都〔一〇〕。奕奕閨闥邃，軒軒仗衛趍〔一一〕。氣清連曙海，雲白洗春湖。猿嘯有時答，禽言常自呼〔一二〕。靈歆異蒸糈，至樂匪笙竽〔一三〕。茅殿今文襲，梅梁古製無〔一四〕。運逢日崇麗，業盛答昭蘇〔一五〕。伊昔力云盡，而今功尚敷〔一六〕。揆材非箭美，精享愧生蒭〔一七〕。郡職昧爲理，拜空寧自誣。下車霰已積，攝事露行濡。人隱冀多祐，曷難霑薄軀〔一八〕。

校記

〔敢踰〕《唐詩紀事》卷一一作敢渝。

〔昌會〕《文苑英華》卷三二〇作章會。

〔照海〕《會稽掇英總集》卷八作耀海。

〔便道〕《紀事》作更道。

〔未殊〕《掇英》作未除。

〔閨闥〕《紀事》作扃闥。

〔仗衛〕底本作伏衛，據《英華》改。

〔文襲〕底本作不襲，據《掇英》改。

〔運逢〕《掇英》作運遥。

〔箭美〕《英華》作美箭。

〔曷難〕《英華》作曷唯。

注釋

〔一〕禹廟：在越州稽山。《輿地紀勝》卷一〇紹興府：「大禹陵，在稽山。禹巡狩江南，上苗山，會計諸侯，死而葬焉。苗山後更名會稽。」又：「禹廟在會稽東南十二里。」宋之問《祭禹廟文》：「維大唐景龍三年歲次己酉月日，越州長史宋之問，謹以清酌之奠，敢昭告於夏后之靈。」詩與之同時作。

〔二〕夏王：夏禹。四載：四種交通工具。《書·益稷》：「禹曰：『洪水滔天，浩浩懷山襄陵，下民昏墊。予乘四載，隨山刊木。』」傳：「所載者四，謂水乘舟，陸乘車，泥乘楯，山乘樏。」金符：帝王符節，指召諸侯會計之令符。

〔三〕峻命：大命，天命。報功：酬報有功者，指祭禹廟的祀典。疇：誰。

〔四〕總：會聚。昌會：盛會。靈誅：神誅，見卷一《扈從登封告成頌應制》注〔三〕。

〔五〕玉帛：朝見所執禮品，參見卷一《扈從登封告成頌應制》注〔三〕。衣冠：指與會諸侯。

〔六〕黄屋：帝王車蓋，以黄繒爲裏。蒼梧：見卷二《則天皇后挽歌》注〔三〕。《太平寰宇記》卷九六越州會稽縣：「禹穴，《漢書·司馬遷傳》云『上會稽，探禹穴』。又有禹井。揚雄《羽獵賦》云：『入洞穴，出蒼梧。』注云『在零陵』，言人從禹穴入，從蒼梧出也。」參見《遊禹穴迴出若耶》注〔一〕。厭黄屋、去蒼梧，均婉言禹死。

〔七〕井：謂禹井。《水經注·漸江水》：「（會稽）山東有湮井，去廟七里，深不見底，謂之禹井。」

〔八〕舟遷、田變：指世事變遷。《莊子·大宗師》：「夫藏舟於壑，藏山於澤，謂之固矣，然夜半有力者負之而走，昧者不知也。」郭象注：「言生死變化之不可逃。」《神仙傳·王遠》：「麻姑自説云：接侍以來，已見東海三爲桑田。」鳥耘田：《水經注、漸江水》：「昔大禹即位十年，東巡狩，崩于會稽，因而葬之。有鳥來,爲之耘,春拔草根,秋啄其穢。」

〔九〕如在:《論語·八佾》:「祭如在,祭神如神在。」

〔一〇〕玄夷:神話中人名。届:至。瑶席:對筵席的美稱。相傳禹登衡山,求治水之書,夢見赤繡衣男子,自稱玄夷蒼水使者,令禹齋戒三月,更求之。禹乃齋戒三月,得書於委宛山,通水經,遂周行天下,令伯益疏記之,名曰《山海經》。見《吴越春秋·越王無余外傳》。玉女:神女。清都:天帝所居。《輿地紀勝》卷一〇引《輿地志》:「(禹)廟内有聖姑堂,言禹平水土,天賜玉女也。」

〔一一〕奕奕:高大貌。軒軒:儀態莊嚴貌。仗衛:儀仗兵衛。趍:通趨。

〔一二〕自呼:自呼其名,蓋鳥名多象其鳴聲。

〔一三〕靈歆:神靈來享。歆,享受祭品香氣。蒸糈:祭祀所用分解的牲體與精米。至樂:最美妙的音樂。

〔一四〕文襲:施以彩繪,重加覆蓋。梅梁《輿地紀勝》卷一〇紹興府:「《越絶書》云:『少康立(禹)祠於禹陵,得一木爲梁,即梅梁也。或有大雷雨,梁輒飛去,今縻大鐵繩之。』今有窆石尚存。」

〔一五〕昭蘇:蘇醒,此謂禹平水土使百姓重獲生機之功。

〔一六〕敷:施布。《論語·泰伯》:「子曰:『禹,吾無間然矣。菲飲食而致孝乎鬼神,惡衣服而致美乎黻冕,卑宫室而盡力乎溝洫。』」

〔一七〕揆材:估量才能。箭美:《爾雅·釋地》:「東南之美者,有會稽之竹箭焉。」生蒭:新割的青草,指菲薄祭品。《後漢書·徐穉傳》：「(郭)林宗有母憂，穉往弔之，置生芻一束於廬前而去。」

〔一八〕人隱：民病。《後漢書·張衡傳》：「同心戮力，勤恤人隱。」注：「隱，病也。」

遊禹穴迴出若耶〔一〕

禹穴今朝到，耶溪此路通。著書聞太史，鍊藥有仙翁〔二〕。鶴往籠猶掛，龍飛劍已空〔三〕。石帆摇海上，天鏡落湖中〔四〕。水底寒雲白，山邊墜葉紅。歸舟何慮晚，日暮有樵風〔五〕。

校記

〔若耶〕底本作石耶，據《文苑英華》卷一六〇改。

〔今朝〕《英華》作今晨。

〔籠猶〕《英華》作韻猶，《會稽掇英總集》卷八作的猶。

〔摇海〕《會稽掇英總集》卷八作浮海。

〔水底〕《全唐詩》卷五三作水低。

〔寒雲〕底本作零露，據《英華》改。

〔有樵〕底本作使樵，據《方輿勝覽》卷六改。

注釋

〔一〕禹穴：在越州稽山上。《漢書·司馬遷傳》：「二十而南遊江淮，上會稽，探禹穴。」注引張晏曰：「禹巡狩至會稽而崩，因葬焉。上有孔穴，民間云禹入此穴。」若耶：越州溪名，見卷二《浣紗篇贈陸上人》注〔六〕。詩景龍三年冬作。

〔二〕太史：太史公司馬遷，著《史記》，餘見注〔一〕。仙翁：葛玄。《輿地紀勝》卷一〇紹興府：「葛玄字孝先，句容人，學道於若耶山，號葛仙公。」

〔三〕鶴往：事未詳。晋支遁好鶴，有人遺雙鶴，遁見其有懊喪意，養令翮成，放令飛去，見《世説新語·言語》。支遁曾棲越州沃洲山，《輿地紀勝》卷一〇越州云上虞縣有支遁放鶴峰，詩或用其事。龍飛：用雷焕寶劍化龍事。雷焕得寶劍干將、莫邪，一與張華，一以自佩，張華死，失劍所在。後焕子雷華行經延平津，劍忽於腰間躍入水中，但見兩龍各長數丈，蟠縈有文章，光彩照水，波浪驚沸，於是失劍。見《晋書·張華傳》。二劍相傳爲歐冶子在若耶溪所鑄。《太平寰宇記》卷九六越州會稽縣：「若耶溪在縣東南二十八里，《越絶書》薛燭對越王曰『若耶之溪，涸而出銅』也，古歐冶子鑄劍之所。」

〔四〕石帆：山名。湖：指鏡湖。《太平寰宇記》卷九六越州會稽縣：「石帆山在縣東南十五里。夏侯曾先記云：石帆壁立臨川，通石魚山，遥望之有似張帆也。」同書同卷越州山陰縣：「漢順帝永和五年會稽太守馬臻創立鏡湖，在會稽、山陰兩縣界，……縈帶郊郭，白水翠岩，互相映發，若圖畫，故王逸少云，山陰路上行，如在鏡中遊耳。」

〔五〕樵風：《輿地紀勝》卷一〇紹興府：「樵風涇在會稽東南二十五里。鄭弘少採薪得一遺箭，頃之，有人覓箭，問弘何欲，弘知其神人，曰：『常患若耶溪載薪爲難，願朝南風，暮北風。』後果然，世號樵風涇。」

泛鏡湖南溪〔一〕

乘輿入幽棲，舟行日向低。岩花候冬發，谷鳥作春啼。沓嶂開天小，叢篁夾路迷。猶聞可憐處，更在若耶溪〔二〕。

注釋

〔一〕鏡湖：見《遊禹穴迴出若耶》注〔四〕。詩景龍三年越州作。

〔二〕若耶溪：見卷二《浣紗篇贈陸上人》注〔六〕。《水經注·漸江水》：「麻潭下注若耶溪，水至清照，衆山倒影，窺之如畫。」

遊法華寺〔一〕

高岫擬耆闍，真乘引妙車〔二〕。空中結樓殿，意表出雲霞。後果纏三足，前因感六牙〔三〕。

宴林薰寶樹，水溜滴金沙〔四〕。寒谷梅猶淺，温庭橘未華。臺香紅藥亂，塔影緑篁遮〔五〕。果漸輪王族，緣超梵帝家〔六〕。晨行踏忍草，夜誦得靈花〔七〕。江郡將何匹，天都亦未加〔八〕。朝來沿泛所，應是逐僊槎〔九〕。

校記

〔纏三〕《詩淵》三八二二頁作傳三。

〔溜滴〕《文苑英華》卷二三三作漏滴。

〔沿泛〕《英華》作泛舟。

注釋

〔一〕法華寺：在越州山陰縣南秦望山，晉義熙十二年釋曇翼建，後改名天衣寺。李邕有《秦望山法華寺碑》。詩云「梅猶淺」、「橘未華」，當作於景龍三年冬或四年初。

〔二〕耆闍：耆闍崛山，即靈鷲山，印度山名，相傳爲釋迦牟尼説法處。《水經注·河水》引《西域記》：「耆闍崛山在阿耨達王舍城東北，西望其山，有兩峰雙立，相去二三里，中道鷲鳥，常居其嶺。土人號曰耆闍崛山，胡語耆闍，鷲也。」真乘、妙車：車乘，均雙關語。佛教稱解釋教義深淺的等級爲乘，取其自運運人之義，又以牛、鹿、羊三車喻聲聞、緣覺、菩薩三乘。

〔三〕足：喻根本。牙：通芽，萌芽。佛教以無貪、無瞋、無痴爲生無量善法之三善根，又以貪、瞋、痴爲三不善根，見新譯《仁王經》卷中。佛教以爲過去種種因，種現在及未來世之果，有六因之説，見《俱舍論》卷六。又普賢菩薩坐騎爲六牙白象，見《雜寶藏經》卷二。參後詩注〔五〕。

〔四〕金沙：印度水名，即阿利羅跋提河，釋迦牟尼在此河邊娑羅雙樹間入滅，見《大般涅槃經》卷一。王屮《頭陀寺碑》：「拂衣雙樹，脱屣金沙。」

〔五〕紅蘂：芍藥。緑篁：緑竹。

〔六〕輪王：轉輪王，佛書中指最有勢力之王。《中阿含經》第十：昔輪王時，有一樹，生五枝，果亦各別，王、太子、臣、沙門、庶人所食各別，有天護之。後因取果折枝，天嗔，令果不生。輪王泣之，天帝息怒，乃令仍舊五果復生。梵帝：佛。緣超事未詳。

〔七〕忍草：忍辱草。生於雪山，牛若食之，則成醍醐，見《涅槃經》卷二七。靈花事未詳。

〔八〕江郡：指越州，境内有浙江、上虞江等。天都：指京師。

〔九〕僊槎：見卷一《明河篇》注〔八〕。

遊法華寺〔一〕

薄遊京都日，遥羨稽山名〔二〕。分刺江海郡，朅來徵素情〔三〕。松露洗心眷，象筵敷念誠〔四〕。薄雲界青嶂，皎日鶱朱甍。苔澗深不測，竹房閑且清。感真六象見，垂兆二鶡嗚〔五〕。古今信靈跡，中州莫與京〔六〕。林巘永栖業，豈伊佐一生。浮悟雖已久，事試去來成。觀念幸相續，庶幾最後明。

校記

〔松露〕《文苑英華》卷二三三作松路。

〔二鶚〕《英華》作二烏。

〔佐一〕《英華》作在一。

注釋

〔一〕法華寺：在越州。參見前詩。

〔二〕薄：助詞。稽山：會稽山，見《謁禹廟》注〔一〕。

〔三〕分刺：指爲長史。刺史爲一州之長，長史爲其上佐，通判州事，故云分刺，參見《通典》卷三三。

朅(qiè)來：猶云來。朅，句首助詞。徵：求證。

〔四〕心眷：指心中俗念。象筵：象牙席，此指講經筵席。敷：敷陳。

〔五〕真：真仙，此指普賢菩薩，以六牙白象爲坐騎。李邕《秦望山法華寺碑》云，曇翼初創寺時，專誦《法華經》，感動普賢菩薩，化爲婦人，曇翼延入舍下，「及杲日初上，相光忽臨，乘六牙，衛八部，勝幡虹引，妙樂天迎」。鶚：烏俗字。疑作烏是。李邕《碑》銘文有「象駕菩薩，烏迎車騎」之語，事未詳。

〔六〕中州：指洛陽及其附近地區，古人以爲洛陽處天地之中。與京：與之比大。

景龍四年春祠海〔一〕

肅事祠春溟，宵齋洗蒙慮〔二〕。雞鳴見日出，鷺下驚濤騖〔三〕。地闊八荒近，天迴百川注〔四〕。筵端接空曲，目外唯雰霧。暖氣物象來，周遊晦明互〔五〕。致牲匪玄享，禋滌期靈煦〔六〕。的的波際禽，沄沄島間樹〔七〕。安期今何在，方丈蔑尋路〔八〕。仙事與世隔，冥搜徒已屢〔九〕。四明北羣山，遺老莫辨處〔一〇〕。撫中良自慨，弱齡忝恩遇。三入文史林，兩拜神仙署〔一一〕。雖歎出關遠，始知臨海趣。賞來空自多，理勝孰能喻？留楫意何待，徙倚忽云暮。

校記

〔宵齋〕底本作霄齋，據《文苑英華》卷一六二改。

〔川注〕《英華》作川澍。

〔北羣〕《英華》作北郡，《唐詩紀事》卷一一作背羣。

〔撫中〕《英華》作中撫，《紀事》作内撫。

〔忝恩〕底本作添恩，據《英華》改。

〔忽云〕《紀事》作歲云。

注釋

〔一〕景龍：唐中宗李顯年號（七〇七——七一〇），景龍四年即少帝唐隆元年，亦即睿宗景雲元年。海：指東海。隋制，祀四海，各於近海處立祠，東海祠於會稽縣界。唐武德、貞觀之制，四海年別一祭，各以五郊迎氣日祭之。見《通典》卷四六。故當於正月立春之日祠東海。

〔二〕肅事：敬事。宵齋：祭祀前夕齋戒。洗蒙慮：滌除雜念，即心齋。

〔三〕鷄鳴：《述異記》卷下：「東南有桃都山，上有大樹，名曰桃都，枝相去三千里，上有天雞。日初出照此木，天雞則鳴，天下雞皆隨之鳴。」騖：奔馳。枚乘《七發》描寫廣陵之濤：「其始起也，洪淋淋焉若白鷺之下翔」。

〔四〕八荒：四方及四隅極遠之處。百川：衆水。《淮南子·氾論》：「百川異源，而皆歸於海。」

〔五〕暖氣：春氣。《春秋繁露》：「喜氣爲暖而當春。」互：交替。

〔六〕玄：上天。禋滌：潔净的祭祀。煦：恩惠，降福。

〔七〕的的：分明貌。沄沄：水流浩蕩貌。

〔八〕安期：安期生，傳説中仙人。方丈：海中仙山，見卷一《三陽宫石淙侍宴應制》注〔一〕。《史記·封禪書》：「方士李少君言於武帝曰：『臣嘗游海上，見安期生，安期生食巨棗，大如瓜。安期生僊者，通蓬萊中，合則見人，不合則隱。』於是天子始親祠竈，遣方士入海求蓬萊安期生之屬，而事化丹砂諸藥齊爲黄金矣。」

〔九〕冥搜：搜訪幽遠之處。

〔一〇〕四明：山名。《元和郡縣圖志》卷二六越州餘姚縣：「四明山，在縣西一百五十里。」遺老：老人。處：指神仙遺跡所在之處。孫綽《遊天台山賦》：「涉海則有方丈、蓬萊，登陸則有四明、天台，皆玄聖之所遊化，神仙之所窟宅。」

〔一一〕文史林：指校理圖書典籍之所。神仙署：指尚書省。宋之問天授元年爲習藝館學士，聖曆中爲珠英學士，景龍中爲修文館學士，是爲「三入」；景龍中連爲户部、考功二員外郎，是爲「兩拜」，參見《簡譜》。

早春泛鏡湖〔一〕

漾舟喜湖廣，湖廣趣非一。愉目野載蕪，清心山更出。孤煙晝藏火，薄暮朝開日。但愛春光遲，不覺舟行疾。歸雁空間盡，流鶯花際失。遠情自此多，景霽風物和。蘆人收晚釣，棹女弄春歌〔二〕。野外寒事少，湖間芳意多。雜花同爛熳，喧柳日逶迤。爲客頓逢此，於思奈若何。

校記

〔早春泛鏡湖〕此詩宋集諸本未收，見《永樂大典》卷二二六七。

注釋

〔一〕鏡湖：見《遊禹穴迴出若耶》注〔四〕。詩景龍四年早春越州作。

〔二〕蘆人：蘆葦中人，指漁翁。

遊雲門寺〔一〕

維舟探静域，作禮事尊經〔二〕。投跡一蕭散，爲心自杳冥〔三〕。龕依大禹穴，樓倚少微星〔四〕。沓嶂圍蘭若，迴溪抱竹庭〔五〕。覺花塗砌白，甘露洗山青〔六〕。雁塔鶱金地，虹橋轉翠屏〔七〕。人天宵現景，神鬼晝潛形〔八〕。理勝常虚寂，緣空自感靈。入禪從鴿遶，説法有龍聽。劫累終期滅，塵躬且未寧〔九〕。摇摇不安寐，待月詠岩扃。

校記

〔題〕《會稽掇英總集》卷六作宿雲門寺。

〔探静〕《文苑英華》卷二三三作深静，《掇英》作入静。

〔一蕭〕《掇英》作慮蕭。

〔龕依〕《英華》作龕交。

〔虚寂〕《掇英》作宗寂。

〔且末〕《英華》作豈暫。

注釋

〔一〕雲門寺：在越州。《輿地紀勝》卷一〇紹興府：「雲門山，在會稽南三十一里，有雍熙寺，爲州之偉觀。昔王子敬居此，有五色祥雲，詔建寺，號雲門。」宋之問《宿雲門寺》云：「谷鳥囀尚澀，源桃驚未紅，再詠期春暮，當造林端窮。」知其遊雲門在景龍四年早春。

〔二〕静域：清静之處，指佛寺。

〔三〕投跡：踏他人足跡前行。揚雄《解嘲》：「欲行者擬足而投跡。」蕭散：閑曠。杳冥：高遠貌。

〔四〕龕：安放佛像的小閣。禹穴：見《遊禹穴迴出若耶》注〔一〕。少微星：見《過史正議宅》注〔五〕。

〔五〕蘭若：梵語阿蘭若之省，意爲寂静無煩惱處，即佛寺。

〔六〕覺花：指佛寺之花。覺爲梵語菩提之意譯，菩提樹又稱覺樹。甘露：甜美雨露，佛經中用以喻佛之教法。《法華經·普門品》：「澍甘露法雨，滅除煩惱焰。」

〔七〕金地：見卷二《九月九日登慈恩寺浮圖應制》注〔三〕。翠屏：喻蒼翠陡峭山峰。孫綽《遊天台山賦》：「搏壁立之翠屏。」

〔八〕人天：人與神佛，此指天。現景：現影，現真容。

〔九〕劫累：世俗煩惱。塵躬：世俗之身。

宿雲門寺〔一〕

雲門若耶裏，泛鷁路纔通〔二〕。夤緣綠篠岸，遂得青蓮宫〔三〕。天香衆壑滿，夜梵前山空〔四〕。漾漾潭際月，飄飄杉上風。兹焉多嘉遯，數子今莫同〔五〕。鳳歸慨處士，鹿化聞仙公〔六〕。樵路鄭州北，舉井阿巖東〔七〕。永夜豈云寐，曙華忽葱蘢〔八〕。谷鳥囀尚澀，源桃驚未紅。再詠期春暮，當造林端窮。庶幾蹤謝客，開山投剡中〔九〕。

校記

〔若耶〕《會稽掇英總集》卷七作耶溪。

〔泛鷁〕《掇英》作泛舟。

〔遂得〕《掇英》作遂到。

〔前山〕《掇英》作羣山。

〔飄飄〕《掇英》作颼颼，《全唐詩》卷五一作飀飀。

〔多嘉〕《掇英》作逸嘉。

〔樵路鄭州〕《掇英》作樵徑謝村。

〔舉井〕《文苑英華》卷二三三作學井。

〔阿巖〕《掇英》作何巖。

〔曙華句〕《掇英》作曉景忽曚曨。

注釋

〔一〕雲門寺：見前詩注〔一〕。

〔二〕若耶：溪水名，見《遊禹穴迴出若耶注〔一〕。鷁：船頭畫有鷁鳥的船，此泛指船。

〔三〕夤緣：曲折行走。篠：小竹。青蓮宫：佛寺。《釋氏六帖》卷一八：「佛目似青蓮花之葉也。」

〔四〕天香：禮佛之香。梵：誦經之聲。

〔五〕嘉遯：合乎正道的隱居。《易·遯》：「九五·嘉遯貞吉。」

〔六〕處士：疑指謝敷。《晋書·隱逸傳》：「謝敷字慶緒，會稽人也。性澄靖寡欲，入太平山十餘年。」鳳歸：指其死，參見《過史正議宅》注〔五〕。仙公：葛玄。《太平寰宇記》卷九六越州會稽縣：「若耶山在縣東南四十四里。昔葛玄道成，所隱桐几化成白鹿，三足，兩頭更倉。山下有潭，潭旁有名石，時人謂之葛仙公石。」參見《遊禹穴迴出若耶》注〔二〕。

〔七〕樵路：謂樵風涇。鄭州：疑當作鄭村，即漢太尉鄭弘所居，見《遊禹穴迴出若耶》注〔五〕。舉井、阿巖：未詳。

〔八〕曙華：曙色。蔥蘢：盛貌。

〔九〕謝客：謝靈運。《詩品》卷上：「錢唐杜明師夜夢東南有人來入其館，是夕，即靈運生於會稽。旬日而謝玄亡，其家以子孫難得，送靈運於杜治養之，十五方還都，故名客兒。」剡中：指今浙江剡縣，其地有剡溪，山水秀美。謝靈運居會稽始寧，尋山陟嶺，必造幽峻，嘗自始寧南山伐木開徑，直至臨海，從者數百人，見《宋書》本傳。謝靈運《登臨海嶠初發疆中作與從弟惠連見羊何共和之》：「暝投剡中宿，明登天姥岑。」

見南山夕陽召鑒師不至〔一〕

夕陽黯晴碧，山翠互明滅。此中意無限，要與開士說〔二〕。徒鬱仲舉思，詎迴道林轍〔三〕。孤興欲待誰，待此湖上月〔四〕。

校記

〔鑒師〕底本作監師，據《文苑英華》卷二七九改。

〔晴碧〕底本作晴暮，據《英華》改。

〔詎迴〕底本作唯迴，《英華》作誰迴，校云集作詎迴，據改。

〔待誰〕《英華》校集作誰待。

注釋

〔一〕師：對僧人敬稱。鑒師：越州僧。宋之問有《題鑒上人房二首》，當是一人，鑒、監未知孰是。詩自比陳蕃，又云「湖上」，當景龍中越州作，參見後詩。

〔二〕開士：菩薩的異名，此爲對僧人的敬稱。

〔三〕仲舉：東漢陳蕃字。蕃爲豫章太守，在郡不接賓客，唯徐穉來特設一榻，去則懸之，見《後漢書·徐穉傳》。道林：晋高僧支遁字，《高僧傳》卷四有傳，此借指鑒師。參後詩注〔一〕、〔二〕。轍：車轍，指車。二句言己之思念鬱結，而鑒師不至。

〔四〕湖：指越州鏡湖。見《遊禹穴迴出若耶》注〔四〕。

湖中别鑒上人〔一〕

願與道林近，在意逍遥篇〔二〕。自有靈佳寺，何用沃洲禪〔三〕。

校記

〔湖中〕《萬首唐人絶句》卷七作湖上。

〔在意〕張本作意在。

注釋

〔一〕上人：對僧人敬稱。詩景龍中越州作，參見前詩。

〔二〕道林：晉僧支遁字。逍遥篇：《莊子》首篇《逍遥游》。《高僧傳》卷四《支遁傳》：「遁嘗在白馬寺與劉系之等談《莊子·逍遥篇》，云各適性以爲逍遥。遁曰：『不然。夫桀跖以殘害爲性，若適性爲得者，彼亦逍遥矣。』於是退而注《逍遥篇》，羣儒舊學，莫不歎伏。」此以支遁指鑒上人。

〔三〕靈佳寺：即靈嘉寺，在越州。沃洲：山名，在今浙江新昌。白居易《沃洲山禪院記》：「沃洲山在剡縣南三十里。禪院在沃洲山之陽，天姥岑之陰。」《高僧傳》卷四《支遁傳》：「王羲之時在會稽，素聞遁名。……後遁既還剡，經由于郡，王故往詣遁，觀其風力。既至，王謂遁曰：『《逍遥篇》可得聞乎？』遁乃作數千言，標揭新理，才藻驚絶。王遂披襟解帶，留連不能已。仍請住靈嘉寺，意存相近。俄又投跡剡山，於沃洲小嶺立寺行道。」

題鑒上人房二首

落花雙樹積，芳草一庭春〔一〕。玩之堪興盡，何必見幽人〔二〕。

校記

〔興盡〕底本作興異，據《全唐詩》卷五三校語改。

注釋

〔一〕雙樹：指寺院中樹。相傳佛於拘施那城阿利羅跋提河邊娑羅雙樹間入滅，見《大般涅槃經》卷一。詩景龍四年（七一〇）春越州作，參見前二詩。

〔二〕幽人：幽居之人，指鑒上人。興盡：《世説新語·任誕》：「王子猷居山陰，夜大雪，眠覺開室，命酌酒，四望皎然。因起彷徨，詠左思《招隱詩》，忽憶戴安道，時戴在剡，即便夜乘小船就之。經宿方至，造門，不前而返。人問其故，王曰：『吾本乘興而行，興盡而返，何必見戴！』」子猷，王徽之字。安道，戴逵字。

其二

晚入應真理，經行尚未回〔一〕。房中無俗物，林下有青苔〔二〕。

注釋

〔一〕應真：梵語阿羅漢的意譯。《翻譯名義集》卷二引《法華疏》：「《阿颰經》云應真，《瑞應》云真人，悉是無生釋羅漢也。」經行：僧人養身驅悶往復回旋於一定之地。徐陵《東陽雙林寺傅大士碑》：「遊巖倚樹，宴坐經行。」

〔二〕俗物：《晉書·王戎傳》：「戎與（阮）籍爲竹林之游，戎嘗後至，籍曰：『俗物已復來敗人意。』」

郡宅中齋〔一〕

郡宅枕層嶺，春湖繞芳甸。雲甍出萬家，卧覽皆已徧。漁商汗成雨，廨邑明若練〔二〕。越俗鏡中行，夏祠雲表見〔三〕。兹都信盤鬱，英遠常棲眄〔四〕。王子事黄老，獨樂事遊衍〔五〕。謝公念蒼生，同憂感推薦〔六〕。靈越多秀士，運闊無由面。神理翳青山，風流滿黄卷〔七〕。揆予謬承獎，自昔從纓弁〔八〕。瑶水執仙羈，金閨負時選〔九〕。晨趨博望苑，夜直明光殿〔一〇〕。一朝罷臺閣，萬里違鄉縣。風土足慰心，况悦年光變。淮廪佇兹實，沂歌非所羨〔一一〕。訟寢歸四明，頽齡親九轉〔一二〕。微尚本江海，少留豈交戰〔一三〕。唯餘後凋色，竊比東南箭〔一四〕。

校記

〔郡宅中齋〕此詩底本未收，見《宋學士集》卷二。

〔兹實〕《宋學士集》作滋實，據《文苑英華》卷三一七改。

注釋

〔一〕郡宅：指越州州宅。齋：房舍。謝朓有《郡内高齋閒坐答吕法曹》詩。詩景龍四年春越州作。

〔二〕汗成雨：言人衆多。《戰國策·齊策一》：「臨甾三百閭，張袂成陰，揮汗成雨。」練：白色熟絹。

〔三〕鏡中行：《水經注·漸江水》：「越起靈臺于(龜)山上，又作三層樓以望雲物，川土明秀，亦爲勝地。

故王逸少云，從山陰道上，猶如鏡中行也。」夏祠：即禹廟，見《謁禹廟》詩及注。

〔四〕盤鬱：曲折盛美。英遠：指傑出有志的人。《北史·來護兒傳》：「及長，雄略秀出，志氣英遠。」

〔五〕王子：謂王羲之。黄老：黄帝、老子，謂道家學説。《晋書·王羲之傳》：「既去官，與東土人士盡山水之游，弋釣爲娱。又與道士許邁共修服食，採藥石不遠千里，偏遊東中諸郡，窮諸名山，泛滄海，歎曰：『我卒當以樂死。』」越州有其墨池等遺跡。

〔六〕謝公：謝安。其感桓温推薦離隱居出仕事，見《傷王七秘書監寄呈揚州陸長史通簡府僚廣陵好事》注〔六〕。謝安隱居越州上虞縣，見《輿地紀勝》卷一〇。

〔七〕風流：指王、謝等傑出事跡。黄卷：謂載籍。

〔八〕纓弁：繫冠帶與冠，指爲官。韋世康與子弟書：「吾生因緒餘，夙霑纓弁，驅馳不已，四紀於兹。」見《隋書》本傳。

〔九〕瑶水：即瑶池，見卷一《龍門應制》注〔一六〕。執羈：猶追隨。羈，馬籠頭。金闈：金馬門，見卷一《憶嵩山陸渾舊宅》注〔一〇〕。

〔一〇〕博望苑：見卷一《花燭行》注〔一〇〕。明光殿：漢未央宮中殿名。《三輔黄圖》卷二引《三秦記》：「未央宫漸臺西有桂宫，中有明光殿，皆金玉珠璣爲簾箔，處處明月珠，金陛玉階，晝夜光明。」

〔一一〕淮廩：淮上倉庫。實：充實。兹：此，指越州。《新唐書·食貨志三》：「唐都長安，而關中號稱沃野，然其土地狹，所出不足以給京師，備水旱，故常轉漕東南之粟。」沂：水名，在今山東境。孔子命弟子各言其志，曾皙曰：「莫春者，春服既成，冠者五六人，童子六七人，浴乎沂，風乎舞雩，詠而歸。」得到孔子稱許，見《論語·先進》。

〔一二〕四明：見《景龍四年春祠海》注〔一〇〕。頽齡：晚年。九轉：丹藥。方士鍊丹時藥物發生一次變化爲一轉，金丹以九轉者爲貴。

〔一三〕微尚：微志。交戰：謂内心矛盾。

〔一四〕後凋：《論語·子罕》：「歲寒然後知松柏之後凋也。」東南箭：《爾雅·釋地》：「東南之美者，有會稽之竹箭焉。」

春湖古意〔一〕

院梅發向尺，園鳥復成曲。落日遊南湖，果擲顔如玉〔二〕。含情不得語，轉盼知所屬。惆悵未得歸，寧關須採菉〔三〕。

校記

〔向尺〕《詩淵》二三二八頁作向盡。

〔南湖〕《詩淵》作湖早。

〔果擲〕《詩淵》作正值。

〔轉盼〕《詩淵》作微眄。

〔寧闕〕《詩淵》作寧聞。

〔採菉〕底本作林菉，據《詩淵》改。

注釋

〔一〕古意：謂詩爲擬古之作，有所寄託。當景龍四年春越州作。

〔二〕顔如玉：美人，此指美男子。晉潘岳美姿儀，少時常挾彈出洛陽道，婦人遇之者，皆連手縈繞，投之以果，遂滿車而歸。見《晉書》本傳。

〔三〕菉：草名，古名王芻，俗名菉蓐草。《詩·小雅·采緑》：「終朝采緑，不盈一掬。」小序：「刺怨曠也。」箋：「緑，王芻也。易得之菜也，終朝采之而不滿手。怨曠之深，憂思不專於事。」緑，通菉。

其二

碧水春逶迤，蕩舟桃李枝。珠綺不相襲，鉛華各自宜。好合花日暉，耐使春風吹。調笑路傍子，蹀躞黄金羈〔一〕。

校記

〔其二〕此詩及其三宋集諸本均未收，見《詩淵》二二二八頁。

注釋

〔一〕蹀躞：緩行貌。黃金羈：黃金爲飾的馬籠頭，代指鞍轡華貴的馬。

其三

妾住若耶溪，溪深夜難越〔一〕。妍袂濕香露，春歌遡明月。風新渚蒲暖，氣漸江蘺發。喧玩日更多，愁心安可伐〔二〕。

注釋

〔一〕若耶溪：在越州，見本卷《遊禹穴迴出若耶》注〔一〕。

〔二〕伐：除去。

玩郡齋海榴〔一〕

澤國韶氣早，開簾延霽天〔二〕。野禽宵未囀，山蜚晝仍眠〔三〕。目兹海榴發，列映巖楹前。熠爚禦風静，葳蕤含景鮮〔四〕。清晨綠堪佩，亭午丹欲燃。昔忝金閨籍，嘗見玉池蓮〔五〕。

未若宗族地，更逢榮耀全。南金雖自貴，賀賞詎能遷〔六〕。撫躬萬里絶，豈染一朝妍。徒緣滯遐郡，常是惜流年。越俗鄙章甫，捫心空自憐〔七〕。

校記

〔賀賞〕《文苑英華》卷三二二作貿賞。

〔撫躬句〕《詩淵》二三九一頁作察窮變化瑋。

注釋

〔一〕海榴：石榴，相傳自海外傳入。石榴夏日開花，詩云「滯遐郡」，當景龍四年夏作。

〔二〕澤國：水鄉。韶氣：美好節候。

〔三〕蜚(fěi)：傳説中獸名。《山海經·東山經》：「太山……有獸焉，其狀如牛而白首，一目而蛇尾，其名曰蜚。」

〔四〕熠爚(yì yuè)：光明貌。何晏《景福殿賦》：「光明熠爚。」景：日光。

〔五〕金閨：金馬門，指宮殿，見卷一《憶嵩山陸渾舊宅》注〔一〇〕。籍：門籍。《漢書·元帝紀》注：「籍者，爲二尺竹牒，記其年紀、名字、物色，懸之宮門，案省相應，乃得入也。」謝朓《始出尚書省》：「既通金閨籍，復酌瓊醴筵。」宋之問爲習藝館學士，見「玉池蓮」事，詳見卷五《秋蓮賦》。

〔六〕南金：南方荆、揚二州所産銅，品質精純。此借指海榴，兼以自喻。

〔七〕章甫：殷代緇布冠，爲華夏服飾。《莊子·逍遥游》：「宋人資章甫而適諸越，越人斷髮文身，無所用之。」捫心：以手撫胸，反省之意。

遊稱心寺〔一〕

釋事懷三隱，清襟謁四禪〔二〕。江鳴潮未落，林曉日初懸。寶葉交香雨，金沙吐細泉〔三〕。望諸舟客趣，思發海人煙〔四〕。顧櫪仍留馬，乘杯久棄船〔五〕。未憂龜負嶽，且識鳥耘田〔六〕。理契都無象，心冥不寄筌〔七〕。安期庶可揖，天地得齊年〔八〕。

注釋

〔一〕稱心寺，在越州。《輿地紀勝》卷一〇越州：「稱心寺在會稽縣東北四十五里，在唐爲名山(寺)，與雲門、天衣埒。」詩景龍三或四年越州作。

〔二〕釋事：放下公務。三隱：指隱者。《晉書·周續之傳》：「閑居讀《老》、《易》，入廬山事沙門慧遠。時彭城劉遺民遁跡廬山，陶淵明亦不應徵命，謂之尋陽三隱。」四禪：佛教所説欲、色、無色三界中，色界諸天有四禪天。此指佛寺。

〔三〕金沙：見本卷《遊法華寺》注〔四〕。

〔四〕舟客：疑指乘槎泛海至天河者，見卷一《明河篇》注〔八〕。海人：《南史·夷貊傳下》：「又西南萬里有海人，身黑眼白，裸而醜，其肉美，行者或射而食之。」

〔五〕 櫪：馬槽。乘杯：《高僧傳》卷一〇《杯度傳》：「杯度者，不知姓名，常乘木杯度水，因以爲目。」

〔六〕 嶽：山之高而尊者。《太平御覽》卷九三一引《列子》：「渤海之東有大壑焉，其中有山，無所連著，……帝恐流於西極，失羣聖之居，使巨龜十五舉首而戴之。」龜，今本《列子》作鼇。古代傳説以爲鼇所負爲蓬萊山，此以龜負嶽喻指朝廷巨變事。鳥耘：見《謁禹廟》注〔八〕。

〔七〕 契：合。象：有形可見之物，如文字等。冥：合。筌：魚笱，喻指語言文字等表達思想的工具或手段。《莊子·外物》：「筌者所以在魚，得魚而忘筌。……言者所以在意，得意而忘言。」

〔八〕 安期：仙人名，見本卷《景龍四年春祠海》注〔八〕。

遊稱心寺〔一〕

步陟招提宫，北極山海觀〔二〕。千巖遞縈繞，萬壑殊悠漫。喬木傅夕陽，文軒劃清渙〔三〕。泄雲多表裏，驚潮每昏旦。問予金門客，何事滄洲畔〔四〕？謬以三署資，來刺百城半〔五〕。人隱尚未弭，歲華豈兼玩〔六〕。東山芝桂芳，明發坐盈歎〔七〕。

校記

〔遊稱心寺〕 此詩宋集諸本未收，見《嘉泰會稽志》卷七。

〔傳夕〕《輿地紀勝》卷一〇作傳夕，《全唐詩》卷五三作轉夕。

〔清渙〕《紀勝》作清漢。

〔驚潮〕《會稽志》作驚湖，據《詩淵》三八二三頁改。

注釋

〔一〕此詩及下詩均景龍三至四年越州作，餘見前詩注〔一〕。

〔二〕招提：梵語拓鬬提奢省稱爲拓提，義爲四方，後誤作招提，用作寺院别稱。

〔三〕文軒：施有彩繪雕刻的走廊。

〔四〕金門：見卷一《憶嵩山陸渾舊宅》注〔一〇〕。

〔五〕三署：此當指尚書省、中書省、門下省三大機構。資：資歷。宋之問自尚書考功員外郎貶出，故云「三署資」。百城：許多城邑，指州郡。刺史爲一州之長，長史佐之，通判州事，俗稱「半刺」。

〔六〕人隱：民生疾苦。隱，痛苦。

〔七〕東山：指己之舊居，參見卷一《冬夜寓直麟臺》注〔三〕。盈歎：長歎。

稱心寺〔一〕

征帆恣遠尋，逶迤過稱心。凝滯蘅茝岸，沿洄樝柚林〔二〕。穿溆不厭曲，艤潭唯愛深〔三〕。

爲樂凡幾許，聽取舟中琴。

校記

〔稱心寺〕此詩宋集諸本未收，見《瀛奎律髓》卷四七。

注釋

〔一〕詩景龍三至四年越州作。《全唐詩》卷八七收此詩爲駱賓王詩。陳熙晋《駱臨海集箋註》卷五按云：「此詩見《宋之問集》，今據《全唐詩》補入。」今所見宋集無此詩，未知陳氏所見爲何本，但詩非駱集原有無疑。此詩亦見《詩淵》三八二六頁，所據爲宋之問原集，故當爲宋作。

〔二〕蘅茝：蘅與白芷，兩種香草。樝（zhā）：果名。

〔三〕溆：水邊，此指水流。艤：泊舟靠岸。

江南曲〔一〕

妾住越城南，離居不自堪。採花驚曙鳥，摘葉餧春蠶。懶結茱萸帶，愁安玳瑁簪〔二〕。侍臣消瘦盡，日暮碧江潭〔三〕。

校記

〔江南曲〕《文苑英華》卷二〇一作江南行。

〔侍臣〕《英華》作待君。

〔碧江〕《英華》作緑江。

注釋

〔一〕江南曲：樂府相和歌辭。《樂府詩集》卷二六引《古今樂録》：「相和有十五曲，……三曰《江南》。」據「越城」語及末聯，詩當越州作。

〔二〕茱萸帶：用茱萸錦結成的帶子。茱萸，植物名，錦緞有大茱萸、小茱萸，見《鄴中記》。玳瑁簪：用玳瑁背甲做成的髮簪。

〔三〕消瘦：《楚辭·漁父》：「屈原既放，游于江潭，行吟澤畔，顔色憔悴，形容枯槁。」此借指己之被放逐。

西施浣紗篇〔一〕

西施舊石在，苔蘚日於滋〔二〕。幾處沾粧汙，何年滅履綦〔三〕。岸花羞慢臉，波月斆嚬眉〔四〕。君將花月好，來比浣溪時。

校記

〔西施浣紗篇〕此詩宋集諸本未收，見《詩淵》六三頁。

注釋

〔一〕西施：見卷二《浣紗篇贈陸上人》注。此云「西施舊石」，當亦越州作。

〔二〕西施石在越州若耶溪，見卷二《浣紗篇贈陸上人》注〔六〕。

〔三〕履綦：鞋帶。滅履綦，謂行跡不至。

〔四〕慢：通曼，美麗。敷嘆：見卷二《浣紗篇贈陸上人》注〔五〕。

渡吴江别王長史〔一〕

倚棹望兹川，銷魂獨黯然〔二〕。鄉連江北樹，雲斷日南天〔三〕。劍别龍初没，書成雁不傳〔四〕。離舟意無限，催渡復催年。

校記

〔題〕《吴都文粹》卷二作夜渡吴松江懷古二首其二。

注釋

〔一〕吴江：即吴淞江。《太平寰宇記》卷九一蘇州吴江縣：「吴江本名松江，又名松陵，又名笠澤，其江出太湖。」王長史：當爲蘇州長史，名未詳。詩云「雲斷日南天」，乃自越州長史流欽州途中作。

〔二〕銷魂：此指極度愁苦。江淹《别賦》：「黯然銷魂者，唯别而已矣。」

〔三〕日南：漢郡名，治所在今越南廣治省廣治河與甘露河合流處。景龍四年六月宋之問流欽州，其地與日南相近，故云。

〔四〕劍別事，見《遊禹穴迴出若耶》注〔三〕。雁不傳書，因雁不過五嶺，見卷二《題大庾嶺北驛》注〔二〕。

夜渡吴松江懷古〔一〕

宿帆震澤口，曉渡松江濆〔二〕。棹發魚龍氣，舟衝鴻雁羣。寒潮頓覺滿，暗浦稍將分。氣赤海生日，光清湖起雲。水鄉盡天衛，嘆息爲吴君〔三〕。謀士伏劍死，至今悲所聞〔四〕。

校記

〔棹發〕《吴都文粹》卷五作櫂撥。

〔舟衝〕《吴都》作舟衜。

〔氣赤〕《全唐詩》卷五三作氣出。

〔光清〕《吴都》作光摇。

注釋

〔一〕吴松江，即吴江，參見前詩注〔一〕。詩自越州流欽州途中作。

〔二〕震澤：太湖别名。松江：即吴江。濆：水邊。《元和郡縣圖志》卷二五蘇州吴縣：「太湖在縣西南五十里，《禹貢》謂之震澤。」又：「松江在縣南五十里，經崑山入海。」

〔三〕天衛：天然屏障。吴君：指春秋吴王夫差。初吴王闔廬用伍子胥之謀，西破强楚，北威齊、晉，南服越人，後夫差即位，欲伐齊，子胥諫，不從，夫差賜子胥屬鏤之劍，命自剄死。事見《史記·伍子胥列傳》。

〔四〕謀士：指伍子胥。

宋公宅送寧諫議〔一〕

宋公爰創宅，庾氏更誅茅〔二〕。閒出人三秀，平臨楚四郊〔三〕。漢臣來絳節，荆牧動金鐃〔四〕，樽溢宜城酒，笙裁曲沃匏〔五〕。露荷秋變節，風柳夕鳴梢。一散陽臺雨，方隨越鳥巢〔六〕。

注釋

〔一〕宋公：宋玉，有宅在荆州。杜甫《送李功曹之荆州充鄭侍御判官重贈》：「曾聞宋玉宅，每欲到荆州。」諫議：諫議大夫，正四品下，掌諫諭得失，侍從贊相，左、右各四員，分屬門下省和中書省。寧諫議：寧原悌，名愷，欽州人，玄宗在東宫時，官太子洗馬，景雲元年，在諫議大夫任，先天元年爲嶺南道宣勞使，見《唐會要》卷六八、《册府元龜》卷一六二、卷七一四、岑仲勉《元和姓纂四校記》卷九。詩云「方隨越鳥巢」，當景雲元年秋赴欽州途經荆州（今湖北江陵）作。

〔二〕爰：於焉，於此。庾氏：庾信，其《哀江南賦》云：「誅茅宋玉之宅，穿徑臨江之府。」《渚宫故事》：庾信因侯景亂，自建康遁歸江陵，居宋玉之宅，宅在城北三里。」《楚辭·卜居》：「寧誅鋤茅草以力耕乎？」

〔三〕間出：不世而出。三秀：三次開花，此指優秀人才。阮籍《詠懷》：「三楚多秀士，朝雲進荒淫。」楚：指荆州，楚國郢都所在。

〔四〕使臣：此當指寧原悌，其出使事不詳。絳節：使者所持紅色符節。荆牧：荆州牧，東漢官名，此指荆州長史崔日知，參見本卷《初發荆府贈崔長史》注〔一〕。金鐃：樂器名，此指鼓樂儀仗。

〔五〕宜城：漢縣名，今屬湖北。《太平寰宇記》卷一四五襄州率道縣：「宜城故城，漢縣在今縣南，其地出美酒。」曲沃：春秋晉邑，在今山西聞喜東北。匏（páo）：葫蘆。潘岳《笙賦》：「河汾之寶，有曲沃之懸匏焉。」《古今注》卷下：「匏，瓠也。……有柄者懸瓠，可以爲笙，曲沃者尤善。」

〔六〕陽臺：傳説中臺名。楚懷王夢見婦人，自云爲巫山神女，「旦爲行雲，暮爲行雨，朝朝暮暮，陽臺之下」，見宋玉《高唐賦》。《太平寰宇記》卷一四八夔州巫山縣：「楚宫在縣西北二百步，在陽臺古城内。」謝朓《和劉繪入琵琶峽望積布磯》：「山川隔舊賞，朋僚多雨散。」越鳥：《古詩十九首》：「胡馬依北風，越鳥巢南枝。」

初發荆府贈崔長史〔一〕

□□□□□，□□□□□。仍隨五馬謫，載與兩禽奔〔二〕。明主無由見，羣公莫與言。幸君逢聖日，何惜理虞翻〔三〕。

校記

〔初發荆府贈崔長史〕此詩底本未收，見《宋學士集》卷四。崔字原無，據《詩式》卷四補。

〔首二句〕原缺。祠堂本《曲江集》卷三附此詩，以爲與張九齡唱和之作，首有「三載相孤立，千秋鑑獨存」二句。按張九齡爲相及外放荆州既在開元後期，《千秋金鑑録》又爲後人僞撰（參見《四庫全書總目》卷九五該書提要），知此詩非與張九齡唱和之作，首二句亦後人妄補。

注釋

〔一〕荆府：荆州，龍朔二年昇爲大都督府，督硤、岳、復、郢四州。大都督府長史，正四品下。崔長史：崔日知。《新唐書》本傳：「遷洛州司馬，會譙王重福之變，官司逃，日知獨率吏卒助屯營擊賊，以功加銀青光禄大夫，遷殿中少監，……授荆州長史。四遷京兆尹。」重福之變在景雲元年八月（《舊唐書·睿宗紀》）；崔日知任京兆尹在開元二年（《唐會要》卷六一），其爲荆州長史在景雲中。詩爲流欽州途中作。

〔二〕五馬：樂府《陌上桑》：「使君從南來，五馬立踟蹰。」唐人用爲刺史故事。此疑以五馬指崔長史，謂隨之南來。載：通再。宋之問前已貶瀧州，故云。兩禽：指受傷的驚弓之鳥。曹植《名都篇》：「左挽固右發，一縱兩禽連。」鮑照《觀漏賦》：「昔傷矢之奔禽，聞虚弦之顛仆。」

〔三〕虞翻：見本卷《早發韶州》注〔七〕。此以虞翻徙交州自比。

在荆州重赴嶺南〔一〕

夢澤三秋日，蒼梧一片雲〔二〕。還將鵷鷺羽，重入鷓鴣羣〔三〕。

校記

〔在荆州重赴嶺南〕此詩底本未收，見《宋學士集》卷六。

〔鵷鷺〕二字《宋學士集》缺，《詩式》卷五作鶺鴒，此據《全唐詩》卷五三補。

注釋

〔一〕題云「重赴」，詩亦景雲元年流欽州途中作。詩出《詩式》卷五，當是殘篇。

〔二〕夢澤：雲夢澤，古澤藪名，其地諸説不同，約在今湖南北部，湖北南部。《史記·貨殖列傳》：「江陵故郢都，西通巫、巴，東有雲夢之饒。」蒼梧：見卷二《則天皇后挽歌》注〔三〕。《文選》卷二〇謝朓《新亭渚别范零陵》「雲去蒼梧野」李善注引《歸藏啓筮》：「有白雲出自蒼梧，入於大梁。」此以喻己流放嶺南。

〔三〕鵁鶄：兩種鳥，飛行有序，故以喻朝官班列，此以自指。鷓鴣：南方鳥名。《太平御覽》卷九二四引《異物志》：「鷓鴣其形似雌雞，其志懷南不思北，其名〔自〕呼，飛但南不北。」

謁二妃廟〔一〕

還以金屋貴，留茲寶席尊〔二〕。江梟嘯風雨，山鬼泣朝昏〔三〕。

校記

〔謁二妃廟〕此詩底本未收，見《宋學士集》卷六。

〔還以〕《詩式》卷四作送以。

〔江梟〕《詩式》作江鳶。

〔鬼泣〕《詩式》作鬼哭。

注釋

〔一〕二妃廟：即黄陵廟。《大明一統志》卷六二岳州府：「黄陵廟在瀟湘之尾，洞庭之口，前代立之以祠舜二妃者。唐韓愈有碑。蓋舜南巡，崩葬蒼梧，二妃從之不及，溺死沅湘之間，故人爲立廟。」景雲元年流欽州途中作。詩出《詩式》，當是殘篇。

〔二〕金屋貴：謂貴爲后妃。漢武帝爲太子時，嘗云：「若得阿嬌作婦，當以金屋貯之。」阿嬌，武帝姑館陶長公主女，後爲武帝陳皇后，見《漢武故事》。寶席：猶瑶席，指爲神受祭祀。《楚辭·九歌·東皇太一》：「瑶席兮玉瑱，盍將把兮瓊芳。」

〔三〕《楚辭·九歌》有《山鬼》篇。

晚泊湘江〔一〕

五嶺恓惶客，三湘顦顇顔〔二〕。況復秋雨霽，表裏見衡山。路逐鵬南轉，心依雁北還〔三〕。唯餘望鄉淚，更染竹成班〔四〕。

校記

〔況復二句〕《詩淵》二二二七頁作水通明月峽，塞繞陣雲山。

〔鵬南〕《文苑英華》卷二九〇作江南。

注釋

〔一〕詩景云元年秋流欽州途中作。

〔二〕五嶺：越城、都龐、萌渚、騎田、大庾五嶺合稱，在今湖南、江西與兩廣交界處。恓(xī)惶：惶惶不安貌。三湘：湘水及其支流合稱，諸説不同。顦顇：同憔悴。《楚辭·漁父》：「屈原既放，游於江潭，行吟澤畔，顏色憔悴，形容枯槁。」

〔三〕鵬：見本卷《早發始興江口至虛氏作》注〔三〕。

〔四〕班：通斑。斑竹事見本卷《則天皇后挽歌》注〔三〕。

自衡陽至韶州謁能禪師〔一〕

謫居竄炎壑，孤帆淼不繫〔二〕。別家萬里餘，流目三春際。猿啼山館曉，虹飲江皋霽〔三〕。湘岸竹泉幽，衡峰石囷閉〔四〕。嶺嶂窮攀越，風濤極沿濟。吾師在韶陽，欣此得躬詣〔五〕。洗慮賓空寂，香焚結精誓〔六〕。願以有漏軀，聿薰無生惠〔七〕。物用益沖曠，心源日閑細。伊我獲此途，游道迴晚計〔八〕。宗師信捨法，擯落文史藝〔九〕。坐禪羅浮中，尋異南海裔〔一〇〕。何辭禦魑魅，自可乘炎癘〔一一〕。迴首望舊鄉，雲林浩虧蔽。不作別離苦，歸期多年歲。

校記

〔竄炎〕《文苑英華》卷二一九作窺炎。

〔石囷〕底本作石閣，據《英華》改。

〔韶陽〕底本作衡陽，據《英華》改。

〔香焚〕《英華》作焚香。

〔精晢〕《英華》校集作清晢。
〔聿薰〕《詩式》卷四作幸薰。
〔生惠〕《詩式》作生慧。
〔迴晚〕《英華》作悔晚。
〔南海〕《英華》作窮海。
〔舊鄉〕《詩式》作故鄉。
〔離別〕《詩式》作別離。

注釋

〔一〕衡陽：郡名，今屬湖南。韶州：州治在今廣東韶關。能禪師：慧能，俗姓盧，新州人，師黄梅五祖弘忍，傳其衣缽，後歸嶺南，住韶州廣果寺，武后、中宗朝，詔追赴都，不往，天下傳其道，爲禪宗南宗六祖，延和元年卒。《宋高僧傳》卷八本傳：「朝達名公所重，有若宋之問謁能，著長篇。有若張燕公説寄香十斤并詩，附武平一至，……武公因門人懷讓鑄巨鐘，爲撰銘讚，宋之問書。」按，宋之問神龍元年春貶瀧州乃溯贛水越大庾嶺而至韶州，不當經衡陽，故詩當景雲元年流欽州途中作。參見後《游韶州廣果寺》注〔一〕。詩云「流目三春際」，蓋抵韶州時已爲景雲二年春。

〔二〕炎壑：炎方大壑，謂南海。《禮記·郊特牲》：「水歸其壑。」海爲衆水所歸。淼（miǎo）：水浩大。

不繫：不結纜。賈誼《鵩鳥賦》：「泛乎若不繫之舟。」

〔三〕虹飲：虹下垂若飲於水。《異苑》卷一：「晉義熙初，晉陵薛願有虹飲其釜澳，須臾噏響便竭。」

〔四〕湘：湘江。衡峰：衡山。《水經注·湘水》：「湘水又北逕衡山縣東，山在西南，有三峰：一名紫蓋，一名石囷，一名芙蓉。」

〔五〕韶陽：即韶州，因在韶山之南，故名。躬詣：親謁。

〔六〕洗慮：洗心。賓：賓服，皈依。空寂：謂佛教，以爲色相世界皆是虚妄。精誓：誠誓。

〔七〕有漏軀：有煩惱之身。漏，佛教語，煩惱之異名。《毘婆沙論》：「漏者，是留住義，謂令有情留住欲界、色界、無色界故。」聿：語首助詞。薰：薰修，焚香禮佛以修養身心。無生：見卷二《自洪府舟行直書其事》注〔三〕。

〔八〕伊：語詞。游道：從事道德修養，此指皈依佛教。《漢書·楊惲傳》：「君子游道，樂以忘憂。」

〔九〕宗師：爲人尊崇堪爲師表者，指慧能。捨法：謂領悟佛法真諦。佛以筏喻教法，渡河既了，即當捨筏。《金剛經》：「如來常説：汝等比丘，知我説法如筏喻者。法尚應捨，何況非法。」擯落：擺落。

〔一〇〕羅浮：見卷二《自洪府舟行直書其事》注〔三〕。裔：邊遠之地。

〔一一〕魑魅：見卷二《早發大庾嶺》注〔八〕。乘：戰勝。炎癘：炎熱瘴癘。

遊韶州廣果寺〔一〕

影殿臨丹壑，香臺影翠霞〔二〕。巢飛含象鳥，砌蹋雨空花〔三〕。寶鐸摇初霽，金池映晚沙〔四〕。莫愁歸路遠，門外有三車〔五〕。

校記

〔廣果〕底本作廣界，據《文苑英華》卷二三三改。

注釋

〔一〕廣果寺：今名南華寺，禪宗南宗六祖慧能傳法處。《方輿勝覽》卷三五韶州：「南華寺：梁天監元年，有天竺國僧智藥自西土來，至韶州曹溪，遂開山立石（寺）寶林，今六祖南華寺是也。」《西溪叢語》卷上：「能大師傳法衣處在曹溪寶林寺，……唐中宗改中興寺，神龍中改爲廣果寺。」按《舊唐書·中宗紀》，神龍三年二月，明令禁止中外言「中興」，改中興寺觀爲唐興，廣果寺之命名當在神龍三年後，故詩當景雲二年赴欽州途中作。

〔二〕影殿：供奉神像的殿堂，指佛殿。

〔三〕雨空花：見卷二《九月九日登慈恩寺浮圖應制》注〔三〕。

〔四〕寶鐸：塔殿簷角所懸鈴。

〔五〕三車：羊車、鹿車、牛車。佛教以車乘喻佛法，以三車喻聲聞、緣覺、菩薩三乘，又以火宅喻人世。《法華經·譬喻品》：「譬如長者，有一大宅，忽然火起四面，一時其焰俱熾。是時宅主……諸子等，先因遊戲，來入此室。……長者即便思惟，告諸子等，我有種種珍玩之具，妙寶好車，羊車、鹿車，大牛之車，汝等出來，可以遊戲。諸子聞説如此，即時奔競，馳走而出，到于空地，離諸苦難。」

早發韶州〔一〕

炎徼行應盡，迴瞻鄉路遥。珠厓天外郡，銅柱海南標〔二〕。日夜清明少，春冬霧雨饒。身經火山熱，顔入瘴江消〔三〕。觸影含沙怒，逢人女草摇〔四〕。露濃看茵濕，風颶覺船漂〔五〕。直禦魑魅，寧論鴟與鴞〔六〕。虞翻思報國，許靖願歸朝〔七〕。緑樹秦京道，青雲洛水橋〔八〕。故園長在目，魂去不須招。

校記

〔清明〕《文苑英華》卷二九〇作晴明。

〔春冬〕《英華》作冬春。

〔火山〕底本作大火，據《英華》改。

〔女草〕《英華》作毒草。

〔茵濕〕《英華》作莽濕，《全唐詩》卷五三作菌濕。

〔風颸〕《英華》作風颺。

〔鵋與鴞〕底本作鵝與鶴，《英華》作鵋與鶚，據《全唐詩》卷五三改。

注釋

〔一〕詩云「火山」、「瘴江」，當景雲二年春流欽州途中作。

〔二〕珠厓：郡名，即崖州，治所在今海南海口西南。銅柱：《後漢書·馬援傳》：援征交阯，斬獲五千餘人，嶠南悉平。李賢注引《嶺南記》：「援到交阯，立銅柱，漢之極界也。」

〔三〕火山：《嶺表録異》卷上：「梧州對岸西火山，……其火每三五夜一見于山頂。每至一更初火起，匝其頂如野燒之狀，食頃而息。」瘴江：《太平寰宇記》卷一六九嶺南道太平軍廢廉州：「州界有瘴江，名爲合浦江。」

〔四〕含沙：即蜮，見卷二《早發大庾嶺》注〔六〕。女草：《述異記》卷下：「葳蕤草，一名麗草，又呼爲女草，江浙中呼娃草。」

〔五〕茵：坐褥。颸：大風。《嶺表録異》卷上：「廣州去大海不遠二百里，每年八月，潮水最大，秋中復多颸風。」

〔六〕魑魅：見卷二《早發大庾嶺》注〔八〕。鵋鴞：即鵋梟，皆惡鳥，喻邪惡之人。《漢書·賈誼傳》：「鸞鳳伏竄兮鴟鴞翱翔。」

〔七〕虞翻：三國吴人，性疏直，因酒後語觸怒孫權，徙交州。雖在徙棄，心不忘國，常憂五谿及遼東事，欲諫不敢，作表以示吕岱，爲人所白，復徙蒼梧海陵。見《三國志·吴書·虞翻傳》及注。許靖：字文休，漢末，謀誅董卓不成，南保吴郡會稽，孫策東渡江，走交州以避難。居十年，因人遺書曹操曰：「儻天假其年，人緩其禍，得歸死國家，解逋逃之責，泯軀九泉，將復何恨！」見《三國志·蜀書》本傳。

〔八〕洛水橋：在洛陽，見卷一《花燭行》注〔三〕。

端州别袁侍御〔一〕

合浦塗未極，端溪行暫臨〔二〕。淚來空泣臉，愁至不知心。客醉山月静，猿啼江樹深。明朝共分手，之子愛千金〔三〕。

校記

〔袁侍御〕底本作袁侍郎，《詩式》卷三作王侍御，據改郎字。

注釋

〔一〕端州：州治在今廣東肇慶。侍御：唐人對監察御史、殿中侍御史的稱呼。侍御：原作侍郎。據嚴耕望《唐僕尚丞郎表》，武后、中宗朝無袁姓侍郎，當誤。袁侍御：袁守一，中宗朝官監察御史，以附宗楚客流端州。參見卷七《袁侍御席宴永昌獨孤少府序》注〔一〕。宗楚客景龍四年六月被殺，袁守一流端州當在其時。詩景雲二年流欽州途中作。

〔二〕合浦：漢郡名，治所在今廣西合浦東北。《元和郡縣圖志》卷三八欽州：「漢平南越，置合浦郡，今州即合浦郡之合浦縣地。」端溪：在端州境。《太平寰宇記》卷一五九端州：「取界内端溪爲名。」

〔三〕千金：千金之軀。參見卷二《自洪府舟行直書其事》注〔四〕。

發端州初入西江〔一〕

問我將何去，清晨泝越溪〔二〕。翠微懸宿雨，丹壑飲晴霓。樹影稍雲密，藤陰覆水低。潮回出浦駛，洲轉望鄉迷。人意長懷北，舟行日向西。破顔看鵲喜，拭淚聽猿啼〔三〕。骨肉初分愛，親朋忽解攜〔四〕。路遥魂欲斷，身辱理能齊。疇日三山意，于兹萬緒睽〔五〕。金陵有仙館，即事尋丹梯〔六〕。

校記

〔稍雲〕《全唐詩》卷五三作捎雲。

〔藤陰〕《文苑英華》卷二九〇作藤輪。

〔江行〕《英華》作車行。

注釋

〔一〕西江：珠江幹流。《元和郡縣圖志》卷三四端州端溪縣：「西江水，經縣南，去縣五十二步。」由端州赴瀧州當轉入羅定江南行，此詩云「舟行日向西」，當景雲二年流欽州途中作。

〔二〕越溪：泛指嶺南江水。嶺南古百越之地。

〔三〕破顔：笑。鵲喜：《西京雜記》卷三：「乾鵲噪而行人至，蜘蛛集而百事喜。」猿啼：《水經注·江水》：「巴東三峽巫峽長，猿鳴三聲淚沾裳。」

〔四〕解攜：離别。

〔五〕三山意：求仙學道之意，參見卷一《三陽宫石淙侍宴應制》注〔三〕。萬緒：猶萬事。睽：睽違，乖忤。

〔六〕金陵：今江蘇南京，唐人詩文中或指今鎮江。之問赴欽州，與二地無涉，疑字誤。丹梯：山。謝朓《敬亭山》：「要欲追奇趣，即此陵丹梯。」

發藤州〔一〕

朝夕苦遄征，孤魂長自驚〔二〕。泛舟依雁渚，投館聽猿鳴。石髮緣溪蔓，林衣掃地輕〔三〕。

雲峰刻不似，苔蘚畫難成。露裛千花氣，泉和萬籟聲。攀幽紅處歇，躋險緑中行。戀切芝蘭砌，悲纏松柏塋〔四〕。丹心江北死，白髮嶺南生。魑魅天邊國，窮愁海上城。勞歌意無限，今日爲誰明〔五〕？

校記

〔雁渚〕《文苑英華》卷二九〇作島泊。

〔掃地〕《英華》作拂地。

〔苔蘚〕《英華》作苔壁。

〔戀切〕《英華》作戀結。

〔上城〕《英華》作外情。

注釋

〔一〕藤州：州治在今廣西藤縣。詩景雲二年赴欽州道中作。

〔二〕遄征：急行。

〔三〕石髮：水邊石上苔藻。《初學記》卷二七引《風土記》：「石髮，水苔也，青緑色，皆生於石也。」林衣：樹的枝葉。

〔四〕芝蘭砌：指家族聚居的故里。《世説新語·言語》：謝安嘗問諸子侄：「子弟亦何預人事，而正欲使其佳？」謝玄答曰：「譬如芝蘭玉樹，欲使其生於階庭耳。」塋：墓地，古時多植松柏。

〔五〕勞歌：勞者之歌。《公羊傳·宣公十五年》何休注：「飢者歌其食，勞者歌其事。」

高山引〔一〕

攀雲窈窕兮上躋懸峰，長路浩浩兮此去何從。水一曲兮腸一曲，山一重兮悲一重。松檟渺已遠，友于何日逢〔三〕。況滿室兮童稚，攢衆慮於心胸。天高難訴兮遠負明德，却望咸京兮揮涕龍鍾〔三〕。

校記

〔悲一〕《文苑英華》卷三四二作愁一。

注釋

〔一〕引：琴曲名。詩云「咸京」當爲流欽州時作。

〔二〕松檟（jiǎ）：均木名，可製棺木，此以代指先人墓園。友于：兄弟。《書·君陳》：「惟孝友于兄弟。」後人割裂用之，以友于代兄弟。

〔三〕咸京：秦都咸陽，此指長安。龍鍾：沾濕貌。

桂州陪王都督晦日宴逍遥樓〔一〕

晦節高樓望，山川一半春。意隨蓂葉盡，愁共柳條新〔二〕。投刺登龍日，開懷納鳥晨〔三〕。

兀然心似醉，不覺有吾身。

校記

〔桂州陪王都督晦日宴逍遥樓〕此詩宋集諸本未收，見《古今歲時雜詠》卷九。

注釋

〔一〕桂州：州治在今廣西桂林。都督：都督府長官，桂州時爲下都督府，見《舊唐書·地理志四》。王都督：王晙，滄州景城人，徙家洛陽，明經擢第，歷殿中侍御史、渭南令、桂州都督、鴻臚卿、朔方軍大總管、安北都護，開元中，累遷户部尚書，朔方軍節度使，卒年七十餘，《舊唐書》卷九三、《新唐書》卷一一一有傳。《新唐書》本傳：「景龍末，授桂州都督。」《全唐詩》卷七九五載此詩首二句爲王俊《桂林逍遥樓》句，雖誤，但可證知王都督爲王晙。晦日：農曆每月最後一日，此指正月晦日，中唐以前爲三令節之一。《太平寰宇記》卷一六二桂州臨桂縣：「逍遥樓在州城東角上，輕盈重疊，俯視山川。宋考功陪王都督登樓詩云『晦日登樓望，江山一半天』，即此也。」詩當太極元年正月作。

〔二〕蕢葉：見卷一《上陽宮侍宴應制得林字》注〔三〕。

〔三〕投刺：投遞名帖求見。登龍：《後漢書·李膺傳》：「膺獨持風裁，以聲名自高，士有被其容接者，名爲登龍門。」注：「以魚爲喻也。龍門，河水所下之口，在今絳州龍門縣，辛氏《三秦記》曰『河津一名龍門，水險不通，魚鼈之屬莫能上，江海大魚薄集龍門下數千，不得上，上則爲龍』也。」鳥：謂窮鳥，喻處境窘迫走投無路者。《三國志·魏書·邴原傳》注引《魏氏春秋》：「（劉）政投原曰：『窮鳥入懷。』原曰：『安知斯懷之可入邪？』」

登逍遥樓〔一〕

逍遥樓上望鄉關，緑水泓澄雲霧間。北去衡陽二千里，無因雁足繫書還〔二〕。

校記

〔緑水〕《萬首唐人絶句》卷五四作渌水。

注釋

〔一〕逍遥樓：見前詩。詩亦桂州作，附此。

〔二〕《輿地紀勝》卷五五衡州：「回雁峰，在州城南，或曰雁不過衡陽，或曰峰勢如雁之回。」蘇武使匈奴，匈奴囚之於北海，詭言其已死。後漢使至匈奴，常惠夜見之，教使者謂單于，言「天子射上林中，得雁，足有係帛書，言武等在某澤中」。使者如惠言以責單于，單于驚，武乃得還。事見《漢書·蘇武傳》。此言己尚在衡陽之南，無雁傳書。

桂州三月三日〔一〕

代業京華裏，遠投魑魅鄉〔二〕。登高望不見，雲海四茫茫。伊昔承休盼，曾爲人所羨。兩朝賜顔色，二紀陪游宴〔三〕。昆明御宿侍龍媒，伊闕天泉復幾迴〔四〕。西夏黄河水心劍，東周清洛羽觴杯〔五〕。苑中落花掃還合，河畔垂楊撥不開。千春獻壽多行樂，柏梁和歌攀睿作〔六〕。賜金分帛駐光輝，風舉雲遥入紫微。晨趨北闕嗚珂至，夜出南宫把燭歸〔七〕。載筆儒林多歲月，襆被文昌佐吴越〔八〕。越中山海高且深，興來無處不登臨。永和九年刺海郡，暮春三月醉山陰〔九〕。愚謂嬉遊長似昔，不言流寓欻成今。始安繁華舊風俗，帳飲傾城沸江曲〔一〇〕。主人絲管清且悲，客子肝腸斷還續。荔浦蘅皋萬里餘，洛陽音信絶能疏〔一一〕。故園今日應愁思，曲水何能更祓除〔一二〕。作伴誰憐合浦葉，思歸豈食桂江魚〔一三〕。不求漢使金囊贈，願得佳人錦字書〔一四〕。

校記

〔題〕《搜玉小集》作桂陽三日述懷。

〔不見〕《搜玉》作不極。
〔雲海〕《文苑英華》卷一五七作涉海。
〔休盼〕底本作休盻，《古今歲時雜詠》卷一六作休眄，據《英華》改。
〔曾爲〕《搜玉》作常爲。
〔兩朝〕《英華》作兩宫。
〔游宴〕《搜玉》作歡宴。
〔獻壽〕《搜玉》作萬壽。
〔駐光〕《搜玉》作奉恩。
〔鳴珂至〕《搜玉》作朝天去。
〔襆被〕底本作僕被，據《搜玉》改。
〔刺海〕《搜玉》作佐海。
〔帳飲〕底本作悵飲，據《搜玉》改。
〔作伴〕《搜玉》作逐伴。
〔豈食〕《搜玉》作不食。
〔佳人〕《搜玉》作家人。

注釋

〔一〕桂州：今廣西桂林。三月三日：唐時爲上巳節。詩太極元年作。

〔二〕代業：世業。唐避太宗李世民諱改世爲代。魑魅鄉：指極邊荒凉之地，參見卷二《早發大庾嶺》注〔八〕。

〔三〕兩朝：謂武后、中宗兩朝。二紀：二十四年。自武后天授元年（六九〇）至太極元年（七一二）已二十三年。

〔四〕昆明：昆明池，見卷二《奉和晦日幸昆明池應制》注〔一〕。御宿：御宿川。《元和郡縣圖志》卷一京兆府萬年縣：「御宿川，在縣南三十七里。漢爲離宫别館，禁禦人不得往來游觀止宿其中，故曰御宿。」龍媒：駿馬，代指皇帝車駕。《漢書·禮樂志二》：「天馬徠，龍之媒。」伊闕：即龍門，見卷一《龍門應制》注〔一〕。

〔五〕西夏：華夏中原的西部。東周：指東周都城洛陽。羽觴：帶有耳子的酒杯。《晉書·束晳傳》：晉武帝問三日曲水之義，晳對曰：「昔周公成洛邑，因流水以泛酒，故逸詩云：『羽觴隨波。』又秦昭王以三日置酒河曲，見金人捧水心之劍，曰：『令君制有西夏。』乃霸諸侯，因此立爲曲水。二漢相緣，皆爲盛集。」

〔六〕柏梁：見卷二《十月誕辰内殿宴羣臣效柏梁體聯句》注〔一〕。睿作：對帝王詩文的美稱。

〔七〕北闕：西漢長安闕名。《三輔黄圖》卷二「北闕」注：「未央宫殿雖南向，而上書奏事謁見之徒皆在北闕焉，是則以北闕爲正門。」此代指宫殿。南宫：尚書省，東漢鄭弘爲尚書令，取尚書省故事爲《南宫故事》一書。宋之問曾爲尚書考功員外郎。

〔八〕儒林：著述之林，指修文館等。襆被：以包袱包裹衣被。文昌：尚書省，武后光宅元年曾改尚書省爲文昌臺。吴越：春秋二國名，此指越州。《晉書·魏舒傳》：「入爲尚書郎，時欲沙汰郎官，非其才者罷之。舒曰：『吾即其人也，襆被而出。』」宋之問自考功員外郎貶越州長史，參見《簡譜》。

〔九〕永和：晉穆帝年號（三四五——三五六）。海郡：指會稽郡。山陰：會稽屬縣，今浙江紹興。《晉書·王羲之傳》：「嘗與同志宴集於會稽山陰之蘭亭，羲之自爲之序以申其志曰：『永和九年，歲在癸丑，暮春之初，會于會稽山陰之蘭亭，修褉事也。』」

〔一〇〕始安：郡名，即桂州。《元和郡縣圖志》卷三七桂州：「今州即零陵郡之始安縣也，吴歸命侯甘露元年於此置始安郡，屬荆州。」帳飲：郊野設帳幕飲宴。

〔一一〕荔浦：桂州屬縣，今屬廣西。蘅皐：指草地。蘅，香草。曹植《洛神賦》：「税駕乎蘅皐，秣駟乎芝田。」

〔一二〕曲水：古人於三月上巳，洗濯、飲宴水濱，以祓除不祥，稱其水爲曲水，無固定地點。此當兼指長安之曲江。

〔一三〕合浦：郡名，治所在今廣東合浦東北。桂江：灕江别名。《南方草木狀》卷中：「杉，一名披粘。合浦東二百里有杉一樹，漢安帝永初五年春，葉落隨風飄入洛陽城，其葉大常杉數十倍。術士廉盛曰：『合浦東杉葉也。此休徵，當出王者。』帝遣使驗之，信然，乃以千人伐樹。」桂江：即灕江。孫皓自建業遷都武昌，百姓泝流供給，以爲苦患，童謡云：「寧飲建業水，不食武昌魚。」見《三國志·吴書·陸凱傳》。

〔一四〕漢使：謂陸賈，奉使南越，南越王尉佗賜賈槖中裝直千金，它送亦千金，賈卒拜佗爲南越王，令稱臣奉漢約，見《漢書·陸賈傳》。錦字書：織字錦上爲書。《晋書·竇滔妻蘇氏傳》：「名蕙，字若蘭。善屬文。滔苻堅時爲秦州刺史，被徙流沙，蘇氏思之織錦爲迴文旋圖詩以贈滔，宛轉循環以讀之，詞甚悽惋。」

始安秋日〔一〕

桂林風景異，秋似洛陽春。晚霽江天好，分明愁殺人。卷雲山觸觸，碎石水磷磷〔二〕。世業事黄老，妙年孤隱淪。歸歟卧滄海，何物貴吾身。

注釋

〔一〕始安：郡名，即桂州，見《桂州三月三日》注〔一〇〕。詩延和元年秋作。

〔二〕觿(jī)觿：獸角多貌。《詩·小雅·斯干》：「爾羊來思，其角濈濈。」濈，通觿。磷磷：水石明净貌。劉楨《贈從弟》：「汎汎東流水，磷磷水中石。」

桂州黃潭舜祠〔一〕

虞世巡百越，相傳葬九疑〔二〕。精靈遊此地，祠樹日光輝。禋祭忽羣望，丹青圖二妃〔三〕。神來獸率舞，仙去鳳還飛〔四〕。日暝山氣落，江空潭靄微。帝鄉三萬里，乘彼白雲歸〔五〕。

校記

〔虞世〕《粵西詩載》卷二作虞帝。

〔此地〕底本作北地，據《全唐詩》卷五三改。

〔祠樹〕張本作祠宇。

注釋

〔一〕黃潭：即皇潭。《太平寰宇記》卷一六二桂州臨桂縣：「舜廟，虞山之下是舜祠設廟之處，有潭，號曰皇潭，言舜南巡遊其潭，因名。」詩先天元年桂州作。

〔二〕百越、九疑：見卷二《自洪府舟行直書其事》注〔二〕。

〔三〕禋(yīn)：祭名，燒柴，上加牲體、玉帛以祭天。《周禮·春官·大宗伯》：「以禋祀祀昊天上帝。」羣望：指羣山。望，祭祀山川，遥望而祭。二妃：指娥皇、女英，見卷二《則天皇后挽歌》注〔三〕。

〔四〕率舞：相率而舞。相傳舜用賢臣二十二人，各司其職，天下大治，鳳皇來翔；其中夔典音樂，夔曰：「於予擊石拊石，百獸率舞。」見《書·舜典》、《史記·五帝本紀》。

〔五〕帝鄉：神話中天帝所居，此指京師。《莊子·天地》：「千歲厭世，去而上僊，乘彼白雲，至于帝鄉。」

下桂江龍目灘〔一〕

停午出灘險，輕舟容曳前〔二〕。峰攢入雲樹，崖噴落江泉。巨石潛山怪，深篁隱洞仙〔三〕。鳥遊溪寂寂，猿嘯嶺娟娟。揮袂日凡幾，我行途已千。暝投蒼梧郡，愁枕白雲眠〔四〕。

校記

〔容曳〕底本作容易，據《文苑英華》卷二九〇改。

注釋

〔一〕桂江：灕江別名。《元和郡縣圖志》卷三七桂州臨桂縣：「桂江，一名灕水，經縣東，去縣十步。」龍目灘：桂江中灘名，地未詳。詩先天元年自桂州赴梧州途中作。

〔二〕停午：正午。容曳：舟行輕快貌。謝偃《明河賦》：「度龍駕而容曳。」

〔三〕洞仙：洞府仙真。

〔四〕蒼梧郡：漢郡名，唐時爲梧州，今屬廣西。《輿地紀勝》卷一〇八梧州：桂江在子城西五十步，合大江，東入海。參見本卷《在荆州重赴嶺南》注〔二〕。

下桂江縣黎壁〔一〕

放溜覿前溆，連山紛上干〔二〕。江回雲壁轉，天小霧峰攢。吼沫跳急浪，合流環峻灘。欹離出漩劃，繚繞避渦盤〔三〕。舟子怯桂水，最云斯路難。吾生抱忠信，吟嘯自安閑〔四〕。且別已千歲，夜愁勞萬端。企予見夜月，委曲破林巒〔五〕。潭曠竹煙盡，洲香橘露團。豈傲夙所好，對之與俱歡。思君罷琴酌，泣此夜漫漫。

校記

〔黎壁〕底本作黎璧，據《文苑英華》卷二九〇改。

〔紛上〕底本作分上，據《英華》改。

〔天小〕《英華》作天少。

〔吾生〕《英華》作吾死。

〔千歲〕《英華》作千載。

注釋

〔一〕縣（xuán）黎：美玉名，見《史記·范雎列傳》。縣黎壁：當是江岸畔石壁，以石質晶瑩如縣黎得名。《太平寰宇記》卷一六三昭州平樂縣：「平樂江在縣東八十里，江中有懸藤灘、犁壁湍。」平樂江注入桂水。李商隱《送鄭大台文南覲》：「黎辟灘聲五月寒。」鄭畋（台文）時赴桂州覲省其父鄭亞。詩亦自桂州赴梧州途中作，參見前詩。

〔二〕溜：急流。前溆：前浦。溆，水邊。

〔三〕欹離：傾側。漩劃、渦盤：急流漩渦。

〔四〕忠信：《論語·衛靈公》：「子張問行，子曰：『言忠信，行篤敬，雖蠻貊之邦，行矣。』」

〔五〕企：跂脚。委曲：輾轉曲折。

經梧州〔一〕

南國無霜霰，連年見物華。青林暗換葉，紅蕊續開花。春去聞山鳥，秋來見海槎〔二〕。流芳雖可悦，會自泣長沙〔三〕。

校記

〔題〕《詩式》卷四作經梧州陳司馬山齋。

〔見物〕《文苑英華》卷三一七作對物。
〔續開〕《英華》作亦開。
〔春去〕《詩式》作春至。
〔聞山〕《英華》作無山。
〔可悦〕《又玄集》卷上作可翫。

注釋

〔一〕梧州：州治在蒼梧縣，即今廣西梧州。詩云「連年」，當先天元年在嶺南往返欽、桂、廣諸州間時經梧州作。此詩《文苑英華》卷三一七、《全唐詩》卷一六〇重收作孟浩然詩，然宋刻蜀本《孟浩然詩集》不載。且《詩式》卷四、《又玄集》卷上、《文苑英華》卷二九〇及《永樂大典》、《詩淵》等均收爲宋之問詩，孟浩然生平無貶嶺南之經歷，詩爲宋之問作無疑。
〔二〕海槎：見卷一《明河篇》注〔八〕。
〔三〕長沙：見卷二《度大庾嶺》注〔四〕。

廣州朱長史宅觀妓〔一〕

歌舞須連夜，神仙莫放歸〔二〕。參差隨暮雨，前路濕人衣。

校記

〔廣州朱長史宅觀妓〕此詩底本未收，見《宋學士集》卷六。

注釋

〔一〕廣州：今屬廣東。長史：州府上佐。廣州時爲大都督府，長史一人，從三品。朱長史：朱齊之，字思賢，吴郡人，歷宋州虞城尉、廣州録事參軍、左臺監察御史、湖州武源令、桂州司馬、廣州都督府長史，開元二年六月卒于廣州官舍，見《唐代墓誌彙編·唐故通議大夫行廣州都督府長史上柱國朱府君墓誌銘并序》。據誌，朱齊之「清樽常滿，每招文學之賓；芳林晝閑，時悦季倫之妓」，當即詩中朱長史無疑。詩似爲殘篇。按宋之問流欽州後既可赴桂州投王晙，陪游宴，當亦可能赴廣州投朱齊之，陪觀妓，而神龍初、景龍末之問流貶赴瀧、欽二州時，程限迫促，「朝夕苦遄征」，實無陪觀妓樂及數登粵王臺之可能，且朱齊之開元二年卒廣州長史任，神龍、景龍中恐尚未莅廣州任。故此詩及後詩當先天元年作。宋之問似於沿桂江南下後經梧州，復沿西江至廣州。

〔二〕神仙：指歌舞妓。

登粵王臺〔一〕

江上粵王臺，登高望幾回。南溟天外合，北户日邊開〔二〕。地濕煙常起，山晴雨半來。冬花採盧橘，夏果摘楊梅〔三〕。跡類虞翻枉，人非賈誼才〔四〕。歸心不可度，白髮重相催。

校記

〔粵王〕《搜玉小集》作越王，下同。

〔晴雨〕敦煌遺書伯三六一九作青霧。

〔採盧〕《搜玉》作掃盧。

〔可度〕底本作可見，《搜玉》作可度，《文苑英華》卷三一三校集作可度，據改。

注釋

〔一〕粵王臺：即越王臺，相傳爲南越王趙佗所建。《輿地紀勝》卷八九廣州：「越王臺，在州北悟性寺。唐庚記云：『臺據北山，南臨小溪，横浦、牂牁之水，輻輳於其下，顧瞻則越中諸山不召而自至，却立延望，則海外諸國蓋可髣髴於溟濛杳靄之間。』」詩先天元年廣州作。

〔二〕北户：朝北開的門。《文選》卷五左思《吴都賦》：「開北户以向日，齊南冥於幽都。」劉逵注：「日南人北户，猶日北人南户也。」

〔三〕盧橘：金橘。盧，黑色。盧橘初生時黑色，熟則金黄。

〔四〕虞翻：《三國志·吴書·虞翻傳》：「翻性疏直，數有酒失。（孫）權與張昭論及神仙，翻指昭曰：『彼皆死人，而語神仙，世豈有仙人耶！』權積怒非一，遂徙翻交州。」參見前《早發韶州》注〔七〕。賈誼才：《史記·賈生列傳》：「賈生名誼，雒陽人也。年十八，以能誦詩屬書聞於郡中。……文帝召以爲博士。是時賈生年二十餘，最爲少，每詔令議下，諸老先生不能言，賈生盡爲之對，人人各如其意所欲出。」參見卷二《度大庾嶺》注〔四〕。

早入清遠峽〔一〕

傳聞峽山好，旭日棹前沂〔二〕。雨色摇丹嶂，泉聲聒翠微。兩岩天作帶，萬壑樹披衣。秋橘迎霜序，春藤礙日輝。翳潭花似織，緣嶺竹成圍。寂歷環沙浦，葱蘢轉石圻〔三〕。露餘江未熱，風落瘴初稀。猿飲排虚上，禽驚掠水飛。榜童夷唱合，樵女越吟歸〔四〕。良候斯爲美，邊愁自有違。誰言望鄉國，流涕失芳菲。

校記

〔早入清遠峽〕《文苑英華》卷二九〇作下桂江龍目灘二首（其二）。

〔誰言〕《分門纂類唐歌詩·天地山川類二二》作誰憐。

注釋

〔一〕清遠峽：即北江中宿峽。在今廣東清遠境。《太平寰宇記》卷一五七廣州：「觀亭山，一名觀硤山，一名中宿峽，在清遠縣東三十五里。」宋之問先天元年曾至桂州、廣州，此詩及後詩憂而不傷，悲而不苦，與貶流瀧、欽二州途中詩有別，當先天中往返桂、廣二州時作。

〔二〕沂：水名，此泛指江流。

〔三〕寂歷：空曠貌。圻(qí)：石岸。

〔四〕榜童：划船少年。

宿清遠峽山寺〔一〕

香岫懸金剎，飛泉界石門。空山唯習静，中夜寂無喧，説法初聞鳥，看心欲定猿〔二〕。寥寥隔塵事，何異武陵源〔三〕。

校記

〔塵事〕《全唐詩》卷五二作塵市。

注釋

〔一〕峽山寺：當即廣慶寺。《輿地紀勝》卷八九廣州：「峽山，在清遠縣東三十里，崇山峻峙，如擘太華，中通江流。廣慶寺居峽山之中，有殿甚古，梁武帝時物也。」

〔二〕説法：《釋氏六帖》卷二三引《正法念經》：「夜摩天中，鸚鵡説法，化導諸天。」《維摩詰經·香積佛品》：「以難化之人，心如猿猴，故以若干種法制御其心，乃可調伏。」

〔三〕武陵源：即桃花源。武陵，郡名，今湖南常德。晋太元中，武陵漁人遇桃花林，甚異之，欲窮其林，遂入桃花源，其中人語云，先世避秦時亂來此，遂與外人間隔。見陶潛《桃花源記》。

憶雲門〔一〕

樹間煙不破，谿静鷺忘飛。更愛幽奇處，斜陽黯翠微。

校記

〔憶雲門〕此詩宋集諸本未收，見《會稽掇英總集》卷六。

注釋

〔一〕雲門：越州寺名，見卷三《游雲門寺》。此云「憶」，當景雲元年自越州貶欽州後作。

江行見鸕鷀〔一〕

江畔鸕鷀鳥，迎霜處處飛。北看疑是雁，南客更思歸。嶺上行人絶，關中音信稀。故園今夜裏，應爲擣寒衣。

校記

〔江行見鸕鷀〕此詩宋集諸本未收，見《詩淵》二八二七頁。

注釋

〔一〕鸕鷀：水鳥，能捕魚。此詩及下詩均當景雲中貶欽州後作。

過蠻洞〔一〕

越嶺千重合，蠻溪十里斜。竹迷樵子徑，萍匝釣人家。林暗交楓葉，園香覆橘花。誰憐在荒外，孤賞足雲霞。

校記

〔千重〕底本作千里，據《搜玉小集》改。

注釋

〔一〕蠻洞：又作蠻峒，南方少數民族聚居之所。

宋之問集校注卷四

詩（不編年）

初到陸渾山莊〔一〕

授衣感窮節，策馬凌伊關〔二〕。歸齊逸人趣，日覺秋琴閒。寒露衰北阜，夕陽破東山。浩歌步岑樾，棲鳥隨我還〔三〕。

校記

〔初到〕《文苑英華》卷一三九作初至。

〔岑樾〕《英華》作榛樾。

注釋

〔一〕陸渾：山名，見卷一《憶嵩山陸渾舊宅》注〔一〕。宋之問多次歸陸渾莊，此及後數詩，似均作於陸渾，年代未詳。

〔二〕授衣：授人以衣，使禦寒。窮節：指暮秋九月。《詩·豳風·七月》：「七月流火，九月授衣。」伊闕：即伊闕關。《元和郡縣圖志》卷五河南府伊闕縣：「伊闕故關，在縣北四十五里。」

〔三〕岑：小而高的山。樾（yuè）：樹間隙地。

夜飲東亭〔一〕

春水鳴大壑，皓月吐層岑。岑壑景色佳，慰我遠遊心。暗芳足幽氣，驚栖多衆音。高興南山曲，長謠横素琴〔二〕。

校記

〔春水〕《文苑英華》卷二一四校集作春泉。

〔暗芳〕《英華》作聞芳。

〔驚栖〕《英華》校集作驚嘶。

〔山曲〕《英華》作山吟。

注釋

〔一〕東亭：未詳，疑在嵩山或陸渾。

〔二〕南山：即終南山。秦漢之際，東園公等四皓隱居南山，作《採芝操》云：「曄曄紫芝，可以療飢。唐虞往矣，吾當安歸。」見《樂府詩集》卷五八。

題張老松樹

歲晚東岩下，周顧何悽惻。日落西山陰，衆草起寒色。中有喬松樹，使我長嘆息。百尺無寸枝，一生自孤直〔一〕。

校記

〔張老〕《唐文粹》卷一七上作老張，《唐詩品彙》卷二一無張字。

注釋

〔一〕百尺：指松。左思《詠史》：「鬱鬱澗底松，離離山上苗。以彼徑寸莖，蔭此百尺條。」鮑照《擬行路難》：「自古聖賢盡貧賤，何況我輩孤且直。」

雨從箕山來〔一〕

雨從箕山來，倏與飄風度。晴明西峰日，緑縟南溪樹〔二〕。此時客精廬，幸蒙真僧顧〔三〕。深入清净理，妙斷往來趣。意得兩契如，言盡共忘諭〔四〕。觀花寂不動，聞鳥懸可悟。向夕聞天香，淹留不能去。

校記

〔西峰〕《文苑英華》卷一五三作西風。

〔淹留〕《英華》作留戀。

注釋

〔一〕箕山：在今河南登封東南。《史記·伯夷列傳》：「太史公曰：余登箕山，其上蓋有許由冢云。」正義：「皇甫謐《高士傳》云：『許由字武仲，堯聞致天下而讓焉，乃退而遁於中嶽潁水之陽、箕山之下隱。……許由歿，葬此山，亦名許由山。』在洛州陽城縣南十三里。」

〔二〕縟：繁茂。

〔三〕精廬：精舍，指佛寺。真僧：高僧。

〔四〕契如：契合無間貌。諭：比喻。佛經多以比喻譬說佛法，稱爲喻筏，既知佛理，當捨喻筏。《莊子·外物》：「言者所以在意，得意而忘言。」

洞庭湖〔一〕

地盡天水合，朝及洞庭湖。初日當中涌，莫辨東西隅〔二〕。晶耀目何在，瀅熒心欲無〔三〕。

靈光宴海若，游氣耿天吴〔四〕。張樂軒皇至，征苗夏禹徂〔五〕。楚臣悲落葉，堯女泣蒼梧〔六〕。野積九江潤，山通五嶽圖〔七〕。風恬魚自躍，雲夕雁相呼。獨此臨泛漾，浩將人代殊〔八〕。永言洗紛濁，卒歲爲清娱〔九〕。要使功成退，徒勞越大夫〔一〇〕。

校記

〔目何〕《文苑英華》卷一六三作因何。

〔天吴〕《英華》作天樞。

注釋

〔一〕洞庭湖：在今湘、鄂二省交界處。宋之問神龍中自瀧州歸及景雲中貶欽州，均經此，但詩無遷謫意，似武后朝所作。

〔二〕隅：角落，此指方向。《水經注·湘水》：「(洞庭)湖水廣圓五百餘里，日月若出没于其中。」

〔三〕目何在：謂眩目。瀅(yíng)熒：即瀅瀯，水流迴旋貌。心欲無：謂意奪神駭。

〔四〕晏：盛貌。海若：海神，見《莊子·秋水》。耿：光明。《山海經·海外東經》：「朝陽之谷，神曰天吴，是爲水伯。」

〔五〕軒皇：黄帝軒轅氏。《莊子·天運》：「北門成問於黄帝曰：『帝張咸池之樂於洞庭之野，吾始聞之懼，復聞之怠，卒聞之而惑，蕩蕩默默，乃不自得……』」苗：三苗，古部族名。徂：往。《書·大禹謨》：「帝曰：『咨禹，惟時有苗弗率，汝徂征。』」《史記·五帝本紀》集解引吴起曰：「三苗之國，左洞庭而右彭蠡。」

〔六〕楚臣：指屈原，其所作《九歌·湘夫人》云：「嫋嫋兮秋風，洞庭波兮木葉下。」堯女：見卷二《則天皇后挽歌》注〔三〕。

〔七〕九江：長江水系的九條河流，各説不同。《書·禹貢》：「九江孔殷。」潤：指雨水。五嶽：東嶽泰山、西嶽華山、南嶽衡山、北嶽恒山、中嶽嵩山的合稱。圖：版圖，此言洞庭湖周圍的山與五嶽相連。

〔八〕泛漾：水波流蕩。將：與。人代：人世，避唐太宗李世民諱改。

〔九〕紛濁：塵埃圬垢。卒歲：終年。

〔一〇〕越大夫：春秋越國大夫范蠡。越王句踐困於會稽，後用范蠡之計，雪會稽之恥，滅吴，霸中國。范蠡功成之後，乘扁舟浮于江湖，見《史記·貨殖列傳》。

息夫人〔一〕

可憐楚破息，腸斷息夫人。仍爲泉下骨，不作楚王嬪。楚王寵莫盛，息君情更親。情親怨生別，一朝俱殺身。

注釋

〔一〕息：春秋諸侯國名，在今河南新息，爲楚所滅。《列女傳》卷四：「夫人者，息君之夫人也。楚伐息，破之，虜其君，使守門，將妻其夫人而納之于宫。楚王出游，夫人遂出見息君，謂之曰：『人生要一死而已，何至自苦，妾無須臾而忘君也，終不以身更貳醮，生離于地上，豈如死歸于地下哉！』……遂自殺。息君亦自殺，同日俱死。」按《左傳·莊公十四年》載：楚子滅息，以息嬀歸，生堵敖及成王，但始終不與楚王言，謂「吾一婦人而事二夫，縱弗能死，其又奚言！」詩全用《列女傳》之説。

送武進鄭明府〔一〕

弦歌試宰日，城闕賞心違〔二〕。北謝蒼龍去，南隨黄鵠飛〔三〕。夏雲海中出，吴山江上微。甿歌豈云遠，從此慶緇衣〔四〕。

校記

〔甿歌〕《文苑英華》卷二六七作甿謡。

注釋

〔一〕武進：常州屬縣，今屬江蘇。鄭明府：鄭姓武進縣令，名未詳。《全唐詩》卷一〇七重收此詩爲徐堅詩。按《永樂大典》卷一一〇〇〇亦收此爲宋之問詩。蓋《文苑英華》卷二六七徐堅《餞許州宋司馬赴任》詩後收薛稷、宋之問同題詩二首，脱去二人名，其後又收宋之問詩十一首，此詩在其中，均署前人，遂承前誤爲徐堅詩。

〔二〕弦歌：彈琴唱歌，指縣令的政治教化。《論語·陽貨》：「子之武城，聞絃歌之聲。」疏：「武城，魯邑名。時子路爲武城宰，意欲以禮樂化導於民，故弦歌。」後用爲縣令故事。

〔三〕蒼龍：漢長安未央宫有玄武、蒼龍二闕，見《三輔黄圖》卷二。此代指京師宫殿。黄鵠：《漢書·昭帝紀》：「始元元年春二月，黄鵠下建章宫太液池中。」注：「黄鵠，大鳥也，一舉千里。」

〔四〕旽歌：指百姓頌德之歌。緇衣：《詩·鄭風·緇衣》：「緇衣之宜兮，敝予又改爲兮。」傳：「緇，黑色，卿士聽朝之正服也。」小序：「《緇衣》，美武公也，父子並爲司徒，善於其職，國人宜之，故美其德。」此謂鄭明府將繼其父入居朝廷高位。

卧聞嵩山鐘〔一〕

卧聞嵩山鐘，振衣步蹊樾〔二〕。槁葉零宿雨，新鴻叫晴月。物改興心换，夜凉清機發。昔事潘真人，北岑採薇蕨〔三〕。倚巖顧我笑，謂我有仙骨〔四〕。銘德在青春，徇禄去玄髮。悔往自昭洗，練形歸洞窟〔五〕。

校記

〔卧聞嵩山鐘〕此詩宋集諸本未收，見《詩淵》一四三五頁。

〔真人〕《詩淵》作鎮人，徑改。

〔薇蕨〕《詩淵》作微蕨，徑改。

注釋

〔一〕詩云「徇禄去玄髮」，當武后中後期歸嵩山作。

〔二〕蹊樾：林間小徑。

〔三〕潘真人：潘師正，字子真，茅山王遠知弟子，後歸嵩山，結茅逍遥谷，高宗、武后曾屢臨訪之，以其所居嵩陽觀爲奉天宫。垂拱元年卒，謚曰體玄先生，道教上清派尊爲第十一代宗師。見王適《體玄先生潘尊師碣》。宋之問與其弟子韓法昭、司馬承禎交往，見卷一《送司馬道士遊天台》、《使至嵩山尋杜四不遇慨然復傷田洗馬韓觀主因以題壁贈杜侯》注。

〔四〕顧我笑：郭璞《游仙詩》：「靈妃顧我笑，粲然啓玉齒。」

〔五〕鍊形：即鍊形。道家有太陰鍊形之法，謂若人之死，暫適太陰，二、三十年後復生，易形濯貌，勝於未死之容，見《云笈七籤》卷八六。

陸渾南桃花湯〔一〕

氛氳桃花湯，去都三百里〔二〕。遠峰益稠沓，具物盡奇詭。借問採藥人，冥奧從此始〔三〕。汩吾尚清净，葷血久誓止〔四〕。覽彼□□鮮，自謂形骸滓〔五〕。重敦永劫願，無負神泉水〔六〕。坐馳意屢愜，身踐心益死〔七〕。長妹梵筵衆，拙妻道門子〔八〕。提携遊二山，歲暮此已矣〔九〕。

校記

〔陸渾南桃花湯〕此詩宋集諸本未收，見《詩淵》二二四二頁。

注釋

〔一〕湯：温泉。《水經注·伊水》：「伊水又東北逕伏流嶺東，……北與温泉水合。」伏流嶺在陸渾縣西，温泉水當即因桃花湯等得名。

〔二〕都：指東都洛陽。

〔三〕冥奧：幽深。孫綽《遊天台山賦·序》稱天台山「所立冥奧，其路幽迥」，故人跡罕至。

〔四〕尚清净：謂奉佛。佛教謂遠離罪惡煩惱爲清净。《俱舍論》卷一六：「暫永遠離一切惡行煩惱垢，故名爲清净。」葷血：氣味劇烈的蔬菜與魚肉類食物。佛教徒當戒斷葷血。

〔五〕滓：污穢。
〔六〕敦：厚，强調。永劫：猶永世。佛經以天地由形成到毁滅爲一劫。神泉：謂温泉。
〔七〕坐馳：身坐而神馳。踐：踐履，謂親至其地。心益死：謂向道之心愈加堅定。
〔八〕梵筵：僧徒講席。梵筵衆，謂爲佛教信徒。道門：道教。
〔九〕二山：疑指嵩山，有太室、少室二山，嵩山爲其總名，見《元和郡縣圖志》卷五。

陪羣公登箕山賦得羣字〔一〕

許由去已遠，冥莫見幽墳。世薄人不貴，茲山唯白雲。寧知三千歲，復有堯爲君。時佐激頹俗，登箕挹清芬〔二〕。高節雖旦暮，邈與洪崖羣〔三〕。

校記

〔陪羣公登箕山賦得羣字〕此詩宋集諸本未收，見《分門纂類唐歌詩·天地山川類二二》。

注釋

〔一〕箕山：有許由塚，亦名許由山，見前《雨從箕山來》注〔一〕。詩當武后朝作。
〔二〕時佐：當時輔佐之人，指登山羣公。挹：通揖。
〔三〕旦暮：時間短促。《莊子·齊物論》：「萬世之後而一遇大聖，知其解者，是旦暮遇之也。」洪崖：洪崖先生，傳説中古仙人。《文選》卷二一郭璞《遊仙詩》：「左挹浮丘袖，右拍洪崖肩。」李善注引《神仙傳》：「衛叔卿與數人博，其子度曰：『向與博者爲誰？』叔卿曰：『是洪崖先生。』」

侯山詩〔一〕

侯山連嵩岑，近帶洛陽陌。洛京遊宦子，不知虛直宅〔二〕。北入養龍谿，勢如夏雲積。褰涉窮水府，躋攀倚霞壁。樫栝穿虹蜺，蘿蔦曳金碧〔三〕。崟嶔天蓋小，路轉石門窄。還顧杳虧蔽，前瞻浩攢坼。態繁賞屢移，形變魂方惕。洞隱息心士，源潛度世客〔四〕。漁樵或迷途，誌刻述往迹。安仁寔載誕，子晉曾所歷〔五〕。王元拜隱侯，吾祖挹仙伯〔六〕。永興白華感，久列丹臺籍〔七〕。弊廬對石堂，虛坐留玉舄〔八〕。洎余愛羽化，洗心向禪寂。志結顔始紅，歲闌鬢已白。愧無兼濟美，獨營弱喪魄〔九〕。歸來緝衰暮，敦本事膏液〔一〇〕。始願期儻從，揮手弄煙策〔一一〕。

校記

〔侯山詩〕此詩宋集諸本未收，見《詩淵》二〇八五頁。侯，《詩淵》作緱，據《芥隱筆記》卷一改。下同。

注釋

〔一〕侯山：《太平寰宇記》卷五河南府鞏縣：「侯山在縣南二十五里。盧元明《嵩山記》云：『漢有王彥者隱於此，景帝累徵不出，遂就而封侯，山因爲名。後學道得成，至今指所住爲王彦崖。』」詩云「歲闌髮已白」，當作于武后後期。

〔二〕虚直：疑爲虚真之誤，指仙人。

〔三〕樫：樫柳，即河柳。栝：即檜樹。蘿蔦：女蘿和蔦，兩種攀緣蔓生植物。

〔四〕息心士：指隱士。息心，謂排除雜念。度世客：仙人。《楚辭·遠遊》：「欲度世以忘歸兮，意恣睢以擔撟。」洪興祖補注：「度世，謂仙去也。」

〔五〕安仁：晉潘岳字，岳滎陽中牟人，《晉書》有傳。載誕：誕生。《文選》卷一〇潘岳《西征賦》：「眷鞏洛而淹涕，思纏緜於墳塋。」李善注引《河南郡圖經》：「潘岳父冢，鞏縣西南三十五里。」子晉：王子晉，見本卷《王子喬》注〔一〕。

〔六〕王元：即王彦，見注〔一〕。《芥隱筆記》卷一引《侯山記》作王玄，《大明一統志》卷二九作王亥，未知孰是。吾祖：疑指宋倫，字德玄，洛陽人，以周厲王甲辰歲入道，感老君授道經符籙，爲太清真人，司中嶽神仙之録，見《雲笈七籤》卷一〇四《太清真人傳》。

〔七〕白華：《詩經》逸篇名。白華感，謂思親之感。束晳《補亡詩》：「《白華》，孝子之絜白也。」丹臺籍：仙籍。周義山入蒙山，遇羨門子，再拜叩頭，乞長生要訣，羨門子曰：『子名在丹臺玉室之中，何憂不仙？』」見《藝文類聚》卷七八引《真人周君傳》。

〔八〕舃：履。《南方草木狀》卷上：「番禺東有澗，澗中生菖蒲，皆一寸九節，安期生采服仙去，但留玉舃焉。」

〔九〕弱喪：幼遭喪亂，失其故居。指迷失本性。《莊子·齊物論》：「予惡乎知説生之非惑耶？予惡乎知惡死之非弱喪而不知歸者邪？」

〔一〇〕緝：繼續。敦本：注重根本。本，謂長生久視之道。膏液：玉膏金液，仙藥。

〔一一〕煙策：猶煙駕。陳子昂《别中嶽二三真人序》：「常謂煙駕不逢，羽人長往。」

下山歌〔一〕

下嵩山兮多所思，攜佳人兮步遲遲〔二〕。松間明月長如此，君再遊兮復何時。

校記

〔下山歌〕底本卷下七絶重收作下嵩山歌，此據卷上七古録。

〔嵩山〕底本卷下、《唐詩紀事》卷八作嵩丘。

〔多所〕《紀事》作懷所。

〔遊兮〕《分門纂類唐歌詩·天地山川二二》作懷兮。

注釋

〔一〕《升菴詩話》卷六「宋之問嵩山歌」條録其《嵩山天門歌》及此詩，謂爲一詩，云：「此詩本集不收，嵩山有石刻，今但傳後四句耳。」此詩王無競有和作。無競神龍元年貶嶺南，死于廣州，見孫逖《太子舍人王公墓誌銘》，詩作於高宗、武后時。

〔二〕佳人：指友人。

附録

和宋之問下山歌　王無競

日云暮兮下嵩山，路連綿兮樹石間。出谷口兮見明月，心徘徊兮不能還。（《唐詩紀事》卷八）

和宋之問下山歌　賈曾

良遊晼晚兮月呈光，錦路逶迤兮山路長。王孫不留兮歲將晏，嵩巖仙草兮爲誰芳。（《唐詩紀事》卷一三）

寒食陸渾别業〔一〕

洛陽城裏花如雪，陸渾山中今始發。旦别河橋楊柳風，夕卧伊川桃李月〔二〕。伊川桃李正芳新，寒食山中酒復春。野老不知堯舜力，酣歌一曲太平人〔三〕。

校記

〔題〕《唐文粹》卷一五下寒食下有還字。

注釋

〔一〕陸渾別業：見卷一《憶嵩山陸渾舊宅》注〔一〕。

〔二〕河橋：黄河上浮橋，故址在今河南孟縣西南、孟津東北黄河上。此當泛稱洛陽洛水上橋。參見卷一《花燭行》注〔三〕。伊川：即伊水，在陸渾，見卷一《温泉莊卧病答楊七炯》注〔五〕。

〔三〕堯舜：傳説中上古兩位聖王。《太平御覽》卷五七二引《逸士傳》：「堯時有八九十老人，擊壤而歌曰：『日出而作，日入而息，鑿井而飲，耕田而食，帝何力於我哉。』」

王子喬〔一〕

王子喬，愛神仙，七月七日上賓天〔二〕。白虎摇瑟鳳吹笙，乘騎雲氣噏日精〔三〕。噏日精，長不歸，遺廟今在而人非〔四〕。空望山頭草，草露濕人衣。

校記

〔噏日〕《樂府詩集》卷二九作吸日。下噏日，底本作噏月，據《唐文粹》卷一七下改。

注釋

〔一〕王子喬：或云即王子晉。《列仙傳》卷上：「王子喬，周靈王太子晉也。好吹笙，作鳳鳴，遊伊、洛之間，浮丘公接以上嵩高山。三十餘年後，於山中謂桓良曰：『告我家，七月七日待我緱氏山頭。』是日，果乘白鶴駐山嶺，望之不得到。舉手謝時人，數日而去。」

〔二〕賓天：爲天帝之賓，成仙。

〔三〕虎摇瑟：張衡《西京賦》：「總會僊倡，戲豹舞羆，白虎鼓瑟，蒼龍吹篪。」噏日精：吸取日光精華。道家吐納有服日月氣法等，見《雲笈七籤》卷二三。

〔四〕遺廟：王子晉廟在緱山，見本卷《緱山廟》詩。

嵩山天門歌〔一〕

登天門兮坐盤石之磷砌，前瀄瀄兮未半，下漠漠兮無垠〔二〕。紛窈窕兮巖倚披以鵬翅，洞膠葛兮峰棱層以龍鱗〔三〕。松移岫轉，左變而右易；風生雲起，出鬼而入神。吾亦不知其靈怪如此，願遊杳冥兮見羽人〔四〕。重曰〔五〕：天門兮穹崇，迴合兮攢叢。松萬接兮柱日，石千尋兮倚空。晚陰兮足風，夕陽兮艷紅〔六〕。試一望兮奪魄，況衆妙之無窮〔七〕。

校記

〔奪魄〕《文苑英華》卷三四二作魂奪。

注釋

〔一〕楊慎謂此與《下山歌》爲一詩，見本卷該詩注〔一〕。

〔二〕磷硇：同嶙峋，重疊高聳貌。潨潨：水聲。

〔三〕窈窕：幽深貌。倚披：向旁伸展。鵬翅：鵬鳥「怒而飛，其翼若垂天之雲」，見《莊子·逍遥游》。膠葛：曠遠貌。司馬相如《上林賦》：「張樂乎膠葛之寓。」棱層：同崚嶒，高峻重疊貌。

〔四〕羽人：仙人。《楚辭·遠游》：「仍羽人於丹丘兮，留不死之舊鄉。」

〔五〕重：騷體詩結尾意有未盡的重複申説。《楚辭·離騷》洪興祖補注：「《離騷》有亂有重。亂者，總理一賦之終。重者，情志未申，更作賦也。」

〔六〕赩（xì）：大紅色。

〔七〕衆妙：萬物的精微之理。《老子》上篇：「玄之又玄，衆妙之門。」

緑竹引

青溪緑潭潭水側，修竹嬋娟同一色。徒生仙實鳳不遊，老死空山人詎識〔一〕。妙年秉願逃俗紛，歸臥嵩丘弄白雲〔二〕。含情傲睨慰心目，何可一日無此君〔三〕。

校記

〔嵩丘〕《詩淵》二二四四頁作嵩山。

〔傲睨〕《詩淵》作寄傲。

注釋

〔一〕仙實：指竹實。《文選》卷四三嵇康《與山巨源絶交書》李善注引《莊子》：「夫鴛雛發南海而飛於北海，非梧桐而不止，非竹實不食。」鴛雛：鳳凰之屬。

〔二〕弄白雲：謂隱居，參見卷一《冬夜寓直麟臺》注〔三〕。

〔三〕此君：指竹。《晉書·王徽之傳》：「嘗寄居空宅中，便令栽竹，或問其故，徽之但嘯詠，指竹曰：『何可一日無此君耶！』」

北邙古墓〔一〕

君不見邙山苑外上宮墳，相接纍纍縈蔓草〔二〕。宮亭遠識南宮樹，透迤輾作南宮道〔三〕。一朝形影化窮塵，昔時玉貌與朱唇〔四〕。錦衾香覆青樓月，羅衣嬌弄紫臺雲〔五〕。越娃楚豔君不見，趙舞燕歌愁殺人。遊魂倏掩寂無語，蛾眉何事須相妒〔六〕。九重先日閉鴛鴦，三泉今夕開狐兔〔七〕。駐馬倚車望洛陽，御橋天闕遥相當〔八〕。佳人死别無歸日，可憐行路盡沾裳。

校記

〔北邙古墓〕此詩宋集諸本未收，見《詩淵》二一八八頁。

〔無語〕《詩淵》作無晤，徑改。

〔沾裳〕《詩淵》作沾衣，出韻，徑改。

注釋

〔一〕北邙：山名，在今河南洛陽北。《元和郡縣圖志》卷二河南府偃師縣：「北邙山，在縣北二里，西自洛陽縣界東入鞏縣界，……連嶺修亘，四百餘里。」自秦至唐，達官貴人多葬於此。

〔二〕上宫：即尚宫，宫中女官，此指宫女。本世紀在北邙山出土亡宫墓誌甚多。蔓草：江淹《恨賦》：「試望平原，蔓草縈骨，拱木斂魂。」

〔三〕南宫：指洛陽宫殿，在邙山之南。漢高祖置酒雒陽南宫，見《史記·高祖紀》。

〔四〕玉貌朱唇：鮑照《蕪城賦》：「東都麗姬，南國佳人，蕙心紈質，玉貌絳脣，莫不埋魂幽石，委骨窮塵，豈憶同輿之愉樂，離宫之苦辛哉。」

〔五〕青樓：女子所居。紫臺：指帝王宫殿。曹植《美女篇》：「青樓臨大路，高門結重關。」《文選》卷一六江淹《别賦》：「紫臺稍遠，關山無極。」李善注：「紫臺，猶紫宫也。」

〔六〕蛾眉：女子彎曲細長如蠶蛾觸鬚的眉毛，指姿色美好。屈原《離騷》：「衆女嫉余之蛾眉兮，謡諑謂余以善淫。」

〔七〕九重：指宫中。先日：猶昨天。三泉：三重泉，地下深處，《漢書·鮑宣傳》：「退入三泉，死亡（無）所恨。」開狐兔：開狐兔窟穴。張載《七哀詩》：「北芒何壘壘，高陵有四五。……狐兔窟其中，蕪穢不復掃。」

〔八〕御橋：指洛陽洛水橋。天闕：洛陽宫城。相當：相對。參見卷一《花燭行》注〔三〕。

夏日仙萼亭應制〔一〕

高嶺逼星河，乘輿此日過。野含時雨潤，山雜夏雲多〔二〕。睿藻光巖穴，宸襟洽薜蘿〔三〕。悠然小天下，歸路滿笙歌〔四〕。

注釋

〔一〕仙萼亭：其地未詳。此云「高嶺」，沈佺期《仙萼亭初成侍宴應制》：「輦路披仙掌。」按華山有仙掌峰，亭或在華山附近。然武后、中宗均無於夏日行幸經華山之事。

〔二〕夏雲：顧愷之《神情詩》：「夏雲多奇峰。」

〔三〕睿藻：指帝王所作詩文。睿，明智。巖穴：隱士所居。《史記·伯夷列傳》稱伯夷等隱士爲「巖穴之士」。宸襟：帝王的胸懷。薜蘿：薜荔、女蘿兩種植物，代指隱士的服裝或住所。《楚辭·九歌·山鬼》：「若有人兮山之阿，披薜荔兮帶女蘿。」

〔四〕小天下：《孟子·盡心上》：「孔子登東山而小魯，登泰山而小天下。」趙岐注：「所覽大者意大，觀小者志小也。」

登總持寺閣〔一〕

梵宇出三天，登臨望八川〔二〕。開襟坐霄漢，揮手拂雲煙。函谷青山外，昆明落日邊〔三〕。東京楊柳陌，少別已經年。

校記

〔總持〕底本作禪定，據《國秀集》卷上改。

〔登臨〕《文苑英華》卷三一四作登茲。

〔坐霄漢〕《國秀》作俯城闕。

〔拂雲〕《英華》作拍雲。

〔昆明〕《國秀》作昆池。

注釋

〔一〕總持寺：初名大禪定寺，詳見卷二《奉和聖制閏九月九日登莊嚴總持二寺閣》注〔一〕。

〔二〕梵宇：佛寺。三天：即三界，此指世間。佛教謂天有三十二種，欲界有十天，色界有十八天，無色界有四天，見《法苑珠林》卷二。八川：長安附近八條河流。司馬相如《上林賦》：「終始灞、滻，出入涇、渭，酆、鎬、潦、潏，紆餘委蛇，經營乎其内。蕩蕩乎八川分流，相背而異態。」

〔三〕函谷：關名，見卷二《送永昌蕭贊府》注〔三〕。昆明：池名，見卷二《奉和晦日幸昆明池應制》注〔一〕。

陸渾山莊〔一〕

歸來物外情，負杖閱岩耕。源水看花入，幽林採藥行。野人相問姓，山鳥自呼名。去去獨吾樂，無能愧此生。

校記

〔呼名〕《文苑英華》卷三一九作稱名。

〔無能〕《英華》校一作無然。

注釋

〔一〕陸渾山莊：見卷一《憶嵩山陸渾舊宅》等詩注。

春日山家

今日遊何處，春泉洗藥歸。悠然紫芝曲，晝掩白雲扉〔一〕。魚樂偏尋藻，人閑屢采薇〔二〕。丘中無俗事，身世兩相違〔三〕。

校記

〔題〕《文苑英華》卷三二七作春泉洗藥。

〔魚樂〕底本作魚躍，據《英華》改。

〔丘中〕《英華》作此中。

注釋

〔一〕紫芝曲：即《採芝操》，見本卷《夜飲東亭》注〔二〕。

〔二〕魚藻：《莊子·秋水》：「莊子與惠子遊於豪梁之上，莊子曰：『儵魚出游從容，是魚樂也。』」藻：水藻。《詩·小雅·魚藻》：「魚在在藻，有頒其首。」傳：「魚以依蒲藻爲得其性。」采薇：見卷一《潛珠篇》注〔五〕。

〔三〕丘中：左思《招隱詩》：「巖穴無結構，丘中有鳴琴。」身世：鮑照《詠史詩》：「君平獨寂寞，身世兩相棄。」

緱山廟〔一〕

王子賓仙去，飄颻笙鶴飛。徒聞滄海變，不見白雲歸〔二〕。天路何其遠，人間此會稀。空歌日云暮，霜月漸微微。

注釋

〔一〕緱山：一名緱氏山，在今河南偃師緱氏鎮東南。緱山廟即王子晉廟。《元和郡縣圖志》卷五河南府緱氏縣：「緱氏山在縣東南二十九里，王子晉得仙處。」聖曆二年二月，武后幸嵩山，過緱氏，爲王子晉重立廟，改號爲昇仙太子之廟，見《資治通鑑》卷二〇六及《金石萃編》卷六三武后撰並書《昇仙太子碑》。此仍稱緱山廟，似爲聖曆二年前作。參見前詩注〔一〕。

〔二〕滄海變：《神仙傳·王遠傳》：「麻姑自説云：『接侍以來，已見東海三爲滄田。』」白雲歸：《莊子·天地》：「千歲厭世，去而上僊，乘彼白雲，至于帝鄉。」

春日宴宋主簿山亭得寒字〔一〕

公子正邀歡，林亭春未闌。攀岩踐苔易，迷路出花難。窗覆垂楊暖，階侵瀑水寒。帝城歸路直，留興接鵷鸞〔二〕。

校記

〔未闌〕《文苑英華》卷二一四作漸闌。

注釋

〔一〕主簿：官名，唐中央官署如御史臺、九寺及地方各縣均有之，品秩不一。宋主簿，名未詳。

〔二〕鵷鸞：傳説中鳳、鸞一類的鳥，借喻朝官班行。

送朔方何侍御〔一〕

聞道雲中使，乘驄往復還〔二〕。河兵守陽月，塞虜失陰山〔三〕。拜職嘗隨驃，銘功不讓班〔四〕。旋聞受降日，歌舞入蕭關〔五〕。

校記

〔侍御〕底本作侍郎，據《文苑英華》卷二六七改。

〔陽月〕底本作陽日，據《英華》改。

注釋

〔一〕朔方：漢郡名，唐爲夏州，治所在今陝西靖邊。侍御：唐人對監察御史、殿中侍御史的稱呼。此指監察御史，屬御史臺，正八品下，掌分察百寮，巡按州縣。何侍御：名未詳。

〔二〕雲中：漢郡名，治所在今内蒙托克托。漢文帝時，馮唐持節使雲中，赦免魏尚，復以尚爲雲中太守，見《史記·馮唐列傳》。乘驄：見卷二《贈嚴侍御》注〔二〕。乘驄爲御史故事，知題作侍郎誤。

〔三〕陽月：舊曆十月，見卷二《題大庾嶺北驛》注〔二〕。陰山：今内蒙狼山，漢時爲匈奴根據地。《漢書·匈奴傳下》載侯應語：「陰山東西千餘里，草木茂盛，多禽獸，本冒頓單于依阻其中，治作弓矢，出來爲寇，是其苑囿也。至孝武世，出師征伐，斥奪此地，……邊長老言，匈奴失陰山之後，過之未嘗不哭也。」

〔四〕驃：謂西漢霍去病，官驃騎將軍，累破匈奴，封冠軍侯，見《史記·衛將軍驃騎列傳》。班：謂東漢班固。竇憲大破匈奴，追北單于，「遂登燕然山，去塞三千里，刻石勒功，紀漢威德，令班固作銘」，見《後漢書·竇憲傳》。

〔五〕蕭關：故址在今寧夏固原東南。

寄天台司馬道士〔一〕

臥來生白髮，覽鏡忽成絲。遠愧餐霞子，童顏且自持〔二〕。舊遊惜疎曠，微尚日磷緇〔三〕。不寄西山藥，何由東海期〔四〕。

校記

〔忽成〕《天台集》卷上作已成。

〔且自〕《文苑英華》卷二二七校集作常自，《詩淵》六七七頁作長自。

〔疎曠〕《詩淵》作彌曠。

注釋

〔一〕司馬道士：司馬承禎，詩當聖曆元年後十數年中作，參見卷一《送司馬道士遊天台》注〔一〕。

〔二〕餐霞子：服食修煉之士。顔延之《五君詠·嵇中散》：「中散不偶世，本是餐霞人。」司馬承禎撰有《服食精義論》，見《雲笈七籤》卷五七。

〔三〕疎曠：猶彌曠，久耗時日，不得相見。微尚：微志。磷緇：磨薄、染黑，指受外界影響而變化。《論語·陽貨》：「不曰堅乎，磨而不磷；不曰白乎，涅而不緇。」

〔四〕西山藥：仙藥。曹丕《游仙詩》：「西山一何高，高高殊無極。上有兩仙童，不飲亦不食。與我一丸藥，光耀有五色。服藥四五日，胸臆生羽翼。」東海期：謂成仙得道之時。東海中有方丈、蓬萊等山，仙人所居，見《海内十洲記》。參見卷一《三陽宮石淙侍宴應制》注〔二〕。

答李司戶夔〔一〕

遠方來下客，輶軒攝使臣〔二〕。弄琴宜在夜，傾酒貴逢春。駟馬留孤館，雙魚贈故人〔三〕。明朝散雲雨，遥仰德爲鄰〔四〕。

校記

〔題〕底本無夔字，據《全唐詩》卷五二補。

〔攝使〕《文苑英華》卷二四一作揖使。

〔散雲雨〕《唐詩紀事》卷一三作雲雨散。

注釋

〔一〕司户：司户參軍事，州府屬官，上州司户，從七品下。《新唐書·宰相世系二上》李氏姑臧房有李夔，倉部員外郎李稚川子。據《唐代墓誌彙編·崔夷甫墓誌》，《新表》李夔侄孫女嫁崔夷甫（夷甫，天寶十一年卒，年四十一），疑即詩中之李夔。《唐詩紀事》卷一三：「（李）夔爲汴州司户。使至汴州。《喜逢宋之問》詩云……，之問答曰……」按，李夔既爲汴州司户，出使者當爲宋之問，「使至汴州」、「喜逢」之上均當有奪文。宋之問出使當在武后時，因何事出使未詳。

〔二〕下客、使臣：均宋之問自謂。輶軒：輕車，使者所乘。應邵《風俗通義序》：「周、秦常以八月遣輶軒之使，求異代方言。」

〔三〕駟馬：四匹馬駕車，達官所乘。此指李夔車馬。館：館驛。此指己下榻處。雙魚：指李夔所贈詩。《古樂府》：「客從遠方來，遺我雙鯉魚。呼兒烹鯉魚，中有尺素書。」

〔四〕散雲雨：謝朓《和劉繪入琵琶峽望積布磯》：「山川隔舊賞，朋僚多雨散。」德爲鄰：《論語·里仁》：「德不孤，必有鄰。」

附録

喜逢宋之問　李夔

阮籍蓬池上，孤韻竹林才。巨源從吏道，正擁使車來。相逢且交臂，相命且銜杯。醉後長歌畢，餘聲繞吹臺。（《唐詩紀事》卷一一）

送田道士使蜀投龍〔一〕

風馭忽泠然，雲臺路幾千〔二〕。蜀門峰勢斷，巴字水形連〔三〕。人隔壺中地，龍遊洞裏天〔四〕。贈言迴馭日，圖盡彼山川。

校記

〔贈言〕《蜀中名勝記》卷二四作願言。

〔圖盡〕《文苑英華》卷二二七作圖畫。

注釋

〔一〕田道士：名未詳。蜀：今四川地。投龍：道教一種祭神求福的活動。《名山洞天福地記》：「國家保安宗社，修金籙齋，設羅天醮，祈恩請福，謝過消災，投金龍玉簡於天下名山洞府。」范鎮《東齋記事》卷一：「道家有金龍玉簡，學士院撰文，具一歲中齋醮數，投於名山洞府，……金龍以銅製，玉簡以階石製。」

〔二〕風御：《莊子·逍遥游》：「夫列子御風而行，泠然善也。」郭象注：「泠然，輕妙之貌。」雲臺：山名，在今四川蒼溪。《太平寰宇記》卷八六閬州蒼溪縣：「雲臺山，一名天柱山，在縣東南三十五里。……漢末張道陵在此學道，使弟子王長、趙昇投身絶壑，以取仙桃。長等七試已訖，九丹遂成，隨陵白日昇天。」

〔三〕蜀門：即劍門，爲秦地入蜀之門户。《元和郡縣圖志》卷三三劍州：「大劍山，亦曰梁山，在縣北四十九里。初，姜維……還保劍門以拒鍾會，即此也。」巴字：《太平寰宇記》卷一三六引《三巴記》：「閬、白二水東南流，曲折三回，如巴字，故謂三巴。」

〔四〕壺中，洞裏：均指神仙所居洞府。東漢費長房曾爲市掾，見市中有老翁賣藥，懸一壺於肆頭，及市罷，輒跳入壺中。長房異之，因往再拜奉酒觴，翁乃與俱入壺中，唯見玉堂嚴麗，旨酒甘肴盈溢其中。遂從翁學道。後長房歸家，翁贈一竹杖，長房乘杖，須臾至家，投竹杖於葛陂中，顧視則龍也。見《後漢書·方術列傳》。

送趙司馬赴蜀州〔一〕

餞子西南望，煙綿劍道微〔二〕。橋寒金雁落，林曙碧雞飛〔三〕。職拜輿方遠，仙成履會歸〔四〕。定知和氏璧，遥掩玉輪輝〔五〕。

校記

〔雁落〕《文苑英華》卷二六七作雁並。

注釋

〔一〕蜀州：州治在今四川崇慶，垂拱二年三月分益州晋元縣置，見《唐會要》卷七一。趙司馬：名未詳。

〔二〕劍道：劍閣道。《元和郡縣圖志》卷三三劍州：「劍閣道，自利州益昌縣界西南十里，至大劍鎮合今驛道。秦惠王使張儀、司馬錯從石牛道伐蜀，即此也。後諸葛亮相蜀，又鑿石駕空爲飛梁閣道，以通行路。」

〔三〕金雁：《方輿勝覽》卷五一成都府：「雁橋，龜城中水出金雁，因名。」碧鷄：《漢書·郊祀志下》：宣帝時，「或言益州有金馬碧雞之神，可醮祭而致，於是遣諫大夫王褒使持節求之。」注引如淳曰：「金形似馬，碧形似雞。」

〔四〕輿方：地。古謂天圓地方，《易·說卦》以坤爲地，爲大輿，謂其可載萬物，故以方輿或輿方稱地。履會歸：相傳王子晋於緱山仙去，其家得遺屣，見《水經注·洛水》，文王喬每乘履所化鳧詣朝臺，參見卷二《送合宫蘇明府頲》注〔五〕。

〔五〕和氏璧：《韓非子·和氏》：「楚人和氏得玉璞楚山中，奉而獻之，……玉人理其璞而得寶焉，遂命曰和氏之璧。」此以和氏璧稱美趙司馬。玉輪：月。

餞湖州薛司馬〔一〕

別駕促嚴程，離筵多故情〔二〕。交深季作友，義重伯爲兄〔三〕。鎮静移吴俗，風流在漢京〔四〕。會看陳仲舉，從此拜公卿〔五〕。

注釋

〔一〕湖州：今屬浙江吴興。薛司馬：薛姓湖州司馬，名未詳。

〔二〕別駕：州府上佐，爲刺史副貳，高宗即位，改爲長史，其後廢置不常，參見《新唐書·百官志四下》。此借指司馬。

〔三〕季：弟。伯：兄。此指薛司馬兄弟。

〔四〕鎮静：安定一方百姓。漢京：指長安。此聯出句贊薛司馬，對句贊薛司馬之兄，時爲朝官。

〔五〕陳仲舉：陳蕃，字仲舉，東漢人，幼有清世志，後累官至太尉，爲宦官所殺，《後漢書》有傳。

漢江宴别〔一〕

漢廣不分天，舟移杳若仙〔二〕。秋虹映晚日，江鶴弄晴煙。積水浮冠蓋，遥風逐管絃〔三〕。嬉遊不可極，留恨此山川。

校記

〔秋虹〕《初學記》卷七作林虹。

〔積水〕《文苑英華》卷二八六校集作積氣。

〔風送〕《初學記》作風逐。

注釋

〔一〕此詩當作于襄陽。《元和郡縣圖志》卷二一襄州襄陽縣：「峴山在縣東南九里。山東臨漢水，古今大路。」

〔二〕漢廣：《詩·周南·漢廣》：「漢之廣矣，不可泳思。」舟移句：用李膺事。《後漢書·郭太傳》，郭太游洛陽，河南尹李膺大奇之，遂相友善，後太歸鄉，送者車千輛，太「惟與李膺同舟而濟，衆賓望之，以爲神仙。」

〔三〕冠蓋：禮帽和車蓋，代指官員。《太平寰宇記》卷一四五引盛弘之《荆州記》：「襄陽郡峴首山南至宜城百餘里，其間雕墻峻宇，閭閻填列。漢宣帝末，其中有卿士刺史二千石數十家，……勅號……爲冠蓋里。」

范陽王挽詞二首〔一〕

賢相稱邦傑，清流舉代推〔二〕。公才掩諸夏，文體變當時〔三〕。賓弔翻成鶴，人亡惜喻龜〔四〕。洛陽今紙貴，猶寫太沖詞〔五〕。

注釋

〔一〕范陽：郡名，郡治在今河北涿縣。范陽王：未詳。宋之問同時宰相無封范陽王者，據詩「誰知楊伯起，今日重哀榮」句，似爲改葬追贈之官爵。

〔二〕邦傑：一國中英才。《詩·衛風·伯兮》：「伯兮朅兮，邦之桀兮。」箋：「桀，英桀，言賢也。」清流：

士大夫之清高有聲望者。《三國志·魏書·陳羣傳》：「陳羣動仗名義，有清流雅望。」舉代：舉世。

〔三〕諸夏：謂中國。《論語·八佾》：「夷狄之有君，不如諸夏之亡也。」

〔四〕成鶴：《晋書·陶侃傳》：「後以母憂去職，嘗有二客來弔，不哭而退，化爲雙鶴，沖天而去，時人異之。」喻龜：《莊子·外物》：神龜爲漁者余且所網得，託夢於宋元君，元君命余且獻之。元君得龜，再欲殺之，再欲活之，疑不能決，乃殺龜以卜，刳龜七十二鑽無遺策。仲尼曰：「神龜能見夢於元君而不能避余且之網，知能七十二鑽而無遺筴，不能避刳腸之患，如是則知有所困，神有所不及也。」此謂范陽王雖多智，但不免一死。

〔五〕太沖：晋左思字。思造《三都賦》成，「豪貴之家競相傳寫，洛陽爲之紙貴」，見《晋書》本傳。

其二

贈秩徽章洽，求書秘草成〔一〕。客隨朝露盡，人逐夜舟驚〔二〕。蒿里衣冠送，松門印綬迎〔三〕。誰知楊伯起，今日重哀榮〔四〕。

校記

〔贈秩〕《文苑英華》卷三一〇作贈衮。

注釋

〔一〕徽章：旌旗。謝莊《宋孝武宣貴妃誄》：「崇徽章而出寰甸，照殊策而去城闉。」求書：司馬相如病免，家居茂陵，武帝命使者至其家取所著書，至則相如已死，其妻曰：「長卿未死時，爲一卷書，曰有使者來求書，奏之。」其遺札書言封禪事。見《史記》本傳。

〔二〕朝露：曹操《短歌行》：「對酒當歌，人生幾何，譬如朝露，去日苦多。」夜舟：見卷三《謁禹廟》注〔八〕。

〔三〕蒿里：墓地。挽歌《蒿里》：「蒿里誰家地，聚斂魂魄無賢愚。」參卷二《則天皇后挽歌》注〔一〕。松門：墓道之門，多植松柏。印綬：謂蜜印，以蠟爲之，用於褒贈死者。

〔四〕楊伯起：楊震，字伯起，東漢安帝時官至太尉，爲樊豐等所譖，收其印綬，詔遣歸本郡，飲酖而卒。順帝即位，豐等誅死，震門生詣闕追訟震事，朝廷咸稱其忠，乃下詔褒贈，以禮改葬，遣使祠祭，見《後漢書》本傳。據此，似范陽王亦得罪死，後方得追贈改葬。

過函谷關〔一〕

二百四十載，海内何紛紛〔二〕。六國兵同合，七雄勢未分〔三〕。從成拒秦帝，策決問蘇君〔四〕。雞鳴將狗盜，論德不論勳〔五〕。

校記

〔過函谷關〕此詩底本未收，見《宋學士集》卷四。

注釋

〔一〕函谷關：見卷二《送永昌蕭贊府》注〔二〕。

〔二〕二百四十載：指歷史上戰國時代，自周元王元年（前四七五）至秦始皇二十六年（前二二一），共二百五十餘年。

〔三〕六國：《史記·六國年表》索隱：「六國，魏、韓、趙、楚、燕、齊，并秦凡七國，號曰七雄。」

〔四〕從（zòng）：南北向。蘇君：蘇秦。戰國時，蘇秦游説六國諸侯，聯合西向以抗秦。六國土地南北相連，故稱合從。《史記·蘇秦列傳》：「於是六國從合而并力焉。蘇秦爲從約長，并相六國。」

〔五〕鷄鳴狗盜：齊湣王二十五年，孟嘗君入秦，被囚，秦昭王欲殺之。孟嘗君客有能爲狗盜者，盜得秦宮中狐白裘，以獻昭王幸姬，乃得釋，變姓名逃走。夜半，至函谷關。秦法，鷄鳴乃開關出客，孟嘗君客有能爲雞鳴者，而雞齊鳴，乃得出，秦人追之不及。見《史記·孟嘗君列傳》。

翦綵〔一〕

駐想持金錯，居然作管灰〔二〕。綺羅纖手製，桃李向春開。拾藻蜂初泊，銜花鳥未回。不言將巧笑，翻逐美人來。

校記

〔翦綵〕此詩宋集諸本未收，見《古今歲時雜詠》卷三。

注釋

〔一〕翦綵：裁剪彩色絲綢作花勝。《荆楚歲時記》：「正月七日爲人日，以七種菜爲羹，翦綵爲人，或鏤金箔爲人，以貼屏風，亦造金華勝相遺。」華勝，即花勝，婦女花形首飾。

〔二〕金錯：金錯刀，古錢幣名，此指剪刀。作管灰：謂能顯示節候變化。古有候氣之法，於密室中置十二律管，中盛葭莩灰，某一節候至，則相應律管之灰飛出，詳見《後漢書·律曆志上》。

七夕〔一〕

傳道仙星媛，年年會水隅。停梭借蟋蟀，留巧付蜘蛛〔二〕。去晝從雲請，歸輪竚日輸。莫言相見闊，天上日應殊。

校記

〔七夕〕此詩宋集諸本未收，見《古今歲時雜詠》卷二六。

注釋

〔一〕七夕：舊曆七月初七夜，相傳牽牛、織女二星此夕相會。《太平御覽》卷三一引周處《風土記》：「七月初七日，其夜灑掃於庭，露施几筵，設酒脯時果，散香粉於筵上，以祈河鼓、織女，言此二星辰當會。」河鼓，即牽牛。

〔二〕蟋蟀：《太平御覽》卷九四九引崔豹《古今注》：「沙雞一名促織，一名絡緯，一名蟋蟀。促織，謂鳴聲如急織也。」蜘蛛：《荆楚歲時記》：「七夕，婦人結綵縷，穿七孔針，或以金銀鍮石爲針，陳瓜果於中庭以乞巧，有喜子網於瓜上，以爲符應。」喜子，蜘蛛的一種。

題謝處士山齋〔一〕

那有唐年客，青山獨閉門〔二〕。雲泉一少事，琴史皆忘喧。在濬人猶縶，遷喬友未言〔三〕。不知幽谷草，何意老王孫〔四〕。

校記

〔題謝處士山齋〕此詩宋集諸本未收，見《永樂大典》卷二一五三九。

注釋

〔一〕處士：隱居不仕者。謝處士：名未詳。

〔二〕唐年：唐堯時，指太平盛世。《南齊書·王融傳》：「臣亦遭逢，生此嘉運，鑿飲耕食，幸此唐年。」

〔三〕濬：當作浚，春秋衛邑。縶：拘繫，《詩·鄘風·干旄》：「孑孑干旄，在浚之郊。」小序：「衛文公臣子多好善賢者，樂告以善道也。」傳：「賢者，時處士也。」句謂謝處士雖爲朝士尊禮，但未能施展才能。遷喬：遷居。言：此指吹噓論薦等。《詩·小雅·伐木》：「伐木丁丁，鳥鳴嚶嚶。出自幽谷，遷于喬木。嚶其鳴矣，求其友聲。」

〔四〕王孫：《楚辭·招隱士》：「王孫遊兮不歸，春草生兮萋萋。」

和趙員外桂陽橋遇佳人〔一〕

江雨朝飛浥細塵，陽橋花柳不勝春。金鞍白馬來從趙，玉面紅妝本姓秦〔二〕。妒女猶憐鏡中髮，侍兒堪感路傍人。蕩舟爲樂非吾事，自歎空閨夢寐頻〔三〕。

校記

〔和趙員外桂陽橋遇佳人〕此詩底本未收，見《宋學士集》卷五。

注釋

〔一〕趙員外、桂陽橋：均未詳。《唐音統籤》卷五八此詩注云：「出《玉臺後集》。」

〔二〕姓秦：用秦羅敷事。樂府《陌上桑》：「日出東南隅，照我秦氏樓。秦氏有好女，自名爲羅敷。羅敷喜蠶桑，採桑城南隅。……使君從南來，五馬立踟躕。……使君謝羅敷：寧可共載不？羅敷前置辭：使君一何愚。使君自有婦，羅敷自有夫。」

〔三〕蕩舟爲樂：疑用越人事。《説苑·善説》載：鄂君子晳泛舟新波之中，越人擁楫而歌曰：「今夕何夕搴洲中流，今日何日兮得與王子同舟。……山有木兮木有枝，心悦君兮君不知。」於是鄂君乃揄脩袂行而擁之，舉繡被而覆之。

使過襄陽登鳳林寺閣〔一〕

香閣臨清漢，丹梯隱翠微〔二〕。林篁天際密，人世谷中違。苔石銜仙洞，蓮舟泊釣磯。山雲浮棟起，江雨入庭飛。信美雖南國，嚴程限北歸〔三〕。幽尋不可再，留步惜芳菲。

校記

〔題〕《文苑英華》卷三一四寺下有山字。

〔雖南〕《英華》作隨南，《詩淵》三七九一頁作遊南。

〔幽尋〕《英華》作幽情。

注釋

〔一〕襄陽：今湖北襄樊。鳳林寺：在襄陽鳳林山。《輿地紀勝》卷八二襄陽府：「鳳林山，在襄陽縣東南十里，梁韋叡於山立寺。唐孟浩然傳云，楚（樊）澤爲刻碑鳳林山南，即此。」詩云「嚴程」，疑武后朝出使經襄陽作。

〔二〕漢：漢水。《元和郡縣圖志》卷二一襄州襄陽縣：「峴山在縣東南九里。山東臨漢水，古今大路。」鳳林山當與峴山相近。

〔三〕程：期限。王粲《登樓賦》：「雖信美而非吾土兮，曾何足以少留。」

春日鄭協律山亭陪宴餞鄭卿同樓字〔一〕

潘園枕郊郭，愛客坐相求〔二〕。尊酒東城外，騄駬南陌頭〔三〕。池平分洛水，林缺見嵩丘。暗竹侵山徑，垂楊拂妓樓。彩雲歌處斷，遲日舞前留〔四〕。此地何年別，蘭房空自幽。

校記

〔騄駬〕《文苑英華》卷二一四作駬騄。

〔蘭房〕《英華》作蘭芳。

注釋

〔一〕鄭協律：名未詳，當即前詩之鄭協律。鄭卿：鄭姓而官至九寺之長貳者，名未詳。

〔二〕潘園：潘岳之園。岳西晋人，曾免官居洛涘，築室種樹，灌園粥蔬，見其所撰《閑居賦》。相求：同氣相求。

〔三〕驂騑：駕車時位於兩旁的馬，此指車馬。

〔四〕遲日：春日。《詩·豳風·七月》：「春日遲遲。」

和姚給事寓直之作〔一〕

清論滿朝陽，高才拜夕郎〔二〕。還從避馬路，來接珥貂行〔三〕。寵就黄扉日，威迴白簡霜〔四〕。柏臺遷烏茂，蘭署得人芳〔五〕。禁静鍾初徹，更疎漏更長。曉河低武庫，流火度文昌〔六〕。寓直恩徽重，乘秋藻翰揚。暗投空欲報，下調不成章〔七〕。

校記

〔題〕《國秀集》卷上作同姚給事寓直省中見贈，《文苑英華》卷一九一題首有奉字，事下有中字。

〔蘭署〕《國秀》作蘭省。

〔更長〕《國秀》作漸長。

〔寓直〕《英華》校集作寓宿。

〔恩徽〕底本作光輝，《國秀》恩下闕一字，此據《全唐詩》卷五三改。

〔下調〕《國秀》作調下。

注釋

〔一〕給事：給事中，門下省官員，正五品下，掌侍左右，分判省事。姚給事：名未詳。

〔二〕朝陽：山東面朝陽處，此指朝廷。《詩·大雅·卷阿》：「梧桐生矣，于彼朝陽。鳳凰鳴矣，于彼高崗。」夕郎：黄門郎，唐人詩文中常用以指給事中。參見卷二《故趙王屬贈黄門侍郎上官公挽詞二首》其二注〔二〕。

〔三〕避馬：指姚給事前此在御史臺爲官，參見卷二《贈嚴侍御》注〔三〕。珥貂：插貂尾爲冠飾。門下省侍中、散騎常侍均有黄金璫、附蟬、貂尾之冠飾，見《新唐書·車服志》。給事中屬門下省，班在侍中、常侍下，故云「來接」。

〔四〕黄扉：黄色宫門。漢代有黄門官，晋以後建爲門下省。白簡：白色奏章。《晋書·傅玄傳》：「玄天性峻急，不能有所容，每有奏劾，或值日暮，捧白簡，整簪帶，竦踴不寐，坐而待旦。於是貴游懾伏，臺閣生風。」唐人常用爲中丞故事。御史臺職司糾彈，爲風霜之任，詩文中稱其官員威儀爲霜威。

〔五〕柏臺：御史臺。漢代御史府中列柏樹，有野烏數千棲宿其上，晨去暮來，號曰朝夕烏。成帝時，罷置御史大夫，烏去不來者數月，見《漢書·朱博傳》。蘭署：對官署的美稱。

〔六〕武庫：兵器庫。唐代衛尉寺下設兩京武庫署。流火：下落的大火星（心宿）。《詩·豳風·七月》：

「七月流火。」文昌：指尚書省，武后光宅元年改爲文昌臺。

〔七〕暗投：明珠暗投，謂姚贈己以詩。

送楊六望赴金水〔一〕

借問梁山道，嶔岑幾萬重〔二〕。遥州刀作路，絶壁劍爲峰〔三〕。惜别路窮此，留歡意不從。憂來生白髮，時晚愛青松。勿以西南遠，夷歌寢盛容〔四〕。台階有高位，寧復久臨邛〔五〕。

校記

〔嶔岑〕《詩淵》四三四四頁作嶔崟，《蜀中名勝記》卷八作嶔崎。

〔作路〕《文苑英華》卷二六七作作字。

注釋

〔一〕楊望：行六，餘未詳。張説有《石門别楊六欽望》詩，「欽」一作「卿」。岑仲勉《唐人行第録》謂即楊望，「卿」爲尊稱。金水：簡州屬縣，今四川金堂。

〔二〕梁山：即大劍山，見本卷《送田道士使蜀投龍》注〔三〕。

〔三〕刀作路：《晉書·王濬傳》：「濬夜夢懸三刀於卧屋梁上，須臾又益一刀，濬驚覺，意甚惡之。主簿李毅再拜賀曰：『三刀爲州字，又益一者，明府其臨益州乎？』及賊張弘殺益州刺史皇甫晏，果遷濬爲益州刺史。」詩暗用此事。劍峰：指大小劍山。

〔四〕夷歌：西南少數民族之歌。《後漢書·西南夷傳論》：「夷歌巴舞，殊音異節之伎，列倡於外門。」寢盛容：謂使青春容顔變爲老醜。

〔五〕台階：三台星，指三公高位。《後漢書·郎顗傳》：「三公上應台階，下同元首。」臨邛：縣名，今四川邛崍。司馬相如居臨邛，賣酒滌器，見《史記》本傳。此暗用其事。

壽安宫西山龍泓〔一〕

潭洞秘龍居，西山十里餘。靈仙應所託，圖記不曾書。瀑流喧絲管，迴巖鬪綺疎〔二〕。眄奇形暫慄，循寂步還徐。巨石盤爲坐，垂藤結作廬。樹緣幽絶鳥，潭爲冷無魚。有願從芝桂，循涯類散樗〔三〕。塵纓今已濯，嘉遁保吾初〔四〕。

校記

〔壽安宫西山龍泓〕此詩宋集諸本未收，見《詩淵》二二九四頁。

〔潭爲〕《詩淵》作苔爲，徑改。

注釋

〔一〕壽安宫：當指連昌宫。故址在今河南宜陽西南。《大明一統志》卷二九：「連昌宫，在宜陽縣舊壽安縣西二十九里，唐顯慶間置。」龍泓：龍潭。詩云：「塵纓今已濯，嘉遁保吾初。」疑爲宋之問在長安停官後返洛陽經壽安作。

〔二〕綺疎：雕鏤花紋的窗户。

〔三〕從芝桂：指隱居山林。四皓隱居作《採芝操》，見《夜飲東亭》注〔二〕。《楚辭·招隱士》：「桂樹叢生兮山之幽。」循涯：謂估量自己。《隋書·史祥傳》載祥與楊廣書：「循涯揣分，實爲幸甚。」散樗：無用之材。《莊子·逍遥游》：「惠子謂莊子曰：『吾有大樹，人謂之樗，其大本擁腫而不中繩墨，其小枝卷曲而不中規矩，立之塗，匠者不顧。』」

〔四〕塵纓：沾滿塵土的冠纓。纓，繫冠帶。濯纓，謂辭官歸隱。《孟子·離婁上》引孺子之歌：「滄浪之水清兮，可以濯我纓。」嘉遁：合乎正道的隱居。《易·遯》：「嘉遯貞吉。」

宴鄭協律山亭〔一〕

朝英退食迴，追與洛城隈〔二〕。山瞻二室近，水自陸渾來〔三〕。小逕藤間入，高窗竹上開。砌花連菡萏，溪柳覆莓苔〔四〕。舞席歸雲斷，歌筵薄景催〔五〕。可憐郊野際，長有故人杯。

校記

〔宴鄭協律山亭〕此詩宋集諸本未收，見《詩淵》三四八五頁。

注釋

〔一〕協律：協律郎，太常寺屬官，正八品上，掌和律吕，見《新唐書·百官志三》。鄭協律：名未詳。

〔二〕朝英：對朝廷官員的美稱。退食：退朝而進食。《詩·召南·羔羊》：「退食自公，委蛇委蛇。」追與：疑當作追興，指追隨游賞的興致。

〔三〕二室、陸渾：均見卷一《憶嵩山陸渾舊宅》注〔一〕。

〔四〕菡萏：荷花的别稱。

〔五〕薄景：落日。

河陽〔一〕

昔日河陽縣，氛氳香氣多〔二〕。曹娘嬌態盡，春樹不堪過。

校記

〔河陽〕《文苑英華》卷三〇五作傷曹娘四首其四。

注釋

〔一〕河陽：縣名，今河南孟縣。曹娘當爲河陽妓。

〔二〕香氣：《白氏六帖》卷二一：「潘岳爲河陽令，樹桃李花，人號曰河陽一樹花。」庾信《春賦》：「河陽一縣併是花，金谷從來滿園樹。」香氣兼指花與人而言。

傷曹娘〔一〕

鳳飛樓伎絶，鸞死鏡臺空。獨憐脂粉氣，猶著舞衣中。

校記

〔傷曹娘〕《文苑英華》卷三〇五作傷曹娘四首其三。

〔衣中〕底本作中衣，據《英華》乙。

注釋

〔一〕曹娘：據《河陽》及《傷曹娘二首》，乃河陽一歌舞妓，溺水而死。

嵩山夜還〔一〕

家住嵩山下，好采舊山薇〔二〕。自省遊泉石，何曾不夜歸。

注釋

〔一〕宋之問早年居嵩山，詩當高宗後期、武后前期作。此詩《梨嶽詩集》及《全唐詩》卷五八九重收李頻詩。《萬首唐人絶句》卷七收宋之問詩。詩當宋作，李頻睦州人，居里、仕歷均與嵩山無關。

〔二〕采薇：見卷一《潛珠篇》注〔五〕。

燕巢軍幕

非關憐翠幕，不是厭朱樓。故來呈燕頷，報道欲封侯〔一〕。

注釋

〔一〕頷(hàn)：下巴。《後漢書·班超傳》：超行詣相者，相者謂其當封侯，超問其相，相者指曰：「生燕頷虎頸，飛而食肉，此萬里侯相也。」

傷曹娘

河伯憐嬌態，馮夷要姝妓〔一〕。寄言遊戲人，莫弄黃河水。

校記

〔傷曹娘〕此詩底本未收，見《宋學士集》卷六，作傷曹娘二首其二，其一即鳳飛樓伎絕一首。

注釋

〔一〕河伯：河神。《史記·滑稽列傳》：「西門豹爲鄴令。豹往到鄴，會長老，問之民所疾苦。長老曰：『苦爲河伯娶婦，以故貧。』」正義：「河伯，華陰潼鄉人，姓馮氏，名夷。浴於河中而溺死，遂爲河伯也。」

游嵩岳待寄詩誚之〔一〕

嵩峰高不極，上有玉琊玕〔二〕。佳遊竟不至，何以慰長歎。

校記

〔游嵩岳待寄詩誚之〕此詩宋集諸本未收，見《詩淵》七四四頁。

注釋

〔一〕據詩，「待」下疑奪人名及「不至」等字。

〔二〕琊玕：美石。《尚書·禹貢》：「厥貢惟球琳琅玕。」傳：「琅玕，石而似玉。」

傷曹娘二首〔一〕

可憐冥漠去何之，獨立丰茸無見期〔二〕，君看水上芙蓉色，恰似生前歌舞時。

校記

〔傷曹娘二首〕《文苑英華》卷三〇五作傷曹娘四首其一、其二。

〔冥漠〕《英華》作寂寞。

注釋

〔一〕曹娘：見《傷曹娘》注〔一〕。

〔二〕丰茸：盛貌。指曹娘容飾。

其二

前溪妙舞今應盡，子夜新歌遂不傳〔一〕。無復綺羅嬌白日，直將珠玉閉黄泉〔二〕。

注釋

〔一〕前溪、子夜：均爲樂府吴聲歌曲名。《樂府詩集》卷四四引《古今樂録》：吴聲十曲，一曰《子夜》，七曰《前溪》。又引郗昂《樂府解題》：「《前溪》，舞曲也。」《宋書·樂志一》：「《子夜哥》者，有女子名子夜，創此聲。……《前溪哥》者，晋車騎將軍沈充所創。」

〔二〕嬌白日：江淹《别賦》：「珠與玉兮豔暮秋，羅與綺兮嬌上春。」黄泉：地下。《晋書·庾亮傳》：「亮將葬，何充會之，歎曰：『埋玉樹於土中，使人情何能已！』」

楊將軍挽歌〔一〕

亭寒苦照月，隴暗積愁雲。今日山門樹，何處有將軍〔二〕。

校記

〔楊將軍挽歌〕此詩底本未收，見《宋學士集》卷六。

注釋

〔一〕將軍：武官名，唐代十六衛各有上將軍、大將軍及將軍。楊將軍：名未詳。詩原出《詩式》卷四，當非全詩。

〔二〕今日二句：《後漢書·馮異傳》：異從光武帝起兵，官偏將軍，「每所止舍，諸將並坐論功，異常獨屏樹下，軍中號曰大樹將軍。」

鄧國太夫人挽歌〔一〕

鸞死鉛妝歇，人亡錦字空〔二〕。悲端若能減，渭水亦應窮〔三〕。

校記

〔鄧國太夫人挽歌〕此詩底本未收，見《宋學士集》卷六。

注釋

〔一〕國夫人：外命婦封爵，唐制，一品及國公母妻，爲國夫人。鄧國太夫人，未詳。詩出《詩式》卷三，應爲殘篇。

〔二〕錦字：見《桂州三月三日》注〔一四〕。

〔三〕悲端：悲痛之情。端，指思緒。

句〔一〕

洛水多清泚，嵩高有白雲〔二〕。聖朝容隱逸，時得詠南薰〔三〕。

校記

〔句〕此句宋集諸本未收，據《西溪叢語》卷上録。

注釋

〔一〕《西溪叢語》卷上：「洛中董氏蓄雷琴一張，……其外漆下隱有朱書云（詩略），此詩見《宋之問集》。」詩當後人取以題琴者。

〔二〕泚：清澈。嵩高：即嵩山。白雲，見卷一《冬夜寓直麟臺》注〔三〕。

〔三〕南薰：和暖的南風，喻皇帝恩德。《孔子家語·辨樂》：「昔者舜彈五弦之琴，造《南風》之詩。其詩曰：『南風之薰兮，可以解吾民之愠兮。南風之時兮，可以阜吾民之財兮。』」

宋之問集校注卷五

賦

秋蓮賦并序〔一〕

天授元年，敕學士楊炯與之問分直於洛城西〔二〕。入閣，每雞鳴後至羽林仗，閽人奏名，請龜契，佇命拱立于御橋之西〔三〕。玉池清泠，紅蕖菡萏。謬履扃闥，自春徂秋，見其生，視其長，睹其盛，惜其衰，得終天年而無夭折者，良以隔礙仙禁，人莫由窺。向若生於瀟湘洞庭、溱洧淇澳，即有吴姬越客、鄭女衛童，芳心未成，採擷都盡〔四〕。今委以白露，順以凉風，榮落有期，私分畢矣。斐然願歌其事久之，乃述《秋蓮賦》焉。

若夫西城祕掖，北禁仙流，見白露之先降，悲紅蕖之已秋〔五〕。昔之菡萏齊秀，芬敷競發，君門閟兮九重，兵衛儼兮千列〔六〕。緑葉青枝，緣溝覆池，映連旗以摇艷，輝長劍兮陸離〔七〕。疏瀍兮裂穀，交流兮相沃，四繞兮丹禁，三匝兮承明〔八〕。曉而望之，若霓裳宛轉朝玉京；

夕而察之，若霞標灼爍散赤城〔九〕。既如秦女艷日兮鳳鳴，又如洛妃拾翠兮鴻驚〔一〇〕。足使瑶草罷色，芳樹無情。複道兮詰曲，離宫兮相屬，飛閣兮周廬，金鋪兮璧除〔一一〕。君之駕兮旖旎，蓮之葉兮扶疎。萬乘顧兮駐綵騎，六宫喜兮停羅裾，仰仙遊而德澤，縱玄覽而神虚。豈與夫溪澗兮沼沚，自生兮自死〔一二〕！海圻兮江沱，萬里兮煙波。泛漢女，遊湘娥，鳴佩玉，戲清渦，中流欲渡兮木蘭檝，幽泉一曲兮採蓮歌〔一三〕。江南兮峴北，汀洲兮不極，既有芳兮莎城，長無依兮水國〔一四〕。豈知移植天泉。飄香列仙，嬌紫臺之月露，含玉宇之風煙〔一五〕。離葩兮照燭，衆彩兮相宣。鳥翡翠兮舟青翰，樹珊瑚兮林碧鮮〔一六〕。夫其生也，春風晝蕩，爍日相煎，夭桃盡兮穠李滅，出大堤兮艷欲然。夫其謝也，秋灰度琯，金氣騰天，宫槐疎兮井桐變，摇寒波兮風颯然〔一七〕。歸根息艷兮八九月，乘化無窮兮千萬年。越人望兮長已矣，鄭女採兮無由緣。何深蒂之能固，何穠香之獨全。別有待制揚雄，悲秋宋玉，夏之來兮翫早紅，秋之暮兮悲餘緑〔一八〕。禮盛燕臺，人非楚才，雲霧圖兮蘭爲閣，金銀酒兮蓮作杯〔一九〕。落英兮徘徊，風轉兮衰積。入黄扉兮灑錦石，縈白蘋兮覆緑苔。寒暑茫茫兮代謝，故葉新花兮往來。何秋日之可哀，託芙蓉以爲媒。

校記

〔與之問〕《文苑英華》卷一四八、張本作共之問。

〔由窺〕《英華》作由見。

〔闞兮〕《英華》作闞若。

〔裂觳〕《英華》作引觳。

〔丹禁〕《英華》、張本作禁營。

〔灼爍〕《英華》作的爍。

〔喜兮〕《英華》作嘉兮。

〔海圻〕《英華》、張本作海沂。

〔萬里〕張本作漫漫。

〔清渦〕《英華》作清波。

〔既有芳兮莎城〕《英華》、張本作有芳意兮何成，《唐文粹》卷六作既有芳兮蓑城。

〔雜葩〕《英華》作雜芳。

〔艷欲〕《英華》、張本作火欲。

〔疎兮〕張本作落兮。

〔井桐〕張本作井梧。

〔長已矣〕《英華》、張本作長久矣，精舍本作已長久。

〔深蒂〕《英華》作深葉，朱本作深根。

〔霧圖〕《英華》作霧圓，精舍本作霞圖。

〔衰積〕《英華》、張本作哀哀，精舍本作衰衰。

〔可哀〕《英華》作可表。

注釋

〔一〕賦天授元年（六九〇）洛陽作。

〔二〕楊炯：見卷一《温泉莊卧病答楊七炯》注〔一〕。《新唐書·宋之問傳》：「武后召與楊炯分直習藝館。」《資治通鑑》卷二〇八胡三省注：「習藝館，本名内文學館，選宫人有文學者一人爲學士，教習宫人。武后改爲習藝館，又改爲翰林内教坊，以地在禁中故也。」

〔三〕閤：宫中小門。羽林仗：禁軍儀仗。唐代禁軍十六衛有左、右羽林軍衛，稱武衛所領兵爲羽林，見《唐六典》卷二五。閤人：門吏。龜契：龜形符節，出入宫禁以備查驗身份之用。

〔四〕溱洧：二水名，溱水源出河南密縣東北，東南會洧水。淇澳：淇水曲岸，淇水在今河南北部。擷（xié）：摘取。《詩·鄭風·溱洧》及《衛風·淇澳》均情歌，《溱洧》中有男女「秉蕑」遊于水濱的描寫，孔穎達正義引《韓詩》，謂蕑即蓮。

〔五〕西城、北禁：泛指宫禁。上陽宫在洛陽皇城西，宫城在皇城北。

〔六〕芬敷：猶紛敷，分張繁盛貌。潘岳《西征賦》：「華實紛敷，桑麻條暢。」

〔七〕陸離：劍低昂貌。《楚辭·九章·涉江》：「帶長鋏之陸離兮。」

〔八〕瀍：水名，在東都河南縣西北六十里。穀：水名，流經洛陽禁苑，又分其水爲穀渠，至城之西南隅入洛水，參見《唐兩京城坊考》卷五。承明：天子路寢，以其承接明堂，故名。見《説苑·脩文》。

〔九〕霓裳：雲霓爲衣裳，指仙人。玉京：神仙所居。道家自言「先天地生，以資萬類，上處玉京，爲神王之宗，下在紫微，爲飛仙之主」，見《魏書·釋老志》。灼爍：光彩鮮明貌。赤城：《文選》卷一一孫綽《遊天台山賦》：「赤城霞起而建標。」李善注引孔靈符《會稽記》：「赤城，山名，色皆赤，狀似雲霞。」

〔一〇〕秦女：用弄玉事，見卷一《花燭行》注〔一〇〕。洛妃：相傳伏羲氏之女溺死洛水，遂爲其神。曹植《洛神賦》：「其形也，翩若驚鴻，婉若遊龍。……或采明珠，或拾翠羽。」

〔一一〕周廬：皇宮四周供警衛止宿的房舍。金鋪：用以啣門環的獸面形環鈕。璧除：晶瑩如玉璧的石階。

〔一二〕沚：水中小洲。溪澗沼沚，指野生植物。《左傳·隱公三年》：「苟有明信，澗谿沼沚之毛……可薦於鬼神，可羞於王公。」

〔一三〕海圻：海濱。江沱：江水支流。《詩·召南·江有汜》：「江有沱。」漢女：漢水神女。鄭交甫南適楚，經漢皋，遇二女，佩二珠，大如雞卵，見《文選》卷四張衡《南都賦》李善注引《韓詩外傳》。湘娥：湘水女神，見卷二《則天皇后挽歌》注〔三〕。曹植《洛神賦》：「從南湘之二妃，攜漢濱之游女。」漢女、湘娥：泛指江漢地區女子。採蓮歌：樂府《江南》古辭：「江南可採蓮。」吴歌西曲有《採蓮曲》等。

〔一四〕峴：峴山，在襄陽。峴北，猶漢北，參見卷四《使過襄陽登鳳林寺閣》注〔二〕。莎：草名。張籍《江南行》：「清莎覆城竹爲屋。」

〔一五〕列仙：列仙所居，指宫殿。班固《西都賦》：「實列仙之攸館，非吾人之所寧。」

〔一六〕青翰：舟名，刻爲鳥形，塗以青色。鄂君子晳乘青翰之舟，見《説苑·善説》。

〔一七〕琯：玉管，此指律管，參見卷四《翦綵》注〔三〕。

〔一八〕揚雄：西漢辭賦家，此借指楊炯。漢孝文帝時客有薦雄文似司馬相如者，乃召雄待詔承明之庭。見《漢書·揚雄傳》。宋玉：戰國楚文學家，此借以自喻。宋玉《九辯》：「悲哉秋之爲氣也，蕭瑟兮草木摇落而變衰。」

〔一九〕燕臺：燕昭王黄金臺。《文選》卷二八鮑照《放歌行》李善注引《上谷郡圖經》：「黄金臺，易水東南十八里，燕昭王置千金於臺上，以延天下之士。」楚才：《左傳·襄公二十六年》：「如杞梓皮革，自楚往也。雖楚有材，晋實用之。」

太平公主山池賦〔一〕

粤若公主誕生，皇家太平，徵郡國以選號，叶時雍之美名〔二〕。孕靈娥之秀彩，輝婺女之淳精〔三〕。虹美電熠，蘭香玉清。禀金后之玄訓，係列聖之聰明〔四〕。厭綺羅與絲竹，愛瑶池及赤城〔五〕。構仙山兮既畢，侔造化之神術。其爲狀也，攢怪石而岑崟。其爲異也，含清氣而蕭瑟。列海岸而争聳，分水亭而對出。其東則峰崖刻劃，洞穴縈迴，乍若風飄雨灑兮移鬱島，又似波沈浪息兮見蓬萊〔六〕。圖萬重于積石，匿千嶺于天台〔七〕。荆門揭起兮壁峻，少室叢生兮劍開〔八〕。削成秀絶，蓮華之覆高掌；獨立窈窕，神女之戲陽臺〔九〕。爾其樵溪釣浦，茅堂菌閣，祕仙洞之瑶膏，隱山家之場藿〔一〇〕。煙岑水涯，繚繞逶迤，翠蓮瑶草，的礫紛披，映江潯而爛爛，浮海上而纍纍〔一一〕。迺之罘與衡霍，豈吾人之所爲〔一二〕。向背重複，參差反覆。翳薈蒙籠，含青吐紅。陽崖奪錦，陰壑生風。奇樹抱石，新花灌叢。向若天長地久，苔蘚合，古往今來兮林澗空。始燕秦而開徑，訪靈藥乎其中。其西則翠屏嶄巖，山路詰曲，高閣翔雲，丹巖吐緑。惚兮怳，涉弱水兮至崑崙；杳兮冥，乘龍梁兮向巴蜀〔一三〕。壯岷嶓兮連屬，鬱氛氲兮斷續〔一四〕。巖虚兮谷峻，藏清兮蓄韻。含珠兮藴玉，衆彩兮明潤。芳園暮兮白日沈，爽氣浮兮黛壑深。風泉活活兮鳴石，葛藟青青兮蔓岑〔一五〕。羅八方之奇獸，聚六合之珍禽。别有複道三襲，平臺四注〔一六〕。跨渚兮交林，蒸雲兮起霧。鴛鴦水兮鳳凰樓，文虹橋兮彩鷁舟。山池成兮帝子遊，試一望兮消人憂。召七賢，集五侯〔一七〕。棹浦曲，席巖幽。鳴玉佩兮登降，列金觴兮獻酬。未窮觀而極覽，忽雲散而風流。於是乎上客既旋，重扃嚴閉。榜童儼而齊發，綵女分而爲衛，牽水葉兮張水嬉，摘山花兮詠山桂〔一八〕。燕姬荆艷兮代所稀，鳳舞鸞歌兮儼欲飛〔一九〕。披煙弄月兮宵未歸，桂枝清霧兮濕羅衣。奕奕濟濟，夜旋玉邸。隱隱崇崇，朝趨帝宫。銀鑪翕習，烟生霧集〔二〇〕。絳節繽紛，揚光吐文。行軒即水，去馬騰雲，鏘鏘翼翼兮馳丹闕，超超遥遥兮向紫氛〔二一〕。寵極兮慈掌，情勤兮幽賞。戀宸扆兮出入，憶幽山兮來往〔二二〕。採朱萼兮山之側，步蘭庭兮候顔色。掇緑蘋兮於澗潦，宜室家兮叶仇好〔二三〕。既而貞心内潔，淑則遠傳，詠談者聞之而必勸，缺薄者聞之而凜然〔二四〕。況復淮王招隱，秦主隨僊，弄紫房之琴瑟，馳碧落之風煙〔二五〕。賓屈宋於珠履，引鄒枚於玳筵〔二六〕。秋葉飛兮散紅樹，春苔生兮覆緑泉。春秋寒暑兮歲榮落，林巒沼沚兮日芳鮮。吾君永保南山壽，車騎往來千萬年。

校記

〔誕生〕《文苑英華》卷五三作祇生。

〔金后〕《英華》校集作于后。

〔聰明〕《英華》校集作聰英。

〔岑崟〕《英華》校集作嶔崟。

〔瑶膏〕精舍本作瓊膏。

〔的礫〕底本作的爍，據《英華》改。

〔紛披〕《英華》作分被，校集作分披。

〔江潯〕精舍本作江濱。

〔生風〕《英華》校集作藏風。

〔向若〕《英華》校集作杳若。

〔翔雲〕《英華》校集作翔風。

〔恍涉〕精舍本作既涉。

〔冥乘〕精舍本作宜乘。

〔龍梁〕《英華》校集作飛梁。

〔谷峻〕精舍本作谷浚。

〔山折〕精舍本作山桂。

〔清霧〕精舍本作清露。

〔朝趨〕《英華》校集作朝還。

〔即水〕底本作節水，據精舍本改。

〔出入〕精舍本作候幽人。

〔林巒〕《英華》作林溟。

〔永保〕精舍本作永享。

注釋

〔一〕太平公主：見卷二《奉和春初幸太平公主南莊應制》注〔一〕。據《舊唐書》本傳，公主好崇飾邸第，田園遍於近甸膏腴；神龍元年，預誅張易之謀有功，進號鎮國太平公主。此賦言及公主「宜室家兮叶仇好」，而未及鎮國之號，當作於高宗後期或武后朝。

〔二〕粤：通曰，句首助詞。時雍：指公主封號「太平」。雍：和諧。《書·堯典》：「黎民於變時雍。」正義：「人俗大和，即是太平之事也。」

〔三〕靈娥：仙女，指月中嫦娥。婺女：星名，即女宿。淳精：明亮光輝。班固《白雉詩》：「容潔朗兮於淳精。」

〔四〕金后：指武后。玄訓：猶聖訓。《易·坤》：「天玄而地黄。」列聖：指太平公主父祖，即唐高祖、太宗、高宗等。

〔五〕瑶池：神話中西王母所居。見卷一《龍門應制》注〔一六〕。赤城：見《秋蓮賦》注〔九〕。初，武則天曾丐太平公主入道，爲其母楊氏祈冥福，儀鳳中，吐蕃請和親，則天復爲築宫，如方士薰戒，以拒和親事，見《新唐書·太平公主傳》。

〔六〕鬱島：即郁洲，神話中海島。《水經注·淮水》：「（朐縣）東北海中有大洲，謂之郁洲。《山海經》所謂郁山在海中者也，言是山自蒼梧徙此云。」徐陵《奉和山池》：「羅浮無定所，鬱島屢遷移。」

〔七〕積石：山名，即大雪山，在今青海南部，相傳大禹自此導河。成公子安《大河賦》：「潛崑崙之峻極，出積石之嵯峨。」天台：山名，在今浙江天台北。

〔八〕荆門：山名，在今湖北宜都西北。《水經注·江水》：「江水又東歷荆門、虎牙之間。荆門在南，上合下開，闇徹山南。……此二山，楚之西塞也。」少室：即嵩山，屢見。

〔九〕蓮華：華山主峰。高掌：謂華山仙掌峰，因山中白色膏液流出，形如掌跡，相傳爲河神巨靈擘開山峰以通河道所留。《山海經·西山經》：「太華之山，削成而四方，其高五千仞，其廣十里，鳥獸莫居。」張衡《西京賦》：「綴以二華，巨靈贔屓，高掌遠蹠，以流河曲，厥迹猶存。」神女：巫山十二峰之一，又指巫山神女，爲陽臺雲雨所化，參見卷三《宋公宅送寧諫議》注〔六〕。

〔一〇〕瑶膏：玉膏，傳説中仙藥，即膏狀石鐘乳。場藿：園圃中豆苗。《詩·小雅·白駒》：「皎皎白駒，食我場藿。」

〔一一〕的皪：即的皪，閃光貌。司馬相如《上林賦》：「明月珠子，的皪江靡。」

〔一二〕之罘：山名，在今山東煙台北。秦始皇二十九年、三十七年，兩次登之罘山，見《史記·秦始皇本紀》。衡：南嶽衡山。霍：霍山，即天柱山，在今安徽潛山。元封五年，漢武帝南巡，登禮天柱山，亦號曰南嶽，見《漢書·武帝紀》。之罘、衡霍，指帝王之事。

〔一三〕弱水：傳説中水名。魯迅《古小説鈎沈》引《玄中記》：「天下之弱者，有崑崙之弱水焉，鴻毛不能起也。」龍梁：指梁山，見卷四《送田道士使蜀投龍》注〔三〕、《送趙司馬赴蜀州》注〔二〕。

〔一四〕岷嶓：岷山與嶓冢山，前者在甘肅、四川境，后者在甘肅、陝西境，古人認爲二山分别是長江、漢水的發源地。《書·禹貢》：「岷嶓既藝。」

〔一五〕活(guō)活：水流聲。葛藟：蔓生攀緣植物。

〔一六〕三襲：三重。四注：四向流水的屋檐。梁簡文帝《雪朝詩》：「落梅飛四注，翻霙舞三襲。」

〔一七〕七賢：指高人逸士。《晋書·嵇康傳》：「所與神交者，惟陳留阮籍、河内山濤，豫其流者河内向秀、沛國劉伶、籍兄子咸、琅玡王戎，遂爲竹林之游，世所謂『竹林七賢』也。」五侯：指權貴。漢成帝時，王譚等五人同日封侯，時人謂之五侯，見《漢書·元后傳》。

〔一八〕榜童：划船少年。水嬉：水上歌舞等遊樂活動。

〔一九〕燕姬荆艷：燕地和楚地的美女。

〔二〇〕奕奕：精神煥發貌。濟濟：衆多貌。隱隱：盛貌。崇崇：高貌。翕習：盛貌。

〔二一〕即水：來到水邊。鏘鏘：鸞鈴聲。翼翼：整飭貌。《詩·大雅·烝民》：「四牡彭彭，八鸞鏘鏘。」同書《小雅·采薇》：「四牡翼翼。」

〔二二〕慈掌：當指武后，爲太平公主慈母，愛之如掌珠。宸扆：指帝王。扆，有斧形花紋的屏風，相傳古帝王背向斧扆而立。出入：指出入宫中。

〔二三〕澗潦：《詩·召南·采蘋》：「于以采蘋，南澗之濱。于以采藻，于彼行潦。」小序謂詩稱美大夫之妻能循法度，可承先祖，供祭祀。仇好：即好仇，好配偶。《詩·周南·關雎》：「窈窕淑女，君子好逑。」又《桃夭》：「之子于歸，宜其室家。」

〔二四〕淑則：賢淑的模範。詼談：戲謔談笑。勸：教，受教育。缺薄者：品行不端的人。凛然：謂知戒懼。

〔二五〕淮王：西漢劉安，封淮南王，善文辭，喜賓客，好神仙，《漢書》有傳。《楚辭》有《招隱士》，王逸謂其賓客淮南小山所作。秦主：指弄玉，見卷一《花燭行》注〔一〇〕。紫房：猶紫府，道家謂仙人所居。碧落：天空。

〔二六〕屈宋：屈原、宋玉，戰國楚文學家。鄒、枚：鄒陽、枚乘，西漢文學家，梁孝王文學侍從。珠履：以珠爲飾的鞋。春申君客三千餘人，其上客皆躡珠履，見《史記·春申君列傳》。玳筵：以玳瑁背甲爲飾的筵席。

宋之問集校注卷六

序

春夜令狐正字田子過弊廬序〔一〕

田二官考室潁陽，令狐九閑居渭涘〔二〕。徵君太守，世業相親；洛邑秦京，道遊非遠〔三〕。春山採藥，揖二子之高蹤；夜月迴車，入故人之窮巷。闢書幌，卷琴帷。緑竹一叢，清風三尺。幽吟所託，遊仙招隱之詩；嘉話伊何，丹丘白雲之事〔四〕。焚枯未薦，飽我以老氏之言；舉白無譁，醉予以胡丘之説〔五〕。池塘潤於時雨，衣巾漸於和氣。蘭欲芳而逼人，林將曙而催鳥。嗟乎，語默恒理，聚散何常，請揮翰寫心，用旌厥事。使嵩高洞裏，記兹夕之當歌；太白巖中，念今宵之秉燭〔六〕。共編四韻，貽諸好事云〔七〕。

注釋

〔一〕正字：秘書省官員，正九品下，掌讎校典籍，刊正文章。令狐正字：名未詳。田子：田游巖，見卷一《敬答田徵君》注〔一〕。序當武后前期作。

〔二〕田二官：田游巖。考室：猶築室。潁陽：潁水之北。田游巖自云「僕也潁陽客」，宋之問稱之爲「潁陽人」，見卷一《敬答田徵君》注〔三〕及附録。渭涘：渭水之濱。

〔三〕徵君：指田游巖。太守：漢代郡的長官，此指州刺史。《元和姓纂》卷五敦煌令狐氏：「思撫，唐地官郎中、鄭州刺史。」光宅元年改户部爲地官，神龍元年復舊，見《唐六典》卷三。疑令狐思撫爲正字之父，即序中之太守。

〔四〕招隱之詩：晋左思、陸機有《招隱詩》，郭璞有《遊仙詩》，均見蕭統《文選》。丹丘：神話中仙人所居，晝夜常明。《楚辭·遠遊》：「仍羽人於丹丘兮，留不死之舊鄉。」

〔五〕焚枯：指魚。應璩《百一詩》：「田家無所有，酌醴焚枯魚。」老氏：老子李耳，著《道德經》上下篇，五千餘言。胡丘：疑當作壺丘。壺丘子林爲列子師，見《列子·説符》等篇。

〔六〕嵩高：嵩高山，即嵩山。太白：山名，在今陝西眉縣南，爲秦嶺山脈之一峰。《元和郡縣圖志》卷二鳳翔府郿縣：「縣在渭水南一里。……太白山在縣東南五十里。」田游巖隱居嵩山，太白當爲令狐正字所居之地。

〔七〕四韻：宋之問等所賦四韻詩已佚。

早秋上陽宫侍宴序〔一〕

臣聞神器至大，非聖無以光臨；寶位至尊，非神無以長守〔二〕。我金輪聖神皇帝垂妙覺，撫鴻勳，出軒宫而鎮紫微，卷翬衣而襲玄衮〔三〕。釋罘祝網，萬族咸寧；革故維新，五刑不用〔四〕。潤玉律而含元氣，轉金渾而調順晷〔五〕。窮荒極遠，重譯左言之俗，負阻憑危，背德殊風之類，莫不厥角稽顙，執贄來庭〔六〕。烟火通於萬方，車書混於千界。慶延八室，享配於明祇；辟水三雍，講論乎道義〔七〕。麟鳳薦祉，龜龍奉圖，石銘顯瑞於郊畿，玉書告祥於宫掖〔八〕。以日繼月，紛綸葳蕤，竹帛書之而未窮，夷夏歌之而不極。聖人之具品周矣，天子之能事畢矣！自千古以下，迄於梁、隋，何功於人，比我全德。於是寧宴坐，展豫遊，順四時，乘六辨〔九〕。先王洛食，上帝河都，樞機正於域中，雨露均於天下〔一〇〕。徒觀其離宫别殿，彌複道而亘南端；高閣重甍，瞰崇墉而連北斗。滄洲曉氣，化爲宫闕之形；閶闔秋風，亂起金銀之樹〔一一〕。降瑚輿而式燕，簪紱凝嚴；披鏤檻而昇高，山河在目〔一二〕。參光有地，遊日月於天邊；睨遠無窮，見城池於掌上。四達分九重之路，積樹捎雲；雙莖當鐵鎖之橋，流珠耿漢〔一三〕。霞漿玉醴，與湛露而俱傾；鳳管龍絲，雜商飈而共奏〔一四〕。聖皇乃望芝田，賦葛天，和者萬，唱者千〔一五〕。乃命小臣，編紀衆作，流汗拜首，而爲序云。

校記

〔垂妙〕《文苑英華》卷七〇九校集作乘妙。

〔玄衮〕底本作元兗，據《英華》、張本改。

〔轉金〕《英華》、張本作輪金。

〔左言〕張本作左袵。

〔奏聖皇乃望芝田賦葛天和者萬唱者千乃命小臣編紀〕《英華》、張本奪此二十二字。

注釋

〔一〕上陽宫：見卷一《上陽宫侍宴應制得林字》注〔一〕。文稱武后爲金輪聖神皇帝。按兩《唐書》本紀，武后于長壽二年九月加金輪聖神皇帝號；次年五月，加越古金輪聖神皇帝號；證聖元年一月，加慈氏越古金輪聖神皇帝號；二月去慈氏越古四字；九月，復加天册金輪聖神皇帝號。題云「早秋」。序必作於證聖元年（六九五）七月。

〔二〕神器、寶位：均指帝位。班彪《王命論》：「游説之士，至比天下於逐鹿，……不知神器有命，不可以智力求也。」《易·繫辭下》：「聖人之大寶曰位。」

〔三〕軒宫：即軒轅星，指後宫。紫微：即紫宫，星座名，指帝位。《淮南子·天文》：「紫宫者，太一之居也。軒轅者，帝妃之舍也。」翬：五色彩雉。翬衣：即褘衣，深青色，文爲翬翟之形，皇后朝會所服。玄衮：指天子之服，有衮冕、玄冕等。參見《舊唐書·輿服志》。此謂武則天由皇后而踐帝位。

〔四〕罘：捕兔網。《史記·殷本紀》：「湯出，見野張網四面，祝曰：『自天下四方皆入吾網。』湯曰：『嘻，盡之矣。』乃去其三面，祝曰：『欲左，左。欲右，右。不用命，乃入吾網。』諸侯聞之，曰：『湯德至矣，及禽獸。』」五刑：墨、劓、剕、宫、大辟五種刑罰。

〔五〕玉律：玉製律管，代指氣候，參見卷四《翦綵》注〔二〕。金渾：銅製渾天儀，此代指天象。

〔六〕重譯：語言不通，輾轉翻譯。左言：異國、異族的語言。厥角：指内心危懼。稽（qǐ）顙：以額觸地。《書·泰誓》：「百姓懔懔，若崩厥角。」傳：「言民畏紂之虐，危懼不安，若崩摧其角，無所容頭。」來庭：來朝見天子。《詩·大雅·常武》：「四方既平，徐方來庭。」

〔七〕八室：指祖先。《舊唐書·禮儀志五》：「天授二年，則天既革命稱帝，於東都改制太廟爲七廟室，奉武氏七代神主，祔于太廟。」此云八室，未詳。辟水：即璧水。三雍：辟雍、明堂、靈臺的合稱，爲帝王祭祀、典禮之所。班固《東都賦》：「盛三雍之上儀。」《三輔黄圖》卷五：「周文王辟廱在長安西北四十里，亦曰璧廱，如璧之圓，雍之以水，象教化流行也。」

〔八〕薦祉：獻瑞呈祥。《竹書紀年》卷上：黄帝「五十年秋七月庚申，鳳鳥至，帝祭於洛水」。沈約注：「龍圖出河，龜書出洛，赤文篆字，以授軒轅。」龍圖龜書，即河圖洛書，後人以爲即八卦與《洪範》九疇。《舊唐書·則天皇后紀》：垂拱四年四月，「武承嗣僞造瑞石，文云『聖母臨人，永昌帝業』，令雍州人唐同泰表稱獲之洛水。皇太后大悦，號其石爲『寶圖』」。

〔九〕六辨：六氣之變。《莊子·逍遥游》：「若夫乘天地之正而御六氣之辯以遊無窮者，彼且惡乎待哉！」陸德明音義：「六氣：司馬云，陰、陽、風、雨、晦、明也。」辨、辯：均通變。

〔一〇〕洛食：指西周的東都成周，在洛陽。《書·洛誥》：「周公往營成周，使來告卜。……我乃卜澗水東，瀍水西，惟洛食。」傳：「又卜澗、瀍之間，惟近洛吉，今河南城也。」食，龜兆食墨，見卷二《梁宣王挽詞三首》其二注〔三〕。河都：指洛陽。黄帝夢天帝授圖於河之都，遂游河洛之間以求之，見《太平御覽》卷七九引《河圖挺佐輔》。

〔一一〕曉氣：謂蜃氣。《唐語林》卷八：「海上居人，時見飛樓，如結構之狀甚壯麗者。太原以北，晨行則煙靄之中，睹城闕狀如女墻雉堞者，皆《天官書》所謂蜃也。」西風一名閶闔風。《淮南子·天文》：「涼風至四十五日，閶闔風至。」

〔一二〕琱輿：雕畫文飾的車。琱，通雕。簪紱：髮簪與繫印絲帶，代指官員。

〔一三〕雙莖：原指漢武帝所造金人承露盤，此代指洛陽宫殿建築物。班固《西都賦》：「抗仙掌以承露，擢雙立之金莖。」鐵鎖之橋：指天津橋，見卷一《花燭行》注〔三〕。

〔一四〕霞漿玉醴：指美酒。湛露：濃露。鳳管龍絲：對樂器的美稱，此指音樂。商飈：秋風。

〔一五〕芝田：神仙種芝草之所。《十洲記》：「東海祖洲上有不死之草，生瓊田中，或名爲養神芝。」葛天：葛天氏，傳説中上古帝王。《吕氏春秋·古樂》：「昔葛天氏之樂，三人操牛尾，投足以歌八闋。」司馬相如《上林賦》：「奏陶唐氏之舞，聽葛天氏之歌，千人唱，萬人和。」

三月三日奉使涼宫雨中禊飲序〔一〕

三月上巳，有祓除禊飲者，成俗久矣。摯虞對而不經，束皙言而有禮〔二〕。漢庭故事，衣冠就玄霸之橋；晉國遺風，輜軿耀翠嫣之浦〔三〕。興秦宫者，我大周之所建也〔四〕。境連伊塞，岸隔河都，清暑必在於三伏，洙寒不踰於十里〔五〕。占星已畢，擢仙闕而威百神；匪日將成，宜聖皇而福四海〔六〕。吾儕恭興路寢，初忝雲軺，違北京之宴樂，坐南山之霧雨〔七〕。相與會良友，陶暮春，席幽林，觴曲水。是日也，雜英初發，羣物半榮，春逶迤而上山，雪嶔崟而藏谷。高人一坐，杞梓交陰；作者肆筵，芝蘭同氣。遞襲歌詠，不登絃管。嵇叔夜之鳴琴，偏依緑竹；郭子期之春酒，本出青山〔八〕，論史可聽，談玄愈默〔九〕。不覺齊萬品，溢九圍，愛流波，惜遲景〔一〇〕。顧眄相謂，雖非巢、許之間；左右同聲，盍各巖泉之助〔一一〕。請染翰操紙，賦詩言志，人探一言，俱題四韻〔一二〕。

校記

〔溢九〕張本作隘九。

〔顧眄〕《文苑英華》卷七〇九、張本作顧盼。

注釋

〔一〕涼宮：避暑之宮，即文中興秦（疑當作泰）宮，在洛陽之南，時涼宮剛開始修建，宋之問出使至此。禊飲：祓禊飲宴。古俗於舊曆三月上旬巳日飲宴洗濯於水濱以祓除不祥，魏、晉後，固定在三月三日。序當長安四年作。

〔二〕摯虞：晉人，字仲洽，著有《文章志》、《文章流别集》等。《晉書·束皙傳》：「武帝嘗問摯虞三日曲水之義，虞對曰：『漢章帝時，平原徐肇以三月初生三女，至三日俱亡，邨人以爲怪，乃招擕之水濱洗祓，遂因水以泛觴，其義起此。』帝曰：『必如所談，便非好事。』皙進曰：『虞小生，不足以知，臣請言之……』帝大悦，賜皙金五十斤。」束皙所言見卷三《桂州三月三日》注〔五〕。

〔三〕玄霸：灞水。《文選》卷一〇潘岳《西征賦》：「南有玄灞素滻，湯井温谷。」李善注：「玄、素，水色也。灞、滻，二水名。」灞水上有霸橋。《漢書·孝武衛皇后傳》：「（武）帝祓霸上，還過平陽主。」孟康曰：「祓，除也。於霸水上自祓除，今三月上巳祓禊也。」輜軿：兩種有蔽障物的車，多爲婦女所乘。嬀（guī）：水名，在今山西永濟南。翠嬀之浦：此指洛水。黄帝遊河、洛之間，至翠嬀之浦，得圖，見《太平御覽》卷七九引《河圖挺佐輔》。《晉書·夏統傳》：「詣洛市藥，會三月上巳，洛中王公已下並至浮橋，士女駢填，車服燭路。」

〔四〕興秦宮：未詳，疑爲興泰宮之誤。武后改唐國號爲周，又迷信圖讖，其所建宮殿似不當以「興秦」爲名。《新唐書·地理志二》：河南府壽安縣：「西南四十里萬安山有興泰宮，長安四年置。」

〔五〕伊塞：即闕塞，見卷一《龍門應制》注〔一〕。河都：謂洛陽，見《早秋上陽宮侍宴序》注〔一〇〕。洙寒：未詳，疑爲涼寒之誤。

〔六〕占星：觀星象。舊云定星（營室）昏中而正之時可以營制宮室，見《詩·鄘風·定之方中》毛傳、鄭箋。

〔七〕路寢：天子、諸侯的正室，此泛指宮殿。雲軺：繪有雲氣的輕便馬車，此指使車。北京：此指洛陽，在闕塞之北。南山：指興泰宮所在的萬安山。《列女傳》卷二《陶答子妻》：「妾聞南山有玄豹，霧雨七日而不下食者，何也？欲以澤其毛而成文章也。

〔八〕《晉書·嵇康傳》：康字叔夜，常修養性服食之事，彈琴詠詩，自足於懷，與阮籍等爲竹林之遊。郭子期：未詳。

〔九〕《世說新語·言語》載王衍云：「張茂先論《史》、《漢》，靡靡可聽。」

〔一〇〕萬品：萬類。九圍：九州。《詩·商頌·長發》：「帝命式於九圍。」

〔一一〕巢許：巢父、許由，上古隱士。《高士傳》卷上：「堯又召（許由爲九州長，由不欲聞之，洗耳於潁水濱。時其友巢父牽犢欲飲之，見由洗耳，問其故。對曰：『堯欲召我爲九州長，惡聞其聲，是故洗耳。』巢父曰：『子若處高岸深谷，人道不通，誰能見子？』子故浮游，欲聞求其名譽，污吾犢口。』牽犢上流飲之。」

〔二〕四韻：四韻詩。宋之問等所作四韻詩均佚。

宴龍泓詩序〔一〕

玉樹涼臺之側，丹谿洞壑之傍，靈聖之所往還，蛟螭之所潛伏。飛泉鶴挂，蹋江隅之七里；曲蹬龍盤，架彭門之九折〔二〕。潭如月映，狎之者無從；石似霞開，陟之者莫曉。斜馳洛邑，徑路接於風煙；却枕寒郊，年代成乎今昔。羣公以乘星戾止，納言以捧日來遊〔三〕。雖復八舍七車，情每存於野託；貂冠鶡印，志彌尚於幽尋〔四〕。探勝迹而忘疲，對良朋而不倦。於是藉纖草，挹清樽，咀芝朮，浮蘭桂。同謝客之山行，類淵明之野酌〔五〕。時臨夏首，繡羽轉而添歌；序屬春餘，丹花舒而助笑。相趍動色，縱賞飛談。睹軒蓋而爲輕，悦薜蘿而是重。兀然而醉，心已合於大道，悦爾而醒，迹暫均於小隱〔六〕。物外之興致斯遠，俗中之囂塵自隔。此之嘉會，僉曰難逢。曹子建七步之才，論情實愧；江文通五色之管，豈宜虛擲〔七〕。

校記

〔宴龍泓詩序〕本文僅見於《全唐文》卷二四一，《文苑英華》、張本未收，未詳所出。

注釋

〔一〕龍泓：龍潭。據序，其地在洛陽附近，或即嵩山之九龍潭，參見卷一《奉和梁王宴龍泓應教》注〔一〕。序當武后前期作。

〔二〕彭門：天彭山，在今四川彭縣。《水經注·江水》：「氐道縣有天彭山，兩山相對，其形如闕，謂之天彭門。」

〔三〕乘星：猶戴星。謝靈運《山居賦》：「櫛風沐雨，犯露乘星。」納言：即侍中，門下省長官。光宅元年，改門下省爲鸞臺，侍中爲納言，神龍元年復舊。捧日：指翊贊侍從皇帝。

〔四〕八舍：指官署。《周禮·宗伯》：「掌八次八舍之事。」貂冠：以貂尾與蟬羽爲飾的冠，爲侍中、散騎常侍等顯官服飾。鵲印：公侯之印。傳説漢時有鳥如鵲，墮地化石，張顥椎破之，得金印，文曰「忠孝侯印」，見《搜神記》卷九。

〔五〕蘭桂：蘭舟桂楫，代指船隻。謝客：謝靈運，見卷三《宿雲門寺》注〔九〕。《宋書·謝靈運傳》：「嘗自臨海南山伐木開逕，直至臨海，從者數百人。臨海太守王琇驚駭，謂爲山賊，徐知是靈運，乃安。又要琇更進，琇不肯，靈運贈琇詩曰：『邦君難地嶮，旅客易山行。』」淵明：陶潛字。《宋書》本傳：「嘗九月九日無酒，出宅邊菊叢中坐久，值（王）弘送酒至，即便就酌，醉而後歸。」

〔六〕小隱：王康琚《反招隱詩》：「小隱隱陵藪，大隱隱朝市。」

〔七〕曹子建：曹植，字子建。曹丕爲帝，嘗令植七步中成詩，不成者行大法。植應聲爲詩曰：「煮豆持作羹，漉菽以爲汁。萁在釜下燃，豆在釜中泣。本是同根生，相煎何太急。」見《世説新語·文學》。江文通：江淹，字文通。《詩品》卷中：「初，淹罷宣城郡，遂宿冶亭，夢一美丈夫，自稱郭璞，謂淹曰：『我有筆在卿處多年矣，可以見還。』淹探懷中，得五色筆以授之。爾後爲詩，不復成語，故世傳江淹才盡。」

送尹補闕入京序〔一〕

河間尹公，博物君子，解褐調慈州司倉〔二〕。白雲在天，不樂爲吏。有竹林近鄠杜南山，彈琴讀書，日益淪放〔三〕。雖道貴物外，久無世情，身退名高，再顯天爵〔四〕。遂使公卿舉手，羔雁成羣〔五〕。無何，勑書到秦，徵詣函洛〔六〕。天子以其老成達學，昂藏有古人風，命典著書，職在補闕〔七〕。時議以謂伯喈得召，仲甫登聞〔八〕。既而藉馬入關，西攜老幼，重見喬木，載馳舊山。念出處事違，居人惜別。離車將遠，凡我同志，賦詩贈行〔九〕。

校記

〔鄠杜〕底本作鄠杜，據《文苑英華》卷七一九，張本改。

注釋

〔一〕補闕：諫官名，從七品上，分左、右，分屬門下省及中書省，掌供奉諷諫，扈從乘輿。尹補闕：尹元凱。《舊唐書》本傳：「尹元凱者，瀛州樂壽人。初爲磁州司倉，坐事免，乃棲遲山林，不求仕進，垂三十年。與張説、盧藏用特相友善，徵拜右補闕，卒於并州司馬。」張説《送尹補闕元凱琴歌》：「鳳哉鳳哉，……飛來飛來。自歌自舞，先王册府，麒麟之臺。羈雌衆雛故山曲，其鳴喈喈，其鳴喈喈。欲往衡之欻去來。」京：指長安。蓋尹元凱在洛陽預修《三教珠英》，時歸長安接取妻子，序當聖曆二年作。

〔二〕河間：郡名，即瀛州，州治在今河北河間。解褐：脱下粗布衣，指初入仕途。慈州：州治在今山西吉縣。司倉：司倉參軍事，州府屬官。慈州爲下州，設司倉參軍一人，從八品下。《舊唐書》本傳謂尹元凱官磁州司倉，誤。河東道磁州乃唐代宗永泰元年置。

〔三〕鄠杜：漢二縣名，即唐京兆府鄠縣及萬年縣之杜陵。南山：終南山。《元和郡縣圖志》卷一京兆府萬年縣：「終南山在縣南五十里。」同書卷二鄠縣：「終南山在縣東南二十里。」

〔四〕天爵：見卷一《憶嵩山陸渾舊宅》注〔一〕。

〔五〕舉手：謂相招邀。羔雁：見卷二《送合宮蘇明府頲》注〔三〕。

〔六〕函洛：函谷關及洛陽。尹元凱被徵自長安赴洛，當經函谷。

〔七〕昂藏：器宇軒昂貌。典著書：謂修《三教珠英》。《舊唐書·閻朝隱傳》：「朝隱修《三教珠英》時，……預其列者，有王無競、李適、尹元凱，並知名於時。」修書事在聖曆中，大足元年十一月書成，參見《簡譜》。

〔八〕伯喈：東漢蔡邕字。邕有史才，曾召拜郎中，校書東觀，與盧植等撰補《後漢記》，未成，爲宦官所陷，亡命江海，遠跡吴會，積十二年。董卓爲司空，辟署祭酒，卓被誅，死獄中，所著詩、賦、碑、誄等百四篇，傳於世。見《後漢書》本傳。仲甫：仲山甫，周宣王時賢臣。《詩·大雅·烝民》：「衮職有闕，維仲山甫補之。」唐置補闕一官，由此得名。登聞：上聞。唐代於朝堂置登聞鼓，吏民欲進諫、訴冤者，可擊鼓上聞。

〔九〕賦詩：諸人送行詩唯存張説《送尹補闕元凱琴歌》。

奉勅從太平公主遊九龍潭尋安平王宴别序〔一〕

安平王地惟藩翰，才實宗英，懸鵲鏡於胸懷，運龍泉於掌上〔二〕。以爲政和時理，實探道之期；賤物貴身，尚延齡之術。悠然遠覽，迺卜茲山。屬聖主之能仁，遂賢王之雅好。羅紈罷御，與朱邸而長辭；金玉滿堂，棲白雲而不顧。巖石信美，結構多奇。錦壁周庭以造天，玉泉注户而鳴壑。三光貝樹，影入山窗；九節菖蒲，光摇砌水〔三〕。竹林茅宇，自冥棲隱之心；藥物圖書，即有靈仙之氣。人惟帝念，巖穴所以增輝；地入王家，樵採尤其不犯。嗟乎，林棲谷飲，古亦有之，豈有貴而爲王，鍊形雲壑？希世獨立，萬古誰鄰，子晉以來，一人而已〔四〕。羣公等銜紫泥之寵命，問清溪之逸游，駐驂騑，步巖石〔五〕。籍落花而聽時鳥，累宿忘歸；蔭芳樹而弄春泉，窮年不厭。衣冠車馬，明日下於春山；鸞鶴笙歌，今宵共乎芳月。隱淪可作，將知心與事違；城闕非遥，終惜風流雲散。下官少懷微尚，早事靈丘〔六〕。踐疇昔之桃源，留不能去；攀君王之桂樹，情可何之〔七〕。請人賦一言，俱裁六韻〔八〕。

校記

〔銜紫〕底本作間紫，據《文苑英華》卷七〇九、張本改。

〔問清〕底本作藉清，據《英華》改。

〔籍落〕底本作銜落，據《英華》、張本改。

〔城闕〕底本作城闕，據《英華》改。

注釋

〔一〕太平公主：見卷二《奉和春初幸太平公主南莊應制》注〔一〕。九龍潭：在嵩山，見卷一《奉和梁王宴龍泓應教》注〔一〕。安平王：武攸緒，武后堂兄惟良之子，天授中，封安平郡王，歷遷殿中監，出爲揚州大都督府長史。聖曆中，棄官隱嵩山，以琴書藥餌爲務。中宗復位，降封巢國公，及武三思構逆，諸武多坐誅戮，唯攸緒以隱居不預其禍，開元十一年卒。《舊唐書》卷一八三、《新唐書》卷一九六有傳。序當作聖曆初至長安四年數年中。

〔二〕鵲鏡：背面鑄有喜鵲圖案的銅鏡。《南史·陸慧曉傳》：「廬江何點常稱『慧曉心如照鏡，遇形觸物，無不朗然。』」龍泉：即龍淵，寶劍名，避唐高祖李淵諱改。參卷一《送杜審言》注〔五〕。曹植《與楊德祖書》：「有龍淵之利，方可議於斷割。」

〔三〕三光：佛教語，色界第二禪有少光天、無量光天、光音天，名曰三光。貝樹：貝多羅樹，即菩提樹。參見卷一《扈從登封告成頌》注〔五〕。九龍潭側有佛寺，見卷一《奉和梁王宴龍泓應教》注〔一〕。菖蒲：草名。《太平御覽》卷九九九引《本草經》：「菖蒲生石上，一寸九節者，久服輕身明耳目，不忘，不迷惑，生上洛。」

〔四〕子晉：即王子喬，見卷四《王子喬》注〔一〕。

〔五〕紫泥：紫色泥，用以封詔書，加蓋璽印其上，此代指詔書。清溪：疑當作青溪。《文選》卷二一郭璞《遊仙詩》：「青谿千餘仞，中有一道士。」李善注引庾仲雍《荆州記》：「臨沮縣有青溪山，山東有泉，泉側有道士精舍。郭景純嘗作臨沮縣，故《遊仙詩》嗟青溪之美。」

〔六〕靈丘：仙人所居。嵇康《四言贈兄秀才入京詩》：「乘風高逝，遠登靈丘。託好松、喬，攜手俱遊。」

〔七〕桃源：桃花源，此指己之嵩山舊居。桂樹：見卷二《宴安樂公主宅》注〔六〕。

〔八〕六韻：宋之問所作六韻詩均佚。

春遊宴兵部韋員外韋曲莊序〔一〕

長安城南有韋曲莊，京郊之形勝也。却倚城闕，朱雀起而爲門；斜枕崗巒，黑龍卧而周宅〔二〕。賢臣作相，舊號儒宗；聖后配元，今爲戚里〔三〕。韋大官雙珠絶價，百金懿名，文華得俊於陸氏，兄弟掩譽於荀家〔四〕。先人結廬，當大厦之地；衆賓連袂，乘暮春之月。觀其奥區一曲，甲第千甍，冠蓋列東西之居，公侯開南北之巷。嬴女樓下，吹鳳降於神仙；漢妃館前，濯龍走其車馬〔五〕。地靈磊落而間出，天爵蟬聯而相繼。拜郎起草，襲雁而傳羔；補衮司槐，送伯而迎季〔六〕。爾乃闢虚幌，敞華筵，閨門之秀士咸集，京邑之清流畢萃。萬株果樹，色雜雲霞；千畝竹林，氣含煙霧。激樊川而縈碧瀨，浸以成陂；望太乙而鄰少微，森然逼座〔七〕。尚書未至，曳履驚鄰；宫尹遽來，鳴騶動壑〔八〕。地高而珍物雖豐，理洞而清徽不雜。以醉觀德，因談獲情。外戚遨遊，自攜歌吹；主人賞會，但有琴詩。於是下高臺，陟曲沼，鋪落花以爲茵，結垂楊而代幄。霽景含日，晚霞五彩而丹青；韶望卷雲，春膏一色而凝黛。景闌興逸，氣清心遠。仰大儒之肆，其德可師；入處士之廬，斯人若在。諷誦於逸彭之藻，沐浴於扶陽之墟〔九〕。向來挹清議，擅風流，即事奇偉；佳辰行樂，安可無述，文在茲乎。鄮國善誘詞宗，見收士末〔一〇〕。內史禊亭之集，竊倚琳瑯；衛尉別業之遊，濫先題目〔一一〕。歸軒莫駐，麗堞將掩。拙而不速，恨無倚馬之才；婉而且微，請談雕龍之什〔一二〕。公命賦水字，盍成四韻云爾〔一三〕。

校記

〔文華〕《文苑英華》卷七〇九校集作文章。

〔陸氏〕《英華》校集作班氏。

〔秀士〕《英華》校集作秀才。

〔煙霧〕《英華》校集作煙雨。

〔爲茵〕《英華》、張本作爲藉。

〔景含日〕《英華》校集作容斂月。

〔春膏〕《英華》、張本作春皋。

〔善誘〕《英華》校一作善議。

〔恨無〕《英華》校集作愧無。

注釋

〔一〕兵部：尚書省所屬曹司，員外郎二人，一掌貢舉、雜請，一判南曹，爲兵部副長官。韋員外：中宗韋后宗人，名未詳。韋曲：在京兆萬年縣之樊川，今陝西西安東南，唐代爲長安名勝，亦諸韋世代聚居之地。序中稱武崇訓爲「酆國」，當作於景龍元年春。

〔二〕朱雀：唐長安皇城正南門，所對大街將長安城分爲東（萬年）西（長安）兩部分。黑龍：謂龍首山。《太平寰宇記》卷二五雍州長安縣：「龍首山在縣北一十里，長六十里，頭入渭水，尾達樊川。秦時有黑龍從南山出，飲渭水，其行道因成土山。」

〔三〕聖后：指中宗韋皇后。戚里：漢長安中帝王外戚聚居處。《史記·萬石君傳》：「高祖召其姊爲美人，徙其家長安城中戚里。」索隱：「於上有姻戚者居之，故名其里爲戚里。」

〔四〕雙珠：韋端有二子，孔融與端書贊之，謂「不意雙珠，近出老蚌」。見《三國志·魏書·荀彧傳》注引《三輔決録》。陸氏：陸機、陸雲兄弟，均以文章名世，時稱『二龍』，《晋書》有傳。荀家：謂東漢荀淑諸子，見卷二《送許州宋司馬之任》注〔三〕。

〔五〕嬴女：見卷一《花燭行》注〔一〇〕。濯龍：東漢洛陽園名。《後漢書·明德馬皇后傳》：「前過濯龍門下，見外家問起居者，車如流水，馬如游龍。」注引《續漢志》：「濯龍，園名也，近北宫。」時韋后弟姪尚公主者甚多，因號「駙馬房」，見《新唐書·宰相世系四上》。

〔六〕拜郎：指爲尚書郎。起草：指知制誥。雁、羔：徵聘用的禮品，見卷二《送合宫蘇明府頲》注〔三〕。補衮：指爲補闕、拾遺等諫官，參見《送尹補闕入京序》注〔八〕。司槐：未詳。此謂韋氏一門，或父子相繼詔拜郎官，或兄弟相繼爲遺補。

〔七〕樊川：在今陝西西安南。《太平寰宇記》卷二五雍州萬年縣：「樊川一名后寬川，在縣南三十五里。其地即杜陵之樊鄉。漢高……賜（樊）噲食邑於此，故曰樊川。」太乙：山名，即終南山。少微：隱士星，見卷三《過史正議宅》注〔五〕。

〔八〕尚書：尚書省各部的長官。《漢書·鄭崇傳》：「哀帝擢爲尚書僕射，數求見諫諍。……每見曳革履，上笑曰：『我識鄭尚書履聲。』」宫尹：東宫屬官，北周置宫正、宫尹，唐時改爲太子詹事、少詹事。鳴騶：吆喝開道的騎卒。

〔九〕逸彭之藻：疑指韋孟詩。扶陽之墟：指韋氏舊國。《漢書·韋賢傳》：「其先韋孟，家本彭城，爲楚元王傅，傅子夷王及孫王戊。戊荒淫不遵道，孟作詩諷諫。」詩云：「肅肅我祖，國自豕韋。……摠齊羣邦，以翼大商。迭彼大彭，勳績惟光。至于有周，歷世會同。王赧聽譖，寔絶我邦。我邦既絶，厥政斯逸。……我祖斯微，遷於彭城。」扶陽即徐州蕭縣，徐州彭城縣爲古大彭氏國，故韋賢官至丞相，封扶陽侯。

〔一〇〕酇國：指武崇訓。《舊唐書》本傳：「降封酇國公，仍賜實封五百户。尋徙封鎬國公。」據同書《中宗紀》，降封事在神龍元年五月，時宋之問已貶在嶺南，故此序必作於自貶所歸後之景龍元年春。

〔一一〕內史：晉於諸王國置內史，掌太守之任。王羲之曾爲會稽內史，嘗會同志於蘭亭以修禊事，見卷三《桂州三月三日》注〔九〕。衛尉：秦、漢官名，爲九卿之一，掌宫門警衛。晉石崇曾爲衛尉，有別廬在河南縣界金谷澗，見《晉書》本傳及石崇《金谷詩序》。

〔一二〕倚馬：《世説新語·文學》：「桓宣武北征，袁虎時從，被責免官。會須露布文，唤袁倚馬前，手不輟筆，俄得七紙，殊可觀。」雕龍：《史記·孟子荀卿列傳》：騶奭「采騶衍之術以紀文」，齊人稱爲「雕龍奭」。集解引劉向《別録》：「騶奭脩衍之文，飾若雕鏤龍文，故曰雕龍。」此喻文辭美贍。

〔一三〕四韻：宋之問等所賦詩已佚。

上巳泛舟昆明池宴宗主簿席序〔一〕

僕不遊於兹，十有五載矣。心由物感，遐矣不忘；跡爲事牽，近而難挹。南陽宗邕，文通學古，器重名高，令君有奉倩象賢，丞相生玄成邁德〔二〕。暮春修以文之會，上巳邀祓禊之遊〔三〕。乃結縉紳，撰清辰，殷殷轔轔，歊霧驚塵，望於昆明之濱。觀其大浸川陸，博資畿甸，梟鷩發海，來往沈浮，日月麗天，東西出入。千年珍館，無復豫章；四面金隄，仍同樹杞〔四〕。是日也，駕肩錯轂，備朝野之歡娱；袨服靚妝，匝都城之里閈。翠幕星布，錦帆霞屬。餘瀝下醉於綃人，新聲遠聒於川后〔五〕。縱目遐覽，識皇代之承平；得意同歸，有吾儕之行樂。高明一座，桂樹叢生；君子肆筵，玉山交映〔六〕。束晳以言談得俊，張華以史漢先鳴〔七〕。登旨酒而無荒，絃清琴而自逸。於是涉連榻，命孤舟，桃水漲而浦紅，蘋花摇而浪白。逼匡阜兮遵彭蠡，邈矣載浮；指衡岳而超洞庭，眇焉疑到〔八〕。曲島之光靈乍合，神魂密遊；中流之萍藻忽開，龜魚潛動。睎鏤鯨而鼓棹，共看燒劫之灰；歷牽牛而問津，欲取支機之石〔九〕。晴光劃野，有象而必形；夕陽照山，無奇而不見。思溢今古，心摇草木。漢家城闕，遺之以雜霸之風；秦塞膏腴，潤之以太平之色〔一〇〕。景窮勝踐，歸限嚴闉，思染翰於上林，願揮戈於濛汜〔一一〕。主稱未醉，惟見馬駐浮雲；賓共少留，自有魚銜明月〔一二〕。宫商待叩，羣公之獲助已多；序引先題，下走之求蒙不逮〔一三〕。請授素幅，以頌佳遊，使一時之興詠遥存，千古之姓名常在。

校記

〔高明〕張本作高朋。

〔鼓棹〕底本作鼓掉，據《文苑英華》卷七〇九、張本改。

注釋

〔一〕上巳：舊曆三月三日。卷三《桂州三月三日》注〔九〕。昆明池：見卷二《奉和晦日幸昆明池應制》

注〔一〕。主簿：官名，縣及御史臺、九寺均有之，此未詳屬何官署。宗主簿：宗邕，據序，當是宗楚客之子。序稱楚客爲「令君」，當景龍三年三月作。

〔二〕南陽：郡名，今屬河南。奉倩：荀粲字。令君：粲父荀彧，建安初官侍中，守尚書令，司馬懿稱之爲「荀令君」，見《三國志·魏書·荀彧傳》注引《荀彧别傳》。玄成：韋玄成。丞相：謂玄成父韋賢，父子均爲丞相，見《漢書·韋賢傳》。奉倩、玄成指宗邕，令君、丞相則謂宗楚客，景龍初爲相，三年三月戊午朔日，爲中書令，見《新唐書·宰相表上》。

〔三〕以文之會：《論語·顔淵》：「曾子曰：『君子以文會友，以友輔仁。』」

〔四〕豫章：漢昆明池館名。金堤：堅固石堤。張衡《西京賦》：「迺有昆明靈沼，黑水玄阯，周以金堤，樹以柳杞，豫章珍館，揭焉中峙。牽牛立其左，織女處其右。日月於是乎出入，象扶桑與濛汜。」參見卷三《奉和晦日幸昆明池應制》注〔三〕。

〔五〕餘瀝：殘酒。綃人：即鮫人，傳説中居於水中者。《文選》卷三左思《吴都賦》：「泉室潛織而卷綃，淵客慷慨而泣珠。」劉逵注：「俗傳鮫人從水中出，曾寄寓人家，積日賣綃。……臨去，從主人索器，泣而出珠滿盤，以與主人。」川后：水神。《文選》卷一九曹植《洛神賦》：「川后静波。」李善注：「河伯也。」

〔六〕桂樹：喻優秀人物。人或問陳諶，其父陳寔有何功德，而荷天下重名，諶曰：「家君譬如桂樹，生泰山之阿，上有萬仞之高，下有不測之深，上爲甘露所霑，下爲淵泉所潤。當斯之時，桂樹焉知泰山之高，淵泉之深？不知有功德與無也。」見《世説新語・言語》。玉山：喻人儀容之美。晉裴楷風神高邁，容儀俊爽，人謂見之「如近玉山，映照人也」，見《晉書》本傳。

〔七〕束晳：晉人。茂先：晉張華字。分見前《三月三日奉使涼宫雨中禊飲序》注〔三〕及〔一〇〕。

〔八〕匡阜：匡山，廬山别名。彭蠡：古澤藪名，即今江西鄱陽湖。

〔九〕鏤鯨：石鯨。餘見卷二《奉和晦日幸昆明池應制》注〔三〕、〔五〕，卷一《明河篇》注〔八〕、〔九〕。

〔一〇〕雜霸：雜用王、霸之説。《漢書・元帝紀》：「（帝爲太子時）嘗侍燕從容言曰：『陛下持刑太深，宜用儒生。』宣帝作色曰：『漢家自有制度，本以霸王道雜之，奈何純任德教，用周政乎！』」

〔一一〕巖闉：巖城。闉：城曲重門。上林：秦、漢苑名。《三輔黄圖》卷三：「武帝建元三年，開上林苑，……周袤三百里，離宫七十所，皆容千乘萬騎。」濛汜：神話中日落之處。《楚辭・天問》：「日月安屬，列星安陳？出自湯谷，次于蒙汜。」王逸注：「言日出東方湯谷之中，暮入西極蒙水之涯也。」揮戈：《淮南子・覽冥》：「魯陽公與韓搆難，戰酣，日暮，援戈而撝之，日爲之反三舍。」

〔一二〕明月：明月珠，見卷二《奉和晦日幸昆明池應制》注〔六〕。

〔一三〕下走：自謙之詞。求蒙：《易・蒙》：「匪我求童蒙，童蒙求我。」

袁侍御席餞永昌獨孤少府序〔一〕

春其暮矣，勞志士之幽嘆；友其行矣，結吾徒之遠悲。豈不以時物歲華，好事者賞而不足；名流才子，相歡者懷而不見。河南獨孤册，風儀松竹，詞賦雲泉。清議多南史之才，選署半北部之尉〔二〕。袁侍御風霜利器，金石宏材，執憲稱柱下之雄，禮士採域中之俊〔三〕。爾乃選辰開宴，考地疏筵。落花覆沼，懸藤掃砌。竹林以清氣娱賓，蘭畹以芳心愛客。環坐三尺，起君子之風；祖道百壺，酌賢人之酒〔四〕。去留交軫，舞詠相喧。管召魚樂，杯薰鷺醉。此時奚怨，盛集無何；是日增悲，韶芳亦盡。啼烏送晚，遥棲御史之林；班馬嘶歸，近送舍人之驛〔五〕。夫登高動詠，贈遠形言，豈鄙懷之庶幾，乃羣公之事業。盍請離唱，用貴洛陽之紙焉〔六〕。人採一言，各題四韻〔七〕。

校記

〔署半〕《文苑英華》卷七一九校一作曹署。

〔選辰〕《英華》、張本作撰辰。

〔奚怨〕《英華》校集作何怨。

注釋

〔一〕袁侍御：袁守一。《元和姓纂》卷四京兆袁氏：「公瑜孫守一，監察御史。」《朝野僉載》卷二：袁守一任萬年尉，於中書令宗楚客門餉生菜，除監察，改右臺侍御史。無何，楚客以反誅，守一以其黨配流端州。永昌：即洛陽，神龍二年更名永昌，唐隆元年復舊。獨孤少府：獨孤册，字伯謀，河南人，開元中歷殿中侍御史，户部郎中，襄州刺史，見《唐郎官石柱題名考》卷一一。序當景龍三年暮春作。

〔二〕南史：春秋齊國史官。《左傳·襄公二十五年》：「（崔杼殺莊公）太史書曰：『崔杼弑其君。』崔子殺之。其弟嗣書而死者二人。其弟又書，乃舍之。南史氏聞太史盡死，執簡以往，聞其書矣，乃還。」選署：官員銓選之署，指吏部。慰：疑當作尉。《三國志·魏書·武帝紀》：「年二十，舉孝廉爲郎，除洛陽北部尉。」注引《曹瞞傳》，謂太祖初入尉廨，造五色棒懸門，有犯禁者，不避豪强，皆棒殺之，京師斂迹，莫敢犯者。

〔三〕柱下：柱下史，即御史。《史記·張蒼傳》：「秦時爲御史，主柱下方書。」索隱：「所掌及侍立恒在殿柱之下。」

〔四〕君子之風：道德之風。《論語·顔淵》：「君子之德風，小人之德草，草上之風必偃。」賢人之酒：濁酒。曹操禁飲酒，嗜酒者私飲而不敢言酒，稱酒清者爲聖人，濁者爲賢人，見《三國志·魏書·徐邈傳》。

〔五〕啼烏：見卷四《和姚給事寓直之作》注〔五〕。《漢書·鄭當時傳》：「孝景時，爲太子舍人，每五日洗沐，常置驛馬長安諸郊，請謝賓客，夜以繼日，至明旦，常恐不徧。」

〔六〕洛陽之紙：《晋書·左思傳》：「左思作《三都賦》成，豪貴之家競相傳寫，洛陽爲之紙貴。」

〔七〕四韻：宋之問等送獨孤册詩，均佚。

送懷州皇甫使君序〔一〕

甸服三百里，共京都參化；良吏二千石，與天子分憂〔二〕。覃懷奥區，必寄能者〔三〕。皇甫使君，累司寵職，夙著香名，威惠歷刺於外臺，風流載款於京國〔四〕。議者應南宫之象，實謂光朝；使乎奏西河之能，更勞爲郡〔五〕。襜帷即路，供帳出郊〔六〕。宿雨碧滋，浮漢城之氣色；朝陽紅景，入太山之草樹〔七〕。新豐美酒，不换離心；函谷重關，能摇别恨〔八〕。河内未理，暫借寇恂；潁川既輯，佇歸黄霸〔九〕。廟堂側席，羣公以尚義相高；川陸分途，我輩以贈言爲貴〔一〇〕。况筵開灞岸，路指太行，請居人贈王粲之詩，去者留阮公之作〔一一〕。

校記

〔太山〕張本作太平。

注釋

〔一〕懷州：州治在今河南沁陽。皇甫使君：皇甫知常，序景龍元至三年作，見卷七《爲皇甫懷州讓官表》注〔一〕。

〔二〕甸服：王畿五百里以内地區。《書·禹貢》：「五百里甸服。」又：「三百里揆文教。」傳：「度王者文教而行之。」二千石：漢太守俸禄數，此指刺史。

〔三〕覃懷：古地名。《書·禹貢》：「覃懷底績，至于衡漳。」正義：「《地理志》，河内郡有懷縣，在河之北，蓋覃懷二字共爲一地。」

〔四〕外臺：後漢州郡刺史下設别駕、治中、諸曹掾屬，稱外臺。

〔五〕南宫：尚書省。《後漢書·明帝紀》：「郎官上應列宿，出宰百里。」西河：郡名，即汾州，州治在今山西汾陽。前此，皇甫知常曾爲尚書省郎官、汾州刺史，參卷七《爲皇甫懷州讓官表》注。

〔六〕襜帷：車上帷帳，代指車駕。郭茂爲荆州刺史，有殊政，顯宗賜以三公之服，敕行部去襜帷，使百姓見其容服，以彰有德，見《後漢書·蔡茂傳》。

〔七〕漢城：謂長安。太山：疑當作太行。《元和郡縣圖志》卷一六懷州河内縣：「太行山在縣北二十五里。」又引《述征記》：「太行山首始于河内，自河内北至幽州，凡百嶺，連亘十二州之界。」

〔八〕新豐：漢縣，今陝西渭南。新豐、函谷爲自長安赴懷州所經之地。

〔九〕河内：漢郡名，即唐之懷州。潁川：漢郡名，治所在今河南陽翟。寇恂曾爲河内、潁川等郡太守，後爲執金吾，潁川盜賊起，恂從光武帝至潁川，盜賊悉降而恂竟不拜郡。百姓遮道曰：「願從陛下復借寇君一年。」見《後漢書·寇恂傳》。黄霸爲潁川太守，治爲天下第一，下詔褒揚，徵爲太子太傅，官至丞相，見《漢書·循吏傳》。

〔一〇〕廟堂：朝廷。側席：不正坐，以示尊敬。

〔一一〕王粲：東漢末文學家，建安七子之一，後仕魏爲侍中，《三國志》有傳。其《七哀詩》有「南登灞陵岸」之語。阮公：阮籍，魏晋時文學家，竹林七賢之一，官步兵校尉。《晋書》有傳。其《詠懷詩》有「北臨太行道，失路將如何」之語。宋之問等送皇甫知常詩均佚。

送裴五司法赴都序〔一〕

夫有別必感，今昔共之。蓋理迫聚散，事均窮達。望秦是斷腸之所，況念故園；懷洛多掩涕之人，更分良友〔二〕。裴五官業傳河寶，才誕岳靈〔三〕，彩思有神，鬚眉若畫。一日不見，鄙恡都生；千里送歸，風流忽遠〔四〕。朝英出餞，迴北走於郊隅；野墅銷雰，引南山於庭際。客飲恨而歡促，席含情而景遲。目喬樹之將華，青門戀舊；背芳萱之稍吐，金谷逢春〔五〕。舉杯伊何，願君軫之少駐；賦詩於是，旌予志之所之〔六〕。敢謂座賓，盍宣離唱。

校記

〔理迫〕《文苑英華》卷一七九、張本作理逼。

注釋

〔一〕司法：法曹參軍事，州府屬官。裴五：名未詳。都：謂東都，時裴五當爲洛州司法參軍，自長安赴任，序景龍中作。

〔二〕樂府《隴頭歌辭》：「隴頭流水，鳴聲嗚咽，遥望秦川，心肝斷絶。」潘岳《西征賦》：「眷鞏洛而掩涕，思纏緜於墳塋。」

〔三〕河寶：河神所獻示寶器。見《穆天子傳》卷一。岳靈：岳神。《詩·大雅·崧高》：「惟岳降神，生甫及申。」

〔四〕鄙悋：《後漢書·黄憲傳》：「同郡陳蕃、周舉常相謂曰：『時月之間不見黄生，則鄙吝之萌復存乎心。』」悋：同吝。

〔五〕青門：漢長安東門。《三輔黄圖》卷一：「長安城東出南頭第一門曰霸城門，民見門色青，名曰青城門，或曰青門。」金谷：在洛陽，見卷二《送永昌蕭贊府》注〔四〕。

〔六〕軫：車箱後底部的横木，代指車。志之所之：《毛詩序》：「詩者志之所之也。」

三月三日於灞水曲餞豫州杜長史別昆季序〔一〕

上巳佳遊，近郊春色。朱軒映野，見東流之祓禊；白雲在天，愴南登之送別。杜長史言辭灞滻，將適荆河，戀舊鄉之喬木，藉故園之芳草〔二〕。鴒原四鳥，是日分飛；輿泉二龍，此時云遠〔三〕。緑潭一望，青山四極。秦人去國，乘右輔之修途；洛客思歸，憶東京之曲水〔四〕。請染翰操紙，即事形容。各賦蘭亭之詩，咸申葛陂之贈〔五〕。

注釋

〔一〕灞水：在今陝西西安東。豫州：州治在今河南汝南。杜長史：名未詳。

〔二〕灞滻：二水名，代指長安，見卷四《登總持寺閣》注〔二〕。荆河：指豫州。《書·禹貢》：「荆河惟豫州。」傳：「西南至荆山，北距河水。」

〔三〕鴒原：謂兄弟，見卷一《別之望後獨宿藍田山莊》注〔二〕。四鳥：《文選》卷二八陸機《豫章行》：「三荆歡同株，四鳥悲異林。」李善注引《家語》：「回聞完山之鳥，生四子焉，羽翼既成，將分乎四海，其母悲鳴而送之。」輿泉：平輿之淵。《後漢書·許劭傳》：「汝南平輿人也。……兄虔亦知名，汝南人稱平輿淵有二龍焉。」注：「平輿故城在今豫州汝陽縣東北。」此避唐高祖李淵諱改淵爲泉。

〔四〕秦人：指杜長史。右輔：疑爲左輔之誤。漢代以京兆、左馮翊、右扶風爲三輔。自長安赴豫州經左輔之地。洛客：宋之問自謂。

〔五〕蘭亭：見卷三《桂州三月三日》注〔九〕。葛陂：在豫州新蔡縣西北。壺公贈費長房竹杖，投之葛陂，視之爲龍，參見卷四《送田道士使蜀投龍》注〔四〕。

奉陪武駙馬宴唐卿山亭序〔一〕

一人御曆，乾坤盡覆載之功；四海爲家，朝野得歡娛之契〔二〕。若乃侯門向術，近對城隅；帝子垂休，時過戚里〔三〕。銀鑪絳節，辭北禁而渡河橋；駿馬香車，出東城而臨甲第。林園洞啓，亭壑幽深。落霞歸而疊嶂明，飛泉灑而迴潭響。靈槎仙石，徘徊有造化之姿；苔閣茅軒，髣髴入神仙之境。芳醪既溢，妙曲新調，林園過衛尉之家，歌舞入平陽之館〔四〕。是日也，凉陰稍下，溽暑將闌，前階晚而白露生，後池夕而秋風起。重兹行樂，欣陪駟馬之遊；繼以望舒，不頓六龍之轡〔五〕。爰命牋札，咸令賦詩，記清夜之良遊，歌太平之樂事。各探一字，先成受賞云爾。

注釋

〔一〕武駙馬：武攸曁，尚太平公主，參見卷七《爲定王武攸曁請降王位表》注〔一〕。據序「辭北禁而渡河橋」，似爲武后朝洛陽作。唐卿：據序中「歌舞入平陽之館」語，當爲尚主而官至九寺長貳者。

唐儉子善識曾尚主，儉孫唐晙亦尚太平公主女，見《新唐書·宰相世系四下》，或與此相關。

〔二〕乾坤：天地。《禮記·孔子閒居》：「天無私覆，地無私載，日月無私照。」

〔三〕術：大路。戚里：見本卷《春遊宴兵部韋員外韋曲莊序》注〔三〕。

〔四〕衛尉：指石崇，見本卷《春遊宴兵部韋員外韋曲莊序》注〔二〕。平陽：平陽公主，見卷一《花燭行》注〔五〕。

〔五〕望舒：《楚辭·離騷》：「前望舒使先驅兮，後飛廉使奔屬。」王逸注：「望舒，月御也。」此指月。《太平御覽》卷三引《淮南子》：「爰止羲和，爰息六螭，是謂懸車。」注：「日乘車，駕以六龍，羲和御之。」頓轡：謂停止前進。

宋之問集校注卷七

表

爲洛下諸僧請法事迎秀禪師表〔一〕

僧某等言：某聞住持真教，先憑帝力，導誘將來，遠屬能者〔二〕。伏見月日勑：遣使迎玉泉寺僧道秀〔三〕。陛下載弘佛事，夢寐斯人；語程指期，朝夕詣闕。此僧契無生至理，傳東山妙法〔四〕。開室巖居，年過九十，形彩日茂，弘益愈深。兩京學徒，羣方信士，不遠千里，同赴五門〔五〕。衣鉢魚頡於草堂，菴廬鴈行於丘阜〔六〕。雲集霧委，虛往實歸。隱三楚之窮林，繼一佛而揚化〔七〕。栖山好遠，久在荆南；與國有緣，今還豫北〔八〕。九江道俗，戀之如父母；三河士女，仰之猶山嶽〔九〕。謂宜緇徒野宿，法事郊迎；若使輕來赴都，遐邇失望。威儀俗尚，道秀所忘；崇敬異人，和衆之願。倘得焚香以遵法王，散花而入道場，則四部銜恩，萬人生喜〔一〇〕。無任懇款之至，謹詣闕奉表，請與都城徒衆，將法事往龍門迎道秀以聞〔一一〕。輕觸天威，伏深戰越。

校記

〔妙法〕《文苑英華》卷六〇六校集作法門。

〔開室〕《英華》校集作長齋。

〔衣鈸〕《英華》、張本作衣鉢。

〔戀之〕《英華》校集作愛之。

〔生喜〕《英華》、張本作生善。

注釋

〔一〕法事：佛教稱禮佛、誦經、拜讖等事爲法事。此指舉行法事時的法器如鼓磬、鐃鈸、傘蓋、幡幢之類。秀禪師：指玉泉寺僧道秀，餘不詳。表當作於武后朝。

〔二〕住持：僧寺之主，居住寺中，總持事務。也稱「長老」、「主僧」。真教：指佛教。

〔三〕玉泉寺：《方輿勝覽》卷二九荆門軍：「玉泉寺在當陽縣西南二十里玉泉山。陳光大中，浮屠知覬自天台飛錫來居此山，寺雄於一方。」

〔四〕無生：佛教謂萬物的實體本無生無滅，因以無生之理破生滅之煩惱。東山妙法：或稱東山法門，即禪宗五祖弘忍法門。東山，黄梅山，在蘄州黄梅縣東。弘忍居此。《宋高僧傳》卷八《唐蘄州東山弘忍傳》：弘忍七歲習乎僧業，東山道信禪師「知其可教，悉以其道授之。復命建浮圖，功畢，密付法衣以爲質要。……入其趣者號東山法門」。

〔五〕五門：當指佛門，佛教有五念門。《净土論》：「若善男子善女人修五念門行成就，畢竟得生安樂國土。」

〔六〕魚頡：象魚一樣相隨上下，此指人多。《文選》卷七揚雄《甘泉賦》：「柴虒參差，魚頡而鳥䀏。」李善注：「頡、䀏，猶頡頏也。」

〔七〕三楚：春秋戰國楚地，有西楚、東楚、南楚之分，見《史記·貨殖列傳》。此指玉泉寺所在的荆南一帶。

〔八〕荆南：指荆州，其地在南，當陽古屬荆州。豫北：指豫州，其地在北，洛陽古屬豫州。

〔九〕九江：指長江水系的九條支流，各説不同。此泛指長江中游地區的水系。《尚書·禹貢》「九江孔殷」傳：「江於此州（荆州）界，分爲九道。」三河：漢以河内、河南、河東三郡爲三河。《史記·貨殖列傳》：「昔唐人都河東，殷人都河内，周人都河南。夫三河在天下之中，若鼎足，王者所更居也。」

〔一〇〕法王：佛教對釋迦牟尼的尊稱。散花：見卷三《游韶州廣果寺》注〔三〕。四部：指比丘、比丘尼、優婆塞、優婆尼（即僧、尼、男居士、女居士）四衆。

〔一〕龍門：見卷一《龍門應制》注〔一〕。

爲田歸道讓殿中監表〔一〕

臣某言：伏奉今月二十二日制，除臣殿中監依舊押千騎〔二〕。特降鴻私，超加等數。足臨鯨壑，未偕聞寵之憂；首抃鼇山，豈踰承恩之重〔三〕。臣某中謝。臣聞欲成大厦，必寄於瓌材；將適遠途，理歸於駿足。未有闕公輸之巧，輒事揮斤；無良、樂之能，謬令市骨〔四〕。臣藝術無取，名檢莫聞，叨承任遇，遂階通顯〔五〕。再趨武禁，誠恪未聞；三入文昌，涓埃莫效〔六〕。剖符爲郡，山東無勿翦之謡；握節和戎，北漠有不賓之虜〔七〕。而制書涵育，猥錫褒揚；天造曲成，更延今授。臣知不可，清議難容。推賢讓能，列聖之明範；量力審分，先覺之讜言〔八〕。當今運屬昇平，朝多俊乂，伏乞精求稱職，以代不能。遂愚臣由衷之詞，全聖主至公之道，授受無失，臣免妨賢。無任悚懼忝竊之至，謹詣朝堂奉表陳讓以聞。臣所讓人，別狀封進。謹言。

校記

〔鴻私〕《文苑英華》卷五七七校一作鴻恩。

〔再趨〕《英華》校一作再超。

〔北漠〕《英華》作漠北。

〔聖主〕原作聖王，據《英華》、張本改。

〔之至〕《英華》、張本作之極。

注釋

〔一〕田歸道：雍州長安人，田仁會子。《唐六典》卷一一：「殿中省，監一人，從三品，……掌乘輿服御之政令，總尚食、尚藥、尚衣、尚乘、尚舍、尚輦六局之官屬，備其禮物而供其職事。」《舊唐書·田歸道傳》：「轉殿中監，仍令依舊押千騎，宿衛於玄武門。」《資治通鑑》卷二〇七：神龍元年正月，「張柬之等討張易之也，殿中監田歸道將千騎宿玄武門。」其授殿中監及宋之問代作讓官表當在長安四年或稍前。

〔二〕押：掌管。千騎：皇帝近衛軍。貞觀初，太宗擇善射者百人，爲二番於北門長上，曰「百騎」，武后改爲「千騎」，見《新唐書·兵志》。

〔三〕鯨壑：深壑。鯨，海中大魚。臨壑，形容憂懼。鼇山：《楚辭·天問》：「鼇戴山抃，何以安之？」注：「鼇，大龜也。擊手曰抃。《列仙傳》曰：有巨靈之鼇，背負蓬萊之山而抃舞，戲滄海之中，獨何以安之乎？」後作爲感恩戴德之詞。

〔四〕公輸：公輸班，又稱魯班。春秋魯國巧匠，事見《墨子·公輸》。斤：斧。良樂：春秋晋善御馬者王良及秦穆公時善相馬者伯樂。市骨：買馬骨。古代君王有欲求千里馬者，以五百金購死馬骨，一年之中，千里馬至者三，見《戰國策·燕策》。

〔五〕名檢：名聲規矩。階：升進。

〔六〕武禁：指禁軍。文昌：謂尚書省。據《舊唐書》本傳，田歸道曾官左衛郎將，累遷左金吾將軍、司膳卿、兼押千騎，又曾爲尚書夏官侍郎。

〔七〕勿翦之謡：謂百姓歌頌遺愛之謡。《詩·召南·甘棠》：「蔽芾甘棠，勿翦勿伐，召伯所茇。」箋：「召伯聽男女之訟，不重煩勞。百姓止舍小棠之下，而聽斷焉，國人被其德，説其化，思其人，敬其樹。」和戎：指出使默啜事。《舊唐書》本傳：聖曆初，以田歸道攝司賓卿迎勞突厥默啜，默啜奏請六胡州及單于都護府之地，則天不許。默啜深怨，乃拘縶歸道，欲害之。歸道辭色不撓，更責以無厭求請，兼喻其禍福。默啜意稍解。會有制賞賜默啜，並許之結婚，歸道得還。後默啜果叛。

〔八〕量力：《國語·晋語九》載中行穆子語：「夫事君者，量力而進，不能則退，不以安賈貳。」

爲楊許州讓右羽林將軍表〔一〕

臣某言：伏奉今月二日制書，除臣忠武將軍守右羽林將軍〔二〕。五色無主，如驚葉縣之龍；千秋來歸，似對遼門之鶴〔三〕。中謝。臣聞爲官擇人，先辟之成務；陳力就列，古人之用心〔四〕。臣家本關西，衣冠河曲〔五〕。素業將墜，莫嗣英靈；朱輪載輝，謬承恩渥〔六〕。未盈一紀，連刺九州〔七〕。西凉本六部之樞，南荆乃九州之會〔八〕。蒲藩關左之重鎮，魏郡山東之奥區〔九〕。宣城襟帶於吴郊，許昌密邇於周室〔一〇〕。每恥政逾期月，乏來暮之歌；候易星霜，無去思之詠〔一一〕。隼旟迴復，日忝恩榮；熊軾往還，多慚道路〔一二〕。出居岳牧，負尸禄之譏；入計河都，待曠官之責〔一三〕。不意天私俯宥，睿獎曲成，擢之以心膂之官。賜之在爪牙之地〔一四〕。非常之澤，捧戴失圖。天衛凝嚴，北軍清切。風霜劍騎，頓玄武之僊闈；龍鳥旌旗，環紫微之帝座〔一五〕。掌斯嚴祕，必屬親賢，臣也何顔，敢膺殊寵。當今鵷鴻接翼，文武周身，咸皆實已過名，位未充量。臣内求諸己，外愧妨賢。若使愚臣苟安於私懷，聖授不允於清議。陶鈞雖廣，無路自容。懼實由衷，讓非飾跡。伏乞垂收涣汗，更授瓌材〔一六〕。軍司得人，臣謂報國。無任傾幸媿負之極，謹詣朝堂上表陳讓以聞。

校記

〔擇人〕《文苑英華》卷五七八校集作擇才，張本作擇才。

〔龍鳥〕《英華》校集作龍馬，張本作龍馬。

〔傾幸〕《英華》校，《類表》作欣幸。

注釋

〔一〕楊許州：楊元琰，時自許州刺史授右羽林將軍。《舊唐書》本傳：「長安中，張柬之代元琰爲荆州長史，與元琰泛江中流，言及則天革命，議諸武擅權之狀，元琰發言慷慨，有匡復之意。及柬之知政事，奏引元琰爲右羽林將軍。……乃結元琰與李多祚等，定計誅張易之兄弟。」據《舊唐書·則天皇后紀》，長安四年（七〇四）十一月，張柬之爲鳳閣鸞臺平章事，神龍元年（七〇五）正月，誅張易之兄弟，表當長安四年十一月作。許州：州治在今河南許昌市。《唐六典》卷二五左右羽林軍衛：「將軍各二人，從三品。左右羽林軍大將軍、將軍之職，掌統領北衙禁兵之法令，而督攝左右廂飛騎之儀仗，以統諸曹之職。」

〔二〕忠武將軍：武散官名，正四品上。楊元琰散官官階低於職事官官階，故曰「守」。

〔三〕葉縣之龍：《新序·雜事》：「葉公子高好龍，……於是天龍聞而下之，窺頭於牖，施尾於堂。葉公見之，棄而還走，失其魂魄，五色無主。」遼門鶴：用丁令威事，見卷一《入崖口五渡寄李適》注〔七〕。

〔四〕先辟：先王。辟，天子、諸侯的通稱。陳力就列：《論語·季氏》：「周任有言曰：『陳力就列，不能者止。』」

〔五〕關西：函谷關之西。河曲：黄河有九曲，此泛指黄河之濱。揚元琰號州閿鄉人，見《舊唐書》本傳。黄河在閿鄉縣北三里，見《元和郡縣圖志》卷五。

〔六〕素業：儒素之業。朱輪：輪子塗紅漆的車。漢制，太守等二千石以上官員乘朱輪。

〔七〕一紀：十二年。古代以歲星（木星）一周天爲一紀。九州：謂蘄、蒲、晉、魏、宣、許、凉、梁、荆九州。《舊唐書·揚元琰傳》：「載初中，累遷安南副都護，又歷蘄、蒲、晉、魏、宣、許六州刺史，凉、梁二都督，荆府長史。前後九度清白升進，累降璽書褒美。」

〔八〕西凉：謂凉州，治所在今甘肅武威。六部：疑當作六郡，指隴西、天水、安定、北地、上郡、西河，見《漢書·地理志下》注。南荆：謂荆州，今屬湖北。九州：此指中國，古代分爲冀、兖、青、徐、揚、荆、豫、梁、雍九州，見《書·禹貢》。

〔九〕蒲藩：謂蒲州，州治在今山西永濟。魏郡：即魏州，州治在今河北大名。奥區：深奥之區，腹地。

〔一〇〕宣城：即宣州，今屬安徽。許昌：謂許州，有許昌縣。周室：指洛陽，東周都此，武后改國號曰周，亦常居洛陽。

〔一一〕期（jī）月：周月，即一年。《後漢書·廉范傳》：字叔度，爲蜀郡太守，「成都民物豐盛，邑宇逼側，舊制禁民夜作，以防火災，而更相隱蔽，燒者日屬。范乃毁削先令，但嚴使儲水而已。百姓爲便，乃歌之曰：『廉叔度，來何暮？不禁火，民安作，平生無襦今五絝。』」去思：離任後爲百姓懷念。《漢書·何武傳》：武爲荆、兖等州刺史，「其所居亦無赫赫名，去後常見思」。

〔一二〕隼旟：有鳥隼圖案的旗幡。《周禮·春官·司常》：「鳥隼爲旟。」又：「州里建旟。」故常用爲刺史等地方長官故事。熊軾：作伏熊形的車前横木。《後漢書·輿服志上》：「公、列侯安車，朱斑輪，倚鹿較，伏熊軾。」

〔一三〕岳牧：相傳堯舜時有四岳、十二州牧。此指高級地方長官。尸禄：無功而受禄。曹植《求自試表》：「虚受謂之尸禄。」入計：州郡年終上計簿於京師。河都：謂洛陽，參見卷六《早秋上陽宫侍宴序》注〔一〇〕。

〔一四〕心膂：喻親信可爲骨幹之人。膂，脊骨。爪牙：喻親信得力之武臣。《三國志·吴書·周瑜傳》：「臣竊以瑜昔見寵任，入作心膂，出爲爪牙。」

〔一五〕玄武：唐長安宫城北門。

〔一六〕涣汗：出汗，指帝王命令。《易·涣》：「九五，涣汗其大號。」疏：「人遇險阸驚怖而勞則汗從體出，故以汗喻險阸也。九五處尊履正，在號令之中，能行號令以散險阸者也。」

爲定王武攸暨請降王位表〔一〕

臣攸暨言：臣聞力微任重，無德者履之必危；功薄賞隆，有識者陋其非據。臣地因外戚，器實中庸，顧慙蓬艾之姿，謬忝葭莩之末〔二〕。則天大聖皇后敦睦九族，崇念六姻，曲申猶子之情，爰垂降主之澤〔三〕。禮優築館，恩洽錫珪，拔自堂姪之流，光以親王之位〔四〕。臣嘗再遷誠懇，已蒙賜等諸昆〔五〕。今陛下龍德嗣興，鴻基紹復，羣萬物而改旦，宅千齡而配永〔六〕，洛讖河圖，允叶純深之義；雲行雨施，載流寬大之恩〔七〕。追奉先慈，將覃後命。外家諸子，降等猶誓於山河；主第增榮，在臣更超於等數〔八〕。陛下雖渭陽情重，沁水恩多，凡是封册王公，終須憲章堯舜〔九〕。以濯龍之戚，今乃方於五侯；緣駙馬之姻，古未封於四履〔一〇〕。私親越禮，聖人之孝理載光；冒寵延災，微臣之官謗斯久。又以班參禁内，秩比侍中，自非德邁應璩，識侔慶忌，將何以對揚顧問，規獻文章〔一一〕？況臣位以恩升，寵非才進。無脛而至，凡姿簉於珠玉；無翼而飛，睿澤借其毛羽〔一二〕。未貽身譴，幸庇容光。臣亡兄攸寧，循榮增懼，以臣叨冕繹之貴，日夕魂兢；負鼇抃之恩，歲時力盡〔一三〕。屬纊之夕，再受懇言，憂臣愚蒙，令臣退讓〔一四〕。倘陛下俯遂勤請，照察冥心，納臣揆分之言，置臣獲全之地。去茲王號，降以公名，爰食封邑，同諸兄弟，賜改散職，即望參朝〔一五〕。實冀家福惟新，朝章咸序，天德更逾於造化，神理不責於滿盈。臣無任懇款靦懼之至。

校記

〔誠懇〕《文苑英華》卷五八〇校，集作誠款。

〔終須〕《英華》、張本作終亦。

〔照察〕《英華》校集作遠察。

〔朝章〕《英華》、張本作朝典。

注釋

〔一〕武攸暨：則天伯父士讓孫，武后朝，封千乘郡王，尚太平公主，授駙馬都尉，累遷右衛將軍，進封定王，俄改安定郡王。中宗即位，拜司徒，復封定王。固辭，降封樂壽郡王。武延秀被誅，降封楚國公，卒。《舊唐書》卷一八三、《新唐書》卷二〇六有傳。《舊唐書·中宗紀》：「（神龍元年二月）丁卯，右散騎常侍、安定郡王、駙馬都尉武攸暨封定王，爲司徒。……（丁丑）武攸暨固讓司徒、封王，許之。」據此表中「降以公名」及下表中「望捨郡王之號」等語表當作於神龍元年（七〇五）二月降封樂壽郡王時。

〔二〕蓬艾：猶蒿艾，自喻之謙詞。《晋書·皇甫謐傳》：「陛下披榛採蘭，並收蒿艾。」葭莩：蘆葦中薄膜，喻親屬關係疎遠淡薄。《漢書·劉勝傳》：「羣臣非有葭莩之親，鴻毛之重。」

〔三〕則天大聖皇后：武后。《舊唐書·則天皇后紀》：神龍元年正月，傳位于皇太子，皇帝上尊號曰則天大聖皇帝；十一月，將大漸，令去帝號，稱則天大聖皇后。此作「后」，疑「帝」之誤。九族：其說不一，一說以父族四、母族三、妻族二爲九族。《書·堯典》：「以親九族。」六姻：猶六親，其說不一，《史記·管晏列傳》正義以外祖父母、父母、姊妹、妻兄弟之子、從母之子、女之子爲六親。猶子：侄。武后爲攸暨之從姑。降主：嫁以公主。攸暨妻太平公主爲武后之女。

〔四〕築館：指爲公主建館舍。《左傳·莊公元年》：「秋，築王姬之館於外，爲外，禮也。」王姬，周天子之女，時嫁于齊，使魯主婚，故爲築館。錫珪：賜圭，指封爲諸侯。《詩·大雅·崧高》：「錫爾介圭，以作爾寶。往近王舅，南土是保。」小序：「《崧高》，尹吉甫美宣王也，天下復平，能建國親諸侯，褒賞申伯焉。」

〔五〕等諸昆：與衆兄弟齊等。天授元年，武后封武氏諸姪爲郡王，時攸暨爲千乘王，與兄弟等。後因攸暨尚太平公主，進封定王，俄改封安定郡王，復與兄弟等，見《舊唐書》武承嗣、武攸暨二傳。

〔六〕陛下：謂中宗。《舊唐書·中宗紀》：神龍元年正月丙午，即皇帝位於通天宫，二月甲寅，復國號，依舊爲唐。

〔七〕洛讖河圖，即洛書、河圖，相傳上天授命于帝王的符瑞。《宋書·符瑞志上》：「夫龍飛九五，配天光宅，有受命之符，天人之應。《易》曰：『河出圖，洛出書，而聖人則之。』符瑞之義大矣。」雲行雨施：《易·乾·文言》：「時乘六龍，以御天也。雲行雨施，天下平也。」

〔八〕誓于山河：指山河以盟誓，謂封王。《漢書·功臣表》，沛公即位，論功定封，封爵之誓曰：「使黄河如帶，泰山若厲，國以永存，爰及苗裔。」中宗即位，侍中敬暉等以唐室中興，武氏諸王宜削王爵，率羣臣上表，中宗乃降武三思、武攸暨爲郡王，河内王武懿宗等並降封國公，見《舊唐書·武延秀傳》。

〔九〕渭陽：渭水之北，此借指母舅。《詩·秦風·渭陽》：「我送舅氏，曰至渭陽。」小序：「康公念母也。」沁水：水名，在今山西沁水縣。此借指公主。漢明帝女爲沁水公主，見《後漢書·竇憲傳》。

〔一〇〕濯龍之戚：指外戚。見卷六《春遊宴兵部韋員外韋曲莊序》注〔五〕。五侯：見卷五《太平公主山池賦》注〔一七〕。四履：指封土四境所至。《左傳·僖公四年》，齊伐楚，管仲謂楚使曰：『昔召康公……賜我先君履，東至於海，西至於河，南至於穆陵，北至於無棣。』注：「履，所踐履之界。」

〔一一〕侍中：門下省長官，正二品，掌出納帝命，相禮儀。應璩：建安七子之一，以文章顯，官至侍中，附見《三國志·王粲傳》。慶忌：未詳。漢有辛慶忌，「行義修正，柔毅敦厚，謀慮深遠」，「通於兵事，明略威重」，然僅官光禄勳、左將軍，見《漢書》本傳，似非是。

〔一二〕脛：自膝至脚跟的部分。簉（zào）：齊等。孔融《論盛孝章書》：「珠玉無脛而自至者，以人好之也，况賢者之有足乎！」

〔一三〕攸寧：攸暨兄，封建昌郡王，歷遷鳳閣侍郎、納言、冬官尚書，病卒，《新唐書》卷二〇六有傳。鳧繹：二山名，在春秋魯國境。《詩·魯頌·閟宮》：「保有鳧繹，遂荒徐宅。」疏：「言安有鳧山、繹山，遂有是徐方之居。」詩爲頌魯僖公能復周公時國土而作。鳧繹之貴，指貴爲諸侯王。龍抃：見本卷《爲田歸道讓殿中監表》注〔三〕。

〔一四〕屬纊：病危將死。纊：絲綿，置於將死者口鼻前，觀察有無呼吸。《禮·喪大記》：「疾病，……屬纊以俟絶氣。」

〔一五〕即望：疑爲朔望之誤。唐制，職事官文官五品以上及兩省供奉官、監察御史、員外郎、太常博士，日參，號常參官，無職事之高品散官，但朝朔望，參見《新唐書·百官志三》。

第二表〔一〕

臣聞富貴者，易象謂之崇高；滿盈者，至人誡其顛覆〔二〕。臣在非次，久冒殊恩。所以輟寢思危，廢飧懷懼。嫌疑之極，載陳前表，備瀝中誠之訴，實非外飾之詞。而聖鑒未迴，寵章仍舊。戴岳之重，何憚力疲；跕原之隍，日憂身墜〔三〕。臣某中謝。臣雖學慚敦史，而塗聽前言：尸位者必會短期，冒榮者難爲長守。豈有外戚尚主，異姓封王，男皆公侯，女食郡縣，佩服五等，輝耀一門，湯沐山河，家踰萬户，耕夫織婦，凡有幾人〔四〕？役彼有勞之人，供臣無億之用〔五〕。縱蒙聖心垂假，其如神理不容。自先后臨朝，攀榮已久；聖皇纂極，沐澤惟新。自古迄今，如臣流輩，苟進者速禍，勇退者獲全。且王者所以强幹弱枝，爲藩作屏，封必李氏，無闕漢章〔六〕。伏乞陛下降河渚之姻，感渭陽之族，賜臣軀命，永守蒸嘗，得同昆季之流，望捨郡王之號〔七〕。臣以日爲歲，以榮爲憂。希迴三舍之光，允臣萬死之請〔八〕。無任覼冒之至。

校記

〔嫌疑〕《文苑英華》卷五八〇作慊欸，張本作歉欸。

〔家踰〕《英華》、張本作家傳。

〔無億之用〕《英華》校集作無德之費。

〔垂假〕《英華》作再假。

〔漢章〕《英華》作漢文。

注釋

〔一〕此表亦神龍元年二月代武攸暨作。

〔二〕易象：指《周易》。《易·繫辭上》：「崇高莫大乎富貴。」滿盈：《韓詩外傳》卷三，孔子觀於周廟，有欹器焉，孔子曰：「吾聞宥座之器，滿則覆，虛則欹，中則正。」

〔三〕戴岳：即戴山，參前《代田歸道讓殿中監表》注〔三〕。阽（diàn）原之隍：處危險之地。阽，臨。隍，溝壑。《文選》卷一五張衡《思玄賦》：「執彫虎而試象兮，阽焦原而跟趾。」舊注引《尸子》：「莒國有石焦原者，廣五十步，臨百仞之谿，莒國莫敢近也。」

〔四〕五等：謂五等爵位。《禮記·王制》：「王者之制爵禄：公、侯、伯、子、男，凡五等。」湯沐：謂封邑。《禮記·王制》：「方伯爲朝天子，皆有湯沐之邑於天子之縣内，視元士。」注：「給齋戒自潔清之用。」漢制，帝后、諸侯、公主均有湯沐邑，收取賦税供個人消費，唐則爲賜實封若干户。

〔五〕無億：無滿足。《玉篇·心部》：「意，《説文》：『滿也。』今作億。」

〔六〕强幹弱枝：《後漢書·宋意傳》，顯宗於其叔父及諸昆弟恩寵逾制，意上疏諫曰：「春秋之義，諸父昆弟無所不臣，所以尊尊卑卑，彊幹弱枝者也。陛下……不宜以私恩損上下之序，失君臣之正。」爲藩作屏：《書·康王之誥》：「乃命建侯樹屏。」傳：「立諸侯，樹以爲蕃屏。」漢章：指漢朝非宗室不王的制度。《史記·吕后本紀》，吕后稱制，欲立諸吕爲王，王陵曰：「高帝刑白馬盟曰：『非劉氏而王，天下共擊之！』今王吕氏，非約也。」

〔七〕河渚：未詳，疑當作河滸。河滸之姻，謂王室的姻戚。《詩·王風·葛藟》：「緜緜葛藟，在河之滸。」箋：「喻王之同姓，得王之恩施以生長其子孫。」渭陽之族：謂母族，見前表注〔九〕。蒸嘗：祭祀。冬祭曰蒸，秋祭曰嘗，見《禮記·祭統》。

〔八〕三舍之光：日光，此指皇帝的恩光。《淮南子·覽冥》：「魯陽公與韓搆難，戰酣，日暮，援戈而撝之，日爲之反三舍。」恒星二十八宿，一宿爲一舍，三舍即三座星宿的位置。

為東都僧等請留駕表〔一〕

臣僧某等言：臣伏見某月日勑，以今月九日，將幸長安，東都道俗，不勝攀戀〔二〕。伏惟應天皇帝陛下，重興靈命，再造黎元，域中懷三聖之恩，天下識吾君之子〔三〕。關西帝宅，渭北神皐〔四〕。思切園塋，未謁長陵之樹；貴爲天子，不歷咸陽之宫〔五〕。宜應萬乘巡遊，展鎬池之新慶；三秦故老，睹漢家之舊儀〔六〕。率土喁喁，孰不欣躍〔七〕。但以先后神寢，夏首方成；太子仙墳，秋中未畢〔八〕。王主陪奉，更促工徒；雖力以子來，而頗妨農事〔九〕。倘千官扈輦，同費太倉之粟；萬國來庭，共索長安之米，將何給用，以濟公私〔一〇〕？且東都有河朔之饒，食江淮之利，九年之儲已積，四方之賦攸均〔一一〕。誠宜宅幸三川，寬徭八水，稍登稔歲，方事歸鑾〔一二〕。以欲從人，孰不幸甚！則天聖后，久成佛果，俯應輪王，冀發無邊之巨願，光有爲之妙福，經始大像，年籥滋深〔一三〕。愧緇流之浄財，念蒼生之苦力，俯從羣議，莫遂聖情。陛下孝感旁通，冲襟獨斷，追成先志，上合天心。故得蓮礎未施，爲停風雨；梅梁欝起，若有神明〔一四〕。施其力者萬殊，莫分龍鬼；捨其財者千計，豈辨人祇。岌已干雲，成之匪日。實冀金輿近幸，玉輅親臨，禮如來之大身，畢先聖之遺旨〔一五〕。然後載詣京輔，馳謁山陵，即付囑無違，情禮兼極。無任懇款戀慕之至。

校記

〔九日〕底本作十九日，據《文苑英華》卷六〇五改。

〔東都道俗〕《英華》都作京。

〔喁喁〕《英華》、張本作顒顒。

〔陪奉〕底本作倍奉，據《英華》、張本改。

〔聖后〕底本作皇后，據《英華》、張本改。

〔天心〕底本作天人，據《英華》改。

〔成之〕底本作程之，據《英華》改。

注釋

〔一〕東都：洛陽。表神龍二年（七〇六）十月作。

〔二〕《舊唐書·中宗紀》：神龍二年「冬十月己卯，車駕還京師。戊戌，至自東都。」據陳垣《二十史朔閏表》，神龍二年十月辛未朔，己卯正爲九日。

〔三〕應天皇帝：中宗。《唐會要》卷一：中宗神龍元年十一月，上尊號應天皇帝；三年八月三日，加尊號應天神龍皇帝。

〔四〕帝宅：京師宮室。左思《蜀都賦》：「崤函有帝皇之宅，河洛爲王者之里。」神皐：祭神之所。在長安禁苑中，見卷一《奉和幸神皐亭應制》注〔一〕。

〔五〕長陵：漢高帝陵，此代指唐初帝王陵墓。《元和郡縣圖志》卷一京兆府咸陽縣：「漢長陵，在縣東三十里，高帝陵也。」又：唐高祖獻陵在三原縣東十五里；太宗昭陵在醴泉縣東北二十五里九嵕山；高宗乾陵在奉天縣梁山，均在長安附近。咸陽：秦都，此代指長安。

〔六〕鎬池：見卷二《奉和晦日幸昆明池應制》注〔六〕。三秦：指今陝西關中平原，項羽破秦，將秦地分封秦三降將章邯、司馬欣、董翳爲王，故稱。漢家舊儀：《後漢書·光武帝紀》：三輔吏士見光武帝僚屬，歡喜不自勝，老吏或垂涕曰：「不圖今日復見漢官威儀。」中宗即位，復唐國號，故云。

〔七〕率土：指天下百姓。《詩·小雅·北山》：「率土之濱，莫非王臣。」喁（yóng）喁：羣魚浮水面口向上貌，喻衆人向慕。司馬相如《喻巴蜀檄》：「延頸舉踵，喁喁然，皆争歸義。」

〔八〕先后神寢：指武后陵墓。《舊唐書·則天皇后紀》：「（神龍）二年五月庚申，祔葬于乾陵。」太子：謂李重潤，中宗韋后所生。《新唐書》本傳：「大足中，張易之兄弟得幸武后，或譖重潤與其女弟永泰郡主及主婿竊議，后怒，杖殺之，年十九。……神龍初，追贈皇太子及謚，陪葬乾陵，號墓爲陵，贈主爲公主。」

〔九〕王主陪奉：指雍王李賢、永泰公主李仙蕙等陪葬乾陵。李賢乃武后子，武后即位，迫令自殺，追贈雍王。拓本《大唐故雍王墓誌銘》：「神龍二年，又加制命，册贈雍王，……仍令陪葬乾陵，以神龍二年七月一日遷窆，禮也。」拓本《大唐故永泰公主誌銘》：「以神龍元年追封爲永泰公主，粤二年歲次景午五月癸卯朔十八日庚申……陪葬乾陵，禮也。」子來：如子來成父事。《詩·大雅·靈臺》：「經始勿亟，庶民子來。」

〔一〇〕太倉：京師儲糧大倉。《史記·平準書》：「太倉之粟，陳陳相因。」來庭：來朝。

〔一一〕儲：儲備。《禮記·王制》：「國無九年之蓄曰不足。」

〔一二〕三川：指東都洛陽。《元和郡縣圖志》卷五河南府：「（秦）昭襄王立爲三川郡。」注：「三川，伊、洛、河也。」八水：指長安。司馬相如《上林賦》：「終始灞、滻，出入涇、渭，酆、鄗、潦、潏，紆餘委蛇，經營乎其内，蕩蕩兮八川分流，相背而異態。」

〔一三〕輪王：轉輪王，佛經中謂世間最有勢力之王，成就七寶，有長壽、身强、貌好、大富四神德，見《法苑珠林》卷四三。大像：謂佛像。《資治通鑑》卷二〇七：長安四年夏四月，「太后復税天下僧尼，作大像於白司馬阪，令春官尚書武攸寧檢校，靡費巨億。」注：「洛城北邙山有白司馬阪。」年籥：猶年律，年月。相傳黄帝命伶倫取昆侖之竹制十二籥，爲十二律之本，古人以十二律配十二月，參見《書·舜典》「律和聲」疏。

〔一四〕蓮礎：佛像底座，作蓮花形。梅梁：見卷三《謁禹廟》注〔四〕。

〔一五〕金輿、玉輅：均皇帝之車。《周禮·春官·巾車》：「王之五路：玉路、金路、象路、革路、木路。」路，通輅。

爲梁王武三思妃讓封表〔一〕

妾言：妾聞天與才多，地居外戚；理乖謙益，患在寵盈〔二〕。妾亡夫三思，頗讀聖賢之書，夙知止足之分。在先朝錫漢藩之社，位亞上台；陛下流渭陽之恩，室嬪愛主〔三〕。常恐官高禄厚，福極禍來，閨門之談，顛覆存戒。但以願施塵露之效，尚鬱山林之遊〔四〕。詎謂吴楚指有寵爲名，父子以無辜同枉〔五〕。良以崇高取忌，退讓未形，事雖噬臍，言猶在耳〔六〕。妾夫埋黄壤，子夭青春，唯知哀訴神明，號泣天地。妾之殘命，稱曰未亡，更何心顔，享兹豐厚！況三思久謀謙退，人所未知。實恐士庶遊談，是非相半，既未能辨明高義，豈復忍貪吝餘資。雖則伯宗已亡，獻誠者聞乎奸盜〔七〕；尚冀黔婁宿意，見知者因乎寡妻〔八〕。今墳土未乾，繐帷猶設〔九〕。妾所以廢寢忘飧，瀝款披誠，未允前祈，更陳後請。伏願俯矜賤妾，遠念幽魂，收彼白茅之封，表其赤松之節〔一〇〕。光陛下有任賢之德，明三思無冒寵之譏。妾之區區，意盡於此。無任感切之至，謹遣某詣朝堂上表以聞。再黷威嚴，伏深戰越。妾死罪，謹言。

校記

〔理乖謙益〕《文苑英華》卷五七八校一作不患無位。

注釋

〔一〕表作於神龍三年（七〇七）七月。時武三思、武崇訓父子被李重俊起兵所殺，追封梁王，其妻當亦封王妃，參見卷二《梁宣王挽詞三首》注〔一〕。

〔二〕謙虛：《書·大禹謨》：「滿招損，謙受益。」

〔三〕先朝：指武后朝。錫漢藩之社：謂如漢分封諸侯王以屏藩王室。《史記·三王世家》：「皇帝使御史大夫湯廟立子閎爲齊王，曰：於戲，小子閎，受茲青社。……封于東土，世爲漢藩輔。」集解引張晏曰：「王者以五色土爲太社，封四方諸侯，各以其方色土與之，苴以白茅，歸以立社。」武后時武三思封梁王，官天官尚書等職。上台：指三公之位。渭陽：見《爲定王武攸暨請降王位表》注〔九〕。愛主：謂中宗女永樂公主，適三思子武崇訓，見卷一《花燭行》注〔一〕。

〔四〕塵露：喻微小。《文選》卷三七曹植《求自試表》：「冀以塵露之微，補益山海。」李善注引謝承《後漢書》：「楊喬曰：『猶塵附泰山，露集滄海，雖無補益，欵誠至情，猶不敢嘿也。』」

〔五〕吴楚：漢景帝時吴王濞、楚王戊，此借指節愍太子李重俊。《漢書·晁錯傳》：錯爲内史、御史大夫，數言宜削諸侯。景帝前三年，吴、楚七國起兵反，以誅晁錯爲名，景帝遂誅錯。

〔六〕崇高：謂富貴。《易·繫辭上》：「崇高莫大乎富貴。」噬臍：自咬腹臍，喻追悔莫及。《顔氏家訓·省事》：「雖得免死，莫不破家，然後噬臍，亦復何及。」

〔七〕伯宗：春秋晉大夫。《左傳·成公十五年》：「晉三郤害伯宗，譖而殺之。……初，伯宗每朝，其妻必戒之曰：『盜憎主人，民惡其上，子好直言，必及於難。』」

〔八〕黔婁：戰國齊隱士，家貧，不求仕進，不受徵聘。《列女傳》卷二：黔婁死，曾子往弔，見以布被覆尸，覆頭則足見，覆足則頭見，曰：「邪引其被則斂矣。」黔婁妻曰：「邪而有餘，不如正而不足也。」

〔九〕繐帷：靈堂前帷帳。繐，細而疏的麻布，古代多用作喪服。

〔一〇〕白茅：一種多年生草。《書·禹貢》「厥貢惟土五色」疏引蔡邕《獨斷》：「天子大社，以五色土爲壇。皇子封爲王者，授之大社之土，以所封之方色，苴以白茅，使之歸國以立社，謂之茅社。」赤松：赤松子，古仙人。《史記·留侯世家》，張良自言：「今以三寸舌爲帝者師，封萬户，位列侯，此布衣之極，於良足矣。願棄人間事，欲從赤松子遊耳。」乃學辟穀，道引輕身。

爲文武百寮等請造神武頌碑表〔一〕

臣某等聞：行至公者，莫先於發揮茂實；垂不朽者，不若於刊紀鴻名〔二〕。伏惟應天神聖皇帝陛下，一德披圖，五精乘運〔三〕。先天地而利用，依鬼神以制法，無思不服，有感必通。日者，變起心膂，禍生肘腋，弄兵指闕，敢忘下濟之恩；犯門斬關，遂激上靈之憤〔四〕。陛下近幸玄武，傍顧紫微，鳳翔而梟獍失圖，龍見而鯨鯢就戮〔五〕。順天翊聖皇后，配乾積德，從帝居尊，佐莫大之英猷，參非常之妙略。親紆寶思，式頌玄猷。椒掖之文，久垂河漢；甘泉之石，已入京都〔六〕。伏惟陛下卑奉聖躬，謙保神器，惜其國用，念彼人艱，有命且停，含靈失望〔七〕。臣等容光壽域，竊位明朝，不蠶而衣，無裨塵露；不耕而食，有負靈祇〔八〕。陛下寢有道之豐碑，臣等享無功之厚載，亭育雖廣，何所自容〔九〕。且天惠不可以闕書，神功不可以久寂，臣等請各減所俸，以勒殊休，庶同子來，成之匪日〔一〇〕。無任光開垂裕之至。

校記

〔不若〕《文苑英華》卷六〇七校集作莫若。

〔鴻名〕張本作洪名。

〔厚載〕《英華》校一作厚禄。

〔光開〕《英華》校一作文闡。

注釋

〔一〕神武頌：中宗韋后所作文名。《舊唐書·中宗紀》：神龍三年「秋七月庚子，皇太子重俊與羽林將軍李多祚等，率羽林千騎兵三百餘人，誅武三思、武崇訓，遂引兵自肅章門斬關而入。帝惶遽登玄武樓，重俊引兵至下，上自臨軒諭之，衆遂散去，殺李多祚。重俊出奔至鄠縣，爲部下所殺。癸卯，大赦天下。八月丙子，改玄武門爲神武門，樓爲制勝樓。……(景龍元年十月)壬午，皇后上《神武頌》，令兩京及四大都督府皆刻之於石。」表即作於景龍元年（七〇七）十月或稍後。

〔二〕茂實：指盛美的功業。司馬相如《封禪文》：「俾萬世得激清流，揚微波，蜚英聲，騰茂實。」

〔三〕應天神聖：當作應天神龍，中宗尊號。《舊唐書·中宗紀》：神龍三年九月「庚子，上皇帝尊號曰應天神龍，皇后尊號曰順天翊聖，大赦天下，改元爲景龍。」《新唐書》、《唐會要》、《資治通鑑》均作「神龍」。一德：有純一之德。披圖：披視上天降命的圖籙。《書·咸有一德》：「眷求一德，俾作神主。惟尹躬暨湯，咸有一德，克享天心，受天明命。」疏：「緯候之書乃稱有黄龍、玄龜、白魚、赤雀，負圖銜書，以授聖人。」五精：金、木、水、火、土五行。秦漢方士以五行相生相尅之理附會王朝命運。《梁書·武帝紀中》載武帝天監元年即位詔：「五精遞襲，皇王所以受命。」

〔四〕心膂：心臟與脊骨，喻親信可爲骨幹者，指李重俊、李多祚等。肘腋：手肘與腋下，喻近密之地，指宫庭。下濟之恩：指皇恩。《易·謙》：「天道下濟而光明。」疏：「謂降下濟生萬物也。」

〔五〕玄武：玄武門，長安大明宫正北門。紫微：星座名，此指皇宫。《晋書·天文志上》：「紫宫垣十五星，……一曰紫微，大帝之坐也，天子之常居也。」梟獍：喻不孝與忘恩負義之人。《史記·武帝本紀》：「祠黄帝用一梟破鏡。」集解引孟康曰：「梟，鳥名，食母，破鏡，獸名，食父。」鯨鯢：喻凶惡之人。《古今注》卷中：「鯨魚者，海魚也。大者長千里，小者數十丈。……鼓浪成雷，噴沫成雨，水族驚畏，皆逃匿，莫敢當者。其雌曰鯢。」

〔六〕椒掖：椒房、掖庭，后妃所居。甘泉：山名，在今陝西淳化西北。《太平寰宇記》卷三一：「甘泉山一名石鼓原，俗名磨石嶺。《關中記》云，甘泉宮在甘泉山上。」甘泉之石，事未詳。

〔七〕神器：指帝位。班彪《王命論》：「游説之士，至比天下於逐鹿，幸捷而得之，不知神器有命，不可以智力求也。」國用：指財政經費。《禮記·王制》：「冢宰制國用，……量入以爲出。」含靈：生靈，百姓。

〔八〕壽域：太平盛世。《漢書·王吉傳》：「毆一世之民，濟之仁壽之域。」注：「以仁撫下，則羣生安逸而壽考。」塵露：見本卷《爲梁王武三思妃讓封表》注〔四〕。

〔九〕亭育：撫養化育。《老子》下篇：「故道生之，德畜之，長之育之，亭之毒之，養之覆之。」

〔一〇〕子來：《詩·大雅·靈臺》：「經始靈臺，經之營之。庶民攻之，不日成之。經始勿亟，庶民子來。」

爲皇甫懷州讓官表〔一〕

臣某言：伏奉今月一日制書，除臣使持節懷州諸軍事，守懷州刺史。成命俯臨，兢魂自失，妨賢不退，無德而升，恩屢錫而知慚，禄彌高而轉懼。中謝。臣聞國經選士，有一善而不遺；天爵與能，從九徵而可試〔二〕。臣薄遊憲府，屢踐禮闈，衣繡無執簡之才，起草愧含香之列〔三〕。移官望苑，日月其除；驂駕梁園，涓埃莫效〔四〕。剖符南峴，既忝民謠；作鎮西河，未寬人隱〔五〕。二邦爲政，撫熊軾而無功；八使迴軒，同鶴鳴而有薦〔六〕。遂乃謬霑束帛，猥賜褒揚，頓掩前瑕，更延今寵。山陽大郡，河内名區〔七〕。桑竹映淇水之西，井田雜邙山之北〔八〕。將何以潤通京邑，化接神州〔九〕？雖勉三載之勤，何補一年之借〔一〇〕。封畿之要，歷選稱難，臣也胡顔，敢膺斯寄？伏乞再求遺玉，更網潛珠，庶使賢才申共理之心，聖主得分憂之地。無任叨竊之至，謹詣朝堂奉表陳讓以聞。臣所讓人，别狀封進。

校記

〔不遺〕《文苑英華》卷五七六校，集作無遺。

〔恧民〕《英華》校集作乏氓。

〔二邦〕《英華》校一作三邦。

〔無功〕《英華》校集作無補。

〔竹映〕《英華》、張本作竹蔭。

〔何補〕《英華》校集作何階。

注釋

〔一〕懷州：州治在今河南沁陽。皇甫懷州：皇甫知常。《千唐誌齋藏誌》七〇四《大唐故□□門衛長史安定皇甫公（慎）墓誌銘》：「父知常，汾、懷、汴等六州刺史，楊、洛二州長史。」皇甫慎開元十九年卒，其父知常與宋之問同時。表約景龍中作。《全唐文》卷八三五重收此表爲錢珝文，錢珝爲唐末人，當誤。

〔二〕國經：國家法令。天爵：指朝廷授與的官職。九徵：多次考察。《莊子·列御寇》：「孔子曰：『凡人心險於山川，難於知天。……故君子遠使之而觀其忠，近使之而觀其敬，煩使之而觀其能，卒然問焉而觀其知，急與之期而觀其信，委之以財而觀其仁，告之以危而觀其節，醉之以酒而觀其側，襍之以處而觀其色。九徵至，不肖人得矣。』」

〔三〕憲府：御史臺。禮闈：尚書省。衣繡：爲御史。《漢書·元后傳》：「(王)賀，字翁孺，爲武帝繡衣御史。」執簡：見卷四《和姚給事寓直之作》注〔四〕。起草：謂爲尚書省郎官。應劭《漢官儀》卷上：「尚書郎主作文書起草。」又：「尚書郎奏事明光殿，省中皆胡粉塗壁，其邊以丹漆地，故曰丹墀。尚書郎含雞舌香，伏其下奏事。」據《郎官石柱題名》，皇甫知常曾官吏部員外郎，考功、吏部郎中。

〔四〕望苑：博望苑，指爲太子東宮官，參見卷一《花燭行》注〔一〇〕。驂駕：三匹馬拉的車。《後漢書·賈琮傳》：「乃以琮爲冀州刺史。舊典，傳車驂駕，垂赤帷裳，迎於州界。」梁園：梁孝王園。《元和郡縣圖志》卷七宋州宋城縣：「兔園，縣東南十里，梁孝王園。」此當指汴州，即戰國魏都大梁。

〔五〕剖符：即分符，指爲刺史。唐代以魚形符節爲刺史信物，各執其半，以備查驗。南峴：指襄州，有峴山。《元和郡縣圖志》卷二一襄州襄陽縣：「峴山在縣東南九里。」崔湜《襄陽作》：「城臨南峴出，樹繞北津長。」恧（nǜ）：愧。既恧民謡謂愧無百姓頌德歌謡。西河：指汾州，治所在今山西汾陽，曹魏於此置西河郡。人隱：百姓疾苦。

〔六〕二邦：疑當作三邦，指前述汴、襄、汾三州。熊軾：車前伏熊形横木，見《爲楊許州讓右羽林將軍表》注〔三〕。八使：朝廷遣往各地巡察的使節。《後漢書·張綱傳》：「漢安元年，選遣八使巡行風俗。」鶴鳴：喻己政聲達於帝聽。《詩·小雅·鶴鳴》：「鶴鳴于九皋，聲聞於天。」

〔七〕山陽：山南，懷州在太行山南。河内：漢郡名，即唐之懷州。《元和郡縣圖志》卷一六懷州河内縣：「太行山在縣北二十五里。」

〔八〕淇水：在衛州境，衛州在懷州東，二州相鄰。邙山：即北邙山，見卷四《北邙古墓》注〔一〕。《元和郡縣圖志》卷一六懷州：「後漢世祖南定河内，難其守，鄧禹舉寇恂。……恂遂伐淇園之竹，理矢百餘萬，養馬三千匹，收租四百萬斛以給軍事，由是東漢之業濟焉。」又衛州共城縣：「淇水源出縣西北沮洳山，至衛縣入河。」

〔九〕神州：指東都洛陽，光宅元年九月改名神州都，見《唐會要》卷六八。

〔一〇〕三載：謂刺史任期。《書·舜典》：「三載考績，三考黜陟幽明。」一年之借：用寇恂事。見卷六《送懷州皇甫使君序》注〔九〕。

狀

爲長安馬明府亡母請邑號狀〔一〕

臣亡母屬在外戚，夙忝末姻，不蔭慶雲，早先朝露〔二〕。臣髮膚遺體，是亡母所生；金紫通班，乃聖朝所賜。臣每服一輕妙，嘗一甘鮮，何曾不遠媿劬勞，近慚榮寵〔三〕。又見同列有太君拜邑，命婦入朝，臣早孤偏，不勝感羨。母因子貴，幸者何多；禄不及親，臣獨含恨。明年某月，改葬有期；私門大事，莫逾於此。臣内寡材術，謬忝朝恩；外無愆尤，夙承母訓。郡縣之號，翻及臣妻；哀榮之禮，不霑臣母〔四〕。臣生不侍養，歿未追榮。若懼不敢祈恩，偷生以安厚禄，儻歸泉壤，何對慈顔！臣死罪死罪。臣準某年月日制令加一階，伏乞迴臣此階，追贈亡母〔五〕。又臣身死之後，合有鼓鐃出郊，在臣何顔，存歿叨僭〔六〕？亦許臣亡母用臣威儀，臣身當以蘧蒢，存榮死足〔七〕。所祈越禮，罪實干誅。伏惟陛下孝理寰瀛，仁及草木。皇室之戚，軒冕盛於前朝；太后之親，恩澤踰於曩日。臣幸遇非常之主，敢祈不次之恩。伏乞陛下少念葭莩，垂哀犬馬，回臣休寵，以慰營魂〔八〕。則今日以前，報恩於亡母；自茲以後，盡命於聖朝。無任慊懇悲慕之極，謹進狀陳請以聞。

校記

〔屬在〕《文苑英華》卷六四四作在於。

注釋

〔一〕長安：京兆府屬縣名，今陝西西安市。《唐兩京城坊考》卷二：「當皇城南面朱雀門，有南北大街曰朱雀門街，……長安領街西五十四坊及西市。」明府：唐人對縣令的稱呼。馬明府：馬搆。邑號：封號。張説《故洛陽尉贈朝散大夫馬府君碑》：「夫人張氏，詹事丞師寂之女也。……厥子搆、據、擇，皆國之良也。爲有後之□，其在是乎徵。搆職太子僕，景龍初宰長安也，永惟考襲朱芾，己佩葱珩，母氏早逝，而榮不及，乃讓賜階，乞封先妣。天子憐之，制贈夫人清河縣太君。人謂長安能報恩矣。」《元和姓纂》卷七扶風茂陵馬氏：「克忠，咸陽尉。克忠生搆、措。」狀景龍元年（七〇七）上。

〔二〕屬在外戚：張説《馬府君碑》：「絳郡夫人王氏，則天聖后姑之女子，而夫人之母也。」故云「屬在外戚」。先朝露：死之婉詞。據《碑》，張氏「享年不永，玄髮殂落」。

〔三〕劬（qú）勞：辛勤勞苦。《詩·小雅·蓼莪》：「哀哀父母，生我劬勞。」

〔四〕郡縣之號：指外命婦郡君、縣君的封號。據《新唐書·百官志一》，外命婦有六，四品母、妻爲郡君，五品母、妻爲縣君。馬搆官長安令，正五品上，妻獲封號，其母已早歿，故封贈未及。

〔五〕階：散官階品。唐制，文官散階凡二十九，見《新唐書·百官志一》。

〔六〕鼓駕：鼓吹車輿。

〔七〕威儀：儀仗，即鼓駕等。蘧蒢（qú chú）：粗糙的葦席或竹席。《晋書·皇甫謐傳》：「氣絶之後，便即時服幅巾布衣，蘧蒢裹尸。」

〔八〕葭莩：見前《爲定王武攸暨請降王位表》注〔二〕。營魂：靈魂。陸機《文賦》：「攬營魂以探賾。」

書

在桂州與修史學士吴兢書〔一〕

拙自謀衛，降黜炎荒，杳尋魑魅之途，遠在雕題之國〔二〕。颶風摇木，饑鼬宵鳴；毒瘴横天，悲鳶晝落〔三〕。心憑神理，實冀生還；關號鬼門，常憂死别〔四〕。事未瞑目，豈在微身。先君業粹中和，才光文武；志道游藝，名動京師；出谷入朝，事多弘益〔五〕。雖崇班去已，而陰德被人；清議所尊，何减驃騎〔六〕？恐耆舊咸謝，竹帛儻遺，使盛烈湮沈，下情感痛。自昔逸羣之器，曠俗之才，譽雖冠于人倫，禄不躋于卿士。南史之筆，漏美不書；東岱之魂，與名俱滅〔七〕。故史遷述許由云，不遇青雲之士，焉足道哉〔八〕！惟君侯禮樂山高，文華海闊。古一千歲，聞聖人之書；今五百年，知作者之運。山甫拾遺於中路，時謂得賢；蔡邕揮翰於詞林，誰其不許〔九〕。往送家狀，蒙啓至公之恩；希果實言，深蓄自私之感〔一〇〕。下官久辭榮擢，夙慎禍胎，内無負於明祇，外冀申於知己。豈謂一人相毁，衆口争喧，遂以虚聲，乃加真罪。賴皇明昭宥，腰領賜全，空荷再生，無階上答。恃子以松竹之操，期子以金石之堅。幸無雷同，懸納謗議，見危不易，是所望焉。遠識古人之懷，敢申窮鳥之請〔一一〕。如季布之諾，乃重於黄金；延陵之許，竟懸於寶劍〔一二〕。生負食花之惠，死效結草之誠，刺血爲書，萬不抒一〔一三〕。往年恩貸，許惠爲看起居注、實録、江融《别録》，使不錯漏〔一四〕；《國史》及高明所撰《唐史春秋》等六處，並乞逸遺事跡，不翳聲塵〔一五〕。代業有光，實在吾子。遠佇來札，以當招魂。秋冬凝寒，惟動履休勝。青簡時汗，願想窮愁；白雲遙來，希訪生死〔一六〕。珍重珍重。

校記

〔遠在〕《文苑英華》卷六九一校，一作遠莅。

〔才光〕張本作才見。

〔不躋〕張本作不齊。
〔食花〕《英華》作飡花。
〔凝寒〕《英華》校一作凝嚴。
〔動履〕《英華》校一作所履。
〔時汗〕底本作時至，據《英華》校語改。
〔遥來〕《英華》校一作爰來。

注釋

〔一〕吴兢：汴州浚儀人，有史才，魏元忠薦入直史館，修國史，拜右拾遺内供奉。神龍中，改右補闕。撰《則天實録》成，轉起居郎，俄遷水部郎中。丁憂。開元三年服闋，拜諫議大夫，兼修文館學士，歷衛尉少卿、左庶子，出爲荆州司馬，累遷台、洪、饒、蘄四州刺史、相州長史、鄴郡太守，入爲恒王傅，天寶八年卒。撰《國史》六十五卷，梁、齊、周史各十卷，陳史五卷，隋史二十卷，唐史八十餘卷。《舊唐書》卷一〇二、《新唐書》卷一三二有傳。書約景雲二年（七一一）秋冬作。

〔二〕魑魅：見卷二《早發大庾嶺》注〔八〕。雕題：於額上雕刻花紋塗以丹青，爲古代南方少數民族風俗。《禮記·王制》：「南方曰蠻，雕題交趾，有不火食者矣。」疏：「雕謂刻也，題謂額也，謂以丹青雕刻其額。」

〔三〕颶風：熱帶風暴。《國史補》卷下：「南海人言，海風四面而至，名曰颶風。」悲鳶：見卷二《入瀧州江》注〔四〕。

〔四〕鬼門：關名，在今廣西北流縣。《舊唐書·地理志四》嶺南道容州北流縣：「縣南三十里，有兩石相對，其間闊三十步，俗號鬼門關。……昔時趨交趾，皆由此關。其南尤多瘴癘，去者罕得生還，諺曰：『鬼門關，十人九不還。』」

〔五〕先君：之問父宋令文。《舊唐書·宋之問傳》：「父令文，有勇力，而工書，善屬文。高宗時，爲左驍衛郎將、東臺詳正學士。」又《吐蕃傳上》：「儀鳳四年，贊普卒，……高宗遣郎將宋令文入蕃會葬。」志道遊藝，《論語·述而》：「子曰：志於道，據於德，依於仁，遊於藝。」出谷：指出仕。《詩·小雅·伐木》：「伐木丁丁，鳥鳴嚶嚶，出自幽谷，遷于喬木。」

〔六〕崇班：高官。《太平廣記》卷二一八引《譚賓録》：「（盧）照鄰寓居於京城鄱陽公主之廢府。顯慶三年，詔徵太白山隱士孫思邈，亦居此府。……照鄰與當時知名之士宋令文、孟詵皆執師資之禮。」其事當在咸亨、上元間，參見傅璇琮《盧照鄰楊炯簡譜》。其辭官或在此時。驃騎：將軍名號，此指何充。《晋書·何準傳》：「高尚寡欲，弱冠知名，州府交辟，並不就。兄充爲驃騎將軍，勸其令仕，準曰：『第五之名，何減驃騎！』準兄弟中第五，故有此言。」

〔七〕南史：春秋齊國史官。見卷六《袁侍御席宴永昌獨孤少府序》注〔二〕。東岱：泰山，借指墓地。

《元和郡縣圖志》卷一〇兗州乾封縣：「泰山一曰岱宗，在縣西北三十里。」又：「高里山，亦曰蒿里山，在縣西北二十五里。」《蒿里》，挽歌，其詞云：「蒿里誰家地，聚斂魂魄無賢愚。」因其地近泰山，故以東岱代指。

〔八〕史遷：司馬遷。許由：上古高士。《史記·伯夷列傳》：「堯讓天下於許由，許由不受，恥之逃隱。……巖穴之士，趣舍有時若此，類名堙滅而不稱，悲夫！閭巷之人，欲砥行立名者，非附青雲之士，惡能施于後世哉？」

〔九〕山甫：仲山甫，周宣王卿士。蔡邕：東漢文學家。均見卷六《送尹補闕入京序》注〔八〕。拾遺：官名。《唐六典》卷八：拾遺，「皇朝所置，言國家有遺事，拾而論之，故以名官焉。」吴兢長安、神龍中，以拾遺、補闕爲修史學士，故比之爲仲山甫、蔡邕。

〔一〇〕家狀：陳述先人生平事跡以供修史官員參考採擇的文字。

〔一一〕窮鳥：走投無路的鳥。《後漢書·趙壹傳》，壹屢抵罪，幾至死，友人救得免，壹乃貽書謝恩，作《窮鳥賦》以自況，中云：「幸賴大賢，我矜我憐。」

〔一二〕季布：西漢人。《史記》本傳，布爲人任俠，重然諾，楚人諺曰：「得黄金百，不如得季布一諾。」延陵：古邑名，今江蘇武進，此指季札，春秋吴人，封於延陵，號延陵季子。《史記·吴太伯世家》：「季札之初使，北過徐君。徐君好季札劍，口弗敢言。季札心知之，爲使上國，未獻。還至徐，徐君已死，於是乃解其寶劍，繫之徐君冢樹而去。從者曰：『徐君已死，尚誰予乎？』季子曰：『不然。始吾心已許之，豈以死倍吾心哉。』」

〔一三〕食花之惠：用楊寶事。《搜神記》卷二〇：「漢時弘農楊寶年九歲時，至華陰北，見一黄雀，爲鴟梟所搏，墜於樹下，爲螻蟻所困。寶見愍之，取歸，置巾箱中，食以黄花。百餘日，毛羽成，朝去暮還。一夕三更，寶讀書未卧，有黄衣童子向寶再拜曰：『我西王母使者，使蓬萊，不慎爲鴟梟所搏。君仁愛見拯，實感盛德。』乃以白環四枚與寶，曰：『令君子孫潔白，位登三事，當如此環。』」結草：用魏顆事。《左傳·宣公十五年》：「魏顆敗秦師于輔氏，獲杜回，秦之力人也。初，魏武子有嬖妾，無子。武子疾，命顆曰：『必嫁是。』疾病則曰：『必以爲殉。』及卒，顆嫁之，曰：『疾病則亂，吾從其治也。』及輔氏之役，顆見老人結草以亢杜回，杜回躓而顛，故獲之。夜夢之曰：『余而所嫁婦人之父也。爾用先人之治命，余是以報。』」

〔一四〕起居注：記録皇帝日常言行的書，分别由起居郎（左史，記言）、起居舍人（右史，記行）撰寫。實録：以編年形式專記某一皇帝統治時期大事的書。據《新唐書·藝文志》，吴兢曾撰《中宗實録》二十卷、《睿宗實録》五卷，又曾參與《高宗後脩實録》的修撰及《則天皇后實録》的删定。江融：鳌厔人，武后時官左史，撰《九州設險圖》，見《册府元龜》卷三九一。其《别録》一書未詳。

〔一五〕國史：吴兢所撰書名。《唐史春秋》，當即《唐春秋》。《新唐書·藝文志二》史部編年類：「吴兢《唐春秋》三十卷。」

〔一六〕青簡：竹簡，古代書寫工具，用前先以火炙令汗，乾則易寫，且不受蟲蛀。

宋之問集校注卷八

歎文

爲太平公主五郎病愈設齋歎佛文〔一〕

至矣哉，釋迦之本願也，念出於大悲，業成於廣濟〔二〕。代俗以積迷爲用，有感斯通；衆生以諸病作身，至誠能愈。我鎮國太平公主，娥靈襲彩，女曜聯英，戒環佩於中閨，邑山河於外館〔三〕。位彌高而迹彌下，保是洪猷；身日貴而心日微，由乎夙植。全其忠孝，頌美於家邦；宜爾子孫，理歸於福壽。第五子某官某，才光性與，慧發生知，山桂含芳而逼人，階蘭吐秀而驚俗〔四〕。頃以寒暄稍改，保攝微乖，留卧玳瑁之牀，陪侍鳳凰之宇〔五〕。公主上祈妙福，蒙降慈恩。漢賜黄金，還依膝下；隋珍明月，再入掌中〔六〕。今者上報慈恩，大張名供。於是披甲第，闢梵筵，幢蓋乘空而下來，龍象接武而爰集〔七〕。迴供純陁之國，求饌香積之宮，麫爲丘而蔽庭，酪爲沼而環砌〔八〕。龍王獻水，噴車馬之埃塵；天女散花，綴山林之草樹〔九〕。無邊之施，下飽於三塗；普救之心，傍寬於六趣〔一〇〕。伏願以斯妙福，上薦聖朝。應天皇帝長保金圖，永臨璿極〔一一〕。九族既睦，祛其有漏之緣；萬人以安，不捨無生之見〔一二〕。順天皇后慶垂椒掖，德盛蘭宮，國風流洽於《鵲巢》，坤儀光贊於龍扆〔一三〕。皇太子業躋聖敬，本固元良；諸王公主等擢秀本枝，崇榮湯沐〔一四〕。三槐九棘，庶職羣僚，咸維赤縣之圖，共翼青雲之紀〔一五〕。備該空有，遍燭幽明，俱超解脱之津，永拔輪迴之地〔一六〕。

校記

〔念起〕張本作念出。

〔純陁〕《文苑英華》卷四七二、張本作絶陁。

注釋

〔一〕太平公主：見卷二《奉和春初幸太平公主南莊應制》注〔一〕。五郎：太平公主之子。《舊唐書·太平公主傳》：「公主薛氏二男二女，武氏二男二女。」男即薛崇胤、薛崇簡、武崇敏、武崇行，此未詳何人。歎佛文：贊歎禮佛之文。據文中中宗、韋后尊號及太平公主封號，文作於神龍二年七月至三年八月間。

〔二〕釋迦：佛。《魏書·佛老志》：「所謂佛者，本號釋迦文者，譯言能仁，謂德充道備，堪濟萬物也。」

〔三〕鎮國太平：《舊唐書·太平公主傳》：「神龍元年，預誅張易之謀有功，進號鎮國太平公主。」娥靈：猶靈娥。女曜：即女宿。均見卷五《太平公主山池賦》注〔三〕。外館：見卷七《爲定王武攸暨請降王位表》注〔四〕。

〔四〕階蘭：喻佳子弟，見卷三《發藤州》注〔四〕。

〔五〕鳳凰之宇：猶鳳臺，謂公主第宅，參見卷一《花燭行》注〔一〇〕。

〔六〕漢賜黄金：疑用應嫗事。《太平御覽》卷八一〇引《後漢書》：「中興初有應嫗者，生四子而寡，見神光照社，試探之，乃得黄金，自是諸子宦學，並有才名，至瑒，七代通顯。」隋珍：隋侯珠。《搜神記》卷二〇：「隋侯出行，見大蛇，被傷中斷，疑其靈異，使人以藥封之。蛇乃能走。……歲餘，蛇銜明珠以報之。珠盈徑寸，純白而夜有光明，如月之照，可以燭室。故謂之隋侯珠，亦曰靈蛇珠，又曰明月珠。」江淹《傷愛子賦》：「曾憫憐之慘悽，痛掌珠之愛子。」

〔七〕龍象：僧人之敬稱。《翻譯名義集》卷二：「摩訶那伽，《大論》云：那伽，或名龍，或名象，是五千阿羅漢諸羅漢中最大力，以是故言如龍如象。水行中龍力最大，陸行中象力大。」

〔八〕純陁：古印度人名，拘尸那城工巧師之子，佛涅槃前受其供養。《翻譯名義集》卷二：「純陀是西音，妙義乃此語。」香積：佛名。《維摩詰經·香積品》：「有國名衆香，佛名香積，……苑囿皆香，其食香氣。」《釋氏六帖》引《金藏經》：「王設大會一十二年，麵積如山也。」

〔九〕龍王：佛經中掌管水域的龍神。《法苑珠林》卷九引《因果經》，釋迦牟尼爲浄飯王太子，誕生時，「難陀龍王、優波難陀龍王於虚空中吐清浄水，一温一凉，灌太子身。」天女散花：見卷二《九月九日登慈恩寺浮圖應制》注〔三〕。

〔一〇〕三塗：佛教語。《翻譯名義集》卷七：「阿波那伽低，《經音義》：此云惡趣。有三惡趣，亦名三塗。……按《四解脱經》云，地獄名火塗道，餓鬼名刀塗道，畜生名血塗道。」六趣：即六道，佛教指天道、人道、修羅道、餓鬼道、畜生道、地獄道，人都要在這六道中輪迴。《法華經·序品》：「六道輪迴，生死所趣。」

〔一一〕應天皇帝：中宗，神龍元年十一月加尊號應天，三年九月加尊號應天神龍，見《舊唐書》本紀。金圖：猶寶圖，上天授命的圖籙，代指國家。璿極：北斗與北極，指帝位。璿，北斗七星中第二星。漏：佛教語，謂煩惱。

〔一二〕順天皇后：中宗韋皇后，神龍元年十一月加尊號順天，三年九月加尊號順天翊聖，見《舊唐書·中宗紀》。鵲巢：《詩·召南》篇名，小序：「《鵲巢》，夫人之德也。國君積行累功，以致爵位。夫人起家而居有之，德如鳲鳩，乃可以配焉。」

〔一三〕皇太子：指中宗子李重俊。《舊唐書·中宗紀》：神龍二年「秋七月丙午，立衛王重俊爲皇太子。」元良：大善。《禮記·文王世子》：「一有元良，萬國以貞，世子之謂也。」後以指太子。湯沐：見卷七《第二表》注〔四〕。

〔一四〕三槐九棘：指三公九卿。《周禮·秋官·朝士》：「掌建邦外朝之法，左九棘，孤卿大夫位焉，羣士在其後。右九棘，公侯伯子男位焉，羣吏在其後。面三槐，三公位焉，州長衆庶在其後。」庶職羣僚：指百官。

〔一五〕空有：猶言整個世界，佛教以爲色相世界，皆非實有，均是虚無。幽明：陰陽，佛教以畜生、餓鬼、地獄三惡道爲幽冥，無真理之光。解脱：佛教語，謂離開一切束縛。而得自在。輪迴：見注〔一〇〕。拔輪迴之地，謂得往生西方極樂世界。

祭文

祭楊盈川文〔一〕

維大周某年月日，西河宋某謹以清酌脯羞之奠，敬祭於楊子之靈曰：自古皆死，不朽者文〔二〕。北河流液，西岳吐雲，叶神通契，降精於君〔三〕。伏道孔門，遊刃諸子，精微博識，黄中通理〔四〕。屬詞比事，宗經匠史，玉璞金渾，風摇雲起。聞人之善，若在諸己；受人之恩，許之以死。惟子堅剛，氣陵秋霜；行不苟合，言不苟忘。大君有命，徵子文房，余亦叨忝，隨君頡頏〔五〕。同趨北禁，並拜東堂，志事俱得，形骸兩忘。載罹寒暑，貧病洛陽，裘馬同弊，老幼均糧。自君出宰，南浮江海，余嘗苦饑，今日猶在。之子妙年，香名早傳，從來金馬，夙昔崇賢〔六〕。門庭若市，翰墨如泉，千載之後，聞而凜然。死而不亡，問余何傷，傷予命薄，益友零落〔七〕。生平之言，幽顯相託，痛君不嗣，匪我孤諾。君有兄弟，同心異體，陟岡增哀，歸葬以禮〔八〕。旅櫬飄零，於洛之汀，我之懷矣，感歎入冥。見子之弟，類子之形，悼往心絶，慰存涕盈。古人有言，一生一死，昔子往矣，追送傾城，今子來也，乃知交情〔九〕。惟郭是戚，有崔不易，來哭來祭，哀文在席〔一〇〕。帷席何依，冰雪四滿，家人哀哀，賓徑微斷。今我傷悲，情懃昔時。子文子翰，我緘我持；子宅子兆，我營我思〔一一〕。子有神鑒，我言不欺。我有絮酒，子其歆之，我亦引滿，儻昭神期〔一二〕。魂兮歸來，聞余此詞。

校記

〔大周〕張本作大唐。

〔流液〕《文苑英華》卷九七八作吐液。

〔吐雲〕《英華》作生雲。

〔叶神通契〕《英華》、張本作爰叶通氣。

〔若在〕《英華》、張本作若任。

〔許之〕張本作許人。

〔載罹〕張本作載勞。

〔不亡〕《英華》、張本作不忘。

〔益友〕《英華》、張本作益州。

〔生平〕《英華》校集作平生。

〔何依〕底本作可依,《英華》校集作何,據改。

注釋

〔一〕盈川:衢州屬縣名,如意元年析龍丘置,元和七年省入信安,在今浙江衢縣東。楊盈川:楊炯。《舊唐書》本傳:「選授盈川令,……無何卒官。」其卒約在延載元年(六九四),參傅璇琮《盧照鄰楊炯簡譜》。

〔二〕西河:郡名,即汾州,治所在今山西汾陽。宋之問虢州弘農人,西河爲其郡望。皆死:《論語·顏淵》:「自古皆有死。」不朽者文:曹丕《典論·論文》:「蓋文章經國之大業,不朽之盛事。」

〔三〕北河:黄河。西岳:華山。降精:猶降神。《詩·大雅·崧高》:「維嶽降神,生甫及申。」楊炯華陰人,故云。

〔四〕黄中通理：《易·坤·文言》：「君子黄中通理，正位居體，美在其中。」疏：「黄中通理者，以黄居中，兼四方之色，奉承臣職，是通曉物理也。」

〔五〕大君：指武后。文房：掌管文學之事的官署，指習藝館，宋之問與楊炯同爲學士，見卷五《秋蓮賦》注〔二〕。頡頏：上下。

〔六〕金馬：金馬門，見卷一《憶嵩山陸渾舊宅》注〔四〕。崇賢：即崇文館，屬東宫，學士二人，校書郎二人，貞觀十三年置，上元二年避太子李賢諱，改崇文館，見《新唐書·百官志四上》。《舊唐書·楊炯傳》：「炯幼聰敏博學，善屬文。神童舉，拜校書郎，爲崇文館學士。」楊炯《渾天賦》：「顯慶五年，炯時年十一，待制弘文館。上元三年，始以應制舉，補校書郎。」

〔七〕《論語·季氏》：「孔子曰：『益者三友，損者三友。友直，友諒，友多聞，益矣。』」

〔八〕《詩·魏風·陟岵》：「陟彼岡兮，瞻望兄弟。」

〔九〕《史記·鄭當時傳》：「下邽翟公有言，始翟公爲廷尉，賓客闐門；及廢，門外可設雀羅。翟公復爲廷尉，賓客欲往，翟公乃大署其門曰：『一死一生，乃知交情。一貧一富，乃知交態。一貴一賤，交情乃見。』」

〔一〇〕郭、崔：楊炯友人。崔，疑爲崔融，永隆二年，與炯同因薛元超之薦爲崇文學士，見《新唐書·楊炯傳》及《唐會要》卷六四。

〔二〕宅、兆：指墳墓。《孝經·喪親》：「卜其宅兆而安之。」注：「宅，墓穴也。兆，塋域也。」

〔三〕絮酒：《後漢書·徐穉傳》注引謝承《後漢書》：「穉諸公所辟雖不就，有死喪負笈赴弔。常於家豫炙雞一隻，以一兩綿絮漬酒中，暴乾以裹雞，徑到所起冢隧外，以水漬綿使有酒氣，斗米飯，白茅爲藉，以雞置前，醊酒畢，留謁則去，不見喪主。」

祭王城門文〔一〕

維長安二年歲次月日，司禮主簿宋某謹以清酌之奠，敬祭於故宮尹丞太原王君之靈〔二〕。惟靈顯考，抗志恬漠，九辟奚顧，一丘自樂，行擬巢、由，言重許、郭〔三〕。粤我先人，比德同道，理闔探索，詞源論討，翰墨具存，有真有草〔四〕。古人之言，朋友世親，王氏兄弟，既義且仁，撫我且厚，莫殊天倫〔五〕。粤我幼蒙，哀纏岵屺，急難相顧，若出諸己，聞道必箴，見善斯喜〔六〕。盛德之後，昔聞其昌，之子壯年，朱紱始光，賀者在門，哭者在堂〔七〕。慰君之兄，撫君之子，郭門祖祭，平生已矣，問天何言，閉恨泉裏。嗚呼哀哉，尚饗！

校記

〔宋某〕張本作宋之問。

〔行擬〕《文苑英華》卷九七八作行儀。

〔之言〕《英華》作至言。

〔既義〕《英華》校集作既禮。

注釋

〔一〕城門：城門郎。《新唐書·百官志二》門下省：「城門郎四人，從六品上，掌京城、皇城、宫殿諸門開闔之節，奉管鑰而出納之。」王城門：名未詳。

〔二〕長安二年：公元七〇二年。司禮主簿：即太常主簿。武后光宅元年，改太常寺爲司禮寺，主簿二人，從七品上，見《新唐書·百官志三》。宫尹丞：即東宫詹事府丞。光宅元年，改宫尹府爲詹事府，丞二人，正六品上，掌判府事，見同上書《百官志四上》。題云城門郎，此云宫尹丞，蓋其人甫自城門郎授宫尹丞，即去世，故文云「賀者在門，哭者在堂」。

〔三〕顯考：指王城門亡父，名未詳。恬漠：安静淡漠。賈誼《鵩鳥賦》：「真人恬漠，獨與道息。」巢由：巢父、許由，見卷六《三月三日奉使涼宫雨中禊飲序》注〔一〇〕。許郭：許劭、郭泰：東漢名士。《後漢書·郭太傳》：「性明知人，好獎訓士類。」同書《許劭傳》：「少峻名節，好人倫，多所賞識。若樊子昭、和陽士者，並顯名於世。故天下言拔士者，咸稱許、郭。」

〔四〕先人：指己父宋令文，參卷七《在桂州與修史學士吴兢書》注〔五〕。

〔五〕古人：謂王符，其《潛夫論·交際》云：「語曰：人惟舊，器惟新；昆弟世疏，朋友世親。此交際之理，人之情也。」

〔六〕哀纏岵屺：謂失去父母。《詩·魏風·陟岵》：「陟彼岵兮，瞻望父兮。……陟彼屺兮，瞻望母兮。」傳：「山無草木曰岵。山有草木曰屺。」小序：「《陟岵》，孝子行役，思念父母也。」

〔七〕朱紱：紅色朝服。唐制，四品、五品服緋，王城門當是散官已至五品，或蒙特恩賜服緋。

爲兗州司馬祭王子喬文〔一〕

維大唐神龍二年歲次甲子月日，前大中大夫、行兗州都督府司馬王某，謹以清酌之奠，敢昭告於仙君之靈〔二〕。夫惟仙君，神化寥廓，昔爲葉宰，莅此郛郭，謁帝乘鳬，賓天控鶴〔三〕。玉以爲棺，言降楚鄉，土自成壠，人知東崗〔四〕。靡靡行邁，邑過諸梁，實感我先，顧慕增傷〔五〕。載馳載奔，于陵于谷，迺披蔓草，式敬喬木〔六〕。孰不懷古，誰非後昆，靈冑日衰，遐心莫存。逮及仙伯，復兹道門，小子實幸，忝惟枝孫。華陽舊里，緱氏新宅，一君爰刱，百代不易，豈無沃土，永守遺跡〔七〕。有鳥有鳥，歸來何斯，緬惟此地，登真之基〔八〕。願考俠室，樹兹豐碑，有志未就，靈其祐之〔九〕。尚饗。

校記

〔大中大夫〕《文苑英華》卷九九八作中大大夫。

〔顧慕〕《英華》、張本作顧墓。

〔後昆〕《英華》、張本作彼昆。

〔緱氏〕《英華》校集作緱山。

〔何斯〕《英華》校集作可期。

注釋

〔一〕兖州：今屬山東。司馬：州府上佐，兖州爲上都督府，司馬從四品上。據文，司馬王姓，唐代王姓墓誌多自承爲周靈王太子晋之後。王子喬：東漢人，或云即王子晋，參見卷四《王子喬》注〔一〕。

〔二〕神龍二年：公元七〇六年，干支紀年爲丙午，此云甲子，乃取干支之首二字以爲干支代號。大中大夫：文散官名，從四品上。唐制，職事官高，散官卑則稱「行」某官。若大中大夫，則爲從四品上，與上都督府司馬品同。

〔三〕葉：漢縣名，今屬河南。東漢王喬爲葉令，乘鳧謁帝，或云即王子喬，《後漢書》有傳。參見卷二《送合宫蘇明府頲》注〔五〕。賓天控鶴：見卷四《王子喬》注〔一〕。

〔四〕玉以爲棺：《後漢書·王喬傳》：「後天下玉棺於堂前，吏人推排，終不摇動。喬曰：『天帝獨召我邪？』乃沐浴服飾寢其中，蓋便立覆。宿昔葬於城東，土自成墳。」注：「王喬墓在今葉縣東。」

〔五〕行邁：《詩·王風·黍離》：「行邁靡靡，中心摇摇。」傳：「邁，行也。靡靡，猶遲遲也。」諸梁：指葉縣。《元和郡縣圖志》卷六汝州：「葉縣，本楚之葉縣，春秋楚人遷許於此。其後楚使沈諸梁尹之，僭號稱公，謂之葉公。」

〔六〕式敬：致敬。《書·武成》「式商容閭」疏：「式者，車上之横木，男子立乘，有所敬則俯而憑式。」

〔七〕華陽：華山之南。《太平寰宇記》卷二九華州鄭縣：「王喬谷，俗謂太公谷，即王喬所隱之處，谷有喬祠堂，歲常祠之。」緱氏：山名，山有王子晉祠。武后時建，故云新宅。參見卷四《緱山廟》注〔一〕。

〔八〕有鳥：用丁令威化鶴事，見卷一《入崖口五渡寄李適》注〔七〕。登真：登仙。

〔九〕考：落成。俠室：兩旁的側室。俠，通夾。《釋名·釋宫室》：「夾室在堂兩頭，故曰夾室。」

爲宗尚書祭梁宣王文〔一〕

維大唐景龍元年歲次丁未十一月乙未朔四日戊戌，兵部尚書宗楚客、弟將作大匠秦客等，謹以清酌庶羞之奠，致祭於梁宣王之靈〔二〕。惟王神岳降靈，英姿濟代，在周錫梁社之寵，翊唐有代邸之勳〔三〕。不謂業在必安，而釁生非意。賊臣結黨，大黷宸闈；逆子弄兵，輕誣懿戚〔四〕。密謀奉主，惟以國家爲心；飛禍及門，翻令父子併命〔五〕。九重軫念，悼舟楫之堙没；百辟興嗟，愴衣冠之殄瘁〔六〕。楚客等早承輝眄，夙忝娱遊，姻屬謬接於葭莩，兄弟竊方於雁序〔七〕。叨列五等，同事兩朝，昔以高義銘心，今猶德音在耳〔八〕。嚴慈永往，伯季凋零，友睦申於長妹，成立冀於猶子，而家不悔禍，俱斃仇人〔九〕。入私庭而痛深，過王門而悲極。竹池舊賞，看雁鶩之猶歸；蒿里新歌，恨天人之永逝〔一〇〕。嗚呼哀哉！九原撰日，萬古營魂，士悲高駕，帝慟津門〔一一〕。殞賢輔而星坼，害良臣而霧昏，想平生之如在，庶髣髴於斯樽〔一二〕。尚饗！

校記

〔十一月〕底本脱「一」字。按陳垣《二十史朔閏表》，景龍元年十月無乙未，十一月乙未朔，據補。

〔四日〕底本作四月，據《文苑英華》卷九七八、張本改。

〔大黷〕《英華》校集作奔黷。

〔輕誣〕《英華》校集作讒誣。

〔飛禍〕《英華》校集作非禍。

〔堙没〕張本作堙沈。

〔夙忝〕《英華》校集作夙奉。

〔雁序〕《英華》校集作橘序。

〔仇人〕《英華》校集作仇讐。

〔士悲〕《英華》校集作人悲。

〔如在〕《英華》、張本作如此。

注釋

〔一〕宗尚書：宗楚客，字叔敖，蒲州河東人，則天從姊子。武后朝，官至宰相。神龍中，附韋后及武三思，三思引爲兵部尚書、同中書門下三品，韋后敗，伏誅。《舊唐書》卷九二、《新唐書》卷一〇九有傳。梁宣王：武三思，爲節愍太子所殺，見卷二《梁宣王挽詞三首》注〔一〕。

〔二〕景龍元年：即神龍三年（七〇七），九月改元景龍。兵部尚書：尚書省兵部長官，正三品，掌武選、地圖、車馬、甲械之政。將作大匠：將作監長官，從三品，掌土木工匠之政。均見《新唐書·百官志》。秦客：宗楚客之兄，時已卒，此當爲晉卿之誤。晉卿，楚客弟，武后朝，以姦贓事發，兄弟配流嶺外，秦客死，晉卿等尋復追還，附韋后及武三思，神龍中，累遷將作大匠。韋氏敗，亦被誅。附見兩《唐書·宗楚客傳》。

〔三〕降靈：見《祭楊盈川文》注〔三〕。周：指武后朝，武三思在武后朝封梁王，見卷一《奉和梁王宴龍泓應教》注〔一〕。代邸之勳：謂擁戴中宗之功。《漢書·文帝紀》：高后崩，諸呂謀爲亂，陳平、周勃等大臣共誅之，迎立代王劉恒，勸進於代邸，代王遂即天子位。師古曰：「郡國朝宿之舍，在京師者率名邸。」

〔四〕賊臣：指羽林將軍李多祚。逆子：指皇太子李重俊。參見卷七《爲文武百寮等請造神武頌碑表》注〔一〕。宸闈：指宫廷。懿戚：皇帝的親族或外戚。

〔五〕父子：謂武三思及其子崇訓。

〔六〕九重：指皇帝。宋玉《九辯》：「豈不鬱陶而思君兮，君之門以九重。」舟楫：渡水工具，喻宰輔大臣。《書·説命上》載殷高宗命傅説爲相之詞：「若濟巨川，用汝作舟楫。」百辟：百官。殄瘁：困病。《詩·大雅·瞻卬》：「人之云亡，邦國殄瘁。」

〔七〕葭莩：見卷七《爲定王武攸暨請降王位表》注〔三〕。宗楚客母爲武三思姑，故三思與楚客爲表兄弟。

〔八〕五等：公、侯、伯、子、男五等封爵。唐制，爵九等。宗楚客封郢國公，見《新唐書》本傳。兩朝：謂武后、中宗兩朝。

〔九〕嚴慈：父母。伯季：兄弟。據《新唐書·宰相世系四上》，楚客父岌，魏王府記室，巴西主簿；兄秦客，弟晋卿、鄭卿，此昆季當指晋客及鄭卿。猶子：侄子，此當指其長妹之子。其長妹婚於武氏，故母子均及於禍。

〔一〇〕鶩：野鴨。此因武三思封梁王故借用梁孝王事。《史記·梁孝王世家》正義引《括地志》：「兔園在宋州宋城縣東南十里。葛洪《西京雜記》云『梁孝王苑中有落猿巖、棲龍岫、雁池、鶴洲、鳧島，諸宫觀相連……』俗人言梁孝王竹園也。」蒿里：見卷七《在桂州與修史學士吴兢書》注〔二〕。

〔二〕九原：指墓地。《國語·晋語八》：「趙文子與叔向遊於九原，曰：『死者若可作也，吾誰與歸？』」撰日：選日，謂卜葬日。營魂：指精魂。津門：津陽門，東漢洛陽城西門，見《後漢書·百官志四》。此代指長安城門。

〔三〕賢輔：賢相。神龍元年，武三思拜司空、同中書門下三品，見《舊唐書》本傳。《晋書·張華傳》：華爲侍中、中書監，「少子韙以中台星坼，勸華遜位，華不從」，果爲趙王倫等所害。霧昏：《晋書·陸機傳》：機爲宦人孟玖、孟超所譖，遇害於軍中，「是日，昏霧晝合，大風折木，平地尺雪，議者以爲陸氏之冤」。

爲宗尚書兄弟祭魯忠王文〔一〕

維景龍二年歲次戊申月日，兵部尚書楚客、弟將作大匠秦客等，謹以清酌之奠，敢昭告於魯忠王之靈〔二〕。惟王寶構因地，瑶林肅天，靈資海岳，質冠神仙〔三〕。德潤猶雨，機清若泉，不孤大造，翻摧少年〔四〕。百身豈贖，四序云變，慈軫玉扆，悲盈金殿〔五〕。令德彌秀，徽容難見，悼前歲之今日，共銜酸於隙電〔六〕。錦鸞失偶，臺鳳悲隻，玳席賓空，金鄉户闃〔七〕。徑不踐兮苔紫，庭不遊兮草碧，敢申賦於童眇，痛平生之姻戚〔八〕。嗚呼哀哉！雁池送夏，馬埒迎秋，露白天净，雲低隴愁〔九〕。恨名王之淪枉，悲促運之浮休，蓄哀思而成泣，憑聰明而致羞〔一〇〕。小山一平兮多桂樹，故人雖在兮罷蘭遊〔一一〕。心追往而將絶，淚横目兮難收。嗚呼哀哉，尚饗！

校記

〔肅天〕《文苑英華》卷九七八校，集作蔽天。

〔少年〕《英華》校集作小年。

〔往而〕張本作往兮。

〔目兮〕兮，《英華》校集作而。

注釋

〔一〕宗尚書兄弟：宗楚客、晋卿兄弟。魯忠王：武三思子武崇訓。見卷二《魯忠王挽詞三首》注〔一〕。文景龍二年（七〇八）秋作。

〔二〕秦客：當爲晋卿之誤，參見前文注〔二〕。

〔三〕寶構：華美壯麗的建築。地：地勢，句喻武崇訓出身高門。瑶林：猶玉樹，喻人風神之美。《世説新語·賞譽》：「王戎云：『太尉（王衍）神姿高徹，如瑶林瓊樹，自然是風塵外物。』」同書《容止》：「王右軍見杜弘治，歎曰：『面如凝脂，眼如點漆，此神仙中人。』」

〔四〕大造：指極大的關懷和恩德。《南史·馬仙琕傳》：梁武帝俘獲仙琕，不殺而加任用，又賻贈其母，仙琕號泣謂弟曰：「蒙大造之恩，未獲上報，今復荷殊澤……」

〔五〕百身豈贖：深惜其死。《詩·秦風·黄鳥》：「彼蒼者天，殲我良人。如可贖兮，人百其身。」四序：四時。時距武崇訓之死已一年。玉扆：指皇帝。扆：帝位後的屏風。金殿：猶金屋，指皇后。漢武帝數歲時，曰：「若得阿嬌作婦，當以金屋貯之」，見《漢武故事》。武崇訓尚中宗女安樂公主，故有「慈軫」二句，參見卷一《花燭行》注〔一〕。

〔六〕隙電：隙中閃電，喻生命迅速消逝。劉孝綽《秋雨卧疾》：「電隙時光帳，秋風乍扣扉。」

〔七〕臺鳳：用弄玉事，見卷一《花燭行》注〔一〇〕。金鄉：兖州屬縣，春秋魯國之地，崇訓封魯王，故云。

〔八〕童眇：幼童。宗、武姻親，武崇訓晚楚客兄弟一輩，故云。參見前文注〔一〕、〔九〕。

〔九〕雁池：見前文注〔一〇〕。馬埒：見卷二《宴安樂公主宅》注〔四〕。

〔一〇〕浮休：生死變化。《莊子·刻意》：「其生若浮，其死若休。」聰明：謂天。《法言·問明》：「昡昡乎，惟天爲聰，惟天爲明。」

〔一一〕小山：喻指武崇訓。《楚辭·招隱士》：「桂樹叢生兮山之幽。」王逸謂爲淮南王劉安賓客淮南小山之徒所作，武崇訓爲梁王武三思子，追封魯王，故借用其字面。蘭遊：蘭亭游集，參見卷三《桂州三月三日》注〔九〕。此泛指遊宴。

爲韋特進已下祭汝南王文〔一〕

維大唐景龍二年歲次戊申月日，某官某等謹以清酌之奠，祭於汝南王之靈。相門踵德，王實挺生，天資温克，神與聰明，人稱玉樹，我嗣金籯〔二〕。芝庭欲秀，桂林將逐，惟彼雁堂，墜兹鴻陸，魅奪精氣，墳迷草木〔三〕。漢皇纂籙，周母參功，夷夏昭洗，幽明感通，九魂見日，一葉隨風〔四〕。孝極先妃，丹旐先歸；慈殷諸季，素旐相次；楚畦啜泣，秦人下淚〔五〕。荆分日久，棣落無餘，悲炎海之下制，惟觀津之上書，鳶忌南而跕水，雁愛北而隨車〔六〕。嗚呼，凡在枝戚，銜恩極遍，寵賁濯龍，榮分化燕，獨傷元子，冥寞無見〔七〕。玉宸下感，金屋增悲，珠亡禍速，沙崩慶遲，緑車爲贈，黄泉各思〔八〕。官舍攸止，先塋甫託，齊國返葬，隨原可作，靈之歸來，無惑甌駱〔九〕。尚饗！

校記

〔已下〕張本無已下二字。

〔祭〕《文苑英華》卷九七八校集作敢昭告。

〔雁堂〕《英華》校集作雁黨。

〔草木〕《英華》校集作卉木。

〔夷夏〕《英華》校集作夷憂。

〔素旒〕《英華》校集作素旈。

〔惟觀〕《英華》校集作懷觀。

〔榮分〕《英華》作榮同。

〔各思〕《英華》校集作未思。

注釋

〔一〕特進：文散官名，正二品。韋特進：韋安石，京兆萬年人。舉明經，調乾封尉，久視元年，官至文昌右丞、同平章事。神龍元年，遷中書令，封鄖國公，加特進。開元初，累貶沔州別駕，卒。《舊唐書》卷九二、《新唐書》卷一二二有傳。汝南王：韋洵，韋玄貞子，韋后兄弟，武后臨朝，中宗廢爲廬陵王，幽於別所，韋洵與其弟浩、洞（史誤洞）、泚均死於容州，中宗復位，追贈洵吏部尚書、汝南郡王，返葬京師。見《舊唐書·韋温傳》。拓本《大唐贈并州大都督淮陽王韋君（洞）墓誌銘》（《文物》一九五九年第八期），洞，韋玄貞第三子，如意元年卒于容府，神龍二年追封淮陽郡王，景龍二年十一月陪葬於韋玄貞之陵。韋洵歸葬，當與其弟同時或稍前。

〔二〕温（yùn）克：有自制力。《詩·小雅·小宛》：「人之齊聖，飲酒温克。」箋：「中正通知之人，飲酒雖醉，猶能温藉自持以勝。」玉樹：猶瓊樹，見前文注〔三〕。籯：竹器，容三四斗。《漢書·韋賢傳》：

「少子玄成，復以明經歷位至丞相，故鄒魯諺曰：『遺子黄金滿籯，不如一經。』」

〔三〕芝庭：見卷三《發藤州》注〔四〕。桂林：桂樹之林，唐人以折桂喻科舉及第。《晋書·郤詵傳》，詵曰：「臣舉賢良對策爲天下第一，猶桂林之一枝，崑山之片玉。」雁堂：疑作雁黨是，指韋洵兄弟四人。墜兹鴻陸：謂中道夭折。《易·漸》：「九三，鴻漸于陸，夫征不復，婦孕不育，凶。」漸卦爻辭，初六鴻漸于干，九二于磐，九三于陸，九四于木，九五于陵，上九于逵，故以鴻漸喻依次漸進于高位。《舊唐書·韋温傳》：「及帝爲廬陵王，玄貞配流欽州而死。（韋）后母崔氏，爲欽州首領甯承兄弟所殺。玄貞有四子：洵、浩、洞（泂）、泚，亦死於容州。」

〔四〕漢皇：指中宗。纂籙：繼位。籙，圖籙，上天授命於帝王的神秘圖書。周母：指韋后。九魂：九逝之魂。《楚辭·抽思》：「惟郢路之遼遠兮，魂一夕而九逝。」一葉：合浦樹葉隨風入洛陽，見卷三《桂州三月三日》注〔三〕。此指歸葬。

〔五〕先妃：謂韋后之母崔氏。據拓本《韋洞誌》，中宗即位，追贈韋玄貞上洛郡王，崔氏當贈王妃封號。丹旐：靈前書死者名位的旗幡。諸季：謂韋洵兄弟。

〔六〕荆分：指兄弟離别。荆，紫荆樹。《藝文類聚》卷八九引《孝子傳》：「古有兄弟，忽欲分異，出門見三荆同株，接葉連陰，歎曰：『木猶欣聚，况我而殊哉！』還爲雍和。」棣落：喻兄弟凋喪。參見卷二《留别之望舍弟》注〔四〕。炎海：指南海。下制之事未詳。觀津：漢縣名，在今河北武邑東南。

《漢書·外戚傳》：漢文帝竇后弟廣國，家貧，年四五歲時爲人略賣，後至長安，「聞皇后新立，家在觀津，姓竇氏」，乃上書自陳，姊弟得相認。跕(dié)：墜落。鳶跕，見卷二《入瀧州江》注〔四〕。雁隨車：見卷二《故趙王屬贈黄門侍郎上官公挽詞二首》注〔四〕。

〔七〕濯龍：見《爲定王武攸暨請降王位表》注〔一〇〕。化燕：事未詳。元子：天子和諸侯的嫡長子。

〔八〕玉扆、金屋：指帝、后，見前文注〔五〕。沙崩：事未詳。按《漢書·外戚傳上》，漢文帝竇皇后弟廣國，家貧，爲人所略賣，爲人入山作炭，暮卧岸下百餘人，岸崩，盡壓殺卧者，廣國獨脱不死，自卜，數日當爲侯，後至長安，果得與其姊竇后相認。文或用此事。緑車：見卷二《故趙王屬贈黄門侍郎上官公挽詞二首》其二注〔一〕。

〔九〕齊國：用齊太公事。《禮記·檀弓上》：「太公封於營丘，比及五世，皆反葬於周。」注：「齊大公受封，留爲大師，死葬於周，子孫生焉，不忍離也。五世之後，乃葬於齊。」此指韋洵歸葬京兆。隨原：此指陵墓。《國語·晋語八》，趙文子與叔向游於九原，文子曰：「死者若可作也，吾誰與歸？」叔向以陽子、舅犯對，文子謂皆不足稱，曰：「其隨武子乎！納諫不忘其師，言身不失其友，事君不援而進，不阿而退。」韋昭注：「原當作京也。京，晋墓地。」甌駱：指嶺南之地。《史記·南越列傳》：「(尉)佗因此以兵威邊，財物賂遺閩越、西甌、駱，役屬焉，東西萬餘里。」索隱引《廣州記》，謂駱即甌駱，在交阯，今越南境。

祭杜學士審言文〔一〕

維大唐景龍二年歲次戊申月日，考功員外郎宋之問，謹以清酌之奠，敬祭於故修文館學士杜君之靈〔二〕。嗚呼，位曰大寶，才曰天爵，鮮業備而官成，多聲高而名薄〔三〕。屈原不終於楚相，揚雄自投於漢閣，代生人而豈無，人違代而咸若〔四〕。運鍾唐虞，崇文寵儒，國求至寶，家獻靈珠〔五〕。後俊有王、楊、盧、駱，繼之以子躍雲衢〔六〕。王也才參卿於西陝，楊也終遠宰於東吳，盧則哀其栖山而卧疾，駱則不能保族而全軀〔七〕。由運然也，莫以福壽自衛；將神忌也，不得華實斯俱。惟靈昭昭，度越諸子，言必得俊，意常通理。其含潤也，若和風欲曙，摇露氣於春林；其秉艷也，似涼雨半晴，懸日光於秋水。衆轍同遵者擯落，羣心不際者探擬，人也不幸而則亡，名兮可大而不死〔八〕。君之栖遑，自昔迷方，逢時泰兮欲達，聞數奇兮自傷〔九〕。屬文母之丕運，應才子之明敭，援掄秀於蘭畹，侍仙遊於柏梁〔一〇〕。命以著作，拜之爲郎，始翔鴛於清列，旋禦魅於炎荒〔一一〕。遺旅雁兮超彭蠡，作編人兮居越裳〔一二〕。殊許靖之新適，憶虞翻之舊鄉〔一三〕。惟皇龍興，再施法度，拂洗溟渤，鶱翔雨露。通籍於八舍禁門，摇筆於萬年芳樹，仰赤墀兮非遠，謂白首兮方遇〔一四〕。君病何病，到此彌留，藥雖餌兮寧愈，針不及兮可憂。雖則妙醫莫識，實冀明神獲瘳。嗚呼哀哉！君之將亡，其言也善，余向十旬，日或再展。君感斯意，贈言宛轉，識金石之契密，悔文章之交淺，命子誡妻，既懇且辨〔一五〕。自予與君，弱歲遊執，文翰共許，風露相浥。況窮海兮同竄，復文房兮並入〔一六〕。川流遽閱，隙電初過，昔乘運兮如此，今造冥兮若何〔一七〕。懷君疇好兮恨已積，念君近惠兮情倍多。道之南宅，困之東粟，使君孤之有餘，寧我家之不足〔一八〕。籍籍流議，喧喧薄俗，名全每困於爍金，身没誰恨其埋玉〔一九〕。空落長松千尺，詎置生芻一束〔二〇〕。倬彼韋公，贈殷禮縟；善乎崔子，理感情屬。相識有素，見賢增勖，登君詞賦於雲臺之上，藏君齒髮於緱山之曲〔二一〕。緱氏山兮山上雲，秦城郊兮郊外墳，孟冬十日兮共歸君，君有靈兮聞不聞。我咀瑶屑，君知自久，坐泣焚芝，遥哀畫柳〔二二〕。闕視祖載，爰遣卮酒，願歆悲誠，將告良友〔二三〕。尚饗！

校記

〔審言〕張本無此二字。

〔大寶〕《文苑英華》卷九七八校集作天寶。

〔鮮業〕底本作辭業，據《英華》校語改。

〔多聲〕底本作名聲，據《英華》校語改。

〔後俊〕底本作後復，據《英華》、張本改。

〔子躍〕《英華》、張本作子跡。

〔日光〕《英華》校集作日足。

〔君之〕《英華》校集作靈之。

〔淪秀〕張本作掄秀。

〔仙遊〕《英華》作遊仙。

〔越裳〕《英華》校集作越常。

〔憶虞〕《英華》、張本作億虞。

〔雖餌〕《英華》校集作勤餌。

〔君之〕《英華》校集作靈之，下二君字同。

〔自予〕《英華》校集作俗也。

〔風露〕《英華》校集作風霞。

〔疇好〕《英華》、張本作疇昔。

〔近惠〕《英華》、張本作恩惠。

〔見賢〕《英華》作見覽。

〔登君〕《英華》、張本作澄君。

〔共歸君〕《英華》校集作闕夫君。
〔君有〕《英華》校集作靈有，下君字同。
〔闕視〕《英華》校集作闕親。

注釋

〔一〕杜審言：見卷一《送杜審言》注〔一〕。文景龍二年（七〇八）十月作。
〔二〕考功員外郎：尚書省吏部考功一曹的副長官，從六品上，掌文武百官功過、善惡之考法及其行狀。修文館：官署名，屬門下省。《資治通鑑》卷二〇九：景龍二年「夏四月癸未，置修文館大學士四員，直學士八員，學士十二員，選公卿以下善爲文者李嶠等爲之。每遊幸禁苑，或宗戚宴集，學士無不畢從，賦詩屬和。」其年五月五日，户部員外郎宋之問、國子主簿杜審言並爲直學士，見《唐會要》卷六四。
〔三〕大寶：《易·繫辭下》：「聖人之大寶曰位。」天爵：見卷一《憶嵩山陸渾舊宅》注〔三〕。
〔四〕屈原：見卷一《送杜審言》注〔四〕。屈原爲楚懷王左徒，《史記·屈原列傳》正義謂「蓋今左右拾遺之類」，非楚相。揚雄：《漢書·揚雄傳》：「王莽時，劉歆、甄豐皆爲上公，莽既以符命自立，即位之後欲絶其原以神前事，而豐子尋、歆子棻復獻之。莽誅豐父子，投棻四裔，辭所連及，便收不請。時雄校書天禄閣上，治獄使者來，欲收雄，雄恐不能自免，乃從閣上自投下，幾死。」代：世。人：

指傑出人才。

〔五〕唐虞：唐堯、虞舜，此指盛世。靈珠：即隋侯珠，見本卷《爲太平公主五郎病愈設齋歎佛文》注〔六〕。曹植《與楊德祖書》述及當時文士云：「當是之時，人人自謂握靈蛇之珠。」

〔六〕王楊盧駱：王勃、楊炯、盧照鄰、駱賓王，《舊唐書》卷一九〇上、《新唐書》卷二〇一均有傳。《舊唐書·楊炯傳》：「炯與王勃、盧照鄰、駱賓王以文詞齊名，海内稱爲『王楊盧駱』，亦號爲『四傑』。……其後崔融、李嶠、張説俱重四傑之文。」

〔七〕參卿：對參軍的敬稱。西陝：謂虢州，魏孝武帝永熙三年，曾分爲西恒農，屬陝州，見《元和郡縣圖志》卷六。《新唐書·王勃傳》：勃聞虢州多藥草，求補參軍，私殺官奴，事覺當誅，會赦除名，父福時坐此左遷交趾令，勃往省父，度海溺水，痵而卒，年二十九。遠宰：指楊炯爲盈川令事，見本卷《祭楊盈川文》注〔一〕。《舊唐書·盧照鄰傳》：「後拜新都尉，因染風疾去官，處太白山中，以服餌爲事。後疾轉篤，徙居陽翟之具茨山。……照鄰既沉痼攣廢，不堪其苦，嘗與親屬執别，遂自投潁水而死，時年四十。」同書《駱賓王傳》：「高宗末，爲長安主簿，坐贓，左遷臨海丞，怏怏失志，棄官而去。文明中，與徐敬業在揚州作亂。敬業軍中書檄，皆賓王之詞也。敬業敗，伏誅。」

〔八〕衆轍同遵者：謂陳言俗套。際：至，接近。

〔九〕栖（xī）遑：四處忙碌奔波。數奇：命運不好。

〔一〇〕文母：武王之母，指武后。《列女傳》卷一：「太姒者，武王之母，禹後，有莘姒氏之女。仁而明道，文王嘉之，親迎於渭，……號曰文母。文王理陽道而治外，文母理陰道而治内。」淪秀：沈淪之秀士。晼：通苑。柏梁：漢武帝所建臺名。參見卷二《十一月誕辰内殿宴羣臣效柏梁體聯句》注〔一〕。

〔一一〕著作：指著作佐郎，屬秘書省，從六品上，協助著作郎掌撰碑誌、祝文、祭文，分判著作局事。見《新唐書·百官志二》。《舊唐書·杜審言傳》：「坐事貶授吉州司户參軍。……後則天召見審言，將加擢用，……因令作《歡喜詩》，甚見嘉賞，拜著作佐郎。」爲郎：指爲尚書郎。清列：朝官班列。禦魅：見卷二《早發大庾嶺》注〔八〕。《新唐書·杜審言傳》：「遷膳部員外郎。神龍初，坐交通張易之，流峰州。」

〔一二〕彭蠡：湖名，即今江西鄱陽湖。編人：編入户籍的百姓，此指流人，被編入流放地户籍。越裳：古國名。《後漢書·南蠻傳》：「交阯之南有越裳國，周公居攝六年，制禮作樂，天下和平，越裳以三象重譯而獻白雉。」杜審言流峰州，在今越南河内西北。

〔一三〕許靖、虞翻：見卷三《早發韶州》注〔七〕。

〔一四〕通籍：記名於宮禁之門籍。籍，記載官員姓名、年貌、物色的竹牒，懸於宮門，備通行時查驗。八舍：王宮宿衛者休沐之廬舍，在王宮四方及四角，見《周禮·天官·宮伯》。秦、漢時諸郎充宿衛，故唐人多以八舍指尚書省。萬年芳樹：指宮苑中樹木。漢長安上林苑有萬年長生樹十株，見《西京雜記》卷一。

〔一五〕金石：喻交誼之厚。阮籍《詠懷詩》：「如何金石交，一旦更離傷。」

〔一六〕窮海：濱海荒僻之處。神龍元年，宋之問貶瀧州參軍，杜審言流峰州，均濱南海。文房：指修文館，已見注〔二〕。

〔一七〕川流：陸機《歎逝賦》：「川閱水以成川，水滔滔而日度；世閱人以成世，人冉冉而行暮。」

〔一八〕南宅、東粟：《三國志·吴書·周瑜傳》：「(孫)堅子策與瑜同年，獨相友善，瑜推道南大宅以舍策，升堂拜母，有無通共。」又《魯肅傳》：「周瑜爲居巢長，將數百人過候肅，並求資糧。肅家有兩囷米，各三千斛，肅乃指一囷與周瑜。瑜益知其奇也，遂相親結，定僑、札之分。」

〔一九〕爍金：謂流言，見卷二《自洪府舟行直書其事》注〔一八〕。埋玉：見卷四《傷曹娘二首》其二注〔二〕。

〔二〇〕長松：《世説新語·賞譽》：「庾子嵩目和嶠森森如千丈松，雖磊砢有節目，施之大厦，有棟梁之用。」生芻，青草，此指菲薄的祭品。《後漢書·徐穉傳》：「及(郭)林宗有母憂，穉往弔之，置生芻一束於廬前而去。衆怪，不知其故。林宗曰：『此必南州高士徐孺子也。《詩》不云乎：生芻一束，其人如玉。吾無德以堪之。』」

〔二一〕雲臺：東漢洛陽南宮中臺名，見《後漢書·陰興傳》注，此泛指宮殿。齒髮：代指遺體。緱山：見卷一《奉使嵩山途經緱嶺》注〔一〕。

〔二〕瑶屑：玉屑。咀玉屑，謂服餌之事。《三國志·魏書·衛覬傳》：「昔漢武信求神仙之道，謂當得雲表之露以餐玉屑，故立仙掌以承高露。」泣焚芝：傷悼同類。陸機《歎逝賦》：「信松茂而柏悦，嗟芝焚而蕙歎。」畫柳：棺飾，此指靈車。《釋名·釋喪制》：「輿棺之車曰輀，……其蓋爲柳。柳，聚也。衆飾所聚，亦其形僂也。」

〔三〕祖載：將葬之際，舉柩升車上，行祖祭禮，謂之祖載。

祭禹廟文〔一〕

維大唐景龍三年歲次己酉月日，越州長史宋之問，謹以清酌之奠，敢昭告於夏后之靈〔二〕。昔者巨浸横流，下人交喪，惟后得流星貫昴之夢，受括地理水之符〔三〕。底定九州，弼成五服，遂類上帝，乃延羣公〔四〕。自有生靈，樹之司牧，大災莫踰於堯日，勤人不越於夏君〔五〕。向微隨山奠川之功，蒼生爲魚，至今二千九百年矣〔六〕。肇爲父子，始生君臣，興用天之道，廣分地之利者，嗚呼，皆后之功也！之間移班會府，出佐計鄉，遂得載踐遺塵，遠探名穴〔七〕。朝玉帛於斯地，聲存而處亡；留精靈於此山，至誠而響發〔八〕。悲夫！井家相連，於今幾年。當其葬也，上不通臭，下不及泉，棺絞葛兮壙收壤，鳥耘荒兮象耕田〔九〕。先王爲心，享是明德；後之從政，忌斯姦慝。酌鏡水而勵清，援竹箭以自直，謁上帝之休祐，期下人之蘇息〔一〇〕。日之吉，神之歆；激楚舞，奏越吟；芳俎溢，醇罍深。遺羞厭於魚鳥，餘瀝醉於山林，忽雲揺兮鳳舉，空壽堂兮陰陰〔一一〕。

校記

〔己酉〕《文苑英華》卷九九八、張本作甲子。
〔下人〕底本作下民，《英華》校集作下人，據改。
〔理水〕《英華》、張本作治水。
〔樹之〕《英華》作樹以。
〔大災〕《英華》校二字集作禦水災，張本作天災。
〔勤人〕《英華》校集作隱字，張本作勤隱。
〔夏君〕《英華》校集作夏時。
〔墳收〕《英華》作增收。

注釋

〔一〕禹廟：見卷三《謁禹廟》注〔一〕。
〔二〕長史：州府上佐。越州中都督府，長史一人，從五品上。夏后：指禹。《史記·夏本紀》：「禹於是遂即天子位，南面朝天下，國號曰夏后。」

〔三〕下人：即下民，避唐太宗李世民諱改。《書·堯典》：「帝曰：『咨，四岳，湯湯洪水方割，蕩蕩懷山襄陵，浩浩滔天，下民其咨，有能俾乂。』」昴：星宿名。《史記·夏本紀》正義引《帝王紀》：「父鯀妻脩己，見流星貫昴，夢接意感，又吞神珠薏苡，胸坼而生禹。」括地：《河圖括地象》。理水：治水，避唐高宗李治諱改。《太平御覽》卷八二引《帝王世紀》：「初，禹未登用之時，……夢自洗於河，觀於河，始受圖，《括地象》也。圖言治水之意。四嶽舉之舜，進之堯，堯命爲司空，繼鯀治水。」

〔四〕厎(zhǐ)定：達到平定。《書·禹貢》：「三江既入，震澤厎定。」阮元謂底當作厎。九州：謂冀、兗、青、徐、揚、荆、豫、益、雍九州。五服：謂甸、侯、綏、要、荒五服。禹定九州、成五服事，詳見《書·禹貢》。

〔五〕司牧：官吏。《左傳·襄公十四年》：「天生民而立之君，使司牧之。」

〔六〕隨山奠川：《書·禹貢》：「禹敷土，隨山刊木，奠高山大川。」《左傳·昭公元年》：「劉子曰：『美哉禹功，明德遠矣！微禹，吾其魚乎！』」二千九百年：當據《竹書紀年》之類推算，實不可靠。《史記·三代世表》：「余讀諜記，黄帝以來皆有年數。」但司馬遷以爲難以憑信，故三代僅作世表而不論次其年月。

〔七〕會府：星名，即斗魁，此指尚書省。《通典·職官四》引李固語：「陛下之有尚書，猶天之有北斗，斗爲天喉舌，尚書爲陛下喉舌。」計鄉：指越州，禹於此會計諸侯。名穴：指禹穴，見卷三《遊禹穴迴出若耶》注〔一〕。

〔八〕玉帛：朝見所執禮品，參見卷一《扈從登封告成頌》注〔三〕。

〔九〕臭：氣味。《墨子·節葬下》：「禹東教乎九夷，道死，葬會稽之山，衣衾三領，桐棺三寸，葛以緘之，絞之不合，通之不埳，土地之深，下毋及泉，上毋通臭，既葬，收餘壤，其上壟若參耕之畝。」鳥耘：見卷二《謁禹廟》注〔八〕。象耕：《太平御覽》卷八九〇引《帝王世紀》：「禹葬會稽，祠下有羣象耕田。」

〔一〇〕鏡水：鏡湖水，見卷三《遊禹穴迴出若耶》注〔四〕。竹箭：《爾雅·釋地》：「東南之美者，有會稽之竹箭焉。」注：「竹箭，篠也。」

〔一一〕壽堂：猶壽宮，祭神之處。《楚辭·九歌·雲中君》：「蹇將憺兮壽宮，與日月兮齊光。」注：「壽宮，供神之處也。祠祀皆欲得壽，故名爲壽宮也。」

備考詩文

有所思

君子事行役，再空芳歲期。美人曠延佇，萬里浮雲思。園桃綻紅豔，郊葉柔緑滋。坐看長夏晚，秋月生羅帷。

按：此詩見崦西精舍本《宋之問集》卷上、《全唐詩》卷五一，《宋學士集》未收。《沈佺期集》卷一、《全唐詩》卷九五收沈佺期詩。《文苑英華》卷二〇二、《樂府詩集》卷一七、《九家集注杜詩》卷二一、卷二四引此詩，均作沈佺期詩，宋、元載籍無收作宋之問詩者，詩當沈作。

長安路

秦地平如掌，層城出雲漢。樓閣九衢春，車馬千門旦。緑柳開復合，紅塵聚還散。日晚鬬雞場，經過狹斜看。

按：此詩見崦西精舍本《宋之問集》卷上、《全唐詩》卷五一。《宋學士集》未收。《全唐詩》卷九五重收爲沈佺期詩。《文苑英華》卷一九二、《樂府詩集》卷一三、《詩淵》一九九六頁、《九家集注杜詩》卷二、《能改齋漫録》卷六引均作沈佺期詩。宋、元載籍無收作宋之問詩者，詩當沈作。

折楊柳

玉樹朝日映，羅帳春風吹。拭淚攀楊柳，長條宛地垂。白花飛歷亂，黄鳥思參差。妾自肝腸斷，傍人那得知。

按：此詩見崦西精舍本《宋之問集》卷上、《全唐詩》卷五一。《沈佺期集》卷二、《全唐詩》卷九六收沈佺期詩。《文苑英華》卷二〇八、《樂府詩集》卷二二、《詩淵》二四七三頁均收沈佺期詩，宋、元載籍無收宋之問詩者，詩當沈作。

芳樹

何地早芳菲，宛在長門殿。夭桃色若綬，穠李光如練。啼鳥弄花疎，遊蜂飲香遍。歎息春風起，飄零君不見。

按：此詩見崦西精舍本《宋之問集》卷上、《全唐詩》卷五一。《宋學士集》未收。《全唐詩》卷九五重收沈佺期詩。《樂府詩集》卷一七收沈佺期詩，宋、元載籍無收宋之問詩者，詩當沈作。

有所思

洛陽城東桃李花，飛來飛去落誰家。幽閨女兒惜顔色，坐見落花長歎息。今年花落顔色改，明年花開誰復在。已見松柏摧爲薪，更聞桑田變成海。古人無復洛城東，今人還對落花風。年年歲歲花相似，歲歲年年人不同。寄言全盛紅顔子，須憐半死白頭翁，此翁白頭真可憐，伊昔紅顔美少年。公子王孫芳樹下，清歌妙舞落花前。光禄池臺文錦綉，將軍樓閣畫神仙。一朝卧病無相識，三春行樂在誰邊。婉轉蛾眉能幾時，須臾鶴髮亂如絲。但看古來歌舞地，唯有黄昏鳥雀飛。

按：此詩見峰西精舍本《宋之問集》卷上、《全唐詩》卷五一。《宋學士集》未收。《全唐詩》卷八二重收爲劉希夷詩，卷六七又收前十句爲賈曾詩。《搜玉小集》、《文苑英華》卷二〇七、《唐詩紀事》卷一三、《樂府詩集》卷四一均收劉希夷詩，《大唐新語》卷八、《劉賓客嘉話録》、《本事詩·徵咎》、《臨漢隱居詩話》、《韻語陽秋》卷六均引此詩爲劉希夷句，詩爲劉希夷作。《唐文粹》卷一八收宋之問詩，《搜玉小集》重收前十句爲賈曾詩，均誤。

奉和九日侍宴應宴

今節三秋晚，重陽九日歡。仙杯還泛菊，寶饌且調蘭，御氣雲霄近，乘高宇宙寬。今朝萬壽别，宜向曲中彈。

按：此詩見崦西精舍本《宋之問集》卷下、《全唐詩》卷五二。《全唐詩》卷五八重收李嶠詩。《唐詩紀事》卷一：「（中宗）《九月九日幸臨渭亭登高作》云，……時景龍三年也。……李嶠得歡字云：『令節三秋晚，重陽九日歡。』」同書卷一〇李嶠下收全詩。詩爲李嶠作。景龍三年秋，宋之問已赴越州長史任，參見《簡譜》。

奉和九日登慈恩寺浮圖應制

瑞塔千尋起，仙輿九日來。萸房陳寶席，菊蕊散花臺。御氣鵬霄近，升高鳳野開。天歌將梵樂，空裏共徘徊。

按：此詩見崦西精舍本《宋之問集》卷下、《全唐詩》卷五二。《宋學士集》未收。《全唐詩》卷五八重收李嶠詩。《文苑英華》卷一七六收李嶠等七人同題應制之詩，此詩屬李嶠，宋之問别有詩（鳳刹侵雲半），已見卷二，故此詩爲李嶠作。

送沙門泓景道俊玄奘還荆州應制

三乘歸净域，萬騎餞通莊。就日離亭近，彌天别路長。荆南旋杖鉢，渭北限津梁。何日紆真果，還來入帝鄉。

按：此詩見崦西精舍本《宋之問集》卷下、《全唐詩》卷五二。《全唐詩》卷五八重收李嶠詩。《文苑英華》卷一七七、《唐詩紀事》卷一〇均收李嶠詩。《宋高僧傳》卷二四《唐荆州白馬寺玄奘傳》：「景龍三年二月八日……告乞還鄉，詔賜御詩，諸學士大僚奉和。中書令李嶠詩云……」即録此詩。詩爲李嶠作。

春日芙蓉園侍宴應制

年光竹裏遍，春色杏間遥。煙氣籠青閣，流光蕩畫橋。飛花隨蝶舞，艷曲伴鶯嬌。今日陪歡豫，還疑陟紫霄。

按：此詩見崦西精舍本《宋之問集》卷下、《全唐詩》卷五二。《宋學士集》未收。《全唐詩》卷五八重收李嶠詩。《文苑英華》卷一六九收李嶠詩，宋之問别有同題應制之作（芙蓉秦地沼），此詩爲李嶠作。

詠笛

羌笛寫龍聲，長吟入夜清。關山孤月下，來向隴頭鳴。逐吹梅花落，含春柳色驚。行觀向子賦，坐憶舊鄰情。

按：此詩見崦西精舍本《宋之問集》卷下、《全唐詩》卷五二。《全唐詩》卷五九重收李嶠詩。《文苑英華》卷二一二收李嶠詩，又見《佚存叢書》本李嶠《雜詠百二十首》，當爲李嶠作。

詠鐘

既接南鄰磬，還隨北里笙。平陵通曙響，長樂警宵聲。秋至含霜動，春歸應律鳴。豈惟恒待扣，金簴有餘清。

按：此詩見崦西精舍本《宋之問集》卷下、《全唐詩》卷五二。《全唐詩》卷五九重收李嶠詩。《文苑英華》卷二一二收李嶠詩，又見《佚存叢書》本李嶠《雜詠百二十首》，當爲李嶠作。

花落

鐵騎幾時迴，金閨怨早梅。雪寒花已落，風暖葉還開。夕逐新春管，香迎小歲杯。盛時何足貴，書裏報輪臺。

按：此詩見崦西精舍本《宋之問集》卷下、《全唐詩》卷五二。《全唐詩》卷九六重收沈佺期《梅花落》詩。《樂府詩集》卷二四收沈佺期詩，詩當沈作。

江亭晚望

浩渺侵雲根，煙嵐出遠村。鳥歸沙有跡，帆過浪無痕。望水知柔性，看山欲斷魂。縱情猶未已，迴馬欲黄昏。

按：此詩見皦西精舍本《宋之問集》卷下、《全唐詩》卷五二。《全唐詩》卷五七二重收作賈島詩。《文苑英華》卷三一六作賈島詩，詩見《長江集》卷三，當爲賈島作。

旅宿淮陽亭口號

日暮風亭上，悠悠旅思多。故鄉臨桂水，今夜渺星河。暗草霜華發，空庭鴈影過。興來誰與語，勞者自爲歌。

按：此詩見皦西精舍本《宋之問集》卷下、《全唐詩》卷五二。萬曆楊一統《唐十二名家詩》本《宋之問集》、《宋學士集》均未收。《全唐詩》卷四八重收張九齡詩。《文苑英華》卷三一五收張九齡詩，詩見《曲江集》卷三。張九齡韶州曲江人，韶州城西北四十里有桂水（見《大明一統志》卷七九），詩云「故鄉臨桂水」，爲張九齡作無疑。

駕出長安

聖德超千古，皇風扇九圍。天迴萬象出，駕動六龍飛。淑氣來黄道，祥雲覆紫微。太平多扈從，文物有光輝。

按：此詩見皦西精舍本《宋之問集》卷下、《全唐詩》卷五二。《宋學士集》未收。《全唐詩》卷一四三重收王昌齡詩。《文苑英華》卷一六七收此詩，署王昌齡，此後尚收王昌齡《駕幸河東》一詩，即此詩，未署姓名，二詩均見《王昌齡集》卷下，故此詩亦王昌齡作。

内題賦得巫山雨

神女向高唐，巫山下夕陽。徘徊作行雨，婉戀逐荆王。電影江前落，雷聲峽外長。霽雲無處所，臺館曉蒼蒼。

按：此詩見崦西精舍本《宋之問集》卷下、《全唐詩》卷五二。《全唐詩》卷六七重收王無競詩，卷九六又重收沈佺期詩。《唐詩紀事》卷八收王無競詩，《樂府詩集》卷一七收沈佺期詩。《雲溪友議》卷上云：劉禹錫爲夔州刺史，罷郡過巫山神女祠，悉去題詩，僅留四章，其一爲王無競此詩。知詩爲王作。

王昭君

非君惜鸞殿，非妾妬娥眉。薄命由驕虜，無情是畫師。嫁來胡地日，不並漢宫時。辛苦無聊賴，何堪上馬辭。

按：此詩見崦西精舍本《宋之問集》卷下、《全唐詩》卷五二。《全唐詩》卷九六重收沈佺期詩。《樂府詩集》卷二九收沈佺期詩，詩當沈作。

銅雀臺

昔年分鼎地，今日望陵臺。一旦雄圖盡，千秋遺令開。綺羅君不見，歌舞妾空來。恩共漳河水，東流無重迴。

按：此詩見峰西精舍本《宋之問集》卷下、《全唐詩》卷五二。嘉靖黄埻刊《唐十二家詩》本、萬曆楊一統《唐十二名家詩》本《宋之問集》及《宋學士集》均未收。《全唐詩》卷九六重收沈佺期詩。《樂府詩集》卷三一、《唐詩正音》卷九、《韻語陽秋》卷一九、《詩話總龜·後集》卷四七均云沈佺期作。詩當沈作。

牛女

粉席秋期緩，針樓别怨多。奔龍争渡月，飛鵲亂填河。失喜先臨鏡，含羞未解羅。誰能留夜色，來夕倍還梭。

按：此詩見峰西精舍本《宋之問集》卷下、《全唐詩》卷五二。《全唐詩》卷九六重收沈佺期詩。《古今歲時雜詠》卷二六收沈佺期詩，詩當沈作。

巫山高

巫山峰十二，環合象昭回。俯聽琵琶峽，平看雲雨臺。古槎天外落，瀑水日邊來。何忍啼猿夜，荆王枕席開。

按：此詩見崦西精舍本《宋之問集》卷下、《全唐詩》卷五二。《全唐詩》卷九六重收沈佺期詩。《文苑英華》卷二〇一、《樂府詩集》卷一七、《詩淵》二〇七六頁、《蜀中名勝記》卷二二等均收沈佺期詩，詩當沈作。

望月有懷

天使下西樓，含光萬里秋。臺前似掛鏡，簾外如懸鈎。張尹將眉學，班姬取扇儔。佳期應借問，爲報在刀頭。

按：此詩見崦西精舍本《宋之問集》卷下、《全唐詩》卷五二。嘉靖黄埻刊《唐十二家詩》本、萬曆楊一統《唐十二名家詩》本《宋之問集》及《宋學士集》均未收。《全唐詩》卷九六重收沈佺期《和洛州康士曹庭芝望月有懷》，卷一一三重收康庭芝《詠月》。《國秀集》卷中收康庭芝詩，《文苑英華》卷一五二收沈佺期詩，《國秀集》天寶末編，似以作康詩爲是。

壽陽王花燭圖

仙媛乘龍日，天孫捧鴈來。可憐桃李徑，更繞鳳凰臺。燭照香車入，花臨寶扇開。莫令銀箭曉，爲盡合歡杯。

按：此詩見崦西精舍本《宋之問集》卷下、《全唐詩》卷五二。《全唐詩》卷九六重收沈佺期詩。《國秀集》卷上已收沈佺期詩，詩當沈作。

奉和幸韋嗣立山莊侍宴應制

樞掖調梅暇，林園藝槿初。入朝榮劍履，退食偶琴書。地隱東岩室，天迴北斗車。旌門臨窋窱，輦道屬扶疎。雲漢明丹壑，霜笳徹紫虚。水疑投石處，溪似釣璜餘。帝澤頒卮酒，人歡頌里閭。一承黄竹詠，長奉白茆居。

按：此詩見崦西精舍本《宋之問集》卷下、《全唐詩》卷五三。《全唐詩》卷九二重收李乂詩。《文苑英華》卷一七五、《唐詩紀事》卷一〇收李乂詩。據《紀事》卷九，中宗景龍三年十二月幸韋嗣立山莊，時宋之問在越州，詩當李乂作。

餞中書侍郎來濟

曖曖去塵昏灞岸，飛飛輕蓋指河梁。雲峰衣結千重葉，雪岫花開幾樹粧。深悲黄鶴孤舟遠，獨歎青山別路長。却將分手沾襟淚，還用持添離席觴。

按：此詩見崦西精舍本《宋之問集》卷下、《全唐詩》卷五二。《宋學士集》未收。《全唐詩》卷一重收唐太宗詩。據《舊唐書》本傳，來濟龍朔二年（六六二）卒，時宋之問尚未及第。《初學記》卷一一、《文苑英華》卷一七一均收太宗詩，詩當太宗作。

别宋常侍

遊人杜陵北，送客漢川東。無論去與住，俱是一飄蓬。秋鬢含霜白，衰顔倚酒紅。别有相思處，啼烏雜夜風。

按：此詩見《宋學士集》卷四，《全唐詩》未收。詩爲隋尹式作，見《文苑英華》卷二六六，《先秦漢魏晋南北朝詩·隋詩二》亦收。《升菴詩話》卷五：「尹式和宋之問詩：『愁髮含霜白，衰顔酒借紅。』」蓋誤以宋常侍爲之問，或因此而誤爲宋詩。

新年作

鄉心新歲切，天畔獨潸然。老至居人下，春歸在客先。嶺猿同旦暮，江柳共風煙。已似長沙傅，從今又幾年。

按：此詩見季振宜《全唐詩稿本》六册一〇一頁《宋之問集》、《全唐詩》卷五三。《全唐詩》卷一四七重收劉長卿詩。《三體唐詩》卷五、《瀛奎律髓》卷一六亦收宋之問詩。此詩宋本《劉隨州集》卷一已收，風格亦類劉詩，當爲劉作。

和宋十一臨江作

按：此詩見季振宜《全唐詩稿本》六册一〇〇頁《宋之問集》。詩爲崔融作，已見卷二《途中寒食題黄梅臨江驛寄崔融》附録。蓋唐人唱和詩附載集中，故誤爲宋之問詩。《古今歲時雜詠》卷一一、《詩淵》三六二二頁誤收宋之問詩，《全唐詩》未收。

藥

有卉祕神仙，君臣有禮焉。忻當苦口喻，不畏入腸偏。扁鵲功成日，神農定品年。丹成如可待，雞犬自聞天。

按：此詩見《全唐詩》卷五二宋之問卷。詩實爲陳潤作，《文苑英華》卷三二七收此詩，次宋之問詩後，脱去作者姓名，遂承前誤爲宋詩。目録不誤。

寒食

馬上逢寒食，春來不見餳。洛中逢甲子，何日是清明。

按：此詩見《全唐詩外編·續補遺》卷一，據《歲時廣記》卷一五録。詩首句爲宋之問《途中寒食題黄梅臨江驛寄崔融》之首句，後三句爲沈佺期《嶺表逢寒食》中句，誤合爲一詩。《劉賓客嘉話録》亦將首聯作宋之問詩，《能改齋漫録》卷四等，已辨其誤。

函谷關

至人□□識仙風，瑞靄丹光遠鬱葱。靈跡才辭周柱下，祥氛已入函關中。不從紫氣臺端候，何得青華觀裏逢。欲訪乘牛求寶籙，願隨鶴駕遍瑶空。

按：此詩宋集諸本未收，見季振宜《全唐詩稿本》六册一〇二頁《宋之問集》，未云何據。《全唐詩》卷五三據收。宋别有《函谷關》詩，此詩不類宋作，疑二詩均收某類書或方志中，因連類致誤。

闕題

城邊問官使，早晚發西京？來日河橋柳，春條幾寸生？昆池水合渌，御苑草應青。緩緩從頭説，教人眼暫明。

按：此詩宋集諸本未收，見敦煌遺書伯三六一九，次宋之問《度大庾嶺》後，未署作者姓名。王重民《補全唐詩》録作宋之問《度大庾嶺二首》其二。然詩云「城邊」，與度嶺事不合，且該卷子中不同作者詩連抄而未一一署名者屢見，故難以必其爲宋之問作，擬題爲《度大庾嶺》亦非。今姑録以備參。

題會福塔寺院詩

如湧浮圖近紫霄，芙蓉仙苑禮羣僚。海天遥奉金輪日，盡遺禎祥歸聖朝。

按：此詩宋集諸本未收，見《全唐詩補編·續拾》卷八，録自清修《日下舊聞考》卷一二五引《宋延清集》，原按云：「此塔院清時稱三塔寺，在永清縣，其上有唐聖曆元年石刻。」永清，唐武后時爲武隆縣，屬幽州，之問行踪未及其地。宋之問字延清，但其集從無稱《宋延清集》者，且宋集十卷本明初已佚，清人無從得見。玩詩意，詩似作於明、清兩朝都北京時，詩似别一宋延清作。《清史稿》卷三四九有宋延清，山東招遠人，乾隆四十六年武進士，嘉慶三年戰死四川，亦非此宋延清。

句

路入巴渝通兩蜀，江連荆楚接三川。

按：此聯宋集諸本未收，見《全唐詩補編·續拾》卷八，據《錦繡萬花谷·續集》卷一二夔州録。真僞難明，録以備參。

高樹陰踈鳥不留。

按：此句宋集諸本未收，見《全唐詩補編·續拾》卷八，據李壁《王荆公詩箋注》卷二三《宜春苑》詩注引録。存以備參。

代于京兆請停官侍親表

臣某言：臣聞審官而用者，君上之明也；量力而動者，人臣之義也。然則審官先於責實，量力在於知止，苟違斯道，是必終凶。臣以薄劣，素空行藝，遭逢際會，累忝驅馳。自受京尹，向逾周月。上無報國安民之效，下乏推賢審己《類表》作進善之能，官謗日深，内省知愧。伏以去年冬末，迄于今日，竊聽閭閻，頗有流散，在于京輦，亦多攘奪。臣兄枉横，爲賊所傷，哀苦之中，忍恥尤甚。雖久令分捕，而竟未就擒。臣之無能，於茲可驗。偷安重任，夫亦胡顔。況臣同氣數人，相次淪没，閨門之中，哭不絶聲。應繇臣無德而禄，召此殃釁。興言感慕，痛骨椎心。又臣老母，素多羸瘵，近從數載，頗益沈綿。臣妻先亡，無人侍側，飲膳衣服，臣悉躬親。頃任京兆少尹，中間又司帑藏，雖稱要劇，亦有餘閒。臣每退朝，便道暫視方藥，自公言歸，早見安否。老母以數在左右，都忘呻吟。及臣典領大府，事繁務切，雞鳴而出，慕（暮）夜方歸，清晝之時，莫見親面。凡所服餌，或非調適，心有未快《類表》作愜，疾亦轉侵。在臣焦灼，啓處無地。專力養則有妨吏職，狥公事則闕奉慈顔，忠孝兩虧，紀綱將廢。以天倫哀緒未平之日，憂老母方寸已亂之時，雖欲自强，必不勝任。倘漸荒府政，小紊朝經《類表》作章，他日噬臍，固將何及。或當重責，已負前恩。是敢泣血祈天，瀝肝請命。特乞免臣所職，就養私門，非惟有光孝理，實亦少裨玄化。龜蛇賤類，上報何階；烏鳥微情，反哺斯足。無任懇願迫切之至，謹詣右銀臺門奉表陳乞以聞，誠惶誠恐，頓首頓首。

按：此文見《宋學士集》卷八，《全唐文》宋之問卷未收。《文苑英華》卷五八〇收爲獨孤及文。獨孤及《毘陵集·補遺》據《英華》收入。于京兆，于頎。《舊唐書》本傳：「歷户部侍郎、秘書少監、京兆（少）尹、太府卿，代杜濟爲京兆尹。」同書《代宗紀》：大曆八年「五月乙酉，貶……京兆尹杜濟杭州刺史，皆坐典選也。以太府卿于頎爲京兆尹。」與文中「頃任京兆少尹，中間又司帑藏」，後「典領大府」諸語合。故文斷非宋之問作。

附録

舊唐書宋之問傳

劉昫

宋之問，虢州弘農人。父令文，有勇力，而工書，善屬文。高宗時，爲左驍衛郎將、東臺詳正學士。之問弱冠知名，尤善五言詩，當時無能出其右者。初徵令與楊炯分直内教，俄授洛州參軍，累轉尚方監丞、左奉宸内供奉。易之兄弟雅愛其才，之問亦傾附焉。預修《三教珠英》，常扈從遊宴。則天幸洛陽龍門，令從官賦詩，左史東方虬詩先成，則天以錦袍賜之。及之問詩成，則天稱其詞愈高，奪虬錦袍以賞之。及易之等敗，左遷瀧州參軍。未幾，逃還，匿於洛陽人張仲之家。仲之與駙馬都尉王同皎等謀殺武三思，之問令兄子發其事以自贖。及同皎等獲罪，起之問爲鴻臚主簿，由是深爲義士所譏。景龍中，再轉考功員外郎。時中宗增置修文館學士，擇朝中文學之士，之問與薛稷、杜審言等首膺其選，當時榮之。及典舉，引拔後進，多知名者。尋轉越州長史。睿宗即位，以之問嘗附張易之、武三思，配徙欽州。先天中，賜死於徙所。之問再被竄謫，經途江、嶺，所有篇詠，傳布遠近。友人武平一爲之纂集，成十卷，傳於代。世人以之問父爲三絕，之問以文詞知名，弟之悌有勇力，之遜善書，議者云各得父之一絕。之悌開元中自右羽林將軍出爲益州長史、劍南節度兼採訪使。尋遷太原尹。（卷一九〇中）

新唐書宋之問傳

宋祁

宋之問，字延清，一名少連，汾州人。父令文，高宗時爲東臺詳正學士。之問偉儀貌，雄于辯。甫冠，武后召與楊炯分直習藝館。累轉尚方監丞、左奉宸内供奉。武后游洛南龍門，詔從臣賦詩，左史東方虬詩先成，后賜錦袍，之問俄頃獻，后覽之嗟賞，更奪袍以賜。于時張易之等烝昵寵甚，之問與閻朝隱、沈佺期、劉允濟傾心媚附，易之所賦諸篇，盡之問、朝隱所爲，至爲易之捧溺器。及敗，貶瀧州，朝隱崖州，並參軍事。之問逃歸洛陽，匿張仲之家。會武三思復用事，仲之與王同皎謀殺三思安王室。之問得其實，令兄子曇與冉祖雍上急變，因丐贖罪，由是擢鴻臚主簿，天下醜其行。景龍中，遷考功員外郎，諂事太平公主，故見用。及安樂公主權盛，復往諧結，故太平深疾之。中宗將用爲中書舍人，太平發其知貢舉時賕餉狼藉，下遷汴州長史，未行，改越州長史。頗自力爲政，窮歷剡溪山，置酒賦詩，流布京師，人人傳諷。睿宗立，以獪險盈惡詔流欽州。祖雍歷中書舍人、刑部侍郎。倡飲省中，爲御史劾奏，貶蘄州刺史。至是，亦流嶺南，並賜死桂州。之問得詔震汗，東西步，不引決。祖雍請使者曰：「之問有妻子，幸聽訣。」使者許之，而之問荒悖不能處家事。祖雍怒曰：「與公俱負國家，當死，奈何遲回邪？」乃飲食洗沐就死。祖雍，江夏王道宗甥，及進士第，有名于時。魏建安後汔江左，詩律屢變，至沈約、庾信，以音韻相婉附，屬對精密。及之問、沈佺期，又加靡麗，回忌聲病，約句準篇，如錦繡成文。學者宗之，號爲「沈宋」。語曰：「蘇李居前，沈宋比肩。」謂蘇武、李陵也。初，之問父令文，富文辭，且工書，有力絶人，世稱「三絶」。都下有牛善觸，人莫敢嬰，令文直往拔取角，折其頸殺之。既之問以文章起，其弟之悌以驕勇聞，之遜精草隸，世謂皆得父一絶。之悌長八尺，開元中，歷劍南節度使、太原尹。嘗坐事流朱鳶，會蠻陷驩州，授總管擊之。募壯士八人，被重甲，大呼薄賊曰：「獠動即死！」賊七百人皆伏不能興，遂平賊。之遜爲連州參軍，刺史聞其善歌，使教婢，日執笏立簾外，唱吟自如。（卷二〇二）

在江南贈宋五之問

駱賓王

井絡雙源濬，潯陽九派長。淪波通地穴，輸委下歸塘。別鳥籠朝蜃，連洲擁夕漲。韞珠澄積潤，讓璧動浮光。浮光凝折水，積潤疏圓沚。玉輪涵地開，劍閣連星起。風煙標迥秀，英靈信多美。懷德踐遺芳，端操慚謀己。謀己謬觀光，牽跡强悽惶。揆拙迷三省，勞生昧兩忘。彈隨空被笑，獻楚自多傷。一朝殊默語，千里異炎涼。炎涼幾遷貿，川陸疲臻湊。積水架吴濤，連山横楚岫。風月雖殊昔，星河猶是舊。姑蘇望南浦，邯鄲通北走。北走平生親，南浦別離津。瀟湘一超忽，洞庭多苦辛。秋江無緑芷，寒汀有白蘋。采之將何遺，故人漳水濱。漳濱已遼遠，江潭未旋返。爲聽短歌行，當想長洲苑。露金熏菊岸，風佩摇蘭坂。蟬鳴稻葉秋，雁起蘆花晚。晚秋雲日明，亭皋風霧清。獨負平生氣，重牽摇落情，占星非聚德。夢月詎懸名。寂寥傷楚奏，凄斷泣秦聲。秦聲懷舊里，楚奏悲無已。郢路少知音，叢臺富奇士。温輝凌愛日，壯氣驚寒水。一顧重風雲，三冬足文史。文史盛紛綸，京洛多風塵。猶輕五車富，未重一囊貧。李仙非易託，蘇鬼尚難因。不惜勞歌盡，誰爲聽陽春。（《全唐詩》卷七七）

在兖州餞宋五之問

駱賓王

淮沂泗水地，梁甫汶陽東。别路青驪遠，離尊緑蟻空。柳寒凋密翠，棠晚落疏紅。别後相思曲，悽斷人琴風。（《全唐詩》卷七八）

送宋五之問得凉字

駱賓王

願言遊泗水，支離去二漳。道術君所篤，筌蹄余自忘。雪威侵竹冷，秋爽帶池凉。欲驗離襟切，岐路在他鄉。（《全唐詩》卷七八）

同宋參軍之問夢趙六贈盧陳二子之作

陳子昂

曉霽望嵩丘，白雲半巖足。氛氲涵翠微，宛如嬴臺曲。故人昔所尚，幽琴歌斷續。變化竟無常，人琴遂兩亡。白雲失處所，夢想曖容光。疇昔疑緣業，儒道兩相妨。前期許幽報，迨此尚茫茫。晤言既已失，感歎情何一。始憶攜手期，雲臺與峨眉。達兼濟天下，窮獨善其時。諸君推管樂，之子慕巢夷。奈何蒼生望，卒爲黄綬欺。銘鼎功未立，山林事亦微。撫孤一流慟，懷舊日暌違。盧子尚高節，終南卧松雪。宋侯逢聖君，驂馭遊青雲。而我獨蹭蹬，語默道猶屯。征戍在遼陽，蹉跎草再黄。丹丘恨不及，白露已蒼蒼。遠聞山陽賦，感涕下沾裳。（《全唐詩》卷八三）

宋主簿鳴皋夢趙六予未及報而陳子云亡今追爲此詩答宋兼貽平昔遊舊

盧藏用

暮川罕停波，朝雲無留色。故人琴與詩，可存不可識。識心尚可親，琴詩非故人。鳴皋初夢趙，蜀國已悲陳。感化傷淪滅，魂交惜未申。冥期失幽報，兹理復今晨。前嗟成後泣，已矣將何及。舊感與新悲，虚懷酬昔時。趙侯鴻寶氣，獨負青雲姿。羣有含妙識，衆象懸清機。雄談盡物變，精義解人頤。在陰既獨善，幽躍自爲疑。踠彼千里足，傷哉一尉欺。陳生富清理，卓犖兼文史。思縟巫山雲，調逸岷江水。鏗鏘哀忠義，感激懷知己。負劍登薊門，孤遊入燕市。浩歌去京國，歸守西山趾。幽居探元化。立言見千祀，埋没經濟情。良圖竟云已。坐憶平生遊，十載懷嵩丘。題書滿古壁，採藥遍巖幽。子微化金鼎，仙笙不可求。榮哉宋與陸，名宦美中州。存亡一暌阻，岐路方悠悠。自予事山海，及兹人世改。傳聞當世榮，皆入古人名。無復平原賦，空餘鄰笛聲。泣對西州使，悲訪北邙塋。新墳蔓宿草，舊闕毀殘銘。爲君成此曲，因言寄友生。默語無窮事，凋傷共此情。（《全唐詩》卷九三）

廣陵送别宋員外佐越鄭舍人還京

韋 述

朱紱臨秦望，皇華赴洛橋。文章南渡越，書奏北歸朝。樹入江雲盡，城銜海月遥。秋風將客思，川上晚蕭蕭。（《全唐詩》卷一〇八。按此詩一作張謂詩，見《全唐詩》卷一一〇）

過宋員外之問舊莊

杜 甫

宋公舊池館，零落首陽阿。枉道祗從入，吟詩許更過。淹留問耆老，寂寞向山河。更識將軍樹，悲風日暮多。（《全唐詩》卷二二四）

岳麓山道林二寺行（節録）

杜 甫

久爲野客尋幽慣，細學何顒免興孤。一重一掩吾肺腑，山鳥山花吾友于。宋公（原注：之問也）放逐曾題壁，物色分留與老夫。（《全唐詩》卷二二三）

見人詠韓舍人新律詩因有戲贈

元稹

延清苦拘檢，摩詰好因緣。（《文苑英華》卷二五八）

岳麓道林寺

韋蟾

沈裴筆力鬭雄壯，宋杜詞源兩風雅。（《全唐詩》卷五六六）

游道林寺四絶亭觀宋杜詩版

齊己

宋杜詩題在，風騷到此真。獨來終日看，一爲拂秋塵。古石生寒仞，春松脱老鱗。高僧眼根静，應見客吟神。（《全唐詩》卷八四〇）

宋學士集序

曹荃

詩有氣色者新，有神骨者雋。然神恒剷於色浮，骨恒骫於氣靡，浸淫不已，削弱隨之矣。建安以後，骨屢换而氣尚羸，色欲起而神終索，則六朝浸淫之爲害也。自四傑下筆間，生真神，正骨力，從鉛華靡麗中洗發以出，而蕭、李、沈、宋諸君子，亦各具鬚眉而存眼鼻，一時風雅，遂擅勝場。吾偶讀宋學士延清集，見其刊浮削靡，亦雋亦新。辟諸含光藏匣，而龍文之干霄衝斗者熚熚欲吐，吐者其色，熚熚者其神也。又如拄笏對西山，挹其朝氣，稜稜露爽，爽者其氣，稜稜者其骨也。以故評延清詩者謂其如良金美玉，無施不可；謂其使曹、劉降格，不能争勝，蓋亦推崇極矣。又有云：蘇、李居前，沈、宋居後。夫蘇、李擅長者古詩，沈、宋擅長者近體。至讀延清之《昆明應制》，上官氏片紙一落，沈亦詘服，則延清詩品，誠無間然。或曰：以視四傑何如？余曰：控弦鳴鏑，並驅中原，未知鹿死誰手。又曰：就延清詩，鑑貌辨色，遂得稱鬚眉丈夫乎哉？余曰：以貌取人，失之子羽；以詩取人，失之延清。然則延清詩何以選也？語有之：夏璜不以考棄，夜珠勿因纇遺。選者之意，亦復如是。崇禎庚辰臘月梁谿曹荃撰。（崇禎刊《宋學士集》）

沈佺期宋之問簡譜

沈佺期，字雲卿。

見《新唐書》本傳。

相州内黄人，郡望吴興。

兩《唐書》本傳並云佺期相州内黄人。敦煌遺書斯二七一七《珠英學士集》殘卷稱「吴興沈佺期」。按《元和姓纂》卷七鄴郡内黄沈氏：「狀云本吴興人。……佺期，中書舍人、太子詹事。」《全唐文》卷九二三史崇《妙門由起序》稱「吴興縣開國男臣沈佺期」。蓋吴興爲其郡望。又鄴郡即相州，天寶元年改名鄴郡，乾元元年復爲相州，佺期時尚無鄴郡之名，故仍以作相州内黄爲是。内黄縣，今屬河南。

祖官下邳令，名未詳。父怪。弟佺交、佺宇。子之象、東美、唯清。

《元和姓纂》卷七鄴郡内黄沈氏：「唐下邳令，生真、怪。怪生佺期、佺交、宇宣。佺期，中書舍人，太子詹事，生之象、東美、唯清。東美，給事中、夏州都督。佺交，濮陽尉。」四庫館臣原校：「案下邳令失名，『怪』字亦疑。」其祖、父事跡均無考。

《新唐書》本傳：「弟全交、全宇，皆有文章而不逮佺期。」「全」疑當從《姓纂》作「佺」；《姓纂》之「宇宣」不詳，疑爲「佺宇」之誤。《資治通鑑》卷二〇五：長壽元年正月，武后「引見存撫使所舉人，無問賢愚，悉加引用，……時人爲之語曰：『補闕連車載，拾遺平斗量；欋推侍御史，盌脱校書郎。』有舉人沈佺交續之曰：『糊心存撫使，眯目聖神皇。』爲御史紀先知所擒，劾其誹謗朝政，請杖之朝堂，然後付法。太后笑曰：『但使卿輩不濫，何恤人言！宜釋其罪。』」其爲濮陽尉當在武后中後期。佺期神龍二年作《答魑魅代書寄家人》：「計吏從都出，傳聞大小康。降除霑二弟，離析已三房，劍外懸銷骨，荆南預斷腸。音塵黄耳間，夢想白眉良。」時佺交、佺宇分别在劍南、荆南爲官，任何職未詳。

沈東美天寶中官膳部員外郎，杜甫有《承沈八丈東美除膳部員外郎》詩（《杜詩詳注》卷三），綦毋潛有《題沈東美員外山池》詩（《全唐詩》卷一三五）。

宋之問，字延清，一名少連。

見《新唐書》本傳。

虢州弘農人，郡望西河。

《舊唐書》本傳：「虢州弘農人。」《新唐書》本傳：「汾州人。」陳子昂《昭夷子趙氏碑》稱「西河宋之問」。之問《祭楊盈川文》自稱「西河宋某」。虢州弘農郡，治所在弘農縣，今河南靈寶縣南虢略鎮。汾州即西河，州治在西河縣，今山西汾陽縣，曹魏於此建西河郡，見《元和郡縣圖志》卷一三。按《資治通鑑》卷二〇八稱「弘農宋之問」。《唐詩紀事》卷九田游巖詩云：「弘農清巖曲有磐石可坐，宋十一每拂拭待余……」《元和姓纂》卷八弘農宋氏：「狀云昌後，自西河徙弘農。……之問，户、考二員外。」知之問爲弘農人，西河爲其祖籍郡望。

之問有《憶嵩山陸渾舊宅》、《嵩南九里舊鵲村作》、《初到陸渾山莊》諸詩，知其曾居嵩山、陸渾。或因其父晚年尚道而卜宅二地，其時當在高宗末、武后初，參後。

祖仁回。父令文。弟之遜、之悌。妻孫氏。子昌藻。

《元和姓纂》卷八弘農宋氏：「唐太常丞宋仁回，生果毅。生之問、之望、之悌。之問，户、考二員外，生昌藻。之望，改名之遜，荆州刺史。之悌，太原尹，益州長史，河南、劍南節度，生若水、若恩〔思〕。〔若思〕，御史中丞。若水，丹徒令。」據兩《唐書》本傳及《朝野僉載》卷六，宋令文三子，長之問，次之遜，次之悌；令文高宗朝官左驍衛郎將、東臺詳正學士。據《新唐書·百官志四上》，左右驍衛府有左右郎將各一人，正五品上；諸衛折衝都尉府每府左右果毅都尉各一人，上府從五品下。宋令文當自果毅都尉遷郎將，《姓纂》「果毅」下至少脱「都尉令文」四字。儀鳳四年十月，宋令文以郎將使吐蕃，會其贊普葬，見《舊唐書·吐蕃傳上》及《資治通鑑》卷二〇二。宋令文晚年向道，師事名醫孫思邈。《舊唐書·孫思邈傳》：「上元元年，辭疾請歸，特賜良馬及鄱陽公主邑司以居焉。當時知名之士宋令文、孟詵、盧照鄰等執師資之禮以事焉。」事又見《唐會要》卷八二、《册府元龜》卷九八。之問《憶嵩山陸渾舊宅》：「世德辭貴仕，天爵光道門。好仙宅二室，愛藥居陸渾。」又《嵩南九里舊鵲村作》：「弊廬接箕潁，北望嵩山隅。……家世事靈嶽，嵒棲安敢渝。從俗因迹化，歸靜知心愚。上違先人訓，下憐菲薄軀。」宋令文晚年當因好道而居嵩山、陸渾。其卒似即在高宗末、武后初。之問後曾上令文事跡於史館。其《在桂州與修史學士吳兢書》云：「先君業粹中和，才光文武。志道游藝，名動京師；出谷入朝，事多弘益。雖崇班已去，而陰德被人。清議所尊，何減驃騎。」令文善草書，張懷瓘《書斷》卷中入能品，見《法書要録》卷八。著有《宋令文集》十卷，見《舊唐書·經籍志下》。

《太平廣記》卷二六三引《朝野僉載》：洛陽丞宋之遜諂附張易之兄弟，易之敗，出爲兗州司倉，亡歸洛陽，羅織殺王同皎，授光禄丞。事詳見神龍二年條。《新唐書·王同皎傳》稱同皎爲「播州司兵參軍宋之遜」所告發，則之遜曾自兗州司倉再貶嶺南播州司兵。《朝野僉載》卷一：「洛陽令宋之遜性好唱歌，出爲連州參軍。」「令」當「丞」之訛，「連」當「播」之訛。之遜景龍初附武三思。《舊唐書·武三思傳》：「侍御史周利用、冉祖雍，太僕丞李悛，光禄丞宋之遜，監察御史姚紹之等五人，常爲其耳目，時人呼爲『三思五狗』。」《太平廣記》卷二六三引《朝野僉載》：「誅逆韋之後，之遜等長流嶺南。」《姓纂》所載爲荆州刺史事無考，疑有誤。之遜善書。《全唐文》卷二六五蔡希綜《法書論》：「父子兄弟相繼其能者，……西河宋令文及子之遜。」《金石録》卷四：《唐襄州刺史封公碑》，垂拱元年十月，宋之遜正書。

《唐會要》卷七八：「開元十八年十二月，宋之悌除河東節度。」《朝野僉載》卷六：「之悌後左降朱鳶，會賊破驩州，以之悌爲總管，擊之。」李白有《江夏別宋之悌》詩，郁賢皓《李白叢考》考爲開元十九年後一二年中作，時之悌左降朱鳶。杜甫《過宋員外舊莊》詩自注：「員外（指之問）季弟執金吾見知于代。」季弟謂之悌，蓋曾爲金吾衛等諸衛將軍，故稱。

之問妻孫氏，見《古今圖書集成》引柳開《元山觀記》，詩見開元元年條。之問《陸渾南桃花湯》：「拙妻道門子。」蓋孫氏向道，故於之問卒後捨宅爲道觀，然未知其親族與孫思邈有關否。

《封氏聞見記》卷一〇，宋昌藻天寶中爲淦陽尉，刺史房琯常禮之。唐無淦陽縣，岑仲勉《姓纂四校記》以爲當作滏陽，是。滏陽天寶中屬鄴郡，據兩《唐書·房琯傳》，琯天寶中爲鄴郡太守。

《劉賓客嘉話録》：「劉希夷詩曰：『年年歲歲花相似，歲歲年年人不同。』其舅宋之問苦愛此二句，知其未示人，懇乞，許而不與。之問怒，以土袋壓殺之。」《大唐新語》卷八記希夷之死，亦有「或云宋之問害之」之語。之問爲希夷舅及殺之之事，均不可信，參見《文史》第八輯傅璇琮《唐代詩人考略》。

唐高宗顯慶元年丙辰（公元六五六年）　沈佺期、宋之問約本年生

沈、宋生年，史無明載，聞一多《唐詩大系》定二人約本年生，當是因二人均爲上元二年進士，以其年二人弱冠年二十逆推。今人多從其說。考之二人行實，尚無滯礙扞格，故從之。參見傅璇琮《盧照

鄰楊炯簡譜》本年條。

總章二年己巳(六六九)　沈佺期、宋之問約十四歲

沈佺期有巫峽、荆襄之行。

佺期有《十三四(一本無三字)時常從巫峽過他日偶然有思》、《少遊荆湘因有是題》諸詩,憶及當年之事。時佺期尚幼,當是隨父宦遊。詩題中「荆湘」當是「荆襄」之訛,參見該詩注。

上元元年甲戌(六七四)　沈佺期、宋之問約十九歲

宋之問至兖州,逢駱賓王,駱以詩贈。

《全唐詩》卷七八駱賓王《在兖州餞宋五之問》:「柳寒凋密翠,棠晚落疎紅。」爲深秋景象。據王增斌《駱賓王繫年考》(《唐代文學研究》第二輯),駱賓王本年底或上元二年初自蜀還,回山東,三年春在江南,後未至山東,故詩作於本年或二年秋。

上元二年乙亥(六七五)　沈佺期、宋之問約二十歲

沈佺期、宋之問同登進士第。

《唐才子傳》卷一《沈佺期傳》:「上元二年鄭益榜進士。」同書同卷《宋之問傳》:「上元二年進士。」當據元時尚存之《唐登科記》諸書,可信。

儀鳳元年丙子(六七六)　沈佺期、宋之問約二十一歲

宋之問本年或稍後爲縣尉。

之問《潛珠篇》：「今乃千里作一尉，無媒爲獻聖明君。」知其歷縣尉一職。唐代中、下縣縣尉均從九品下，品秩最卑，爲初筮之職，詩當作於進士及第後不久。《全唐詩》卷七七駱賓王有《江南逢宋五之問》詩，王增斌《駱賓王繫年考》繫於本年春，之問或即於本年爲江南一尉。

之問《軍中人日登高贈房明府》：「幽（豳之誤，參該詩注）郊昨夜陰風斷，頓覺朝來陽吹暖。」知其曾在豳州（治所在今陝西彬縣）軍中。其時難以確考，當在高宗儀鳳至武后垂拱中，蓋天授後，之問行踪多可考。

之問早年向道，曾師潘師正。其《卧聞嵩山鍾》云：「昔事潘真人，北岑採薇蕨。」之問復有《冬宵引贈司馬承禎》、《使至嵩山尋杜四不遇慨然復傷田洗馬韓觀主因以題壁贈杜侯》諸詩。潘真人即潘師正，道教上清派尊爲第十一代宗師，居嵩山嵩陽觀，垂拱元年卒。韓法昭、司馬承禎均其入室弟子，見陳子昂《續唐故中嶽體玄先生潘師正碑銘》、王適《體玄先生潘尊師碣》。之問師事潘師正，與韓法昭、司馬承禎交游即在早年居嵩山時，詳情亦無可考，其時當在高宗朝至武后垂拱初。

武后垂拱元年乙酉（六八五）　沈佺期、宋之問約三十歲

沈佺期在洛陽爲官。

佺期有《和元舍人萬頃臨池翫月戲爲新體》詩，元萬頃本年七月在鳳閣舍人任，見《舊唐書·禮儀

志一》，詩本年作。集中可繫年詩始於此，此後與朝士往還唱和漸多，知時佺期已登朝爲官。《新唐書》本傳：「及進士第，由協律郎累除給事中。」佺期時或即任協律郎。

據《新唐書·百官志三》，協律郎屬太常寺，正八品上，掌和律呂，已非解褐初仕之官，然其前佺期仕履無考。佺期有《登瀛州城南樓寄遠》、《過蜀龍門》、《入衛作》諸詩，蓋曾至瀛州（今河北河間）、衛州（今河南汲縣）、龍門（在今四川廣元北）。佺期何時何事至此數地，均不可考。

宋之問本年前後居弘農。

《唐詩紀事》卷七田游巖有《弘農清巖曲有磐石可坐，宋十一每拂拭待余，寄詩贈之》詩，之問有《敬答田徵君》詩。據兩《唐書·田游巖傳》，游巖文明中被徵爲太子洗馬，垂拱初放還山，詩呼田爲徵君，即作於本年或稍後。由田詩知之問時居弘農。

垂拱二年丙戌（六八六）　沈佺期、宋之問約三十一歲

沈佺期在洛陽。

佺期有《古意贈喬補闕知之》詩。陳子昂《觀荆玉篇·序》：「丙戌歲，余從左補闕喬公北征。」即謂知之。沈詩本年或稍前作。題云「古意」，顯爲借抒思婦怨曠之情以言己之不得志，故詩中「丹鳳城」並非實指長安。喬知之在洛陽爲官，沈詩亦洛陽作。

永昌元年己丑（六八九）　沈佺期、宋之問約三十四歲

沈佺期在洛陽。

佺期有《則天門觀赦改年》詩。《資治通鑑》卷二〇四：「永昌元年春正月乙卯朔，……太后御則天門，赦天下，改元。」則天門爲洛陽宮城南面中門，見《唐兩京城坊考》卷五。詩洛陽作。

天授元年庚寅（六九〇）　沈佺期、宋之問約三十五歲

宋之問爲習藝館學士，與楊炯分直於洛城西。

《新唐書》本傳：「甫冠，武后召與楊炯分直習藝館。」按之問《秋蓮賦·序》：「天授元年，敕學士楊炯與之問分直於洛城西。」《舊唐書》本傳：「之問弱冠知名，尤善五言詩，當時無能出其右者。初徵令與楊炯分直内教。」《新傳》蓋將弱冠知名與分直内教二事合爲一時之事叙述，文省而事誤。參見傅璇琮《盧照鄰楊炯年譜》本年條。

天授二年辛卯（六九一）　沈佺期、宋之問約三十六歲

宋之問在洛陽，卧病。

之問《憶嵩山陸渾舊宅》：「少秉陽（楊）許意，遭逢明聖恩。揮翰雲龍署，參光天馬轅。一身事扃闥，十載隔涼暄。……况以沈疾久，睽辭金馬垣。」時以疾去官。按如意元年之問卧疾歸陸渾温泉莊，證聖元年之問出使嵩山作《入崖口五渡寄李適》有「彌曠十餘載，今來宛仍前」語（參見該二年條），知此詩必本年作，時之問卧疾洛陽，次年方歸陸渾。

如意元年壬辰（六九二） 沈佺期、宋之問約三十七歲

宋之問臥疾陸渾莊。

之問有《温泉莊臥病答楊七炯》詩。温泉莊即在陸渾，見該詩注。楊炯約本年秋冬出爲盈川令，卒於任，見傅璇琮《盧照鄰楊炯簡譜》，詩本年作。

延載元年甲午（六九四） 沈佺期、宋之問約三十九歲

宋之問在長安。

之問《上巳泛舟昆明池宴宗主簿序》：「僕不遊於兹，十有五載矣。」序作於景龍三年，參見該文注。自景龍三年上溯十五年爲本年，知本年之問至長安。

之問在京兆藍田有別墅。《舊唐書·王維傳》：「得宋之問藍田別墅，在輞口，輞水周於舍下。」之問《藍田山莊》：「宦遊非吏隱，心事好幽偏。考室先依地，爲農且用天。」莊蓋置於爲官京兆藍田時，或即在本年。

證聖元年乙未（六九五） 沈佺期、宋之問約四十歲

沈佺期在洛陽爲官。

佺期有《和中書侍郎楊再思春夜宿直》詩。按時無中書侍郎之官稱，且詩稱楊爲「夕郎」，楊當在鸞臺侍郎任（參該詩注）。據《新唐書·宰相表上》，延載元年八月，楊再思爲鸞臺侍郎，故詩作於本年

春。

宋之問在洛陽爲官，時屢出使。

之問《早秋上陽宫侍宴序》：「聖皇……乃命小臣編紀衆作，流汗拜首，而爲序云。」序作於早秋七月，稱武后爲金輪聖神皇帝。按兩《唐書·則天皇后紀》，則天在位期間，唯本年七月尊號爲金輪聖神皇帝（參該文注），知之問時在洛陽爲官，且預宫中遊宴。之問明年在洛州參軍任，本年或已爲此官。參萬歲登封元年條。

之問《寒食題江州蒲塘驛》：「驛騎明朝發何處，猿聲今夜斷人腸。」時出使江西。《太平寰宇記》卷一〇九袁州萍鄉縣：「龍鳴寺在縣西南六里，額即則天證聖中宋之問所書，有迴鸞返鵲之文，今在。」《宋會要輯稿》册五五崇儒四：「太平興國二年十月，……袁州王澣獻宋之問所書《龍鳴寺碑》。」之問當於本年使江西時作詩書碑。

之問《初至崖口》：「微路從此深，我來限于役。」又《入崖口五渡寄李適》：「彌曠十餘載，今來宛仍前。」崖口在今河南登封東南，五渡水源出嵩山太室（參見該二詩注），後詩爲闊別嵩山十餘年後因出使重至嵩山作。本年十二月，之問扈從登封嵩山（參後），前此數年之天授二年，之問作詩《憶嵩山陸渾舊宅》有「十載隔凉暄」之語，故此次出使當在本年。

之問有《扈從登封途中作》、《扈從登封告成頌》諸詩。《舊唐書·則天皇后紀》：「萬歲登封元年臘月甲申，上登封於嵩嶽。」時改周制，以十一月爲歲首，萬歲登封元年臘月即本年十二月。

之問《祭楊盈川文》：「旅櫬飄零，于洛之濱。……帷席何依，冰雪四滿。……子文子翰，我緘我持，子宅子兆，我營我思。」楊炯如意元年出爲盈川令，卒於任，見傅璇琮《盧照鄰楊炯年譜》。其歸櫬返洛，之問爲營葬祭奠約在本年冬。

萬歲登封元年丙申（六九六）　沈佺期、宋之問約四十一歲

宋之問在洛州參軍任，使天兵軍。

《舊唐書》本傳：「俄授洛州參軍。」之問有《使往天兵軍約與陳子昂新鄉爲期及還而不相遇》詩，陳子昂答詩題爲《東征至淇門答宋參軍之問》，彭慶生《陳子昂年譜》繫於本年秋，時陳子昂赴河北武攸宜幕。由陳詩題知之問時在洛州參軍任。《全唐文》卷三二二蕭穎士《庭莎賦·序》：「天寶十載，予……求參河南府參軍事。……廳階之下，蹊有莎草，故參軍宋之問徙於伊州(疑當作伊川)而植焉。結根五紀，緜歷庭際。」河南府即洛州，開元元年改名。自本年至天寶十載(七五一)，僅得五十六年，不足「五紀」六十年之數，疑證聖元年之問即已在洛州參軍任。

神功元年丁酉（六九七）　沈佺期、宋之問約四十二歲

宋之問在洛州參軍任。

《全唐詩》卷八三陳子昂《同宋參軍之問夢趙六贈陳盧二子之作》：「宋侯遇聖君，驂御遊青雲。

而我獨蹭蹬，語默道猶屯。征戍在遼陽，蹉跎草再黄。丹丘恨不及，白露已蒼蒼。遠聞山陽賦，感涕下沾裳。」趙六，趙貞固，萬歲登封元年卒于汴州，見陳子昂《昭夷子趙氏碣頌》。據彭慶生《陳子昂年譜》，子昂萬歲登封元年九月爲建安王武攸宜參謀，從征契丹，次年七月班師。詩云「曉霽望嵩丘」，又云「白露已蒼蒼」，當作於本年深秋歸洛陽後。《全唐詩》卷九三盧藏用追和詩題爲《宋主簿鳴皋夢趙六……》。鳴皋山即明皋山，在陸渾縣東北十五里，見《元和郡縣圖志》卷五，知之問作夢趙六詩時奉使嵩山、陸渾。

聖曆元年戊戌（六九八）　沈佺期、宋之問約四十三歲

沈佺期在洛陽通事舍人任。

佺期《哭蘇眉州崔司業二公·序》：「蘇往任鳳閣侍郎，佺期忝通事舍人。」《舊唐書·蘇味道傳》：「聖曆初，遷鳳閣侍郎，同鳳閣鸞臺三品。」《資治通鑑》卷二〇六：聖曆元年六月，「以天官侍郎蘇味道爲鳳閣侍郎，同平章事。」知本年佺期已在通事舍人任。《舊唐書》本傳：「長安中，累遷通事舍人。」當誤。通事舍人屬中書省，從六品上，掌朝見引納，殿庭通奏，見《新唐書·百官志二》。

宋之問在洛州參軍任。

《全唐文》卷二一五陳子昂《昭夷子趙氏碣頌》：「君故人雲居沙門釋法成、嵩山道士河内司馬子微、終南山人范陽盧藏用、御史中丞鉅鹿魏元忠、監察御史吴郡陸餘慶、秦州長史平昌孟銑、雍州司功

太原王適、洛州參軍西河宋之問、安定主簿博陵崔璩，咸痛君中夭。」據《舊唐書·魏元忠傳》，元忠本年擢御史中丞，明年拜相；又據彭慶生《陳子昂年譜》，子昂本年秋解官歸蜀，故《碣頌》作于本年，洛州參軍爲之問本年見官。《舊唐書·陸餘慶傳》：「雅善趙貞固、盧藏用、陳子昂、杜審言、宋之問、畢構、郭襲微、司馬承禎、釋懷一，時號『方外十友』。」所載與陳子昂《碣頌》不同。宋之問與諸人遊當在本年前。

之問《送杜審言》：「卧病人事絶，嗟君萬里行。」《全唐文》卷二一四陳子昂《送吉州杜司户審言序》：「蒼龍閹茂，扁舟入吴。」太歲在戌曰閹茂，知杜審言貶吉州司户在本年，時之問卧病洛陽。

沈佺期、宋之問均陪游宴，應制賦詩。

之問有《龍門應制》詩。《舊唐書·宋之問傳》：「預修《三教珠英》，常扈從游宴。則天幸洛陽龍門，令從官賦詩。左史東方虬詩先成，則天以錦袍賜之。及之問詩作，則天稱其詞愈高，奪虬錦袍以賞之。」宋詩有「天衣已入香山會」句，香山即在龍門伊水對岸，沈佺期亦有《從幸香山寺應制》詩，當一時之作。陳子昂《脩竹篇》，《唐文粹》卷一七上題作《與東方左史脩竹篇》。子昂於去歲秋自幽州歸朝，本年秋歸蜀，故東方虬官左史及龍門應制賦詩争勝事均當在本年春。

聖曆二年己亥（六九九） 沈佺期、宋之問約四十四歲

沈佺期、宋之問均在洛陽，預修《三教珠英》，常陪游幸。

《唐會要》卷三六：「聖曆中，以上（上以）《御覽》及《文思博要》等書聚事多未周備，遂令張昌宗召李嶠、閻朝隱、徐彦伯、薛曜、員半千、魏知古、于季子、王無競、沈佺期、王適、徐堅、尹元凱、張説、馬吉甫、元希聲、李處正、高（喬）備、劉知幾、房元陽、宋之問、崔湜、常（韋）元旦、楊齊哲、富嘉謨、蔣風（鳳）等二十六人同撰，于舊書之外，更加佛道二教及親屬、姓名、方域等部。」聖曆三年五月即改元久視元年，「聖曆中」當即本年。

宋之問時轉官司禮主簿。

《舊唐書》本傳：「累轉尚方監丞、左奉宸内供奉，易之兄弟雅愛其才，之問亦傾附焉。預修《三教珠英》……」尚方監丞，即少府丞，從六品下，掌判監事，見《新唐書·百官志三》。奉宸府則爲控鶴監改名，奉宸供奉無一定職司，以他官兼爲之，見《資治通鑑》卷二〇六。按，之問長安二年尚在從七品上之司禮主簿任（參該年條），其前不當已官從六品下之尚方監丞。大足元年，修《三教珠英》書成，珠英學士多被遷擢，之問不當不升反降。《資治通鑑》卷二〇八神龍二年三月下云：「初，少府監丞弘農宋之問及弟兖州司倉之遜，皆坐附會張易之貶嶺南……」是之問神龍初乃自少府監丞貶官。故其官職遷轉當是：先爲從七品下之司禮（太常）主簿，預修《三教珠英》，長安二年或稍後遷從六品下之尚方監丞，神龍元年自尚方監丞貶瀧州。

久視元年庚子（七〇〇）　沈佺期、宋之問約四十五歲沈佺期、宋之問在洛陽預修《三教珠英》，陪游幸。

佺期有《嵩山石淙侍宴應制》詩，之問有《三陽宮石淙侍宴應制》詩。《資治通鑑》卷二〇六：久視元年「夏四月，戊申，太后幸三陽宮避署。」《金石萃編》卷六四《夏日遊石淙詩碑》載沈佺期等詩，「大周久視元年歲次庚子律中蕤賓十九日丁卯」建。蕤賓爲五月之律。沈、宋陪幸嵩山在本年。《碑》稱「通事舍人臣沈佺期」，知佺期時仍在通事舍人任。

宋之問爲司禮主簿、左奉宸内供奉，與沈佺期等傾附張易之兄弟。

《舊唐書·宋之問傳》：「累轉尚方監丞、左奉宸内供奉。易之兄弟雅愛其才，之問亦傾附焉。」《新傳》略同，並云：「于時張易之等烝昵寵甚，之問與閻朝隱、沈佺期、劉允濟傾心媚附，易之所賦諸篇，盡之問、朝隱所爲，至爲易之捧溺器。」《資治通鑑》卷二〇六：久視元年「六月，改控鶴爲奉宸府，以張易之爲奉宸令。」之問時當以司禮主簿充左奉宸内供奉，參見上年條。

之問有《冬夜寓直麟臺》詩，又其《放白鷴篇》：「著書晚下麒麟閣，幼稚驕痴候門樂。」麟臺即秘書省，掌經籍圖書之事，垂拱元年改名。宋之問未曾官麟臺。據《舊唐書·張易之傳》，久視元年，以張易之爲奉宸令，加麟臺監。張昌宗亦爲秘書監（參下）。之問當因預撰《三教珠英》而寓直麟臺，時在本年前後。

《舊唐書·宋之問傳》所云爲張易之捧溺器事，出自《朝野僉載》卷五，當得自傳聞，或非實有其事。

然諂附二張以迎合武后，事則有之。《資治通鑑》卷二〇六久視元年六月：「太后每内殿曲宴，輒引諸武、易之及弟秘書監昌宗飲博嘲謔。太后欲掩其迹，乃命易之、昌宗與文學之士李嶠等修《三教珠英》於内殿。武三思奏昌宗乃王子晋後身。太后命昌宗衣羽衣，吹笙，乘木鶴於庭中。文士皆賦詩以美之。」之問有《王子喬》詩，佺期有《鳳笙曲》，均詠王子晋事。沈詩見敦煌遺書斯二七一七《珠英學士集》殘卷，集編於長安元年末，二詩當即爲媚附二張而作。

長安元年辛丑（七〇一）　沈佺期、宋之問約四十六歲

宋之問官司禮主簿。

之問《祭王城門文》：「維長安二年歲次月日，司禮主簿宋某……」《全唐詩》卷九三盧藏用《宋主簿鳴皋夢趙六予未及報而陳子云亡今追爲此詩答宋兼貽平昔游舊》：「鳴皋初夢趙，蜀國已悲陳。……榮哉宋與陸，名宦美中州。」宋與陸，指之問與陸餘慶，時在朝爲官。趙謂趙貞固，見神功元年條。陳指陳子昂，久視元年卒，見彭慶生《陳子昂年譜》。盧藏用追和詩作於本年，故稱之問爲宋主簿。」

沈佺期、宋之問仍預修《三教珠英》，十月，從駕幸長安，十一月，書成。

佺期有《辛丑歲十月上幸長安時扈從出西嶽作》。之問既爲朝官，當亦從行。

《唐會要》卷三六：「大足元年十一月十二日，麟台監張昌宗撰《三教珠英》一千三百卷成，上之。」

《新唐書·藝文志三》：「《三教珠英》一千三百卷，《目》十三卷。張昌宗、李嶠、崔湜、閻朝隱、徐彦伯、

張説、沈佺期、宋之問、富嘉謩、喬侃、員半千、薛曜等撰。」沈、宋二人當自始至終參與其事。

《玉海》卷五四：「總集有《珠英學士集》五卷，崔融集學士李嶠、張説等四十七人詩總二百七十六首。」集當編於本年末《珠英》成書時。敦煌遺書斯二七一七《珠英學士集》殘卷載：「通事舍人吴興沈佺期十首」。知本年末佺期仍官通事舍人。

長安二年壬寅（七〇二） 沈佺期、宋之問約四十七歲

沈佺期官考功員外郎，知貢舉，遷考功郎中。

《舊唐書》本傳：「再轉考功員外郎。」《全唐文》卷三四三顔真卿《朝議大夫贈梁州都督上柱國徐府君（秀）神道碑銘》：「年十五，爲崇文生應舉，考功員外郎沈佺期再試《東堂壁畫賦》。公援翰立成，沈公駭異之，遂擢高第。」同書卷四四〇徐浩《唐尚書右丞相中書令張公（九齡）神道碑》：「弱冠鄉試進士，考功郎沈佺期尤所激揚，一舉高第。」《郡齋讀書志》卷一七七：張九齡「長安二年進士」。知本年春佺期已在考功員外郎任。

佺期《寄北使·序》：「長安三年，自考功郎中遷給事中。」其自考功員外郎遷本司郎中，亦當在本年中。

宋之問在司禮主簿任。

之問《祭王城門文》：「維長安二年歲次月日，司禮主簿宋某……」沈、宋均當隨駕在長安。

長安三年癸卯(七〇三)　沈佺期、宋之問約四十八歲

沈佺期遷給事中。

《新唐書》本傳:「由協律郎累除給事中。」參見長安二年條。

宋之問約本年遷尚方監丞。

參見聖曆二年條。

沈佺期、宋之問在長安,十月,扈從歸洛陽。

佺期《扈從出長安應制》:「是節嚴陰始,寒郊散野蓬。」《舊唐書·則天皇后紀》:長安三年「冬十月丙寅,駕還神都。乙酉,至自京師。」詩云「法駕幸天中」,即爲扈從歸洛陽作。宋之問爲朝官,當亦隨駕東歸。

之問有《花燭行》詩。《舊唐書·武崇訓傳》:「長安中,尚安樂郡主。時三思用事於朝,欲寵其禮,中宗爲太子在東宫,三思宅在天津橋南,自重光門行親迎禮,歸於其宅。三思又令宰臣李嶠、蘇味道,詞人沈佺期、宋之問、徐彦伯、張説、閻朝隱、崔融、崔湜等賦《花燭行》以美之。」據《新唐書·宰相表上》,李嶠本年閏四月爲相,明年三月蘇味道罷相貶坊州。又張説《安樂郡主花燭行》:「星昴殷冬獻吉日,夭桃穠李遥相匹。」《書·堯典》:「日短星昴,以正仲冬。」知安樂郡主下降武崇訓在本年十一月,時沈、宋均在洛陽。

長安四年甲辰（七〇四）　沈佺期、宋之問約四十九歲

沈佺期坐考功受賄事下獄，自春及冬。

《舊唐書》本傳：「再轉考功員外郎，坐贓配流嶺表。」《新唐書》本傳：「累除給事中。考功受賕，劾未究，會張易之敗，遂長流驩州。」佺期《寄北使·序》：「長安三年，自考功郎中拜給事中。……明年獻春下獄。」又《被彈》：「幼子雙囹圄，老夫一念室。昆弟兩三人，相次俱囚桎。」又《移禁司刑》：「白簡初心屈，黄沙始望孤。……首夏方憂圄，高秋獨向隅。」蓋案情嚴重，故幼子兄弟均下獄，初繫御史臺獄，後移司刑（大理）寺獄。佺期《獄中聞駕幸長安二首》：「誰期十月是横河。」知十月仍在獄中。本年無幸長安之事，蓋獄中得自傳聞，時或先有幸長安之議而竟不果行，參見該詩注。《新傳》云「劾未究」，蓋至神龍元年張易之敗時，案猶未結，當仍在獄中。

宋之問官尚方監丞，在洛陽。

之問本年有《爲田歸道讓殿中監表》、《爲楊許州讓右羽林將軍表》，知時仍在洛陽爲官。參該二文注。之問神龍元年作《自洪府舟行直書其事》：「謬辱紫泥書，揮翰青雲裏。事往每增傷，寵來常誓止。銘骨懷林丘，逆鱗讓金紫。安謂釁潛構，退耕禍猶起。」似本年末曾辭官「退耕」。其事他無可考。

唐中宗神龍元年乙巳（七〇五）　沈佺期、宋之問約五十歲

沈佺期長流驩州，宋之問貶瀧州參軍，皆坐二張竄逐。

《舊唐書·張行成傳》：「神龍元年正月，則天病甚。是月二十日，宰臣崔玄暐、張柬之等起羽林兵迎太子，至玄武門，斬關而入，誅易之、昌宗於迎仙院，並梟首於天津橋南。則天遜居上陽宫。朝官房融、崔神慶、崔融、李嶠、宋之問、杜審言、沈佺期、閻朝隱等皆坐二張竄逐，凡數十人。」據《資治通鑑》卷二〇八，本年二月乙卯，韋承慶貶高要尉，房融流高州，崔神慶流欽州，諸人貶流均當在此時。同時竄逐者尚有王無競貶嶺南（孫逖《太子舍人王公墓誌》），韋元旦貶感義尉（《新唐書》本傳），閻朝隱貶崖州（《新唐書·宋之問傳》），杜審言流峰州（《新唐書》本傳），李嶠貶通州刺史，崔融袁州刺史，蘇味道眉州刺史，劉憲渝州刺史，劉允濟青州長史（均見《舊唐書》本傳）等。

《新唐書·沈佺期傳》：「考功受賕，劾未究，會張易之敗，遂長流驩州。」驩州州治在今越南榮市，蓋佺期坐考功受賕及交張易之，二罪並罰，故流放最遠處。

佺期《初達驩州》：「自昔聞銅柱，行來向一年。」佺期南行經郴州（今屬湖南）、容州北流（今屬廣西）、陸州安海（今廣西東興）、交州龍編（今越南河內東北）、愛州九真山（在今越南清化北）至驩州，行程將及一年，抵驩州當在本年末或神龍二年初。途中有詩紀行，參見《沈集》卷二《神龍初廢逐南荒途出郴口望蘇仙山》至《初達驩州》諸詩。

《舊唐書·宋之問傳》：「及易之等敗，左遷瀧州參軍。」《新唐書·宋之問傳》：「及（易之）敗，貶瀧州。」瀧州州治在今廣東羅定南。之問本年二月有《爲定王武攸暨請降王位表》、《第二表》，其《自洪府舟行直書其事》云：「仲春辭國門，畏途横萬里。越淮乘楚嶂，造江泛吴汜。」蓋即於本年二月自洛陽南行。

之問南行經蘄州黄梅（今屬湖北）、洪州（今江西南昌），溯贛水，度大庾嶺，經始興（今屬廣東）、韶州（今廣東韶關）、端州（今廣東肇慶），沿瀧州江（今羅定江）至瀧州，沿途有詩紀行。見《宋集》卷二自《留别之望舍弟》至《入瀧州江》諸詩注。

神龍二年丙午（七〇六）　沈佺期、宋之問約五十一歲

沈佺期在驩州流所。

佺期在驩州有《三月三日獨坐驩州思憶舊遊》、《赦到不得歸題江上石》等詩。其《從驩州廨宅移住山間水亭贈蘇使君》：「鬼門同苦夜，瘴浦不宜秋。」知佺期本年自春及秋均在驩州貶所。

宋之問在瀧州貶所，遇赦北歸，授鴻臚主簿。

之問《則天皇后挽歌》：「誰憐事堯舜，萬里泣蒼梧。」據兩《唐書》本紀：武后本年五月葬，詩以娥皇、女英自喻，言「萬里泣蒼梧」，當仍作於瀧州貶所。

《舊唐書》本傳：「左遷瀧州參軍，未幾，逃還，匿於洛陽人張仲之家。仲之與駙馬王同皎等謀殺武三思，之問令兄子發其事以自贖。及同皎等獲罪，起之問爲鴻臚主簿。」《新唐書》本傳略同，唯云：「令兄子曇與冉祖雍上急變，因丐贖罪。」按之問有《初承恩旨言放歸舟》詩云：「一朝承凱澤，萬里别

荒陬。去國雲南滯，還鄉水北流。淚迎今日喜，夢换昨宵愁。自向歸魂説，炎方不可留。」之問景雲中再貶南荒，賜死，故此詩必作於自驩州北歸時。兩《唐書》本傳謂之問逃歸，匿張仲之家，當非事實。

關於之問令兄子告變事，諸書所載多有不同。王同皎之死，兩《唐書》宋之問、王同皎傳謂與之問有關，《舊唐書》蘇晋、姚紹之傳，《新唐書》蘇晋、武三思傳則謂宋之遜及其子宋曇所爲。《資治通鑑》卷二〇八云：之遜「密遣其子曇及甥李悛告三思欲以自贖」。《考異》廣徵載籍，詳考其事。《考異》引《御史臺記》：「張仲之等謀誅武三思，宋之遜子曇知其謀，將發之，未果，會冉祖雍、李悛於路白之，雍、悛以聞。」又引《朝野僉載》：「初，之遜諂附張易之兄弟，出爲兖州司倉，遂亡歸，王同皎匿之於小房。皎，慷慨之士也，忿逆韋與武三思亂國，與一二所親論之，每至切齒。之遜於簾下竊聽之，遣姪曇上書告之，以希逆韋之旨。武三思等果大怒，奏誅同皎之黨。」又引《實録》，謂告發王同皎者爲李悛，亦不及之問。《御史臺記》作者韋述、《中宗實録》作者吴兢、《朝野僉載》作者張鷟，均之問同時代人，所紀自較信實。據《考異》云，中唐柳芳之《唐曆》、晚唐五代陳嶽之《唐統紀》亦與《實録》略同，而云「仲之誤泄於友人宋之問，之問僞應之，祖雍、之遜亦預其謀，既而背之。李悛，之問甥也，命以告三思，因言同皎謀反」。方涉及之問。兩《唐書·宋之問傳》顯將之遜事移於之問，不可信。

之問有《自湘源至潭州衡山縣》詩。湘源縣即今廣西全州，故之問當自瀧州江入西江，溯西江、灕江，取道湘江、漢水北歸陸渾，參見《宋集》卷二《自湘源至潭州衡山縣》、《渡漢江》、《遊陸渾南山自歇馬嶺到楓香林以詩代書答李舍人適》等詩注。

之問《爲東都僧請留駕表》：「臣伏見某月日勅，以今月九日，將幸長安。」《舊唐書·中宗紀》：「神龍二年「冬十月己卯，車駕還京師。」本年十月辛未朔，己卯九日，知本年十月上旬之問已在洛陽。之問有《送合宫蘇明府頲》詩。《唐會要》卷七〇河南縣：「（神龍）二年十一月五日，又改爲合宫縣，以蘇頲爲縣令。」知本年十一月，之問已在長安。

兩《唐書》本傳並云之問歸朝後授鴻臚主簿。《太平廣記》卷二六三引《朝野僉載》：「兄弟並授五品官，之遜爲光禄丞，之問爲鴻臚丞，曇爲尚衣奉御。天下怨之，皆相謂曰：『之問等緋衫，王同皎血染也。』」《資治通鑑》卷二〇八云：「之問、之遜、曇、悛、祖雍並除京官，加朝散大夫。」鴻臚主簿，從七品上；鴻臚丞，從六品上，均未至五品。所謂「五品官」者，指朝散大夫而言。唐制，文散官階至從五品之朝散大夫，即得服緋。

景龍元年丁未（七〇七）　沈佺期、宋之問約五十二歲

沈佺期遇赦北歸，授台州司馬，遷起居郎。

《舊唐書》本傳：「神龍中，授起居郎。」《新唐書》本傳：「稍遷台州録事參軍，入計，得召見，授起居郎。」佺期《峽山寺賦·序》：「神龍二年夏六月，予投棄南裔，承恩北歸。」其《哭蘇眉州崔司業二公·序》則云：「同時郎裴懷古者，作牧潭府，神龍三年秋八月，佺期承恩北歸，途中覯止。」按，神龍二年自

春及秋佺期均在驩州(參該年條),故其自貶所北歸必在本年(神龍三年九月方改元景龍)。佺期《喜赦》:「去歲投荒客,今春肆眚歸。」知其遇赦在本年春。北歸前曾遊驩州紹隆寺,北歸途經平昌(今海南文昌)、越州(今廣東合浦),六月在端州(今廣東肇慶),七月行經樂昌(今屬廣東)、郴州(今屬湖南),八月在潭州(今湖南長沙)。參見《沈集》卷二《喜赦》至《哭蘇眉州崔司業二公》諸詩注。

據《新傳》,佺期北歸後任起居郎前曾官台州録事參軍。但佺期有《歲夜安樂公主滿月侍宴》,作於本年歲夜,見詩注,證知本年年末佺期已歸朝爲起居郎。其景雲二年作《同工部李侍郎適訪司馬子微歸天台》:「昔嘗游此郡,三霜弄溟島。」又有台州作《樂城白鶴寺》詩。後詩中、無言誦居遠,清静得空王」句,《全唐詩》作「謫居遠」,故今人多以爲沈佺期爲台州録事之確證。但「謫」,《文苑英華》、《唐詩品彙》、《詩淵》、及王廷相本、活字本、朱警本、黄埻本、楊一統本、許自昌本《沈佺期集》,又《唐詩紀》、季振宜《全唐詩》稿本均作「誦」,未知最晚出之《全唐詩》何所據而改。二詩均非在台州爲官口吻,故非佺期任台州録事之强證。唯《嘉定赤城志》卷八郡守引沈佺期《餞台州袁刺史入計序》,可證佺期曾在台州爲官,參見卷五該文注。

宋之問在長安,附武、韋。

據兩《唐書·中宗紀》及《資治通鑑》卷二〇八,時韋后、武三思惡太子重俊,安樂公主常陵侮之,請廢太子，立己爲皇太女。本年七月，重俊發羽林千騎兵，殺武三思、武崇訓父子於其第，引兵入宮，索上官婉兒。中宗與韋后、安樂公主、上官婉兒登玄武門以避兵鋒。後事敗，李重俊被殺，追贈武三思梁宣王、武崇訓魯忠王，改玄武門爲神武門，韋后作《神武頌》，令兩京及四大都督府刻於石。之問春有《宴安樂公主宅》等詩，又與武崇訓同宴於韋后族人，有《春游宴兵部韋員外韋曲莊序》；七月，武三思死後，有《爲梁王武三思妃讓封表》；冬，有《梁宣王挽詞》、《魯忠王挽詞》各三首，又代宗楚客作《爲宗尚書祭梁宣王文》；又有爲韋后頌德之《爲文武百寮等請造神武頌碑表》；又有爲悼念上官婉兒父庭芝作之《故趙王屬贈黃門侍郎上官公挽詞二首》。其與武、韋集團關係之深可見。之問後再遭流貶，賜死桂州，實階於此。

景龍二年戊申（七〇八）　沈佺期、宋之問約五十三歲

沈佺期爲起居郎，宋之問爲户部員外郎，並入修文館爲學士。

《新唐書·李適傳》：「中宗景龍二年，始於脩文館置大學士四員、學士八員、直學士十二員，象四時、八節、十二月。於是李嶠、宗楚客、趙彦昭、韋嗣立爲大學士，適、劉憲、崔湜、鄭愔、盧藏用、李乂、岑羲、劉子玄爲學士，薛稷、馬懷素、宋之問、武平一、杜審言、沈佺期、閻朝隱等爲學士，又召徐堅、韋元旦、徐彦伯、劉允濟等滿員，其後被選者非一。凡天子饗會游豫，唯宰相及學士得從。……帝有所感即賦詩，學士皆屬和。當時人所歆慕，然皆狎猥佻佞，忘君臣禮法，惟以文華取幸。」《唐會要》卷六

四：「至景龍二年……五月五日，敕吏部侍郎薛稷、考功員外郎馬懷素、户部員外郎宋之問、起居舍人武平一、國子主簿杜審言並爲直學士。十月四日，兵部侍郎趙彦昭、給事中蘇頲、起居郎沈佺期並爲學士。」

本年九月九日中宗登慈恩寺浮圖，閏九月九日登莊嚴總持二寺閣，十月三日幸三會寺，十一月十五日誕辰内殿宴羣臣，十二月六日幸薦福寺，三十日幸長安故城，之問均有應制之作。本年十二月立春，沈、宋均有立春剪綵花應制之作。除夜守歲，佺期有《守歲應制》詩，參見各詩注。

宋之問自户部員外郎遷考功員外郎。

《册府元龜》卷四五八臺省部德望：「韋虚心爲户部郎中，善於剖判，時員外郎宋之問工於詩，人以爲户部有二妙。」據《舊唐書·韋虚心傳》、《新唐書·韋湊傳》，之問爲户部員外郎時，韋虚心父韋維在户部郎中任，《元龜》蓋誤。

之問《祭杜學士審言文》：「維大唐景龍二年歲次戊申月日，考功員外郎宋之問謹以清酌之奠，敬祭於故修文館學士杜君之靈。」文云：「孟冬十月兮共歸君。」知本年十月，之問已在考功員外郎任。其自户外遷考外，在本年五月五日後，十月前。

景龍三年己酉（七〇九）　沈佺期、宋之問約五十四歲

沈佺期、宋之問爲修文館學士，陪游幸。

本年正月中宗幸薦福寺，宋之問有應制詩；人日遊苑，晦日幸昆明池，沈、宋均有應制詩；春初幸太平公主南莊，八月幸安樂公主新莊，九日遊臨渭亭，十一月安樂公主入新宅，十二月幸韋嗣立山莊及白鹿觀，沈佺期均有應制詩。參見各詩注。

《唐詩紀事》卷三：「中宗晦日幸昆明池賦詩，羣臣應制百餘篇。帳殿前結綵樓，命昭容選一首爲新翻御製曲。從臣悉集其下，須臾紙落如飛，各認其名而懷之。既進，唯沈、宋二詩不下。又移時，一紙飛墜，競取而觀，乃沈詩也。及聞其評曰：『二詩工力悉敵。沈詩落句云：微臣彫朽質，羞睹豫章材。蓋詞氣已竭。宋詩云：不愁明月盡，猶有夜珠來。猶陟健舉。』沈乃伏，不敢復争。」之問在武后朝曾以《龍門應制》詩奪得錦袍，此爲之問又一次獨占鼇頭。

《唐詩紀事》卷九：「三年人日，……是日甚懽，上令學士遞起屢舞，至沈佺期賦《迴波》，有齒録（録）牙緋之語。」《本事詩·嘲戲》：「沈佺期以罪謫，遇恩復官秩，朱紱未復。嘗内宴，羣臣皆歌《迴波樂》，撰詞起舞，因是多求遷擢。佺期詞曰：『迴波爾似佺期，流向嶺外生歸。身名已蒙齒録，袍笏未復牙緋。』中宗即以緋魚賜之。」蓋佺期散官階時尚未至朝散大夫，故特恩賜緋。」

宋之問爲考功員外郎，知貢舉，秋，貶越州長史。

《舊唐書》本傳：「景龍中，再轉考功員外郎。……及典舉，引拔後進，多知名者。尋轉越州長史。」《舊唐書·韋述傳》：「景龍中，……舉進士，西入關。時述甚少，儀形眇小，考功員外郎宋之問曰：『韋學士童年，有何事業？』述對曰：『性好著書。述有所撰《唐春秋》三十卷，恨未終篇。至如詞策，仰待明試。』之問曰：『本求異才，果得遷、固。』是歲登科。」之問去冬在考功員外郎任，當知本年貢舉。

《新唐書》本傳：「景龍中，遷考功員外郎，諂事太平公主，故見用。及安樂公主權盛，復往諧結，故太平深疾之。中宗將用爲中書舍人，太平發其知貢舉時賕餉狼籍，下遷汴州長史。未行，改越州長史。」之問事太平公主，有《爲太平公主五郎病愈設齋歎佛文》，其結納韋后、安樂公主事已見景龍元年條。越州州治在今浙江紹興，中都督府，長史一人，正五品上。時以諸王兼領諸府都督，長史實知府事。

之問《祭禹廟文》：「維大唐景龍三年歲次己酉月日，越州長史宋之問謹以清酌之奠，敢昭告于夏后之靈。」知本年宋之問已在越州。《全唐詩》卷一〇八韋述（又作張謂詩）《廣陵送別宋員外佐越鄭舍人還京》：「朱紱臨秦望，皇華赴洛橋。……秋風將客思，川上晚蕭蕭。」秦望山在越州會稽縣南二十八里，見《太平寰宇記》卷九六，佐越之宋員外即宋之問，其赴越州任時在秋日。

之問赴越取道淮汴，途經淮口（在今江蘇盱眙）、揚州（今屬江蘇）、潤州（今江蘇鎮江）、蘇州、杭州、登臨題咏，感舊傷情，有詩悼王紹宗、史德義等，年末已在越州。參見《宋集》卷三自《初宿淮口》至《題杭州天竺寺》諸詩注。

唐睿宗景雲元年庚戌(七一〇) 沈佺期、宋之問約五十五歲

沈佺期爲起居郎,充修文館學士,在長安,陪游宴唱和。遷中書舍人。

本年中宗人日宴大明宫,幸梨園亭觀打毬,立春遊苑,送金城公主和蕃,晦日幸滻水,上巳祓禊渭濱,春日幸望春宫,四月幸興慶池,幸竇希玠宅,佺期均有應制之作。見《沈集》卷三《人日重宴大明宫恩賜綵縷人勝應制》至《奉和春日幸望春宫應制》諸詩注。佺期有《安興公主謚議文》,作於本年七月睿宗即位後,見該文注。疑睿宗即位後,佺期即遷中書舍人。

宋之問在越州長史任。六月,流欽州。

《新唐書》本傳:「改越州長史。頗自力爲政,窮歷剡溪山,置酒賦詩,流布京師。」之問有《景龍四年春祠海》詩。景龍四年六月改元唐隆,七月改元景雲。據《通典》卷四六,隋唐之制,祀四海,東海祠於越州會稽縣界,四海各以五郊迎氣日祭之。正月立春迎氣東郊,祠東海即于此日。時之問在越州長史任。本年春夏,之問遊越州法華寺、雲門寺、稱心寺及鏡湖、若耶溪等勝跡,所到之處有詩題詠,參見《宋集》卷三越州諸詩注。

《舊唐書》本傳:「睿宗即位,以之問嘗附張易之、武三思,配徙欽州。」《新唐書》本傳:「睿宗立,以獪險盈惡詔流欽州。」《資治通鑑》卷二一〇九:景雲元年六月戊申,「越州長史宋之問、饒州刺史冉祖雍,坐諂附武、韋,皆流嶺表。」之問被流欽州,蓋因黨附韋后故,非發武后朝舊事,《新傳》叙事含混,

《通鑑》蓋得其實。欽州，今屬廣西。

之問《渡吴江别王長史》：「鄉連江北樹，雲斷日南天。」乃自越州北渡吴淞江赴欽州作。《在荆州重赴嶺南》：「夢澤三秋日，蒼梧一片雲。」《宋公宅送甯諫議》：「露荷秋變節，風柳夕鳴稍。一散陽臺雨，仍隨越鳥巢。」乃秋日途經江陵作。《晚泊湘江》：「五嶺悽惶客，三湘顦顇顔。況復秋雨霽，表裏見衡山。」知之問於秋日溯長江至江陵，復溯湘江赴嶺南。參見各詩注。

景雲二年辛亥（七一一）　沈佺期、宋之問約五十六歲

沈佺期爲中書舍人，充昭文館學士。

《舊唐書》本傳：「復歷中書舍人。」《新傳》同。佺期本年閏六月有《册金城公主文》，十月，有《追册章懷太子張良娣文》。見該二文注。中書舍人掌詔旨制敕、璽書册命起草，知本年佺期在中書舍人任。據《唐會要》卷六四，本年三月，改修文館爲昭文館。佺期當以中書舍人充昭文館學士。參後二年條。

佺期有《同工部李侍郎適訪司馬子微歸天台》詩。《舊唐書·李適傳》：「俄轉工部侍郎。睿宗時，天台道士司馬承禎被徵至京師。及還，適贈詩，序其高尚之致，其詞甚美，當時朝廷之士，無不屬和，凡三百餘人。徐彦伯編而叙之，謂之《白雲記》。」《資治通鑑》卷二一〇：景雲元年十二月，「上召天台山道士司馬承禎，問以陰陽數術。……承禎固請還山，上許之。」佺期詩即作於此時。詩云：「怵惕司

言造。」中書舍人掌詔勅，代草王言，知佺期時在長安爲中書舍人。

宋之問赴欽州流所，後至桂州。

之問《自衡陽至韶州謁能禪師》：「別家萬里餘，流目三春際。」按之問神龍初貶瀧州乃經由今江西境，自洪州溯贛水度嶺而至韶州，不當經今湖南之衡陽，故此詩必再流欽州途中作。其前在荆州、泊湘江諸詩均爲秋日，而此詩云「三春」，之問南來途中何以延擱數月之久，未詳。

之問有《遊韶州廣果寺》詩。廣果寺即寶林寺，中宗即位改中興寺，神龍三年改廣果寺。又《端州別袁侍御》。袁侍御，袁守一，景雲中以黨附宗楚客流端州。又《發藤州》詩。藤州州治今廣西藤縣，在灕江入西江處梧州西南一百里，知之問自韶州至廣州後溯西江西上，其目的地確爲欽州而非桂州。參見《宋集》卷三《遊韶州廣果寺》至《發藤州》諸詩注。

之問《在桂州與修史學士吴兢書》：「秋冬凝寒，惟動履休勝。」按之問確曾卜居桂州，且于先天元年冬初賜死桂州（參該年條），此書疑作於本年秋冬之際。時欽州屬桂管，蓋之問抵欽州後復至桂州。

唐玄宗先天元年壬子（七一二）　沈佺期、宋之問約五十七歲

沈佺期預修《一切道經音義》，約本年遷太府少卿。

兩《唐書》本傳未叙太府少卿一職。《全唐文》卷九二三史崇《妙門由起序》，云史崇等奉勅撰成一書，「名曰《一切道經音義》，並《妙門由起》六篇，具列如左，及今所音經目與舊經目録，都爲一百十三

卷」。《新唐書·藝文志三》：「《道藏音義目録》一百一十三卷。崔湜、薛稷、沈佺期、道士史崇玄等撰。」《全唐文》卷四一玄宗《一切道經音義序》：「所音見在一切經音義，凡有一百四十卷。其《音義目録》及經目，不在此數之中。」蓋修撰《音義》、《目録》均在玄宗朝。史崇《序》載崔湜職銜爲「檢校中書令」。據《新唐書·宰相表》，本年八月，崔湜檢校中書令；開元元年七月，湜流竇州。《音義》修撰在此期間。史崇《序》載沈佺期職銜爲「正議大夫、行太府少卿、昭文館學士、上柱國、吴興縣開國男臣沈佺期」。知佺期本年已在太府少卿任。太府少卿，太府寺副長官，從四品上，掌財貨、廩藏、貿易，總京都四市、左右藏、常平七署，見《新唐書·百官志三》。

宋之問居桂州。玄宗立，賜死。年約五十七歲。有集十卷。

之問有《桂州陪王都督晦日宴逍遥樓》詩。王都督，王晙，景龍末爲桂州都督，見該詩注。又有《桂州三月三日》、《始安秋日》諸詩，知之問本年正月至秋日，均在桂州。

之問又有《下桂江龍目灘》、《下桂江縣(懸)黎壁》等詩。之問前此無順桂江南行之經歷，詩當作於本年。之問又有《廣州朱長史座觀妓》等詩，時朱思賢爲廣州長史，之問當於本年往返桂州、廣州間。參見各詩注。

《舊唐書》本傳：「配徙欽州，先天中賜死於徙所。」《新唐書》本傳則云，之問與冉祖雍「並賜死桂州驛」。《舊唐書·周利貞傳》：「玄宗正位，利貞與薛(季)昶、宋之問同賜死於桂州驛。」玄宗本年八月即位，明年改元開元，故之問之死即在本年八月後一、二月中。至云之問與周利貞、薛季昶同賜死，則記載有誤，詳見傅璇琮《唐才子傳校箋》卷一《宋之問傳》箋。

《新傳》詳記之問就死時情景云：「之問得詔震汗，東西步，不引決。祖雍請使者曰：『之問有妻子，幸聽訣。』使者許之，而之問荒悖不能處家事。祖雍怒曰：『與公俱負國家，當死，奈何遲回邪！』乃飲食洗沐就死。」《大清一統志》卷三五六桂林府古蹟：「宋之問宅在臨桂縣南二里，即元山觀也，宋柳開有記。」《古今圖書集成·方輿彙編·職方典》卷一四〇三桂林府部古蹟考：「宋之問故宅在府城南二里，即元山觀。按柳開《元山觀記》，以爲之問左遷，愛其清致，卜爲軒榭。之問殁，夫人孫氏以爲觀。後五十餘年，夫人族弟倉部郎中成來爲御史，命開作記，大略如此。」按，孫成貞元四年（七八八）七月自蘇州刺史授桂州刺史，兼御史中丞，五年十月卒於任，時上距先天元年已七十餘年，下距柳開知桂州之淳化元年（九九〇）已二百年，《集成》節録轉引之柳開文當有誤漏。其所記之問偕妻卜居桂州事，則可與兩《唐書》合參。

《舊唐書·經籍志四》：「《宋之問集》十卷。」同書本傳：「友人武平一爲之纂集，成十卷，傳於代。」集當編於開元前期，故《舊志》著録。

開元二年甲寅（七一四）　沈佺期約五十九歲

沈佺期在太府少卿任。

《唐會要》卷二二：「開元二年閏二月詔，令祠龍池。六月四日，左拾遺蔡孚獻《龍池篇》，集王公卿士以下一百三十篇。太常考其詞合音律者爲《龍池篇樂章》，共録十首。」注有「太府少卿沈佺期」一首，當爲本年六月見官。

開元三年乙卯(七一五)　沈佺期約六十歲

沈佺期約本年遷太子少詹事。

《舊唐書》本傳：「後歷中書舍人，太子詹事。」《新唐書》本傳：「尋歷中書舍人，太子少詹事。」《全唐文》卷二五二蘇頲《授沈佺期太子少詹事等制》：「正議大夫、太府少卿、昭文館學士、上柱國、吴興縣開國男沈佺期，才標穎拔，思詣精微。早升多士之行，獨擅詞人之律。……佺期可太子少詹事，餘如故。」《舊傳》作太子詹事，誤。《新唐書·百官志四上》東宫官：「詹事府、太子詹事一人，正三品；少詹事一人，正四品上。掌統三寺、十率府之政，少詹事爲之貳。」佺期自從四品上之太府少卿遷正四品上之太子少詹事，是爲合理。佺期去年六月在太府少卿任，其遷少詹事，當在去年六月後或本年。

開元四年丙辰(七一六)　沈佺期約六十一歲

沈佺期約本年卒。有集十卷。

兩《唐書》本傳並云：「開元初卒。」佺期終官爲太子少詹事，當即卒於開元三或四年，無可確考。今姑依聞一多《唐詩大系》定其卒年於本年。

《舊唐書·經籍志四》：「《沈佺期集》十卷。」集當編於開元前期，故《舊志》著録。

沈宋詩集評

唐故左補闕安定皇甫公集序

獨孤及

五言詩之源，生於國風，廣於《離騷》，著於蘇、李，盛於曹、劉，其所自遠矣。當漢、魏之間，雖以樸散爲器，作者猶質有餘而文不足，以今揆昔，則有朱絃疏越、太羹遺味之歎。歷千餘歲，至沈詹事、宋考功，始裁成六律，彰施五色，使言之而中倫，歌之而成聲，緣情綺靡之功，至是乃備。雖去雅寖遠，亦猶路鼗出於土鼓，篆籀生於鳥跡也。（《全唐文》卷三八八）

中興間氣集錢起詩評

高仲武

員外詩，體格新奇，理致清贍。……士林語曰：「前有沈、宋，後有錢、郎。」（卷上）

詩式

皎　然

樓煩射雕，百發百中，如詩人正律破題之作，亦以取中爲高手。洎有唐以來，宋員外之問，沈給事佺期，蓋有律詩之龜鑑也。但在矢不虚發，情多興遠語麗爲上，不問用事格之高下。宋詩曰：「象溟看落景，燒劫辨沈灰。」沈詩曰：「詠歌麟趾合，簫管鳳雛來。」凡此之流，盡是詩家射雕之手。假使曹、劉降格來作律詩，二子並驅，未知孰勝。（卷二）

作者須知復、變之道，反古曰復，不滯曰變。……如陳子昂復多而變少，沈、宋復少而變多……（卷五）

唐故工部員外郎杜君墓係銘

元　稹

唐興，學官大振，歷世之文，能者互出。而又沈、宋之流，研練精切，穩順聲勢，謂之爲律詩。由是而後，文體之變極焉。然而，好古者遺近，務華者去實，效齊梁則不逮於晋魏，工樂府則力屈於五言，律切則骨格不存，閒暇則纖穠莫備。至於子美，蓋所謂上薄風騷，下該沈宋，言奪蘇李，氣吞曹劉，掩顔謝之孤高，雜徐庾之流麗，盡得古今之體勢，而兼昔人之所獨專矣。（《全唐文》卷六五四）

漫成五章其一

李商隱

沈宋裁辭矜變律，王楊落筆得良朋。當時自謂宗師妙，今日惟觀對屬能。（《全唐詩》卷五四〇）

唐詩類選序

顧陶

國朝以來，人多反古，德澤廣被，詩之作者繼出。……爰有律體，祖尚清巧，以切語對爲工，以絶聲病爲能。則有沈、宋、燕公、九齡、嚴、劉、錢、孟、司空曙、李端、二皇甫之流，實繁其數。皆妙於新韻，播名當時，亦可謂守章句之範，不失其正者矣。（《全唐文》卷七六五）

與王駕評詩書

司空圖

國初，主上好文雅，風流特盛，沈、宋、始興之後，傑出於江寧，宏肆於李杜，極矣。（《全唐文》卷八〇七）

華州榜薛侍郎門生詩

機雲筆舌臨文健，沈宋篇章發韻清。（《唐摭言》卷三。按，華州榜謂乾寧四年禮部侍郎薛昭緯於華州所放榜。）